AUGUREN

— blau —

Treten durch natürliche Medien oder Elemente mit dem Æther in Kontakt. Meist eingesetzt, um die Zukunft vorherzusagen.

- Niedere Auguren
  - Osteomant
  - Hämatomant
  - Drimimant
  - Chiromant
  - Okulomant
  - Anthropomant
  - Extispizist
- Gewöhnliche Auguren
  - Rhabdomant
  - Pyromant
  - Abmant
  - Tasseograf
  - Botamomant
    - Anthomant
    - Sykomant
    - Dendromant
    - Daphnomant
  - Theriomant
  - Spodomant
    - Libanomant
  - Kapnomant
    - Libanomant

BEWAHRER

— orange —

Haben eine stärkere Kontrolle über Geister.
Sind fähig, die Grenzen zwischen stofflicher Welt und Æther auszudehnen.

- Fesselmeister
- Beschwörer
- Nekromant
- Exorzist

MEGÄREN

— orangerot —

Verändern sich bei Verbindung zum Æther, typischerweise wie ihre Traumlandschaft.

- Sibylle
- Unlesbarer
- Berserker

SPRINGER

— rot —

Fähig, ihre körperlichen Grenzen zu überwinden, um den Æther zu beeinflussen.
Größte Sensibilität gegenüber dem Æther.

- Traumwandler
- Orakel

Seit ihrer Flucht aus der geheimen Stadt Sheol I ist die Jagd auf die Traumwandlerin Paige eröffnet. Ihre einzige Chance: Sie muss es schaffen, die geheimen Gruppen der Denkerfürsten im Londoner Untergrund zu vereinen, dann könnte die Rebellion gelingen und das diktatorische System von Scion gestürzt werden. Doch diese Gruppen sind zutiefst verfeindet und denken überhaupt nicht an einen gemeinsamen Aufstand. Als plötzlich die Rephaim in London auftauchen, wird die Zeit knapp. Und wo ist eigentlich Acturus, der Wächter? Seine Hilfe könnte Paige jetzt dringend gebrauchen...

SAMANTHA SHANNON

THE BONE SEASON

Die Denkerfürsten

Aus dem Englischen übersetzt
von Charlotte Lungstrass-Kapfer

BLOOMSBURY BERLIN

Zitat Seite 7 entnommen aus: Edgar Allan Poe, *Ausgewählte Gedichte*.
Verlag des Bibliographischen Bureaus, Berlin 1891.
Übersetzung von Hedwig Lachmann.

FSC
www.fsc.org
MIX
Papier aus verantwortungsvollen Quellen
FSC® C014496

Die Originalausgabe erschien 2015 unter dem Titel
The Mime Order
bei Bloomsbury Publishing Plc, London

Umschlaggestaltung: ZERO Werbeagentur, München,
unter Verwendung des Originallayouts und der Motive
Himmel und Wiese: Mark Owen / Trevillion Images,
Mädchen, Dornen, Vögel: FinePic®, München
Karte und Illustrationen © Emily Faccini
Gesetzt aus der Dante von psb, Berlin
Druck und Bindung: GGP Media GmbH, Pößneck
Printed in Germany
ISBN 978-3-8270-1230-2

www.berlinverlag.de

Für die Kämpfer –
die mit Schwert und die mit Feder.

Gottähnliche Mimen murmeln leis
den Text und kommen und gehen
auf großer, formloser Wesen Geheiß

Edgar Allan Poe

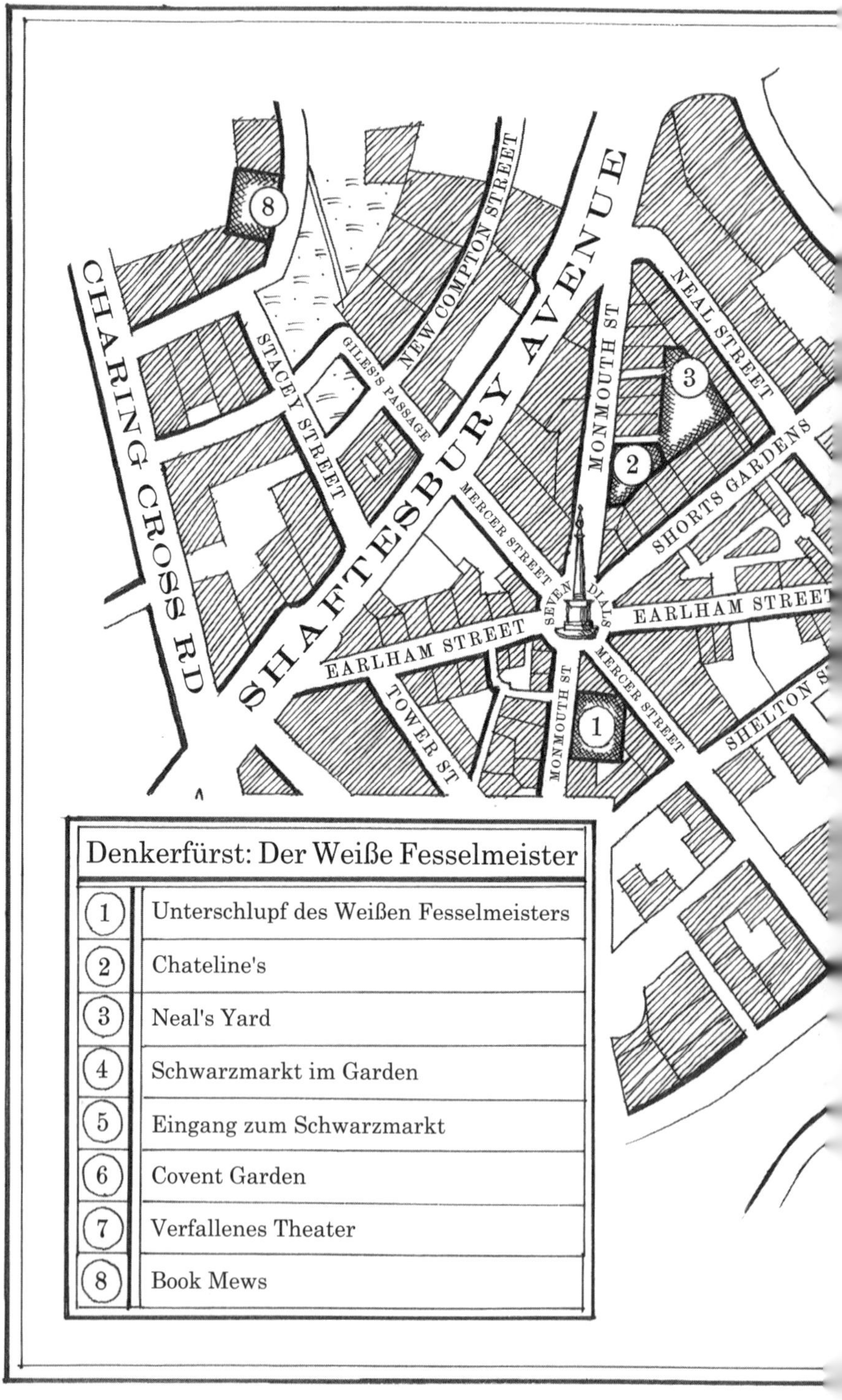

Denkerfürst: Der Weiße Fesselmeister	
1	Unterschlupf des Weißen Fesselmeisters
2	Chateline's
3	Neal's Yard
4	Schwarzmarkt im Garden
5	Eingang zum Schwarzmarkt
6	Covent Garden
7	Verfallenes Theater
8	Book Mews

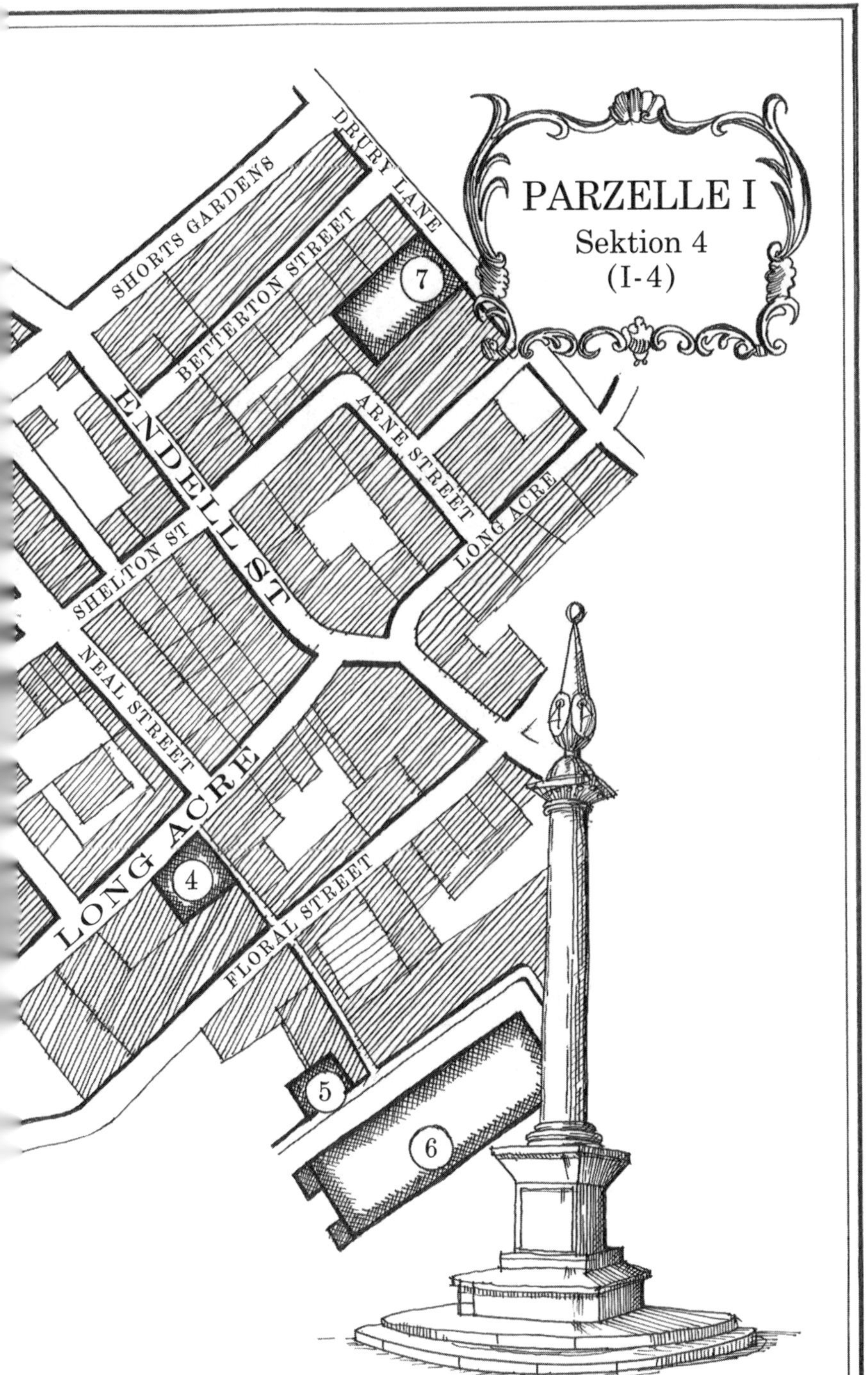

PARZELLE I
Sektion 4
(I-4)
SHORTS GARDENS
DRURY LANE
BETTERTON STREET
ENDELL ST
ARNE STREET
LONG ACRE
SHELTON ST
NEAL STREET
LONG ACRE
FLORAL STREET
7
4
5
6

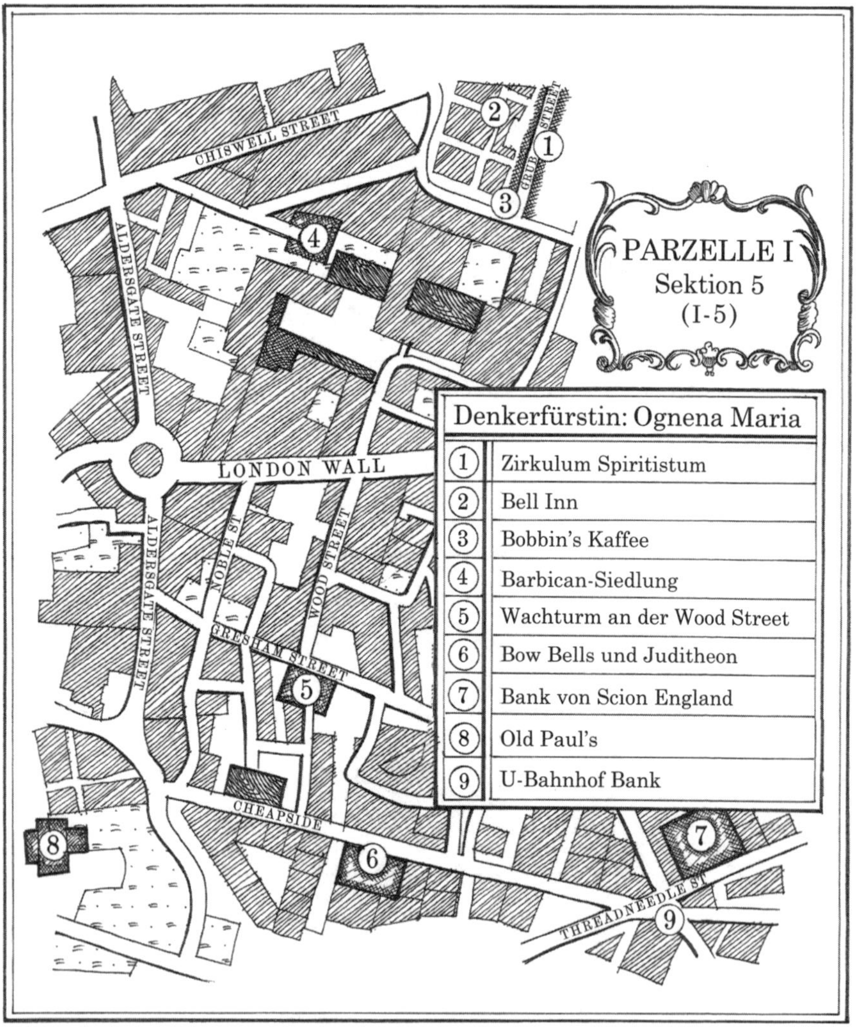

Denkerfürstin: Ognena Maria	
1	Zirkulum Spiritistum
2	Bell Inn
3	Bobbin's Kaffee
4	Barbican-Siedlung
5	Wachturm an der Wood Street
6	Bow Bells und Juditheon
7	Bank von Scion England
8	Old Paul's
9	U-Bahnhof Bank

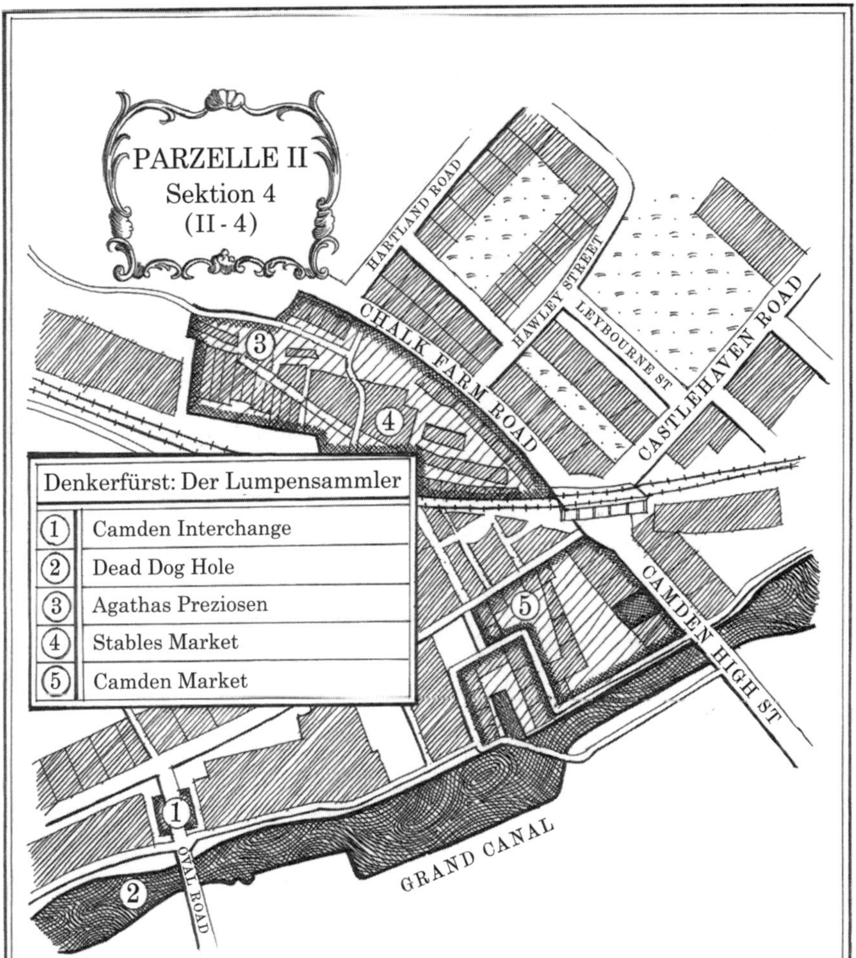
PARZELLE II
Sektion 4
(II - 4)
Denkerfürst: Der Lumpensammler
1 Camden Interchange
2 Dead Dog Hole
3 Agathas Preziosen
4 Stables Market
5 Camden Market
HARTLAND ROAD
HAWLEY STREET
LEYBOURNE ST
CASTLEHAVEN ROAD
CHALK FARM ROAD
CAMDEN HIGH ST
GRAND CANAL
OVAL ROAD

Die Versammlung der Widernatürlichen

–2059–

I. PARZELLE

1. DER HERR DER UNTERWELT
   Haymarket Hector und seine hochgeschätzte Ganovenbraut Schlitzschnute
2. *Die Äbtissin*
3. *Mary Bourne*
4. *Der Weiße Fesselmeister*
5. *Ognena Maria*
6. *Spring-heel'd Jack*

II. PARZELLE

1. *Jimmy O'Goblin*
2. *Die Gläserne Gräfin*
3. *Ark Ruffian*
4. *Der Lumpensammler*
5. *Blutfaust*
6. *Die Listige Lady*

III. PARZELLE

1. *Der Henker*
2. *Der Prinz der Schlammwühler*
3. *Madam Sprachrohr*
4. *Die Fünfte Schwester*
5. *Tom Rhymer*
6. *Der Herr der Laternen*

IV. PARZELLE

1. *Die Kompaniechefin*
2. *Der verscharrte König*
3. *Die Perlenkönigin*
4. *Gesichtslos*
5. *Der Herr der Straßenhändler*
6. *Der Heidnische Philosoph*

V. PARZELLE

1. *Die Schäbige Sylphe*
2. *Der Getreue Rabe*
3. *Charley Truthteller*
4. *Der Kerl*
5. *Captain Kartenzinker*
6. *Der Fährmann*

VI. PARZELLE

1. *Seher Green*
2. *Der Hase*
3. *Die Herrin des Hohen Hauses*
4. *Der Prügelprolet*
5. *Jenny Greenteeth*
6. *Die Winterkönigin*

Ein Verzeichnis der hochgeschätzten Ganovenschützlinge von London kann an anderer Stelle in der privaten Bibliothek des Zirkulum Spiritistum eingesehen werden.

TEIL I

STAATSFEIND SEVEN DIALS

Denn sind wir ihnen nicht haushoch überlegen, wir Widernatürlichen? Auch wenn wir die Knochen der Gesellschaft abnagen, auch wenn wir in der Gosse hausen und uns alles erbetteln müssen, sind wir doch lebende Kanäle zur Welt des Jenseitigen. Wir sind der Beweis für eine weiterführende Existenz. Wir sind die Katalysatoren der ultimativen Energie, des ewigen Aethers. Wir legen dem Tod Zügel an. Wir holen den Schnitter von seinem Pferd.

– Über die Vorzüge der Widernatürlichkeit,
Verfasser unbekannt –

1

ANKUNFT

Nur selten beginnt eine Geschichte an ihrem Anfang. Im großen Bild des Ganzen trat ich eigentlich erst am Anfang vom Ende dieser Geschichte auf. Immerhin begann die Geschichte von Scion und den Rephaim fast zweihundert Jahre vor meiner Geburt. Und für die Rephaim hat ein Menschenleben nicht mehr Substanz als ein Herzschlag.

Manche Revolutionen verändern die Welt an nur einem Tag. Andere brauchen dazu Jahrzehnte, Jahrhunderte oder noch länger, und wieder andere schaffen es nie bis zu ihrer Blüte. Meine begann mit einem Moment und einer Entscheidung. Meine begann, als in einer geheimen Stadt an der Grenze zwischen den Welten eine kleine Blume erblühte.

Habt nur Geduld, dann könnt ihr sehen, wie sie endet.

Willkommen zurück in Scion.

*

2. September 2059

Die zehn Waggons des Zuges waren so opulent ausgestattet wie kleine Salons. Dicker roter Teppich, glänzende Tische aus Rosenholz, auf jedem Sitz ein goldener Anker – das Symbol von Scion – eingestickt. Aus einem verborgenen Lautsprecher kam klassische Musik.

Ganz am Ende unseres Wagens saß Jaxon Hall – Denkerfürst von Sektor I-4 und Anführer meiner Bande von Londoner

Sehern – auf seinem Platz, stützte die verschränkten Hände auf seinen Spazierstock und starrte ohne zu blinzeln ins Leere.

Auf der anderen Seite des Ganges klammerte sich mein bester Freund Nick Nygård an einem der Metallringe fest, die von der Decke hingen. Nach sechs Monaten Trennung kam mir der Anblick seines sanftmütigen Gesichts vor wie eine Erinnerung. Die Adern an seinem Handrücken traten hervor, während er beobachtete, wie vor dem Fenster immer wieder vereinzelte Sicherheitsleuchten vorbeizogen. Verteilt auf den Sitzen hockten drei weitere Mitglieder unserer Gang: Danica hatte eine Wunde am Kopf, Nadines Hände waren blutverschmiert und ihr Bruder Zeke griff sich krampfhaft an seine verletzte Schulter. Das letzte Mitglied, Eliza, war in London geblieben.

Ich saß ein wenig abseits und sah zu, wie der Tunnel hinter uns im Dunkeln verschwand. An der Stelle, wo Danica den Mikrochip von Scion aus meinem Oberarm entfernt hatte, war meine Haut verbrannt.

Noch immer ging mir der letzte Befehl des Wächters im Kopf herum: *Lauf, kleine Träumerin.* Aber wohin sollte der Wächter fliehen? Der Eingang zum Bahnhof war von bewaffneten Wachen abgeriegelt worden. Trotz seiner enormen Größe konnte er sich zwar so lautlos bewegen wie ein Schatten, aber selbst der wäre nicht an ihnen vorbeigekommen. Und Nashira Sargas, seine ehemalige Verlobte und Anführerin der Rephaim, würde keine Kosten und Mühen scheuen, um ihn zu erwischen.

Irgendwo im Dunkeln verborgen verknüpfte das Goldene Band mein Bewusstsein mit dem des Wächters. Doch als ich den Aether durch mich hindurchfließen ließ, kam keine Antwort vom anderen Ende.

Scion musste längst von dem Aufstand erfahren haben. Irgendetwas war bestimmt nach außen gedrungen, bevor der Brand die Kommunikationskanäle lahmgelegt hatte. Eine Botschaft, eine Warnung – ein einziges Wort hätte ausgereicht, um sie auf die Krise in ihrer Kolonie aufmerksam zu machen. Bestimmt warteten sie schon mit ihren Fluxpistolen auf uns, um uns direkt zurück ins Lager zu schicken.

Sollten sie es doch versuchen.

»Lasst uns mal schätzen.« Ich stand auf. »Wie lange dauert es noch, bis wir in London ankommen?«

»Zwanzig Minuten vielleicht«, antwortete Nick.

»Will ich wissen, wo der Tunnel endet?«

Mit einem grimmigen Lächeln erklärte er: »Im Archonitat. Direkt darunter befindet sich der Bahnhof S-Whitehall.«

Mir sank das Herz fast in die Hose. »Jetzt sag nicht, ihr wolltet quer durchs Archonitat fliehen.«

»Nein. Wir werden den Zug vorher anhalten und einen anderen Weg nach draußen suchen. In diesem Netz muss es noch mehr Bahnhöfe geben. Dani sagt, durch die Servicetunnel könnte man vielleicht sogar auf direktem Weg in die normale U-Bahn gelangen.«

»Aber in diesen Servicetunneln könnte es auch von verdeckten Wachen wimmeln«, gab ich zu bedenken und wandte mich dann direkt an Danica: »Bist du dir da sicher?«

»Die sind nicht bewacht. Die sind nur für Techniker gedacht«, versicherte sie. »Aber über die älteren Tunnel weiß ich nichts. In die hat SciORE bestimmt noch nie einen Fuß gesetzt.«

SciORE war die Scionabteilung für Ingenieurswesen und Technik. Falls irgendjemand von diesen Tunneln wusste, dann die. »Es muss einen anderen Weg nach draußen geben«, beharrte ich. Selbst wenn wir es bis in das normale U-Bahn-Netz schafften, würden sie uns spätestens am Ausgang verhaften. »Können wir den Zug vielleicht umleiten? Oder gibt es einen Weg nach oben aufs Straßenniveau?«

»Keine manuelle Steuerung möglich. Und so dämlich, dass sie von dieser Linie aus einen Zugang zur Straße schaffen, sind sie nicht.« Danica nahm den Lappen von ihrer Kopfwunde und inspizierte den großen Blutfleck. Inzwischen war es mehr Blut als Lappen. »Der Zug ist darauf programmiert, direkt nach

S-Whitehall zurückzufahren. Wir werden den Feueralarm auslösen und durch den ersten Bahnhof abhauen, den wir finden können.«

Mir kam es nicht sonderlich klug vor, eine große Gruppe durch ein verfallenes Tunnelsystem ohne Beleuchtung zu schleusen. Sie waren alle geschwächt, ausgehungert und erschöpft. Wir mussten schnell vorankommen. »Unter dem Tower muss es doch auch eine Haltestelle geben«, überlegte ich. »Die benutzen für die Sehertransporte und die Scionleute doch sicher nicht denselben Bahnhof.«

»Dafür, dass wir das nicht wissen, müssten wir aber ganz schön weit laufen«, warf Nadine ein. »Der Tower liegt meilenweit vom Archonitat entfernt.«

»Sie halten die Seher im Tower gefangen. Da ist es doch nur logisch, da auch eine Haltestelle zu haben.«

»Wenn wir davon ausgehen, müssen wir ganz genau planen, wann wir den Alarm auslösen«, überlegte Nick weiter. »Irgendeine Idee, Dani?«

»Was?«

»Wie können wir feststellen, wo wir sind?«

»Wie gesagt, ich kenne dieses Tunnelsystem nicht.«

»Dann rate doch einfach mal drauflos.«

Es dauerte etwas länger als sonst, bis sie eine Antwort für uns hatte. Dunkle Ringe zeichneten sich rund um ihre Augen ab. »Vielleicht ... haben sie Markierungen in den Tunneln, damit die Arbeiter sich nicht verlaufen. In den Sciontunneln gibt es Plaketten, auf denen die Entfernung zum nächsten Bahnhof angegeben ist.«

»Aber um uns die anzusehen, müssten wir aus dem Zug raus.«

»Ganz genau. Und wir haben nur einen einzigen Versuch, um anzuhalten.«

»Denkt euch was aus«, sagte ich. »Ich suche uns solange etwas, womit wir den Alarm auslösen können.«

Während sie weiterdiskutierten, ging ich in den nächsten Wagen. Jaxon wandte das Gesicht ab, als ich an ihm vorbeikam. Trotzdem blieb ich vor ihm stehen.

»Hast du ein Feuerzeug dabei, Jaxon?«

»Nein.«

»Auch gut.«

Die einzelnen Zugabschnitte waren durch Schiebetüren miteinander verbunden, die sich nicht verriegeln ließen. Und die eingelassenen Scheiben waren nicht kugelsicher. Wenn sie uns hier drin erwischten, gab es kein Entkommen.

Ein Haufen Gesichter wandte sich mir zu – die überlebenden Seher, alle dicht zusammengedrängt. Bis jetzt hatte ich noch gehofft, dass Julian vielleicht eingestiegen war, als ich gerade nicht hinsah, aber es gab keine Spur von meinem Mitverschwörer. Tiefe Trauer breitete sich in mir aus. Selbst wenn es ihm und seiner Akrobatentruppe gelang, den Rest der Nacht zu überstehen, würde Nashira sie bis zum Sonnenaufgang unter Garantie aufknüpfen.

»Wo fahren wir hin, Paige?«, fragte Lotte, eine der Akrobatinnen. Sie trug noch immer ihr Kostüm von der Zweihundertjahrfeier, jenem historischen Ereignis, das wir durch unsere Flucht gesprengt hatten. »Nach London?«

»Ja«, bestätigte ich. »Passt auf, wir werden den Zug vorher anhalten und dann zum nächsten Ausgang laufen müssen. Der Zug ist unterwegs Richtung Archonitat.«

Entsetzt sogen sie die Luft ein, und es wurden panische Blicke gewechselt. »Das klingt aber nicht sehr sicher«, sagte Felix dann.

»Es ist unsere einzige Chance. War irgendjemand bei Bewusstsein, als sie uns in den Zug nach Sheol I gebracht haben?«

»Ich«, meldete sich ein Augur.

»Dann gibt es also eine Haltestelle im Tower?«

»Definitiv. Sie haben uns direkt von den Zellen zur Bahn gebracht. Aber da gehen wir doch nicht hin, oder?«

»Falls wir keine andere Haltestelle finden, schon.«

Während sie diese Neuigkeit leise besprachen, zählte ich durch. Mich und meine Freunde nicht mitgerechnet, waren es zweiundzwanzig Flüchtlinge.

Wie sollten diese Menschen in der richtigen Welt überleben, nachdem sie jahrelang wie Tiere behandelt worden waren? Einige von ihnen konnten sich wahrscheinlich kaum noch an die Zitadelle erinnern, und ihre Gangs hatten sie längst vergessen. Ich verdrängte diese Überlegungen und hockte mich neben Michael, der etwas abseits von den anderen saß. Der liebe, sanftmütige Michael, der einzige andere Mensch, den der Wächter unter seine Fittiche genommen hatte.

»Michael?« Ich berührte ihn sanft an der Schulter. Seine fleckigen Wangen waren nass. »Hör mir zu, Michael. Ich weiß, dass du Angst hast, aber ich konnte dich doch nicht in Magdalen zurücklassen.«

Er nickte. Stumm im eigentlichen Sinne war er nicht, aber er setzte Worte nur sehr bedacht ein.

»Du musst nicht zu deinen Eltern zurück, das verspreche ich dir. Ich werde versuchen, einen Platz für dich zu finden.« Ich konnte ihn nicht länger ansehen. »Falls wir es schaffen.«

Michael wischte sich mit dem Ärmel das Gesicht ab.

»Hast du das Feuerzeug des Wächters?«, fragte ich vorsichtig. Er wühlte in der Tasche seiner grauen Jacke herum und holte das rechteckige Feuerzeug hervor. Ich nahm es ihm ab. »Danke.«

Noch jemand saß allein: Ivy, die Handleserin. Mit ihrem rasierten Kopf und den eingefallenen Wangen wirkte sie wie ein lebendes Beweisstück für die Grausamkeit der Rephaim. Ihr Hüter Thuban Sargas hatte sie behandelt wie seinen persönlichen Sandsack. An ihren verkrampften Fingern und dem zitternden Kinn erkannte ich, dass man sie besser nicht zu lange allein ließ. Ich setzte mich ihr gegenüber und musterte die dunklen Blutergüsse in ihrem Gesicht.

»Ivy?«

Ein kaum sichtbares Nicken. Die schmutzige gelbe Tunika hing schlaff von ihren Schultern herab.

»Du weißt, dass wir dich nicht ins Krankenhaus bringen können«, begann ich, »aber ich möchte dafür sorgen, dass du an einen sicheren Ort kommst. Gehörst du einer Gang an, die sich um dich kümmern könnte?«

»Keine Gang«, antwortete sie mit brüchiger Stimme. »Ich war … ein Straßenköter in Camden. Aber da kann ich nicht wieder hin.«

»Warum nicht?«

Stumm schüttelte sie den Kopf. Camden war der Distrikt in II-4, in dem die meisten Seher lebten, ein lebendiger Marktbezirk am Großen Kanal.

Ich legte das Feuerzeug auf den glänzenden Tisch zwischen uns und verschränkte die Hände. Unter meinen Fingernägeln hatte sich uralter Dreck angesammelt.

»Gibt es dort denn wirklich niemanden, dem du vertrauen kannst?«, fragte ich leise. Am liebsten hätte ich ihr angeboten, bei uns zu bleiben, aber Jaxon würde niemals Fremde in seinem Unterschlupf dulden, vor allem, da ich nicht vorhatte, wieder dorthin zurückzukehren. Und auf der Straße würde keiner dieser Seher lange überleben.

Krampfhaft bohrte sie die Finger in ihren Oberarm, ließ locker, packte wieder zu. Nach einer langen Pause sagte sie: »Eine gibt es, Agatha. Sie arbeitet in einem Laden auf dem Markt.«

»Und wie heißt der?«

»Agathas Preziosen.« Ein Tropfen Blut quoll aus ihrer Unterlippe. »Sie hat mich lange nicht mehr gesehen, aber sie wird sich um mich kümmern.«

»Okay.« Ich stand auf. »Einer der anderen wird dich begleiten.«

Ihre tief eingesunkenen Augen waren starr auf das Fenster gerichtet, offenbar war sie innerlich ganz weit weg. Bei dem Gedanken, dass ihr Hüter vermutlich noch am Leben war, wurde mir ganz schlecht.

Die Tür glitt auf, und die anderen fünf kamen herein. Ich schnappte mir das Feuerzeug und ging ihnen entgegen. »Das ist der Weiße Fesselmeister aus I-4«, flüsterte jemand. Jaxon hielt sich ganz hinten und umklammerte weiter seinen Spazierstock, in dem sich eine Klinge verbarg. Sein anhaltendes Schweigen zerrte an meinen Nerven, aber ich hatte jetzt keine Zeit für Spielchen.

»Woher kennt Paige ihn denn?«, hörte ich eine zweite, verängstigte Stimme. »Du meinst doch nicht, sie ist …?«

»Wir wären dann so weit, Träumerin«, sagte Nick.

Dieser Name würde ihre Vermutungen bestätigen. So gut es ging, konzentrierte ich mich auf den Aether. In meinem Bewusstsein flammten so viele Traumlandschaften auf wie Bienen in einem Stock. Wir befanden uns direkt unter London.

»Hier.« Ich warf Nick das Feuerzeug zu. »Leg los.«

Er hielt es unter den Sensor und öffnete die Kappe. Innerhalb von Sekunden leuchtete der Feueralarm rot auf.

»Achtung«, ertönte die Stimme von Scarlett Burnish. »Feuer im letzten Waggon entdeckt. Türen werden verriegelt.« Die Schiebetür zum letzten Waggon schloss sich mit einem Knall, dann verriet ein gedämpftes Summen, dass der Zug an Fahrt verlor. »Bitte begeben Sie sich an die Spitze des Zuges oder bleiben Sie, wo Sie sind. Es wurde bereits eine Rettungsmannschaft entsandt. Verlassen Sie unter keinen Umständen den Zug. Versuchen Sie nicht, Türen oder Fenster zu öffnen. Bitte betätigen Sie den Schiebemechanismus, falls zusätzliche Luftzufuhr benötigt wird.«

»Das System wird nicht lange darauf reinfallen«, warnte Danica. »Sobald es erkennt, dass es keine Rauchentwicklung gibt, wird der Zug wieder losfahren.«

Am Ende des Zuges gab es eine kleine Plattform mit Geländer. Ich kletterte drüber und bat Zeke: »Gib mir mal eine

Taschenlampe.« Sobald ich sie hatte, richtete ich den Strahl auf die Schienen. »Es ist zu eng, um daneben zu laufen. Kann man die Schienen irgendwie lahmlegen, Megäre?« Ganz automatisch wechselte ich zu ihrem Syndikatsnamen. Nur so hatten wir in Scion so lange überleben können.

»Nein.« Danica schüttelte den Kopf. »Und höchstwahrscheinlich werden wir hier unten in absehbarer Zeit ersticken.«

»Großartig, vielen Dank.«

Ohne den dritten Schienenstrang aus den Augen zu lassen, sprang ich herunter und landete vorsichtig auf dem Schotter. Zeke fing bereits an, den anderen Überlebenden beim Abstieg zu helfen.

Im Gänsemarsch gingen wir los und machten einen möglichst weiten Bogen um Schienen und Schwellen. Meine verdreckten weißen Stiefel ließen das Schienenbett hörbar knirschen. Der Tunnel schien sich ewig hinzuziehen, es war kalt und in den langen Abschnitten zwischen den Sicherheitsleuchten auch verdammt dunkel. Insgesamt hatten wir fünf Taschenlampen, aber bei einer waren die Batterien schon schwach. Ich hörte meinen Atem in meinem Kopf. Auf meinen Armen bildete sich Gänsehaut. Immer wieder stützte ich mich mit einer Hand an der Wand ab und konzentrierte mich darauf, meine Füße nur dorthin zu setzen, wo es sicher war.

Nach zehn Minuten fingen die Schienen an zu vibrieren und wir pressten uns gegen die Mauer. Der leere Zug, mit dem wir aus unserem Gefängnis entkommen waren, raste in einem verschwommenen Streifen aus Metall und Lichtern an uns vorbei, weiter Richtung Archonitat.

Als wir schließlich eine Weiche erreichten, an der eine grüne Signallampe brannte, zitterten mir vor Erschöpfung die Knie.

»Megäre«, rief ich, »sagt dir das hier irgendwas?«

»Es bedeutet, dass der Weg vor uns frei ist und dass der Zug an der zweiten Abzweigung rechts gefahren ist«, erklärte Danica.

Der Tunnel links von uns war blockiert. »Sollen wir dann die erste nehmen?«

»Wir haben gar keine andere Wahl.«

Hinter der Biegung wurde der Tunnel breiter. Wir begannen zu laufen. Nick trug Ivy, die so schwach war, dass ich mich wunderte, wie sie es überhaupt in den Zug geschafft hatte.

An der zweiten Abzweigung brannten weiße Laternen. Auf einer Schwelle war eine schmutzige Plakette festgeschraubt, auf der stand: WESTMINSTER, 2500 M. Der erste Tunnel hingegen war ein gähnendes schwarzes Loch und war mit der Plakette TOWER 800 M versehen. Warnend hob ich einen Finger an die Lippen. Falls in Westminster eine Einsatztruppe wartete, hatten sie inzwischen einen unbemannten Zug in Empfang genommen. Vielleicht waren sie auch schon in den Tunneln unterwegs.

Eine dünne braune Ratte huschte zwischen den Schienen vorbei. Michael wich zurück, aber Nadine leuchtete ihr neugierig hinterher. »Wovon die hier wohl leben?«

Bald sollten wir es herausfinden. Je weiter wir gingen, desto mehr Ratten tauchten auf, und bald hörte man überall leises Fiepen und nagende Geräusche. Zekes Hand zitterte, als sein Lichtstrahl den Leichnam erfasste. Die Ratten ließen sich noch die letzten Überreste von seinem Fleisch schmecken. Er war in die traurigen Lumpen eines Clowns gekleidet, und sein Brustkorb war mit Sicherheit mehr als einmal von einem Zug zermalmt worden.

»Seine Hand liegt auf der dritten Schiene«, stellte Nick fest. »Der arme Kerl hatte wohl keine Taschenlampe.«

Kopfschüttelnd fragte einer der Seher: »Wie konnte er ganz allein so weit kommen?«

Jemand schluchzte leise. Fast hätte er es bis nach Hause geschafft, der Clown, der seinem Gefängnis entronnen war.

Endlich zeigten die Taschenlampen uns einen Bahnsteig. Vorsichtig stieg ich über die Schienen hinweg und zog mich hoch. Mit brennenden Muskeln hievte ich die Taschenlampe auf eine Höhe mit der Bahnsteigkante. Ihr Strahl vertrieb die drückende Finsternis und ich sah weiße Steinwände, einen tragbaren Tank mit Desinfektionsmittel und einen Lagerraum voller faltbarer Tragen. Das genaue Ebenbild des Empfangsbahnhofs am anderen Ende der Linie. Der Gestank des Wasserstoffperoxids trieb mir die Tränen in die Augen. Glaubten diese Leute vielleicht, sie könnten sich von uns die Pest holen? Wuschen sie sich die Hände mit Bleiche, nachdem sie uns in den Zug gestopft hatten? Hatten sie solche Angst, dass die Sehergabe auf sie abfärben könnte? Vor meinem inneren Auge sah ich mich selbst, festgebunden auf einer Trage, von Fantasmagorien gepeinigt und von Ärzten in weißen Kitteln herumgeschubst.

Keine Spur von irgendwelchen Wachen. Wir leuchteten jeden Winkel aus. An der Wand hing ein riesiges Schild: ein roter Diamant, der von einem blauen Streifen in zwei Hälften geteilt wurde. Auf dem blauen Untergrund stand in weißen Buchstaben der Name der Haltestelle:

TOWER VON LONDON

Ich brauchte keine Karte, um zu wissen, dass der Tower von London keine offiziell gelistete U-Bahn-Haltestelle war.

Unter dem Schild hing noch eine kleinere Tafel. Nachdem ich den Staub von den eingeprägten Buchstaben gepustet hatte, konnte ich sie lesen: PENTAS LINE. Auf einer Karte waren fünf geheime Haltestellen unter der Zitadelle verzeichnet. Der in winzigen Buchstaben gedruckte Text dazu verriet mir, dass diese Haltestellen während des Baus der Metropolitan Railway angelegt worden waren, was nichts anderes war als der alte Name der Londoner U-Bahn.

Nick tauchte neben mir auf. »Wie konnten wir das zulassen?«, murmelte er.

»Manche von uns stecken jahrelang im Tower, bevor sie hier runtergeschickt werden.«

Er drückte sanft meine Schulter. »Kannst du dich noch daran erinnern, wie du hergebracht wurdest?«

»Nein, ich stand unter Flux.«

Winzige schwarze Punkte flackerten vor meinen Augen auf. Ich massierte mir die Schläfen. Durch das Amaranth, das der Wächter mir verabreicht hatte, war zwar der größte Schaden in meiner Traumlandschaft geheilt worden, aber mein Kopf fühlte sich noch etwas merkwürdig an, und hin und wieder verließ mich meine Seherkraft.

»Wir müssen weiter«, sagte ich, während ich beobachtete, wie die anderen auf den Bahnsteig kletterten.

Es gab zwei Ausgänge: einen geräumigen Aufzug, in dem mehrere Tragen gleichzeitig Platz fanden, und eine schwere Metalltür mit der Aufschrift NOTAUSGANG. Die stieß Nick nun auf.

»Sieht so aus, als müssten wir die Treppe nehmen«, stellte er fest. »Der Aufzug scheint kaputt zu sein. Kennt irgendjemand den ungefähren Grundriss des Towers?«

Mir war nur ein markanter Punkt bekannt, der White Tower, Herzstück und Festung des Gefängniskomplexes, der unter der Leitung einer Elitesicherheitstruppe stand, der sogenannten Spezialwache. Im Syndikat nannten wir sie nur die Raben: grausame, schwarz gekleidete Wachen, die über ungezählte Foltermethoden verfügten.

»Ich.« Nell hob die Hand. »Zumindest teilweise.«

»Wie heißt du?«, wollte Nick wissen.

»9. Ich meine, Nell.« Sie sah meiner Freundin Liss so ähnlich, dass wir mit Maske und Kostüm den Oberaufseher hatten täuschen können: schwarze Locken, zart gebaut. Aber ihr Gesicht wirkte härter, ihre Haut war olivfarben und statt schwarzer Augen wie Liss hatte sie klare blaue.

Mit sanfter Stimme bat Nick: »Sag uns alles, was du weißt.«

»Das ist zehn Jahre her. Vielleicht haben sie was verändert.«

»Alles ist besser als nichts.«

»Bei ein paar von uns haben sie auf das Flux verzichtet«, berichtete Nell. »Ich habe nur so getan, als wäre ich bewusstlos.

Falls diese Treppe an der gleichen Stelle rauskommt wie der Aufzug, müssten wir direkt hinter dem Traitor's Gate landen, aber das ist mit Sicherheit verschlossen.«

»Mit Schlössern komme ich schon klar.« Nadine hob demonstrativ das Ledermäppchen mit ihren Dietrichen. »Und mit Raben auch, wenn sie es auf einen Kampf anlegen.«

»Jetzt werd mal nicht übermütig. Wir werden nicht kämpfen.« Nick hob den Blick zur niedrigen Decke. »Wie viele sind wir, Paige?«

»Achtundzwanzig.«

»Wir gehen in kleinen Gruppen, Nell mit uns zuerst. Fesselmeister, Diamant, könntet ihr –?«

»Ich will doch stark hoffen, dass du nicht gerade dabei bist, mir einen Befehl zu erteilen, Gesicht«, fiel Jaxon ihm ins Wort.

Bei der ganzen Hektik mit dem Zug und der Suche nach einer Haltestelle hatte ich ihn kaum wahrgenommen. Auch jetzt hielt er sich im Schatten, nur sein Spazierstock glänzte wie eine frisch angesteckte Kerze.

Nach einem Moment des Schweigens presste Nick hervor: »Ich wollte dich nur um Hilfe bitten.«

»Ich werde hierbleiben, bis der Weg frei ist«, verkündete Jaxon naserümpfend. »Meinetwegen könnt ihr euch an den Raben die Finger schmutzig machen.«

Ich packte Nick am Arm. »War ja klar«, murmelte er so leise, dass Jaxon es nicht mitbekam.

»Ich werde sie bewachen«, versprach Zeke. Während der Zugfahrt hatte er kein einziges Wort gesagt. Immer noch hielt er sich mit einer Hand die Schulter, während er die andere so fest zur Faust ballte, dass die Knöchel weiß hervortraten.

Nick schluckte, dann winkte er Nell. »Zeig mir den Weg.«

Während die Flüchtlinge im Bahnhof zurückblieben, folgten wir drei Nell über eine steile Wendeltreppe nach oben. Sie bewegte sich so unbeschwert wie ein Vogel, und irgendwann fiel es mir schwer, noch mit ihr mitzuhalten. Jeder einzelne Muskel in meinen Beinen brannte wie Feuer. Viel zu laut hallten unsere Schritte durch den Treppenschacht. Nick, der hinter mir ging, blieb an einer Stufe hängen. Gerade noch rechtzeitig packte Nadine ihn am Ellbogen.

Oben angekommen, schlich Nell zur Ausgangstür und stieß sie auf. Aus einiger Entfernung drang das Heulen einer Zivilschutzsirene zu uns herein. Wenn sie wussten, dass wir verschwunden waren, war es nur eine Frage der Zeit, bis sie auch herausfanden, wo wir uns gerade befanden.

»Alles klar«, flüsterte Nell.

Ich holte mein Jagdmesser aus meinem Rucksack. Wenn wir Pistolen benutzten, wäre bald jeder Rabe der gesamten Festung hier. Hinter mir zog Nick ein kleines graues Handy hervor und tippte eine Nummer ein.

»Komm schon, Eliza«, murmelte er. *»Jävla telefon …«*

Mit einem kurzen Seitenblick meinte ich: »Schick ihr doch ein Bild.«

»Habe ich schon. Aber wir müssen wissen, wie lange sie braucht.«

Genau wie Nell vermutet hatte, lag der Zugang zum Treppenhaus gegenüber von dem stillgelegten Aufzug. Rechts sah ich eine massige, mit Mörtel verputzte Wand, und links unter einem sanft geschwungenen Torbogen befand sich Traitor's Gate: ein bedrohliches schwarzes Gebilde mit vergitterter Lünette. Zur Zeit der Könige war dies der Eingang zur Festung gewesen. Wir standen hier direkt am Fuß der Anlage, zu weit unten, um von den Wachtürmen aus gesehen zu werden. Hinter dem Tor führte eine mit Flechten bewachsene Steintreppe nach oben, direkt daneben gab es eine schmale Rampe für die Rolltragen.

Im fahlen Mondlicht erkannte ich Teile des White Tower. Zwischen Tor und Festung ragte eine hohe Mauer auf – dahinter konnten wir uns verstecken. An einem der Türmchen war ein starker Suchscheinwerfer angebracht. Und noch immer plärrten die Sirenen ihren eintönigen Alarm. In Scion verkündete das einen eklatanten Sicherheitsvorfall.

»Dort leben die Wachen.« Nell zeigte zur Festung hinüber. »Im Bloody Tower sperren sie die Seher ein.«

»Und wo führt diese Treppe hin?«, wollte ich wissen.

»Ins Innere der Festung. Wir müssen uns beeilen.«

Noch während sie das sagte, marschierte direkt gegenüber vom Tor eine Gruppe Raben vorbei. Hastig drückten wir uns gegen die Mauer. An Nicks Schläfe glitzerte ein Schweißtropfen. Wenn sie am Tor nichts Auffälliges bemerkten, sahen sie vielleicht nicht genauer nach.

Wir hatten Glück. Die Raben gingen weiter. Sobald sie außer Sichtweite waren, stieß ich mich mit zitternden Armen von der Mauer ab. Nell rutschte zu Boden und fluchte leise.

Über unserem Versteck stimmten mehrere Sirenen in den Chor der Warnungen mit ein. Ich versuchte, das Tor zu öffnen, aber ohne Erfolg. Es war mit einem Vorhängeschloss an einer Kette gesichert. Sobald Nadine das sah, schubste sie mich beiseite und zog einen winzigen Schraubenzieher aus ihrem Gürtel. Nachdem sie ihn ganz unten in das Schlüsselloch geschoben hatte, griff sie nach einem silbernen Dietrich.

»Das könnte eine Weile dauern.« Bei dem Lärm war sie kaum zu verstehen. »Die Bolzen scheinen verrostet zu sein.«

»Wir haben aber keine Zeit.«

»Holt inzwischen die anderen«, schlug Nadine vor, ohne den Blick von dem Schloss abzuwenden, »wir sollten besser zusammenbleiben.«

Gleichzeitig hob Nick das Telefon ans Ohr und flüsterte: »Muse?« Mit gedämpfter Stimme sprach er mit Eliza, dann sagte er zu mir: »Sie kommt, so schnell sie kann. Bis dahin schickt sie uns ein paar von Spring-heel'd Jacks Strauchdieben.«

»Wie lange?«

»Zehn Minuten, aber die Strauchdiebe müssten früher hier sein.«

Uns blieben keine zehn Minuten.

Über unseren Köpfen glitt das gleißende Licht des Scheinwerfers vorbei und suchte das Innere der Festung ab. Nell wich zurück und kniff die Augen zusammen, um nicht geblendet zu werden. Sie duckte sich in eine Ecke und verschränkte fest die Arme vor dem Körper. Dabei atmete sie stoßweise durch die Nase.

Ich wanderte zwischen den Wänden hin und her und überprüfte jeden einzelnen Ziegelstein. Falls die Raben den Komplex in Runden abgingen, würde es nicht lange dauern, bis sie wieder hier auftauchten. Wir mussten das Tor aufkriegen, die Gefangenen wegschaffen und das Schloss wieder anbringen, bevor das passierte. Mit aller Kraft schob ich die Fingerspitzen in den Spalt zwischen den Aufzugtüren und versuchte, sie aufzustemmen, aber sie rührten sich keinen Millimeter.

Ein paar Meter weiter versuchte Nadine es mit einem anderen Dietrich. Sie musste in einem blöden Winkel arbeiten, weil das Schloss auf der anderen Seite des Tores hing, aber ihre Hände waren vollkommen ruhig. In der Tür zur Treppe tauchte Zeke auf, gefolgt von einer Schar nervöser Flüchtlinge. Mit einem Kopfschütteln signalisierte ich ihm, nicht näher zu kommen.

Endlich hatte Nadine das Schloss geknackt. Wir halfen ihr dabei, die Kette zwischen den Stäben durchzuziehen, schön vorsichtig, damit sie nicht klapperte, dann schoben wir zusammen das Tor auf. Schwer schabte es über den Kies, die seit Ewigkeiten ungenutzten Scharniere quietschten, aber das alles ging im Lärm der Sirenen unter. Nell rannte die Stufen hinauf und winkte uns zu sich.

»Die Ausgänge sind bestimmt alle dicht«, meinte sie, als ich näher kam. »Dieses Schloss war die einzige Schwachstelle hier. Wir werden über die Südmauer klettern müssen.«

Klettern, meine Spezialität. »Gesicht, du holst die anderen«, bestimmte ich. »Haltet euch bereit, es muss schnell gehen.«

Geduckt schlich ich die letzten Stufen hinauf und umklammerte meinen Revolver. Vor mir führte eine weitere Treppe zu einem der Türme neben dem Torbogen. Mit einem Sprung konnten wir die angrenzende Mauer erreichen und uns zwischen zwei Zinnen verstecken; sie war viel niedriger als erwartet. Bestimmt hatte Scion nicht damit gerechnet, dass die wenigen Seher, die es vielleicht aus dem Bloody Tower rausschafften, je so weit kommen würden. Ich signalisierte Nick, die anderen loszuschicken, dann lief ich leichtfüßig die zweite Treppe hoch, immer schön im Schatten. Als ich die Lücke zwischen den beiden Zinnen erreichte, stockte mir kurz der Atem.

Da war es.

London.

Hinter der Mauer führte ein steiler Uferstreifen zur Themse hinunter. Links von mir lag die Tower Bridge. Aber wenn wir nach rechts gingen, konnten wir unbemerkt um den Festungskomplex herumlaufen und es bis zur Hauptstraße schaffen. Nick holte ein Beutelchen aus seiner Tasche und rieb sich die Hände mit Kreide ein.

»Ich gehe als Erster«, sagte er leise. »Du hilfst den anderen beim Abstieg. Eliza wartet an der Straße auf uns.«

Ich suchte die Brücke nach Scharfschützen ab. Zu sehen war niemand, aber ich nahm drei Traumlandschaften wahr.

Nick schob sich zwischen den Zinnen hindurch, hielt sich an ihnen fest und drehte sich mit dem Gesicht zur Mauer. Auf der Suche nach einem Halt für seine Füße trat er kleine Steinchen los. »Vorsicht«, warnte ich ihn, obwohl es eigentlich überflüssig war. Nick konnte besser klettern, als er laufen konnte. Er schenkte mir noch ein kurzes Lächeln, dann ließ er sich ein Stück weit absinken, bevor er ganz losließ und geduckt auf dem Boden aufkam.

Irgendwie bekam ich ein komisches Gefühl, als die Mauer plötzlich zwischen uns war.

Ich streckte dem ersten der Gefangenen die Hand entgegen.

Michael und Nell tauchten auf, sie trugen Ivy zwischen sich. Ich stützte sie unter den Armen und führte sie zu den Mauerzinnen.

»Hier rauf, Ivy.« Schnell streifte ich Nicks Mantel ab, hängte ihn ihr um und machte die Knöpfe zu. Jetzt blieben mir nur noch die kümmerlichen Überreste meines weißen Kleides. »Gib mir deine Hände.«

Mit Michaels Hilfe bugsierte ich Ivy über die Mauer. Nick packte sie um die schmalen Hüften und trug sie zum Ufer hinunter. »Hol die Verletzten hier rauf, Michael, schnell.« Meine Stimme klang härter als beabsichtigt. Er ging und half Felix, der stark humpelte.

Einer nach dem anderen kletterte über die Mauer: Ella, Lotte, dann ein völlig aufgelöster Kristallomant, danach ein Augur mit gebrochenem Handgelenk. Sie blieben alle dicht bei der Stelle, an der sie landeten, wo Nick sie mit gezogener Pistole bewachte. Als ich Michael die Hand hinstreckte, um ihm zu helfen, wurde er von Jaxon beiseitegeschubst. Mühelos erklomm er die Zinnen, warf seinen Spazierstock voraus und beugte sich dann zu mir runter, um mir ins Ohr zu flüstern: »Eine Chance hast du noch, mein Liebchen. Komm zurück nach Seven Dials, dann werde ich vergessen, was du in Sheol I gesagt hast.«

Ohne ihn anzusehen, erwiderte ich: »Danke, Jaxon.«

Er sprang so elegant von der Mauer, dass es fast aussah, als würde er schweben. Ich drehte mich zu Michael um. Aus der Schnittwunde in seinem Gesicht lief Blut über seinen Hals und durchnässte sein Hemd.

»Los.« Ich packte seine Handgelenke. »Einfach nicht runterschauen.«

Mit Mühe gelang es Michael, ein Bein über die Mauer zu schieben. Seine Finger krallten sich in meine Unterarme.

Ein ersticktes Keuchen drang aus Nells Kehle. Auf ihrem Hosenbein breitete sich ein Blutfleck aus. Mit ängstlich aufgerissenen Augen starrte sie mich an. Ein starker Sog lief durch meinen Körper.

»Runter!«, brüllte ich so laut, dass ich die Sirenen übertönte. »Runter, *sofort*!«

Aber es blieb ihnen keine Zeit mehr, zu gehorchen. Die wartenden Flüchtlinge auf der Treppe wurden von einem Kugelhagel erfasst.

Zuckende, sich windende Körper. Ein schriller Schrei. Michaels Handgelenke glitten mir durch die Finger. Ich duckte mich hinter die Balustrade und hielt schützend die Arme über den Kopf.

Ihr oberstes Ziel würde sein, uns aufzuhalten: töten, ohne zu zögern.

Unten brüllte Nick meinen Namen, schrie mir zu, dass ich springen sollte, aber ich war starr vor Angst. Meine Wahrnehmung schrumpfte zusammen, bis ich nur noch meinen Herzschlag, meinen flachen Atem und das gedämpfte Dröhnen der Waffen hörte. Dann packte mich jemand, schob mich über die Mauer und ich fiel.

Meine Sohlen kamen so hart auf dem Boden auf, dass ich es bis in die Hüften spürte und noch ein paar Meter vorwärts katapultiert wurde. Mit einem dumpfen Knall und einem schmerzerfüllten Stöhnen landete jemand neben mir – Nell, die krampfhaft die Zähne zusammenbiss. Sie kroch mühsam über den Boden, dann rappelte sie sich auf und humpelte so schnell sie konnte davon. Ich krabbelte in dieselbe Richtung, bis ich Nick erreichte, der sich sofort meinen Arm um den Hals schlang. Mit einer ruckartigen Bewegung wollte ich mich losreißen.

»Wir müssen die anderen … –«

»Paige, *komm*!«

Auch Nadine hatte es über die Mauer geschafft, aber die beiden anderen kletterten gerade erst auf die Zinnen. Eine neue Salve vom White Tower ließ die Überlebenden in alle Richtungen flüchten. Danica und Zeke sprangen und wurden zu zwei Silhouetten im viel zu hellen Mondlicht.

Da spürte ich den Scharfschützen über uns. Ein amaurotisches Mädchen fiel, ihr Schädel explodierte wie eine weiche Frucht. Fast wäre Michael über sie gestolpert. Jetzt konzentrierte sich der Scharfschütze – eine Frau – auf ihn.

Die Nerven in meinem Körper verwandelten sich in Feuerzungen. Mit einem Ruck löste ich mich aus Nicks Griff. Kaum mehr als ein Tropfen Kraft war mir geblieben, aber mit ihm schleuderte ich mein Bewusstsein durch die Traumlandschaft der Schützin, schickte ihren Geist in den Aether und ihren Körper über die Mauer. Als ihr leerer Leichnam auf dem Gras aufschlug, rannte Michael weiter zum Fluss. Ich brüllte seinen Namen, aber er war schon fort.

Meine Füße waren schneller als meine Gedanken. Die Risse in meiner Traumlandschaft klafften auf wie frische Wunden. Wir waren jetzt dicht an der Straße, ganz nah, fast hatten wir es geschafft. Ich konnte schon die Straßenlaternen sehen. In der Festung dröhnten die Waffen. Dann heulte ein Motor auf und bläuliche Scheinwerfer tauchten auf. Leder unter meinen Fingern. Motor. Schüsse. Ein einzelner, schriller Ton. Um die Kurve, über die Brücke. Und dann verschwanden wir in der Zitadelle wie Staub im Schatten, nur die Sirenen heulten uns noch hinterher.

2

LANGE GESCHICHTE

Pünktlich um sechs Uhr morgens erschien sie. Wie immer.

Meine Hand griff nach dem Revolver auf dem Nachttisch. Die Erkennungsmelodie von ScionEye ertönte, eine mitreißende, theatralische Komposition, in die man das Glockenspiel von Big Ben integriert hatte.

Ich wartete.

Da war sie: Scarlett Burnish, Großreferentin von London, im schwarzen Kleid mit weißem Spitzenkragen. Natürlich sah sie immer gleich aus, wie ein Automaton aus der Hölle, aber bei bestimmten Gelegenheiten, zum Beispiel, wenn ein armer Bürger von einem Widernatürlichen »getötet« oder »angegriffen« worden war, konnte sie auch hausgemachtes Mitleid versprühen. Heute jedoch lächelte sie strahlend.

»Guten Morgen und willkommen zu einem neuen Tag in Scion London, der mit guten Nachrichten beginnt. Wie die Vereinigten Wachmannschaften bekannt gegeben haben, werden sie die Reihen der Tagwache um mindestens fünfzig Mann aufstocken, die diesen Montag bereits vereidigt werden sollen. Der Leiter der Wachen erklärte, dass das neue Jahr die Zitadelle vor ganz neue Herausforderungen stellen werde, und dass die Bürger von London in solch gefährlichen Zeiten weiterhin eng zusammenrücken müssen, um –«

Ich schaltete den Apparat ab.

Keine Sondermeldungen. *Überhaupt nichts*, dachte ich wieder und wieder. Keine Fotos, keine Hinrichtungen.

Klappernd landete die Waffe wieder auf dem Tisch. Ich hatte

die Nacht auf einer Couch verbracht und war bei dem kleinsten Geräusch hochgeschreckt. Jetzt waren meine Muskeln so steif, dass es wehtat, daher brauchte ich eine Weile, bis ich mich aufrichten konnte. Jedes Mal, wenn der Schmerz nachließ, kam eine neue Welle von irgendeinem Bluterguss oder einer Zerrung. Eigentlich gehörte ich jetzt ins Bett, wie immer im Morgengrauen, aber ich musste wenigstens für eine Minute aufstehen. Ein wenig Tageslicht würde mir guttun.

Sobald ich meine Beine gelockert hatte, machte ich die Stereoanlage in der Ecke an. Billie Holidays *Guilty* setzte ein. Nick hatte auf dem Weg zur Arbeit ein paar verbotene Platten, so viel Geld, wie er erübrigen konnte, und einige Bücher aus unserem Unterschlupf vorbeigebracht. Letztere hatte ich noch nicht angerührt. Irgendwie vermisste ich das Grammofon des Wächters. Man konnte sich tatsächlich daran gewöhnen, von den liebeskummergeplagten Schnulzenstars der Freien Welt in den Schlaf gesungen zu werden.

Seit unserer Flucht waren drei Tage vergangen. Mein neues Zuhause war eine schäbige Absteige in I-4, irgendwo im Gewirr der Seitenstraßen von Soho. Die meisten Herbergen für Seher waren widerliche Bruchbuden, in denen man kaum leben konnte, aber der Vermieter hier – ein Kleidomant, der wahrscheinlich nur eine Pension eröffnet hatte, um ständig an Schlüsseln herumfingern zu können – hatte zumindest die Ratten vertrieben, wenn auch nicht die Feuchtigkeit. Er hatte keine Ahnung, wer ich war, sondern wusste nur, dass ich in Deckung bleiben musste, weil ich angeblich von einem Wachmann zusammengeschlagen worden war, der vielleicht noch immer nach mir suchte.

Bis die Sache mit Jaxon geklärt war, würde ich von einem Mietzimmer zum nächsten ziehen müssen, im wöchentlichen Wechsel. Schon jetzt kostete das ein Vermögen – noch kam ich mit dem Geld hin, das Nick mir gegeben hatte –, aber nur so konnten wir sichergehen, dass Scion mich nicht aufspürte.

Die Jalousien waren heruntergelassen, sodass kein bisschen Licht ins Zimmer drang. Vorsichtig schob ich sie einen Spalt weit auf. Goldenes Sonnenlicht blendete meine geröteten Augen. Auf der schmalen Straße unter dem Fenster gingen gerade zwei Amaurotiker vorbei. An der Ecke hielt ein Wahrsager Ausschau nach Seherkunden, die vielleicht eine schnelle Voraussage haben wollten. Wenn er verzweifelt genug war, versuchte er es vielleicht sogar bei einem Amaurotiker. Manche wurden neugierig, andere entpuppten sich als Spione. Scion schickte schon seit Ewigkeiten Lockspitzel auf die Straßen, die Seher dazu verführen sollten, sich zu verraten.

Ich ließ die Jalousie wieder fallen. Es wurde dunkel. Sechs Monate lang war ich nachtaktiv gewesen, hatte meinen Schlafrhythmus dem der Rephaim angepasst. So schnell änderte sich das nicht. Ich ließ mich auf die Couch sinken, nahm das Wasser, das auf dem Tisch bereitstand, und schluckte zwei blaue Schlaftabletten.

Meine Traumlandschaft war noch immer instabil. Während des Kampfes auf der Bühne, als Nashira versucht hatte, mich vor einem Publikum aus Scionfunktionären umzubringen, hatte sie mit ihren Gefallenen Engeln haarfeine Risse hinterlassen, durch die Erinnerungen bis in mein schlafendes Bewusstsein vordringen konnten: die Kapelle, in der Seb gestorben war; mein Zimmer in Magdalen; die verdreckte, verwinkelte Hüttensiedlung und Ducketts Psychomanteum, in dem mein Gesicht monströs angeschwollen und verzerrt ausgesehen hatte und mein Kiefer abplatzte wie brüchiges Porzellan.

Dann Liss, der man die Lippen mit goldenem Faden zusammengenäht hatte. Rausgezerrt, um an die Emim verfüttert zu werden, jene Monster, die in den Wäldern rund um die Kolonie hausten. Sieben blutverschmierte Karten flatterten hinter ihr her. Ich fing sie auf, wollte unbedingt die letzte Karte sehen – meine Zukunft –, aber im gleichen Moment, in dem ich sie berührte, ging sie in Flammen auf. Als ich mich am frühen Abend selber aus dem Schlaf riss, war ich von Kopf bis Fuß in Schweiß gebadet. Meine Wangen waren feucht und glühend heiß und meine Lippen schmeckten salzig.

Diese Karten würden mich noch lange verfolgen. Liss hatte mir in sechs Stufen die Zukunft vorausgesagt: fünf der Kelche, König der Stäbe umgekehrt, der Teufel, die Liebenden, Tod umgekehrt, acht der Schwerter. Aber sie war nie bis zum Ende der Sitzung gekommen.

Mühsam schleppte ich mich ins Badezimmer und schluckte noch ein paar von den Schmerzmitteln, die Nick mir dagelassen hatte. Die große Graue war vermutlich irgendein Sedativum, um das Zittern zu mildern, den rebellierenden Magen zu beruhigen und den Drang zu bekämpfen, mich an meine Waffe zu klammern und sie nie wieder loszulassen.

Es klopfte leise an der Tür. Ganz langsam holte ich den Revolver, prüfte die Munition und versteckte ihn dann hinter meinem Rücken. Mit der freien Hand öffnete ich die Tür.

Auf dem Flur stand der Vermieter, bereits vollständig angezogen. Um seinen Hals hing ein uralter eiserner Schlüssel, den er niemals abnahm.

»Guten Morgen, Miss«, sagte er.

Ich rang mir ein Lächeln ab. »Schlafen Sie eigentlich nie, Lem?«

»Nicht sehr oft. Die Gäste sind rund um die Uhr aktiv. Oben findet gerade eine Séance statt«, erklärte er mit müdem Blick, »und die fuhrwerken ganz schön mit dem Tisch herum. Sie sehen heute schon viel besser aus, wenn ich das sagen darf.«

»Vielen Dank. Hat mein Freund angerufen?«

»Er wird heute Abend um neun hier sein. Bitte klingeln Sie einfach, wenn Sie etwas brauchen.«

»Danke. Dann noch einen schönen Tag.«

»Ebenfalls, Miss.«

Für einen Absteigenwirt war er überraschend hilfsbereit. Ich machte die Tür zu und drehte den Schlüssel um.

In der nächsten Sekunde glitt der Revolver durch meine Finger. Ich sank zu Boden und drückte das Gesicht gegen die Knie.

Ein paar Minuten später kehrte ich in das winzige, stickige Bad zurück, schälte mich aus meinem Nachthemd und inspizierte im Spiegel meine Verletzungen. Am auffälligsten waren der tiefe Schnitt über dem Auge, der bereits genäht worden war, und die oberflächliche Wunde an der Wange. Alles an mir war kraftlos und ausgezehrt: die Fingernägel brüchig, die Haut bleich, Rippen und Hüftknochen stachen hervor. Als er mir das erste Essen gebracht hatte, hatte der Wirt vorsichtig meine zerfleischten Hände und das dunkle Veilchen in meinem Gesicht gemustert. Aber er hatte in mir nicht die Fahle Träumerin erkannt, Ganovenbraut seines Sektors und Schützling des Weißen Fesselmeisters.

Als ich in die Dusche stieg und am Hahn drehte, wurde mir kurz schwarz vor Augen. Das heiße Wasser massierte sanft meine Schultern und lockerte meine Muskeln.

Eine Tür fiel zu.

Sofort fand meine Hand das verborgene Messer unter der Seifenschale. Mit einem Sprung katapultierte ich mich aus der Dusche und presste mich an die gegenüberliegende Wand. Getrieben vom Adrenalin schob ich mich hinter die Tür und drückte die Klinge an die Brust.

Es dauerte mehrere Minuten, bis mein Herzschlag sich normalisierte. Langsam löste ich mich von den Fliesen und hinterließ einen nassen Fleck aus Schweiß und Wasser. *Nichts, es ist nichts.* Nur der Séancetisch von oben.

Zitternd stützte ich mich am Waschbecken ab. Nasse Locken umrahmten mein mageres, farbloses Gesicht.

Ich schaute meinem Spiegelbild direkt in die Augen. Mein Körper war in der Kolonie nicht anders behandelt worden als eine Ware, herumgeschubst, begrabscht und verprügelt von Rephaim und Rotjacken. Ich drehte mich halb um und strich mit den Fingern über die feinen Narben an meiner Schulter. XX-59-40.

Dieses Brandzeichen würde ich für den Rest meines Lebens mit mir herumtragen.

Aber ich hatte überlebt. Entschlossen zog ich mein Shirt über das Brandmal. Ich hatte überlebt, und die Sargas würden das auch noch merken.

*

Als ich Nick zum ersten Mal seit zwei Tagen aufmachte, umarmte er mich sanft, um meine diversen Wunden und Blutergüsse zu schonen. In den durch die Numen des Wächters hervorgerufenen Erinnerungen hatte ich ihn so oft gesehen, aber nichts davon reichte an den echten Nick Nygård heran.

»Hallo, *sötnos*.«

»Hi.«

Wir lächelten uns an; still und freudlos.

Nick stellte das Essen auf den Tisch, während ich die Tür öffnete, die auf den kleinen Balkon hinausführte. Der Wind trug den Geruch von Scion im Herbst herein: Petroleum und Rauch von den Feuergruben der Straßenkünstler. Aber der Duft aus den Pappschachteln war so herrlich, dass ich das kaum wahrnahm. Ein wahres Festessen: kleine Pasteten mit Hühnchen und Schinken, frisch gebackenes Brot, goldbraune Pommes mit Salz und Pfeffer. Nick schob mir eine kleine Nährstoffkapsel hin.

»Guten Appetit, aber mach langsam.«

Auf den Pasteten glänzte geschmolzene Butter, und wenn man sie aufbrach, quoll dicke, deftige Soße heraus. Brav legte ich die Kapsel auf meine Zunge.

»Wie geht es deinem Arm?« Nick nahm ihn und untersuchte das runde Brandmal. »Tut es noch weh?«

»Inzwischen nicht mehr.« Und um diesen Mikrochip loszuwerden, hätte ich jeden Schmerz ertragen.

»Behalte es im Auge. Ich weiß, Dani ist gut, aber sie ist keine Ärztin.« Er fühlte meine Stirn. »Kopfschmerzen?«

»Nicht mehr als üblich.« Ich nahm mir ein Stück Brot und zerbröselte es. »Immer noch nichts in ScionEye.«

»Sie schweigen sich darüber aus. Und zwar gründlich.«

Wir schwiegen ebenfalls. Die Ringe unter Nicks Augen zeigten, dass er einige schlaflose Nächte hinter sich hatte. Voller Sorgen. Und endloser Warterei. Ich legte beide Hände um meinen Kaffeebecher und starrte hinaus auf die Zitadelle, jene unsichere Krisenregion aus Metall, Glas und Lichtern, die endlos weit hinauf in den Nachthimmel leuchteten. Irgendwo dort draußen war Michael, wahrscheinlich hatte er unter einer Brücke oder in einem Hauseingang Schutz gesucht. Falls er irgendwie an etwas Geld kam, konnte er in einem Armenhotel übernachten, aber die wurden jede Nacht von Wachen überprüft, die ihre Arrestquote erfüllen wollten, bevor ihre Schicht rum war.

»Ich habe dir etwas mitgebracht.« Nick legte ein Handy auf den Tisch, dasselbe Modell wie das, mit dem er im Tower telefoniert hatte. »Ein Wegwerftelefon. Solange du immer die Karte austauschst, kann Scion dich darüber nicht orten.«

»Wo hast du das her?« Solche Telefone waren in Scion nie hergestellt worden, es musste also Importware sein.

»Von einem Freund auf dem Markt in Old Spitalsfield. Im Idealfall wirft man das ganze Ding weg, aber die Händler verlangen ein Vermögen für die Geräte.« Er reichte mir auch noch eine kleine Schachtel. »Angerufen werden kann man damit quasi nicht, weil sich ja ständig die Nummer ändert, aber man kann telefonieren. Ist ja auch nur für Notfälle.«

»Gut.« Ich steckte das Handy ein. »Wie war es bei der Arbeit?«

»Gut. Glaube ich zumindest.« Angespannt rieb er über die Bartstoppeln an seinem Kinn. »Falls irgendjemand gesehen hat, wie ich in diesen Zug gestiegen bin –«

»Hat aber keiner.«

»Ich hatte eine Scionuniform an.«

»Nick, Scion ist eine Riesenorganisation. Die Chancen, dass irgendjemand eine Verbindung zwischen dem angesehenen

Dr. Nicklas Nygård und der Strafkolonie herstellt, gehen gegen null.« Ich strich etwas Butter auf mein Brot. »Es wäre viel verdächtiger, wenn du nicht mehr hingehen würdest.«

»Ich weiß. Und ich habe schließlich nicht jahrelang an ihren Universitäten studiert, um jetzt einfach aufzugeben.« Als er meinen Blick bemerkte, rang er sich ein Lächeln ab. »Woran denkst du gerade?«

»Wir haben im Tower eine Menge Leute verloren.« Augenblicklich war mein Appetit wie weggeblasen. »Ich hatte ihnen versprochen, ich würde sie alle nach Hause bringen.«

»Hör auf, Paige. Wenn du so denkst, machst du dich nur kaputt. Scion ist schuld daran, nicht du.«

Ich antwortete nicht. Nick kniete sich neben meinen Stuhl. »Schau mich an, Süße. Schau mich mal an.« Ich hob den Kopf und sah in seine müden Augen, aber das machte mich nur noch trauriger. »Wenn irgendjemand Schuld hat, dann doch wohl dieser Rephait, oder nicht? Er hat euch in den Zug gesetzt. Er hat euch gehen lassen.« Als ich immer noch nichts sagte, legte er mir einen Arm um die Schultern. »Wir werden die anderen Flüchtlinge finden, versprochen.«

Eine ganze Weile blieben wir so sitzen. Er hatte recht. Natürlich hatte er recht.

Aber vielleicht trug noch jemand anders die Schuld. Jemand, der sich hinter dem Schleier von Scion verbarg.

Hatte der Wächter gewusst, dass dieser Zug nach Westminster fuhr, mitten ins Herz der Bestie? Hatte er mich im letzten Moment doch noch verraten? Immerhin war er ein Rephait – ein Monster, kein Mensch –, trotzdem musste ich darauf vertrauen, dass er sein Möglichstes getan hatte.

Als wir gegessen hatten, räumte Nick die Reste weg. Plötzlich klopfte es wieder an der Tür, und ich griff hastig nach meiner Waffe, aber Nick hob beschwichtigend die Hand.

»Keine Sorge.« Er öffnete die Tür. »Ich habe eine Freundin angerufen.«

Eliza Renton kam herein, noch mit Regentropfen in den Locken, doch sie sagte nicht einmal Hallo, sondern lief ohne stehen zu bleiben auf das Sofa zu, auf dem ich saß. Ihrer Miene nach zu schließen, hätte sie mir am liebsten eine reingehauen, doch stattdessen zog sie mich in ihre Arme.

»Paige, du Idiotin.« An ihrer Stimme war deutlich zu hören, wie wütend sie war. »Du verdammte Idiotin. Warum musstest du an diesem Tag auch unbedingt die U-Bahn nehmen? Du wusstest doch, dass da verdeckte Wachen unterwegs waren, du wusstest von den Kontrollen …«

»Ich bin das Risiko eingegangen, dumm von mir.«

»Warum hast du nicht einfach gewartet, bis Nick dich heimgebracht hätte? Wir dachten, Hector hätte dich umgelegt, oder dass Scion –«

»Haben sie ja auch.« Ich tätschelte ihren Rücken. »Aber mir geht's gut.«

Sanft, aber bestimmt löste Nick ihre Hände von meinem Hals. »Sei vorsichtig, sie besteht fast nur noch aus blauen Flecken.« Er führte Eliza zur anderen Couch. »Ich dachte mir, vielleicht sollte mehr als einer von uns es wissen, Paige. Wir brauchen jeden Verbündeten, den wir nur kriegen können.«

»Ihr habt doch Verbündete«, fauchte Eliza. »Jax war krank vor Sorge um dich, Paige.«

»Davon war aber nichts zu spüren, als er mich fast erwürgt hat«, erwiderte ich.

Das war ihr neu. Mit einem gereizten Stirnrunzeln schaute sie zwischen uns hin und her. Ich zog die Vorhänge zu. Dann saßen wir im Halbdunkel auf den Sofas und füllten unsere Gläser mit Saloop aus Nicks Flachmann. Das cremige Getränk aus Orchideenwurzeln und heißer Milch, das mit einem Hauch Zimt abgeschmeckt wurde, war der Renner in den Kaffeehäusern. Nach Monaten des Hungerns schmeckte es einfach himmlisch.

Im Fernsehen war gerade einer von Burnishs kleinen Unterreferenten auf Sendung.

»In den nächsten Wochen wird die Anzahl der Wachen in Parzelle I verdoppelt werden, da in dieser Zeit der zweite Prototyp des Sensorschirmscanners installiert werden soll. Mit der Einführung dieser einzigartigen Technologie, die das Aufspüren von Widernatürlichkeit ermöglicht, wird noch vor Dezember gerechnet. Die Bürger sollten sich auf vermehrte Kontrollen in U-Bahn, Bussen und von Scion lizenzierten Taxis einstellen. Vor allem das Personal der Verdeckten Wache bittet die Bevölkerung um verstärkte Kooperation in diesem Zeitraum. Wer nichts zu verbergen hat, hat auch nichts zu befürchten! Und nun zum Wetterbericht für diese Woche.«

»Noch mehr Wachen«, stellte Nick fest. »Was haben sie vor?«

»Sie wollen die Flüchtlinge aufspüren«, vermutete ich. »Ich verstehe sowieso nicht, warum sie nichts darüber gebracht haben.«

»Vielleicht geht es gar nicht darum. Immerhin ist in zwei Monaten Novembertide«, gab Eliza zu bedenken. »Da stocken sie die Überwachung jedes Mal auf. Und dieses Jahr ist der Großinquisitor von Paris eingeladen worden.«

»Aloys Mynatt war auf der Zweihundertjahrfeier, das ist der Assistent von Inquisitor Ménard. Falls er tot ist, wird Ménard wohl kaum nach Feiern zumute sein.«

»Das würden sie niemals absagen.«

»Glaub mir: Wenn Nashira befiehlt ›absagen‹, dann sagen sie es ab.«

»Wer ist Nashira?«

So eine harmlose Frage. Und es gab keine einfache Antwort. Wer *war* Nashira? Ein Albtraum. Ein Monster. Eine Mörderin.

»Der Sensorschirm wird alles verändern«, prophezeite ich, ohne den Blick vom Fernseher zu lösen. »Hat die Versammlung der Widernatürlichen in dieser Richtung schon irgendetwas unternommen?«

Die Versammlung der Widernatürlichen setzte sich aus den sechsunddreißig Denkerfürsten und Denkerköniginnen der Zitadelle zusammen, die sämtliche Aktivitäten des Syndikats in den ihnen zugeteilten Sektoren zu überwachen hatten. Dabei waren sie alle relativ unabhängig, auch wenn der Herr der Unterwelt – zurzeit Haymarket Hector – dafür zuständig war, ihre Versammlungen zu organisieren.

»Im Juli gab es einiges Gerede«, erzählte Nick. »Grub Street hat Nachrichten verbreitet, in denen es hieß, man sei sich der Situation bewusst. Aber seitdem kam nichts mehr.«

»Hector hat keine Ahnung, was er tun soll«, begriff ich. »Und sonst auch niemand.«

»Dieser Prototyp ist noch nicht das Schlimmste, was auf uns zukommt. Nach allem, was man so hört, können damit nur die ersten drei Kasten aufgespürt werden.«

Unwillkürlich wandte Eliza den Kopf ab. Sie war ein Medium und damit in der dritten Kaste. Nick griff nach ihrer Hand.

»Dir wird nichts geschehen. Dani arbeitet bereits an einem Abschirmgerät«, wandte er sich wieder an mich. »Irgendetwas, das den Sensorschirm lahmlegt. Eine ziemlich komplexe Aufgabe, aber sie ist ja auch verdammt clever.«

Eliza nickte, ergänzte dann jedoch trübsinnig: »Sie meint, im Februar könnte sie fertig sein.«

Das war zu spät, wie wir alle wussten.

»Wie habt ihr es eigentlich in die Kolonie geschafft?«, fragte ich Nick. »Die Sicherheitsvorkehrungen müssen doch enorm gewesen sein.«

»Im August war Jax kurz davor, aufzugeben«, gab Nick zu. »Zu diesem Zeitpunkt waren wir uns ganz sicher, dass du nicht mehr in London bist. Weder gab es Erpresserschreiben von anderen Gangs noch irgendeinen Beweis für deinen Tod, und wir fanden keinerlei Hinweise, dass du irgendwann mal bei deinem Vater aufgetaucht wärst. Erst nach dem Vorfall am Trafalgar Square hatten wir wieder eine Spur, als du gesagt hast, man hätte dich nach Oxford gebracht.«

»Danach gab es für Jaxon nichts anderes mehr«, warf Eliza

mit einem scharfen Blick ein. »Er war vollkommen davon besessen, dich zurückzuholen.«

Das überraschte mich nicht besonders. Für Jaxon wäre es höchst frustrierend gewesen, seine wertvolle Traumwandlerin zu verlieren, fast schon eine Demütigung. Trotzdem hatte ich nicht erwartet, dass er so viel riskieren würde, um mich aus Scions Klauen zu befreien. Ein solches Opfer brachte man eigentlich nur für Menschen, denen gegenüber man Mitgefühl empfand und keinen reinen Besitzanspruch.

»Ich habe bei der Arbeit versucht, mehr über Oxford in Erfahrung zu bringen, aber die Daten waren alle verschlüsselt«, fuhr Nick fort. »Es hat mehrere Wochen gedauert, bis ich mich ins Büro meiner Vorgesetzten schleichen und an ihren Computer gehen konnte. Da bin ich dann in eine Art schwarzes Netzwerk geraten, einen Bereich des allgemeinen Netzwerks, zu dem die Öffentlichkeit keinen Zugang hat. Einzelheiten gab es da aber auch keine, nur die Angabe, dass Oxford in einem Sperrgebiet der Kategorie A läge – was wir ja bereits wussten – und dass es unter dem Archonitat einen Bahnhof gäbe, was allerdings neu für uns war. Und ich fand eine Liste mit Namen, die allem Anschein nach Jahrhunderte weit zurückreichte. Alles Vermisste. Fast ganz unten auf der Liste tauchte dann dein Name auf.«

»Von da an hat Dani übernommen«, berichtete Eliza weiter. »Sie hat den Zugangstunnel entdeckt. Eigentlich durfte da nur eine handverlesene Gruppe von Technikern rein, aber sie hat rausgekriegt, wann der Tunnel das nächste Mal geöffnet werden würde. Der Zug sollte am einunddreißigsten August gewartet werden. Also hat Jax bestimmt, dass es an diesem Tag losgeht. Ich bin hiergeblieben, um alles im Auge zu behalten.«

»Das sieht Jax gar nicht ähnlich, dass er sich selbst die Hände schmutzig macht«, wunderte ich mich.

»Du bedeutest ihm viel, Paige. Er würde alles tun, damit wir in Sicherheit sind. Vor allem du.«

Nein, das stimmte nicht ganz. Eliza hatte in Jaxon Hall immer eine Lichtgestalt gesehen – immerhin hatte er dafür gesorgt, dass wir wieder Licht in unserem Leben hatten –, aber ich hatte schon zu viele Facetten an ihm entdeckt, die etwas anderes sagten. Er war zu Güte *fähig*, aber er war nicht gütig. Er konnte so *tun*, als wären wir ihm wichtig, aber es würde immer nur Theater bleiben. Ich hatte Jahre gebraucht, um aufzuwachen und das zu begreifen.

»Am Abend nach der Wartung hat sich Dani mit einer gestohlenen Zugangskarte in den Tunnel geschlichen und uns reingelassen«, setzte Nick den Bericht fort.

»Hat euch denn niemand entdeckt?«

»Sie haben uns gar nicht gesehen. Als die Funktionäre den Zug bestiegen, hatten wir uns längst in einem Lagerraum am Ende des Zuges versteckt. Die Wachen hatten da keinen Zutritt, also waren wir für diesen Teil der Reise sicher. Aber irgendwie mussten wir natürlich auch wieder aus dem Zug rauskommen.«

»Vorbei an den seherisch begabten Wachen, die zum Schutz der Funktionäre abgestellt waren? Wie zum Teufel habt ihr das geschafft?«

»Wir haben gewartet, bis die Funktionäre von der Haltestelle nach draußen gebracht worden waren. Dann hat eine Wache den Eingang wieder verriegelt, wodurch wir erst mal im Bahnhof festsaßen, aber dann haben wir hinter einem Gitter einen alten Wartungsschacht entdeckt. So kamen wir raus auf die Straße. In die Guild Hall sind wir dann einfach durch den Hintereingang rein.«

Ein Wartungsschacht. Hätte der Wächter davon gewusst, hätte er sich ebenfalls in Sicherheit bringen können. Ich stieß hörbar den Atem aus. »Ihr seid alle total verrückt.«

»Wir mussten dich doch zurückholen, Paige«, sagte Eliza. »Jax hätte buchstäblich alles versucht.«

»Jax ist nicht dumm. Aber einen zusammengewürfelten Haufen Unterweltler in einen Scionzug zu schmuggeln, ohne überhaupt zu wissen, was einen am Ende der Fahrt erwartet, klingt ganz schön dämlich.«

»Na ja, vielleicht war es ihm ja zu langweilig geworden, immer nur in seinem Arbeitszimmer zu hocken.«

»Wir haben dich wieder, das ist die Hauptsache.« Nick beugte sich erwartungsvoll vor. »Und jetzt bist du an der Reihe.«

Ich starrte in meinen Saloop. »Das ist eine lange Geschichte.«

»Fang mit der Nacht an, in der sie dich geschnappt haben«, schlug Eliza vor.

»Das ist aber nicht der Anfang. Angefangen hat alles 1859.«

Verwirrt schauten die beiden sich an.

Es dauerte wirklich lange. Ich erklärte ihnen, wie im Jahr 1859 zwei Spezies namens Rephaim und Emim aus einer anderen Welt, die genau zwischen Leben und Tod angesiedelt war, zu uns gekommen waren. Dass zuvor die Schwelle zwischen den Welten verschwunden war, weil zu viele ruhelose Geister die Grenze zwischen den Welten hatten brüchig werden lassen.

»Okay.« Eliza sah aus, als müsse sie sich das Lachen verkneifen. »Aber was genau *sind* denn nun diese Rephaim?«

»Das weiß ich bis heute nicht«, gab ich zu. »Sie sehen aus wie wir, aber ihre Haut glänzt metallisch und sie sind sehr groß. Normalerweise sind ihre Augen gelblich, aber wenn sie sich nähren, spiegeln sie die Farbe der Aura wider, die sie gerade aufgenommen haben.«

»Und die Emim?«

Da fehlten mir endgültig die Worte. »Ich habe nie einen bei Licht gesehen, aber …« Ich seufzte hilflos. »In der Kolonie hießen sie entweder Summer oder verrottende Riesen. Geister kommen nicht in ihre Nähe. Und sie fressen Menschenfleisch.«

Nick wirkte von Natur aus schon blass, aber jetzt noch viel mehr.

Ich erzählte ihnen von dem Pakt zwischen den Rephaim und der Regierung – Schutz vor den Emim im Austausch gegen Seher als Sklaven –, der letztlich zur Einführung von Scion geführt hatte. Von der Strafkolonie Sheol I, für die in den Ruinen der Stadt Oxford eine Art spirituelles Leuchtfeuer erschaffen wurde, um die Emim von Zitadellen wie London wegzulocken. Und ich erzählte ihnen, wie ich an jenem Abend in der U-Bahn in die Kontrolle geraten war. Wie ich zwei verdeckte Wachen angegriffen hatte, aus der Wohnung meines Vaters hatte fliehen müssen und dann vom Oberaufseher mit Flux vollgepumpt worden war. Um dann im Straflager wieder aufzuwachen.

Ich erzählte ihnen, wie ich an Arcturus Mesarthim übergeben worden war, auch bekannt als der Wächter – und Nashiras Verlobter –, der mich zur Soldatin ausbilden sollte. Ich erklärte ihnen die Hierarchien in der Strafkolonie, beschrieb ihnen jede der dort vorhandenen Klassen: die elitären Rotjacken, die als Soldaten dienten und dafür mit dem Wohlwollen der Rephaim belohnt wurden; die Akrobaten, die in Slums lebten und lediglich als Auralieferanten dienten; die amaurotischen Bediensteten, die hinter Gittern dahinvegetierten, wenn sie sich nicht gerade zu Tode schufteten. Ich erzählte ihnen, wie die Rephaim die Menschen schlugen und aussaugten, nur um sie wegzuwerfen wie Müll, wenn sie durch ihre Prüfungen fielen.

Langsam wurden unsere Getränke kalt.

Ich erzählte ihnen, wie ich durch Sebs Tod in die nächste Klasse aufgestiegen war. Wie ich mit dem Wächter trainiert hatte. Ich erzählte ihnen von dem Reh und von dem Summer im Wald, und von Julian und von Liss. Von unserem Versuch, Antoinette Carter am Trafalgar Square festzuhalten, was damit geendet hatte, dass Nick auf mich schoss.

Langsam tat mir der Hals weh vom vielen Sprechen, aber ich erzählte ihnen alles, die ganze Geschichte. Bis auf die Wahrheit über meine Beziehung zum Wächter. Bei jedem neuen Detail über die Rephaim sah ich Ekel und Entsetzen in ihren Gesichtern. Sie würden es nicht verstehen, wenn ich ihnen sagte, wie nah ich meinem Hüter gekommen war. Deshalb erzählte ich nichts von den durch Salvia erzeugten Erinnerungen, oder von seiner Musik in der Kapelle, oder von dem einen Mal, als er mich in seine Traumlandschaft gelassen hatte. Laut meiner abgespeckten Beschreibung war er ein zurückhaltendes Geschöpf, mit dem ich kaum ein Wort gewechselt hatte, das mir hin und wieder etwas zu essen gab und mich letztlich freigelassen hatte. Aber natürlich fiel Nick die Lücke in meiner Darstellung auf.

»Eines verstehe ich nicht«, sagte er. »Als man euch zum Trafalgar Square gebracht hat, hätte er dich dortlassen können, aber er hat dich wieder nach Sheol zurückgebracht. Und jetzt behauptest du, er hätte dir *geholfen*?«

»Damit ich ihm helfe. 2039 hat er versucht, die Sargas zu stürzen. Dafür hat Nashira ihn gefoltert.«

»Und dann beschlossen, ihn zu *heiraten*?«

»Keine Ahnung, ob das eine etwas mit dem anderen zu tun hatte. Vielleicht waren sie auch schon lange verlobt, bevor sie überhaupt herkamen.«

Eliza verzog das Gesicht. »Na, das ist ja mal eine tolle Verbindung.« Sie hatte die nackten Füße angezogen und lag auf der Seite. »Aber wäre solch ein Verrat nicht ein hinreichender Grund, um das Bündnis zu lösen?«

»Ich denke, das war Teil seiner Bestrafung. Sie wusste, wie sehr er sie hasst. Da war die Qual doch größer für ihn, wenn er als ihr Gefährte bei ihr bleiben musste, gehasst von den anderen Rephaim.«

»Warum hat sie ihn nicht einfach getötet? Warum hat sie nicht alle Verräter umgebracht?«

»Vielleicht ist der Tod keine Strafe für sie«, überlegte Nick. »Immerhin sind sie keine Sterblichen, keine Menschen.«

»Oder vielleicht haben wir Menschen auch Wichtigeres zu tun, als uns darüber den Kopf zu zerbrechen.« Ich starrte wieder auf den Fernseher. »Der Wächter ist jetzt bedeutungslos.«

Lügnerin.

Ich hörte seine Stimme so deutlich, als stünde er hier im

Raum, die Erinnerung war förmlich greifbar. Sie jagte leichte Schauer über meine Arme, bis in die Fingerspitzen.

»Glaubst du, dieser Deal läuft immer noch?«, fragte Nick. »Wir sind aus der Kolonie ausgebrochen, was zur Folge hat, dass nun ihr Geheimnis in Gefahr ist.«

»Offenbar schon.« Ich deutete mit dem Kopf auf den Bildschirm. »Meiner Meinung nach hat die erhöhte Sicherheit nichts mit der Novembertide zu tun. Sie müssen jeden auslöschen, der etwas weiß.«

»Und was dann?«, wollte Eliza wissen.

»Dann kommt die nächste Knochenernte, um all die Menschen zu ersetzen, die sie verloren haben.«

»Aber die müssen sie dann irgendwo anders unterbringen«, gab Nick zu bedenken. »Die erste Kolonie können sie nicht weiterbetreiben, nicht nachdem ihr Standort bekannt geworden ist.«

»Es gibt Pläne für ein Sheol II in Frankreich, aber bisher haben sie noch nicht mal mit der Konvertierung begonnen«, erklärte ich. »Ihr oberstes Ziel wird jetzt sein, uns zu finden.«

Es folgte ein kurzes Schweigen. »Der Wächter will den Menschen also helfen«, resümierte Eliza schließlich. »Und wo ist er jetzt?«

»Auf der Jagd nach Nashira.«

»Wir haben keinen Beweis dafür, dass er auf unserer Seite ist, Paige.« Nick legte sein Datenpad beiseite. »Ich traue niemandem. Die Rephaim sind unsere Feinde, bis das Gegenteil einwandfrei erwiesen ist. Und das gilt auch für den Wächter.«

In meinem Inneren brannte es, als hätte mich ein Nagel in den Bauch gestochen, aber Nick stand nur auf und starrte aus dem Fenster.

Ich konnte ihm nicht von dem Kuss erzählen. Dann hielt er mich für komplett irre. Ja, ich vertraute dem Wächter, aber es stimmte auch, dass ich mir einiges an ihm nach wie vor nicht erklären konnte: wer er war, oder *was* er war.

Eliza beugte sich über den Tisch hinweg zu mir rüber. »Du kommst doch zurück nach Seven Dials, oder?«

»Ich bin ausgestiegen«, erwiderte ich knapp.

»Jax nimmt dich schon wieder auf. In Seven Dials ist es am sichersten für dich, und er ist ein guter Denkerfürst. Er hat dich nie gezwungen, mit ihm zu schlafen. Es gibt weitaus schlimmere Arbeitgeber.«

»Dann bin ich ihm jetzt also etwas schuldig, nur weil er aus mir nicht sein persönliches Freudenmädchen gemacht hat? Weil er nicht so ist wie Hector? Du warst nicht dabei. Dir hat er nicht das hier verpasst.« Ruckartig zog ich meinen Ärmel zurück und zeigte ihr die weiße Narbe auf meinem rechten Arm. »Er ist total irre.«

»Als er das getan hat, wusste er doch nicht, wer du bist.«

»Er wusste, dass er einem Traumwandler die Scheiße aus dem Leib prügelt. Und ich bin der einzige Traumwandler, den wir kennen.«

»Das hilft uns jetzt nicht weiter.« Nick massierte sich die Schläfen. »Eliza, du sagst Jax, dass Paige und ich bald nach Seven Dials zurückkommen werden. Bis dahin müssen wir uns einen Plan zurechtlegen.«

Verwirrt runzelte Eliza die Stirn. »Was denn für einen Plan?«

»Na ja, jemand muss etwas gegen die Rephaim unternehmen. Wir können sie doch nicht einfach mit ihren Knochenernten weitermachen lassen.«

»Das sehe ich ganz anders.« Eliza zog sich ihren Mantel an. »Schau mal, wir haben Paige doch gerettet. Jetzt sollten wir alle einfach … versuchen, wieder an die Arbeit zu gehen. Jax sagt, wir haben eine Menge Geld verloren, seit du verschwunden bist«, wandte sie sich an mich. »Wir brauchen dich dringend im Garden.«

»Ihr wollt mich allen Ernstes auf den Schwarzmarkt zurückschicken?« Fassungslos starrte ich sie an. »Scion ist eine Marionettenregierung. Sie stecken Seher in Todeslager.«

»Wir sind nur kleine Lichter, Paige. Wenn wir schön den Kopf unten halten, werden wir sicher nicht deportiert.«

»Wir sind keine kleinen Lichter. Wir sind die Sieben Siegel, eine der berüchtigsten Banden der Zentralparzelle. Und wenn Scion nicht wäre, müssten wir gar nicht erst den Kopf einziehen. Dann wären wir nämlich keine Kriminellen. Wir müssen das Syndikat versammeln, und zwar schnell, bevor sie den Sensorschirm einführen.«

»Und was sollen wir dann tun?«

»Kämpfen.«

»Gegen Scion?« Kopfschüttelnd fuhr sie fort: »Komm schon, Paige. Da macht die Versammlung der Widernatürlichen niemals mit.«

»Ich werde um eine Audienz ersuchen und ihnen die Lage schildern.«

»Und du meinst, sie werden dir glauben?«

»Na ja, du glaubst mir doch auch, oder nicht?« Als sie mich nur reglos anstarrte, stand ich auf. »Tust du doch, oder?«

»Ich war ja nicht dabei«, antwortete sie lahm. »Hör mal, bestimmt haben sie in dieser Gegend irgendeine Art Gefängnis, aber … aber du standest unter Flux, und das klingt einfach so …«

»Hör auf, Eliza. Ich war ebenfalls dort«, unterbrach Nick sie.

»Ich hatte bestimmt keinen sechs Monate langen Flux-Flash«, zischte ich. »Ich habe gesehen, wie unschuldige Menschen gestorben sind bei dem Versuch, aus diesem Höllenloch zu entkommen. Und das war mit Sicherheit nicht das letzte Mal. Sheol II, Sheol III, Sheol IV. Ich werde garantiert nicht so tun, als wäre das nie passiert.«

Lange Zeit sagte niemand ein Wort.

»Ich richte Jax aus, dass ihr bald wieder da seid«, versprach Eliza schließlich und wickelte sich ihren Schal um den Hals. »Hoffentlich entspricht das auch der Wahrheit. Es gibt bereits Gerüchte, dass du aus seinen Diensten ausgeschieden bist.«

»Und wenn es so wäre?«, fragte ich leise.

»Denk nach, Paige: Ohne eine Gang überlebst du nicht lange, das weißt du ganz genau.«

Sie zog die Tür hinter sich zu. Ich wartete, bis ihre Schritte verklungen waren, erst dann legte ich los: »Sie hat komplett den Verstand verloren. Was meint sie denn, wie es weitergeht, wenn wir erst mal Sensorschirme auf allen Straßen haben?«

»Sie hat Angst, Paige.« Nick seufzte schwer. »Eliza kennt nichts außer dem Syndikat. Schon als kleines Kind ist sie auf der Straße gelandet und dann in irgendeinem schäbigen Loch in Soho groß geworden. Hätte Jaxon sie nicht eingestellt, wäre sie heute wohl ein Leichtes Mädchen.«

Das nahm mir den Wind aus den Segeln. »Ich dachte, sie war beim Theater?«

»Stimmt auch. Dadurch konnte sie ihre Miete bezahlen, aber irgendwann hat sie alles nur noch für Aster und Kneipentouren ausgegeben. Als sie Jaxon begegnete, hat er sofort ihr Talent erkannt. Er verschaffte ihr teure Farben, einen sicheren Schlafplatz und Musen, von denen sie nie zu träumen gewagt hätte. Ich weiß noch, wie sie damals bei uns im Unterschlupf auftauchte. Sie war so überwältigt von allem, dass sie in Tränen ausbrach. Für sie gibt es nichts Wichtigeres, als die Siegel zusammenzuhalten.«

»Wenn sie morgen geschnappt würde, hätte Jaxon innerhalb eines Tages einen Ersatz für sie organisiert, das weißt du doch ganz genau. Wir sind ihm vollkommen gleichgültig, ihm geht es nur um unsere Talente.« Ich rieb vorsichtig die schmerzende Stelle über meinem Auge. »Nick, ich weiß doch, wie schwierig das alles ist. Unvorstellbar schwierig. Aber wenn wir jetzt aufgeben, haben sie gewonnen.«

Nick sah mich wortlos an.

»Die Rephaim wissen, dass das Syndikat ihnen gefährlich werden kann«, fuhr ich fort. »Es ist ein Monster, das sie zwar erschaffen haben, aber nicht kontrollieren können. Bloß, unter der Führung von Hector sind wir nicht mehr als ein Haufen kleiner

Diebe. Im Syndikat gibt es Hunderte von Sehern. Es ist organisiert. Es ist mächtig. Wenn wir das Syndikat gegen die Rephaim einsetzen könnten, anstatt die ganze Zeit nur Tarocchi zu spielen und uns gegenseitig umzubringen, könnten wir sie vielleicht loswerden. Ich *muss* einfach vor der Versammlung der Widernatürlichen sprechen.«

»Und wie? Hector hat kein Treffen mehr anberaumt seit …« Er unterbrach sich kurz. »Hector hat überhaupt noch nie ein Treffen anberaumt.«

»Jeder kann um ein Treffen bitten.«

»Wirklich?«

»Ein bisschen was habe ich als Ganovenbraut schon gelernt.« Ich holte mir Papier und Schreibzeug vom Nachttisch. »Jedes Syndikatsmitglied hat das Recht, einen Aufruf an den Herrn der Unterwelt zu schicken, der dann die Versammlung einberuft.« Ich formulierte mein Schreiben, fügte am Ende noch meine Sektornummer hinzu, steckte das Ganze in einen Umschlag und reichte ihn Nick. »Könntest du das bitte im Zirkulum Spiritistum abgeben?«

Er nahm den Brief. »Das ist ein Aufruf an die Versammlung?«

»Hectors Postfach ist bestimmt voll, er leert es nie. Der Zirkel schickt einen Kurier zu ihm, der das persönlich abgibt.«

»Jaxon geht die Wände hoch, wenn er das mitkriegt.«

»Ich habe gekündigt, schon vergessen?«

»Ohne einen Denkerfürsten wirst du aber wohl nicht weit kommen. Eliza hat recht. Du brauchst eine Gang, sonst schließt das Syndikat dich aus.«

»Ich muss es versuchen.«

Nick schob den Umschlag zwar in seine Tasche, aber er wirkte nicht überzeugt. »So etwas geschieht nicht über Nacht. Sie werden dir kein Wort glauben, und vor allem Hector wird es auch nicht kümmern. Und selbst wenn, stehen dir Jahrzehnte der Tradition und Korruption im Weg. Jahrhunderte sogar. Du weißt doch, was passiert, wenn man die Pferde scheu macht.«

»Dann gehen die Pferde durch.« Ich stützte mich mit beiden Händen auf dem Fensterbrett ab. »Wir können nicht warten. Die Rephaim brauchen Futter, und sie haben nicht mehr viele Seher in ihrer Stadt. Früher oder später werden sie uns holen kommen. Ich weiß nicht, wie wir sie bekämpfen können, ich weiß ja nicht mal, *ob* wir sie bekämpfen können, aber ich werde bestimmt nicht den Schwanz einziehen und Scion darüber entscheiden lassen, wie mein Leben aussieht. Das kann ich einfach nicht, Nick.«

Stille.

»Nein«, sagte er schließlich. »Ich auch nicht.«

3

DA WAREN ES NOCH FÜNF

Der nächste Tag verlief ähnlich. Und der übernächste auch. Schlafen, wenn die Sonne am Himmel stand, dafür nachts wach. Von der Versammlung der Widernatürlichen kam keinerlei Antwort auf mein Schreiben. Ich gab ihnen eine Woche Zeit, dann würde ich den nächsten Aufruf schicken. Die Kuriere des Zirkels waren zwar schnell, aber vielleicht vergingen Tage, bis Hector sich meine Nachricht ansah.

Mir blieb nichts anderes übrig, als abzuwarten. Ohne Informationen über das, was im Archonitat vorging, konnte ich keine Pläne machen. Vorerst war Nashira am Zug.

Am fünften Tag zählte ich wieder mal meine Verletzungen: Der Bluterguss am Rücken war nur noch ein bräunlicher Schimmer und fast alle kleineren Wunden waren verheilt. Nachdem ich Nachrichten geschaut hatte – noch immer nichts Interessantes dabei –, setzte ich mich auf die Couch und verschlang das Frühstück, das mir der Wirt gebracht hatte.

Nick hatte für mich noch ein paar Sachen aus Seven Dials geholt, darunter auch DVS 2, die Sauerstoffmaske, die mich am Leben erhielt, wenn ich meine Gabe über einen längeren Zeitraum einsetzte. Nun legte ich mich aufs Bett und drückte die Maske auf Mund und Nase. Schon seit Tagen war ich nicht mehr in meiner Traumlandschaft gewesen, aber wenn ich auch nur versuchen wollte zu kämpfen, mussten mein Körper und meine Gabe voll einsatzfähig sein. Jetzt, wo er sich weiterentwickelt hatte, war mein Geist meine stärkste Waffe.

Ich schaltete das Gerät ein und zog mich in mein Bewusstsein zurück.

Das erste Eintauchen tat weh. Als ich endlich durchkam, streiften welke Mohnblumen meine Wange. Langsam öffnete ich meine Traumgestaltaugen. Ich stand am Rand meiner Euphotischen Zone, und unter meinen Füßen breitete sich ein dichter Teppich aus Blütenblättern aus. Über mir spannte sich ein roter, brennend heißer Himmel, trockener Wind zerrte an meinen Haaren.

Große Stellen meines Blumenfeldes waren ausgerissen worden. Das war das Gewebe meines Geistes, zerfetzt und vernarbt, als wäre jemand mit irgendeiner infernalischen Maschine hindurchgepflügt.

Ich kniete mich hin, betrachtete eine der sterbenden Mohnblumen und schob mir ihre Samenkörner auf die Hand. Sobald ich sie berührte, wuchs aus jedem Samen ein winziger Trieb, der sofort erblühte. Aber jetzt waren es keine Mohnblumen mehr. Ihr Rot war dunkler, die Blüte kleiner. Ein verbrannter Geruch hing in der Luft.

Blut des Adonis. Das Einzige, was den Rephaim Schaden zufügen konnte. Wie eine rote Welle brachen sie überall in meiner Traumlandschaft aus dem Boden hervor.

Hunderttausende von Anemonen.

*

Vom Traumwandeln ließ ich noch die Finger. Nach einem mentalen Sturm dieser Größenordnung brauchte es einige Zeit, bis alle Folgen beseitigt waren. Deswegen würde es noch ein paar Tage dauern, bis ich wieder in den Aether eindringen konnte.

Stattdessen ging ich meine Möglichkeiten durch: Es konnte gut sein, dass Hector nicht auf meinen Aufruf reagierte. Falls es so war, würde ich allein zuschlagen müssen.

Blieben zwei schwerwiegende Probleme: Geld und Ansehen. Oder vielmehr, dass ich keins von beidem besaß.

Falls ich ernsthaft aus Jaxons Diensten ausschied, würde ich eine Menge Geld zum Überleben brauchen. Ein paar Ersparnisse hatte ich in meinen Kopfkissenbezug im Unterschlupf eingenäht. Vielleicht konnten Nick und ich ja unsere eigene Gang gründen. Wenn wir unser Geld zusammenlegten – seins von Scion, meins von Jaxon –, reichte es vielleicht, um ein kleines Heim in einer der äußeren Parzellen zu kaufen. Anschließend könnten wir anfangen, uns Verbündete zu suchen.

Ich stellte mich hinter die Balkontür und verschränkte nachdenklich die Arme. Das löste aber nicht das zweite Problem. Das Einzige, was man mit Geld nicht kaufen konnte, war Ansehen. Ich war keine Denkerkönigin. Ohne Jaxon war ich nicht einmal mehr eine Ganovenbraut.

Es gab Regeln. Wenn Nick und ich in einem anderen Sektor eine Gang gründen wollten, mussten wir dazu die Erlaubnis des dortigen Denkerfürsten einholen. Außerdem musste uns der Herr der Unterwelt seinen Segen geben, was er so gut wie niemals tat. Sollten wir trotzdem weitermachen, würde man uns und allen, die wir in unserer Dummheit oder Selbstsucht angeheuert hatten, kurzerhand die Kehle durchschneiden.

Wenn ich allerdings nach Seven Dials zurückkehrte, würde Jaxon mich mit weit geöffneter Brieftasche und einem Freudentänzchen empfangen. Weigerte ich mich, für ihn zu arbeiten, verlor ich nicht nur sämtliches Ansehen, sondern wurde im Syndikat auch zu einer Ausgestoßenen, geächtet von allen Sehern. Und falls Frank Weaver ein Kopfgeld auf mich aussetzte, würden eben jene Seher sich fünf Beine ausreißen, um mich an das Archonitat zu verkaufen.

Jaxon hatte zwar nicht explizit gesagt, dass von ihm keine Hilfe gegen die Rephaim zu erwarten war, aber ich hatte Wesenszüge an ihm entdeckt, die ich einfach nicht länger übersehen konnte. Vielleicht durch die Prügel bis zur Bewusstlosigkeit am

Trafalgar Square oder durch seine Würgeattacke, jedenfalls hatte ich inzwischen begriffen, dass Jaxon Hall ein sehr gefährlicher Mann war, der sich auch nicht zu schade dazu war, seine eigenen Leute zu verletzen.

Und doch war er vermutlich meine einzige Hoffnung darauf, im Syndikat gehört zu werden. Wahrscheinlich war es wirklich das Beste, nach Seven Dials zurückzukehren und die Füße still zu halten, so wie bisher auch. Denn nur eines war noch gefährlicher, als Jaxon Hall zum Chef zu haben – ihn zum Feind zu haben.

Frustriert wandte ich mich von der Scheibe ab. Ich konnte mich nicht ewig hier drin verkriechen. Jetzt, wo meine Verletzungen abgeheilt waren, sollte ich nach Seven Dials gehen und mich ihm stellen.

Nein, noch nicht. Zuerst musste ich nach Camden, zu dem Laden, in den Ivy hatte flüchten wollen. Ich wollte mich vergewissern, dass sie es geschafft hatte.

Meine Klamotten hingen in einem Beutel hinter der Zimmertür. Ich nahm sie mit ins Bad, stellte mich vor den Spiegel und begann, mich zu verkleiden. Der hohe Kragen des schwarzen Wollmantels verdeckte meinen Hals, eine Schirmmütze die Haare. Wenn ich den Kopf unten hielt, verschwanden meine dunklen Lippen hinter dem blutroten Halstuch, das ich mir sorgfältig umband.

Das Geschenk des Wächters – ein sublimierter Anhänger, der bösartige Geister abwehren konnte – hing am Bettgestell. Ich legte die Kette um und hielt den Anhänger zwischen den Fingern. Das Metall war filigran verarbeitet, die Musterung komplex und fein. In den Straßen von London, wo einige der berüchtigsten Mörder der Stadt in Geistergestalt noch immer ihre Runden drehten, war so ein Gegenstand eine Menge wert.

Früher hatte ich es geliebt, mich in das Labyrinth dieser Stadt zu stürzen, hatte es geliebt, von ihrer Korruptheit zu leben. Früher hätte ich keine Sekunde überlegt, ob ich rausgehen sollte, selbst wenn die NVD durch die Straßen patrouillierte. Damals hatte ich mein Doppelleben voll im Griff, genau wie die meisten Seher. Es war ganz einfach, unbemerkt an Scions Sicherheitskräften vorbeizukommen: Meide Straßen mit Kameras, halte dich von den Wachen mit Sehergabe fern, bleib ja nicht stehen. Kopf runter, Augen auf, wie Nick es mir beigebracht hatte. Aber nun wusste ich, dass das alles Scharade war und die Puppenspieler sich bloß in den Schatten hielten.

Fast hätte ich die Nerven verloren. Aber dann fiel mein Blick auf das Sofa, auf dem ich Tag und Nacht gelegen und in blinder Panik darauf gewartet hatte, dass Scion die Tür einschlug, und mir wurde eines klar: Wenn nicht jetzt, dann würde ich mich niemals da raus wagen. Also schob ich das Fenster hoch und stellte beide Füße auf die Feuerleiter.

Kalter Wind schlug mir ins Gesicht. Fast eine Minute lang saß ich dort, starr vor Angst.

Freiheit. So sah sie also aus.

Das Zittern setzte ein. Ich klammerte mich ans Fensterbrett und zog die Füße zurück. Im Zimmer war ich sicher. Ich sollte es nicht verlassen.

Aber diese Straßen waren mein Leben. Ich hatte mit Zähnen und Klauen darum gekämpft, hierher zurückzukommen, hatte deswegen Blut vergossen. Mit feuchten Händen drehte ich mich um, hielt mich an der Leiter fest und schob mich so langsam hinunter, als wäre jede Sprosse meine letzte.

Sobald ich den Asphalt unter den Füßen spürte, schaute ich über die Schulter und streckte meine Sinne nach dem Aether aus. An einer Telefonzelle standen ein paar Medien und unterhielten sich leise. Einer von ihnen trug eine Sonnenbrille, aber sie blickten beide nicht in meine Richtung. Bis nach Camden ging man gute vierzig Minuten. Immer wieder wanderten meine Finger zur Mütze und schoben jede noch so kleine blonde Strähne darunter.

Redend und lachend liefen die Menschen an mir vorbei. Ich

hatte darüber nachgedacht, wie oft ich schon durch London gewandert war. Hatte ich mir dabei je die Mühe gemacht, jemandem ins Gesicht zu schauen? Eher nicht. Warum sollte also irgendjemand mich genauer ansehen?

Ich bog auf die Hauptstraße ein, wo Motoren dröhnten und Scheinwerfer vorbeizischten. Die illegalen Taxis waren alle belegt, und die Rikschas ohne Lizenz hielten für mich nicht an. Weiße Taxis, weiße Velotaxis, weiße Tripledeckerbusse mit geschwungenen schwarzen Fenstern. Hoch aufragende Gebäude mit Neonreklamen und leuchtenden Schriftzügen, alle mit dem Anker versehen. Wolkenkratzer, die bis zu den Sternen zu reichen schienen. Alles war zu hell, zu laut, zu hektisch. Ich war an Straßen ohne elektrisches Licht gewöhnt, ohne diesen Lärm überall. Im Vergleich dazu wirkte diese Welt hier total übergeschnappt. Mein heruntergekommenes, heiliges SciLo, mein Kerker und mein Heim.

Bald erreichte ich den Piccadilly Circus. Mit seinen gewaltigen, hoch oben an den Häusern angebrachten Bildschirmen war er auch nur schwer zu übersehen. Gezeigt wurde die übliche Mischung aus Werbung, Nachrichten und Propaganda. Die Hotspots gehörten Brekkabox und Floxy, den kommerziellen Überfliegern, während auf den kleineren Schirmen die neuesten Programme für Datenpads beworben wurden: Eye Spy, Busk Trust und KillKlock. Sie alle halfen den Bürgern dabei, Widernatürliche aufzuspüren, ihnen aus dem Weg zu gehen oder sich auf ihre Kosten zu amüsieren. Auf einem Breitbildschirm lief eine Dauerschleife mit Sicherheitsmeldungen von Scion: GEBEN SIE UNACHTSAMKEIT IM ALLTAG KEINE CHANCE. ZUR STUNDE WIRD DIE HAUPTSTADT DURCH DIE NACHTWACHE BESCHÜTZT. ALARMIEREN SIE BEREITS BEIM VERDACHT AUF WIDERNATÜRLICHES VERHALTEN SOFORT DIE VEREINIGTEN WACHMANNSCHAFTEN. BITTE BEACHTEN SIE AUCH DIE NACHFOLGENDEN SICHERHEITSHINWEISE. Der Lärm war unfassbar: zusammenhanglose Melodien, Motorengeräusche, Sirenen, Gesprächsfetzen und lautes Rufen, die Stimmen von den Bildschirmen und die kehligen Schreie der Rikschafahrer. Unter den Laternen standen die Leibwächter mit den grünen Laternen, die Schutz vor lauernden Sehern versprachen. Ich ging zum nächsten Rikschastand.

Vor mir wartete eine Amaurotikerin, den cremefarbenen Mantel ordentlich über dem Arm gefaltet. Ein enges Kleid à la Burnish – roter Samt und jede Menge Rüschen – schmiegte sich an ihren Körper. Sie hatte sich ihr Telefon zwischen Ohr und Schulter geklemmt.

»... ach, das ist nur eine Phase! Nein, ich bin gerade auf dem Weg in die Sauerstoffbar. Vielleicht kriege ich ja noch was von der Hinrichtung mit.«

Lachend bestieg sie eine Rikscha. Krampfhaft schlossen sich meine Finger um das Wartegeländer.

Die nächste Rikscha war meine. Diese hier waren Fahrradtaxen mit elektrischem Hilfsmotor, in deren geschlossener Kabine hinter dem Fahrer ein bis zwei Leute Platz hatten. Ich kletterte hinein.

»Camden Market, bitte«, sagte ich mit meinem besten englischen Akzent. Falls sie nach mir suchten, dann sicher nach einer Irin.

Die Rikscha zuckelte in nördlicher Richtung durch Parzelle I, mit dem Ziel II-4. Ich drückte mich so tief wie möglich in meinen Sitz. Riskant war es schon, aber irgendwie hatte die Fahrt auch eine belebende Wirkung auf mich. Das Blut strömte schneller durch meine Adern. Da fuhr ich rotzfrech mitten durch das Herz von SciLo, und niemand schien es zu bemerken. Fünfzehn Minuten später stieg ich aus und holte das Fahrgeld aus meiner Tasche.

Camden Town, der Punkt, an dem alle Fäden von II-4 zusammenliefen, war eine ganz eigene, kleine Welt, in der sich Seher und Amaurotiker in einer Oase aus Farbe, Tanz und Musik drängten. Alle paar Tage kamen Händler über den Kanal und brachten Waren und Nahrungsmittel aus anderen Zitadellen. Straßenhändler verkauften Numa und in Früchten verborgene Aster. Ein absoluter Hotspot für jegliche illegale Aktivitäten, und damit ein sicherer Hafen für jeden Flüchtigen. Selbst die Nachtwache mit ihren seherischen Fähigkeiten hatte diesen Markt noch nie hochgehen lassen. Viele von ihnen brauchten einiges von dem, was hier verkauft wurde, und noch viel mehr verbrachten ihre dienstfreien Stunden hier. Immerhin gab es hier das einzige Untergrundkino der Zitadelle, das Fleapit – nur eine der vielen gewagten Attraktionen des Viertels.

Ich machte mich auf den Weg Richtung Schleuse und schlenderte an Tattoostudios, Sauerstoffbars und Ständen mit billigen Krawatten und Tüchern vorbei. Bald erreichte ich das Camden Hippodrome: tagsüber Luxusboutique, nachts Diskothek. Die Tür wurde von einem Mann mit zitronengelbem Pferdeschwanz bewacht. So erkannte ich schon von Weitem, dass er ein Sensoriker war. Die Seher hier verpassten ihren Haaren oder Nägeln gerne den Farbton ihrer Aura, auch wenn man die Verbindung natürlich nur herstellen konnte, wenn man selbst Seher war. Direkt vor ihm blieb ich stehen.

»Viel zu tun?«

Nach einem kurzen Blick meinte er: »Kommt drauf an. Bist du von hier?«

»Nein. Ich bin die Fahle Träumerin«, erwiderte ich, »Ganovenbraut von I-4.«

Abrupt wandte er sich ab. »Habe zu tun.«

Wortlos zog ich die Augenbrauen hoch und wartete. Sein Gesicht war betont ausdruckslos. Die meisten Seher hätten bei dem Wort »Ganovenbraut« Habtachtstellung eingenommen. Kurz entschlossen versetzte ich ihm mit meinem Bewusstsein einen kräftigen Schubser, sodass er leise aufheulte.

»Was soll der Scheiß?«

»Ich habe ebenfalls zu tun, Sensoriker.« Ich packte ihn am Kragen und drängte mein Bewusstsein nahe genug an seine

Traumlandschaft heran, um ihn nervös zu machen. »Und ich habe keine Zeit für Spielchen.«

»Wer spielt denn hier? Du bist keine Ganovenbraut mehr«, fauchte er. »Angeblich bist du mit dem Fesselmeister zerstritten, Fahle Träumerin.«

»Ach, tatsächlich?« Ich versuchte, möglichst ungerührt zu klingen. »Tja, da bist du wohl falsch informiert, Sensoriker. Der Weiße Fesselmeister und ich sind ein Herz und eine Seele. Also, willst du allen Ernstes eine Abreibung riskieren, oder hilfst du mir jetzt?«

Abschätzend kniff er die Augen zusammen. Er trug gelbe Kontaktlinsen.

»Dann schieß los«, sagte er schließlich.

»Ich bin auf der Suche nach einem Laden namens Agathas Preziosen.«

Der Türsteher zog seinen Kragen zwischen meinen Fingern hervor. »Der ist im Stables Market, hinter der Schleuse. Frag nach einem Blutdiamanten, dann wird sie dir weiterhelfen.« Er verschränkte die über und über tätowierten Arme vor der Brust. Hauptthema waren Skelette, sodass seine Muskeln sich unter aufgemalten Knochen wölbten. »Sonst noch was?«

»Im Moment nicht.« Ich ließ ihn los. »Vielen Dank für die Hilfe.«

Der Mann grunzte. Am liebsten hätte ich ihm noch einen Stoß versetzt, als ich an ihm vorbeimarschierte.

Das war eine ziemlich riskante Aktion gewesen. Hätte er zu den Lumpenpuppen gehört, hätte er sich nicht so von mir rumschubsen lassen. Ihre Bande gab hier den Ton an, und sie gehörten zu den wenigen Gangs, die sich eine eigene »Uniform« geschaffen hatten: Nadelstreifenblazer und Armbänder aus Rattenknochen, dazu die bunt gefärbten Haare. Der Name ihres Denkerfürsten wurde in II-4 höchstens im Flüsterton genannt, obwohl eigentlich nur eine Handvoll Leute den geheimnisvollen Lumpensammler je zu Gesicht bekommen hatte.

Jaxon musste das Gerücht gestreut haben, dass ich nicht mehr seine Ganovenbraut sei. Bereits jetzt untergrub er meine Stellung im Syndikat und wollte mich so zurück in seine Dienste zwingen. Eigentlich hätte mir klar sein müssen, dass er keine Zeit verlieren würde.

Schon von Weitem konnte ich Camden Lock riechen. Auf dem schaumigen grünen Wasser der Schleuse trieben schmale Kanalboote, deren Seiten mit Algen und alter Farbe verklebt waren. Auf jedem von ihnen saß ein Händler. »Kauft, Leute, kauft«, schrien sie. »Schnürsenkel für eure Stiefel, zwei Paar für zehn!« »Leckere Pasteten, greift zu, solange sie noch heiß sind!« »Apfel mit Weißem, nur fünf Shilling!« »Frisch geröstete Kastanien, zwanzig Stück für ein Scheinchen!«

Das letzte Angebot ließ mich aufhorchen. Es kam von einem dunkelroten Boot mit violett-goldenen Verzierungen. Früher war es sicher wunderschön gewesen, aber jetzt blätterte die Farbe ab und am Heck prangte ein Anti-Scion-Graffiti. Auf einem Öfchen lagen die x-förmig eingeritzten Kastanien, deren köstlicher Inhalt durch die schmalen Schlitze schimmerte.

Als ich näher kam, präsentierte die Händlerin lächelnd ihre schiefen Zähne. Unter der Krempe ihrer Melone funkelten durch die Glut des Ofens rot schimmernde Augen.

»Zwanzig, kleine Lady?«

»Bitte.« Ich reichte ihr das Geld. »Ich bin auf der Suche nach Agathas Preziosengeschäft. Man hat mir gesagt, das wäre hier irgendwo. Stimmt das?«

»Direkt um die Ecke, neben der kleinen Saloopverkäuferin. Nicht zu überhören.« Sie füllte die Kastanien in eine spitze Papiertüte und gab eine ordentliche Portion Butter und Salz dazu. »Bitte schön.«

Während ich weiter über den Markt schlenderte, naschte ich genüsslich meine Kastanien und sog die Atmosphäre in mich auf: massenweise Menschen, die ihren Geschäften nachgingen. Solch eine lebhafte Energie hatte es in Sheol I nicht gegeben, wo man nur mit gedämpfter Stimme sprach und leise durch die Gegend huschte. Einerseits war die Nacht die gefährlichste Zeit für Seher, weil dann die NVD unterwegs war, andererseits waren unsere Gaben in diesen Stunden aber auch am stärksten und ein innerer Drang trieb uns dazu, aktiv zu werden. Wie Motten flatterten wir dann zum Licht.

In den Schaufenstern des Ladens lagen haufenweise falsche Edelsteine. Vor der Tür stand eine grazile Botanomantin mit Orchideen in den himmelblauen Haaren und pries lautstark ihren Saloop an. Ich schob mich an dem Mädchen vorbei.

Die Glocke über der Tür bimmelte, als ich eintrat, doch die Besitzerin – eine knochige, ältliche Frau mit einem weißen Spitzenschultertuch – schaute nicht einmal hoch. Passend zu ihrer Aura war alles an ihr grellgrün: die fransigen kurzen Haare, die Fingernägel, die Wimperntusche und der Lippenstift. Ganz klar ein Sprechendes Medium.

»Was kann ich für dich tun, Herzchen?«

Ein Amaurotiker hätte sie wohl für eine Kettenraucherin gehalten, aber ich wusste, dass ihre Kehle unter der Misshandlung durch Geister gelitten hatte. Ich schloss die Ladentür hinter mir.

»Einen Blutdiamanten, bitte.«

Aufmerksam musterte sie mich. Kurz versuchte ich, mir vorzustellen, wie ich wohl aussehen würde, wenn ich mich meiner roten Aura entsprechend ausstaffieren würde.

»Du musst die Fahle Träumerin sein. Komm mit runter«, krächzte sie. »Du wirst bereits erwartet.«

Die Frau führte mich zu einer wackeligen Treppe, die hinter einer drehbaren Vitrine voller Krimskrams versteckt war. Dabei hustete sie immer wieder so angestrengt, als wäre ihr ein Stück rohes Fleisch im Hals stecken geblieben. Nicht mehr lange, dann wäre sie vollkommen stumm. Manche Sprechenden Medien schnitten sich selbst die Zunge raus, damit die Geister sie nicht mehr missbrauchen konnten.

»Du kannst mich Agatha nennen«, keuchte sie. »Das hier ist

der Fluchtbunker von II-4. Habe ihn natürlich seit Jahren nicht mehr benutzt. Wenn irgendeine Gefahr droht, rennen die Seher von Camden sowieso wie die aufgescheuchten Hühner davon.«

Ich folgte ihr in den Keller hinunter, wo nur eine einzige Lampe brannte. An den Wänden waren Groschenheftchen und verstaubter Dekokram aufgestapelt. Was an Platz übrig blieb, reichte knapp für zwei Matratzen und ein paar Patchworkdecken. Ivy lag schlafend auf einem Haufen Kissen, nicht mehr als Haut und Knochen in einem viel zu großen Herrenhemd.

»Weck sie nicht auf.« Agatha hockte sich neben sie und strich ihr über den Kopf. »Das arme Lämmchen braucht seinen Schlaf.«

Auf der zweiten Matratze hockten drei weitere Flüchtlinge, alle deutlich von Sheol gezeichnet: tote Augen, eingefallene Bäuche, verblasste Auren. Wenigstens hatten sie saubere Kleidung am Leib. Nell saß in der Mitte.

»Du hast es also aus dem Tower rausgeschafft«, stellte sie fest. »Dafür sollte man uns einen Orden verleihen.«

In der Strafkolonie hatte ich kaum ein Wort mit Nell gewechselt. »Wie geht es deinem Bein?«

»Ist nur ein Kratzer. Eigentlich hatte ich mehr von der Spezialwache erwartet. Ich würde sie eher Durchschnittswache nennen.« Trotzdem zuckte sie kurz zusammen, als sie das Bein berührte. »Diese beiden Störenfriede hier kennst du ja, oder?«

Einer ihrer Freunde war der Gaukler, dem ich in Sheol I mal geholfen hatte. Jetzt trug er eine schlabbrige Latzhose über einem Shirt. Den dunklen Kopf mit den braunen Augen hatte er an Nells Schulter gelegt. Der vierte Überlebende war Felix, ruhelos und etwas zu dünn für seine Körpergröße, dicke schwarze Haare und jede Menge Sommersprossen. Er war während der Rebellion unser wichtigster Nachrichtenkurier gewesen.

»Tut mir leid, ich glaube, ich habe dich nie nach deinem Namen gefragt«, wandte ich mich jetzt an den Gauklerjungen.

»Ist schon okay«, antwortete er ungerührt. Er hatte eine wirklich schöne Stimme. »Ich heiße Joseph, aber nenn mich Jos.«

»Alles klar.« Während ich mich in dem Keller umsah, bekam ich einen Kloß in der Kehle. »Hat es sonst noch jemand geschafft?«

»Glaube nicht.«

»Wir haben uns in Whitechapel eins von den illegalen Taxis geschnappt«, erzählte Felix, »da waren noch zwei andere dabei, aber die sind beide –«

»Tot.« Agatha drückte sich ein Tuch vor den Mund und hustete krampfhaft. Als sie den Lappen sinken ließ, war er voller Blutspritzer. »Das Mädchen konnte nichts bei sich behalten. Und der Junge ist in den Kanal gesprungen. Tut mir leid, Herzchen.«

Kälte kroch an meinen Beinen hinauf. »Der Junge«, wiederholte ich langsam, »der war aber nicht stumm, oder?«

»Michael konnte entkommen«, sagte Jos sofort. »Ich glaube, er ist zum Fluss runtergelaufen. Jedenfalls hat ihn niemand mehr gesehen.«

Eigentlich hätte ich nicht erleichtert sein dürfen, immerhin war wieder einmal ein Seher gestorben, aber allein beim Gedanken daran, dass Michael sich etwas antun könnte, wurde mir ganz schlecht. Felix kratzte sich am Hals. »Dann hast du also keinen von den anderen gefunden?«

»Noch nicht«, gab ich zu. »Ich weiß nicht so genau, wo ich suchen soll.«

»Und wo bist du untergekommen?«

»In einer Absteige. Es ist besser, wenn ihr nichts Näheres erfahrt. Seid ihr hier sicher?«

»Keine Sorge, Fahle Träumerin«, Agatha tätschelte sanft Ivys Arm. »Ich werde sie nicht aus den Augen lassen.«

Felix lächelte zaghaft. »Jetzt erst mal kommen wir klar. Camden scheint sicher zu sein. Aber es ist ja auch überall besser als …«, er zögerte kurz, »… da, wo wir vorher waren.«

Ich kniete mich neben Ivy, die vollkommen reglos dalag. »Ich war ihre Erzieherin«, erklärte Agatha. Sie nahm ihr Schultertuch ab und deckte Ivy damit zu. »Dachte, sie hätte sich aus dem Staub gemacht. Ich habe all meine kleinen Plagegeister auf die Suche nach ihr geschickt, aber ohne Ergebnis. Da wusste ich, dass sie geschnappt worden war.«

Sofort wurde ich wachsam. Die sogenannten Erzieher lasen Straßenköter aus der Gosse auf und brachten ihnen das Stehlen und Betteln bei. Oft fügten sie ihnen grausame Verletzungen zu, um damit Mitleid zu erregen. »Sicherlich hast du sie schrecklich vermisst.«

Falls sie meinen abfälligen Ton bemerkt hatte, ging sie nicht darauf ein. »Oh ja«, nickte sie, »das habe ich. Die Kleine hier war wie eine Tochter für mich.« Damit stand sie auf und rieb sich den Rücken. »Ich werde euch jetzt allein lassen, habe noch ein Geschäft zu führen.«

Scheppernd fiel die Tür hinter ihr zu, und das raue Husten entfernte sich. Felix rüttelte Ivy sanft an der Schulter.

»Ivy? Paige ist da.«

Es dauerte einen Moment, bis Ivy wach wurde. Jos half ihr, sich aufzusetzen, und stopfte ihr die Kissen in den Rücken. Immer wieder drückte sie eine Hand auf die Rippen. Als ihre dunklen Augen mich schließlich erfassten, lächelte sie. Dabei fiel mir der fehlende Schneidezahn in ihrem Mund auf. »Noch nicht ganz tot.«

Jos wirkte besorgt. »Agatha meinte, du solltest noch nicht aufstehen.«

»Es geht mir gut. Sie war schon immer eine alte Unke«, erwiderte Ivy. »Eigentlich sollten wir Thuban eine Einladung an mein Sterbebett schicken. Bestimmt gibt es für ihn nichts Schöneres, als die Früchte seiner Arbeit zu bewundern.«

Niemand grinste. Der Anblick ihrer vielen Blutergüsse traf mich bis ins Mark. »Agatha ist also deine Erzieherin?«, fragte ich schnell.

»Ich vertraue ihr. Sie ist nicht wie die anderen Erzieher, sie hat mich aufgenommen, als ich halb verhungert war.« Vorsichtig zog sie sich das Spitzentuch über die Schultern. »Sie wird uns vor dem Lumpensammler verstecken. Den konnte sie noch nie leiden.«

»Warum müsst ihr euch überhaupt vor ihm verstecken?« Ich setzte mich zu ihr auf die Matratze. »Er ist doch euer Denkerfürst, oder?«

»Er ist brutal.«

»Sind das nicht fast alle Denkerfürsten?«

»Glaub mir, mit dem willst du dich ganz bestimmt nicht anlegen. Und er will mit Sicherheit keine Flüchtlinge in seinem Sektor haben, die ihm Ärger machen könnten. Niemand hat je sein Gesicht gesehen, aber Agatha ist ihm ein- oder zweimal begegnet. Sie ist schon seit Ewigkeiten für den Fluchtbunker zuständig, schon lange bevor ich für sie gearbeitet habe.«

»Und wer ist sein Ganovenschützling?«, fragte Nell.

»Da bin ich nicht sicher.« Ivy hob eine Hand an den geschorenen Hinterkopf und wandte den Blick ab. »Hier ist man sehr verschwiegen, was so was angeht.«

Ich würde Jaxon mal nach diesem Typen fragen müssen. Falls ich je wieder mit ihm sprach. »Warum seid ihr dann überhaupt hierhergekommen?«

»Wohin hätten wir denn gehen sollen?« Nell verzog das Gesicht. »Wir haben weder Geld für eine Absteige noch Freunde, die es sich leisten könnten, uns aufzunehmen.«

»Hör mal, Paige«, warf Felix ein, »wir sollten uns überlegen, wie es weitergeht, und zwar möglichst bald. Bei dem, was wir wissen, wird Scion hundertprozentig Jagd auf uns machen.«

»Ich habe um ein Treffen der Versammlung der Widernatürlichen ersucht. Wir müssen ihnen sagen, was wir über die Rephaim wissen«, erklärte ich. Ruckartig fuhr Ivys Kopf herum. »Sollen ruhig alle Seher in London wissen, was Scion uns angetan hat.«

»Du bist komplett verrückt geworden.« Fassungslos starrte Ivy mich an. Mit zitternder Stimme fuhr sie fort: »Du denkst, *Hector* würde etwas dagegen unternehmen? Du denkst wirklich, den kümmert das?«

»Einen Versuch ist es wert«, hielt ich dagegen.

»Wir können immerhin unsere Brandzeichen vorweisen«, gab Felix zu bedenken, »und unsere Geschichten. Und all die Seher, die immer noch vermisst werden.«

»Die könnten inzwischen im Tower sein. Oder tot. Und selbst wenn wir es allen sagen, ist das noch längst keine Garantie dafür, dass sich etwas ändert.« Nell schüttelte den Kopf. »Ivy hat recht. Hector wird uns kein Wort glauben. Ein Freund von mir wollte seinen Handlangern mal einen Mord melden, und die haben ihn als Dank für seine Mühen nur verprügelt.«

»Wir bräuchten einen Rephait, um unsere Geschichte zu beweisen«, überlegte Jos. »Der Wächter wird uns doch helfen, oder, Paige?«

»Ich weiß nicht.« Zögernd gestand ich: »Ich bin mir nicht einmal sicher, ob er noch lebt.«

»Und wir sollten auch nicht mit Rephs zusammenarbeiten.« Ivy wandte den Blick ab. »Wir wissen doch alle, wie die sind.«

»Aber er hat Liss geholfen«, wandte Jos stirnrunzelnd ein. »Das habe ich selbst gesehen. Er hat sie aus der Bewusstseinsstarre geholt.«

»Kannst ihm ja einen Orden verleihen«, giftete Nell, »ich werde sicher auch nicht mit dem zusammenarbeiten. Die sollen alle in der Hölle verrotten.«

»Was ist mit den Amaurotikern?«, schlug Felix vor. »Können wir uns mit denen zusammentun?«

Nell schnaubte abfällig. »Tut mir leid, aber warum sollte es die Totaugen einen Scheiß kümmern, was mit uns passiert?«

»Sei doch mal ein bisschen optimistisch.«

»Oh ja, die wöchentlichen Hinrichtungen stimmen mich *echt* optimistisch. Jedenfalls kommen in London zehn Totaugen auf einen Seher, wenn nicht sogar noch mehr«, fuhr sie fort. »Selbst wenn wir einen winzigen Teil von ihnen auf unsere Seite kriegen, würde der Rest von ihnen uns plattmachen. So viel zu diesem brillanten Plan.«

Es war nicht zu übersehen, dass sie hier schon eine Weile eingesperrt waren.

»Vielleicht würden die Amaurotiker uns tatsächlich helfen. Scion hat ihnen immer eingebläut, die Seher zu hassen«, führte ich aus, »aber wie würde der Durchschnittsbürger wohl reagieren, wenn er erführe, dass Scion von Sehern *kontrolliert* wird? Bei den Rephs ist die Sehergabe noch viel stärker als bei uns, und sie haben uns jetzt schon seit zweihundert Jahren in der Hand. Aber zuerst müssen wir uns auf die Seher konzentrieren, nicht auf die Totaugen oder die Rephaim.« Ich stellte mich ans Fenster und beobachtete die Kanalboote, die schwer beladen vorbeiglitten. »Was würden eure Denkerfürsten sagen, wenn ihr sie um Hilfe bittet?«

»Mal sehen ... Meiner würde mich verprügeln«, überlegte Nell, »und dann ... hm, wahrscheinlich würde er mich rausschmeißen und mit den Schnittwunden an den Armen zum Betteln schicken, weil er mich für eine brillante Lügnerin halten würde.«

»Wer ist denn dein Denkerfürst?«

»Der Prügelprolet, III-1.«

»Ach ja.« Der Prügelprolet machte seinem Namen tatsächlich alle Ehre. »Felix?«

»Ich war nicht im Syndikat«, gab er zu.

»Ich auch nicht«, nickte Ivy. »Nur Straßenköter.«

Ich seufzte. »Und Jos?«

»Ich war auch ein Straßenköter, in II-3. Und mein Erzieher würde uns bestimmt nicht helfen.« Er schlang die Arme um die Knie. »Müssen wir etwa hierbleiben, Paige?«

»Vorerst schon. Wird Agatha euch arbeiten lassen?«

»Natürlich wird sie das. Sie muss auch so schon zwanzig Straßenköter durchfüttern«, erklärte Ivy. »Da können wir ihr nicht auf der Tasche liegen.«

»Das verstehe ich ja, aber ihr habt eine Menge durchgemacht. Du warst zehn Jahre weg, Nell. Du brauchst Zeit, um dich wieder zurechtzufinden.«

»Ich bin einfach nur dankbar, dass sie uns aufgenommen hat.« Nell lehnte sich gegen die Wand. »Und es kann mir nur guttun, wieder zu arbeiten. Ich hatte ja schon fast vergessen, wie es ist, für Arbeit *bezahlt* zu werden«, grinste sie. »Aber was ist eigentlich mit deinem Denkerfürsten? Du arbeitest für den Weißen Fesselmeister, oder?«

»Ich werde mit ihm darüber sprechen.« Ich wandte mich wieder an Ivy, die sich ein Stück Schorf von den Fingerknöcheln zupfte. »Weiß Agatha von der Kolonie?« Sie schüttelte den Kopf. »Was hast du ihr dann erzählt?«

»Dass wir aus dem Tower ausgebrochen wären.« Kopfschüttelnd fügte Ivy hinzu: »Ich habe … es einfach nicht über mich gebracht, es ihr zu erklären. Ich will das alles einfach nur vergessen.«

»Dann belass es dabei. Die Wahrheit ist unsere stärkste Waffe. Aber die Versammlung der Widernatürlichen soll von mir zum ersten Mal davon hören, sonst denken sie, es wäre nur ein Gerücht, das sich selbstständig gemacht hat.«

»Paige, sag der Versammlung nichts.« Ivy riss ängstlich die Augen auf. »Es war nie die Rede davon, dass wir damit an die Öffentlichkeit gehen oder dass wir kämpfen müssten. Du hast nur gesagt, du bringst uns nach Hause, mehr nicht. Wir müssen das geheim halten. Sonst bringst du den Rest von uns in Ge…«

»Ich will es aber nicht geheimhalten.« Jos' Stimme war leise, aber bestimmt. »Ich will, dass es aufhört.«

Genau in diesem Moment kam Agatha mit einem Tablett voller Essen herein. »Du solltest jetzt gehen, Herzchen«, verkündete sie. »Ivy braucht viel Ruhe.«

»Wenn du meinst.« Ich sah die vier Flüchtlinge durchdringend an. »Passt auf euch auf.«

»Warte noch.« Felix kritzelte eine Telefonnummer auf einen Zettel. »Falls du uns brauchst. Die gehört einer der Händlerinnen, aber sie leitet die Nachricht dann an uns weiter.«

Ich schob den Zettel in meine Hosentasche. Während ich die modrige Treppe hinaufstieg, verfluchte ich Agatha in Gedanken. Wie idiotisch konnte man sein, dass einem zwei Seher wegstarben, auf die man eigentlich aufpassen sollte? Ja, sie war anscheinend ganz nett, und diese Bürde hatte sie unerwartet getroffen, aber wenn sie nicht aufpasste, würde Ivy den beiden bald in den Aether folgen. Trotzdem: Vier Überlebende waren in Sicherheit, bekamen zu essen und hatten einen Platz zum Schlafen, und sie wurden von anderen Sehern beschützt. Das war mehr, als ich zu hoffen gewagt hatte.

Als ich den Laden verließ, nieselte es draußen. Ich schlenderte durch die Markthallen, wo Petroleumlampen die reichhaltige Auswahl an Essensständen beleuchteten: glänzende, dampfende Buttererbsen in Papierförmchen; Berge von Kartoffelbrei, entweder fluffig weiß, erbsengrün oder leicht rötlich; zischende Würstchen in gusseisernen Pfannen. Als ich an einem Tablett mit heißer Schokolade vorbeikam, konnte ich nicht widerstehen. Die cremige Süße hatte einen Beigeschmack von Triumph – alles, was ich aß oder trank, war ein kleiner Schlag gegen Nashira.

Gleichzeitig drückte die Schokolade in meinem Bauch. Liss hätte ihren rechten Arm gegeben, um ein Mal daran zu nippen.

Jemand rempelte mich so heftig an, dass ich den Rest meiner Köstlichkeit verschüttete.

»Weg da!«

Eine raue, männliche Stimme. Mir lag schon eine entsprechende Antwort auf der Zunge, aber als ich die Nadelstreifen und das Knochenarmband sah, hielt ich mich zurück. Lumpenpuppen. Und das hier war ihr Revier, nicht meines.

Da in wenigen Stunden die Sonne aufgehen würde, verließ ich den Nachtmarkt, ging Richtung Süden und hielt nach einer Fahrtmöglichkeit Ausschau. Nach kurzer Zeit erreichte ich die Grenze zu Parzelle I. In einer kleinen Gasse lehnte ich mich an die Wand und sah auf die Uhr. Offenbar war ich in einem verlassenen Straßenkünstlerversteck gelandet; die Gasse war still und dreckig, und rund um die Hauseingänge standen verkohlte Müllcontainer, in denen offenbar Feuer gemacht worden war. Rückblickend gesehen war es wohl kein so guter Platz für einen Zwischenstopp.

Mein sechster Sinn war zu langsam. Als ich ihre Anwesenheit spürte, hatten sie mich bereits eingekreist.

»Sieh mal einer an, das ist doch meine gute Freundin, die Fahle Träumerin.«

Ruckartig rutschte mir das Herz bis in die Stiefel. Diese schmierige Stimme kannte ich nur zu gut. Sie gehörte Haymarket Hector.

4

GRUB STREET

Der Herr der Unterwelt der Scionzitadelle London war kein schöner Anblick, und zwar egal aus welcher Entfernung. Aber jetzt, wo sein Gesicht nur Zentimeter von meinem entfernt war, wurde mir sofort wieder bewusst, warum die Dunkelheit sein bester Freund war. Die schuppige Nase, die fauligen Zahnstümpfe und die geröteten Augen hatten sich zu einer Grimasse verzerrt, die wohl ein Grinsen darstellen sollte. Unter seiner Melone hingen fettige Haarsträhnen hervor. Sein engster Zirkel – das sogenannte Unterkomitee – stellte sich in einem losen Halbkreis um mich herum auf.

Ganz hinten erkannte ich den Zylinder des Totengräbers, des Fesselmeisters von I-1. In seinen rechten Arm waren so viele Namen eingeritzt, dass er einen kompletten Ärmel aus Narbengewebe trug. Neben ihm stand der Falschspieler, Hectors aufgeplusterter Bodyguard.

»Ganz schön weit weg von zu Hause, die Kleine aus Seven Dials«, säuselte Hector.

»Ich bin in I-4, das *ist* mein Zuhause.«

»Wie rührend.« Er übergab seine Laterne an den Falschspieler. »Wir haben dich schon vermisst, Träumerin. Es ist so schön, dich wiederzusehen.«

»Wäre toll, wenn ich das auch von dir behaupten könnte.«

»Du hast dich während deiner Abwesenheit kein bisschen verändert. Der Fesselmeister hat uns nie verraten, wo du eigentlich warst.«

»Du bist nicht mein Denkerfürst, ich bin dir keine Rechenschaft schuldig.«

»Aber dein Denkerfürst schon.« Mit einem schmalen Lächeln fügte er hinzu: »Wie ich höre, hattet ihr Streit.«

Statt einer Antwort fragte ich: »Was machst du hier in I-4?«

»Wir haben mit deinem Boss ein Hühnchen zu rupfen.« Spitzzahn grinste so breit, dass ich die winzige Tarotkarte sehen konnte, die auf seinen linken Schneidezahn gemalt war. Ein verdammt guter Tarocchispieler, dieser Spitzzahn. Der talentierteste Kartenleger, gegen den ich je gespielt hatte. »Einer seiner Lakaien hat um ein Treffen der Versammlung der Widernatürlichen ersucht.«

»Es ist unser Recht, ein Treffen zu fordern.«

»Aber nur, wenn mir danach ist.« Hector drückte seinen Daumen auf meine Kehle. »Und zurzeit bin ich zufällig nicht in der Stimmung für irgendwelche langweiligen Zusammenkünfte. Stell dir nur mal vor, ich würde *jedem* Ersuchen nachgehen, das in meinem Postfach landet, Fahle Träumerin. Dann hätte ich nichts anderes mehr zu tun, als mir die Klagen meiner frommen Denkerfürsten und Denkerköniginnen anzuhören.«

»Vielleicht sind ihre Klagen ja wichtig«, erwiderte ich kühl. »Ist es nicht dein Job, solchen Bitten nachzugehen?«

»Nein. Es ist der Job meiner Untergebenen, sich mit der Herde herumzuschlagen. *Mein* Job besteht darin, euch alle in der Spur zu halten. Die Problemchen dieses Syndikats sind nur dann wichtig, wenn ich sie für wichtig erachte.«

»Hältst du Scion denn für wichtig? Hältst du es für wichtig, dass sie uns mit den Sensorschirmen vernichten werden?«

»Aha.« Hector verschloss mir mit einem Finger die Lippen. »Ich denke, wir haben unseren Übeltäter gefunden. Du warst das, stimmt's, Fahle Träumerin? Du hast um das Treffen ersucht, richtig?«

Seine Erkenntnis wurde mit brüllendem Gelächter quittiert. Mein Geist fühlte sich an, als würde er gleich überlaufen.

»Du denkst also, du könntest *uns* Befehle erteilen?« Spitzzahn grinste höhnisch. »Sind wir vielleicht deine Schoßhündchen, oder was?«

»Ja, Spitzzahn, dieser Ansicht ist sie scheinbar. Ziemlich anmaßend.« Hector beugte sich vor und flüsterte mir ins Ohr: »Der Weiße Fesselmeister wird meinen Unmut zu spüren bekommen, Fahle Träumerin. Er hätte eine solche Dreistigkeit niemals erlauben dürfen.«

»Führ dich nicht auf wie ein König, Hector«, erwiderte ich, ohne mit der Wimper zu zucken. »Du weißt doch, was man in London mit Königen macht.«

Sobald ich es ausgesprochen hatte, lief ein Unheil verkündender Schauer durch den Aether und ein kalter Luftzug glitt meinen Rücken hinunter, als ein Poltergeist aus der Mauer hervorglitt. »Das ist das Monster von London«, erklärte Hector, »ein alter Freund von mir. Kennst du ihn? Er machte im späten achtzehnten Jahrhundert unsere Straßen unsicher. Seine besondere Vorliebe galt dem Aufschlitzen zarter Damenhaut.«

Dieser Fleck im Aether reichte aus, um meine Knie weich werden zu lassen. In meiner Kehle stieg brennende Galle auf. Dann fiel mir mein Amulett wieder ein, und ich fasste neuen Mut. »Ich habe schon Schlimmeres gesehen«, behauptete ich. »Der ist doch nur ein billiges Ripper-Imitat.«

Der Puritaner – Hectors Sprechendes Medium – stieß ein fieses Zischen aus. »Verdammt sollst du sein, elende Hure«, bellte er. Der Poltergeist sprach mit der Stimme des Puritaners.

Der Totengräber winkte mit einem Finger, und widerwillig zog sich der Poltergeist zurück. Allerdings spuckte der Puritaner noch ein paar derbe Flüche aus, bevor er verstummte.

»Habt ihr noch mehr Partytricks auf Lager?«, fragte ich.

»Ich zeige dir gleich einen.«

Dieses Versprechen kam von Schlitzschnute, Hectors Ganovenbraut. Sie war ein paar Zentimeter größer als ihr Denkerfürst und trug mehrere Klingen am Gürtel. Die langen roten

Haare hatte sie zu einem französischen Zopf geflochten. Mit trügerisch sanften braunen Augen musterte sie mich. Eine s-förmige Narbe, die beide Lippen teilte, hatte ihren Mund für immer in einem verbitterten Grinsen erstarren lassen.

»Ich kenne da ein paar Tricks, Fahle Träumerin.« Ihr langes Messer funkelte im Licht der Laterne, als sie seine Spitze nachdenklich an den Mund hob. »Und ich denke, sie werden dir zumindest ein Lächeln entlocken.«

Ich rührte mich nicht. Schlitzschnute war höchstens ein oder zwei Jahre älter als ich, aber schon jetzt war sie genauso grausam wie Hector.

»Eine Ganovenbraut sollte Narben haben.« Ihr Daumen glitt über die feine Linie auf meiner Wange. »Wo hast du die denn her? Hast dir wohl einen Nagel abgebrochen, wie? Oder einfach zu viel Schminke aufgetragen? Du bist ein Witz. Ein Niemand. Du und deine Sieben Siegel, da spuck ich doch drauf.«

Und genau das tat sie. Die anderen lachten begeistert, bis auf den Totengräber, der lachte niemals.

»Da das jetzt geklärt ist«, ich wischte mir mit dem Ärmel das Gesicht ab, »kannst du mir ja endlich sagen, was du von mir willst, Schlitzschnute.«

»Ich will wissen, wo du die letzten sechs Monate gesteckt hast. Der Letzte, der dich in London gesehen hat, war Hector.«

»Ich war nicht da.«

»Klar, Dumpfbacke, wir wissen, dass du *nicht da* warst. Aber wo warst du?«

»Nicht in eurem Revier, falls es darum geht.«

Schlitzschnute verpasste mir einen Schlag in die Rippen, der mir die Luft raubte. Meine alten Verletzungen reagierten sofort, und ich krümmte mich vor Schmerz. »Spiel keine Spielchen mit mir, sonst mache ich dich gleich zum Spielzeug.« Während ich mir noch die Rippen hielt, brachte sie mich mit einem Tritt gegen das Knie zu Fall, riss mir die Kappe vom Kopf und packte mich an den Haaren. »Sieh dich doch an, du bist keine Ganovenbraut.«

»Sie ist ein Scharlatan«, warf einer der anderen ein. »Hieß es nicht immer, sie wäre ein Traumwandler?«

»Wohl gesprochen, Mr Fingerfertig. Irgendwie scheint sie nicht sonderlich viel zu tun, oder? Eher ein Frühstücksdirektor, würde ich sagen.« Schlitzschnute drückte die Klinge an meine Kehle. »Wozu bist du überhaupt gut, Träumerin? Was macht der Fesselmeister mit dir? Die Ehre gebietet es uns, Scharlatane auszuschalten, also solltest du jetzt mal die Schnauze aufmachen. Ich frage dich noch einmal: Wo bist du gewesen?«

»Nicht hier«, wiederholte ich. Da verpasste sie mir eine solche Ohrfeige, dass ich mit dem Kopf gegen die Wand knallte.

»Du sollst reden. Oder willst du dir die Radieschen von unten ansehen, du irische Schlampe?«

Ich verkniff mir eine Antwort. Sogar die Seher plapperten Scions irenfeindliche Propaganda nach. Hector schaute gelangweilt auf seine goldene Taschenuhr. Diesen Kampf konnte ich nicht gewinnen, schon gar nicht mit meinen halb verheilten Verletzungen. Und Hector sollte nicht erfahren, welche Entwicklung mein Geist durchgemacht hatte. Für ihn war ich nach wie vor nur eine Art Bewusstseinsradar, das nicht mehr konnte, als Traumlandschaften zählen.

»Oh, sie will nicht reden. Gib uns deine Geldbörse, Träumerin«, forderte Fingerfertig. »Dann kaufen wir uns ein spannenderes Spielzeug.«

»Und die hübsche Kette.« Die plumpe Frau neben ihm zerrte an meinen Haaren. »Was ist das für ein Metall?«

Meine schmutzigen Finger schlossen sich um das Amulett. »Das ist nur aus Plastik«, behauptete ich. »Vom Portobello.«

»Lügnerin. Gib es her.«

Das Metall kribbelte unter meinen Fingerspitzen. Poltergeister konnte es abwehren, doch es würde mich wohl kaum vor Londoner Gangstern beschützen.

»Soll sie ihren Tand behalten«, entschied Hector schließlich. »Obwohl ich zugeben muss, dass diese Kette dir *hervorragend* stehen würde, Miss Plattnase.« Während die anderen fröhlich kicherten, streckte der Herr der Unterwelt die Hand aus. »Deine Börse.«

»Ich habe keine.«

»Lüg mich nicht an, Träumerin, sonst muss ich Wulstgesicht bitten, dich zu durchsuchen.«

Ein kurzer Blick auf ihn genügte: dicke Finger, aufgedunsener Kopf und gierige schwarze Augen. Wulstgesicht die Made kam ins Spiel, wenn Hector richtig schmutzige Jobs erledigt haben wollte. Er kümmerte sich sowohl um die Hinrichtungen als auch darum, dass hinterher die Leichen verscharrt wurden, falls nötig. Ich wühlte in meiner Tasche und warf Fingerfertig meine letzten Münzen vor die Füße.

»Sieh es als Bezahlung für dein Leben«, verkündete Hector. »Schnute, steck das Messer weg.«

Wütend starrte Schlitzschnute ihn an. »Aber sie hat noch nicht geredet«, beschwerte sie sich. »Du willst sie einfach so gehen lassen?«

»Verstümmelt ist sie wertlos. Mit einer beschädigten Puppe will der Weiße Fesselmeister bestimmt nicht mehr spielen.«

»Das Miststück kann uns sicher sagen, wo es war. Du hast gesagt, wir würden –«

Hector holte aus und schmierte ihr eine. Einer seiner Ringe riss ihr die Wange auf. »Du bist hier nicht der Boss«, flüsterte er eindringlich.

Einige Strähnen hatten sich aus ihrem Zopf gelöst und hingen ihr nun ins Gesicht. Schnute schaute kurz zu mir, dann wandte sie sich ab und ballte die Fäuste. »Vergebung«, hauchte sie.

»Gewährt.«

Die anderen Gangster tauschten verstohlene Blicke, aber Spitzzahn war der Einzige, der grinste. Jeder von ihnen trug kleinere Narben im Gesicht. Nach einem letzten Blick auf mich fasste Hector seine Ganovenbraut um die Taille und führte sie weg. Ihr Gesicht lag jetzt zwar im Schatten, aber ihr Rücken verkrampfte sich sichtbar.

»Hey, Boss«, rief Spitzzahn ihm hinterher. »Hast du nicht was vergessen?«

»Ach ja.« Hector wedelte lässig mit der Hand. »Noch eine kleine Gedächtnisstütze, Träumerin. Falls du mich noch einmal belästigst, puste ich dir die Lichter aus.«

Der Falschspieler trat zwischen den anderen hervor. Bevor ich ausweichen konnte, traf seine Faust bereits meine Wange, dann folgte ein Schlag in den Magen. Und noch einer. Grelle Funken flammten vor meinen Augen auf. Der Boden wölbte sich meinen ausgestreckten Händen entgegen. Wäre er kein ganz so übermächtiger Gegner gewesen, hätte ich zumindest versuchen können, einen Treffer zu landen, aber wenn ich ihn zu sehr reizte, brachte er mich vielleicht einfach um. Und ich hatte zu erbittert um mein Leben gekämpft, um das zuzulassen. Aus Spaß an der Freude verpasste er mir noch ein paar Tritte.

»Erledigt.« Er spuckte mich an, dann trabte er wie ein Hund hinter seinem Denkerfürsten her. Gelächter hallte durch die Gasse.

Der Schmerz schoss bis in die Zahnwurzeln. Ich brach in trockenes Husten aus. Feiges Arschloch. Spitzzahn war schon seit seiner Niederlage bei unserer letzten Tarocchipartie auf einen Kampf scharf gewesen, obwohl man es kaum als solchen bezeichnen konnte, wenn sie den Falschspieler auf mich losließen. Jetzt kam es mir einfach nur dämlich vor, total dämlich, wegen eines Spiels Blut zu vergießen. Aber genau das taten Hectors Leute ständig. Sie hatten aus dem Syndikat ein riesiges Spielbrett gemacht.

Mühsam stemmte ich mich auf Hände und Knie hoch. Jetzt war ich tatsächlich ein Straßenköter. Ich holte das Wegwerftelefon aus der Tasche und wählte. Es klingelte zweimal, dann hob der Kurier ab.

»I-4.«

»Den Weißen Fesselmeister«, ächzte ich.

»Jawohl, Ma'am.«

Drei Minuten später hörte ich Jaxons Stimme: »Bist du das schon wieder, Didion? Hör gut zu, du verdammter Fant, ich werde weder meine kostbare Zeit noch mein Geld darauf verschwenden, mal wieder einen deiner entlaufenen –«

»Ich bin's.«

Langes Schweigen folgte. Normalerweise sorgte der Klang meiner Stimme bei ihm immer für ausufernde Wortschwälle.

»Hector hat mich gerade erwischt. Er meinte, er wolle mit dir reden. Und er hatte das Unterkomitee dabei.«

»Was wollen sie?«, fragte er kurz angebunden.

»Ich habe um ein Treffen der Versammlung der Widernatürlichen ersucht«, erwiderte ich ebenso knapp. »Das hat ihnen nicht gepasst.«

»Du bist eine verdammte Närrin, Träumerin. Dabei hättest du dir doch denken können, dass Hector ganz sicher kein Treffen einberufen wird. In all den Jahren, in denen er nun Herr der Unterwelt ist, hat er noch nie eines abgehalten.« Ich hörte, wie er sich in Bewegung setzte. »Und sie kommen hierher? Nach Seven Dials?«

»Glaube schon.«

»Dann werde ich mich wohl mit ihnen rumschlagen müssen.« Kurze Pause. »Bist du verletzt?«

Ich wischte mir das Blut von der Lippe. »Sie haben mich etwas aufgemischt.«

»Wo bist du jetzt? Soll ich dir ein Taxi schicken?«

»Es geht mir gut.«

»Mir wäre es lieber, wenn du nach Seven Dials zurückkommst. Inzwischen war ich sogar gezwungen, in den angrenzenden Sektoren bekannt zu geben, dass du meine Dienste zu verlassen gedenkst.«

»Habe ich gemerkt.«

»Dann komm zurück, Liebes. Wir können das alles in Ruhe besprechen.«

»Nein, Fesselmeister.« Die Worte hatten meinen Mund verlassen, bevor ich auch nur darüber nachdenken konnte. »Ich bin noch nicht so weit. Und ich weiß auch nicht, ob ich je so weit sein werde.«

Diesmal dauerte sein Schweigen noch viel, viel länger.

»Verstehe«, sagte er endlich. »Nun, dann werde ich abwarten, bis du *so weit* bist. Doch in der Zwischenzeit sollte ich vielleicht anfangen, mich nach einem Ersatz für meine Ganovenbraut umzusehen. Die Glocke zeigt wirklich vielversprechendes Engagement. Immerhin kann sich nicht jeder den Luxus leisten, in noblen Pensionen zu entspannen, während der Denkerfürst alle Probleme aus der Welt schafft.«

Es klickte laut in meinem Ohr. Ich holte die Karte aus dem Gerät und versenkte sie im nächsten Abfluss.

Jaxon überlegte also, ob er Nadine, alias die Stumme Glocke, zu seiner neuen Ganovenbraut machen sollte. Ich schob das Telefon zurück in meine Tasche und suchte mir mit pochendem Schädel einen Weg aus der Gasse. Nick hatte ein Zimmer in der Grub Street, wo auch die Flugblätter hergestellt wurden. Ich sollte zu ihm gehen. Mit ihm reden. Das war immer noch besser, als wieder eine Nacht allein zu verbringen und darauf zu warten, dass die Rotjacken mich aus dem Bett zerrten. Also winkte ich eine Rikscha heran und ließ mich nach I-5 bringen.

*

Die Versammlung der Widernatürlichen würde nicht tagen. Es war purer Optimismus gewesen, darauf zu hoffen, dass Hector auf mich hörte. Aber ein winziger Teil von mir hatte geglaubt, dass er zumindest neugierig genug sein könnte, um mich anzuhören.

Also musste ich mein Wissen irgendwie anders verbreiten. Aber ich konnte mich nicht einfach auf die Straße stellen und Geschichten über Rephaim erzählen. Dann würden die Leute nur glauben, ich hätte den Verstand verloren. Außerdem konnte ich auch nicht allein gegen sie vorgehen, nicht solange sie die gesamte militärische Stärke von Scion hinter sich hatten. Allein die Größe dieses Feindes war Furcht einflößend. Ohne das Syndikat war ich ein Niemand.

Als die Rikscha mich an der Straßenecke absetzte, regnete es in Strömen. Ich versprach dem Fahrer, ihm sofort sein Geld zu bringen, zog mir das Halstuch über die untere Gesichtshälfte und trat unter dem Torbogen hindurch.

Seit den 1980ern war die Grub Street der Sitz der *haute bohème* der Seherunterwelt. Der Name bezeichnete dabei ein ganzes Viertel, nicht nur die eine Straße, und damit den Schmelztiegel jeglicher aufwieglerischer Ambitionen im Herzen von I-5. Architektonisch herrschte hier eine exzentrische Mischung aus dem Georgianischen des 18. Jahrhunderts, Pseudo-Tudor und der Moderne vor: abgesackte Fundamente und schiefe Wände kombiniert mit Neonschildern, viel Stahl und einem einzigen, kleinen Nachrichtenschirm. Die Läden boten alles an, was das Herz eines Sprachkünstlers begehrte: dickes Papier, Tintenfässer in allen Formen und Farben, alte Folianten für Sammler – also die Art von Büchern, die Tore zu anderen Welten bildeten – und Füllfederhalter mit Edelsteinbesatz.

Es gab mindestens fünf oder sechs Cafés und eine Garküche, die auch jetzt schon geöffnet hatte. Aus den meisten Fenstern drang verlockender Kaffeeduft. Es war nicht zu übersehen, dass hier der Großteil der Bibliomanten und Geistschreiber der Zitadelle lebte, eben jene, die in schimmeligen Mansardenzimmern hausten und nichts als Kaffee, Bücher und ihre Musen um sich duldeten. Aus der geöffneten Tür eines Antiquitätenladens drang viktorianische Kammermusik auf die Straße.

Von der Hauptstraße gingen jede Menge verschlungene Gassen ab, die alle in kleinen, abgeschlossenen Hinterhöfen endeten. Und in eine von diesen bog ich nun ein, um die Pension zu erreichen, die sich dort versteckte. Das Schild über der Tür verriet, dass diese Absteige den klangvollen Namen BELL INN hatte. Als ich Nicks Traumlandschaft spürte, stubste ich sie sanft an.

Wenige Sekunden später erschien hinter dem Mansardenfenster ein besorgtes Gesicht. Ich wartete an der Straßenlaterne, bis er aus dem Haus trat.

»Was machst du hier? Was ist passiert?«

»Hector.« Das reichte als Erklärung aus.

Ein Schatten legte sich über seine Züge. »Du hast Glück, dass du noch am Leben bist.« Vorsichtig drückte er mir einen Kuss auf den Scheitel. »Schnell, rein mit dir.«

»Ich muss noch die Rikscha bezahlen.«

»Das erledige ich, los, rein jetzt.«

Im Flur schüttelte ich erst mal meinen Mantel aus. Als Nick zurückkam, führte er mich in den Salon, wo ein korpulenter Mann am Kamin saß, sich über ein Buch beugte und genüsslich an seiner Pfeife nuckelte. Er war ungefähr sechzig und extrem blass. Unter der kräftigen Nase wuchs ein sorgsam gestutzter dunkler Bart mit einigen feinen weißen Flecken.

»Guten Abend, Alfred«, grüßte Nick ihn.

Der Mann fuhr so heftig zusammen, dass sein Sessel laut knarzte. »Oh – Gesicht, mein alter Freund.« Sein Oberschichtakzent klang irgendwie seltsam, als gehöre er eigentlich noch in die Zeit der Monarchen.

»Du siehst nicht gut aus, alter Mann.«

»Ach, na ja.« Er ließ sich wieder in den Sessel sinken. »Minty ist auf der Suche nach mir. Da wird man schon etwas nervös.«

»Und du dachtest, ich wäre Minty, die Sekretärin vom Zirkulum Spiritistum? Ich fühle mich geschmeichelt.« Nick nahm vom Portier seinen Schlüssel entgegen. »Du arbeitest zu viel.

Warum gönnst du dir nicht eine Auszeit und verschwindest für ein paar Tage aus der Grub Street?«

»Oh, absolut unmöglich. Zum einen würde dein Denkerfürst einen Rappel bekommen. Er möchte, dass ich mich jederzeit zur Verfügung halte, falls es zu literarischen Notfällen kommt. Obwohl ich eigentlich nicht gut auf ihn zu sprechen bin – er schuldet mir immer noch ein vermaledeites Manuskript.« Mit einem knotigen Finger schob er seinen Zwicker auf die Nasenspitze herunter. Als er mich entdeckte, schossen seine Augenbrauen in die Höhe. »Und wer ist diese holde Jungfer, die du in dein Turmzimmer zu schmuggeln gedenkst?«

»Das ist Paige, Alfred. Jaxons Ganovenbraut.«

Alfred musterte mich über die Brillengläser hinweg. »Sieh mal einer an, die Fahle Träumerin. Wie geht es dir?«

»Alfred ist ein Geisteragent«, erklärte Nick an mich gewandt. »Und zwar der einzige in London. Er hat Jaxons Schriften entdeckt.«

»Man sollte hinzufügen, dass ›Geist‹ in diesem Fall für ›Geistschreiber‹ steht. Die meisten meiner Klienten sind Schreibende Medien.« Alfred küsste meine verklebte Hand. »Dein Denkerfürst hat mir schon viel von dir erzählt, hatte aber nie die Güte, uns persönlich miteinander bekannt zu machen.«

»Mit seiner Güte ist es nicht so weit her«, nickte ich.

»Ah, aber er ist ein brillanter Kopf! Da muss man sich nicht weiter anstrengen.« Während er meine Hand losließ, stellte Alfred fest: »Doch wenn ich das sagen darf, meine Liebe: Du siehst aus, als kämst du geradewegs aus der Schlacht.«

»Hector.«

»Oh, ja. Unser Herr der Unterwelt ist nicht gerade ein friedliebender Mann. Ich werde nie verstehen, warum wir Seher einander so leidenschaftlich bekämpfen, aber gleichzeitig nichts unternehmen, um den Inquisitor zu Fall zu bringen.«

Aufmerksam musterte ich das faltige Gesicht. Wenn dieser Mann Jaxons Schriften entdeckt hatte, war er sicherlich mitverantwortlich für die Veröffentlichung von *Über die Vorzüge der Widernatürlichkeit*, jenes Pamphlets, das Seher gegen Seher aufgehetzt und tiefe Gräben in unserer Gemeinschaft geschaffen hatte, die wir bis heute nicht überwunden hatten.

»Ja, das ist seltsam«, sagte ich.

Alfreds stahlblaue Augen funkelten wachsam über den dicken Tränensäcken.

»Nun denn, Nick, berichte mir altem Mann von den neuesten Scion-Skandalen.« Er verschränkte die Hände über dem Bauch. »Welch teuflische neue Experimente führt man zurzeit durch? Benutzen sie inzwischen schon zerhackte Seher dafür?«

»Mit derart Blutrünstigem kann ich leider nicht dienen. Ein Großteil der Wissenschaftler testet momentan den neuen Sensorschirmprototypen für SciORE.«

»Ja, das kann ich mir vorstellen. Und wie kommt eure Danica damit zurecht?«

Ganz bestimmt war Danica diesem Mann noch nie begegnet; sie war nicht gerade für ihre Geselligkeit bekannt. Also musste Jaxon ihm von uns erzählt und ihm auch unsere richtigen Namen verraten haben. »Sie ist Kaste sechs«, meinte Nick, »bisher kann er sie nicht erfassen.«

»Bisher«, betonte Alfred.

Ich fragte mich, ob Danica nach unserer Flucht wieder zur Arbeit gegangen war. Als mir klar wurde, dass ich es nicht wusste, kam ich mir schäbig vor. Obwohl sie nur als Teilzeitkraft bei SciORE angestellt war, wäre ich jede Wette eingegangen, dass sie nach der Rettungsaktion pünktlich zur nächsten Schicht angetreten war.

»Jedenfalls wird der neue Sensorschirm bis zur Novembertide nicht fertig sein«, fuhr Nick fort. »Zumindest nicht, um ihn in der gesamten Zitadelle einzusetzen.«

»Aber im Archonitat gibt es ihn schon, mein Freund. Und im Stadion werden sie ihn auch haben wollen. Ich sage es euch, sie werden eine bombastische Willkommenszeremonie für den *Inquisiteur* abhalten.«

»Ganz besonders freue ich mich auf die fünfzig Hinrichtungen, die zur Feier des Tages angesetzt sind.« Nick schob mich Richtung Treppe. »Tut mir leid, Alfred, aber Paige braucht ein paar Schmerztabletten. Viel Glück bei deinem Versteckspiel mit Minty.«

»Hmpf. Wie heißt es so schön? Als das Schicksal sah, dass es Narren keine Weisheit schenken konnte, schenkte es ihnen das Glück.«

»Shakespeare?«

»Montaigne.« Mit einem Zungenschnalzen wandte der Agent sich wieder seinem Buch zu. »Leb wohl, Ahnungsloser.«

Das Innere des Hauses war nur spärlich beleuchtet. Wir stiegen die quietschende Treppe zum Dachboden hinauf, wo der Teppich verschlissen war und die Wände die Farbe von abheilenden Blutergüssen hatten.

»Alfred und Jaxon kennen sich schon eine Ewigkeit.« Nick sperrte die Zimmertür auf. »Er ist außergewöhnlich, wahrscheinlich der begabteste Bibliomant in der ganzen Zitadelle. Siebenundfünfzig Jahre alt, und arbeitet achtzehn Stunden am Tag. Er behauptet, er muss ein Schriftstück nur lesen und *spürt* dann, ob es sich verkaufen wird.«

»Hat er damit je falschgelegen?«

»Soweit ich weiß nicht. Deshalb ist er auch der einzige Geisteragent hier. Durch ihn sind die anderen alle arbeitslos geworden.«

»Und was macht er für Jaxon?«

»Vor allem preist er seine Pamphlete im Zirkulum Spiritistum an. Er hat mit den *Vorzügen* ein kleines Vermögen verdient.«

Dazu sagte ich lieber nichts.

Nick schaltete das Licht ein. Wir standen in einem ziemlich nichtssagenden Zimmer mit einem Spiegel, einem gesprungenen Waschbecken und einem Bett mit fadenscheinigen Laken.

Hier war seit mindestens hundert Jahren nicht Staub gewischt worden. Im Raum verteilt lagen ein paar lebensnotwendige Dinge aus Nicks Wohnung.

»Hast du das hier gemietet?«, fragte ich.

»Ja. Es ist nicht gerade ein Nobelschuppen, aber manchmal muss ich einfach unter Sehern sein, allerdings ohne Jax. Man könnte es meine Ferienwohnung nennen.« Er tränkte einen Waschlappen mit heißem Wasser und reichte ihn mir. »Und jetzt erzähl mal, was mit Hector war.«

»Er meinte, er wolle zu Jaxon.«

»Und warum?«

»Wegen dem Gesuch.« Vorsichtig tupfte ich mir die Lippen ab. »Er wollte herausfinden, wer es geschickt hat. Als ihm klar wurde, dass ich es war, hat er den Falschspieler auf mich losgelassen.«

Nick verzog mitfühlend das Gesicht. »Ich wünschte, das würde mich überraschen. Dann gibt es also kein Treffen?«

»Nein.«

»Und wollten sie danach immer noch zu Jaxon?«

»Ich habe ihn schon angerufen, um ihn zu warnen. Er wollte, dass ich nach Seven Dials zurückkomme, aber ich habe Nein gesagt.«

»War er wegen des Gesuchs nicht wütend?«

»Nicht so wütend, wie ich gedacht hatte.« Als ich den Waschlappen sinken ließ, war er voller Blut und Dreck. »Aber er hat damit gedroht, Nadine zu seiner neuen Ganovenbraut zu machen.«

»Er hat sie bereits entsprechend vorbereitet, *sötnos*.« Als ich fragend die Stirn runzelte, seufzte er schwer. »Nadine wollte Ganovenbraut werden, sobald du verschwunden warst. Sie hatten einige Gespräche unter vier Augen und er hat ihr einen Großteil deiner Aufgaben übertragen: Miete eintreiben, die Auktionen im Juditheon, all so was. Falls du zurückkommst, wird das aufhören, aber Nadine wird nicht gerade begeistert sein.«

»Aber warum ausgerechnet Nadine? Ich hätte gedacht Zeke oder Dani, weil sie Megären sind.«

Ratlos hob er die Arme. »Wer bin ich, dass ich die Vorgänge in Jaxon Halls Gehirnwindungen begreife? Jedenfalls wird er sie erst zur Ganovenbraut machen, wenn du ihm klipp und klar erklärst, dass seine Traumwandlerin nie wieder für ihn arbeiten wird. Willst du denn wirklich aufhören?«

»Nein. Ja. Ich weiß nicht.« Mit Schwung ließ ich mich auf das Bett fallen. »Ich kann einfach nicht vergessen, was er gesagt hat. Dass er mir das Leben zur Hölle machen wird, falls ich jemals aus seinen Diensten ausscheide.«

»Das wird er hundertprozentig. Wenn du gehst, bist du von allem abgeschnitten. Du bräuchtest Geld. Scion überwacht die Konten sämtlicher Mitarbeiter«, warnte er mich sofort. »Ich kann nicht ewig Geld für deine Miete abheben, sonst fangen sie irgendwann an, Fragen zu stellen. Und man kann über Jax sagen, was man will, aber er zahlt gut.«

»Klar, er bezahlt mich dafür, dass ich Didion Waite einschüchtere und auf dem Schwarzmarkt gefälschte Kunst verkaufe. Er bezahlt Nadine dafür, dass sie Violine spielt. Er bezahlt Zeke dafür, dass er ihm als Laborratte dient. Und wozu das Ganze?«

»Er ist der Denkerfürst, das ist sein Job. Und dein Job.«

»Nur wegen Hector.« Ich starrte an die Decke. »Wenn er nicht wäre, könnte jemand anders das Syndikat übernehmen und uns einen.«

»Nicht ganz. Eine Wahlschlacht kann erst ausgerufen werden, wenn sowohl der Denkerfürst an der Spitze als auch seine Ganovenbraut beziehungsweise sein Ganovenschützling weg sind. Falls Hector stirbt, wird Schlitzschnute Herrin der Unterwelt. Und die ist keinen Deut besser. Außerdem ist Hector erst Mitte vierzig, und er wird ganz sicher keinen Hungertod sterben. Der tritt die Reise in den Aether noch lange nicht an.«

»Es sei denn, irgendjemand räumt ihn aus dem Weg.«

Ruckartig fuhr Nicks Kopf zu mir herum. »Einen solchen Staatsstreich würden sogar die brutalsten Gangster ablehnen«, sagte er leise.

»Aber nur, weil Hector sie in ihrer Brutalität unterstützt.«

»Schlägst du gerade vor, dass jemand einen Putsch planen sollte?«

»Hast du eine bessere Idee?«

»Dann müssten sie Schlitzschnute aber auch umlegen. Und selbst wenn das passiert, würde die Versammlung der Widernatürlichen trotzdem nicht den Kampf mit Scion aufnehmen«, erklärte er sanft. »Die meisten von ihnen haben sich ihr Amt durch Mord oder Erpressung verschafft, nicht durch Tapferkeit. Hector ist nur ein Teil des Problems.« Er schenkte mir Saloop aus seinem Flachmann ein. »Hier. Du siehst aus, als würdest du gleich erfrieren.«

Während ich mir den Becher nahm, setzte Nick sich gegenüber von mir aufs Bett, nippte an seiner Tasse und starrte in den Hof hinunter.

»Seit wir zurück sind, habe ich immer wieder Visionen«, sagte er leise. »Hat wahrscheinlich nichts zu bedeuten, aber manche davon …«

»Was hast du gesehen?«

»Ein Waterboard.« Seine Stimme klang so, als hätte er das Bild noch immer vor Augen. »In einem Raum mit weißen Wänden und blauen Fliesen auf dem Boden. Solche Visionen hatte ich früher auch schon, aber die fühlt sich irgendwie realer an. Hinter der Maschine hängt eine Holzuhr an der Wand, rund um das Ziffernblatt sind Blätter und Blumen eingeschnitzt. Um Mitternacht kommt ein kleiner Vogel aus Metall heraus und singt ein altes Lied aus meiner Kindheit.«

Mein Puls geriet ins Stolpern. Normalerweise bestand die Gabe der Orakel darin, Bilder zu *senden*, aber manchmal empfingen sie auch unaufgefordert Botschaften aus dem Aether. Für Nick waren diese eine endlose Quelle der Angst und der

Faszination. »Hast du so eine Uhr schon einmal irgendwo gesehen?«

»Ja, man nennt das Kuckucksuhr. Meine Mutter hatte so eine.«

Nick sprach fast nie über seine Familie. Ich rutschte ein Stückchen näher an ihn heran. »Und meinst du, die Botschaft ist an dich gerichtet oder an jemand anders?«

»Das mit dem Lied war schon sehr persönlich.« Jedes Mal, wenn er mich ansah, schienen tiefere Schatten über sein Gesicht zu ziehen. »Ich habe Visionen, seit ich sechs war, und bis heute verstehe ich sie nicht wirklich. Selbst wenn dieses Waterboard nicht für mich bestimmt ist, werden sie früher oder später rauskriegen, was ich bin. Wir halten uns ja gerne für stark und tapfer, aber am Ende sind wir doch alle nur Menschen. Unter Folter brechen die Leute sich selbst die Knochen, nur um wegzukommen.«

»Hör auf, Nick. Sie können dich nicht foltern.«

»Sie können machen, was immer sie wollen.« Er senkte den Blick. »In all den Jahren, in denen ich für Scion arbeite, habe ich vierunddreißig Seher vor dem Galgen gerettet und zwei vor der tödlichen Dosis. Nur deshalb bin ich nicht durchgedreht. Das ist der Sinn und Zweck meines Lebens. Wir brauchen jemanden da drin, und es gibt niemanden, der für sie kämpft.«

Ich hatte Nick immer für das bewundert, was er tat. Jaxon passte es überhaupt nicht, dass sein Orakel für Scion arbeitete – ihm wäre es lieber gewesen, wenn Nick sich ausschließlich der Gang gewidmet hätte –, aber in seinem Vertrag stand ausdrücklich drin, dass er seinen normalen Job behalten durfte, außerdem gab er immer gerne etwas von seinem Gehalt ab, wenn er konnte.

»Aber du, *sötnos*, du kannst noch gehen«, fuhr Nick fort. »Auf die andere Seite des Atlantiks können wir dich zwar nicht schaffen, aber auf den Kontinent kommt man immer irgendwie.«

»Da ist es doch genauso gefährlich wie hier. Und was soll ich dann machen? In einer Freakshow auftreten?«

»Ich meine es ernst, Paige. Du bist clever und dein Französisch ist nicht schlecht. Zumindest wärst du dann raus aus dem Kerngebiet. Oder du könntest nach Irland zurückgehen. Sie werden nicht alles auf den Kopf stellen, um dich zu finden, und irgendwann geben sie dann auf.«

»Irland.« Ich lachte bitter. »Klar, die Inquisitoren hatten ja schon immer einen Heidenrespekt vor Irland.«

»Dann eben nicht nach Irland. Aber irgendwohin.«

»Sie werden mich verfolgen, ganz egal, wo ich hingehe.«

»Scion?«

»Nein, die Rephaim.« So leicht würde Nashira sicher nicht aufgeben. »Es gibt nur fünf Leute, von denen wir sicher wissen, dass sie die Flucht überlebt haben. Und ich bin die Einzige von diesen fünf, die genug Einfluss hat, um etwas zu bewegen.«

»Also bleiben wir.«

»Ja. Wir bleiben und verändern die Welt.«

Seine Lippen verzogen sich zu einem Lächeln, aber es wirkte angestrengt. Ich konnte es ihm nicht übel nehmen. Die Vorstellung, sich mit Scion anzulegen, war nicht gerade erhebend.

»Ich geh mal schnell zur Garküche«, sagte er schließlich. »Was hättest du gerne zum Frühstück?«

»Überrasch mich.«

»Na gut. Aber halte die Vorhänge geschlossen.«

Er zog seinen Mantel an und ging. Brav zog ich die schweren Vorhänge zu.

Es war verrückt, dass die Revolution in Sheol I funktioniert hatte. Aber im richtigen Moment und aus den richtigen Gründen konnten sich selbst die kraftlosesten Unterdrückten erheben und ihr Leben zurückerobern.

Die Denkerfürsten und Denkerköniginnen von London waren nicht machtlos. Die Indoktrination und Grausamkeit von Scion hatten ihnen die Möglichkeit verschafft, aufzusteigen. Ihnen ging es gut in ihrer Unterwelt mit ihrem weit verzweigten Netz aus Kurieren, Taschendieben und Strauchdieben, die sämtliche Drecksarbeit für sie erledigten. Irgendwie musste man sie davon überzeugen, dass nach einem Sieg über Scion ihr Leben noch besser würde. Aber solange Haymarket Hector lebte, würden seine Leute immer faul und korrupt bleiben.

Ich beugte mich über das Waschbecken und spülte die Spucke aus meinen Haaren. Nick behauptete, es wäre die Mühe nicht wert, Hector umzubringen, aber wenn ich mir den dicken Bluterguss auf meiner Wange so ansah, war ich mir nicht ganz so sicher. Er verkörperte all das, was das Syndikat schwächte: die Gier, die Gewalt und – am schlimmsten von allem – die Apathie.

Unter Menschen, die sicher wussten, dass es nach dem Tod noch weiterging, galt Mord nicht als Kapitalverbrechen. Hector entledigte sich ständig irgendwelcher Syndikatsmitglieder, und ganz egal, wie brutal er dabei vorging, es interessierte niemanden. Aber den Anführer des Syndikats umbringen … das wäre schon etwas anderes. Irgendeinen Straßenkünstler und ein Mitglied der eigenen Gang konnte man kaltmachen, aber dem eigenen Denkerfürsten oder dem Herrn der Unterwelt durfte man kein Haar krümmen. Das war ein ungeschriebenes Gesetz, das Gegenstück zu Hochverrat innerhalb des Syndikats.

Aber vielleicht – wenn auch mit einem großen Fragezeichen versehen – konnte ich mit Schlitzschnute reden. Ohne Hector war sie eventuell anders. Auch wenn die Wahrscheinlichkeit dafür ungefähr so hoch war wie die, dass Hector die Krone freiwillig abtrat.

Mit einer kalten Kompresse an der Wange setzte ich mich wieder aufs Bett. Anscheinend blieb mir nichts anderes übrig, als die Rolle der Ganovenbraut von I-4 wieder zu übernehmen. Um das Syndikat gegen Scion aufzustacheln, durfte ich den Kontakt zur Versammlung der Widernatürlichen nicht ganz verlieren. Ich musste ihnen nah genug sein, um respektiert zu werden und einen gewissen Überblick über ihre Aktivitäten zu haben. Doch bis der Wächter zurückkehrte, hatte ich nicht einmal einen Beleg dafür, dass die Rephaim überhaupt existierten. Ich würde die Nachricht ohne den kleinsten Beweis verbreiten müssen. Wieder einmal zupfte ich an dem Goldenen Band.

Du hast mich gebraucht, um das alles loszutreten, dachte ich. *Jetzt brauche ich dich, um es zu vollenden.*

Keine Antwort. Immer nur drückende Stille.

5

WEAVER

Ein paar Stunden später ging Nick zur Arbeit. Sein Zimmer im Bell Inn durfte ich weiter benutzen, was gut war, denn es wurde höchste Zeit, dass ich aus der Absteige in I-4 auszog. Ein paar Stunden blieb ich drinnen und ruhte mich aus, aber ohne Nick wirkte der Raum viel zu leer. Gegen Abend machte ich mich auf die Suche nach etwas zu essen. Aus einem Plattenladen schallte Musik heraus, und hinter angelehnten Türen fanden Séancen statt. Ich kam an einem Bettler vorbei, der sich von Kopf bis Fuß in schmutzige Decken gewickelt hatte. Es waren immer die Auguren und Wahrsager, die auf der Straße landeten, wenn der Winter kam, und dort ums Überleben kämpfen mussten.

Ob Liss' Eltern wohl noch lebten? Standen sie irgendwo in der Kälte und priesen ihre Karten an, oder waren sie in die Highlands zurückgekehrt, nachdem ihre Tochter verschwunden war? So oder so würden sie nie erfahren, was mit ihr passiert war. Und sie würden nie die Chance bekommen, ihrem Mörder gegenüberzutreten, Gomeisa Sargas. Der in diesem Moment vielleicht im Archonitat hockte und ihre Antwort auf die Rebellion koordinierte.

Genau so sehen wir deine Welt, Paige Mahoney, hatte er gesagt. *Als eine Schachtel voller Motten, die nur darauf warten, zu verbrennen.*

Es war seltsam, wieder in I-5 zu sein, dem Finanzzentrum von Scion, wo ich seit meinem neunten Lebensjahr gewohnt hatte. Lange bevor Jaxon Hall in mein Leben getreten war, hatte ich meine Freizeit in den spärlichen grünen Oasen zwischen den

Hochhäusern verbracht und versucht, meine Gabe zu ignorieren, die langsam ans Licht drängte. Mein Vater hatte mich nur selten davon abgehalten. Solange ich ein Telefon dabeihatte, war er einverstanden gewesen, dass ich alleine durch die Stadt streifte.

Als ich das Ende der Straße erreichte, tauchte links von mir plötzlich ein Café auf. Im dichten Nebel war es kaum zu erkennen. Abrupt blieb ich stehen. Auf dem Schild über der Tür stand BOBBIN'S KAFFEE.

Mein Vater war ein Gewohnheitstier. Nach der Arbeit trank er gerne eine Tasse Kaffee, und das fast immer bei Bobbin's. Mit ungefähr dreizehn hatte ich den Laden sogar ein- oder zweimal zusammen mit ihm besucht.

Einen Versuch war es wert. Natürlich durfte ich ihm in der Öffentlichkeit nie wieder zu nahe kommen, aber ich musste einfach wissen, ob er noch lebte. Und nach allem, was ich gesehen und über diese Welt erfahren hatte, wollte ich unbedingt ein Gesicht aus der Zeit davor wiedersehen. Das Gesicht meines Vaters, den ich nie verstanden, aber immer geliebt hatte.

Wie üblich war es im Bobbin's brechend voll und in der warmen Luft hing schwerer Kaffeeduft. Man warf mir flüchtige Blicke zu – geschulte Blicke, die meine rote Aura prüften –, aber niemand schien mich zu erkennen. Die Seher der Grub Street waren sich schon immer ein wenig zu fein gewesen für ordinäre Syndikatspolitik. Und ein dünnes, ramponiertes Mädchen war keine akute Bedrohung, selbst wenn sie ein Wandler war. Trotzdem wählte ich einen Tisch in der dunkelsten Ecke, direkt hinter einem Wandschirm. Irgendwie kam ich mir nackt vor. Eigentlich sollte ich gar nicht unterwegs sein, sondern mich hinter Vorhängen und verriegelten Türen verstecken.

Als ich sicher war, von niemandem identifiziert worden zu sein, kaufte ich mir von dem Geld, das Nick mir dagelassen hatte, eine billige Suppe. Vorsichtshalber schaltete ich wieder meinen englischen Akzent ein und hielt den Kopf unten. Die

Gerstensuppe mit Erbsen wurde in einem ausgehöhlten Brot serviert. Ich trug sie zu meinem Tisch und genoss jeden einzelnen Löffel davon.

Niemand in diesem Café hatte ein Datenpad dabei, aber die meisten Gäste lasen: viktorianische Wälzer, kleine Gedichtbände oder Groschenromane. Der Bibliomant am Nebentisch blätterte hinter seiner Zeitung in einem abgenutzten Exemplar von Didion Waites erstem anonym veröffentlichten Poesiebändchen, *Liebe hat nur ein Gesicht, doch das stört den Seher nicht*. Zumindest hätte Didion gern geglaubt, dass er anonym geblieben war. Wir alle wussten, wer diese langatmigen Epen verfasst hatte, da er sie stets seiner verstorbenen Frau widmete. Jaxon konnte es kaum erwarten, dass er sich irgendwann an erotischer Literatur versuchte.

Der Gedanke daran zauberte mir ein Lächeln aufs Gesicht, das allerdings schnell erlosch, als die Glocke über der Tür mich von dem Buch ablenkte. Die Traumlandschaft des neuesten Gastes war mir vertraut.

Er trug einen Regenschirm über dem Arm, den er nun in den Ständer in der Ecke stellte, während er die Stiefel auf der Fußmatte abtrat. Dann ging er an meinem Tisch vorbei und stellte sich in die Schlange.

Während der vergangenen sechs Monate waren graue Strähnen im Haar meines Vaters aufgetaucht, und rechts und links von seinem Mund hatten sich tiefe Falten in die Haut gegraben. Er wirkte älter, doch nirgendwo waren Spuren von Folterungen zu sehen. Erleichtert sackte ich in mich zusammen. Die Seherin hinter der Theke fragte nach seiner Bestellung.

»Kaffee, schwarz«, sagte er. Sein Akzent war weniger ausgeprägt als früher. »Und ein Wasser. Vielen Dank.«

Es fiel mir unglaublich schwer, mich still zu verhalten.

Mein Vater setzte sich an einen Tisch am Fenster. Ich duckte mich noch tiefer hinter den Wandschirm und beobachtete ihn durch die kleinen Glasscheiben, die im Holz eingelassen waren.

Jetzt, wo er mir die andere Seite zuwandte, entdeckte ich an seinem Hals eine dunkle Erhebung, so klein, dass man es für einen Schnitt vom Rasierer halten konnte. Automatisch hob ich die Hand an meine eigene Fluxnarbe am Rücken. Die stammte aus der Nacht, als sie mich verhaftet hatten.

Wieder schepperte die Glocke, und eine Amaurotikerin betrat das Café. Sobald sie meinen Vater entdeckte, steuerte sie seinen Tisch an und zog sich noch im Gehen den Mantel aus. Klein, plump, dunkle Haut, helle Augen, locker geflochtene schwarze Haare. Sie setzte sich ihm gegenüber, beugte sich vor und verschränkte die Hände vor sich auf dem Tisch. An jedem Finger trug sie einen schmalen Silberring.

Stirnrunzelnd beobachtete ich die beiden. Als die Frau den Kopf schüttelte, schien mein Vater die Kontrolle zu verlieren. Er stützte den Kopf in die Hand, seine Schultern sackten herab und zuckten. Seine Freundin legte beide Hände auf seine zur Faust geballten Finger.

In meiner Kehle bildete sich ein dicker Kloß, und ich löffelte angestrengt den Rest von meiner Suppe. Irgendjemand warf eine Münze in die Jukebox, die daraufhin *The Java Jive* spielte. Ich sah zu, wie mein Vater sich bei der Frau unterhakte und beide draußen in der Dunkelheit verschwanden.

»Ein Penny für deine Gedanken, meine Liebe.«

Die Stimme riss mich aus eben jenen. Vor mir war das faltige Gesicht von Alfred dem Geisteragenten aufgetaucht.

»Alfred«, stellte ich überrascht fest.

»Jawohl, die tragische Gestalt. Wie man hört, ist er viel zu alt, um in Cafés hübsche junge Damen anzusprechen, aber er scheint es einfach nicht zu begreifen.« Alfred musterte mich prüfend. »Du wirkst ganz schön betrübt für einen Samstagabend. Aufgrund meiner jahrelangen Erfahrung kann ich daraus schließen, dass du nicht genug Kaffee getrunken hast.«

»Gar keinen, um ehrlich zu sein.«

»Oje. Du gehörst eindeutig nicht zu den *literati*.«

»n'Abend, Alfred.« Die Bedienung hob grüßend die Hand, wie auch einige andere Gäste. »Hab dich schon eine ganze Weile nicht mehr gesehen.«

»Hallo, alle miteinander.« Lächelnd lüpfte Alfred den Hut. »Ja, ich fürchte, die höheren Mächte saßen mir im Nacken. Da musste ich vorgeben, einer geregelten Arbeit nachzugehen, zur Schande aller Musen.«

Fröhliches Gelächter ertönte, bevor die Seher sich wieder ihren Getränken zuwandten. Alfred deutete auf den freien Stuhl an meinem Tisch. »Darf ich?«

»Natürlich.«

»Zu viele nette Leute. Manchmal ist es einfach unerträglich, den ganzen Tag unter Schriftstellern zu sein. Entsetzlicher Haufen. Also, was darf ich dir bringen? *Café au lait? Miel? Bombón?* Eine Wiener Melange? Oder vielleicht einen Dirty Chai? Ich persönlich genehmige mir gerne hin und wieder einen Dirty Chai.«

»Einfach nur Saloop.«

»Oje.« Er legte seinen Hut auf den Tisch. »Nun gut, wenn du darauf bestehst. Bedienung? Bring uns die Bohnen der Erleuchtung!«

Es war nicht schwer zu erkennen, warum er und Jaxon sich so gut verstanden: Sie hatten beide einen Riesendachschaden. Die Bedienung überschlug sich fast, um uns die Bohnen der Erleuchtung zu bringen, womit die Last der Konversation wieder auf meinen Schultern ruhte. Ich räusperte mich. »Ich habe gehört, du arbeitest im Zirkulum Spiritistum.«

»Na ja, ich arbeite in ihrem Haus, aber ich bin nicht bei ihnen angestellt. Hin und wieder zeige ich ihnen ein paar Papierfetzen, und sie kaufen sie mir ab.«

»Ziemlich aufrührerische Papierfetzen, wie es scheint.«

Alfred lachte leise. »Ja, das Aufrührerische ist mein Spezialgebiet. Dein Denkerfürst ist ebenfalls ein Fachkundiger in diesem Feld. Sein System der Sieben Kasten ist nach wie vor ein wahres Meisterstück unserer Welt.«

Darüber ließ sich streiten. »Wie hast du ihn entdeckt?«

»Na ja, eigentlich war es genau andersherum. Als er ungefähr in deinem Alter war, schickte er mir einen Entwurf von *Über die Vorzüge der Widernatürlichkeit*. Ein absolutes Wunderkind. Und über alle Maßen besitzergreifend. Er bekommt heute noch Wutanfälle, wenn ich innerhalb von I-4 einen neuen Klienten annehme.« Kopfschüttelnd fuhr er fort: »Er ist wirklich begabt – von einer ungezügelten Vorstellungskraft. Obwohl ich mich frage, warum er sich über solche Dinge derartig echauffiert.« Alfred unterbrach sich, als die Bedienung ein Tablett vor ihm abstellte. »Besten Dank.« Der Kaffee, der aus der Kanne floss, war zähflüssig wie Schlamm. »Natürlich war ich mir der Risiken bewusst, die mit der Veröffentlichung eines solchen Pamphlets einhergingen, aber ich war schon immer eine Spielernatur.«

»Du hast es aber zurückgezogen«, stellte ich fest. »Nach den Bandenkriegen.«

»Eine rein symbolische Geste, zu diesem Zeitpunkt war es natürlich schon zu spät. Die *Vorzüge* waren da bereits von jedem Vollidioten mit einem Drucker von hier bis Harrow kopiert worden und hatten das Selbstbild vieler Seher auf den Kopf gestellt. Die Literatur ist unser mächtigstes Werkzeug, das Scion aber nie wirklich effektiv eingesetzt hat. Die haben nie mehr geschafft, als alles bis zur Keimfreiheit zu bereinigen, bevor sie es freigeben. Aber wir Kreativen müssen sehr vorsichtig sein mit aufrührerischen Schriften. Ändere nur ein oder zwei Worte, manchmal auch nur einen einzigen Buchstaben, schon änderst du die ganze Geschichte. Ein gefährliches Geschäft.«

Ich rührte etwas Rosenwasser in meinen Saloop. »Dann würdest du so etwas also nicht noch einmal veröffentlichen?«

»Oh, Hilfe, führe mich bloß nicht in Versuchung. Seit der offiziellen Rücknahme bin ich ein armer Schlucker. Das Pamphlet lebt fröhlich weiter, während der Agent in einer erbärmlichen Mansarde vor sich hin vegetiert.« Er nahm seine Brille ab und rieb sich die Augen. »Aber immerhin bekomme ich noch einen angemessenen Anteil von allen anderen Pamphleten und Groschenromanen, die einen Weg in die Regale finden. Mal abgesehen von den ›Werken‹ des Herrn Waite, die allerdings weder für mich noch für die Literatur einen großen Verlust darstellen, da wirst du mir doch sicher zustimmen.«

»Nicht gerade subversiv, diese Schriften«, nickte ich.

»Mitnichten. Abgesehen von Jaxons Werk ist die Literatur der Seher das aber generell nicht. Das einzig Subversive daran ist das an sich verbotene Genre.« Mit dem Kopf deutete er auf eine Frau am Fenster. Sie hatte das Kinn fest auf die Brust gedrückt und schaute auf ihren Schoß. »Ist es nicht fantastisch, dass Worte auf Papier uns so fesseln können? Wir werden gerade Zeugen eines Wunders, meine Liebe.«

Ich warf einen Blick auf den Groschenroman, den sie unter dem Tisch versteckt hielt, dann beobachtete ich aufmerksam, wie die Augen der Bibliomantin sich an den gedruckten Buchstaben festsogen. Was um sie herum vorging, blendete sie vollkommen aus. Sie konzentrierte sich nicht einfach nur, sie lernte. Und akzeptierte Dinge, die sie für völlig verrückt halten würde, wenn man ihr auf der Straße davon erzählte.

Der Bildschirm über der Theke wurde weiß. Sämtliche Köpfe im Café fuhren herum. Die Bedienung schaltete das Licht aus, sodass die einzige Beleuchtung vom Monitor ausging. Zwei schwarze Textzeilen erschienen.

*

HIERMIT WIRD DAS REGULÄRE PROGRAMM
UNTERBROCHEN.
ES FOLGT EINE ANSPRACHE DES INQUISITORS.

*

»Oje«, murmelte Alfred.

Eine Instrumentalversion der Hymne setzte ein: »Fest verankert in dir, oh Scion«. In der Schule hatten wir sie jeden Morgen singen müssen. Sobald der letzte Ton verklungen war, verschwand das Ankersymbol und Frank Weaver erschien auf dem Schirm.

Das Gesicht der Marionette schaute auf uns herab. Absolute Stille breitete sich im Café aus. Der Großinquisitor ließ sich nur selten außerhalb des Archonitats blicken.

Schwer zu sagen, wie alt er war. Mindestens fünfzig, wahrscheinlich älter. Er hatte ein ovales Gesicht mit pomadigem Backenbart. Die grauen Haare waren glatt über den Kopf gekämmt. Scarlett Burnish war immer selbstsicher und ausdrucksvoll; bei ihr klangen selbst die schrecklichsten Neuigkeiten noch erträglich. Weaver war das genaue Gegenteil. Sein steifer Vatermörder drückte von unten gegen sein Kinn.

»Bürger der Zitadelle, hier spricht der Inquisitor.« In einer wilden Kakofonie dröhnte die kehlige Stimme aus den vielen Lautsprechern in der Stadt. *»Ernste Neuigkeiten läuten den neuen Tag in der Scionzitadelle London ein, unserer Festung der natürlichen Ordnung. Gerade hat unser Oberbefehlshaber mir mitgeteilt, dass sich in der Zitadelle mindestens acht flüchtige Widernatürliche aufhalten.«* Er hob ein schwarzes Seidentaschentuch an den Mund und tupfte sich den Speichel vom Kinn. *»Aufgrund widriger Umstände, die sich der Kontrolle des Archonitats entziehen, sind diese Kriminellen letzte Nacht aus dem Tower von London entflohen und untergetaucht, bevor die Spezialwache ihrer habhaft werden konnte. Die Verantwortlichen wurden bereits ihrer Ämter enthoben.«*

Allgemein galt Weaver als menschliches Wesen, aber auf seinem Gesicht zeigte sich nicht die leiseste Regung. Fasziniert und gleichzeitig angewidert starrte ich diese Bauchrednerpuppe an. Was den Zeitpunkt der Flucht anging, hatte er gelogen. Offenbar hatten sie ein paar Tage gebraucht, um ihre Gegenoffensive zu koordinieren. *»Diese Widernatürlichen haben einige* *der schlimmsten Verbrechen begangen, die ich während all meiner Jahre im Archonitat gesehen habe. Unter gar keinen Umständen dürfen sie auf freiem Fuß bleiben, da sie jederzeit wieder derartige Untaten begehen könnten. Nun rufe ich Sie, die Bürger von London, dazu auf, dafür Sorge zu tragen, dass diese Flüchtigen in Gewahrsam genommen werden. Falls Sie bei Ihrem Nachbarn oder auch bei sich selbst Widernatürlichkeit vermuten, sollten Sie sich sofort bei einer der Wachen melden. Man wird Milde walten lassen.«*

Mein gesamter Körper wurde taub. Ein panischer Drang zur Flucht dröhnte in meinem Schädel und traktierte meine erstarrten Muskeln.

»Zurzeit konnten nur fünf dieser Kriminellen Namen zugeordnet werden. Sobald der Rest von ihnen identifiziert wurde, werden wir die Bürger von London darüber informieren. Bis auf Weiteres wird die Scionzitadelle London in Alarmstufe Rot versetzt und es werden entsprechende Sicherheitsmaßnahmen ergriffen, um die Flüchtigen zu fassen. Bitte prägen Sie sich die folgenden Fotografien gut ein. Mein aufrichtiger Dank gilt Ihnen und allem, was die natürliche Ordnung aufrechterhält. Gemeinsam werden wir diese Plage besiegen und wie gewohnt die Stärke Scions zeigen. Sicherheit immer und überall.«

Dann war er weg.

Die Diashow der Flüchtigen war nur mit einer blechernen Stimme unterlegt, die den jeweiligen Namen und die begangenen Verbrechen nannte. Das erste Bild zeigte Felix Samuel Combs. Das zweite Eleanor Nahid. Das dritte Michael Wren. Auf dem vierten erschien »Ivy« – kein Nachname – mit ihrem alten Haarschnitt in grellem Blau. Dieses Foto hatte einen grauen Hintergrund und nicht den weißen des offiziellen Bürgerverzeichnisses von Scion.

Und als fünftes Gesicht – Staatsfeind Nummer eins – erschien meines.

Alfred holte nicht einmal Luft, wartete nicht ab, bis meine Verbrechen verlesen wurden oder er mein Gesicht mit dem der Frau auf dem Bildschirm abgleichen konnte. Er schnappte sich unsere Mäntel, packte mich am Arm und zog mich zur Tür. Als sie hinter uns zufiel, brandeten die Stimmen im Café laut auf.

»In diesem Sektor gibt es Seher, die dich ohne mit der Wimper zu zucken ans Archonitat verkaufen würden«, sagte Alfred, ohne die Lippen zu bewegen und schleifte mich quasi hinter sich her. »Straßenkünstler, Bettler, solche Leute. Deine Gefangennahme könnte ihnen das Leben retten. Jaxon wird wissen, wo er dich verstecken kann«, überlegte er eher im Selbstgespräch, »aber es könnte schwierig werden, I-4 überhaupt zu erreichen.«

»Ich will nicht –«

Eigentlich wollte ich sagen – *nach Seven Dials zurück*, aber ich brachte den Satz nicht zu Ende. Welche Wahl hatte ich denn jetzt noch? Ohne den Schutz eines Denkerfürsten würde Scion mich innerhalb weniger Stunden schnappen. Jaxon war meine einzige Option.

»Ich könnte es über die Dächer versuchen«, schlug ich stattdessen vor.

»Nein, nein. Ich würde es mir nie verzeihen, wenn sie dich erwischen.«

Da hatte doch Nashira die behandschuhten Finger im Spiel. Ich zwang mich, den aufkochenden Ärger zu unterdrücken, knöpfte meinen Mantel bis zum Kinn zu und schlang mir den Gürtel locker um die Taille, um meine Figur möglichst gut zu kaschieren. Alfred streckte den Arm aus. Da mir anscheinend nichts anderes übrig blieb, als ihm zu vertrauen, ließ ich mich halb unter seinen Mantel ziehen.

»Kopf unten halten. In der Grub Street gibt es keine Kameras, aber danach werden sie dich sofort erfassen.«

Alfred spannte seinen Schirm auf und schlug ein ordentliches Tempo an, ließ es dabei aber nicht so aussehen, als hätte er es eilig. Mit jedem Schritt entfernten wir uns weiter von dem Bildschirm und näherten uns der Grenze zu I-4.

»Wen hast du denn da dabei, Alfred?«

Es war der obdachlose Augur, der vor dem Café seinen

Schlafplatz hatte. »Oh, äh … nur eins von diesen hübschen Dingern, alter Freund.« Er zog mich dichter an sich heran. »Es tut mir leid, ich bin ein wenig in Eile. Aber wie wäre es, wenn du morgen früh auf eine Tasse Tee vorbeischaust?«

Ohne eine Antwort abzuwarten, ging er weiter. Ich konnte kaum mit ihm Schritt halten.

Wir liefen durch den Torbogen, verließen die Grub Street und wagten uns auf die Straßen von I-5 hinaus. Die eisige Nachtluft schlug uns ins Gesicht. Aber um uns herum war London putzmunter. Menschen strömten aus Wohnblöcken und Sauerstoffbars und versammelten sich zu Hunderten vor den Übertragungstürmen. Ich musste mir ihre Traumlandschaften gar nicht anschauen, um die Seher unter ihnen auszumachen. Man erkannte es an der Angst in ihren Augen. Wortlos drängten sie an uns vorbei und eilten Richtung Lauderdale Tower, wo der Hauptmonitor von I-5 die Sondersendung in Dauerschleife präsentierte. Frank Weavers Gesicht malte helle Flecken in den Himmel.

Sie rannten aus den Bars, hingen brüllend in offenen Fenstern. »Weaver! Weaver!« Blut und Donner schwangen in ihren Stimmen mit. »WEAVER, WEAVER.«

Zu viele Traumlandschaften. Jeder einzelne dieser Menschen überflutete meine Sinne: ihre Gefühle, ihr Wahn, die hell flackernden Auren, die an mir vorüberglitten. Seher, Amaurotiker, eine Supernova aus unsichtbaren Farben. Als sich in dem Strom aus menschlichen Körpern eine Lücke auftat, zerrte Alfred mich von der Straße in den Hauseingang eines schäbigen Ladens, wo ich krampfhaft versuchte, meinen sechsten Sinn wieder unter Kontrolle zu kriegen. Er griff in seinen Mantel, zog ein Taschentuch hervor und wischte sich damit die Stirn.

Jetzt, wo wir nicht mehr in der Menge steckten, überkam mich eine merkwürdige Ruhe. Nach und nach blendete ich den Aether aus. Dazu musste ich mich nur auf meinen eigenen Körper konzentrieren, meine flachen Atemzüge, mein rasendes Herz.

Wir warteten ab, bis der schlimmste Mob weitergezogen war, dann gingen wir wieder los. Alfred packte mich am Arm und marschierte auf die Straße hinaus.

»Ich bringe dich bis zur Kreuzung. Von da aus kannst du nach Seven Dials gehen.«

»Du solltest das nicht tun.«

»Soll ich dich vielleicht hier in I-5 sitzen lassen? Und damit Jaxons Zorn auf mich ziehen?« Er schnalzte mit der Zunge. »Als ob ich seine Ganovenbraut einfach ihrem Schicksal überlassen würde.«

Wo es ging, hielten wir uns an die Nebenstraßen, denn dort gab es weniger Leute und Monitore. Je weiter wir kamen, umso schneller liefen wir. Das Archonitat würde die Sendung nicht ewig wiederholen. Und ohne den hypnotisierenden Sog der Bildschirme würden sich die Bürger über die ganze Stadt verteilen und Jagd machen auf die Verräter. Über die Aktivitäten der Wachen bei Alarmstufe Rot hatte ich auch nur das Schlimmste gehört.

Als wir endlich die Kreuzung zwischen I-4 und I-5 erreichten, schnaufte Alfred wie eine alte Dampflok. Ich war so auf die Grenze fixiert, dass ich die Aura erst bemerkte, als es bereits zu spät war und die Wache direkt vor mir stand.

Eine Faust traf mit solcher Wucht meinen Magen, dass ich rücklings gegen eine Hauswand geschleudert wurde. Als ich meinen Angreifer dann vor mir sah, packte mich die nackte Angst. Die Frau griff nach ihrem Maschinengewehr und richtete es auf meinen Kopf.

»Aufstehen, Widernatürliche. Hoch mit dir!« Ganz langsam rappelte ich mich auf. »Keine Bewegung«, blaffte die Wache Alfred an, obwohl er sich gar nicht gerührt hatte. »Hände hoch!«

»Mit Verlaub, verehrte Frau Wachhabende, ich denke, es handelt sich hier um ein Missverständnis.« Alfred war knallrot im Gesicht, lächelte aber freundlich. »Wir waren gerade auf dem Weg, um uns Inquisitor Weavers –«

»Nehmen Sie die Hände hoch.«

»Schon gut, schon gut.« Alfred hob die Arme. »Mal abgesehen von mangelndem Orientierungssinn, was wird uns denn vorgeworfen?«

Die Wache beachtete ihn gar nicht. Hinter dem Visier ihres Helms konnte ich ihre Augen erkennen. Sie war eine Seherin. Reglos ließ ich ihre Musterung über mich ergehen.

»Eine Springerin«, flüsterte sie schließlich.

In ihrem Gesicht war keinerlei Gier zu erkennen. Ganz anders als die Wachen damals in der U-Bahn, die vollkommen hin und weg gewesen waren über ihren Fang und sich schon die Reichtümer ausgemalt hatten, die sie für meine rote Aura zu erwarten hatten.

»Auf die Knie«, brüllte sie. »Auf die Knie, Widernatürliche!« Ich gehorchte. »Beide«, präzisierte sie dann. Mühsam kniete sich Alfred auf das Straßenpflaster. »Und jetzt die Hände hinter den Kopf.« Wieder gehorchten wir wortlos. Die Frau trat einen Schritt zurück, aber der rote Punkt von ihrem Sucher ruhte weiterhin auf meiner Stirn. Ich zwang mich, den Blick zu ihrer Waffe zu senken. Ein Finger am Abzug war alles, was uns noch vom Aether trennte.

»Das nützt dir jetzt auch nichts mehr.« Sie zog mir die Kappe vom Kopf und meine weißblonden Haare kamen zum Vorschein. »Du landest direkt bei Inquisitor Weaver. Glaub bloß nicht, dass ich dich nicht ausliefere, Mörderin.«

Ich traute mich nicht, zu antworten. Vielleicht hatte sie die Wache gekannt, die ich getötet hatte. Oder sie war vor Ort gewesen, als sie den zweiten Mann entdeckten, dessen Verstand zerschmettert gewesen war, sodass er nur noch wirr um den Tod gebettelt hatte. Mein Schweigen schien auszureichen, denn die Frau griff nun nach ihrem Funkgerät. Vorsichtig spähte ich zu Alfred hinüber und bemerkte entsetzt, dass er mir zuzwinkerte – als würde er tagtäglich auf der Straße verhaftet.

»Vielleicht könnte Ihnen ja das hier gefallen.« Er schob eine Hand in die Tasche. »Sie sind Kyathomantin, nicht wahr?«

Er holte einen ungefähr faustgroßen goldenen Becher hervor und hob fragend die Brauen. »Hier 521.« Ohne ihn zu beachten, sprach die Wache in ihr Funkgerät. »Benötige sofortige Verstärkung in I-5, Unterbezirk 12, östliche Saffron Street. Habe Verdächtige Nummer 1 in Gewahrsam genommen. Wiederhole: Paige Mahoney ist in Gewahrsam.«

»Sie sind doch auch eine Widernatürliche, eine Wahrsagerin«, stellte ich fest. »Sie brauchen ein Numen. Solange Sie in dieses Funkgerät sprechen, wird sich nichts ändern.«

Sofort schoss die Waffe wieder hoch. »Halt die Schnauze, bevor ich sie dir stopfe.«

»Wie viel Zeit bleibt Ihnen denn noch bis zur Auslöschung? Wird es der Strick oder die Spritze, was meinen Sie?«

»Hier 515. Halten Sie die Verdächtige fest, bis wir eintreffen.«

»Hüte deine Zunge, sonst breche ich dir die Beine. Wie schnell du rennen kannst, wissen wir ja schon.« Die Frau griff nach den Handschellen an ihrem Gürtel. »Hände ausstrecken, sonst breche ich die gleich mit.«

Alfred schluckte. Mit einer Hand fixierte die Wache meine Arme.

»Bestechung bringt Ihnen gar nichts«, wandte sie sich dann an Alfred. »Wenn ich die hier bei Weaver abliefere, kann ich mir hinterher alles kaufen, was ich nur will.«

Kurz zuckte es vor meinen Augen. Das Blut tropfte nicht nur aus der Nase der Frau, es floss in einem breiten Rinnsal. Als sie die Handschellen fallen ließ, um den Strom zu stoppen, zwängte ich meinen Geist in ihren Körper.

Ihre Traumlandschaft war ein Raum voller Aktenschränke, die mit grellem weißen Licht angestrahlt wurden. Eine ordentliche, akkurate Person. Jeder Gedanke und jede Erinnerung wurde in eine sterile Schachtel gepackt. Ihr fiel es nicht schwer, ihre Arbeit von der eigenen Identität als Seherin zu trennen. Farben gab es auch, aber nicht viele; sie waren verblasst und von ihrem Selbsthass fortgespült worden. In der Dunkelheit warteten ihre Ängste in Form von Schemen, die ihre Hadopelagialzone bevölkerten: formlose Gestalten anderer Seher, grausame Widernatürliche in den Schatten.

Ich war froh, die Kontrolle übernehmen zu können.

Sofort spürte ich die Andersartigkeit dieses Körpers. Mein neues Herz klopfte in wildem Stakkato. Als ich aufblickte, sah ich meine eigene, leblose Gestalt. Paige Mahoney war leichenblass zusammengebrochen, und Alfred schüttelte sie kräftig.

»Sprich mit mir«, sagte er gerade. »Noch nicht, meine Liebe, noch nicht.«

Fasziniert sah ich ihm zu. Das dort war *ich*.

Und ich war …

Meine Finger schlossen sich um das Funkgerät. Es war fast so schwer wie eine Hantel, aber ich stemmte es bis zu meinem Mund hoch. »Hier 521.« Meine Stimme klang schleppend. »Verdächtige ist entkommen. Läuft Richtung I-6.«

Die Antwort konnte ich kaum verstehen, denn das Silberne Band zerrte mein Bewusstsein aus meinem Wirt heraus. Ihre Augen verweigerten den Dienst, sperrten sich gegen das Fremde in ihrem Körper. Ich war ein Parasit, ein Blutegel, der an ihrer Traumlandschaft saugte.

Und dann flog ich raus. Ruckartig öffnete ich die Augen und hätte Alfred fast k.o. geschlagen, als ich mich zitternd und schwitzend aufsetzte. Meine Kehle fühlte sich eng an. Erst als er mir auf den Rücken klopfte, konnte ich keuchend Luft holen.

»Meine Güte, Paige – alles in Ordnung?«

»Bestens«, röchelte ich.

Was nicht gelogen war. Zwar schmerzte mein Schädel, als hätte sich eine Hand in meine Stirn gekrallt, aber es war auszuhalten.

Die Wache war bewusstlos, und aus Ohren, Nase, Augen und Mund quoll Blut. Ich zog ihre Pistole aus dem Holster und zielte.

»Erschieß sie nicht«, bat Alfred. »Letzten Endes ist die arme Frau doch auch nur eine Seherin. Verräterin hin oder her.«

»Keine Sorge.« Hinter meinen Schläfen pochte es dröhnend. Der Anblick dieses blutenden Gesichts war nicht gerade angenehm. »Du darfst niemandem davon erzählen, Alfred. Nicht einmal Jaxon.«

»Natürlich nicht, ich verstehe.«

Doch wie sollte er?

Mit dem Fuß hebelte ich das Funkgerät aus den schlaffen Fingern der Wache und trat mit voller Wucht darauf ein. Anschließend hockte ich mich hin und drückte zwei Finger gegen ihren Hals. Als ich den kräftigen Puls dicht oberhalb des Kragens spürte, seufzte ich erleichtert auf.

»Es ist nicht mehr weit bis nach Seven Dials«, sagte ich dann. »Das schaffe ich alleine.«

»Wie könnte ich jemandem im Weg stehen, der unbescholtene Bürger auf Befehl bluten lässt?« Alfred lächelte zwar, wirkte aber sichtlich mitgenommen. »Nutze den Nebel, meine Liebe, und beeile dich.«

Er hob den Regenschirm vors Gesicht und hetzte davon. Ich ging in die entgegengesetzte Richtung.

Vorsichtig schlich ich durch die Nebenstraßen und hielt Ausschau nach einem Zugang zu den Dächern. Am Grandway schloss ich mich einer größeren Menge an, bog dann aber bei der nächsten Möglichkeit rechts ab und tauchte in die Gassen hinter dem Bahnhof von Holborn ein. Der Wind war so kalt, dass meine Blutergüsse schmerzten, aber ich blieb erst stehen, als ich den zubetonierten Spielplatz in der Stukeley Street erreichte, wo Nick mir im Alter von siebzehn das Kämpfen und Klettern beigebracht hatte. Hier gab es jede Menge Container, Schienenstränge und Mäuerchen, und die Gebäude ringsum waren alle verlassen. Meine nackten Hände brannten, als ich einen der Müllcontainer über die Straße zerrte und draufkletterte, um eine Regenrinne erreichen zu können. Sobald das geschafft war, krallte ich mich an dem Abfluss fest und zog mich auf ein Flachdach hinauf. Meine Schultermuskeln weigerten sich merklich. Sie waren völlig verkrampft, von ihrer früheren Geschmeidigkeit war nichts geblieben.

Als ich mein heimatliches Revier erreichte, war ich in Schweiß gebadet und mir tat alles weh. Leuchtend rot ragte die Sonnenuhr vor mir aus dem Nebel. Als ich das richtige Haus erreicht hatte, klopfte ich lautstark an die Tür.

»Jaxon!«

Sämtliche Fenster lagen im Dunkeln. Wenn sie nicht hier waren, blieb mir keine andere Zuflucht mehr. Aber irgendwo spürte ich plötzlich eine Traumlandschaft.

Ein Blick über die Schulter zeigte mir keine Seher in Reichweite. Seven Dials war verlassen – nicht einmal in der Sauerstoffbar auf der anderen Straßenseite gab es Kunden –, aber Frank Weaver sprach ja auch noch von dem gigantischen Hauptübertragungsschirm von I-4 am Piccadilly Circus.

Wollte Jaxon mich damit abstrafen? Ich war immer noch seine Ganovenbraut, immer noch seine Traumwandlerin. Er konnte mich nicht einfach hier draußen verrecken lassen.

Oder?

Plötzlich wurde ich panisch. Die Kälte brannte auf meinem Gesicht, meinen Händen, in meinem Kopf. Ich war schon ganz benommen. Dann ging die Tür auf, und ein Lichtschimmer fiel auf den Bürgersteig.

6

SEVEN DIALS

Meine Knie trugen mich kaum noch, als ich über die Schwelle trat. Zwei starke Hände halfen mir die erste Treppe hinauf und bugsierten mich in einen Sessel. Meine Nase lief, meine Ohren schmerzten und das fiese Brennen auf meinen Wangen wollte nicht aufhören. Erst als ich meine Lippen wieder spürte, schaffte ich es, mir meinen Retter anzusehen.

»Du bist ganz blau«, stellte Danica fest.

Ich presste ein Lachen hervor, das eher wie ein Husten klang.

»Das ist nicht witzig. Wahrscheinlich bist du unterkühlt.«

»Tut mir leid.«

»Keine Ahnung, was jetzt die Entschuldigung soll. Schließlich bist du hier die mit der Unterkühlung.«

»Stimmt.« Ungeschickt öffnete ich die Schnallen an meinen Stiefeln. »Danke, dass du mich reingelassen hast.«

Bis auf eine einzige Lampe auf einem Aktenschrank herrschte im gesamten Unterschlupf Dunkelheit – Vorhänge zugezogen, keine Lichter an –, aber es war herrlich warm. Irgendjemand hatte wohl endlich den Boiler repariert. »Wo sind die anderen?«, wollte ich wissen. Langsam kam mir das hier vor wie ein Déjà-vu.

»Draußen, sie suchen nach dir. Nadine hat auf dem Rückweg vom Juditheon die Übertragung gesehen.«

»Jaxon ist auch mitgegangen?«

»Ja.«

Vielleicht war ich ihm doch wichtiger, als ich gedacht hatte. Jaxon beteiligte sich eigentlich nie an irgendwelchen Suchaktionen (Ich bin ein Denker*fürst*, meine Schöne, kein Denker*fußvolk*.), aber jetzt auf einmal eilte er zu meiner Rettung. Danica setzte sich auf den Fußhocker und zog eine Maschine an den Sessel heran, die mir sehr vertraut war.

»Hier.« Sie löste die Sauerstoffmaske aus ihrer Verankerung an der Flasche. »Nimm ein paar Züge. Deine Aura ist völlig durch den Wind.«

Ich hob die Maske ans Gesicht und atmete tief ein. *Angst ist dein Auslöser*, hatte der Wächter mir erklärt. Und er hatte mehr über das Traumwandeln gewusst als sonst irgendjemand.

»Was macht dein Kopf?«, erkundigte ich mich.

»Gehirnerschütterung.« Als Danica sich ins Licht drehte, bemerkte ich auch die lange Schnittwunde über ihrem Auge, die mit feinen Stichen genäht worden war.

»Und geht es dir wieder gut?«

»So gut es einem mit einem leichten Schädelhirntrauma eben gehen kann. Nick hat mich zusammengeflickt.«

»Warst du seit unserer Rückkehr schon wieder bei der Arbeit?«

»Oh ja. Sie wären misstrauisch geworden, wenn ich nicht gekommen wäre. Am nächsten Tag habe ich sofort einen Auftrag erledigt.«

»Trotz Gehirnerschütterung?«

»Ich habe ja nicht gesagt, dass ich die Arbeit besonders gut gemacht hätte.«

Wieder sog ich den Sauerstoff aus der Maske in meine Lunge. Ein schludriger Job von Danica Panić war vermutlich immer noch um Längen besser als alles, was die meisten anderen Techniker in Hochform hinbekamen.

»Ich schalte mal das Licht unten aus. Jax hat Abriegelung angeordnet.« Sie stand auf. »Also mach hier nichts an.«

Sobald sie weg war, begann der Aether, auf Augenhöhe zu flackern. Pieter Claesz, Elizas Lieblingsmuse, strahlte tiefste Verbitterung aus.

»Hi, Pieter«, begrüßte ich ihn.

Schmollend schwebte er in eine Ecke. Pieter konnte es auf den Tod nicht ausstehen, wenn jemand ohne eine Erklärung monatelang verschwand.

Schnaufend kam Danica wieder die Treppe hinauf. »Ich bin oben in der Mansarde«, verkündete sie. »Du kannst meinen Kaffee haben.«

Endlich drang wieder etwas Wärme bis in mein Inneres vor. Während ich an dem lauwarmen Kaffee nippte, schaute ich mich in dem vertrauten Zimmer um. Als mein Blick den Spiegel streifte, bemerkte ich, dass meine Lippen sich grau verfärbt hatten. Meine Fingerspitzen sahen genauso aus.

Wie eine altbekannte Staubschicht senkte sich der Geruch des Unterschlupfes über mich: Tabak, Farbe, Lignin, Geigenharz und Kühlflüssigkeit. Fast mein gesamtes erstes Jahr hier hatte ich an einem dieser Tische verbracht, hatte die Geschichte von London und seinen Geistern erforscht und *Über die Vorzüge der Widernatürlichkeit* gelesen. Dazu musste ich noch alte Zeitungsausschnitte vom Schwarzmarkt sortieren und Listen aller registrierten Seher in I-4 erstellen und aktualisieren.

Als ich einen Schlüssel im Schloss hörte, setzte mein Herz kurz aus. Schwere Stiefel auf der Treppe, dann wurde die Tür aufgestoßen. Nadine Arnett blieb abrupt stehen, als sie mich sah. Seit unserer letzten Begegnung hatte sie sich die Haare abgeschnitten. Jetzt bedeckten die glatten Strähnen nur noch knapp ihre Ohren.

»Wow. Da hetze ich im Laufschritt quer durch I-4, um dich zu suchen, und du sitzt hier und trinkst Kaffee.« Sie hängte ihren Mantel über einen der Sessel. »Wo hast du gesteckt, Mahoney?«

»In der Grub Street.«

»Tja, hättest ja mal eine Nachricht schicken können. Warum bist du nicht aufgetaucht, seit wir zurück sind?«

Die zufallende Haustür ersparte mir eine Antwort, dann stürmte Zeke die Treppe hinauf.

»Keine Spur von ihr«, keuchte er atemlos. »Ruf Eliza an, dann gehen wir rüber zu –«

»Wir werden nirgendwo hingehen.«

»Was?«

Nadine streckte den Finger aus. Als er mich entdeckte, rannte Zeke zu mir rüber und umarmte mich stürmisch. Das kam überraschend, aber ich erwiderte den Druck. Eigentlich hatten wir zwei uns nie besonders nahegestanden. »Wir haben uns ja solche Sorgen gemacht, Paige. Bist du allein hergekommen? Wo hast du überhaupt gesteckt?«

»Ich war bei Nick«, erklärte ich sowohl an ihn als auch an Nadine gewandt. »Vielen Dank, ihr zwei. Danke, dass ihr mich holen wolltet.«

»Wir hatten ja keine Wahl.« Nadine zog die Reißverschlüsse an ihren Stiefeln auf. An ihrer Schulter hatte sich dicker Schorf gebildet, und die Haut ringsum war feuerrot. »Seit wir aus Oxford zurückgekommen sind, kannte Jax kein anderes Thema mehr: ›Wo ist meine Ganovenbraut? Warum findet sie denn niemand? Mach du das, Nadine. Spüre sie auf, sofort.‹ Dein Glück, dass er mich dafür bezahlt hat, sonst wäre ich jetzt vielleicht etwas stinkig.«

»Hör auf damit«, murmelte Zeke. »Du hast dir doch genauso große Sorgen gemacht wie wir alle.«

Wortlos streifte sie die Stiefel ab. Mit einem Blick zur Tür fragte ich: »Habt ihr euch für die Suche aufgeteilt?«

»Ja.« Zeke nickte. »Hat Jaxon gesagt, dass wir absperren sollen, Dee?«

»Ja, aber das machen wir nicht. Wir lassen sie bestimmt nicht draußen frieren.« Nadine spähte zwischen den Vorhängen hindurch. »Geht ihr ruhig schlafen, ich werde aufpassen.«

»Das kann ich doch machen«, bot ich an.

»Du siehst aus, als würdest du gleich umkippen. Hau dich einfach hin.«

Ich rührte mich nicht von der Stelle. Die Wärme hier drin

hatte mich zwar schläfrig gemacht, aber ich musste konzentriert bleiben. Vielleicht musste ich heute Nacht noch abhauen.

Zeke öffnete die Türen zu seinem Schrankbett (zumindest behauptete Jaxon, es wäre eins, obwohl es komischerweise aussah wie ein ganz normaler Schrank), setzte sich auf die Matratze und zog sich die Schuhe aus. »Ist Nick bei der Arbeit?«

»Inzwischen ist er vielleicht schon wieder in der Grub Street«, erklärte ich.

»Ich habe vorhin versucht, ihn anzurufen.« Zeke zögerte. »Meinst du, sie haben einen Verdacht?«

»Solange er nichts gesagt hat, was ihn verdächtig machen könnte, nein.«

Wir schwiegen eine Weile. Zeke legte sich auf seine Decke, zog eine der Türen zu und schaute sich die Fotos und Poster an, mit denen er die Schrankdecke dekoriert hatte. Es waren fast ausschließlich Musiker der Freien Welt, es gab nur einen Schnappschuss von ihm und Nadine in irgendeiner Bar. Beide trugen leuchtend bunte Klamotten und grinsten breit. Keine Bilder vom Rest der Familie oder von Freunden aus der alten Heimat. Nadine stand reglos am Fenster, die Pistole griffbereit im Gürtel.

Ich schaltete den kleinen Fernseher in der Ecke ein. Jaxon konnte es zwar nicht ausstehen, wenn wir fernsahen, aber selbst er hatte gerne einen Überblick über Scions neueste Nachrichten. Das Bild war zweigeteilt, auf der einen Seite Burnish im Studio, auf der anderen irgendeine kleine Unterreferentin. Sie stand vor dem Haupttor des Towers und ihr roter Mantel flatterte im Wind.

»… laut Aussage der Spezialwache konnten die Gefangenen fliehen, indem sie Felix Coombs' widernatürliche Fähigkeiten bei dem jüngsten Wachmitglied anwandten, das nicht ahnte, womit bei den Inhaftierten zu rechnen sein würde.«

»Verständlicherweise«, nickte Burnish. *»Welch eine grauenhafte Erfahrung muss das gewesen sein. Doch wenden wir uns nun dem ver-*

rufensten dieser Individuen zu: Paige Eva Mahoney, einer irischen Immigrantin aus den südlichen Agrarprovinzen, Teil des Inquisitionsbereichs Pfahlgebiet.« Es wurde eine Karte eingeblendet, auf der das Gebiet farblich markiert war. *»Mahoney werden Mord, Hochverrat, Volksverhetzung und Widerstand gegen die Staatsgewalt vorgeworfen. Sprechen wir zunächst mit der Scion Parapsychologin Dr. Muriel Roy, Spezialistin für widernatürliche Hirnentwicklung. Dr. Roy, würden Sie sagen, dass Paige Mahoney der Kopf hinter diesem Gefangenenausbruch ist? Sie hat fast zwei Jahrzehnte lang bei ihrem Vater gelebt, ohne dass Dr. Mahoney etwas von ihrem Zustand geahnt hat. Das zeigt doch, wie arglistig sie andere zu täuschen vermag, oder?«*

»Allerdings, Scarlett. Und als Dr. Mahoneys langjährige Vorgesetzte kann ich nur betonen, dass Paiges Widernatürlichkeit für ihn ein ebenso furchtbarer Schock war wie für uns alle …«

Sie zeigten ein kurzes Video, in dem mein Vater gerade seine Wohnsiedlung verließ. Er hielt sich schützend das Datenpad vors Gesicht. Krampfhaft gruben sich meine Finger in die Armlehnen des Sessels. Als sie von ihm gesprochen hatte, hatte Burnish seinen Geburtsnamen benutzt und mit angestrengter Miene die fremdartigen Silben ausgespuckt: Cóilín Ó Mathúna. Nach unserem Umzug hierher hatte er die englische Form seines Namens angenommen, Colin Mahoney, und hatte gleichzeitig meinen zweiten Vornamen von Aoife in Eva geändert. Aber solche rechtlichen Kleinigkeiten schienen Burnish nicht weiter zu interessieren. Indem sie diesen Namen preisgab, stigmatisierte sie meinen Vater als Fremden, als andersartig. Meine Augen brannten.

Mein ganzes Leben lang war mein Vater immer irgendwie distanziert gewesen. In der Nacht, als ich verschwand, hatte er mir seit Monaten zum ersten Mal wieder seine Zuneigung gezeigt, indem er anbot, mir Frühstück zu machen und mich bei meinem Spitznamen aus Kindertagen nannte. In dem Café hatte er sich zitternd an die Hände dieser Frau geklammert. Aber um einer Anklage wegen Beherbergung einer Widernatürlichen zu entgehen – ein Verbrechen, das ihn ins Gefängnis bringen konnte –, würde er sich öffentlich von mir lossagen müssen. Und beteuern, dass er niemals auch nur die leiseste Ahnung von dem Teil meiner Persönlichkeit gehabt hatte, der seit meiner Kindheit mein Leben bestimmte.

Hasste er mich für das, was ich war? Oder hasste er Scion, weil sie uns in diese Lage brachten?

*

Das Bett wurde durch einen transparenten Vorhang vom Rest des Zimmers abgetrennt. Links vom Kopfende befand sich ein großes Fenster mit hölzernen Läden, das auf den wundervollen Innenhof des Unterschlupfes hinausging. Hinter dem Vorhang stand eine große Vitrine mit einer Laterna Magica, einer Stereoanlage und einem tragbaren Plattenspieler: alles Werkzeuge, die eine Atmosphäre schaffen sollten, in der ich entspannt traumwandeln konnte. Gegenüber von der Tür war ein Regalbrett angebracht, auf dem einige gestohlene Erinnerungsstücke und Schachteln voller Traumwandeltreibstoff standen: Schmerzmittel, Schlaftabletten und Adrenalin.

Mein sechster Sinn beendete mein Nickerchen. Das hier war mein altes Zimmer mit den roten Wänden und den aufgemalten Sternen an der Decke. Jaxon Hall saß in dem einzigen Sessel und beobachtete mich durch den Vorhang hindurch.

»Sieh an, sieh an.« Sein Gesicht war halb im Schatten verborgen. »Die blutige Sonne erhebt sich, und ein Traumwandler kehrt zurück.« Er trug seinen Hausmantel aus Seidenbrokat. Als ich nicht antwortete, zuckte sein Mundwinkel verräterisch.

»Mir hat dieses Zimmer schon immer gefallen«, fuhr er fort. »Ruhig, abgeschieden. Ein passender Ort für meine Ganovenbraut. Wie ich hörte, hat Alfred dich zurückgebracht.«

»Einen Teil der Strecke, ja.«

»Kluger Mann. Er weiß, wo du hingehörst.«

»Da bin ich mir nicht so sicher.«

Wir musterten einander schweigend. Obwohl ich ihn nun schon seit vier Jahren kannte, hatte ich mir Jaxon nie genauer angesehen. Der Weiße Fesselmeister. König der Stäbe. Dieser Mann hatte mich zu seiner Alleinerbin erklärt und mir so den Respekt von Leuten verschafft, die drei- oder viermal so alt waren wie ich. Dieser Mann hatte mich in sein Haus aufgenommen und mich vor dem allsehenden Auge von Scion beschützt.

»Dieses kleine Tête-a-Tête ist längst überfällig.« Jaxon schlug die Beine übereinander. »Mir ist bewusst, dass wir gewisse Differenzen haben, liebe Paige. Manchmal vergesse ich einfach, dass du inzwischen fast zwanzig bist und trunken vom süßen Nektar der Unabhängigkeit. Als ich zwanzig war, hatte ich nur einen einzigen Freund auf dieser Welt, und das war Alfred. Ich hatte keinen Denkerfürsten, keinen Mentor, keine nennenswerten Freunde. Bedenkt man, dass mein Leben unter dem wachsamen Auge einer Erzieherin begann, doch eine höchst ungewöhnliche Situation.«

Ich zog den Vorhang zurück, der uns trennte. »Du warst ein Straßenköter?«

»Oh ja. Sollte man nicht meinen, nicht wahr? Meine Eltern wurden gehängt, als ich gerade mal vier war. Wahrscheinlich ziemliche Einfaltspinsel, sonst hätten sie sich nicht erwischen lassen. Jedenfalls ließen sie mich ohne einen Penny in der Zitadelle zurück. Ich konnte mir nicht immer feinen Zwirn und berühmte Geister leisten, meine kleine Ganovenbraut.

Meine Erzieherin zwang mich, Amaurotiker zu bestehlen. Sie arbeitete mit zwei anderen zusammen, und gemeinsam verfügten sie über ein Rudel von achtzehn armseligen Straßenkötern. Mein gesamter Verdienst wurde mir abgenommen, und im Gegenzug bekam ich hin und wieder einen Happen Essen. Eigentlich hatte ich stets davon geträumt, die Universität zu besuchen und ein Mann des Wortes zu werden – ein großer, gelehrter Seher eben –, aber darüber konnte dieses Trio nur lachen. Wie sie mir erklärten, meine liebe Paige, hatte ich nie eine Schule besucht, und solange ich dazu in der Lage sei, den Amaurotikern ihre Uhren und Datenpads zu stehlen, würde ich das auch niemals tun. Schulen seien kostspielig, und außerdem sei ich ein Widernatürlicher. Ich war wertlos. Doch als ich zwölf wurde, spürte ich so ein *Kribbeln*. Wie ein Jucken unter der Haut, bei dem Kratzen einfach nicht hilft.«

Seine Finger glitten über seinen Arm, als könnte er es immer noch spüren. Es gab einen Grund, warum er stets lange Ärmel trug. Doch ich hatte die Narben schon einmal gesehen, lange weiße Male von den Ellbogen bis zu den Handgelenken.

»Ich kratzte mich, bis meine Arme bluteten und meine Fingernägel abbrachen. Ich kratzte mein Gesicht, meine Beine, meinen Brustkorb. Meine Erzieherin schickte mich daraufhin zum Betteln, sie dachte wohl, die Wunden würden Mitleid erregen. Und ich habe wirklich nie so viel verdient wie in der Zeit, als es juckte.«

»Das ist krank«, stellte ich fest.

»So ist London, Herzchen.« Seine Finger tippten unruhig auf seinem Knie herum. »Bis zum Alter von vierzehn änderte sich nichts, ich musste lediglich riskantere Verbrechen begehen, um einen Bissen Brot und etwas Wasser zu bekommen. Mich packte ein brennendes Fieber, ich verzehrte mich nach Unabhängigkeit, nach *Vergeltung* – und nach dem Aether. Obwohl ich über die Sehergabe verfügte und eine Aura besaß, hatte sich mir die konkrete Gestalt meiner Gabe nie erschlossen. Wenn ich doch wenigstens meine Gabe begreifen könnte, so dachte ich, dann wäre ich in der Lage, mein eigenes Geld zu verdienen und es auch zu behalten. Dann könnte ich den Leuten aus der Hand lesen oder ihnen die Karten legen, so wie die Straßenkünstler in Covent Garden. Denn selbst die lachten mich aus.«

Er erzählte seine Geschichte mit einem Lächeln; mir war aber ganz und gar nicht danach zumute.

»Eines Tages wurde das alles zu viel. Wie eine Porzellanpuppe, die zu Boden fällt, zerbrach ich daran. Es war Winter, und mir war so unglaublich kalt. Ich landete schluchzend irgendwo in I-6 auf der Straße und zerfetzte mir halb wahnsinnig die Arme. Keine Menschenseele kam mir zu Hilfe, weder Amaurotiker noch Seher.« Jaxons Stimme hatte einen singenden Tonfall angenommen, als würde er mir eine Gutenachtgeschichte erzählen. »Ich war kurz davor, meine Widernatürlichkeit herauszuschreien, die SVD *anzuflehen*, dass sie mich in den Tower brachten, oder nach Bedleem, oder in irgendeine andere Hölle auf Erden. Bis plötzlich eine Frau neben mir kniete und flüsterte: ›Ritze einen Namen ein, mein Kind, den Namen eines Toten.‹ Danach verschwand sie.«

»Wer war sie?«

»Jemand, dem ich eine Menge schuldig bin, meine Schöne.« Seine hellen Augen waren ganz auf die Vergangenheit gerichtet. »Ich kannte keine Namen von Toten – nur die Namen derer, die ich gerne tot *gesehen hätte*, und das waren eine ganze Menge –, aber was blieb mir sonst noch, außer zu sterben? Also lief ich kilometerweit bis zum Nunhead Cemetery. Zwar konnte ich die Namen auf den Gräbern nicht lesen, aber ich konnte die Formen der Buchstaben nachmalen.

Sie einzuritzen traute ich mich jedoch nicht. Stattdessen wählte ich ein Grab, schnitt mir in den Finger und schrieb den Namen mit Blut auf meinen Arm. Sobald der letzte Buchstabe vollendet war, spürte ich, wie sich der Geist neben mir regte. Ich verbrachte eine lange, fast schon wahnhafte Nacht auf diesem Friedhof, lag zwischen den Grabsteinen und fühlte, wie die Geister aus ihren Ruhestätten sprangen. Und als ich aufwachte, war der Juckreiz verschwunden.«

Ein verschwommenes Bild blitzte in meinem Kopf auf: ein kleines Mädchen in einem Mohnblumenfeld, wie es die Hand ausstreckte, dann der alles verzehrende Schmerz durch die Berührung des Poltergeistes. Ich war jünger gewesen als Jaxon, als meine Gabe erwacht war, doch bis ich ihm begegnet war, hatte ich nicht einmal gewusst, was ich eigentlich war.

»Ich ritzte den Namen des Geistes in meine Haut, und er brachte mir das Lesen und Schreiben bei. Als er seinen Zweck erfüllt hatte, entließ ich ihn und verkaufte ihn für eine bescheidene Summe, die mir einen Monat lang eine warme Mahlzeit sicherte«, erinnerte sich Jaxon. »Für kurze Zeit kehrte ich zu meiner Erzieherin zurück – gerade lange genug, um mich in meiner Kunst zu üben – und dann, endlich, verließ ich sie.«

»Haben sie dich gejagt?«

»Später habe ich sie gejagt.«

Ich hatte eine ungefähre Ahnung, welche Art von Tod er diesen drei Erziehern geschenkt hatte. *Ungezügelte Vorstellungskraft* hatte Alfred es genannt.

»Danach begann ich meine Forschungen über die Sehergabe. Und ich fand heraus, was ich war«, schloss er, »ein Fesselmeister.«

Abrupt stand Jaxon auf und ging zu dem Gemälde von Waterhouse, das verbotenerweise bei uns an der Wand hing. Darauf waren die Halbbrüder Schlaf und Tod abgebildet, wie sie mit geschlossenen Augen auf einem Bett lagen.

»Ich habe dir das erzählt, weil du wissen sollst, dass ich dich verstehe. Ich kenne diese Angst vor der Macht des eigenen Körpers. Und ich weiß, wie es ist, ein Gefäß des Aethers zu sein«, erklärte er. »Sich selbst nie ganz trauen zu können. Und ich habe Verständnis für dieses brennende Verlangen nach Unabhängigkeit. Aber ich bin kein Erzieher. Ich bin ein Denkerfürst, und ich halte mich für einen großzügigen Vertreter meines Standes. Ihr dürft ein wenig Geld behalten und selbst darüber verfügen. Ihr habt einen Platz zum Schlafen. Ich verlange lediglich, dass ihr meine Anweisungen befolgt, so wie es jeder Denkerfürst von seinen Angestellten erwartet.«

Natürlich wusste ich, dass es schlimmer sein könnte, dass ich noch Glück hatte. Das hatte Eliza mir bereits klargemacht. Jaxon drehte sich zu mir um.

»In Oxford habe ich die Beherrschung verloren. Und du vermutlich ebenfalls. Deshalb gehe ich davon aus, dass du Seven Dials nicht *wirklich* verlassen willst.«

»Ich wollte anderen Sehern helfen. Das kannst du doch sicher verstehen – gerade du, Jax?«

»Natürlich wolltest du ihnen helfen, mein süßes, selbstloses Seelchen. Und ich war vielleicht zu sehr darauf erpicht, dich zu schützen, um an diese anderen zu denken. Dir zu drohen war einfach abscheulich von mir, und ich habe deinen Unwillen wirklich verdient.« Er streichelte mit dem Handrücken meine Wange. »Du weißt doch, dass ich dich niemals diesen schrecklichen Barbaren auf Jacob's Island überlassen würde. Kein Anthropomant wird jemals Hand an meine Traumwandlerin legen, das verspreche ich dir.«

»Hast du versucht, mich zu finden?«, fragte ich. »Als ich verschwunden bin, meine ich.«

Er wirkte verletzt. »*Natürlich* habe ich das. Hältst du mich denn für so herzlos, Liebes? Als du an jenem Montag nicht zurückkamst, habe ich jeden vertrauenswürdigen Seher in I-4 auf die Suche nach dir geschickt. Ich habe sogar Marias und Didions Schwachköpfe in die Aktion mit eingebunden. Freilich musste ich dem schmierigen Hector diese Information vorenthalten, deshalb wurde die Operation *sub rosa* durchgeführt. Aber ich habe nicht aufgegeben, das kann ich dir versichern. Eher wäre ich in Lumpen auf die Straße zurückgekehrt, als meine Traumwandlerin in den Fängen von Scion zu lassen.« Verschnupft wandte er sich den zwei bauchigen Gläsern auf meinem Nachttisch zu. »Hier. Die Grüne Fee heilt alle Wunden.«

»Das Zeug verteilst du doch sonst nie.«

»Nur zu ganz besonderen Anlässen.«

Absinth. Seine langen Finger handhabten mühelos das Zubehör: geschlitzter Löffel, Zuckerwürfel, Wasser. Die Flüssigkeit in den Gläsern wurde milchig. Nur wenige Bürger von Scion vertrugen Alkohol, aber meine Verletzungen waren so schwerwiegend, dass ich den Kater gerne riskierte. Ich nahm das Glas.

»Du hast dich mit Antoinette Carter getroffen«, begann ich dann. »An diesem Tag in London, als Nick mich angeschossen hat. Warum?«

»In diesem Monat war ich im Garden auf alte Aufnahmen ihrer Vorstellung gestoßen. Ich wollte ihre Gabe genauer studieren und konnte mithilfe der Grub Street Kontakt zu ihr aufnehmen, weil dort ihre Schriften für den hiesigen Markt veröffentlicht werden.« Nach einem gezierten Schluck aus seinem Glas fuhr er fort: »Doch dank der Einmischung der Rephaim ist sie mir entglitten.«

»Wenn wir sie nicht bekämpfen, werden sie sich noch viel stärker einmischen, Jax. Wir können nicht zulassen, dass sie weiter ihre Knochenernte einfahren.«

»Um deine Leuchtaugenfreunde können wir uns später kümmern, Liebes. Sollen sie doch mit ihren Puppen spielen.«

Fast wäre ich laut geworden. »Wir *müssen* das Syndikat warnen. In zwei Monaten wollen sie die Sensorschirme installieren. Wenn wir keine gemeinsame Front bilden –«

»Paige, Paige, Paige. Dein Enthusiasmus ist wirklich lobenswert, aber darf ich dich daran erinnern, dass wir keine Freiheitskämpfer sind? Wir sind die Sieben Siegel. Unsere Sorge gilt I-4 und London. Als Mitglieder des Syndikats müssen wir unseren Sektor beschützen. Das ist unsere einzige Pflicht.«

»Wenn die Rephs erst hierherkommen, wird unser ganzes Wissen bedeutungslos sein. Wir leben in ihrem Lügengespinst.«

»Und dieses Gespinst hält das Syndikat am Leben. Dieses Gespinst hat es erst hervorgebracht. Du kannst und wirst seinen Charakter nicht ändern.«

»Du hast das damals doch auch getan, mit deinem Pamphlet.«

»Das war etwas vollkommen anderes.« Er setzte sich wieder zu mir und legte beschwichtigend seine Hand auf meine. Seine

Haut war weich, meine schwielig und hart vom Klettern und dem täglichen Umgang mit Waffen. »Es gibt einen Grund, warum ich euch längere Beziehungen verboten habe. Ich verlange, dass ihr eure gesamte Hingabe I-4 schenkt. Und solange du über die Rephaim nachgrübelst, sind deine Gedanken nicht bei I-4. In diesen unruhigen Zeiten kann ich mir keine Ganovenbraut leisten, die sich nicht hundertprozentig auf ihre Aufgaben konzentriert. Verstehst du das?«

Gar nichts verstand ich. Am liebsten hätte ich ihn an seinem Brokatkragen gepackt und geschüttelt.

»Nein«, sagte ich deshalb, »tue ich nicht.«

»Das wirst du noch, meine kleine Ganovenbraut. Die Zeit heilt alle Wunden.«

»Ich werde das nicht einfach ruhen lassen, Jaxon.«

»Wenn du deinen Platz im Syndikat behalten willst, wirst du das allerdings.« Er stand auf. »Eines hast du während deiner Abwesenheit von Seven Dials gelernt: Du hast deine Qualitäten als Führungspersönlichkeit entdeckt.«

Mit regloser Miene wiederholte ich: »Führungspersönlichkeit?«

»Stell dich nicht dumm. Du hast in diesem miefigen Gefängnis erfolgreich einen Aufstand organisiert.«

»Aber nicht alleine.«

»Ach ja, Bescheidenheit ist schon eine Unart. Gut, ohne deine Freunde hättest du dich vielleicht schwergetan. Aber dort draußen auf dieser Wiese warst du eine Königin. Du hast sogar eine Ansprache gehalten! Und Worte, meine kleine Wandlerin … nun ja, Worte sind alles. Worte verleihen Flügel, auch ebenjenen, die am Boden liegen und vor Verzweiflung keinen Funken Hoffnung mehr haben.«

Hätte ich doch nur jetzt die richtigen Worte gefunden.

»Weißt du, wie alt ich bin, Paige?«

Diese Frage überraschte mich. »Fünfunddreißig?«

»Achtundvierzig.« Fassungslos starrte ich ihn an. »Als Mitglied der fünften Seherkaste ist meine Lebenserwartung nicht besonders hoch. Und wenn ich freudig im Aether aufgehe, wird dir I-4 gehören. Du wirst eine junge, fähige und intelligente Denkerkönigin sein, die der höchsten Kaste angehört und der jede Menge loyale Seher unterstehen. Die Zitadelle wird dir zu Füßen liegen.«

Ich versuchte, mir das vorzustellen: die Fahle Träumerin als Denkerkönigin von I-4. Mir würde dieses Haus gehören. Jeder Seher in diesem Sektor würde mir gehorchen. Meine Stimme hätte so viel mehr Gewicht als die einer Ganovenbraut.

Jaxon streckte mir die Hand hin. »Waffenstillstand«, schlug er vor. »Vergib mir meinen Ausrutscher, dann vergebe ich dir alles andere.«

Ich war jetzt eine Flüchtige. Eine gesuchte Flüchtige. Ohne eine Gang und die Furcht vor dem Zorn des Weißen Fesselmeisters wäre ich Freiwild für jeden Straßenkünstler und jeden Bettler, der je auch nur mit dem Gedanken gespielt hatte, Informationen an Scion zu verkaufen. Die anderen würden einfach so tun, als gäbe es mich nicht. Jaxon war meine einzige Verbindung zum Syndikat, und das Syndikat wiederum war die einzige Organisation, deren Macht vielleicht ausreichte, um gegen Scion zu bestehen. Eigentlich wollte ich mich nicht mundtot machen lassen, aber vorerst würde ich mitspielen müssen. Also nahm ich seine Hand und schüttelte sie.

»Du hast dich richtig entschieden.«

»Hoffentlich«, murmelte ich.

Der Druck seiner Hand verstärkte sich. »Zwei Jahre. Bis dahin bleibst du meine Ganovenbraut.«

Mir wurde eng um die Brust, aber ich zwang mich zu einem Nicken. Auf Jaxons Gesicht kehrte sein verkniffenes, schmales Lächeln zurück.

»Und nun sollten wir uns mit den anderen zusammensetzen und über diese vertrackte Lage mit deinem Steckbrief sprechen.« Er legte mir sanft eine Hand in den Rücken und schob mich auf den Flur hinaus. »Wenn wir weiter wie Spinnen in Weavers Netz leben wollen, bedarf es einiger Vorsichtsmaßnahmen. Danica!« Er klopfte mit der Spitze seines Spazierstocks gegen die Decke. »Danica, lass die Maschinen ruhen und sammle meine Lieblinge ein. Wir halten Kriegsrat, und zwar unverzüglich.«

Ohne eine Antwort abzuwarten, führte Jaxon mich in sein Arbeitszimmer. Oder sein *Boudoir*, wie er es gerne nannte. Die Chenillevorhänge an den Fenstern sperrten sämtliches Tageslicht aus. Vor einem hohen Schrank, in dem normalerweise der Absinth eingesperrt war, stand eine Chaiselongue mit zierlichen Füßen. Außerdem gab es noch ein Regal voller Schriften aus der Grub Street, natürlich ohne die Machwerke von Didion. Es roch nach Tabak, Rauch und Rosenöl. Der antike Lampenschirm malte winzige bunte Flecken auf den Boden, sodass man das Gefühl hatte, über zersplitterte Edelsteine zu laufen: Amethyste und Saphire, Smaragde und Tigeraugen, orangefarbene Granate, Feueropale und Rubine. Jaxon setzte sich in seinen Ohrensessel und zündete sich eine Zigarre an.

Er wollte, dass ich vergaß. Die Rephaim waren gefährlich, und sie lauerten dort draußen, und anscheinend war ich die Einzige, die das interessierte.

Danica stapfte mit saurer Miene ins Zimmer. Wenig später folgten die drei anderen, alle mehr oder weniger erschöpft. Als Eliza mich sah, grinste sie breit. »Wusst' ich's doch, dass du zurückkommst.«

»Ich konnte einfach nicht wegbleiben«, erwiderte ich.

»Die Geister haben sie zu uns geführt, mein Medium. Genau, wie ich es vorhergesagt habe.« Jaxon wedelte mit seiner Zigarre, dass es nur so qualmte. »Setzt euch, meine Lieben. Wir haben bedeutende Dinge zu besprechen.«

Ich konnte immer noch nicht glauben, dass er achtundvierzig sein sollte. Sein Gesicht war quasi faltenfrei, und in den schwarzen Haaren zeigte sich nicht ein Hauch von Grau.

»Zuallererst: eure Bezahlung. Nadine, das ist für dich.« Mit großer Geste überreichte er ihr einen Umschlag. »Du hast diese Woche in Covent Garden gute Arbeit geleistet. Außerdem steht dir ein kleiner Anteil an dem Geist zu, den wir verkauft haben.«

»Danke.«

»Für dich, Ezekiel. Wie stets hast du deine Aufgaben herausragend erfüllt.« Grinsend fing Zeke seinen Umschlag auf. »Danica, deine Bezahlung werde ich einbehalten, bis ich bei deiner Arbeit Fortschritte erkennen kann.«

»Auch gut«, erwiderte sie gelangweilt.

»Und schließlich: Eliza. Meine Liebe.« Er streckte ihr den dicksten der Umschläge entgegen. Als sie ihn nahm, fuhr er fort: »Wir haben einen hervorragenden Preis für dein letztes Bild erzielt. Dies ist dein gerechter Anteil, wie immer.«

»Vielen Dank, Jax.« Sie schob das Geld in ihre Rocktasche. »Ich werde es sinnvoll einsetzen.«

Ich versuchte, nicht auf den Umschlag in Zekes Händen zu starren; so viele kostbare Scheine. Wäre ich früher zu Jaxon zurückgekehrt, hätte ich jetzt schon einen ganzen Wochenlohn einstreichen können.

»Und nun zum Geschäft. Da eine gesuchte Flüchtige unter meinem Dach lebt, sollten wir noch einmal das Notfallprotokoll für I-4 durchgehen und die Ausgangsregeln bei Alarmstufe Rot.« Jaxon klopfte die Asche von seiner Zigarre ab. »Oberstes Gebot: Meidet auch weiterhin die U-Bahn. Falls ihr in einen anderen Sektor müsst, werde ich persönlich ein Taxi organisieren, das euch hinbringt.«

»Dürfen wir zu Fuß gehen?« Beunruhigt richtete Eliza sich auf. »Wenigstens kurze Strecken?«

»Wenn es sein muss. Und benutzt innerhalb des Syndikats ausschließlich eure Decknamen, außerhalb irgendwelche Namen. Haltet euch von Straßen mit Kameras fern. Ihr wisst ja, welche das sind, aber haltet auch nach kabellosen Zusatzkameras Ausschau. Wenn ihr das Haus verlasst, bedeckt so weit es geht eure hübschen Gesichter, und verlasst den Unterschlupf überhaupt nur, wenn es absolut notwendig ist.«

»Dann müssen wir also auch nicht mehr zu Didions schwachsinnigen Auktionen?« Diese Aussicht schien Nadine zu gefallen.

»Die Auktionen sind vollkommen sicher, genau wie der Schwarzmarkt.« Gönnerhaft tätschelte Jaxon ihre Hand. »Ich verabscheue die Luft, die er atmet, Liebes, aber gerade sein spezieller Schwachsinn ist höchst lukrativ. Außerdem wird unsere wundervolle Paige, da sie ja nun zurück ist, wieder die Rolle des Bieters übernehmen. Zusammen mit ihren anderen Pflichten als Ganovenbraut.«

Nadine knirschte sichtlich mit den Zähnen. »Schön«, sagte sie. »Sehr gut.«

Fragend zog ich eine Augenbraue hoch, doch Jaxon ließ sich nach einem schnellen Blick wieder in seinen Sessel fallen.

»Weiter im Text. Während der kommenden zwei Wochen wird die Jagd am intensivsten sein. Nach dieser Zeit können wir die Maßnahmen vermutlich wieder etwas lockern.«

»Jaxon?«, unterbrach ich ihn. »Die Rephaim kennen uns und wissen, wo wir wohnen. Sie wissen auch über *dich* Bescheid. Sollten wir uns nicht einen Notfallplan überlegen?«

Mit einem lauten Klirren stellte Eliza ihre Prozellantasse auf dem Tisch ab. »Sie wissen, wo wir wohnen?«

Jaxon verdrehte die Augen. Mir war schon klar, dass er nicht wollte, dass ich im Beisein der anderen über die Rephaim sprach, aber das kümmerte mich nicht. Auch wenn ich zugestimmt hatte, weiter für ihn zu arbeiten, konnte er das Thema nicht einfach so unter den Teppich kehren. »Sie haben Séancen abgehalten«, erklärte ich, »und ihre Seher haben Bilder von der Säule mit der Sonnenuhr aufgefangen. Es ist nur eine Frage der Zeit, bis sie rauskriegen, wo die steht.«

»Immer mit der Ruhe. In der Zitadelle gibt es einen Haufen Säulen, ganz zu schweigen von den ganzen Sonnenuhren.« Jaxon erhob sich. »Sollen sie doch suchen. Diese Zitadelle wird zu Staub zerfallen, bevor wir unseren Unterschlupf aufgeben. Nur wegen ein paar Séancen von völlig Fremden werde ich dieses Revier nicht verlassen.«

»Sie waren auf dich genauso scharf wie auf Antoinette. Und es wird nicht lange dauern, bis sie es wieder versuchen.«

»Ich habe dringendere Sorgen als die Launen irgendwelcher Monster.« Er griff nach seinem Spazierstock. »Aber um eure jungen Gemüter zu beruhigen, werde ich euch etwas zeigen.«

Er führte uns die Treppe hinunter ins Erdgeschoss. Im Flur gab es nichts zu sehen, nur einen verstaubten Spiegel, der fast die gesamte Wand einnahm, Zekes Fahrrad und die versperrte Hintertür zum Hof. Jaxon zeigte auf den engen Hohlraum unter der Treppe.

»Seht ihr diese Bodenbretter?« Er klopfte mit seinem Stock darauf. »Unter diesen Dielen befindet sich der Fluchtbunker von Seven Dials.«

Stirnrunzelnd hakte Eliza nach: »Wir haben einen Fluchtbunker? Inklusive Notausgang?«

»Allerdings.«

»Wir leben schon seit Jahren hier, und dir ist nie der Gedanke gekommen, ihn uns zu zeigen?«, fragte auch Nadine.

»Natürlich nicht, meine Schöne. Zu welchem Zweck denn? Zeke und dich hält man für mausetot, und an uns anderen hatte niemand sonderliches Interesse. Zumindest bis jetzt«, fügte er mit Blick auf mich hinzu. »Außerdem gab es ihn nicht schon immer. Ich habe ihn erst nach einer unerwarteten Razzia in I-4 bauen lassen. Eliza und Paige können sich bestimmt noch daran erinnern.« Damals hatten wir uns in Nicks Wohnung flüchten müssen. »Dies ist vor allem als Versteck gedacht. Falls die NVD hier nach Paige suchen sollte, kann sie sich einfach für ein paar Stunden in dem Fluchtbunker verkriechen. Sollte die Situation eskalieren, muss sie nur ein Paneel an der hinteren Wand beiseiteschieben und gelangt so in einen Tunnel, der von hier bis zum Soho Square führt.«

Mithilfe der Klinge in seinem Stock hob er eine der Dielen an. Der Platz darunter war knapp zwei Meter tief und drei Meter breit.

»Das ist ja, als würde man lebendig begraben«, stellte Eliza zweifelnd fest.

»Beachte den entscheidenden Zusatz, mein Medium: *lebendig*. Also das Gegenteil von *tot*.« Jaxon ließ das Brett wieder an seinen Platz sinken. »Behaltet das immer im Hinterkopf. Aber vorerst sind wir vollkommen sicher, solange ihr die Regeln befolgt.« Er schnippte mit den Fingern. »Und nun zurück an die Arbeit. Paige, du kommst mit mir.«

Ich folgte ihm. Nadine warf mir einen wütenden Blick zu, als ich mich an ihr vorbeischob, aber bevor ich nachfragen konnte, war sie schon weg.

»Mach den anderen keine Angst, Liebes.« Jaxon schloss die Tür zum Arbeitszimmer hinter mir. »Sie brauchen nichts von den Rephaim zu erfahren.«

»Bis auf Eliza waren sie alle in Sheol I«, sagte ich mit gezwungener Ruhe. »Sie haben es mit eigenen Augen gesehen.«

»Ich möchte nicht, dass sie abgelenkt sind. Solange Alarmstufe Rot herrscht, ist es für uns alle gefährlich.« Schwungvoll fegte er den Papierkram von seinem Schreibtisch. »Aber zurück zum Geschäft. I-4 hat eine Menge Geld verloren. Nadine war zwar keine schlechte Interimsganovenbraut, aber sie ist nicht wie *du*, und du warst immer schrecklich gut darin, meine Taschen zu füllen. Wenn du ins Juditheon gehst, kann ich Nadine wieder mit ihrer Violine nach Covent Garden schicken.«

Ich setzte mich. »Das wird ihr gar nicht gefallen.«

»Tja, bis du weg warst, hat sie sich ja auch nicht beschwert. Habe ich sie nicht extra angeheuert, damit sie Straßenkunst betreibt?«

»Ja, Jaxon.« So geduldig wie möglich erklärte ich: »Aber sie freut sich bestimmt nicht über eine verkleinerte Lohntüte. Hast du ihr dasselbe gezahlt wie mir?«

»Du brauchtest das Geld ja nicht, oder?«, erwiderte er so erstaunt, als hätte ich ihn gefragt, ob der Himmel blau sei. »Sie ist ein Flüsterer, Paige. Musik ist sozusagen ihr Numen.« Aus einer Schublade zog er eine Schriftrolle hervor, deren Verschlusskordel wie eine Minifliege gebunden war. »Bitte schön, die Einladung zur nächsten Auktion im Juditheon.« Er warf mir das Papier zu. »Didion wird sicher entzückt sein, dich zu sehen.«

Während ich die Einladung in meine Gesäßtasche schob, fragte ich: »Ich dachte, wir sollen das Haus nicht verlassen?«

»Wie ich bereits sagte, Paige, haben wir einiges an Geld verloren. Falls du nicht hier sitzen und zusehen willst, wie unser Einkommen schwindet wie Wasser auf einer Kristallkugel, wirst du arbeiten müssen.«

»Hast du etwa deinen Riecher verloren?«

»Dummes Gör. Mache nie deinen Denkerfürsten für das Versagen seiner Handlanger verantwortlich. Diese Verluste haben verschiedene Gründe«, führte er aus und setzte sich auf die Schreibtischkante. »Einige unserer profitabelsten Straßenkünstler wurden verhaftet. Waren offenbar nicht vorsichtig genug, diese Tölpel – damit bist natürlich nicht du gemeint, Püppchen. Aus zwei substanziellen Immobilien fehlen die Mieteinnahmen. Und hinzu kommt, dass der gesamte Sektor in Trägheit versunken ist, nachdem du gefangen genommen wurdest. Ich brauche eben mein geistiges Überwachungsradar, Liebes.« Er wandte sich einem Schrank zu, schloss ihn auf und musterte die diversen Flaschen darin. »Oh, eines noch: So kannst du nicht länger rumlaufen.«

»Was heißt *so*? Wie denn?«

»Na, wie *du*, Schönheit. Diesc Haare sind einfach viel zu auffällig.« Er reichte mir ein Fläschchen und eine kleine Schachtel. »Hier hast du das nötige Werkzeug. Mach dich unsichtbar.«

7

UNTER DER ROSE

»Höre ich einhundert?«

In einem Alkoven brannte eine weiße Kerze, das einzige Licht in der unterirdischen Krypta. Reglos sah ein steinerner Engel mit abgeschlagenen Flügeln zu, wie die Flamme im Luftzug flackerte und sich ein Wachstropfen löste. Meine Stiefel ruhten auf einem mit Samt bezogenen Hocker, mein Arm hing entspannt über die Lehne des gut gepolsterten Stuhls. Es vergingen ein paar Sekunden, bevor jemand anbiss.

»Einhundert aus IV-3.« Didion Waite hielt auffordernd eine Hand hinters Ohr. »Höre ich zweihundert?«

Stille.

»Könnte ich euch zu hundertfünfzig verleiten, meine lieben Schützlinge und Schurken? Eure Denkerfürsten und -königinnen werden von diesem Exemplar begeistert sein. Fragt den Sergeant nach seinen Geheimnissen, und wer weiß? Vielleicht habt ihr schon bald ein Opfer von Jack the Ripper an der Angel. Und von dort ist es nicht mehr weit bis zu Jack the Ripper selbst.« Wieder ein Gebot. »Ein Gläubiger! Einhundertfünfzig aus VI-5. Sie haben für diesen Schatz ja einen ziemlichen Weg auf sich genommen, Sir. Versuchen wir es also wieder mit zweihundert, Ladys und Gentlemen? Ah, *drei*hundert! Vielen Dank, III-2.«

Kerzenauktionen waren immer langweilig. Das verdammte Ding schien ewig zu brennen. Ich zupfte an einem Fädchen meiner Bluse herum. Als Didion vierhundert ausrief, hob ich meine Karte.

»Vierhundert aus …« Didion ließ sein Hämmerchen kreisen. »… aus I-4. Jawohl, vierhundert von der Fahlen Träumerin. Oder sollten wir dich besser *Paige Eva Mahoney* nennen?«

Einige Leute drehten sich neugierig nach mir um, während ich mich steif aufrichtete.

Hatte er gerade wirklich …?

»So begehrt, wie Sie zurzeit bei Scion sind, werden wir Sie wohl als Nächste versteigern, Madam.«

Ein gedämpftes Raunen ging durch den Saal. Meine Haut begann zu kribbeln.

Didion Waite hatte mich gerade enttarnt.

Obwohl fast jeder die Fahle Träumerin kannte, galt das nicht für ihr Gesicht und ihren echten Namen. Manche Syndikatsmitglieder hatten ihre offiziellen Identitäten komplett abgelegt und waren ganz in der Unterwelt abgetaucht, aber die andere Hälfte hatte immer noch respektable Jobs bei Scion, sodass sie Masken tragen und Decknamen annehmen mussten. Ich hatte immer zu denjenigen mit Doppelleben gehört. Aufgrund der Stellung meines Vaters und meines Wunsches, mit ihm in Kontakt zu bleiben, hatte Jaxon stets dafür gesorgt, dass ich ein rotes Tuch über Mund und Nase trug, wenn ich als seine Ganovenbraut unterwegs war. Ich erholte mich gerade noch rechtzeitig von dem Schock, um mir eine Antwort zu überlegen. »Aber nur, wenn du auf mich bietest, Didion.«

Das Gelächter aus den vorderen Reihen passte ihm gar nicht.

»Tja, dieses Angebot muss ich leider ausschlagen, da ich meiner verstorbenen Judith noch immer treu ergeben bin. Aber du siehst ja aus wie der Doppelgänger deines Denkerfürsten«, stellte er mit geröteten Wangen fest. »Ist der Weiße Fesselmeister so sehr in sein Spiegelbild vernarrt, dass er es seiner Ganovenbraut aufgemalt hat?«

Meine Haare waren schwarz gefärbt und auf Kinnhöhe abgeschnitten worden, was meinen langen Hals betonte. Dazu trug ich Kontaktlinsen – braun, nicht blau wie Jaxons Augen –, doch das war Didion wohl nicht aufgefallen.

»Aber nein. Der Meister weiß sicher, dass du mit einem von seiner Sorte schon mehr als genug zu tun hast, Didion.« Spöttisch legte ich den Kopf schief. »Immerhin hast du schon den Krieg der Schriften gegen ihn verloren.«

Diesmal machte sich niemand die Mühe, sich das Lachen zu verkneifen. Spring-heel'd Jack stieß einen solchen Heuler aus, dass die Perlenkönigin erschrocken zusammenfuhr. Didions Gesichtsfarbe wechselte von Zartrosa zu Puterrot. »Ruhe im Saal«, fauchte er, nur um dann leiser hinzuzufügen: »Und ich arbeite bereits an einem neuen Pamphlet, vielen Dank auch. Dadurch werden die *Vorzüge* aus den Geschichtsbüchern getilgt werden, ihr werdet schon sehen …«

Jimmy O'Goblin, der direkt neben mir saß, schaffte es kaum, seinen Flachmann an die Lippen zu setzen, so sehr bebte er vor Lachen. Als mir jemand auf die Schulter tippte, drehte ich mich um. Ein Kurier flüsterte mir ins Ohr: »Bist du wirklich das Mädchen, das von Scion gesucht wird?«

Abwehrend verschränkte ich die Arme. »Keine Ahnung, wovon der redet.«

»Höre ich fünfhundert?«, fragte Didion näselnd.

Ich zwang mich, meine Aufmerksamkeit wieder auf die Auktion zu richten und die bohrenden Blicke und das Getuschel zu ignorieren. Nur äußerst selten wurde ein Syndikatsmitglied öffentlich enttarnt. Didion hatte vor ungefähr einem Jahr einmal mein Gesicht gesehen. Wahrscheinlich war es für ihn reine Genugtuung gewesen, mich so bloßzustellen, aber durch seine Missgunst war ich nun doppelt angreifbar geworden.

Bei dem Geist, der gerade unter den Hammer kam, handelte es sich um einen gewissen Edward Badham, ein Polizist aus der berühmten Division H. Diese Gesetzeshüter aus der Zeit der Könige waren vor allem in Whitechapel zum Einsatz gekommen. Die Division V – also Scions Vorbild für ihre seherisch begabte Wacheinheit – war erst nach dem Tod von Königin Viktoria und der Absetzung ihres Sohnes aufgrund von Widernatürlichkeit gegründet worden, von einem gewissen Lord Salisbury. Jeder Geist mit Verbindungen zur Division H konnte über wichtige Hinweise auf Jack the Ripper verfügen. Ganz vorne hoben Spring-heel'd Jack, Jenny Greenteeth und Ognena Maria bei jeder Gelegenheit ihre Karten. Auf der anderen Seite des Saals saß mit ausdrucksloser Miene der Wegelagerer, seines Zeichens Ganovenschützling aus II-6. Soweit ich wusste, hatte er noch keine Auktion verpasst, bei der es auch nur im Entferntesten um den Ripper ging.

Während die Kerze runterbrannte, stieg der Preis für Sergeant Badhams Geist. Bald blieben nur noch sechs Bieter. Jaxon war vermutlich der reichste Denkerfürst der Zitadelle, aber bei den Auktionen im Juditheon wurden durch die Kerze gerechte Bedingungen geschaffen. Ich wartete auf das verräterische Aufflackern, bevor die Flamme erlosch. Als es passierte, hob ich meine Karte – um Sekundenbruchteile zu früh, wie sich zeigte.

»Fünftausend.«

Alle Köpfe fuhren herum. Es war der Mönch, Ganovenschützling aus I-2. Wie immer verschwand sein Gesicht vollständig in der tiefen schwarzen Kapuze.

»Fünftausend! Wir haben einen eindeutigen Gewinner«, verkündete Didion. Damit konnte er sich nun für eine ganze Zeit seine gepuderten Perücken und schlecht sitzenden Hosen leisten. »Die Kerze ist erloschen, und der Geist von Sergeant Edward Badham gehört nun der Äbtissin aus I-2. Tut mir leid für alle anderen!«

Stöhnen, leise Flüche und das verbitterte Gemurmel der Vertreter ärmerer Sektoren wurden laut. Ich spitzte frustriert die Lippen. Die reinste Zeitverschwendung. Aber immerhin war ich so für ein paar Stunden aus dem Haus gekommen.

Der Wegelagerer stand auf – er war wirklich riesig – und versetzte seinem Stuhl einen Tritt. Sofort herrschte absolute Stille.

»Jetzt habe ich genug von dieser Scharade, Waite«, rief er mit dröhnender Stimme. »Dieser Geist gehört rechtmäßig dem Sektor II-6. Wo hast du ihn her?«

»Dieser Geist kam völlig legal in meinen Besitz, Sir, wie alle meine Geister.« Empört fuhr Didion fort: »Wenn die Geister von II-6 tatsächlich alle dortbleiben wollen, warum finde ich sie dann ständig in meinem Revier?«

»Weil du ein Lügner und ein Betrüger bist.«

»Können Sie diese Anschuldigungen auch beweisen, Sir?«

»Eines Tages werde ich den Ripper finden«, prophezeite der Wegelagerer finster, »und dann wirst du es mit deinem Leben beweisen.«

»Ich hoffe aufrichtig, dass dies nicht als Drohung gegen meine Person zu verstehen ist, Sir.« Der Auktionator stammelte nur noch. »Solch eine Sprache werde ich im Auktionshaus meiner Frau nicht hinnehmen. Judith hätte solcherlei Verbalinjurien niemals geduldet.«

»Wo ist eigentlich der Geist deiner Frau?«, rief ein Medium. »Sollen wir den auch versteigern?«

Didions Gesicht nahm die Färbung eines frischen Blutergusses an. Wenn Didion Waite die *Sirs* ausgingen, wurde es ernst.

»Das reicht.« Eine der Denkerköniginnen erhob sich. Ihr kurzes rötlich braunes Haar war zu einer Art Pompadourtolle aufgebauscht worden, und sie sprach mit einem kaum hörbaren bulgarischen Akzent. »Such die Schuld bei der Kerze, Wegelagerer, nicht bei dem, der sie angezündet hat. Und halte in deinen eigenen Straßen nach deinem geliebten Ripper Ausschau.«

Mit einem wütenden Fauchen stürmte er aus der Krypta. Spring-heel'd Jack wurde immer noch von seinem typischen, irren Lachen geschüttelt, als er davonrannte, und Jenny Greenteeth knurrte leise, als sie ging. Während ich meine Jacke und meine Tasche zusammensuchte, wollte Didion dem Mönch hinterher, aber der war schon auf dem Weg nach oben.

»Ich nehme das.« Die junge Frau, die auf ihn zutrat, hatte

ihre roten Haare zu einem Zopf geflochten, der mit einem fächerförmigen Kamm aufgesteckt war.

Didion überreichte ihr die Auktionsurkunde. »Aber natürlich.« Er küsste ihr die Hand, an der sie einen lang gezogenen Goldring trug. »Richte der Äbtissin aus, dass sie ihren Fesselmeister jederzeit vorbeischicken kann.«

Mit einem reizenden Lächeln steckte das Mädchen die Urkunde ein. »Ich werde dafür sorgen, dass Sie Ihr Geld in den nächsten Tagen erhalten, Mr Waite.«

Zurzeit schien die Äbtissin wirklich einiges auf der hohen Kante zu haben. Die meisten Bandenführer der ersten Parzelle waren reich, aber nicht viele von ihnen konnten mal eben fünftausend für einen Geist ausgeben, da war ich mir sicher.

»Träumerin?«

Die Denkerkönigin mit den rötlichen Haaren war vor mir stehen geblieben. Ich tippte mir mit drei Fingern an die Stirn, die übliche Respektbezeugung, wenn man es mit einem Mitglied der Versammlung der Widernatürlichen zu tun bekam. »Ognena Maria.«

»Du siehst anders aus. Ich würde ja gerne sagen, ich hätte dich eine ganze Weile nicht mehr gesehen, aber momentan stößt man ja überall in der Stadt auf dein Gesicht.«

»Bin aus dem Tower ausgebrochen.« Sorgfältig zog ich den Riemen meiner Tasche höher auf die Schulter. »Ich wusste gar nicht, dass Sie auch zu den Ripperjägern gehören.«

»Tue ich nicht. Aber ich brauche dringend neue Geister, und das Juditheon schien mir der beste Ort zu sein, um welche zu bekommen.«

»Dann hätten Sie auch einen nehmen können, der *nicht* der Division H angehört hat.«

»Ich weiß, aber ich liebe Herausforderungen. Obwohl ich natürlich nicht reich genug bin, um zu gewinnen.« Sie streckte mir einen Arm entgegen. »Nach oben?«

Hier unten gab es nichts mehr zu tun. Eigentlich sollte ich

schleunigst gehen – Jaxon wartete auf der Straße –, aber ihre Worte hatten mich neugierig gemacht. »Sie müssen doch massenweise Geister haben«, sagte ich deshalb, während wir gemeinsam die Treppe hinaufgingen. Die Broschen an ihrer Jacke klimperten leise. »Warum wollten Sie gerade diesen?«

»In letzter Zeit haben einige von ihnen I-5 verlassen. Anscheinend gibt es eine bestimmte Straße, die sie abschreckt. Ich kann dort nichts Besonderes entdecken, es sei denn, in einem der Häuser hat jemand eine Séance vermasselt.« Mit gerunzelter Stirn fuhr sie fort: »Das bereitet mir größere Sorgen, als ich meinen Sehern gegenüber zugeben würde. Ihr habt in I-4 nicht zufällig ähnliche Probleme?«

»Das hätte der Fesselmeister erwähnt.«

»Oh, der Fesselmeister ist doch so von der Rolle, dass schon alles zu spät ist. Ich weiß wirklich nicht, wie du für ihn arbeiten kannst.« Sie drehte ihren Nagelring. »Er hätte nicht vielleicht Interesse daran, einen Standplatz in Old Spitalsfield zu mieten?«

»Ich kann ihn gerne fragen.«

»Vielen Dank, Süße. Er ist wohlhabender, als ich jemals sein werde.« Maria stemmte die Falltür auf.

»Soll ich ihm auch von Ihrem Problem erzählen?«

»Das wird ihn nicht interessieren, aber versuchen kannst du es.«

Am Ende der Treppe landeten wir in der Ruine einer alten Kirche. Bow Bells gehörte zu den wenigen Sakralbauten, die nicht ausgeräumt und zu Wachstationen umfunktioniert worden waren. Durch das löchrige Dach drang fahles Sonnenlicht. Natürlich war der Bau im frühen zwanzigsten Jahrhundert verunstaltet worden, genau wie alles, was mit einem Leben nach dem Tod oder der Monarchie zusammenhing: Den Engeln waren die Flügel abgeschlagen worden und republikanische Vandalen hatten die Altäre zerstört, aber die Glocken hingen noch immer im Turm. Dieser Ort erinnerte mich stark an Sheol I; ein Relikt aus alten Zeiten.

Ich schob die Falltür wieder über den Zugang zur Krypta. Neben dem Altar stand eine Frau, die sich gerade mit dem Mönch und mit dem Kurier von vorhin unterhielt. Sie war groß und schlank, trug einen maßgeschneiderten Hosenanzug und hatte dicke kastanienbraune Locken, auf denen ein Zylinder festgesteckt war.

Die Äbtissin war also höchstpersönlich erschienen, um ihren Ganovenschützling abzuholen – die Denkerkönigin von I-2 und Gründerin des größten Kontakthofes in London.

»Maria!« Erfreut klatschte sie in die Hände. Ihre Stimme erinnerte mich an das Geräusch, das entsteht, wenn man ein Streichholz anreißt. »Bist du es wirklich, Maria?«

»Herzlichen Glückwunsch, Äbtissin«, antwortete Maria steif. »Welch ein hervorragender Kauf.«

»Das ist zu nett von dir. Meine Sammlung ist natürlich nicht so erlesen wie manch andere, aber hin und wieder biete ich gerne mit. Sag mal, wie kommt ihr mit Alarmstufe Rot zurecht?«

»Ganz gut. Die Fahle Träumerin kennst du ja sicher, oder?«

Die Äbtissin musterte mich durch ihren Netzschleier. Mit Mühe konnte ich gebräunte Haut, eine lange Nase und einen roten Bogen ausmachen, der wohl ein Lächeln darstellen sollte. »Aber natürlich, der Schützling des Weißen Fesselmeisters. Es ist mir ein Vergnügen.« Ihre mit Spitze bedeckten Finger schlossen sich um mein Kinn. »Oh, du würdest wirklich ein entzückendes Freudenmädchen abgeben.«

»Ich denke, als Weavers Lieblingsbeute hat sie momentan genug zu tun.« Maria rümpfte die Nase. »Ich würde ja unheimlich gern noch weiterplaudern, aber ich muss einen Markt leiten.«

»Auf ein Wort noch.« Die Äbtissin ließ mich los. »Entweder jetzt, Maria, oder heute Nacht.«

»Bei Alarmstufe Rot verlasse ich meine Seher nicht öfter als einmal am Tag.«

»Dann morgen. Ich schicke dir einen Kurier, um alles zu arrangieren.«

Mit einem knappen Nicken ging Maria weiter. Ich folgte ihr.

»Verdammte Puffmutter.« Gereizt schob sie die Kirchentür auf. »Schön, dass wenigstens einer Zeit hat für Plauderstündchen.«

»Was will sie von Ihnen?«

»Wahrscheinlich noch mehr Leichte Mädchen. Dabei habe ich ihr gesagt, dass von meinen Sehern niemand Interesse hat. Trotzdem fragt sie ständig.« Maria schlug den Mantelkragen hoch, um sich gegen den Wind zu schützen. »Pass auf dich auf, Süße. Und falls du mal einen Nebenjob brauchst, haben wir immer Platz für dich in I-5.«

»Werde ich mir merken.«

Mit entschlossenen Schritten ging sie Richtung Bahnhof davon. Man hatte mir schon öfter Arbeit angeboten, genau wie Eliza: Diesogenannten Wilderer klapperten regelmäßig die verschiedenen Sektoren ab und versuchten, fähige Seher durch Bestechung dazu zu kriegen, dass sie bei einem anderen Bandenführer einen Zweitjob annahmen. Bisher hatte ich alle abgewiesen. Jaxon zahlte gut genug, und es war immer riskant, einen Nebenjob zu machen. Die meisten Denkerfürsten sahen darin einen klaren Verrat, der mit Verbannung oder sogar dem Tod bestraft wurde.

Aber Maria schien aufrichtig besorgt zu sein über ihren Verlust an Geistern und die potenzielle Bedrohung des Wohlergehens ihrer Seher. Falls ich mein Wissen jemals verbreiten konnte, wäre sie möglicherweise eine nützliche Verbündete. Und wenn es mir nicht gelang, ausreichend Geld zusammenzukratzen, war ein Nebenjob vielleicht die einzige Alternative.

An der Ecke wartete ein Taxi ohne Lizenz. »Der Fesselmeister meinte, du sollst nach Covent Garden kommen«, berichtete mir die Fahrerin.

»Wirklich?«

»Wirklich. Geht's auch etwas schneller?« Sie wischte sich mit einem Taschentuch den Schweiß aus dem Nacken. »Ist riskant genug, eine Flüchtige zu fahren, auch wenn die nicht rumbummelt.«

Ich stieg ein. Wahrscheinlich hatte Eliza wieder ein Bild fertiggestellt.

Über SciLo war nach wie vor Alarmstufe Rot verhängt, die Sicherheitsmaßnahmen waren also strenger als die Regeln in einem Nonnenkloster: rund um die Uhr verdeckte Wachen an den U-Bahnhöfen, die Gesetzeshüter doppelt bewaffnet. Als das Taxi an einem Übertragungsschirm vorbeifuhr, erschien dort zum hunderttausendsten Mal mein Gesicht. Für einen Fremden musste es feindselig aussehen, ohne ein Lächeln, zu stolz, um Mitleid zu erregen, mit kalten grauen Augen und leichenblassem Teint. Dieses Gesicht konnte keiner Unschuldigen gehören. Die Frau auf dem Monitor war die personifizierte Widernatürlichkeit, in ihren Augen nur Tod und Eis. Genau wie der Wächter es gesagt hatte.

Der Wächter. Während ich mich in der Zitadelle vor meinem eigenen Spiegelbild versteckte, war mein nichtmenschlicher Verbündeter ebenfalls auf der Flucht. Ich stellte mir vor, wie er in der Schattenwelt, aus der er stammte, Amaranth erntete und mit seinem Saft seine Wunden behandelte. Und dabei immer über die Schulter schauen musste, wegen der Sargas. Zwar wusste ich nicht, wie es in dieser Schattenwelt aussah, aber ich malte sie mir als ein dunkles, prächtiges Reich aus, voller Dinge zwischen Leben und Tod. Und dort verfolgte der Wächter mit seinem Schwert die vom Blut bestimmte Herrscherin, die wie Edward VII. aus ihrem Reich vertrieben wurde. Der Wächter auf der Jagd. Dieses Bild erschütterte mich zutiefst und ließ gleichzeitig meinen Adrenalinspiegel sprunghaft ansteigen.

»Falls ich niemals zurückkehre, wird das bedeuten, dass alles in Ordnung ist«, hatte er gesagt. *»Dass ich ihr ein Ende bereitet habe.«* Tja, er war nicht zurückgekehrt, und offensichtlich war gar nichts in Ordnung. Hinter der Fassade von Scion ging irgendetwas vor, und wenn Nashira meinen einzigen Verbündeten un-

ter den Rephaim umgebracht hatte, würde ich wohl nie erfahren, was es war.

Er hatte alles riskiert – und verloren –, um mir bei der Flucht aus ihrem Gefängnis zu helfen. Und im Gegenzug war ich mit eingekniffenem Schwanz zu meinen Zwergenaufständen zurückgekrochen, hatte es nicht geschafft, Jaxon zum Kampf zu überreden, und verfluchte Hectors Namen, wann immer er mich nicht hören konnte.

Als ich aus dem Taxi stieg, warf ich die Tür etwas zu fest zu. Zeke wartete unter dem steinernen Rundbogen auf mich. Wie immer an Verkaufstagen hatte er sich mächtig rausgeputzt: Weste aus Seidenbrokat, ordentlich gescheitelte Haare, dicke Brille, die aussah als wäre sie mindestens fünfzig Jahre alt.

»Wie geht es dir, Paige?«

»Alles bestens. Schicke Brille.« Ich zog mein Halstuch zurecht. »Was ist los?«

»Eliza hat drei Bilder fertig. Jax will, dass sie bis zum Morgengrauen alle verkauft sind. Und der ganze Krempel.« Er lief dicht neben mir her. »Wir könnten etwas Hilfe beim Verkauf gebrauchen – ich bin einfach grottig.«

»Du wärst wesentlich besser, wenn du nicht selbst glauben würdest, dass du grottig bist. Und er will tatsächlich, dass wir *alles* verkaufen? Braucht er noch einen antiken Spazierstock, oder was ist los?«

»Er meinte, uns ginge das Geld aus.«

»Das glaube ich erst, wenn er aufhört, Absinth und Zigarren zu kaufen.«

»Während du weg warst, hat er die ganze Zeit getrunken. Und jede Nacht Absinth, hat Nadine erzählt.«

Die Augen hinter der exzentrischen Brille waren blutunterlaufen. Zeke sah so aus, als hätte *er* den Absinth geschlürft.

»Hat Jaxon wirklich nach mir gesucht, Zeke?«

»Oh ja. Ununterbrochen, bis Juli. Dann schien er die Hoffnung aufzugeben und hat Nadine als Interimsganovenbraut eingesetzt. Aber als Nick im August Neuigkeiten hatte, nach unserer Begegnung am Trafalgar Square, da ... na ja, da ist er fast durchgedreht vor Freude. Und er hat die Suche wieder aufgenommen.« Er rückte seine Brille zurecht. »Will er denn etwas gegen die Rephaim unternehmen?«

»Nö.«

»Wirst *du* etwas unternehmen?«

»Er hat es mir verboten.« Ich versuchte, nicht zu verbittert zu klingen. »Er verlangt, dass wir uns vollständig auf I-4 konzentrieren.«

Kopfschüttelnd meinte Zeke: »Das ist doch verrückt. Wir müssen etwas tun.«

»Falls du irgendwelche Vorschläge hast, ich bin für alles offen.«

»Habe ich nicht«, gab er zu. »Ich wüsste gar nicht, wo wir anfangen sollten. Neulich habe ich mit Nick darüber geredet, weil ich dachte, wir könnten es vielleicht über die Medien versuchen, aber dazu müssten wir ins Archonitat reinkommen. Und selbst wenn wir das schaffen: Wie erklärt man den Leuten etwas, das sie schlichtweg nicht glauben werden?«

Mir war nicht klar gewesen, dass Zeke so zielstrebig sein konnte. Seine Idee war schon schön, aber das Sicherheitsnetz von Scion war viel zu engmaschig, als dass wir irgendwie an die Übertragungswege herangekommen wären. »Bevor wir rennen, müssen wir erst mal laufen lernen, Zeke«, tröstete ich ihn. »Falls wir etwas unternehmen wollen, müssen wir unten anfangen. Erst muss das Syndikat eingeweiht werden, dann der Rest der Zitadelle.«

»Ja, ich weiß. Wunschträume eben.« Zeke räusperte sich. »Übrigens, hat Nick dir gesagt –?«

»Was soll Nick mir gesagt haben?«

»Gar nichts, vergiss es. Hast du den Geist bekommen?«, schob er hastig hinterher.

»Die Äbtissin hat ihn sich geschnappt. Aber was wolltest du denn –?«

»Ist nicht wichtig. Ich glaube, so viel macht sich Jax gar nicht aus der Division H. Er hat quasi zugegeben, dass er damit nur Didion ärgern wollte.«

»Was soll daran neu sein?« Didion und Jaxon waren seit Jahren in ihre Fehde verstrickt und hatten sich gegenseitig mit Pamphleten und hin und wieder sogar mit körperlicher Gewalt traktiert. Didion warf Jaxon vor, er wäre »der ungehobeltste Gentleman, dem ich je begegnet bin«, während Jaxon Didion für einen »nutzlosen, gelockten Müßiggänger« hielt. Mit schlechten Zähnen. Beiden Argumenten ließ sich nur schwer etwas entgegensetzen.

Wir gingen gemeinsam unter den Kolonnaden entlang, bis wir eine bestimmte Laterne erreichten. Statt dem gedämpften Blau der Scion-Straßenbeleuchtung hatte diese hier Scheiben aus kobaltblauem Glas mit einem leichten Grünstich. Wenn das Auge nicht daran gewöhnt war, fiel es schwer, den Unterschied zu erkennen. Sie hing über der Tür eines Secondhandladens. Zeke gab dem Ladenbesitzer ein unauffälliges Signal, woraufhin dieser knapp nickte.

Über eine Wendeltreppe gelangten wir in den Keller. Hier unten gab es keine Kunden, nur reihenweise Kleiderständer und drei Spiegel. Zeke schaute kurz über die Schulter, dann zog er einen davon auf wie eine Tür. Wir schoben uns durch den Spalt und gelangten in einen Tunnel.

Der Schwarzmarkt befand sich zwischen Covent Garden und Long Acre. Die unterirdische Höhle mit ihren knapp tausendfünfhundert Quadratmetern war schon seit Jahrzehnten der Dreh- und Angelpunkt des illegalen Handels. Die meisten Händler machten ihre Geschäfte am Rande der Amaurotikermärkte, aber dieser hier wurde nur von Sehern betrieben und war streng geheim. Die NVD hatte seinen Standort nie an Scion weitergegeben, wahrscheinlich weil viele Mitglieder der Division ihre Numa hier kauften. Ihre Arbeitgeber stellten Nahrung und Unterkunft, aber keinerlei Mittel, um mit dem Aether in Kontakt zu treten. Ein erbärmliches Leben führten sie, ständig im Kampf mit ihrer ureigensten Natur.

Die Höhle war schlecht belüftet und heizte sich durch die vielen Besucher schnell auf. An den Ständen bekam man Tausende von Numa, alles, was man sich nur vorstellen konnte: Spiegel – Handspiegel, Ganzkörperspiegel, Wandspiegel; Kristallkugeln, die so schwer waren, dass man sie nicht anheben konnte; Sehersteine aus Milchglas, die mühelos in jede Handfläche passten; Séancetische; Weihrauch; Teetassen und gusseiserne Kessel; Schlüssel zu Schlössern, die vielleicht nie existiert hatten; kleine, stumpfe Klingen; Kartons voller Nadeln; verbotene Schriften; Tarotkarten in den unterschiedlichsten Ausführungen. Und dann waren da noch die Stände der Auguren, an denen Blumen und Kräuter im Überfluss gehandelt wurden. Ein Stückchen weiter kamen die Medikamente für Medien, also Muskelrelaxanzien, Adrenalin und Lithium, gefolgt von feinsten Instrumenten für Flüsterer, Stiften für Psychografen und Riechsalzen, mit denen die Schnüffler schlechte Gerüche blockieren konnten.

Zeke blieb an einem Stand für Masken stehen und probierte eine an. Mir fiel ein billiges Modell aus silbern bemaltem Plastik ins Auge, das gerade groß genug war, um meine obere Gesichtshälfte zu verdecken. Ich bezahlte sie mit einem Teil des Geldes, das Jaxon mir für die Auktion gegeben hatte.

Das Marktbudenflaggschiff von I-4 war auf Grabeskunst, Grabtücher und andere morbide Kostbarkeiten für den wohlhabenden Seher spezialisiert. An unserem Stand gab es keine billigen Numa. Unsere Ware war auf Knautschsamt ausgelegt und rund um Glasvasen voller Rosen arrangiert. Hinter dem Tisch stand Eliza in einem umwerfenden Kleid aus dunkelgrünem Samt. Ihre langen blonden Haare ringelten sich in glänzenden Locken und ihre Arme waren mit feiner schwarzer Spitze bedeckt. Gerade sprach sie mit einem Augur, der wie ein Händler gekleidet war. Sobald sie uns sah, entschuldigte sie sich bei ihm und kam zu uns rüber.

»Wer war das?«, fragte ich sofort.

»Ein Kunstsammler.«

»Toll. Und jetzt ab hinter den Vorhang.«

»Schon gut, schon gut.« Sie wischte ein unsichtbares Stäubchen von dem größten der Gemälde. »Zeke, kannst du noch ein paar Rosen holen?«

»Okay. Willst du einen Kaffee?«

»Und etwas Wasser. Und Adrenalin.« Eliza wischte sich mit dem Ärmel über die Stirn. »Wenn wir die nicht verkauft bekommen, sitzen wir die ganze Nacht hier.«

»Du darfst dich aber nicht sehen lassen.« Ich nahm sie am Ellbogen und führte sie in den hinteren Teil des Standes, wo ein Vorhang unsere Mäntel und Taschen verdeckte. Seufzend setzte sie sich hin und griff nach dem Papierkram, den Jaxon ihr mitgegeben hatte. Sie war gerne vor Ort, damit wir uns bei ihr Rat holen konnten, aber falls irgendjemand ein Künstlermedium in der Nähe unserer Bilder entdeckte, würde man sofort eins und eins zusammenzählen. Zeke streckte den Kopf durch den Vorhang.

»Wo ist Jax?«

»Er meinte, er hätte noch etwas zu erledigen«, erklärte Eliza. »Wie immer. Hol einfach die Rosen, ja?«

Irritiert machte Zeke sich auf den Weg. Es war ganz normal, dass Eliza nach einer Inbesitznahme schlecht drauf war, manchmal wurde sie sogar von Tics und Krämpfen geplagt. Ich holte einige menschliche Schädel aus einem Karton. »Brauchst du eine Pause?«

»Ich muss doch hier sein.«

»Du siehst völlig fertig aus.«

»Tja, Paige, ich habe ja auch seit Montag nicht mehr geschlafen.« Ihr Augenlid zuckte. »Jax hat mich hergeschickt, sobald ich mit Philippe fertig war.«

»Wir verkaufen sie schon, keine Sorge. Wo steckt eigentlich Nadine?«

»Geht rum und hökert.«

Ich nahm es ihr nicht übel, dass sie so pampig war. Eigentlich sollte sie nach einer Trance in einem abgedunkelten Raum liegen und schlafen, bis die Zuckungen nachließen. Ich half ihr mit der Ware und stapelte Schädel, Stundengläser, Taschenuhren und Präparatrahmen auf. Das meiste davon wurde von talentierten Wahrsagern extra für Jaxon hergestellt, der es dann zum fünffachen Preis weiterverkaufte.

An dem Stand gegenüber, wo zwei Handleser ihre Dienste anboten, kam es zu einem aufgebrachten Wortwechsel. Der Fragende war ein Akutomant, und er schien nicht besonders glücklich zu sein mit dem Ergebnis.

»Ich will mein *ganzes* Geld zurück! Scharlatan!«

»Deine Hände sind gegen dich, Freund, nicht ich.« Der Blick des Handlesers war knallhart. »Wenn du deine eigene Version der Wahrheit vorziehst, dann strick dir doch eine.«

»Suchst du Streit, dreckiger Augur?«

Seine Nase knirschte hörbar, als sie getroffen wurde. Die Seher ringsum trampelten und jubelten vergnügt. Handleser wussten ihre Fäuste immer gut einzusetzen. Der Akutomant landete auf dem Verkaufstisch, sprang aber sofort brüllend wieder auf. Blut spritzte auf den Teppich. Der zweite Handleser schleuderte dem Angreifer zwei Geister entgegen, wurde dann aber von einer angespitzten Ahle an der Kehle getroffen. Sein Schrei wurde zu einem Röcheln, das im Lärm der Menge unterging.

»Sonst noch jemand?«, schrie der Akutomant.

Eine Flüsterin fragte: »Hältst dich wohl für einen großen Macker, was, Strickliesel? Oder kompensierst du so nur deine winzige Nadel?« Alle lachten.

»Sag das noch mal, Zischlerin«, der Mann ließ eine zweite Ahle in seine Hand gleiten, »dann kriegst du eine Nadel direkt ins Herz.«

Er stieß den Tisch um und stürmte davon. Kopfschüttelnd

verschwand Eliza wieder hinter dem Vorhang. Wie sollte ich diesen Haufen denn jemals einen? Konnte das überhaupt jemand schaffen?

Das Chaos wurde beseitigt und die Geschäfte wieder aufgenommen. Bis Zeke zurückkam, verkaufte ich drei Uhren und ein winziges Stundenglas. Seine altmodische Brille war durch die Hitze beschlagen. Ich zog ihn zu Eliza hinter den Vorhang. »Habt ihr das von dem Kampf mit den Handlesern gehört?«, fragte er.

»Wir haben es gesehen.«

»Beim Kaffeestand ging es auch zur Sache, wieder mal die Brechstangen gegen die Fadenzwirbler.«

»Idioten.« Mit einem Schluck schüttete Eliza sich den halben Kaffee rein. »Hast du kein Adrenalin bekommen?«

»Ausverkauft, tut mir leid.«

Sie konnte kaum noch aufrecht stehen. »Mach eine Pause.« Ich nahm ihr die Blätter aus der Hand.

»Aber ich komme wieder. Verkauft einfach weiter.«

»Halbe Stunde.« Zeke packte sie an den Schultern und drehte sie vom Stand weg. »Keine Diskussion, klar?«

»Na schön, aber ihr beide müsst euch die Fakten richtig merken«, stöhnte sie gereizt. »Philippe stammte zwar aus Brabant, aber das war ein Herzogtum, keine Stadt. Und Rachel verwendete *liquor balsamicum*, als sie ihrem Vater half. Wenn du noch einmal ›Balsamicoessig‹ sagst, werde ich dir eine Vase über den Schädel ziehen, Paige, das schwöre ich beim Aether.«

Damit schnappte sie sich ihre Häkeltasche und verschwand. Zeke und ich schauten uns an. »Totenglocke?«, schlug er vor.

»Bin dabei.«

Ich wühlte in der Kiste herum. Die schwere Handglocke war im Mittelalter bei Leichenzügen benutzt worden. Gerade als ich sie auswickelte, schmiss Nadine ihren Korb voller Ware auf den Tisch. Überrascht starrte ich darauf.

»Du hast *gar nichts* verkauft?«

»Wer will schon billige Tischdeko?«, erwiderte sie.

»Solange du es als ›billige Tischdeko‹ bezeichnest, sicher niemand.« Ich nahm einen der Schädel und suchte nach Bruchstellen, aber rein äußerlich war nichts daran auszusetzen. »Du musst ihnen die Sachen schmackhaft machen.«

»Schmackhaft machen? ›Hallo, Madam, möchten Sie vielleicht den Schädel eines Pestkranken aus dem vierzehnten Jahrhundert kaufen? Kostet Sie nicht mehr als eine Jahresmiete!‹ Ja, das klingt echt verführerisch.«

Ich hatte keine Lust, mich mit ihr zu streiten. Stattdessen reichte ich ihr die Glocke. Eingeschnappt stellte sie sich vor den Stand und ließ sie einmal ertönen. Ein Sensoriker zuckte erschrocken zusammen, und mindestens fünfzig Leute drehten sich zu uns um.

»Ladys und Gentlemen, ist Ihnen bewusst, dass Sie sterblich sind?« Nadine überreichte dem Sensoriker eine Rose, der daraufhin nervös lachte. »Wenn man dem Tod im Leben schon so nah ist, lässt sich das leicht vergessen, nicht wahr? Aber selbst Seher müssen sterben.«

»Manchmal«, fiel Zeke ein, »braucht es eine kleine Erinnerung. *He aquí*, die verlorenen Meisterwerke Europas!« Mit ausladender Geste zeigte er auf die Bilder. »Pieter Claesz, Rachel Ruysch, Philippe de Champaigne!«

»Kommen Sie, kommen Sie, das ist das Angebot des Monats!« Wieder läutete Nadine die Glocke. »Vergessen Sie nicht den Tod – denn er wird Sie bestimmt nicht vergessen!«

Bald hatte sich eine große Menschenmenge um unseren Stand versammelt. Nadine benannte die aufgespießten Schmetterlingsarten in den Rahmen, pries wortreich das größte unserer Bilder an und demonstrierte, mit welcher Geschwindigkeit der Sand durch die Stundengläser rieselte. Zeke betörte die Leute derweil mit Geschichten über seine Jahre in Oaxaca. Sie klebten an ihm wie Fliegen am Honig und lechzten nach Berichten über ein Land, das nicht unter dem Einfluss von Scion stand. In ihren

Augen war die Freie Welt ein Paradies, wo Seher in Frieden leben konnten. Ein paar bemerkten auch Nadines Akzent, aber sie wechselte sofort das Thema, wenn man sie danach fragte. Zeke verteilte die Blumen, während Nadine das Reden übernahm und ich mit eingezogenem Kopf das Geld einsammelte.

Die meisten Zuhörer kauften ein oder zwei Kleinigkeiten. Stumm zählte ich die Münzen. Alles war so, als wäre ich nie in Sheol I gewesen.

Ich feige Gelbjacke, dachte ich angewidert.

*

Eliza kam erst nach zwei Stunden zurück. Sie war aschgrau im Gesicht.

»Seid ihr etwas losgeworden?«

»Alles.« Erschöpft deutete ich mit dem Kinn auf den leeren Verkaufstisch. »Pieters Bild ging nach I-3, und zwei Händler haben Interesse an der Ruysch signalisiert.«

»Großartig.«

Sie zog eine Rose aus einer der Vasen und steckte sie sich ins Haar. Ihre Locken lösten sich auf. »Konntest du etwas schlafen?«, fragte ich, während ich die nächste Kiste auf den Stand hievte.

»Was denkst du denn, wo ich gesteckt habe?«

Wortlos sah ich zu, wie sie sich auf ihren Stuhl sinken ließ und mit leerem Blick auf ihre Arbeit starrte.

Die falsche Ruysch ging an eine Gruppe von Botanomanten aus Wales. Um Viertel vor fünf machte ich mich zum Aufbruch bereit. Im Herbst und Winter nahm die NVD um fünf die Arbeit auf, und Jaxon hatte mir ausdrücklich untersagt, länger als ein paar Stunden auf dem Markt zu bleiben.

»Ich bin weg«, sagte ich Nadine Bescheid. »Kommt ihr hier alleine klar?«

»Wenn du uns Eliza herschaffst.«

Eigentlich hatte ich gedacht, sie säße direkt hinter mir, aber sie war nirgendwo zu sehen. »Ich werde es versuchen.«

»Falls du sie nicht findest, achte auf die Telefonzelle. Vielleicht muss ich dich anrufen.« Nadine fuhr sich mit beiden Händen durchs Haar. »Ich hasse das alles hier.«

Die stundenlange Konzentration und der Lärm hier drin hatten mir stechende Kopfschmerzen eingebracht. Kurz vor dem Ausgang entdeckte ich einen Stand, der Numa aus Metall anbot: Nadeln, kleine Messer und Schalen für Kottabomanten. Der Metallurge blickte hoch, als ich vor seinem Stand stehen blieb.

»Hallo.« Stirnrunzelnd stellte er fest: »Sie sind keine Wahrsagerin.«

»Nur eine Händlerin auf der Durchreise.« Ohne auf das nervöse Ziehen in meiner Magengrube zu achten, löste ich die Kette mit dem Amulett von meinem Hals. »Wie viel würden Sie mir dafür geben?«

»Zeigen Sie mal her.« Ich legte ihm den Anhänger des Wächters in die Hand. Der Mann klemmte sich eine Juwelierslupe ins Auge und hielt das Schmuckstück gegen das Licht. »Woraus besteht es denn?«

»Silber, glaube ich.«

»Geht etwas Seltsames davon aus, nicht? Wie bei einem Numen. Hätte aber noch nie gehört, dass Halsketten Numa wären.«

»Es wehrt Poltergeister ab«, erklärte ich.

Fast wäre ihm die Lupe aus dem Auge gefallen. »Bitte was?«

»Na ja, so hat man es mir gesagt. Ich habe es nicht ausprobiert.« Er seufzte, scheinbar war er sowohl erleichtert als auch enttäuscht. »Aber falls es tatsächlich Poltergeister abwehrt, wie viel würden Sie mir geben?«

»Schwer zu sagen. Falls es Silber ist, ungefähr tausend.«

Jetzt war ich enttäuscht. »Nur tausend?«

»Für den üblichen Silberkram würde ich Ihnen ein paar Hundert zahlen. Da scheinen mir tausend angemessen für Silberkram, mit dem man Poltergeister loswird.«

»Geister wie den Ripper«, betonte ich. »Das muss doch eine Menge mehr wert sein als nur einen Tausender.«

»Bei allem Respekt, Miss, ich weiß ja nicht, mit welchen Tricks hier gearbeitet wurde. Das Metall ist kein Silber, aber auch kein Gold. Ich müsste es erst mitnehmen und es mir genauer anschauen. Falls das Metall echt ist und es funktioniert und ich dann auch noch herausfinden kann, *warum* es funktioniert, könnte ich noch eine Kleinigkeit drauflegen.« Er gab mir die Kette zurück. »Es kommt eben darauf an, ob Sie sich eine Weile davon trennen können.«

Ja, der Wächter hatte mir die Kette geschenkt, aber irgendetwas sagte mir, dass er nicht wollen würde, dass ich sie verkaufte. *»Behalte sie«*, hatte er gesagt. Nicht *»sie gehört dir«* oder *»tu damit, was du willst«*. So etwas sollte ich nicht irgendeinem Fremden überlassen.

»Ich werde es mir überlegen«, versprach ich.

»Wie Sie möchten.«

Der nächste Kunde wurde schon ungeduldig, also machte ich mich wieder auf den Weg zum Tunnel.

»Dachte ich mir doch, dass du hier bist, Träumerin.«

Mit gezogener Klinge fuhr ich herum und stand vor Schlitzschnute. Sie stützte sich mit den Ellbogen auf einer Palette ab. Unter ihrem breitkrempigen Hut grinste sie, soweit ihre Lippen das noch zuließen.

»Wie geht's der Visage?«, fragte sie.

»Immer noch besser als deiner, denke ich.«

»Oh, mir gefällt meine Narbe.« Mit dem Daumen zeichnete sie die komplette Linie von den Lippen bis zum Kinn nach. »Ist bestimmt ganz schön anstrengend, sich vor Scion zu verstecken. Langsam habe ich die Schnauze voll davon, dass du mich von jedem Monitor aus anstarrst.«

Ihr Gesicht spiegelte pure Grausamkeit wider, aber ich versuchte, hinter die Fassade zu blicken: eine junge Frau, ganz allein auf der Welt, die in den Armen des Herrn der Unterwelt einen sicheren Platz gefunden hatte. Vielleicht war sie früher einmal so gewesen wie ich, mit einer Familie und einem Heim. Vielleicht hatte sie im Syndikat nach Freiheit gesucht.

Einen Moment lang starrten wir uns reglos an, dann schob ich meine Waffe zurück in den Gürtel. »Lassen wir die Spielchen mal für einen Moment, Schnute.«

Fragend legte sie den Kopf schief. »Was für Spielchen?«

»Die Ganovenbrautspielchen.« Ich hielt ihrem Blick stand. »Ist es Hector wirklich so egal, was Scion macht? Meint er, er wird das alles überstehen, nur weil er Herr der Unterwelt ist? Er ist ein Seher. Genauer gesagt, ein Wahrsager. Der Sensorschirm wird –«

»Hast du etwa *Angst* vor Frank Weaver, Träumerin?«

»Du willst die Wahrheit einfach nicht sehen«, erwiderte ich. »Und wenn du dich an Hector hältst, bist du in einem Jahr tot.«

»Hector wird für den Rest seines Lebens Herr der Unterwelt sein«, fauchte sie. »Und wenn er stirbt, werde ich seinen Platz einnehmen.« Für den Bruchteil einer Sekunde wirkte ihr vernarbtes Gesicht vollkommen ungeschützt und verletzlich. »Dieses Gefühl müsstest du doch kennen. Weshalb tun wir Ganovenbräute das alles denn, Träumerin, wenn nicht aus Liebe zu einem Denkerfürsten?«

»Ich tue es für mich selbst«, antwortete ich.

Ihr Mund verzog sich abfällig. »Tja, so wirst du es nicht weit bringen. Du bist doch nichts weiter als ein nutzloses Accessoire des Fesselmeisters.« Sie zog etwas aus der Gesäßtasche und schloss die Faust darum, um es zu verstecken. »Aber vielleicht bist du ja doch noch zu etwas gut. Sag mir, wo sich Ivy Jacob versteckt hält.«

Ich zuckte zusammen. »Ivy?«

»Ja, *Ivy*. Das Mädchen, dessen Gesicht tagtäglich mit deinem auf den Monitoren auftaucht«, zischte sie und begann, mich zu umkreisen. »Wo ist sie?«

»Woher soll ich das wissen?« Wenn die Ganovenbraut des Herrn der Unterwelt so gezielt nach Ivy suchte, musste sie verdammt tief in der Scheiße sitzen. »Glaubst du wirklich, die Lieblingsverbrecher von Scion kennen sich alle persönlich?«

Unsicherheit huschte über ihre Züge, aber sie verschwand sofort wieder. Nach einem kurzen Blick zum Eingang des Marktes richtete sie ihre leeren Augen wieder auf mich. »Ich finde es sowieso heraus, auch wenn du es mir nicht sagst.«

Ich bemerkte das Messer eine Sekunde zu spät, und ihre Hände waren stärker als meine. Die eine presste sie auf meine Lippen und schob mich damit gegen die Wand, sodass mein Aufschrei im Keim erstickt wurde. Mit der anderen streifte sie ihre Klinge über meinen Unterarm und ich spürte das kalte Glas eines Fläschchens an der Haut.

Blut war ihr Numen. Und wenn sie gut genug war, reichte ihr schon ein bisschen von meinem, um jede Menge über mich zu erfahren: meine Vergangenheit, meine Zukunft. Sobald der Schmerz mein Gehirn erreichte, schlug mein Geist zu. Mit einem gequälten Schrei wich Schlitzschnute zurück. Ich erhaschte einen kurzen Blick auf ihr Bewusstsein: ein leerer Ankerplatz für Schiffe, hell im Zentrum, dunkler an den Rändern, mit grünem Wasser, in dem modrige Boote dümpelten. Während sie noch desorientiert war, schlug ich ihr das Fläschchen aus der Hand und drehte ihr den Arm so weit auf den Rücken, dass ich spürte, wie ihr Schultergelenk knackte.

»Du willst mich ausspionieren, Hämatomant?« Aus dem Schnitt an meinem Arm floss weiter Blut. Zähneknirschend hielt ich Schlitzschnute fest. »Sag Hector, dass er sich aus den Geschäften anderer Leute raushalten soll. Beim nächsten Mal breche ich dir den Arm.«

»Leck mich.«

Schlitzschnute rammte mir ihren Kopf gegen die Nase, sodass ich rückwärts taumelte, dann riss sie sich los und rannte davon. Das Fläschchen lag zerbrochen auf dem Boden, zwischen den Scherben klebte mein Blut. Mit einem Tuch sammelte ich die Schweinerei auf.

Warum zum Teufel war sie ausgerechnet an Ivy interessiert? Steckte Hector dahinter? Aber Ivy hatte doch gesagt, sie wäre kein Syndikatsmitglied …

Ich presste eine Hand auf die Wunde und ging zurück in den Laden. Kaum stand ich draußen auf der Straße, trat ich frustriert gegen einen Poller. Um Stundengläser und Bilder zu verkaufen, reichte meine Kreativität, aber mir wollte einfach nicht einfallen, wie ich das Syndikat aufrütteln konnte. Es musste hinter Jaxons Rücken geschehen – so viel war klar –, aber wo sollte ich Unterstützung finden? Und wie ließ sich die Nachricht verbreiten?

Ohne Eliza würden Nadine und Zeke auf dem Markt nicht lange durchhalten. Also klapperte ich einige unserer lokalen Treffpunkte ab: Neal's Yard, Slingsby Place, Shaftesbury Avenue. Eliza war nirgendwo zu finden. Wenige Minuten später kam ich im Unterschlupf an, aber auch ihr Atelier war verwaist. Das war seltsam. Offenbar war sie schon zum Markt zurückgegangen. Ich verriegelte die Haustür, ging unter die Dusche und zog mir mein Nachthemd an. Nachdem ich meinen Arm mit Salbe verarztet hatte, setzte ich mich aufs Bett und griff zum Messer.

Seit meinem ersten Arbeitstag für Jaxon hatte ich einen Notgroschen angespart, den ich in meinem Kopfkissen versteckte. Nun löste ich ein paar Stiche und zog das Geldbündel hervor. Sorgfältig zählte ich die Scheine.

Nicht genug.

Frustriert fuhr ich mir durch die Haare. Mit sehr viel Glück reichte das Geld, um mir ein winziges Zimmer in Parzelle VI zu kaufen, damit ich einen Unterschlupf hätte. Aber mehr ging nicht. Jaxon hatte immer gut gezahlt, aber auch nicht so gut, dass wir uns finanziell unabhängig von ihm machen konnten. Da passte er genau auf. Gut die Hälfte unseres Lohns ging für Dinge drauf, die den Sektor betrafen, was unser Einkommen spürbar schmälerte: Kuriere, Geister, Haushaltsgegenstände für den Unterschlupf. Sämtliches Geld, das wir verdienten, wurde Jaxon ausgehändigt, der es dann neu verteilte.

Mir blieb keine andere Wahl, ich musste bleiben. Von dieser Summe konnte ich höchstens ein paar Wochen leben.

Aus dem Atelier über mir waren ein paar Musen hereingeschwebt, nun hingen sie fordernd hinter der Tür. »Deins haben wir verkauft, Pieter«, berichtete ich, »und deins auch, Rachel.«

Ein leises Zittern im Aether.

»Keine Sorge, Phil, es wird sich schon verkaufen. Du bist eben Luxusklasse.«

Ich spürte seine Zweifel. Philippe neigte zur Melancholie. Das Trio wollte bleiben – sie reagierten auf meine Aura wie Motten auf Licht –, aber ich scheuchte sie zurück ins Atelier. Wenn Eliza nicht da war, wurden sie immer unruhig.

Draußen wurde es langsam dunkel. Ich überprüfte alles – Lichter aus, Vorhänge zu, Fenster verriegelt –, kehrte zu meinem Bett zurück und schob die nackten Beine unter die Decke.

Von Danica oben kam wie üblich kein Laut. Das einzige Geräusch machte Jaxons Plattenspieler, der Faurés *Elegie* schluchzte. Ich lauschte und dachte dabei an das Grammofon im Magdalen. Wie der Wächter oft schweigend in seinem Sessel gesessen und ins Feuer gestarrt hatte, ganz allein mit seinem Wein und den geheimen Gedanken seiner verwüsteten Traumlandschaft. Und ich dachte daran, wie sanft und gekonnt er meine verletzte Wange behandelt hatte, wie ebenjene Hände über die Tasten der Orgel geglitten waren, wie seine Finger meine Lippen berührt und im Halbdunkel der Gildehalle mein Gesicht umfasst hatten.

Ruckartig riss ich die Augen auf und starrte an die Decke.

Das musste aufhören.

Ich streckte den Arm aus und schaltete die Laterna Magica ein. Es war immer noch ein Bild drin, dasselbe wie an dem Tag, als ich entführt worden war. Ich richtete den Spiegel auf die Decke aus, schickte einen Lichtstrahl durch das bunte Glas, und schon erschien ein Feld voller Mohnblumen. Dieses Bild hatte Jaxon immer benutzt, wenn ich traumwandelte. Es war so detailgetreu, dass man es fast für echt halten konnte, dass die Decke sich quasi in meine Traumlandschaft verwandelte. Als hätte die Erde sich geneigt und mich in meinen eigenen Kopf geschubst.

Aber meine Traumlandschaft hatte sich verändert. Dieses Bild zeigte ihre alte Gestalt, ein Relikt aus einer anderen Zeit.

Ich durchsuchte den Kasten mit den Bildscheiben, bis ich eine fand, die Jaxon mir mit siebzehn gezeigt hatte, als ich das erste Mal Interesse an der Geschichte von Scion zeigte. Die handgemalte Kopie eines alten Fotos. Auf dem Schildchen stand in feinen schwarzen Buchstaben: DER VERHEERENDE BRAND VON OXFORD IM SEPTEMBER 1859. Als ich die Linse scharfstellte, erschien eine vertraute Skyline.

Schwarzer Rauch verdunkelte die Straßen, Flammen leckten an den Türmen. Höllenfeuer. Eine gefühlte Ewigkeit starrte ich an die Decke, bis mir irgendwann die Augen zufielen und ich einschlief, während über mir Sheol I in Flammen stand.

8

DEVIL'S ACRE

»Paige.«

Nicht schon wieder. Es konnte nicht schon wieder Zeit für die Glocke sein. Ich drehte mich auf den Rücken. Es war viel zu heiß. »Wächter?«

Leises Lachen erklang, und als ich die Augen aufschlug, beugte sich Jaxon über mich. »Nein, meine verschlafene Wandlerin, du bist nicht mehr in diesem furchtbaren Dreckloch.« Sein Atem roch seltsam, nach weißem Mecks, Tabak und noch irgendetwas. »Wann bist du heimgekommen, Liebes?«

Es dauerte einen Moment, bis ich wieder wusste, wo ich war. Ach ja, im Unterschlupf. In London.

»Wie du es wolltest.« Meine Zunge war noch träger als meine Gedanken. »So um fünf.«

»War Eliza hier?«

»Nein.« Ich rieb mir die Augen. »Wie spät ist es?«

»Fast acht. Ein Kurier hat mir mitgeteilt, dass sie immer noch nicht auf dem Markt erschienen ist.« Er richtete sich auf. »Schlaf weiter, meine Schöne. Ich werde dich wecken, falls die Lage eskaliert.«

Die Tür fiel zu und er war fort. Ich ließ den Kopf wieder aufs Kissen sinken.

Als ich das nächste Mal aufwachte, war es stockdunkel und irgendjemand schrie. Nein, es waren zwei Stimmen. Ich griff nach der Lampe und zog die Beine an, bereit, aufzuspringen und zum Fluchtbunker zu rennen.

»… *egoistisch*, wir hätten nie …«

Das war Nadine. Ich lauschte angestrengt, aber sie klang nicht ängstlich, eher wütend.

Schließlich folgte ich den lauten Stimmen nach unten, wo Zeke und Nadine, noch in ihrer feinen Marktkluft, vor der zitternden Eliza standen. Ihre Haare waren nass und zerzaust, ihre Augen verquollen.

»Was ist hier los?«, wollte ich wissen.

»Frag sie doch selbst«, fauchte Nadine. Auf ihrer linken Wange prangte ein großer Bluterguss. »Frag sie, na los!«

Eliza konnte mir nicht in die Augen sehen. Selbst Zeke musterte sie leicht gereizt. Seine Unterlippe sah aus wie eine aufgeplatzte Weintraube.

»Hector ist mit dem Unterkomitee auf den Markt gekommen, alle total besoffen. Er hat angefangen, uns über die Bilder auszufragen. Wir mussten uns gerade mit vier verschiedenen Händlern rumschlagen, die alle meinten, wir würden Fälschungen verkaufen.« Er zuckte zusammen und hielt sich die Seite. »Lange Rede, kurzer Sinn, um die Händler zu beschwichtigen, hat Hector schließlich den Champaigne konfisziert, um ihn untersuchen zu lassen. Die restlichen Waren haben sie uns auch noch abgenommen. Natürlich haben wir versucht, sie aufzuhalten, aber –«

»Es waren neun gegen zwei«, fasste ich mutlos zusammen. »Ihr hättet sie nicht aufhalten können.«

Eine heikle Situation. Philippe würde am Boden zerstört sein, wenn er herausfand, dass sein Bild gestohlen worden war, aber wenn einer der ortsansässigen Händler spitzkriegte, dass wir Fälschungen verkauften, war das noch unser geringstes Problem. Wir hatten extra immer darauf geachtet, die Bilder nur an Schmuggler zu verkaufen, denen es piepegal sein konnte, ob die Gemälde echt waren. Oder an fahrende Händler, die wir wahrscheinlich nie wieder zu Gesicht bekamen. Falls wir jetzt aufflogen, würde Jaxon einen Anfall bekommen.

»Es tut mir leid.« Eliza sah aus, als würde sie gleich zusammenbrechen. »Wirklich, ihr beiden, es tut mir so leid. Aber ich … ich musste schlafen.«

»Dann hättest du anrufen sollen, damit wir vom Markt verschwinden können. Aber nein, du lässt uns einfach da rumstehen und warten. Und lässt zu, dass wir deinetwegen verprügelt werden. Und dann schneist du irgendwann um halb zehn hier rein und erwartest allen Ernstes, dass wir dich einfach ins Bett gehen lassen?«

»Moment.« Ich wandte mich an Eliza: »Wo warst du bis halb zehn?«

»Ich bin draußen eingeschlafen«, murmelte sie.

Das passte gar nicht zu ihr. »Wo denn? Ich habe die üblichen Plätze alle abgesucht.«

»Goodwin's Court. Irgendwie habe ich die Orientierung verloren.«

»Du lügst doch.« Aufgebracht deutete Nadine auf ihren Bruder. »Und weißt du was? Es ist mir scheißegal, wo du warst oder was du gemacht hast. Denn jetzt ist nicht nur das verdammte Bild weg, Zeke hat auch noch eine angeknackste Rippe. Wie sollen wir die denn bitte behandeln lassen?«

Damit richtete sich die allgemeine Aufmerksamkeit auf mich. Als Jaxons Ganovenbraut lag seine Autorität bei mir, wenn er nicht da war. Es war mein Job, Strafen zu verhängen, wenn es nötig wurde.

»Eliza.« Ich versuchte, möglichst vernünftig zu klingen. »Du hast während deiner ersten Pause geschlafen, das waren zwei Stunden. Ich weiß, dass du nach einer langen Trance mehr brauchst, aber wenn du so müde warst, hättest du zurückgehen und den Stand schließen müssen, damit Zeke und Nadine dich in den Unterschlupf bringen konnten. Ein wütender Jaxon ist immer noch besser als der Verlust potenzieller Kunden.«

Manch eine Dreiundzwanzigjährige hätte sich von jemandem, der vier Jahre jünger war, noch weitaus weniger Kritik angehört, aber Eliza hatte meine Stellung schon immer respektiert. »Es tut mir leid, Paige.«

Sie wirkte so niedergeschlagen und erschöpft, dass ich mich einfach nicht dazu überwinden konnte, sie weiter abzustrafen. »Damit ist die Sache erledigt. Machen wir weiter.« Als Nadine empört den Mund aufriss, verschränkte ich entschlossen die Arme vor der Brust. »Hör mal, sie ist eingeschlafen. Was soll ich denn deiner Meinung nach tun? Sie foltern?«

»Hauptsache irgendwas. Immerhin bist du die Ganovenbraut. Uns hat man die Scheiße aus dem Leib geprügelt, und sie kommt einfach so davon?«

»Hector hat euch fertiggemacht, weil er ein erbärmlicher Herr der Unterwelt ist, der es verdient hätte, von genau den Leuten, die er angeblich anführt, kaltgemacht zu werden. Eliza hätte gar nicht auf dem Markt sein dürfen. Und findest du nicht, der Diebstahl ihres Bildes war genug? Du weißt doch genau, wie viel Zeit sie da reingesteckt hat.«

»Ja, muss echt anstrengend sein, sich in Trance zu versetzen, während der arme Philippe die ganze Arbeit macht.«

»Ungefähr so anstrengend, wie auf einer Geige zu fiedeln und Geld einzusammeln für etwas, das jedes Totauge zustande bringt.« Mit glühender Aura baute Eliza sich vor ihr auf. »Was genau ist eigentlich dein Beitrag zum Wohlstand dieses Sektors, Nadine? Was würde wohl passieren, wenn Jaxon *dich* morgen vor die Tür setzt?«

»Wenigstens mache ich meine Arbeit selbst, Prinzesschen.«

»Ich bringe Jax mehr Geld ein als irgendjemand sonst!«

»Pieter bringt Jax Geld ein. Rachel bringt Jax Geld ein. Philippe bringt Jax Geld –«

Elizas Wangen wurden flammend rot. »Du bist doch nur wegen Zeke hier! Jax wollte dich ja nicht einmal einstellen!«

»Das reicht«, unterbrach ich sie barsch. Eliza schluchzte laut und fasste sich an die Haare, während Nadine sprachlos war.

»Allerdings, das reicht.«

Die tiefe Stimme ließ uns alle verstummen. Jaxon stand in der Tür, und sein Gesicht war aschfahl. Selbst seine Augäpfel schienen noch weißer zu sein als sonst.

»Und nun hätte ich gerne eine Erklärung für dieses Theater.«

Schützend stellte ich mich vor Eliza. »Ich habe schon alles geregelt.«

»Was genau hast du geregelt?«

»Eliza hat sich auf die faule Haut gelegt, all unsere Waren wurden gestohlen und Zeke hat eine gebrochene Rippe«, brüllte Nadine. »Wie hast du das denn jetzt bitte *geregelt*, Mahoney?«

»Du hättest dich bei der NVD bewerben sollen, Nadine«, erwiderte ich kühl. »Diese Arbeit könnte dir liegen. Zekes Rippe werden wir von Nick untersuchen lassen, aber ich bestrafe bestimmt niemanden dafür, dass er erschöpft ist.«

»Diese Entscheidung kannst du nun mir überlassen, Paige. Vielen Dank.« Jaxon hob die Hand. »Eliza, ich höre.«

»Es tut mir so leid, Jax«, begann Eliza. »Ich war nur –«

»Du warst was?« Seine Stimme war glatt wie Seide.

»Ich war … ich war müde. Ich bin eingeschlafen.«

»Und dann hast du den Rückweg zum Garden nicht mehr gefunden, habe ich recht?«

Sie ließ den Kopf hängen, flüsterte aber: »Ja.«

»Sie ist auf der Straße zusammengebrochen, Jax«, mischte ich mich ein. »Eigentlich hätte sie gar nicht zum Verkauf antreten dürfen.«

Lange Zeit sagte Jaxon nichts. Dann trat er mit einem seltsamen Lächeln auf Eliza zu.

»Jax«, warnte ich ihn, aber er beachtete mich gar nicht.

»Liebe, süße Eliza, meine Gemarterte Muse.« Mit einer Hand umfasste er ihr Kinn und drückte so fest zu, dass sie zusammenzuckte. »In dieser speziellen Angelegenheit muss ich leider Nadine recht geben.« Seine Finger bohrten sich noch härter in ihren Kiefer. »Ich weiß nicht, welche Aussetzer du in deinen Schlafrhythmus gebracht hast, aber ich dulde keine Faulheit unter meinem Dach. Und auch wenn du, zumindest dem Namen nach, gemartert bist, wirst du dich hier nicht als Märtyrer aufspielen. Wenn es dir so schwerfällt, dich unter Kontrolle zu halten, kannst du jederzeit gehen. Eventuell musst du das sowieso. Denn wenn deine Kunst sich auf dem Schwarzmarkt nicht mehr verkaufen lässt, hast du für mich noch so viel Nutzen wie ein Spiegel für einen Beschwörer, meine Schöne.«

Eliza sah so aus, als hätte ein Stich ins Herz sie nicht mehr verletzen können als das. Schreckliche Stille breitete sich aus. In all den Jahren, die ich Jaxon nun schon kannte, hatte er noch nie jemandem mit dem Rausschmiss gedroht.

»Jax.« Elizas Lippen zitterten.

»Nein.« Er zeigte mit seinem Spazierstock auf die Tür. »Geh in deine Mansarde und mache dir bewusst, wie gefährdet deine Position in dieser Gruppe nun ist. Und hoffe aus tiefstem Herzen, dass wir dieses Dilemma lösen können, Eliza. Falls du deinen Job behalten willst, lass es mich bis Sonnenaufgang wissen, ich werde es mir dann durch den Kopf gehen lassen.«

»Natürlich will ich meinen Job behalten.« Sie war starr vor Angst. »Jaxon, bitte, bitte … tu das nicht …«

»Hör auf zu lamentieren, Eliza. Du bist ein Medium aus I-4, nicht irgendein aufdringlicher Bettler.«

Immerhin, Eliza vergoss keine einzige Träne. Ohne erkennbare Emotion sah Jaxon zu, wie sie die Treppe hinaufging.

Kopfschüttelnd sagte ich: »Das war grausam, Jax.«

Darauf reagierte er ungefähr so emotional wie ein gut gekleidetes Stück Holz.

»Nadine, du kannst jetzt gehen«, sagte er knapp.

Nadine gehorchte. Beschämt schien sie nicht zu sein, aber auch nicht triumphierend. Mit einem Knall fiel die Zimmertür hinter ihr zu.

»Zeke.«

»Ja?«

»Dein Schrank, hinein mit dir.«

»Ist das wahr, Jaxon? Hast du meiner Schwester nur meinetwegen einen Job gegeben?«

»Hast du in meinem Haus sonst noch irgendwelche Straßenkünstler gesehen, Ezekiel? Welchen Nutzen hätte ich denn bitte von einer Violinistin mit Angststörung?« Er massierte sich die Nasenwurzel und fuhr zähneknirschend fort: »Euretwegen habe ich jetzt Kopfschmerzen. Verschwinde, elender Bursche.«

Einen Moment lang blieb Zeke reglos stehen. Als er den Mund aufmachte, schüttelte ich abwehrend den Kopf. Jaxon war nicht in der Stimmung für eine Debatte. Niedergeschlagen nahm Zeke die kaputte Brille ab, holte sich ein Buch vom Schreibtisch und zog sich in seinen Schrank zurück. Wegen seiner angeknacksten Rippe konnten wir jetzt sowieso nichts tun.

»Und du kommst mit mir nach oben, Paige.« Mit erhobenem Stock wandte Jaxon sich zur Treppe. »Ich habe dir etwas zu sagen.«

Mit brennenden Augen folgte ich ihm ins Obergeschoss. Innerhalb von fünf Minuten war unsere Gang zerbrochen. In seinem Arbeitszimmer zeigte Jaxon auffordernd auf einen Sessel, aber ich blieb lieber stehen.

»Warum hast du das getan?«

»Was denn, meine Schöne?«

»Dir ist doch klar, dass sie von dir abhängig sind. Von uns.« Sein fragender Blick machte mich so wütend, dass ich ihm am liebsten eine verpasst hätte. »Eliza war erschöpft. Du weißt schon, dass Philippe sie sechsundfünfzig Stunden in seinen Krallen hatte, oder?«

»Ach, ihr geht es prima. Ich habe schon von Medien gehört, die bis zu zwei Wochen ohne Schlaf ausgekommen sind. Das hinterlässt keinerlei bleibende Schäden.« Er wedelte nachlässig mit der Hand. »Und ich werde sie sowieso nicht feuern. Wenn wir uns bei Ognena Maria lieb Kind machen, können wir den Stand jederzeit nach Old Spitalsfield verlegen. Aber in letzter

Zeit war Eliza nur noch deprimiert, ständig hat sie in der Mansarde gesessen und geheult. Das ist *dermaßen* enervierend.«

»Vielleicht solltest du sie mal fragen, warum es ihr so schlecht geht. Es könnte immerhin sein, dass irgendetwas nicht stimmt.«

»Angelegenheiten des Herzens übersteigen meine Kompetenzen. Herzen sind launische kleine Dinger, eignen sich nur zum Einlegen.« Er legte nachdenklich die Fingerspitzen aneinander. »Dieses gestohlene Gemälde könnte noch Probleme machen, falls Hector tatsächlich einen Kunstexperten auftreibt, denn der wird sofort sehen, dass die Farbe frisch ist. Ich möchte, dass es nach I-4 zurückkehrt oder, falls das nicht möglich sein sollte, in der Themse landet.«

»Wie kommst du darauf, dass er es rausrückt?«

»Ohne einen kleinen Anreiz werde ich ihn gar nicht erst darum bitten, Liebes. Jedem Esel muss man eine Karotte anbieten.« Er griff in eine Schreibtischschublade. »Und ich möchte, dass du in meinem Namen ebenjene Karotte nach Devil's Acre bringst.«

Jetzt schaute ich genauer hin.

In dem mit Leder überzogenen Kasten ruhte ein ungefähr zwanzig Zentimeter langes Messer auf einem Bett aus rotem Samt. Als ich die Finger danach ausstreckte, packte Jaxon mein Handgelenk und hielt es fest. »Vorsicht, Numa dieser Art sind trickreich. Falls du es auch nur berührst, schickt es eine gemeine Schockwelle durch deine Traumlandschaft. Was höchstwahrscheinlich Auswirkungen auf deine geistige Gesundheit hätte.«

»Von wem stammt es?«

»Ach, von irgendeinem Toten. Sind Numa längere Zeit ohne Seher, reagieren sie oft empfindlich, wenn sie wieder benutzt werden. Nur jemand, der derselben Kaste angehört wie der verstorbene Besitzer, kann sie ohne Verletzungsgefahr berühren.« Er ließ den Kasten zuschnappen und reichte ihn mir. »Ich habe keine Verwendung dafür, aber Hector ist ein Macharomant. Eine solche Klinge für seine Sammlung dürfte ihn in Verzückung versetzen. Eine solch *teure* Klinge, sollte ich hinzufügen.«

Für mich hatte das Ding nichts Besonderes an sich gehabt, aber wer war ich schon, Hectors Geschmack anzuzweifeln? »Und ich soll mich tatsächlich so dicht ans Archonitat ranwagen? Nachts?«

»Genau das ist mein Dilemma: Schicke ich jemand Geringeren als meine Ganovenbraut, verletze ich damit Hectors Stolz. Gebe ich dir eine Begleitung mit, wird er mir vorwerfen, ich wolle ihn mit Gewalt zwingen, mir ein kostbares Stück Denkkunst auszuhändigen.«

»Auf dem Markt bin ich Schlitzschnute begegnet. Sie hat versucht, mir Blut abzuzapfen«, erzählte ich.

»Dieser lästige Narr will offenbar immer noch herausfinden, wo du gesteckt hast. Als er nach Seven Dials kam, hat er ebenfalls verlangt, dass ich es ihm sage. Sein Gestank hängt jetzt noch in den Vorhängen.«

»Wenn ich hingehe, könnten sie mir das Blut dort abnehmen.«

»Schlitzschnute gehört zu den Niederen Auguren«, erklärte Jaxon, »ihre ›Gabe‹ ist primitiv und derbe. Selbst wenn sie deinem Blut irgendwelche Bilder aus der Strafkolonie entlocken könnte, wäre sie doch nicht in der Lage, ihnen auch nur das kleinste bisschen Sinn zu entnehmen.« Ungeduldig trommelte er mit den Fingern auf die Tischplatte. »Trotzdem darf ich nicht zulassen, dass meine Ganovenbraut ausgeblutet wird. Ich werde dich von einem Kurier bis an die Grenze zu I-1 bringen lassen. Von dort aus begleitet dich ein Bodyguard nach Devil's Acre und sorgt dafür, dass du heil zurückkommst. Sorge dafür, dass Hector das erfährt.«

Offenbar kam ich aus der Nummer nicht raus. »Ich ziehe mich schnell um«, seufzte ich.

»Braves Mädchen.«

In meinem Zimmer suchte ich meine Stahlkappenstiefel, Cargohosen und lederne Halbfingerhandschuhe zusammen. Diesmal würde ich Hector nicht unvorbereitet gegenübertreten.

Höchstwahrscheinlich würde ein Mitglied des Unterkomitees mir eine heftige Abreibung dafür verpassen, dass ich mich in I-1 aufhielt, selbst wenn ich einen Grund dafür hatte.

Anschließend schlich ich mich nach oben und nahm mir eine der gestohlenen NVD-Schutzwesten, die hinter der Küchentür hingen. Die Tür zum Atelier, das der Küche gegenüberlag, war geschlossen.

»Eliza?«

Sie antwortete nicht, aber ich spürte ihre Traumlandschaft. Als ich die Tür öffnete, schlug mir der Geruch von Leinöl entgegen. Überall auf dem Boden lagen Farbtuben und malten bunte Tupfer in den Staub. Eliza saß auf ihrem Wandbett und hatte die Knie unters Kinn gezogen. Die Musen hingen wie eine Wolke über ihrem Kopf.

»Er wird mich nicht feuern, oder?«

Sie klang wie ein verlorenes Kind. »Natürlich nicht«, versicherte ich ihr sanft.

»Er war so wütend.« Sie massierte sich mit den Fingerspitzen die Schläfen. »Ich hätte es verdient, dass er mich wegschickt. Ich habe es verbockt.«

»Du warst fix und fertig.« Vorsichtig betrat ich den Raum. »Ich gehe jetzt zu Hector und rede mit ihm. Ich hole das Bild zurück.«

»Er wird es dir nicht geben.«

»Wenn er möchte, dass sein Bewusstsein in seiner Sonnenlichtzone bleibt, schon.«

Das entlockte ihr ein trauriges Lächeln. »Mach bloß keine Dummheiten.« Tränen tropften von ihrem Kinn, und sie wischte sie mit dem Ärmel ab. »Ich muss noch mit Jax sprechen.«

»Er weiß, dass du deinen Job behalten willst. Schlaf jetzt lieber ein bisschen.« Ich wollte schon gehen, zögerte dann aber. »Eliza?«

»Mm?«

»Wenn du reden willst, weißt du ja, wo du mich findest.«

Sie nickte. Ich schaltete das Licht aus und zog die Zimmertür hinter mir zu.

Sobald ich angezogen und verkleidet war und meine schwarze Jacke über Bluse und Schutzweste gezogen hatte, schlang ich mir den Gurt meiner Tasche quer über die Schulter und steckte das Numen ein. Selbst durch den Kasten hindurch fühlte es sich unangenehm an. Je schneller ich es zu Hector brachte, desto besser.

*

Devil's Acre, seit jeher Heimat des Herrn der Unterwelt, war nur einen Steinwurf vom Archonitat in Westminster entfernt. Der Herr der Unterwelt sah sich selbst als zweiten Herrscher der Zitadelle und nahm deshalb das Recht in Anspruch, sich in I-1 niederzulassen. Und natürlich war das der letzte Ort, an den eine Flüchtige sich begeben sollte.

Das illegale Taxi fuhr am Embankment entlang, wo ich auch ausstieg. Kurz übermannte mich die Angst, und ich konnte keinen Fuß vor den anderen setzen, aber dann zwang ich mich, in Richtung Archonitat zu laufen. Meine Verkleidung war gut, trotzdem musste ich schnell sein.

Als ich das imposante Gebäude erreichte, blieb ich kurz stehen, nur wenige Schritte von der Stelle entfernt, wo der Fluss gegen die Mauern schwappte. Diese Uhr hatte das größte Ziffernblatt von ganz London. Das milchige Glas leuchtete rot wie ein Vulkan.

Vielleicht war Nashira gerade dort drin. Am liebsten hätte ich nachgesehen und herausgefunden, was sie dort trieben, aber hier gab es keinen sicheren Ort, von dem aus ich mein Bewusstsein hätte losschicken können.

Ganz in der Nähe stand eine alte, verfallene Abtei, in der früher die Könige und Königinnen gekrönt worden waren. Wie versprochen wartete auf ihren Stufen der Bodyguard. Er war breitschultrig, trug eine Kapuze und hielt die übliche grüne Laterne in der Hand. Normalerweise war es die Aufgabe dieser Männer, nachts Amaurotiker durch die Zitadelle zu geleiten und dafür zu sorgen, dass sie vor den Widernatürlichen und ihren Untaten geschützt wurden, aber Jaxon hatte ein oder zwei von ihnen auf seine Seite gezogen.

»Fahle Träumerin.« Er neigte grüßend den Kopf. »Der Fesselmeister sagt, ich soll dich nach Devil's Acre bringen und dann draußen auf dich warten.«

»Passt mir gut.« Wir gingen die Stufen hinunter. »Wie heißt du?«

»Grover.«

»Du gehörst aber nicht zu den Leuten des Fesselmeisters.«

»Ich komme aus I-2. Wenn ich das sagen darf: Hat mich überrascht, dass der Fesselmeister dich überhaupt nach draußen lässt.« Er ging so dicht neben mir, dass er tatsächlich wie ein Bodyguard wirkte. »Dein Gesicht war heute Morgen in meiner Zeitung.«

»Da oben ist es auch.« Ich deutete mit dem Kopf auf den Übertragungsschirm, wo wieder einmal die Fotos der Flüchtigen gezeigt wurden. »Aber ich habe immer noch einen Job.«

»Da wären wir schon zwei. Halt dich dicht bei mir und immer schön Kopf runter. Heute Abend ist es meine Aufgabe, dich am Leben zu erhalten.«

Kurz fragte ich mich, wie viel Jaxon ihm wohl zahlte. Was war ihm das Leben einer Traumwandlerin wert?

Vor Scion hatten die Herren aus Westminster eigentlich geplant, die krankheitsverseuchten Slums von London auszuradieren und durch moderne, gepflegte Wohngebiete zu ersetzen. Doch als die Widernatürlichkeit ausbrach, wurden urbane Umstrukturierungsmaßnahmen natürlich vorerst auf Eis gelegt. Genau wie die meisten anderen Probleme. Obwohl nach der Mordserie von Jack the Ripper mehrere Räumungsversuche unternommen wurden, vor allem in Whitechapel, gab es in der

Zitadelle noch immer vier Armenviertel, in denen vor allem Straßenkünstler und Bettler hausten. Devil's Acre war das bei Weitem kleinste davon, mit seinen gerade mal drei Straßen, die sich zwischen den wenigen, verfallenen Häusern dahinschlängelten.

Das Gebiet rund um das Archonitat wurde streng bewacht. Einmal kam eine Streife uns viel zu nah, aber der Bodyguard schob mich in eine Gasse, bevor sie meine Aura entdecken konnten. »Schnell«, zischte er, woraufhin wir eilig losjoggten.

Als wir das Herz von Devil's Acre erreichten, ging ich entschlossen auf den Eingang zu. In der Old Pye Street diente ein verrostetes Blech als Tür, die allerdings von innen verbarrikadiert war. Ich klopfte laut.

»Pförtner!«

Nichts. Ich trat gegen die Tür.

»Pförtner, hier ist die Fahle Träumerin. Ich habe eine dringende Offerte für Hector. Mach auf, du Faulpelz.«

Der Pförtner antwortete noch immer nicht, nicht einmal mit einem Schnarchen. Aber ich konnte auf keinen Fall ohne das Bild nach I-4 zurückkehren. Bis wir es gefunden hatten, würde Eliza kein Auge zumachen.

»Warte hier«, wandte ich mich an den Bodyguard. »Ich komme schon irgendwie rein.«

»Wie du meinst.«

Diese Mauern waren nicht zum Klettern gemacht. An dem Stacheldraht würde ich mir die Hände aufschlitzen, außerdem glänzte das Metall der Wände von öligem Anti-Einbrecher-Lack. Ich umkreiste das Gebäude ein paarmal und suchte nach Lücken, aber alles war abgeriegelt. Offenbar überstieg Hectors Intelligenz sein Hygieneempfinden doch um einiges. Ich wollte schon aufgeben, als mein Stiefel auf etwas Scheppperndes traf. Ein Gullydeckel.

Mühsam zog ich das schwere Ding zur Seite. Doch statt des erwarteten schmalen Einstiegs befand sich darunter ein richtiger

Tunnel, der unter der Mauer hindurchführte. Es gab sogar eine tragbare Laterne, die schwaches Licht spendete.

Hectors Fluchtbunker. Wie seltsam, dass er nicht abgeschlossen war.

Der Boden unter dem Einstieg war mit schmutzigen Kissen und Schaumstoff gepolstert, dessen Dreckkruste so dick war, dass er wie Stein aussah. Ich stieg hinein und zog den Deckel wieder über das Loch. Am Ende des Tunnels fiel gedämpftes Licht durch ein Gitter. Sorgfältig konzentrierte ich mich auf meinen sechsten Sinn und blendete alles andere aus. Keine Traumlandschaften, keine Geister. Merkwürdig. Hector gab bei jeder Gelegenheit mit seiner riesigen Geistersammlung an, angeblich hatte er alles von Irrlichtern über Gespenster bis hin zu Poltergeistern. Hector und seine Gang waren offenbar wieder ausgeflogen, falls sie nicht beschlossen hatten, noch einen anderen Sektor zu terrorisieren, bevor sie sich auf den Heimweg machten. Trotzdem hätte es eine Wache für den Fluchtbunker geben müssen, außerdem erklärte das noch nicht, warum die ganzen Geister fort waren.

Das war meine Chance. Ich konnte mich reinschleichen, mir das Bild schnappen und wieder verschwinden. Job erledigt. Mein Herz raste. Wenn sie mich bei einem Einbruch in Devil's Acre erwischten, drohte mir Schlimmeres als der Tod.

Der Tunnelausgang lag in einem Schuppen, wo es nach Regen auf trockener Erde roch. Geduckt schlich ich zur Tür und stieß sie auf. Dahinter lagen ein paar kleine, aus Ziegeln und Blechen zusammengeschusterte Häuser. Irgendwie hatte ich mir den Unterschlupf des Herrn der Unterwelt beeindruckender vorgestellt.

Die Häuschen waren alle leer, und als ich das größte von ihnen erreichte, das vor zweihundert Jahren vielleicht mal ein nobles Stadthaus gewesen war, wusste ich, dass ich Hectors Wohnsitz gefunden hatte. An den Wänden hingen die unterschiedlichsten Klingen. Einige waren eindeutig Importware, heimlich auf dem Schwarzmarkt erworben. Waffen von der Straße waren niemals so fein gearbeitet.

Ich stieß auf einen Flur mit einer angelehnten Doppeltür. Ein abgestandener, ekliger Geruch stieg mir in die Nase. Ich holte mein Jagdmesser aus der Tasche und verbarg es unter meiner Jacke. Warmes Licht fiel auf den Teppich, aber alles war still.

Ich schob die Doppeltüren auf. Sah den Salon und alles, was sich darin befand.

Hector und seine Gang waren sehr wohl zu Hause.

Sie waren in Einzelteilen über den Boden verstreut.

9

DER BLUTIGE KÖNIG

Hector lag mitten im Salon auf dem Rücken, die Beine gespreizt, den linken Arm auf dem Bauch. Aus seinem Hals quoll dunkelrotes Blut, was auch nicht weiter verwunderte, da sein Kopf nirgendwo zu sehen war. Ich erkannte ihn nur an den wie immer schmutzigen Klamotten und der goldenen Taschenuhr.

Auf dem Kaminsims brannten mehrere rote Kerzen. In ihrem schwachen Licht sah die Blutlache aus wie Rohöl.

Acht Leichen lagen herum. Der Falschspieler war wie immer an der Seite seines Herrn, hatte aber noch seinen Kopf, samt glasigen Augen und weit aufgerissenem Mund. Die anderen waren jeweils zu zweit zusammengelegt, wie Paare im Bett. Dabei waren sie alle mit dem Kopf zu den Fenstern an der westlichen Wand ausgerichtet.

In meinen Ohren pfiff es schrill. Ich spähte durch die Türen nach draußen und prüfte den Aether, aber außer mir war niemand im Gebäude.

Und dort an der Wand lehnte Elizas wundervolles Gemälde. Helles Blut tropfte von der Leinwand.

Saurer Uringestank erreichte meine Nase. Und Blut. So viel Blut.

Lauf. Dieses eine Wort durchdrang meine wirren Gedanken. Aber halt, das Bild. Ich musste das Bild holen. Außerdem musste ich mir merken, was hier passiert war. Wenn erst mal rauskam, dass Hector tot war, würde alles ausgeplündert werden.

Zuerst die Leichen. All dem Blut nach zu urteilen, waren sie hier drin umgebracht worden. Ich hatte schon öfter Tote gesehen, auch solche, die bereits halb verwest waren, aber diese hier wirkten durch ihre identische Körperhaltung fast schon grotesk theatralisch. Zu jeder Leiche führte eine breite Blutspur. Offenbar hatte man sie wie Puppen durch den Raum geschleift, bevor sie in Pose gebracht wurden. Ich sah dunkle Gestalten vor mir, die Beine zurechtrückten, Arme anhoben und Köpfe in die gewünschte Position schoben. Die Gesichter ruhten alle auf der linken Wange. Die rechten Arme lagen parallel zum Oberkörper auf dem Boden. Sämtliche Möbelstücke – Sessel, ein Séancetisch und ein Kleiderständer – waren an die Wand geschoben worden, um genug Platz zu schaffen.

Ich ging neben der nächsten Leiche in die Hocke und atmete gepresst. Mir stieg schon die Galle in die Kehle. Das hier war Spitzzahn gewesen. Unfassbar, dass er mich noch vor wenigen Tagen schikaniert hatte, mit seinem abfälligen Grinsen und den bösartig funkelnden Augen. Man hatte ihm die Wangen aufgeschlitzt, seine Nase war fast vollständig verschwunden und seine Lider waren mit v-förmigen Schnitten aufgetrennt worden.

Der Killer musste gewusst haben, dass Hector nie allein war. Also musste mehr als einer gekommen sein, um die gesamte Gang auszuschalten. Wieder musterte ich die Leichen: Hector, der Falschspieler, Plattnase, Fingerfertig, Wulstgesicht, Spitzzahn und der Puritaner. In der rechten unteren Ecke des Arrangements, neben Spitzzahn, lag der Totengräber, noch immer mit ausdrucksloser Miene. Der Tod hatte seiner Mimik nichts anhaben können. Das erklärte auch, warum die Geister alle geflohen waren. Sobald das Herz des Fesselmeisters aufhörte zu schlagen, waren seine Untergebenen frei.

Jemand fehlte jedoch – Schlitzschnute. Entweder war es ihr gelungen zu fliehen, oder sie war gar nicht hier gewesen.

Neben der sorgfältigen Anordnung der Leichen hatte der Killer noch eine andere Visitenkarte hinterlassen: Bei jedem Toten lag die rechte Hand offen da und man hatte ein rotes Seidentaschentuch hineingelegt. Einige Gangs arbeiteten mit Visitenkarten, die Fadenzwirbler hinterließen Nadeln, die Brechstangen eine schwarze Feder, aber diese hier war mir unbekannt.

Vorsichtig berührte ich Spitzzahns blutverschmierte Wange. Noch warm. Seine Uhr war um Viertel nach drei stehen geblieben. Die Kaminuhr verriet mir, dass es jetzt kurz vor halb vier war.

Mir wurde eiskalt. Ich musste hier weg. Her mit dem Bild und dann raus.

Doch irgendjemand musste für die Geister des Unterkomitees die Threnodie sprechen, jene unabdingbaren Worte, durch die sie aus der physischen Welt entlassen wurden. Wenn ich ihnen diese grundlegende Gnade verwehrte, würden sie sich wahrscheinlich in Poltergeister verwandeln. Allerdings kannte ich längst nicht alle ihre Namen. Ich stellte mich über die enthauptete Leiche und hob zum Zeichen des Respekts drei Finger an die Stirn.

»Hector Grinslathe, vergehe im Aether. Alles ist bereinigt, alle Schulden sind beglichen. Du musst nicht mehr unter den Lebenden verweilen.«

Keine Antwort aus dem Aether. Beunruhigt drehte ich mich zu Spitzzahn um.

»Ronald Cranwell, vergehe im Aether. Alles ist bereinigt, alle Schulden sind beglichen. Du musst nicht mehr unter den Lebenden verweilen.«

Nichts. Ich lauschte so angestrengt, dass meine Schläfen schmerzhaft anfingen zu pulsieren. Vielleicht hatten sie sich ja verkrochen, aber auch jetzt zeigten sie sich nicht.

Frische Geister blieben eigentlich immer in der Nähe ihrer leeren Körper. Ich trat einen Schritt zurück, genau in die Blutlache.

Der Aether, in dem sich bis jetzt nichts gerührt hatte, begann zu vibrieren, als hätte man eine Stimmgabel unter Wasser getaucht. Ich sprintete zwischen den Leichen hindurch, um mir das Bild zu holen, aber die Druckwelle holte mich mühelos ein. Die Kerzen erloschen, in der Decke bildete sich ein Riss und ein Poltergeist brach aus dem Putz hervor. Der Ausbrecher schleuderte mich durch seine Wucht zu Boden. Sofort wurde mir klar, was ich falsch gemacht hatte: Das Amulett lag in meiner Tasche, statt an meinem Hals zu hängen. Dann setzte der Schmerz ein, begleitet von einem markerschütternden Schrei. Krämpfe zermalmten mein Inneres. Halluzinationen flackerten vor meinen Augen auf: eine schreiende Frau in einem zerfetzten, blutigen Kleid; ein Dolch versteckt zwischen künstlichen Blumen. Keuchend rang ich nach Luft, bohrte meine Nägel in den Boden, bis sie brachen, aber das Ding wand sich in mir wie eine Schlange, schlug seine Krallen in meine Traumlandschaft und ließ jeden meiner Atemzüge in meiner Lunge gefrieren.

Irgendwie erreichte ich meine Tasche, fand das Amulett und drückte es fest gegen meine Brust. Der Geist wütete in meiner Traumlandschaft. Ich schlug ebenfalls um mich und renkte mir fast den Hals aus, aber ich drückte das Metall weiter an meine Haut wie Salz in eine Wunde, brannte die Infektion aus, bis der Poltergeist aus meinem Bewusstsein vertrieben wurde. Bevor er durch das Fenster verschwand, ließ er noch einmal heftig den Aether beben. Eine Scheibe explodierte. Dann lag ich allein und reglos im Blut des Unterkomitees.

Nach einer gefühlten Ewigkeit holte ich Luft. Mein rechter Arm, mit dem ich den Geist hatte abwehren wollen, wurde langsam steif. Mühsam stemmte ich mich auf alle viere hoch. Glasscherben fielen aus meinen Haaren. Vorsichtig öffnete ich die Augen und blinzelte so lange, bis die winzigen Splitter von meinen Wimpern abglitten.

Mit zusammengebissenen Zähnen nahm ich das Bild und schob es mir unter die Jacke, erst dann hängte ich mir die Tasche wieder um. Dieser Poltergeist musste auf der Lauer gelegen haben, um den ersten Menschen anzufallen, der auf die Leiche seines ehemaligen Herrn stieß. Und das nur aus Spaß an der Freude.

Ich ließ die Leichen liegen und kroch wieder durch den Tunnel. Als ich den Kopf aus dem Gully streckte, packte Grover meine gesunde Hand und zog mich hoch.

»Fertig?«

»Er ist tot«, sagte ich. »Hector ist –«

Ich konnte kaum sprechen. Grover ließ meine Hand los und musterte seine Finger. Es klebte feuchtes Blut daran.

»Du hast ihn umgebracht«, stellte er verblüfft fest.

»Nein, er war schon tot.«

»Du bist voller Blut.« Er wich einen Schritt zurück. »Damit will ich nichts zu tun haben. Der Fesselmeister kann sein Geld behalten.« Grover nahm seine Laterne von der Wand und rannte davon.

»Warte!«, rief ich ihm hinterher. »Es ist nicht so, wie es aussieht!«

Aber er war schon fort. Eine schreckliche Vorahnung überkam mich.

Bestimmt würde er es jemandem erzählen, wahrscheinlich der Äbtissin. Kurz überlegte ich, ihm meinen Geist hinterher zu schicken und ihn auszuschalten, damit er das, was er gesehen hatte, mit in den Aether nahm. Aber ich konnte doch nicht einfach unschuldige Zeugen umbringen. Außerdem würde das nichts daran ändern, dass ich über und über mit Blut beschmiert war, ganz auf mich allein gestellt und kilometerweit von Seven Dials entfernt.

So konnte ich auf keinen Fall nach I-4 zurücklaufen, und eine Rikscha bekam ich in diesem Zustand wohl auch nicht. Jaxon konnte ich ebenfalls nicht anrufen, denn ich hatte mein Wegwerftelefon vergessen. Aber ungefähr fünf Minuten von hier lag der Birdcage Park, und in dem gab es einen kleinen See. Natürlich war es gefährlich, dorthin zu gehen – Frank Weavers Anwesen in Victoria war quasi direkt nebenan –, aber solange ich nicht zufällig auf einen Brunnen stieß, war das meine einzige Option.

Ich drückte den verletzten Arm fest an den Körper und rannte los. Bald fiel der Slum hinter mir zurück. An der Ecke zur Caxton Street warf ich das Bild in einen Müllcontainer. Es war einfach zu schwer, um es noch länger mitzuschleppen.

Der Birdcage Park gehörte zu den wenigen noch verbliebenen Grünanlagen in SciLo. Gute zweihundert Quadratmeter Gras, Bäume und ausladende Blumenrabatten. Jetzt, Ende September, waren die Wege mit buntem Laub bedeckt. Sobald ich den See erreichte, watete ich bis zur Brust ins Wasser und wusch mir das Blut vom Gesicht und aus den Haaren. Oberhalb des Ellbogens spürte ich gar nichts mehr, während mein rechter Unterarm so wehtat, dass ich am liebsten alles jenseits der Schulter abgehackt hätte. Ein stummer Schrei würgte mich, und ich musste die Faust auf den Mund pressen, damit er sich nicht aus meiner Kehle löste. Heiße Tränen brannten in meinen Augen.

Am Ufer des Sees gab es eine Telefonzelle. Mit letzter Kraft schleppte ich mich hinein und fischte eine Münze aus der Tasche. Meine Finger zitterten, als ich die Nummer der Zelle in I-4 wählte.

Keine Antwort. Offenbar war gerade kein Kurier in der Nähe.

Trotz des Nebels in meinem Gehirn sprangen meine Instinkte langsam wieder an. Ruckartig richtete ich mich auf. Ein merkwürdiges Knistern dröhnte in meinen Ohren. Brannte es hier irgendwo? Egal. Ich musste mich verstecken, musste den Schmerz an einen Ort bringen, wo ich nicht gesehen wurde. Die Schatten unter den Bäumen am See waren hoffentlich dunkel genug. Ich schlurfte ins Unterholz und rollte mich auf einem Bett aus totem Laub zusammen.

Die Zeit wurde träger, und träger, und träger. Meine Sinne nahmen nichts mehr wahr außer meinem flachen Atem, dem Geräusch des Feuers und dem pochenden Schmerz in meinem

Arm. Meine Fingergelenke waren steif geworden. Bestimmt würde vor Sonnenaufgang noch eine Wache den See abgehen, aber ich konnte einfach nicht aufstehen. Nichts ging mehr. Höhnisches Gelächter hallte durch meinen Kopf, dann wurde ich bewusstlos.

*

Ein Pochen hinter meinen Augen. Vorsichtig öffnete ich die Lider einen Spalt weit. Der Geruch von Rosenöl und Tabak verriet mir, wo ich war.

Irgendjemand hatte mich in die weichen Kissen auf Jaxons Sofa gelegt, meine blutigen Sachen gegen mein Nachthemd ausgetauscht und mich bis zum Hals in eine Chenilledecke eingewickelt. Ich wollte mich umdrehen, aber meine Glieder waren total steif, und ich konnte einfach nicht aufhören zu zittern. Selbst mein Kiefer sperrte sich. Als ich den Kopf heben wollte, zogen sich meine Nackenmuskeln schmerzhaft zusammen.

Mit einem Schlag kehrte die Erinnerung an die vergangene Nacht zurück. Sofort wurde mir ganz anders. Nur mithilfe meiner Augen versuchte ich, meinen Arm zu untersuchen. Die Wunde war mit einer Art grünem Schleim bedeckt.

Eine knarzende Bodendiele vor der Tür verriet mir, dass Jaxon kam. Er hatte sich eine Zigarre zwischen die Backenzähne geklemmt. Hinter ihm standen die anderen, nur Danica und Nick fehlten. »Paige?« Eliza hockte sich neben mich und fühlte meine Stirn. »Sie ist so kalt, Jax.«

»Das wird auch noch eine Weile so bleiben.« Jaxon stieß eine bläuliche Rauchwolke aus. »Ich muss zugeben, mit kleineren Verletzungen hatte ich ja gerechnet, aber nicht damit, dich bewusstlos im Birdcage Park vorzufinden, meine Wandlerin.«

»Du hast mich gefunden?« Mein Kiefer schmerzte bei jeder Silbe.

»Nun ja, ich habe dich eingesammelt. Dr. Nygård hat mir ein

Bild deines Aufenthaltsortes übermittelt. Wie es aussieht, hat der Aether ihm endlich etwas Nützliches gesandt.«

»Wo ist er?«

»Auf seiner vermaledeiten Arbeitsstelle bei Scion. Ich sprang also ins nächste illegale Taxi, nur um meine Ganovenbraut blutverschmiert aus einem Blätterhaufen aufzulesen.« Er kniete sich neben die Couch, schob Eliza beiseite und tauchte einen Lappen in eine Schüssel mit Wasser. »Dann wollen wir uns diese Verletzung doch einmal ansehen.«

Er wusch den Eiter ab. Beim Anblick der Wunde wurde mir übel: mehrere Schnitte, die ein krudes »M« ergaben, eingebettet in ein Netz aus venenartigen schwarzen Linien. An der Stelle, wo die beiden Schrägen sich in der Mitte trafen, schimmerte ein schwarzer Fleck wie ein kleines Tintenfass. Jaxon musterte die Verletzung eingehend. Seine Kolobome erweiterten sich und verstärkten dadurch seine Zweitsicht.

»Das ist das Werk des Monsters von London.« Er berührte das Mal mit dem Finger. »Eine sehr charakteristische Phantomklinge.«

Auf meiner Stirn bildeten sich Schweißperlen und die steifen Sehnen in meinem Hals traten deutlich hervor, als ich krampfhaft versuchte, einen Schrei zu unterdrücken. Die kurze Berührung fühlte sich an, als hätte er Stickstoff in die Wunde geschüttet. Fast glaubte ich, sie qualmen zu sehen. Eliza riskierte einen zweiten Blick. »Da steckt ein *Messer* drin?«

»Oh, hierbei handelt es sich um eine wesentlich brutalere Waffe. Ich nehme an, ihr alle kennt das Phänomen des Phantomschmerzes?« Niemand antwortete. »So nennt man es, wenn jemand etwas zu spüren glaubt, was gar nicht existiert. Es tritt häufig nach Amputationen auf. Die Betroffenen juckt es an dem abgetrennten Arm, oder ein bereits gezogener Zahn schmerzt weiter. Eine sogenannte Phantomklinge ist ein rein spirituelles Phänomen, ähnelt dem aber in der Theorie. Poltergeister können ganz eigene Phantomempfindungen hervorrufen, normalerweise etwas, das ihnen bereits zu Lebzeiten besonders lag. Das ist eine besonders widerliche Form des Apports, also jener Form der ätherischen Energie, mit deren Hilfe Ausbrecher Einfluss auf die stoffliche Welt ausüben können. Ein Würger hinterlässt beispielsweise Phantomhände am Hals seiner Opfer. Kurz gesagt ist es eine Phantomerweiterung des Körpers.«

»Nur damit ich das richtig verstehe.« Zeke legte mir die Hand auf die gesunde Schulter. »In ihrem Arm steckt also ein unsichtbares Messer. Richtig?«

»Korrekt.« Jaxon warf den Lappen zurück in die Schüssel. »Hat Hector dir diese Kreatur auf den Hals gehetzt?«

»Nein«, antwortete ich. »Er ist tot.«

Das letzte Wort schien noch eine Weile in der Luft zu hängen. »Was?« Verwirrt schaute Nadine zwischen uns hin und her. »Haymarket Hector?«

»Tot«, wiederholte Jaxon. »Hector Grinslathe. Hector aus Haymarket. Herr der Unterwelt in der Scionzitadelle London. Dieser Hector?«

»Jawohl«, bestätigte ich.

»Verstorben.« Er sprach so langsam, als wären die Silben aus Gold und er müsste sie erst wiegen. »Von uns gegangen. Hat das Zeitliche gesegnet. Sein Silbernes Band für immer durchtrennt. Leblos. Weilt nicht mehr unter uns. Ist das so korrekt, Paige?«

»Ja.«

»Hast du die Waffe angefasst? Hat irgendjemand die Waffe angefasst?« Seine Nasenflügel weiteten sich. »Was ist mit seinem Geist?«

»Nein. Und er war nicht da.«

»Schade. Diese erbärmliche, schleimige Kröte hätte ich nur zu gern an mich gefesselt.« Er lachte hämisch. »Wie ist er denn zu Tode gekommen? Sturzbetrunken in den Kamin gefallen, wette ich.«

»Nein, er wurde enthauptet.«

Erschrocken schlug Eliza die Hand vor den Mund. »Paige«,

ächzte sie bestürzt, »bitte sag jetzt nicht, dass du den Herrn der Unterwelt umgebracht hast.«

»Nein.« Empört starrte ich sie an. »Sie waren bereits tot, als ich kam. Und zwar alle.«

»Die gesamte *Gang* ist tot?«

»Schlitzschnute nicht, aber die anderen.«

»Das erklärt dann auch die außergewöhnliche Menge Blut auf deiner Jacke.« Jaxon strich sich nachdenklich mit dem Daumen über das Kinn. »Hast du deinen Geist eingesetzt?«

»Hörst du mir eigentlich zu, Jax? Sie waren bereits tot.«

»Wie praktisch.« Nadine lehnte im Türrahmen. »Was hast du gestern noch gleich gesagt: dass Hector es verdient hätte, von seinen eigenen Leuten kaltgemacht zu werden?«

»Sei nicht albern. Ich hätte ihn doch nie *wirklich* –«

»Wessen Blut war es dann?«

»Es ist ihres«, presste ich hervor, »aber der Poltergeist –«

»Ich will doch stark hoffen, dass du nicht dafür verantwortlich zeichnest, Paige«, schaltete sich Jaxon wieder ein. »Den Herrn der Unterwelt zu ermorden gilt als Kapitalverbrechen.«

»Ich habe ihn nicht umgebracht«, erwiderte ich leise. »Ich würde niemals jemanden auf die Art töten. Nicht einmal Hector.«

Alle schwiegen. Dann wischte sich Jaxon ein unsichtbares Stäubchen vom Hemd. »Natürlich nicht.« Mit merkwürdig leerem Blick zog er an seiner Zigarre. »Eine Lösung für dieses Dilemma muss her. Hast du das Bild vernichtet?«

»Ich habe es in der Caxton Street entsorgt.«

»Hat jemand gesehen, wie du gegangen bist?«

»Nur Grover. Ich habe es im Aether überprüft.«

»Ach ja, der Bodyguard. Zeke, Eliza: Ihr geht nach Devil's Acre und sorgt dafür, dass es keinerlei Spuren von Paiges Anwesenheit gibt. Bedeckt eure Gesichter. Wenn man euch erwischt, sagt, dass ihr Hector eine Nachricht überbringen solltet. Anschließend holt ihr das Bild aus der Caxton Street und vernichtet es. Nadine: Du verbringst den Rest der Nacht in Soho und hörst dir an, worüber die Leute so tratschen. Wahrscheinlich pfeift der vermaledeite Bodyguard schon von den Dächern, dass der Herr der Unterwelt tot ist, aber eventuelle Gerüchte über Paige können wir entkräften. Immerhin ist unser Zeuge ein Amaurotiker. Irgendwie lässt sich seine Glaubwürdigkeit sicher erschüttern.«

Die drei gingen zur Tür.

»Wartet.« Jaxon hob die Hand. »Eigentlich sollte das auf der Hand liegen, aber wenn einem von euch auch nur ein Wort darüber rausrutscht, dass wir von Hectors Tod wussten, bevor es offiziell bekannt gegeben wurde, stehen wir alle unter Verdacht. Dann zerrt man uns vor die Versammlung der Widernatürlichen. Es werden sich Zeugen vom Markt melden und von dem Debakel mit dem Gemälde berichten. Wie sagt man so schön? Lose Zunge, fester Strick.« Er musterte uns eindringlich. »Keine Prahlerei, keine Witze, kein Wort, nicht einmal ein Flüstern. Schwört es beim Aether, meine Täubchen.«

Das war keine Bitte. Also sagten wir nacheinander »ich schwöre«. Befriedigt stand Jaxon auf.

»Ab mit euch, ihr drei. Und kommt schnell zurück.«

Als sie gingen, sprachen ihre Blicke Bände: Zekes besorgt, Elizas beunruhigt, Nadines misstrauisch.

Sobald unten die Haustür zufiel, setzte Jaxon sich wieder neben die Chaiselongue. Mit einer Hand streichelte er meine feuchten Haare. »Ich habe Verständnis dafür, wenn du es im Beisein der anderen nicht zugeben konntest«, sagte er leise. »Aber mir kannst du die Wahrheit sagen. Hast du ihn umgebracht?«

»Nein.«

»Aber du hättest es gerne.«

»Es ist ein kleiner Unterschied, ob man jemanden umbringen will oder ob man es tatsächlich tut, Jax.«

»Sollte man meinen. Und du bist dir sicher, dass Schlitzschnute nicht dort war?«

»Jedenfalls habe ich sie nicht gesehen.«

»Glück für sie. Und Pech für uns, wenn sie die Krone für sich beansprucht.« Seine Augen funkelten, und auf seinen Wangen breiteten sich zwei rote Flecken aus. »Aber mir fällt da schon etwas ein. Schlitzschnutes Abwesenheit ist doch auffallend. Man müsste nur ein kleines Gerücht in die Welt setzen, nach dem sie die Tat begangen hat, schon wird allein die drückende Last dieses Verdachts sie zwingen, zu fliehen, um ihre Haut zu retten. Und dann wärst auch du aus der Schusslinie, mein Liebes.«

Ich stützte mich auf den gesunden Ellbogen. »Meinst du wirklich, sie wäre dazu fähig gewesen?«

»Nein. Das arme Mädchen war ihm treu ergeben.« Mit nachdenklicher Miene fragte er: »Waren sie alle enthauptet?«

»Das Unterkomitee nicht. Die schienen eher aufgeschlitzt worden zu sein. Außerdem hatte jeder von ihnen ein rotes Taschentuch in der Hand.«

»Faszinierend.« Seine Mundwinkel zuckten. »Der Mörder wollte uns eine Botschaft übermitteln, Paige. Und zwar nicht nur, dass Hector während der letzten acht Jahre wie ein kopfloses Huhn durch die Gegend gerannt ist.«

»Demütigung«, schlug ich vor. »Er war größenwahnsinnig geworden, hat sich aufgeführt wie ein König.«

»Guter Vergleich. Wie ein sehr blutrünstiger König.« Er lehnte sich zurück und trommelte mit den Fingern auf sein Knie. »Hector musste sterben, das steht außer Frage. Fast ein Jahrzehnt lang haben wir in seinem Schatten gezittert und mussten mit ansehen, wie er aus dem Syndikat eine Ansammlung träger Galgenvögel und Kleinkrimineller gemacht hat. Oh, ich erinnere mich noch an die Zeit, als Jed Bickford Herr der Unterwelt war, damals war ich noch ein Straßenköter. Selbst ein Stein hatte mehr Moral als Jed Bickford, aber faul war der nicht.«

»Was ist aus ihm geworden?«

»Sie haben ihn mit einem Messer im Rücken aus der Themse gefischt. Sein Ganovenschützling war keine vierundzwanzig Stunden später ebenfalls tot.«

Wie nett. »Denkst du, Hector hat die beiden umgebracht?«

»Eher nicht, obwohl ihm Stichwaffen natürlich besonders lagen. Er wäre nicht clever genug gewesen, um den Herrn der Unterwelt auszuschalten, ohne erwischt zu werden. Aber er war sehr wohl clever genug, um die anschließende Wahlschlacht zu gewinnen. Und heute …« Sein Lächeln wurde breiter. »Tja, falls Schlitzschnute tatsächlich flüchtet, muss irgendjemand clever genug sein, um die nächste zu gewinnen.«

Erst jetzt begriff ich es wirklich.

Ein neuer Herr der Unterwelt. Wir bekamen einen neuen Herrn der Unterwelt.

»Das könnte unsere Chance sein«, erkannte ich. »Wenn jemand anders Hectors Platz einnimmt, könnten wir einiges verändern, Jax.«

»Ja, vielleicht. Vielleicht könnten wir das.« Wir schwiegen eine Weile, dann tauchte Jaxon in den Schrank ab und holte eine Krücke hervor. »Die Wunde könnte dich schwächen, und deine Muskeln werden ein paar Stunden lang sehr steif sein.« Er drückte mir die Krücke in die Hand. »Du wirst eine Zeit lang nicht herumtollen können, mein krankes Lämmchen.«

Eine Ganovenbraut weiß, wann sie sich zurückzuziehen hat. Mit hoch erhobenem Kopf ging ich hinaus. Doch als ich vor meiner Zimmertür stand, blieb ich abrupt stehen.

Jaxon Hall lachte sich scheckig.

TEIL II

DIE OFFENBARUNG DER REPHAIM

Denn die Widernatürlichkeit verfügt über vielerlei Vorzüge, die in unserer gesamten Unterwelt bekannt gemacht werden sollten: von Devil's Acre und The Chapel bis zu unserer tapferen Bastion in Parzelle I.

– Über die Vorzüge der Widernatürlichkeit,
Verfasser unbekannt –

Zwischenspiel

ODE AN LONDON UNTER DEM ANKER

Der Kirchturm von Cheapside hob sich fahl vor dem Himmel ab, und überall in der Zitadelle löschten die Obdachlosen ihre Feuer mit Erde. Nachtwachen kehrten nach zwölf langen Stunden der Jagd und des Terrors in ihre Unterkünfte zurück. Wer seine Arrestquote nicht erfüllt hatte, wurde von seinem Kommandanten grün und blau geschlagen. Trotzdem waren sie bei der Suche nach Paige Mahoney keinen Schritt weitergekommen.

In Lychgate drehten sich drei tote Körper leise im Wind. Eine Straßengöre stahl ihre Schnürsenkel, einzige Zeugen der Missetat waren die Krähen mit ihren blutigen Schnäbeln.

Am Ufer der Themse krochen die Schlammwühler aus den Abflüssen und schoben die Finger in den Dreck. Beteten um ein kleines metallisches Funkeln im Matsch.

Vereinzelte Straßenkünstler schauten auf die Uhr und eilten dann Richtung U-Bahn, vielleicht hatten die verschlafenen Pendler ja etwas Kleingeld übrig. Die tauschten Bares gegen Kaffee, holten sich den *Daily Descendant* aus dem Automaten und starrten auf die Gesichter auf Seite eins, ohne sie wirklich zu sehen. Im Bankendistrikt angekommen, rückten sie den seidenen Strick zurecht, der sich um ihre Kehlen schloss, und zählten die Münzen, die diesen Kreislauf am Leben erhielten.

Und die Obdachlosen waren noch immer ohne Obdach, und die Leichen tanzten noch immer im Wind. Marionetten, geführt von einem Henker.

In der Nacht des
1. November 2059 bittet
der Zirkulum Spiritistum zur

WAHLSCHLACHT

UM DIE HERRSCHAFT IN DER ZENTRALPARZELLE.

N.B. – Der Austragungsort wird zu einem späteren Zeitpunkt bekannt gegeben. Sämtliche Teilnehmer werden im Ring der Rosen paarweise gegeneinander antreten.

Am Morgen des 1. Oktober wird die Totenglocke für den verstorbenen Herrn der Unterwelt ertönen.

Mögen die Zeichen des Aethers
euch auf euren Wegen begleiten.

Minty Wolfson.

Sekretärin des Zirkulum Spiritistum, Zeremonienmeisterin

Ausgestellt im Namen der Äbtissin,
Denkerkönigin von I-2,
einstweilige Herrin der Unterwelt
der Scionzitadelle London.

10

GLOCKENGELÄUT

In der undurchdringlichen Dunkelheit kurz vor dem Morgengrauen hielten sich die Seher von Parzelle I bereit für das Zeichen. Die Glocke von Bow Bells ertönte nur aus einem einzigen Grund – um den Tod des Herrn der Unterwelt zu verkünden.

Ein Schlag. Traditionellerweise schlich sich bei Sonnenaufgang ein mutiger Seher in die Kirche und läutete die Glocke so lange er konnte, bevor die Wache eintraf. Ein Gefolgsmann der Äbtissin war für diese noble Tat auserwählt worden.

Elf Schläge später heulten die Sirenen bei den Vereinigten Wachmannschaften. Andere Seher waren auf Bäume und Häuser geklettert, um dem Kurier bei seinem Aufstieg zuzusehen, aber bald schon verschwanden die ersten auch wieder.

Wir hatten zu dritt unser Lager auf dem Dach des alten Turms in der Wood Street aufgeschlagen, der früher ebenfalls Teil einer Kirche gewesen war. Schon am Abend waren wir dort hochgeklettert und hatten die Nacht damit verbracht, uns die Sterne anzusehen, über alte Episoden mit Jaxon zu lachen und auf den Morgen zu warten.

Bisher hatte ich nur selten so viel Zeit mit Zeke verbracht, war aber nun froh darüber, dass er mitgekommen war. Manchmal konnte man leicht vergessen, dass wir trotz der bizarren Umstände eigentlich alle Freunde waren. Weniger leicht konnte ich vergessen, dass ich heute vor die Versammlung der Widernatürlichen treten musste.

Der Schatten des Kuriers huschte über die Dächer von Cheapside davon. Nick, der schweigend der Glocke gelauscht hatte, setzte sich und füllte drei Sektgläser mit prickelndem Rosémecks. »Auf Haymarket Hector, meine Freunde«, sagte er gemessen und erhob sein Glas in Richtung der Kirche. »Den schlechtesten Herrn der Unterwelt, den die Zitadelle je gesehen hat. Möge die Zeit seiner Herrschaft schnell aus den Annalen der Geschichte gelöscht werden.«

Mit einem ausgiebigen Gähnen setzte Zeke sich ebenfalls und nahm sich ein Glas. Ich rührte mich nicht vom Fleck.

Zwei Tage nach den Morden war ein Brief in unserem Postfach gelandet, an dem ein Hyazinthenzweig hing. Die Zeremonienmeisterin hatte alle, die etwas über die Morde wussten, aufgerufen, vorzutreten und eine Aussage zu machen. Nach vier Tagen war eine weitere Nachricht verschickt worden, in der Schlitzschnute eine Frist von drei Tagen zugestanden wurde, innerhalb derer sie sich der Versammlung der Widernatürlichen stellen und ihren Namen reinwaschen konnte. Nur dann durfte sie Anspruch auf die Krone erheben. Der dritte Brief enthielt schließlich die Ankündigung mit dem Datum der Wahlschlacht.

Haymarket Hector war von den Strauchdieben aus I-2 in den Ruinen von St. Dunstan-in-the-East bestattet worden. Dort, zwischen den wunderschönen, zugewucherten Steinen und unter dem schützenden Blätterdach, wurden alle Anführer des Syndikats zur Ruhe gebettet.

Die ersten Sonnenstrahlen des Monats Oktober tauchten uns in goldenes Licht und vertrieben Feuchtigkeit und Nebel. Die Wachen, die in der Kirche natürlich nichts gefunden hatten, zogen sich in ihr Hauptquartier zurück.

Jaxon und ich hatten eine formelle Vorladung der Versammlung erhalten, die erste, die seit vielen Jahren verschickt worden war. Keiner von uns wusste, was genau es damit auf sich hatte, aber höchstwahrscheinlich würden sie mich zu meiner Beteiligung an Hectors Tod befragen. Sollten sie mich schuldig sprechen, endete ich in der Themse.

Der Wind zerrte an meinen Haaren, während ich den Blick über die Zitadelle schweifen ließ. Wie immer legte die Stadt ihren düsteren Zauber auf mein Gemüt. Im Süden ragte wie eine blanke Nadel der Turm von Old Paul's auf, das höchste Gebäude in ganz Scion London und Sitz des Gerichtshofes der Inquisition, wo hin und wieder Schauprozesse gegen Seher stattfanden, die im Fernsehen übertragen wurden und immer mit der Todesstrafe endeten. Allein sein Anblick jagte mir einen kalten Schauer über den Rücken.

»Dieser Ort hat etwas Schönes an sich, nicht wahr?«, murmelte Nick. »Als ich London das erste Mal sah, wollte ich unbedingt ein Teil davon werden. Diese Verflechtung von Geschichte, Tod und Grandeur lässt einen glauben, man könnte alles erreichen, alles tun.«

»Deshalb wollte ich damals bei Jax bleiben.« Ich sah zu, wie in den Häusern nach und nach die Lichter ausgingen, als die Sonne immer höher stieg. »Um dazuzugehören.«

Ganz in der Nähe, in der Threadneedle Street, stand ein weiteres wichtiges Gebäude: die Bank von Scion England, Herz und Seele des gesamten Bankenviertels. Über ihrem Dach drehte sich das riesige Hologramm eines Ankers. Diese Institution finanzierte die Zitadelle, stellte das Geld für die Hinrichtungen von Sehern bereit und pumpte jede Menge Mittel in Scions Netzwerk aus Zitadellen und Außenposten. Bestimmt trug sie auch Sorge dafür, dass die Rephaim weiter im Luxus schwelgen konnten.

Und genau dagegen versuchte ich vorzugehen. Das Reich und seine gesamten Schätze gegen eine Frau mit einem Kopfkissen voller Pennys.

»Gab es in Mexiko eigentlich organisierte Seher, Zeke?«, fragte ich.

»Nicht viele. Manche von ihnen nannten sich wohl Heiler oder Hexen, aber die meisten Leute wissen gar nicht, was sie in Wirklichkeit sind.« Er zupfte an seinen Schnürsenkeln. »In der Stadt, wo ich gelebt habe, gab es überhaupt kaum Seher.«

Mich packte die Nostalgie. Es war so lange her, dass ich in der Freien Welt gelebt hatte. In einer Welt, in der Hellsichtigkeit nicht bemerkt wurde, geschweige denn als Verbrechen galt. »Manchmal frage ich mich, was schlimmer ist«, murmelte Nick. »Es nicht zu wissen oder darüber definiert zu werden.«

»Es nicht zu wissen«, antwortete ich voller Überzeugung. »Ich würde lieber wissen wollen, was ich bin.«

»Da bin ich mir nicht sicher.« Zeke stützte das Kinn auf die Knie. »Hätte ich es nie erfahren, wäre Scion nie zu uns vorgedrungen …«

Er wandte sich ab. Nick warf mir einen schnellen Blick zu und schüttelte den Kopf. Zeke war irgendetwas zugestoßen, wodurch er seine Gabe verloren hatte und zu einem Unlesbaren geworden war. Jaxon und Nadine wussten, was es war, aber wir anderen tappten völlig im Dunkeln.

»Paige?« Zeke drehte sich wieder zu mir um. »Wir müssen dir etwas sagen.«

»Was denn?«, fragte ich. Sein Blick wanderte zu Nick, der verkrampft die Zähne zusammenbiss. »Was ist los?«

»Es gibt da gewisse Gerüchte«, begann Nick vorsichtig. »Neulich waren wir in einer Bar in Soho, und da haben die Seher Wetten darüber abgeschlossen, wer Hector umgebracht haben könnte.«

Also hatte der Bodyguard tatsächlich gequatscht. »Und wer waren die Kandidaten?« Ich versuchte, möglichst gelassen zu klingen.

Zeke verschränkte seine schlanken Finger. »Schlitzschnute wurde erwähnt, und der Wegelagerer.«

»Aber du warst ihr Favorit.« Nick sah mich traurig an. »Ein glasklarer Favorit.«

Beklommenheit machte sich in mir breit.

Als die Sonne richtig aufgegangen war, packten wir unsere Sachen zusammen. Um den Turm zu verlassen, mussten wir auf das angrenzende Gebäude springen. Nick rollte sich bei der Landung mühelos ab, in einer schnellen, geschmeidigen Bewegung glitt er von den Fußballen auf die Schulter und sprang sofort auf, um weiterzulaufen. Ich war als Nächste dran. Der Sprung an sich war einfach, aber sobald meine Stiefel auf dem Beton aufkamen, verhärteten sich die Muskeln in meinem rechten Arm. Die Wucht des Aufpralls wurde direkt in meine Wirbelsäule übertragen, und ich fiel rückwärts um. Mit einer Hand umklammerte ich meinen Nacken. Leichenblass kam Nick zu mir zurückgelaufen.

»Paige, ist alles in Ordnung?«

»Ja, alles klar«, presste ich hervor.

»Bleib ganz still liegen.« Er tastete meinen Rücken ab. »Spürst du deine Beine noch?«

»Ja, denen geht es prima.« Ich packte seine Hände, und er zog mich vorsichtig hoch. »Bin nur ein bisschen eingerostet.«

Über uns kniete Zeke noch immer an der Dachkante, die er fest umklammert hielt. »Kann mir mal jemand helfen?«, rief er.

Nick richtete sich auf und verschränkte die Arme vor der Brust. Mit einem amüsierten Funkeln in den Augen rief er zurück: »Du hast doch nicht etwa Schiss vor diesen paar Metern, oder? Können kaum mehr als zwanzig sein.«

Statt einer Antwort kam von oben nur ein leiser Fluch.

Zeke stieß hörbar den Atem aus, dann ging er ein paar Schritte zurück und rannte los. Er sprang ab, flog über die Kante des Turms hinaus und auf das etwas tiefer gelegene Dach zu. Ein wenig zu kurz. Er schaffte es gerade noch, sich mit den Händen an der Dachrinne festzuklammern, aber seine Beine hingen über der Straße und traten ins Leere. Panisch riss er die Augen auf. Mit wild rasendem Puls stürmte ich los.

Nick war schneller. Mit der Kraft eines Mannes, der so etwas seit zwanzig Jahre trainierte, packte er Zeke unter den Achseln und zog ihn vom Abgrund weg. Zeke fasste sich ans Herz und rang nach Luft. Gleichzeitig lachte er.

»Ich glaube, dafür bin ich einfach nicht gemacht«, ächzte er.

»Du schlägst dich gar nicht schlecht.« Nick packte ihn an der Schulter und sie steckten die Köpfe zusammen, bis sie fast Stirn an Stirn standen. »Paige und ich machen das schon seit Jahren. So etwas braucht Zeit.«

»Also, so bald werde ich das sicher nicht wiederholen.« Grinsend drehte Zeke sich zu mir um. »Nimm's nicht persönlich, aber ich finde, ihr seid beide total irre.«

»Wir bevorzugen die Bezeichnung ›tollkühn‹«, erklärte Nick ihm, ohne mit der Wimper zu zucken.

»Nein.« Wir standen nun vor den drei Türmen des Barbican, auf dessen Monitoren immer noch mein Gesicht prangte, so groß, dass mein Vater es beim Frühstück betrachten konnte. Leise fügte ich hinzu: »›Irre‹ passt gut.«

Sehr gut sogar. Es war irre, dass wir früher jeden Tag auf irgendwelche Dächer geklettert waren und uns nur mit den Fingerspitzen daran entlanggehangelt hatten, sodass uns nur wenige Zentimeter vom sicheren Tod trennten. Dass ich so schnell laufen und klettern konnte, hatte mich an jenem schicksalhaften Tag im Mai fast vor den Rotjacken gerettet. Hätten sie mich nicht mit dem Fluxpfeil erwischt, wäre ich vielleicht entkommen und hätte nie einen Fuß in die Strafkolonie gesetzt.

So schnell wie möglich kehrten wir nach I-4 zurück. Nach dem illegalen Glockengeläut würden die Wachen heute besonders scharf kontrollieren. Zeke war beim nächsten Sprung etwas nervös, aber Nick ging genauso geduldig vor wie bei mir, als ich noch Anfängerin war. Als wir den Unterschlupf erreichten, wollte ich in mein Zimmer gehen, um mich fertig zu machen. Inzwischen schien mein ganzer Körper nur noch aus Angst zu bestehen. Bevor ich meine Zimmertür aufziehen konnte, packte Nick mich am Arm.

»Jax wird dich beschützen. Viel Glück«, wünschte er mir leise, dann ging er.

Meine Oberschenkel begannen zu kribbeln. Nach ein paar beruhigenden Atemzügen griff ich zum Lockenstab und frisierte mich, anschließend zog ich eine langärmlige Seidenbluse und eine hochtaillierte Hose an. Als ich fertig war, schob ich meinen Ärmel hoch und untersuchte das Mal des Poltergeists unter meinem Verband. Bei seinem Anblick stockte mir noch immer der Atem. Das wulstige schwarze M war gute zehn Zentimeter groß und sonderte eine klare Flüssigkeit ab, die metallisch stank.

Es klopfte kurz, dann trat Jaxon Hall ein. In der Hand hielt er seinen Lieblingsspazierstock aus Rosenholz. Er trug seine beste Weste und schickste Hose, dazu einen schwarzen Mantel und einen breitkrempigen Hut.

»Bist du so weit, Liebes?«

Ich stand auf. »Mehr oder weniger.«

»Dr. Nygård meinte, du wärst auf den Dächern etwas aus dem Tritt geraten.« Ein in weiches Leder gekleideter Finger glitt über meine Wange. »Hinterhältige, bösartige Kreaturen, diese Poltergeister. Nach und nach saugen sie einem den Lebenswillen aus. Glücklicherweise können wir ihn nun fesseln.«

Mein Herz machte einen Sprung. »Du hast seinen Namen herausgefunden?«

»Dieses Kunststück ist Eliza gelungen. Natürlich gibt es widersprüchliche Angaben zur Identität des Monsters von London, aber dieser Mensch wurde zumindest für seine Verbrechen eingesperrt. Ein Kunstblumenhändler namens Rhynwick Williams.« Jaxon setzte sich auf mein Bett und klopfte neben sich auf die Decke. Ich nahm zögernd Platz. »Streck den Arm aus, Liebes.«

Ich gehorchte. Ohne den fast schon gierigen Blick von der Narbe zu wenden, zog Jaxon eine kleine Waffe aus seinem Spazierstock. Es war eine Bolline mit rundem Knochengriff und einer halbmondförmigen silbernen Klinge, bevorzugt von Fesselmeistern und Hämatomanten, die anderen damit Blut abzapften. Dann schob er seinen linken Ärmel hoch und entblößte die Innenseite seines Unterarms. Feine weiße Linien zogen sich über die Haut, jede von ihnen ein vollständiger Name.

»Lass mich das Vorgehen kurz erläutern«, begann er. »Das Monster konnte sich zwar nicht in deiner Traumlandschaft einnisten, hat sich aber einen Zugang geschaffen. Durch diesen winzigen Riss in deiner Rüstung kann das Monster dir Schmerzen zufügen, wann immer es ihm beliebt. Dabei hast du noch großes Glück gehabt, Liebes, dass die Berührung dieser Kreatur nicht dein gesamtes Bewusstsein zerstört hat. Was vielleicht mit deinem Kindheitserlebnis mit diesem Poltergeist zusammenhängen könnte.«

In Wahrheit war ich durch das Amulett geschützt worden, aber sollte er ruhig glauben, was er wollte. »Und wie schließen wir nun diesen Zugang?«

»Äußerst kunstvoll. Sobald die Kreatur in Fesseln liegt, wird sie keine Gefahr mehr darstellen.«

Jaxon berührte mit der Klingenspitze das Mal des Monsters und benetzte sie so mit der merkwürdigen Flüssigkeit. Dann schnitt er sich damit in die Haut, bis ein feines rotes Rinnsal über seinen Unterarm lief.

»Erlaube mir, dich in die noble Kunst der Fesselmeister einzuführen.« Ein blutiges R prangte auf seinem Arm. »Du siehst, wie das Blut fließt? Dies ist die Quelle meiner Gabe. Solange der Name des Geistes in mein Fleisch eingestanzt ist, habe ich Macht über ihn. Er gehört mir. Er ist mir untertan. Möchte ich einen Geist nur vorübergehend besitzen, brauche ich seinen Namen nur oberflächlich einzuritzen. Dann verfüge ich über diesen Geist genau so lange, bis die Wunde verheilt ist.« Jetzt tropfte das Blut schon von seinen blassen Fingern. »Aber wünsche ich einen Geist ganz zu behalten, muss aus seinem Namen eine Narbe werden.«

»Und auch noch in Schönschrift«, stellte ich fest.

Tatsächlich war der Name sehr anmutig gezeichnet, mit ziemlich schmerzhaft wirkenden Schnörkeln. »Man kann sich die Haut ja nicht mit irgendwelchem schäbigen Geschreibsel verunstalten, Liebes.« Jaxon ritzte weiter. »Du musst wissen, Namen sind von höchster Bedeutung – bedeutender, als du dir vielleicht vorstellen magst.«

»Und was ist, wenn jemand gar keinen Namen bekommt?«, wollte ich wissen. »Oder wenn mehrere Personen denselben Namen haben?«

»Aus diesem Grund sollte man seinen Namen nie preisgeben. Anonymität ist der beste Schutz vor einem Fesselmeister. Und nun sieh genau hin.«

Er vollendete den letzten Buchstaben.

Eine Schockwelle erschütterte meine Traumlandschaft und setzte sich in meinen Knochen fort, als das Monster von London durch die Zitadelle heranstürmte. Es fühlte sich an, als würde mein Kopf implodieren. Keuchend krümmte ich mich zusammen, während eine unbekannte Macht am Gewebe meines Bewusstseins zerrte und die winzige Öffnung darin vernähte. Als der Geist durch das Fenster hereinflog, krümmte Jaxon die Finger, bis sein Blut von ihnen herabtropfte.

»Halt, Rhynwick Williams.«

Abrupt hielt der Geist inne. Auf dem Spiegel an der Wand bildete sich Reif.

»Und nun komm zu mir.« Jaxon streckte die Hand aus. »Lass die Dame in Frieden. Deine Schreckensherrschaft ist vorüber.«

Sobald der Geist gehorchte, löste sich die Spannung in meiner Traumlandschaft. Erschöpft sank ich an der Wand zusammen und atmete stoßhaft ein und aus. Ich war in Schweiß gebadet. Gefesselt, stumm und unterwürfig schwebte das Monster von London auf Jaxon zu.

»Siehst du, er ist mein. Natürlich nur, bis ich ihn für eine horrende Summe an das Juditheon verkaufe.« Sein Blick streifte das Mal an meinem Arm, das zu einem dumpfen Grau verblasst war. »Ich fürchte allerdings, diese Narbe wird dir für immer bleiben.«

Mit zitternden Armen richtete ich mich auf. »Kann man die nicht irgendwie loswerden?«

»Nicht dass ich wüsste, Liebes. Wenn wir einen Exorzisten hätten, der die Kreatur ins Licht schicken könnte, vielleicht. Aber leider haben wir den nicht. Die Daphnomanten behaupten, Lorbeeressenz lindere die Schmerzen. Wahrscheinlich nur das übliche Augurengeschwätz, aber ich werde einen meiner Kuriere bitten, im Garden ein Fläschchen von dem Öl zu besorgen.« Lächelnd reichte er mir meinen langen schwarzen Mantel. »Das Reden überlässt du heute besser mir. Ohne stichhaltige Beweise wird die Äbtissin dich nicht verurteilen.«

»Sie war mit Hector befreundet.«

»Oh, sie weiß nur zu gut, dass Hector ein unerträglicher Possenreißer war. Zwar wird sie die Aussage des Bodyguards berücksichtigen müssen, aber zu lange wird sie sich nicht damit aufhalten.« Er hielt mir die Tür auf. »Alles wird gut werden, Liebes. Du darfst ihnen nur nicht die Narbe zeigen.«

*

Vor dem Unterschlupf wartete bereits einer der Taxifahrer aus Jaxons Gefolge. Das Treffen sollte in einem verlassenen Badehaus in Hackney stattfinden, und es wurde erwartet, dass sämtliche Mitglieder der Versammlung der Widernatürlichen teilnahmen. »Es werden allerdings nicht viele auftauchen«, versicherte mir Jaxon. »Die Denkerfürsten und -königinnen der Zentralparzelle sicherlich, aber die aus den Außensektoren machen sich wohl kaum die Mühe. Faule, impertinente Gauner.«

Während Jaxon seinen Monolog darüber, wie sehr er sie alle verabscheute, noch weiter ausbaute (und welch ein Glück es doch war, dass Didion Waite sich bisher noch keinen Sitz in der Versammlung erschleimt hatte), saß ich schweigend neben ihm und nickte nur hin und wieder. Als ich ihr im Juditheon begegnet war, hatte die Äbtissin einen ganz freundlichen Eindruck gemacht, aber bei ihrem Austausch mit Ognena Maria war auch deutlich geworden, dass sie ein strenges Regiment führte. Was, wenn sie meinen Arm sehen wollte? Und wenn sie so den vernichtenden Beweis dafür bekamen, dass Hectors Poltergeist sich von mir bedroht gefühlt hatte?

Das Taxi hielt in II-6, wo schon ein Kurier mit Regenschirm bereitstand. Aus den dunklen aschefarbenen Wolken ging ein solcher Sturzbach nieder, dass die Rinnsteine bereits gurgelten. Jaxon griff nach meinem Arm und zog mich dicht an sich. Im Vorbeigehen erkannten einige Seher unsere Auren und tippten sich grüßend an die Stirn.

»Wer ist sonst noch hier?«, erkundigte sich Jaxon bei dem Kurier.

»Momentan sind vierzehn Mitglieder versammelt, Sir, es werden in der nächsten halben Stunde aber noch mehr werden.«

»Welch eine *Freude* es doch sein wird, meine alten Freunde wiederzusehen. Meine Ganovenbraut hatte bisher nur mit wenigen von ihnen zu tun.«

»Sie freuen sich ebenfalls darauf, Sie zu sehen, Sir.«

Das bezweifelte ich stark. Die meisten Mitglieder der Versammlung waren Einzelgänger und lebten lieber zurückgezogen in ihren Unterschlüpfen, während Angestellte ihre Anweisungen ausführten. Manche verband eine lose Freundschaft, aber es gab keine festen Bindungen. Die Bandenkriege hatten zu viel Bitterkeit hinterlassen.

Das öffentliche Badehaus von Hackney war seit über einem Jahrhundert verlassen und verrammelt. Nach einem kurzen Blick über die Schulter führte der Kurier uns ein paar Treppen hinunter und klopfte dann an eine dicke schwarze Tür. Hinter einem Schlitz erschienen die Augen eines Sehers.

»Passwort?«

»Nostradamus«, flüsterte der Kurier.

Quietschend öffnete sich die Tür. Jaxon zog mich fester an sich, bevor wir den halbdunklen Raum dahinter betraten.

Drinnen war es stickig und die Luft roch modrig. So wie ich London kannte, lag hier wahrscheinlich irgendwo eine Leiche herum. Der Kurier nahm von seinem Kollegen eine Laterne entgegen und führte uns damit durch einen engen Korridor, an den sich ein weitläufiger, düsterer Raum anschloss. Hoch über uns wölbte sich eine weiße Decke mit blauen Rechtecken. Sämtliche Fenster, auch die in der Decke, waren mit dicken Brettern vernagelt. An den Wänden waren in gleichmäßigen Abständen weiße Duftkerzen aufgestellt worden. Tanzende Schatten zuckten über die senkrechten Flächen. Der süßliche Blütenduft kratzte im Hals; wie Blumen auf einem Grab. Trotz der Kerzen stieg mir Alkoholdunst in die Nase – höchst illegal –, gepaart mit Schweißgeruch.

Die Denkerfürsten und -königinnen von London hatten sich in dem bläulich gefliesten Becken eines ehemaligen Schwimmbads versammelt. Fast alle von ihnen schützten ihre Identität mit irgendeiner Verkleidung, von simplen Kapuzen und Schals bis hin zu bedrohlichen Eisenmasken und gestohlenen Visierhelmen der Wachen. Das Tragen dekorativer Masken in der Öffentlichkeit war verboten – auch die meisten Syndikatsmitglieder trugen sie nur bei Anlässen wie diesem –, trotzdem taten es viele Leute. Eine Mode, die ursprünglich aus Industriestädten wie Manchester stammte, wo die Einwohner oft einen Mundschutz trugen.

Jaxon hatte noch nie zu einer Verkleidung gegriffen; er schien sich immer darauf zu verlassen, dass seine flinke Zunge ihn vor Ärger bewahren würde. Ich hatte schon aus Gewohnheit mein rotes Halstuch bis unter die Augen gezogen, auch wenn es dank Didion eigentlich nichts mehr nutzte.

Verschiedene Auren kratzten an meinen Sinnen. Trotz tief verwurzelter Vorurteile gegenüber den niederen Kasten war unter den Bandenchefs so ziemlich jede Gabe vertreten. Die meisten waren irgendwo in der Mitte des Spektrums angesiedelt: Medien, Sensoriker, Bewahrer, hin und wieder eine Megäre oder ein Wahrsager.

Ognena Maria war schon da und unterhielt sich gedämpft

mit Jimmy O'Goblin, dem ungehobelten Säufer, der über II-1 herrschte. Ihre Stellvertreter standen wie Bodyguards an ihrer Seite, beide mit dicken Kapuzen und bunten Seidentüchern vor den Gesichtern. Dann sah ich noch den brutalen Prügelproleten und seinen Ganovenschützling Jack Hickathrift und die Schäbige Sylphe (bleich und betrübt wie immer). Einzig die ältliche Perlenkönigin, die ihre volle Montur angelegt hatte, schien allein gekommen zu sein. Die meisten anderen kannte ich zwar vom Sehen, hatte aber so gut wie nie etwas mit ihnen zu tun gehabt.

Gute drei Meter über uns befand sich eine Galerie, auf der die Äbtissin aus I-2, bis zur Wahlschlacht die einstweilige Herrin der Unterwelt, entspannt am Geländer lehnte. Ihr maßgeschneiderter Samtanzug hatte bestimmt ein Vermögen gekostet. Unter ihrem Hut quollen perfekt gelegte Locken hervor, die sich an einer Seite ihres Halses hinabringelten. Hinter ihr saßen der Mönch und zwei ihrer Freudenmädchen, darunter auch die Rothaarige, die mir schon im Juditheon aufgefallen war. Offiziell nannte man ihre Gefolgschaft die Nachtigallen, auf der Straße gab es allerdings diverse Bezeichnungen für sie.

»Na, was sagt man dazu?« Die grünen Augen der Gläsernen Gräfin wirkten trotz der Rauchwolke, die sie umgab, noch stechend. Ihr breiter Mund verzog sich zu einem Grinsen. »Hört her, ihr Leut'! Der Einsiedler hat seine Höhle verlassen.«

»Welch Freude«, fügte ihre Zwillingsschwester und Ganovenbraut, die Gläserne Dell, hinzu. Der einzige Unterschied zwischen ihnen zeigte sich in den drahtigen braunen Locken unter ihren Melonen: Dells waren lang, während die der Gräfin kurz waren. »Ist ja einige Zeit ins Land gegangen, seit wir dich gesehen haben, Fesselmeister.«

»Und wie haben wir ihn doch vermisst. Willkommen, Weißer Fesselmeister«, rief die Äbtissin und winkte uns mit einem herzlichen Lächeln zu. »Auch du, Fahle Träumerin, willkommen.«

Köpfe flogen herum, und man musterte uns teils neugierig,

teils voller Abscheu. Ich hingegen konzentrierte mich auf die Äbtissin und versuchte, ihre Aura zu lesen. Eindeutig ein Medium. Und so wie es aussah, ein physisches. Ziemlich seltene Gabe. Ihre Traumlandschaft lud die Geister geradezu ein, Besitz von ihr zu ergreifen.

Ohne die anderen Denkerfürsten und -königinnen zu beachten, drückte Jaxon eine Hand auf die Brust und verbeugte sich knapp. »Meine liebe Äbtissin, es ist mir ein Vergnügen, dich wiederzusehen. Und das nach so langer Zeit.«

»Allerdings. Du solltest mich hin und wieder in meinem Kontakthof besuchen.«

»Eigentlich habe ich für derlei Etablissements nichts übrig«, erwiderte er leichthin. Die Gläserne Dell verschluckte sich an ihrer Auster. »Aber vielleicht komme ich einmal in I-2 vorbei.«

»Fesselmeister, du stinkiger alter Kauz«, dröhnte der Herr der Laternen und schlug Jaxon so fest auf den Rücken, dass der fast seinen Stock fallen ließ. Der auch als Laterne bekannte Mann war fast so groß wie ein Rephait und schien nur aus Muskeln und buschigen Haaren zu bestehen. Die fast hüftlangen, verfilzten Locken auf seinem Kopf wurden von einem dicken Band zusammengehalten. »Wie geht's dir?«

»Was macht das Leben?« Auf Jaxons anderer Seite erschien Tom Rhymer und legte ihm eine mit Leberflecken übersäte Hand auf die Schulter. Der alte Schotte trug einen Hut, unter dem blau gefärbte Strähnen hervorlugten. Er war außer mir der einzige Springer hier. »Also, wenn die Tarotkarten mal neu designt werden, sollte man dich als Eremiten nehmen.«

Ich musste lächeln, was allerdings durch mein Seidentuch verdeckt wurde. Als hätte er es gespürt, schenkte mir Laterne ein breites Grinsen, das seine Augen funkeln und die makellos weißen Zähne in dem gebräunten Gesicht aufblitzen ließ. Jaxons Auge begann zu zucken.

»Lasst ihn in Frieden, ihr Monster«, mahnte die Äbtissin und wandte sich dann an alle: »Ich hoffe, ihr verzeiht, dass wir uns an einem so trostlosen Ort versammeln, liebe Freunde.« Ihre Hand mit den fingerlosen Handschuhen zeigte Richtung Decke. »Doch aufgrund der traurigen Umstände erschien es mir unpassend, das Treffen in Devil's Acre abzuhalten. Und leider müssen wir uns ja auf Orte beschränken, die Scion dem Verfall preisgegeben hat.«

Das stimmte. Die meisten Verstecke des Syndikats waren heruntergekommen: verlassene Häuser, geschlossene Bahnhöfe, Kanalisationsgewölbe aus grauer Vorzeit. Wir trafen uns im Untergrund, im Verborgenen, an vergessenen Orten.

Es vergingen noch einige Minuten. Der Heidnische Philosoph traf ein, eine Erscheinung aus Schminke und Gesichtspuder, eingehüllt in eine Parfumwolke und mit einer sauertöpfisch dreinblickenden Begleitung. Zwei Strauchdiebe verwehrten Didion Waite den Zutritt, sodass wir zehn Minuten lang seiner wichtigtuerischen Argumentation lauschen durften. (»Ein Denkerfürst bin ich vielleicht nicht, aber doch ein *hoch* geschätztes Mitglied dieser Gemeinschaft, verehrte Herrin der Unterwelt!«) Als sich die Tür das nächste Mal öffnete, marschierten die Listige Lady und der Wegelagerer herein. Die brutale Denkerkönigin dieses Sektors herrschte über drei der berüchtigsten Slums der Zitadelle: Jacob's Island, Whitechapel und Old Nichol, außerdem noch über das Hafenviertel. Bullig, Mitte dreißig und eine begeisterte Jägerin des Rippers war sie ungefähr halb so groß wie ihr Ganovenschützling und mit einer quäkenden Stimme gesegnet. Ihre Lippen waren von ihrem Asternkonsum blau verfärbt. Auf der Galerie winkte die Äbtissin ihr zu, damit sie sich zu ihr setzte.

»Meine liebe Freundin«, begann sie. »Ich danke dir, dass wir diesen Ort für das anstehende Verfahren nutzen dürfen.«

»Ach, mir egal.« Schnaufend setzte die Listige Lady sich hin und schlug die Beine übereinander. Nachdem sie sich die aschblonden Locken aus dem Gesicht gestrichen hatte, fuhr sie fort: »Dieser blöde Sektor ist sowieso eine halbe Müllhalde.«

»Mit einer dunklen Vergangenheit, wie wir alle wissen«, nickte die Äbtissin. Dann musterte sie die Menge und zog die schmalen Brauen hoch. »Ich habe alle Mitglieder der Versammlung aus Parzelle I und II um Anwesenheit bei diesem dringlichen Treffen gebeten. Wo ist Mary Bourne?«

»Sie lässt sich entschuldigen, Madam«, sagte ein auffallend blasser Kurier mit einer tiefen Verbeugung. »Sie leidet an einem Fieber, und ihre Vertretung pflegt sie.«

»Gute Besserung. Und Ark Ruffian?«

»Der verdammte Hund ist noch alkoholisiert, Madam«, lallte Jimmy O'Goblin und hob einen schwankenden Zeigefinger. »Genau wie seine Vertretung. Haben letzte Nacht alle zusammen einen gehoben, in Hectors Namen, wenn Sie verstehen. Ich hab ihm gesagt: ›Ark, du weißt genau, dass Madam Äbtissin uns in der Stunde der Not gerufen hat, vielleicht solltest du den nicht mehr trinken‹, aber Lady, ich sage Ihnen, er meinte, er wäre –«

»Ja, vielen Dank, Jimmy. Es war wohl auch zu optimistisch, mit seinem Erscheinen zu rechnen. Aber herzlichen Glückwunsch zu deiner Nüchternheit.« Das Lächeln auf dem Gesicht der Äbtissin verblasste, und ihre Finger schlossen sich fester um das Geländer. »Und wo ist bitte schön der Lumpensammler? Hält er sich vielleicht für zu fein für dieses Treffen?«

Langes Schweigen folgte. »Ich glaube, ich habe ihn sowieso noch nie gesehen«, sagte Madam Sprachrohr schließlich.

»Drückt sich bestimmt irgendwo im Untergrund rum, wie immer«, ergänzte der Herr der Straßenhändler. »Angeblich regiert seine Ganovenbraut, La Chiffonnière, in seinem Namen in Camden.«

»Drückt sich also, wie üblich. Der Lumpensammler hat es schon immer vorgezogen, schmollend in seinem verwahrlosten Unterschlupf zwischen Ratten und Unrat zu hocken, statt dem Ruf des Syndikats zu folgen.« In die Stimme der Äbtissin hatte sich leiser Ärger eingeschlichen. »Aber egal. Ohne ihn wird es hier wesentlich besser riechen. Und nun nehmt bitte alle Platz.«

Sie ließ sich auf ihren Stuhl sinken, und einige Versammlungsmitglieder folgten ihrem Beispiel. Ich setzte mich neben Jaxon und versuchte, möglichst gelassen zu wirken.

»Wie ihr inzwischen sicher alle wisst, wurde mein lieber Freund Haymarket Hector ermordet. Nun ist es an mir, das Syndikat bis zur Wahlschlacht zu befehligen.« Sie seufzte schwer. »Zu meinen vorrangigen Aufgaben als einstweilige Herrin der Unterwelt gehört es, die Stärke der Versammlung der Widernatürlichen aufrechtzuerhalten, weshalb ich die Umstände untersuchen muss, die zu Hectors Tod geführt haben. Fahle Träumerin, würdest du bitte vortreten?«

Ich schaute kurz zu Jaxon, der knapp nickte.

»Ein Bodyguard meines Sektors hat mir berichtet, dass du in der Nacht von Hectors Tod dort warst«, begann die Äbtissin freundlich, während ich mich in der Mitte des Raumes aufstellte. »Ist das wahr?«

Plötzlich schienen meine Beine aus Eis zu bestehen. »Ja. Sie waren alle tot, als ich in Devil's Acre eintraf. Hector war enthauptet worden. Der Rest von ihnen starb, weil man ihnen die Kehle aufgeschlitzt hat. Zumindest sah es so aus.«

»Eine Schande«, murrte die Perlenkönigin. »Ausgerechnet in seinem eigenen Haus … Ich kann nur hoffen, dass Sie für dieses Verbrechen die Todesstrafe verhängen, Herrin. Es untergräbt all unsere Gesetze.«

»Die Gerechtigkeit wird ihren Lauf nehmen, das versichere ich Ihnen.« Die Äbtissin wandte sich wieder an mich: »Darf ich fragen, was du im Territorium des Herrn der Unterwelt verloren hattest, Fahle Träumerin?«

»Das würde ich auch gern wissen«, mischte sich der Prügelprolet mit einem finsteren Blick zu mir ein.

»Ich war auf Befehl meines Denkerfürsten dort.«

»Du hast dich also nicht einfach reingeschlichen und ihn umgebracht?«, fragte die Gläserne Gräfin. Zustimmendes Gemurmel wurde laut. »Immerhin wurdest du auf dem Schwarzmarkt gesehen, wie du dich mit Hectors Ganovenbraut gestritten hast, Fahle Träumerin.«

»Das streite ich auch gar nicht ab«, erwiderte ich kühl.

»Meine Ganovenbraut ist absolut vertrauenswürdig.« Jaxon stand auf und stützte sich mit beiden Händen auf seinen Stock. »Leider hat Hector, auch wenn er viel Gutes für diese Zitadelle getan hat, versucht, mich zu erpressen. Am Abend vor seiner Ermordung hat er ein wertvolles Gemälde vom Verkaufsstand von I-4 in Covent Garden gestohlen. Also habe ich meine Ganovenbraut zu ihm geschickt, damit sie eine Rückgabe aushandelt. Unglücklicherweise wurde sie dadurch zu der Person, die als erste über seine Leiche stolperte. Ich kann rückhaltlos für ihr untadeliges Verhalten in dieser Angelegenheit bürgen.«

Tom Rhymer, der irgendwo hinter mir saß, lachte leise. »Das dürfte ja wohl niemanden überraschen, oder?«

»Dürfte ich fragen, was du damit andeuten willst, Tom?« Die penetrante Höflichkeit in Jaxons Tonfall machte mich nervös. »Etwa, dass ich die Versammlung *belüge*?«

»Stopp.« Die Äbtissin hob abrupt eine Hand. »Das genügt mir. Wir vertrauen auf dein Wort, Weißer Fesselmeister.«

Tom brummelte noch etwas vor sich hin, verstummte aber, als Laterne ihm einen warnenden Blick zuwarf. Die meisten Versammlungsmitglieder schienen damit zufrieden zu sein, nur die Perlenkönigin fixierte mich weiter mit ihren farblosen Augen. Solange ich unter dem Schutz der Herrin der Unterwelt stand, würden sie keine Fragen mehr stellen.

Als es wieder still war, zeigte die Äbtissin auf die beiden Freudenmädchen hinter sich. »Meine Nachtigallen haben berichtet, dass Schlitzschnute nicht am Tatort war. Kannst du das bestätigen, Fahle Träumerin?«

»Ich habe keine Spur von ihr gesehen«, sagte ich, »und auch keine Geister. Sie hatten Devil's Acre alle verlassen.«

»Sogar Hectors Beschützer, das Monster von London?«

»Jawohl, Herrin.«

Die Gläserne Gräfin schüttelte den Kopf. »Keine Ahnung, warum er das Ding an sich gekettet hatte. Vollkommen nutzlos.«

»Nicht ganz nutzlos.« Der Heidnische Philosoph strich sich über das hervorstechende Kinn. »Das Monster von London hinterlässt ein sehr individuelles Mal, ein schwarzes M auf der Haut. Wenn wir dieses Mal finden, dürfte es ein Leichtes sein, Hectors Mörder aufzuspüren.«

Hinter dem Rücken verborgen ballte ich die Hand zur Faust. Die Äbtissin stützte sich wieder auf das Geländer. Die bläulichen Flecken unter ihren Augen ließen sie ausgezehrt und erschöpft wirken.

»Ich würde vorschlagen, dass alle Denkerfürsten ihre Seher anweisen, nach diesem Mal Ausschau zu halten. Maria, meine Liebe, da du den Markt für Amaurotikertand leitest, möchte ich, dass du herausfindest, woher die roten Taschentücher stammen, die man bei den Leichen gefunden hat. Sie scheinen unsere einzige handfeste Spur zu sein.« Ognena Maria nickte, auch wenn ihr das »meine Liebe« gar nicht zu schmecken schien. »In der Zwischenzeit beginnen wir mit der Suche nach Schlitzschnute. Hat jemand eine Idee, wohin sie geflohen sein könnte?«

Niemand meldete sich. Ohne mir dessen bewusst zu sein, trat ich noch einen Schritt vor. Das war vielleicht meine Chance.

»Verzeihen Sie die Unterbrechung, Äbtissin«, begann ich, »aber es gibt da etwas, das die Versammlung der Widernatürlichen unbedingt erfahren muss. Etwas, das –«

»– ich schon zu Beginn des Treffens hätte erwähnen sollen«, fiel Jaxon mir ins Wort. »Wie dumm von mir, es ist mir einfach entfallen. Trotz meiner Bemühungen, Schlitzschnute von meinem Sektor fernzuhalten, hat sie vereinzelt Spielhöllen und Kontakthöfe in Soho aufgesucht. Vielleicht wäre es sinnvoll, dort mit der Suche zu beginnen.«

Wut brannte in meinem Bauch. Er wusste ganz genau, was ich hatte sagen wollen. Nach kurzem Zögern sagte die Äbtissin:

»Erteilst du mir die Erlaubnis, meine Untergebenen zu diesem Zweck nach I-4 zu schicken, Fesselmeister?«

»Selbstverständlich. Sie sind uns herzlich willkommen.«

»Zu freundlich, mein Lieber. Falls es sonst nichts zu besprechen gibt, kehrt nun unbehelligt in eure Sektoren zurück. Wir sehen uns dann hoffentlich alle bei der Wahlschlacht wieder.« Als die Äbtissin sich erhob, folgte der Rest der Versammlung ihrem Beispiel. »Grub Street wird die Liste der Teilnehmer zusammenstellen und euch über den Austragungsort informieren. Bis dahin möge der Aether euch durch diese schweren Zeiten führen.«

Man verabschiedete sich vereinzelt, dann brachen alle auf. Als die Äbtissin an mir vorbeiging, schenkte sie mir ein mildes Lächeln. Ich tippte mir an die Stirn, dann ging ich mit Jaxon zurück zum Zugangskorridor.

»Siehst du?« Er hatte sich wieder bei mir untergehakt. »Alles erledigt. Nun hast du nichts mehr zu befürchten, meine Schöne.«

Während wir auf ein Taxi warteten, zündete Jaxon sich eine Zigarre an und musterte den dunklen Himmel. Ich lehnte mich an eine Straßenlaterne. »Warum hast du mich unterbrochen, Jax?«, fragte ich leise.

»Weil du ihnen von den Rephaim erzählen wolltest.«

»Natürlich. Sie müssen das wissen.«

»Benutze deinen Verstand, Paige. Uns ging es heute darum, dich vor dem Strick zu bewahren, nicht irgendwelche Geschichten zu verbreiten.« Sämtliche Wärme war aus seiner Miene verschwunden. »Versuch so etwas ja nicht noch einmal, Liebes, sonst muss ich der Äbtissin vielleicht doch dieses kleine Beweisstück zeigen.«

Er tippte mit dem Finger auf meinen Arm.

Diese Drohung ließ mich verstummen. Er aber hob nur die Hand und winkte eine Rikscha heran.

Solange ich bei ihm blieb, war ich sicher. Solange ich die brave

Fahle Träumerin war, war mein Name so weit reingewaschen, dass die Versammlung der Widernatürlichen mich nicht mehr verdächtigte. Aber wenn ich jemals eigene Wege ging, würde er das schmutzige Geheimnis unter meinem Ärmel ans Licht bringen.

Jaxon hatte nie vorgehabt, mich bei diesem Treffen zu beschützen. Er hatte mir damit eine Falle gestellt. So konnte er sicherstellen, dass ich mich nicht gegen ihn wandte.

»Und nun zurück nach I-4.« Er schenkte dem Fahrer ein strahlendes Lächeln, kletterte in die Rikscha und setzte sich. »Die anderen erwarten uns in Neal's Yard.«

Erpresserischer, hinterhältiger Bastard. Nur mit Mühe presste ich hervor: »Wozu das?«

»Zum Frühstück«, erklärte er mit einem undurchschaubaren Lächeln. »Jede Revolution beginnt mit einem Frühstück, Liebes.«

*

Selbst ein Revoluzzerfrühstück – falls es so etwas überhaupt gab – musste im *Chateline's* stattfinden. Die anderen saßen bereits in unserer privaten Nische. Wie immer bekam ich den Platz rechts neben Jaxon, wie es sich für eine Ganovenbraut gehörte. Er bestellte ein opulentes Mahl: die gesamte Speisekarte, darunter gesalzene Sprotten auf Rührei, mit Honig glasierte Maismuffins, saftige Würstchen und Kedgeree mit hart gekochten Eiern. Das Essen wurde auf mehrstöckigen Etageren und Platten mit silbernen Hauben serviert.

»Was ist der Anlass, Fesselmeister?« Der Inhaber des Lokals schenkte mir frischen Kaffee ein. Chat war ein ehemaliger Boxer mit sanfter Stimme, der Jaxon jahrelang gedient hatte, bis ein wütender Rivale ihm eine Hand genommen hatte. Von seiner Nase aus überzog ein Netz aus geplatzten Äderchen seine Wangen. »Ein Abschiedsmahl für Hector?«

»Sozusagen, mein Freund.«

Chat kehrte hinter die Bar zurück. Eliza, die gegenüber von mir saß, bediente sich an einer der Platten und fragte dann mit einem unsicheren Lächeln: »Sozusagen?«

»Ihr werdet schon sehen. Oder besser gesagt *hören*. Wenn ich es euch sage«, schnurrte Jaxon.

»Okay. Wie war das Treffen?«

»Ach, ziemlich unspektakulär. Ich hatte schon fast vergessen, wie unerträglich sie alle sind. Doch Paiges Ruf ist wiederhergestellt, und damit hat es seinen Zweck erfüllt.« *Und wie es das hat*, dachte ich. »Möchtest du von den Nierchen, liebe Danica?«

Er hielt ihr die heiße Servierplatte hin. Mit einem finsteren Blick nahm sie sie entgegen.

»Wir haben dich ja seit Tagen nicht mehr zu Gesicht gekriegt.« Zeke schob ihr einen Teller mit Muffins hin. »Wovon lebst du da oben eigentlich?«

Außerhalb des Unterschlupfs fühlte Danica sich immer etwas unwohl. Ihre roten Haare lösten sich nach und nach aus ihrem Knoten, auf den sommersprossigen Wangen klebte Öl und sie hatte an beiden Händen frische Brandwunden. »Sauerstoff«, sagte sie nun. »Und Stickstoff. Ich komme klar.«

»Und woran *arbeitest* du gerade, Superhirn?« Nadine schob sich einen gegrillten Pilz in den Mund.

»Danica konstruiert eine Blockademaschine«, sprang Jaxon ein. »Basierend auf der Technologie der Sensorschirme, aber in einem wundervollen, praktischen Handtaschenformat.«

»Das Grundkonzept habe ich von Scion übernommen«, erklärte sie. »Die arbeiten gerade an tragbaren Sensorschirmen.«

Unruhig klopfte ich mit den Fingern auf der Tischdecke herum. Nick fragte stirnrunzelnd: »Wozu das denn?«

»Um die NVD loszuwerden. Oder glaubst du etwa, die wollen ewig eine widernatürliche Polizeitruppe beschäftigen?«

Das schien Nick zu schockieren, was auch kein Wunder war. Wenn amaurotische Wachen mit tragbaren Sensorschirmen ausgerüstet wurden, brauchte man keine Seher zur Überwachung mehr. Jene, die sich gegen ihresgleichen gewandt und andere Widernatürliche gejagt hatten, wären für Scion dann überflüssig.

»Was für uns eine grandiose Neuigkeit ist«, stellte Jaxon fest. »Dann bekommen wir es mit Amaurotikern mit sperriger Ausrüstung zu tun statt mit seherisch begabten Soldaten. Greif zu, Liebes«, wandte er sich an mich, »uns steht in den kommenden Wochen viel Arbeit bevor. Da musst du bei Kräften bleiben, damit du voll da bist.«

Ich biss in ein Stück Brot.

»Du siehst schon viel besser aus, Paige.« Nachdem sie sich versöhnt hatten, gehörte Eliza wieder ganz und gar zur Jaxon-Fraktion. »Wir müssen noch jede Menge Ramsch ausmisten. Wenn du dich kräftig genug fühlst, könntest du mir morgen dabei helfen.«

»Der Ramsch kann vorerst warten.« Unser Denkerfürst genehmigte sich eine Prise Sauerstoff mit Zitronenduft, wie immer, wenn er seinen Gaumen neutralisieren wollte. »Wir müssen uns um weitaus wichtigere Dinge kümmern, meine Liebe. Dinge, die uns gedanklich zum ersten Mal über die Grenzen von I-4 hinaustragen könnten.« Er unterbrach sich, wahrscheinlich wegen des dramatischen Effekts. »Soll ich sie euch mitteilen?«

Zeke warf mir einen Seitenblick zu und zog eine Grimasse.

»Ja, Jaxon.«

»Gut. Schart euch um mich.«

Wir beugten uns über den Tisch. Jaxon sah jedem von uns in die Augen. Eine unbändige Energie ging von ihm aus.

»Wie ihr wisst, habe ich mein Leben nun seit fast zwanzig Jahren ganz I-4 gewidmet. Gemeinsam haben wir den Sektor trotz Scions Tyrannei erblühen lassen. Ihr sechs seid mein Lebenswerk. Und trotz eurer gelegentlichen – nun ja, regelmäßigen – Fehltritte hege ich höchste Bewunderung für eure Hingabe und eure Talente.« Er senkte die Stimme. »Doch mit I-4 und seinen Leuten lässt sich nichts mehr machen. Wir sind die beste aller herrschenden Gangs der Zitadelle: die Besten im Handel, die Besten im Kampf, die Besten der Besten. Und aus diesem Grund habe ich beschlossen, an der Wahlschlacht um den Posten des Herrn der Unterwelt teilzunehmen.«

Resigniert schloss ich die Augen. Welch eine Überraschung.

»Ich wusste es.« Eliza strahlte über das ganze Gesicht. »Oh, Jax, das ist totaler Wahnsinn, stell es dir nur mal vor! Wir ... wir wären dann ...«

»Die herrschende Gang der Scionzitadelle London.« Mit einem leisen Lachen griff Jaxon nach ihrer Hand. »Jawohl, mein treues Medium. Ja, das könnten wir sein.« Sie sah aus, als würde sie gleich weinen vor Freude.

»Dann hätten wir das Sagen.« Grinsend ließ Nadine den Finger über den Rand ihres Glases gleiten. »Wir könnten Didion befehlen, das Juditheon in die Luft zu jagen.«

»Oder uns all seine Geister zu geben.« Eliza sonnte sich in Jaxons Hochstimmung. »Wir könnten einfach *alles* tun.«

»Nur wir sieben, die Herrscher von London. Das wäre exquisit.« Jaxon zündete sich eine Zigarre an. »Meinst du nicht, Paige?«

Hinter seinem Lächeln lauerte die Gefahr. Ich rang mir ein hoffentlich überzeugendes Grinsen ab. Wie eine Ganovenbraut eben ihren Denkerfürsten anstrahlen musste, wenn er solch wundervolle Neuigkeiten verkündete. »Absolut«, nickte ich.

»Ich gehe davon aus, dass du an meinen Sieg glaubst.«

»Natürlich.«

Jaxon hatte von allen Denkerfürsten in London den größten Geldbeutel, das größte Ego und den größten Ehrgeiz. Wenn man bedachte, wie skrupellos er sein konnte und wie mühelos er seine Fesselkünste und den Kampf mit Geistern beherrschte, standen seine Chancen auf den Sieg tatsächlich gut. Sehr gut sogar. Nick wirkte so beunruhigt, wie ich mich fühlte.

»Sehr schön.« Jaxon griff nach seiner Kaffeetasse. »Ich werde dir ein paar Hausaufgaben auf den Nachttisch legen. Lesestoff, damit du dich mit der noblen Tradition der Wahlschlacht vertraut machen kannst.«

Spitze. Während Scion und die Rephaim ihren nächsten Zug vorbereiteten, würde ich büffeln. Brave kleine Ganovenbraut.

Fast nachlässig sagte Jaxon: »Hol uns doch bitte noch etwas Toast, Paige, sei so lieb.«

Es war Jahre her, dass ich bei Tisch hatte bedienen müssen. Vielleicht hatte ich nicht genügend Begeisterung gezeigt. Geschlossen sah die Gang zu, wie ich zur Bar ging und darauf wartete, dass Chat aus der Küche kam. Ungeduldig tippte ich auf den Tresen. Dabei drang das Gespräch von zwei Sehern an mein Ohr, die in einer Ecke saßen.

»... Streit mit I-4«, sagte der Mann. »Angeblich gab es auf dem Markt Ärger mit der kleinen Französin.«

»Sie ist keine Französin«, murmelte die Frau. »Das ist die Stumme Glocke, seine Flüsterin. Angeblich kommen sie aus der Freien Welt, sie und ihr Bruder.«

Ruckartig schlug ich auf die Serviceglocke. Meine Nerven verschlangen sich zu einem schmerzhaften Knoten. Chat kam aus der Küche, in eine große Schürze gewickelt und mit durch die Hitze geröteten Wangen. »Ja, Liebes?«

»Könnten wir noch etwas Toast bekommen?«

»Kommt sofort.«

Während ich wartete, spitzte ich wieder die Ohren. »... mit Schlitzschnute gesehen. Sie trug eine Maske, aber sie war es, da bin ich mir sicher. Die Fahle Träumerin.«

»Sie ist wieder in London?«

»Ja, und sie war dort, als Hector gestorben ist«, erklärte eine raue Stimme. »Ich kenne den Bodyguard, der mit ihr nach Devil's Acre gegangen ist, Grover heißt er. Guter Mann, und ehrlich. Er meinte, ihre Kleidung wäre voller Blut gewesen.«

»Sie ist doch auch das Mädchen, das gesucht wird. Schon gehört?«

»Mhm. Alles sehr merkwürdig. Vielleicht hat Hector sie hingehängt, und deswegen hat sie ihn umgebracht.«

Chat kam mit dem gebutterten Brot zurück, und ich setzte mich wieder hin. »Sie reden über uns«, berichtete ich Jaxon, der daraufhin sofort verstummte. »Die da hinter dem Wandschirm.«

»Ach, tatsächlich?« Er streifte seine Zigarre an dem gläsernen Aschenbecher ab. »Und was sagen sie so?«

»Dass wir Hector umgebracht hätten. Oder ich, besser gesagt.«

Mit einem abfälligen Grinsen hob Jaxon die Stimme, sodass sich das halbe Lokal zu uns umdrehte: »Vielleicht sollten diese Leute besser aufpassen, was sie sagen. Soweit ich weiß, toleriert der Denkerfürst von I-4 keine üble Nachrede. Vor allem nicht aus den eigenen Reihen.«

Stille breitete sich aus, dann erhoben sich drei Wahrsager hinter dem Wandschirm, holten sich ihre Mäntel vom Garderobenständer und gingen. Dabei vermieden sie es tunlichst, zu unserem Tisch hinüberzusehen. Jaxon lehnte sich zwar zurück, behielt die drei aber im Auge, bis sie auf die Straße hinaustraten.

Die restlichen Gäste wandten sich wieder ihrem Essen zu. »Einer von ihnen wusste etwas.« Mit einem schnellen Seitenblick zu Jaxon ergänzte ich: »Er kannte Grover.«

»Vielleicht sollten sie sich einmal die althergebrachten Rechtsgrundlagen des Syndikats zu Gemüte führen. Im Ersten Gesetzbuch steht klar geschrieben, dass ohne hinreichende Beweise das Wort eines Amaurotikers keinen Pfifferling wert ist.« Er hob die Zigarre an die Lippen. »Reines Hörensagen, meine Schöne. Reg dich nicht auf, immerhin verbürge ich mich für dein tadelloses Wesen. Und wenn ich erst einmal Herr der Unterwelt bin, werden sich all diese Anschuldigungen in Luft auflösen.«

Und mit ihnen jede Chance, im Syndikat etwas zu verändern. So lautete sein Deal: Schutz im Austausch gegen meinen Gehorsam. Jaxon Hall hatte mich an sich gefesselt, und – was noch schlimmer war – er wusste es.

Den Rest der Unterhaltung blendete ich aus. Während ich meinen Kaffee trank, spürte ich, wie sich zwei Auren näherten. Gänsehaut breitete sich auf meinem Bauch aus.

Vor dem Fenster erschienen zwei Gestalten.

Die Tasse glitt mir aus den Fingern. Zwei Augenpaare starrten mich an, leuchtend wie Glühwürmchen in der düsteren Passage.

Nein.

Nicht jetzt. Nicht sie.

»Paige?«

Eliza sah mich fragend an. Benommen musterte ich den verschütteten Kaffee und die Scherben vor mir. »Entschuldige, Chat«, rief Jaxon. »Das macht die Aufregung. Du kriegst natürlich das Doppelte vom üblichen Trinkgeld.« Er wedelte mit ein paar Scheinen. »Du hast wohl wieder Krämpfe, Paige.«

»Ja«, presste ich hervor. »Ja, tut mir leid.«

Als ich wieder zum Fenster schaute, war niemand zu sehen. Nick warf mir einen fragenden Blick zu.

Es musste ein Missverständnis gewesen sein. Ein Albtraum. Wahrscheinlich verschwammen durch die Schäden an meiner Traumlandschaft einfach Erinnerung und Realität.

Denn wenn nicht, hatte ich gerade zwei Rephaim in I-4 gesehen.

*

Jaxon wollte noch fünf Gänge bestellen, aber ich floh mit einer Ausrede aus dem Restaurant. Bis zum Unterschlupf waren es nur ein paar Schritte. Jeder Schatten wuchs zu Riesengröße, jede Laterne strahlte wie die Augen eines Rephaiten. Sobald ich im Haus war, rannte ich die Treppe hinauf und zerrte meinen Rucksack unter dem Bett hervor. Mit einer Hand riss ich ihn auf und demolierte dabei fast den Reißverschluss. Dann stopfte ich eine Bluse und eine Hose hinein. Mein gepresster Atem klang fast wie ein Schluchzen.

Das war nicht der Wächter gewesen. Aber wer sonst würde mich suchen? Wer sonst konnte wissen, wo ich lebte? Offenbar hatte Nashira herausgefunden, welche Sonnenuhr die richtige war … Ich musste zurück in die Absteige. Musste planen. Fliehen. Ich holte meinen Mantel vom Haken hinter der Tür und zog ihn an. Da kam Nick herein und hielt meine Hände fest.

»Paige, warte, warte.« Verzweifelt versuchte ich, ihn loszuwerden, aber er gab nicht nach. »Was machst du denn? Was ist los?«

»Rephs.«

Sein Gesicht versteinerte. »Wo?«

»Vor dem *Chat's*. In der Passage.« Ich stopfte eine zweite Jacke in meinen Rucksack. »Ich muss hier weg, sonst nehmen sie euch auch noch ins Visier. Ich ziehe wieder in die Absteige, und dann –«

»Nein, warte«, beschwor er mich. »Hier bei uns bist du sicherer. Und Jaxon lässt dich sowieso nicht gehen, nicht jetzt, wo er Herr der Unterwelt werden will.«

»Ist mir doch egal, was Jaxon macht!«

»Nein, ist es nicht.« Er drehte mich mit sanfter Gewalt zu sich um. »Leg den Rucksack weg, *sötnos*. Bitte. Bist du dir absolut sicher, dass es Rephs waren?«

»Ich habe ihre Auren gespürt. Wenn ich hierbleibe, schleppen sie mich zu Nashira.«

»Es könnten auch Verbündete des Wächters sein«, überlegte er, allerdings wirkte er nicht überzeugt.

»Du hast es doch selbst gesagt, Nick: ›Die Rephaim sind unsere Feinde, bis das Gegenteil einwandfrei erwiesen ist.‹« Hastig durchwühlte ich meinen Nachttisch, zog Socken, Unterhemden, Schals und Handschuhe hervor. »Bringst du mich hin, oder muss ich laufen?«

»Heute ist der Abend von Jaxons persönlicher kleiner Revolution. Wenn du jetzt gehst, wird er dir das nicht verzeihen, Paige – diesmal nicht.«

»Wenn sie uns finden, kann er sich seine Revolution in den Arsch schieben.«

Es klopfte drei Mal so laut, dass wir erschrocken zusammenzuckten. Dann wurde die Tür fast aus den Angeln gerissen. Jaxon schien den gesamten Türrahmen auszufüllen. Sein Stock knallte dröhnend auf die Dielenbretter.

»Was hat das zu bedeuten?«

»Jaxon, vor dem Lokal waren Rephs, zwei Stück.« Ich stellte mich kerzengerade hin. »Ich muss weg. Wir müssen alle weg von hier, *sofort*.«

»Keiner geht hier irgendwohin.« Er benutzte den Stock, um die Tür hinter sich zuzuschieben. »Erklär es mir. In Ruhe.«

»Wo sind die anderen?«

»Noch im *Chateline's*, wo sie die nächsten Stunden verbringen werden, ohne je etwas von diesem Gespräch zu erfahren.«

»Hör ihr zu, Jaxon, bitte«, sagte Nick ernst. »Sie weiß, was sie gesehen hat.«

»Vielleicht glaubt sie das, Dr. Nygård, aber wir wissen doch alle, was wiederholte Aufnahme von Flux anrichten kann.«

»Was soll das heißen, zum Teufel?« Außer mir vor Wut starrte ich Jaxon an. Wenn Eliza dachte, ich hätte den Verstand verloren, konnte ich das ja noch ansatzweise nachvollziehen, aber Jaxon war selbst dort gewesen. »Glaubst du etwa, ich hätte Halluzinationen vom Flux? Dann hattest du wohl auch eine, als du die Kolonie gesehen hast?«

»Das hier ist keine Frage des Glaubens, meine Schöne. Es ist eine Frage der Schicklichkeit. Und der Hingabe. Trotz deiner wiederholten Einnahme experimenteller psychoaktiver Substanzen glaube ich dir deine Geschichte. Wie du selbst sagst, kann ich wohl kaum leugnen, was ich mit eigenen Augen gesehen habe.« Er ging zum Fenster hinüber. »Aber ich sehe keinerlei Grund, warum die Bevölkerung von I-4 darauf reagieren oder die Versammlung der Widernatürlichen davon erfahren sollte.

Was ich dir bereits ausführlich verdeutlicht habe. Muss ich mich tatsächlich wiederholen?«

Als Gegenleistung für seinen Schutz verlangte er von mir, dass ich die Augen verschloss vor allem, was ich erfahren hatte. »Ich begreife das nicht«, erwiderte ich hitzig. »Sie sind *hier*, in I-4. Wie kannst du das einfach ignorieren?«

»Du musst nicht begreifen, warum ich so handle, Paige. Du musst nur tun, was man dir sagt, wie wir es vereinbart haben.«

»Hätte ich in der Kolonie einfach nur getan, was man mir sagte, wäre ich immer noch dort.«

Es folgte ein langes Schweigen. Jaxon drehte sich zu mir um. »Das musst du mir erklären. Ich bin leicht verwirrt.« Mit erhobenem Zeigefinger trat er auf mich zu. »Du wusstest schon immer, dass die Doktrin von Scion auf Ungerechtigkeit basiert. Du wusstest schon immer, dass ihr inquisitorisches Vorgehen gegen die Widernatürlichkeit verwerflich ist. Aber erst *jetzt* meinst du, wir sollten etwas dagegen unternehmen. Hattest du etwa zu viel Angst vor einem Gegenschlag, als ihr korruptes System noch rein menschlich war, Paige?«

»Ich habe gesehen, was der Auslöser war. Ich habe gesehen, was sie indoktriniert hat«, erwiderte ich. »Und ich glaube, dass wir sie aufhalten können.«

»Du meinst also, ein Kampf gegen die Rephaim würde der Inquisition ein Ende setzen? Gib dich doch nicht der Illusion hin, dass Frank Weaver und seine Regierung deine lieben Freunde werden, wenn du ihre Meister vernichtest.«

»Aber müssen wir es nicht wenigstens *versuchen*, Jax? Wer soll denn über I-4 herrschen, wenn sie uns schnappen?«

»Vorsicht, Paige.« Wieder wurde Jaxon gefährlich blass. »Du bewegst dich gerade auf einem sehr schmalen Grat.«

»Ach ja? Oder komme ich dir einfach nur in die Quere?«

Das war's. Jaxon stieß mich gegen das Regal und drückte mich mit einem Arm an die Bretter. Er war viel stärker, als er aussah. Ein großes Glas mit Schlaftabletten zerschellte auf den

Dielen. »Jaxon!«, brüllte Nick, aber das war eine Sache zwischen Denkerfürst und Ganovenbraut. Jaxon packte meinen Arm mit dem Mal des Poltergeists.

»Jetzt hör mir mal gut zu, meine Schöne. Ich werde nicht zulassen, dass meine Ganovenbraut durch die Straßen zieht und wirres Zeug faselt wie eine arme Geisteskranke. Vor allem nicht jetzt, wo ich vorhabe, diese Zitadelle unter meine Kontrolle zu bekommen.« Drei tiefe Falten erschienen zwischen seinen Augenbrauen. »Denkst du etwa wirklich, die guten Leute von London werden mich unterstützen, wenn man meint, ich würde an irgendwelche schwachsinnigen Märchen über Riesen und wandelnde Leichen glauben? Warum habe ich dich wohl davon abgehalten, es der Äbtissin zu erzählen? Was meinst du: Würden sie uns einfach so glauben, oder würden sie sich kaputtlachen und uns für Idioten halten?«

»Ist es das, Jax? So viele Jahre sind vergangen, und du fürchtest dich immer noch davor, dass die Leute über dich lachen könnten?«

Sein Lächeln war hohl.

»Ich halte mich durchaus für einen großzügigen Mann, aber das ist deine letzte Chance. Du kannst bei mir bleiben und alle Vorteile des Schutzes von I-4 für dich beanspruchen, oder du kannst dein Glück da draußen versuchen, wo dir niemand zuhören wird. Wo sie dich für den Mord an Hector aufknüpfen werden. Du bist nur aus einem einzigen Grund noch nicht tot, meine Schöne, und zwar, weil *ich* mich für dich verbürgt habe. Weil *ich* deine Unschuld verkündet habe. Noch ein einziger Fehltritt, und ich schleife dich vor die Versammlung der Widernatürlichen, damit du ihnen deine Narbe zeigen kannst.«

»Das machst du nicht«, sagte ich.

»Du hast ja keine Ahnung, was ich alles machen würde, um London vor einem Krieg zu bewahren.« Noch einmal bohrten sich seine Finger in meinen Arm, dann ließ er mich los. »Ich lasse die Säule mit den Sonnenuhren übermalen, damit man sie nicht mehr erkennt. Aber eines sollte dir klar sein, Paige: Entweder bist du die Ganovenbraut des Denkerfürsten, oder du bist Futter für die Krähen. Solltest du dich für Möglichkeit zwei entscheiden, lasse ich überall verkünden, dass du Freiwild bist. Ungefähr so wie vor deiner Rückkehr nach Seven Dials. Denn wenn du nicht mehr die Fahle Träumerin bist … wer bist du dann?«

Damit ging er. Frustriert trat ich gegen einen Korb mit Waren vom Marktstand, der prompt umfiel, dann setzte ich mich hin und stützte den Kopf in die gesunde Hand. Nick hockte sich vor mich und drückte meinen Oberarm.

»Paige?«

»Es könnte das Syndikat *stärker* machen.« Ich atmete tief durch. »Wenn wir sie doch nur überzeugen könnten …«

»Wenn du einen Beweis für die Existenz der Rephs hättest, vielleicht. Aber die Wahrheit wäre das Ende des Syndikats, wie wir es kennen. Du willst es in eine Streitmacht für das Gute verwandeln. Aber Jaxon hat kein Interesse an dem ›Guten‹. Er will nur auf seinem Thron sitzen, Geister um sich scharen und König der Zitadelle sein, bis er irgendwann stirbt. Alles andere ist ihm egal. Aber die Ganovenbraut des Herrn der Unterwelt hat auch Macht, Paige. Du könntest etwas bewirken.«

»Jax würde mir ständig dazwischenfunken. Eine Ganovenbraut, mehr bin ich ja nicht. Er würde mich bloß zu seinem Laufburschen machen. Allein der Herr der Unterwelt kann etwas verändern.«

»Oder eine Herrin«, meinte Nick mit einem kurzen Auflachen. »Wir hatten schon lange keine Herrin der Unterwelt mehr.«

Langsam hob ich den Blick. Sein Lächeln erlosch.

»Das könnte ich nicht«, murmelte ich. »Oder?«

Durchdringend sah ich ihn an. Nick stand auf, stützte sich mit beiden Händen aufs Fensterbrett und blickte in den Hof hinunter. »Ganovenschützlinge sind nicht als Kandidaten zugelassen. Ihre Loyalität muss in der Wahlschlacht unantastbar sein.«

»Dann wäre es also gegen die Regeln?«

»Wahrscheinlich. Wendet sich ein Ganovenschützling gegen seinen Denkerfürsten, gilt er automatisch als Abtrünniger. Es ist in der gesamten Geschichte des Syndikats noch nie vorgekommen. Würdest du denn einem hinterhältigen Verräter folgen?«

»Ich würde ihm lieber folgen, als vor ihm herzulaufen. Du weißt schon, von wegen Messer im Rücken und so.«

»Klugscheißer. Aber mal im Ernst.«

»Also gut. Ja, ich würde für einen Verräter arbeiten, wenn er die Wahrheit über Scion kennt. Und sie verbreiten will, um die systematische *Ermordung* von Sehern zu –«

»Ihnen ist die Wahrheit über Scion völlig egal. Sie sind alle wie Jaxon. Sogar die wenigen, die ganz nett zu sein scheinen. Ich sage dir, die würden ihren eigenen Sektor ausbluten lassen, wenn sie sich so die Taschen füllen könnten. Und du hast kein Geld, um sie alle zu bezahlen. Du siehst es doch bei Jaxon: Er lässt uns die Drecksarbeit machen, während er raucht und Absinth schlürft. Glaubst du ernsthaft, Leute wie er würden eine Armee für dich befehligen? Würden ihre kostbaren Leben für dich aufs Spiel setzen?«

»Keine Ahnung. Aber vielleicht sollte ich es herausfinden.« Ich seufzte schwer. »Nur für den Fall, dass ich mich bewerbe. Wärst du mein Ganovenschützling?«

Ein Muskel in seinem Gesicht zuckte.

»Ja, wäre ich«, sagte er schließlich. »Weil du mir wichtig bist. Aber ich will nicht, dass du das machst, Paige. Im besten Fall wärst du Herrin der Unterwelt und eine Verräterin. Im schlimmsten Fall verlierst du und wirst getötet. Wenn du noch zwei Jahre wartest, überlässt Jaxon dir so oder so den Sektor. Wäre es da nicht klüger, abzuwarten?«

»In zwei Jahren ist es zu spät. Es dauert nur noch Wochen, bis die Sensorschirme eingeführt werden, und die Rephaim haben vielleicht schon die nächste Kolonie gegründet. Wir müssen *jetzt* zuschlagen. Außerdem wird Jaxon sich nicht in zwei Jahren zur Ruhe setzen«, fügte ich hinzu. »Er will mich nur ruhigstellen. Tätschelt mir mit einer Hand den Kopf, während er mit der anderen die Leine anlegt.«

»Und das ist das Risiko wert, dass du verlieren könntest?«

»Es sind Leute gestorben, damit ich aus Sheol I fliehen konnte«, erklärte ich ihm leise. »Jeden Tag sterben Leute wie wir. Wenn ich mich verkrieche, während es immer weitergeht, spucke ich damit auf ihr Andenken.«

»Dann solltest du aber auch dafür sorgen, dass du mit den Konsequenzen klarkommst.« Nick stand auf. »Ich werde ihn beruhigen. Du packst inzwischen besser wieder aus.«

Leise zog er die Tür hinter sich zu.

Vielleicht blieb mir gar keine andere Wahl. Neue Farbe an den Sonnenuhren würde die Rephaim nicht lange aufhalten. Und um das Londoner Syndikat in eine Armee zu verwandeln, die gegen sie bestehen konnte, musste ich in anderen Dimensionen denken. Ich musste nicht nur eine Ganovenbraut sein, oder eine Denkerkönigin, sondern die Herrin der Unterwelt in der Scionzitadelle London. Meine Stimme musste so viel Gewicht haben, dass man sie nicht mehr zum Schweigen bringen konnte.

Nach ungefähr einer Minute fing ich an, die verstreuten Sachen aufzusammeln: Zeitungsausschnitte aus dem 19. Jahrhundert, Broschen, antike Numa – und eine Ausgabe der *Vorzüge der Widernatürlichkeit*, dritte Auflage, die wir einem Straßenkünstler in Soho abgenommen hatten, der sich darüber mokiert hatte. *Verfasser unbekannt*, stand da.

Worte verleihen Flügel, auch ebenjenen, die am Boden liegen und vor Verzweiflung keinen Funken Hoffnung mehr haben.

Ich konnte meine Stimme auf verschiedenen Wegen erheben. Schnell nahm ich mein Telefon, schob eine neue Karte hinein und wählte die Nummer, die Felix mir gegeben hatte.

11

MODERNE MYTHEN

»Einen *was*?«

Nell war fast beeindruckt vom Ausmaß meines Wahnsinns. Ihre Haare waren nur noch kinnlang, mit einem Glätteisen bearbeitet und in mindestens zehn verschiedenen Orangetönen gefärbt. Mit ihrer dunklen Brille und dem glänzenden schwarzen Lippenstift war sie nicht wiederzuerkennen.

Obwohl der Morgen noch nicht angebrochen war, hockten wir bereits zu fünft auf der Dachterrasse einer unabhängigen Sauerstoffbar in Camden. Zwischen den Tischen standen geschwungene Wandschirme, und die Musik der Straßenkünstler auf dem Markt unter uns reichte aus, um eventuelle Lauscher auszuschalten.

»Du hast mich schon richtig verstanden«, sagte ich. »Einen Groschenroman.«

Felix, der links von mir saß, schüttelte den Kopf. Er hatte sich mit einer Atemschutzmaske verkleidet, wie sie die Arbeiter im Norden und manche Leute im East End trugen, sodass nur seine Augen zu sehen waren. »Du willst ihnen *Geschichten* über die Rephaim auftischen?« Seine Stimme wurde durch die Maske stark gedämpft. »So, als wäre das alles nicht echt?«

»Ganz genau. Ohne *Über die Vorzüge der Widernatürlichkeit* gäbe es das Syndikat, wie wir es heute kennen, gar nicht«, erklärte ich leise. »Es hat die Art, wie wir über die Sehergabe denken, komplett revolutioniert. Indem er seine Gedanken zu Papier gebracht hat, hat der unbekannte Autor einfach alles verändert. Warum sollten wir das nicht auch schaffen?«

Felix zog seine Marke ein Stück vom Mund weg. »Okay, aber das war ein Pamphlet. Du redest hier von einem Groschenroman. Eine billige Gruselgeschichte für Leute, die zu viel Zeit haben.«

»Ich habe früher immer *Prächtige Singvögel zu verkaufen* gelesen. Du weißt schon, das mit dem Auguren von der Straße, der sprechende Vögel verkauft«, wandte Jos ein. »Aber irgendwann hat mein Erzieher die Heftchen gefunden und ins Feuer geworfen.« Bis jetzt hatte Scion ihn noch nicht auf dem Radar, trotzdem hatte Nell ihm Schal und Hut verpasst.

»Gut, dieses Zeug weicht das Hirn auf.« Nell hatte dunkle Ringe unter den Augen. »Und Grub Street haut die massenweise raus.«

»Ich weiß nur nicht, ob wir es als Gruselgeschichte aufziehen sollten«, nahm Felix den Faden wieder auf. »Was, wenn die Leute es dann einfach für Fiktion halten?«

»Wie tötet man einen Vampir?«, fragte ich ihn. Felix war bestimmt der Typ, der behauptete, er lese zum Einschlafen Nostradamus, in Wirklichkeit aber eine zerfledderte Ausgabe von *Die Geheimnisse von Jacob's Island* zwischen den Seiten versteckte.

»Mit Knoblauch und Sonnenlicht«, antwortete er prompt. Bingo.

»Aber sie existieren doch gar nicht.« Ich verkniff mir ein Grinsen. »Woher weißt du das also?«

»Das habe ich in …« Er lief rot an. »Also schön, vielleicht habe ich ein paar Groschenromane gelesen, als ich in Jos' Alter war, aber –«

»Ich bin dreizehn«, beschwerte sich Jos.

»– können wir nicht einfach ein seriöses Pamphlet schreiben? Oder so etwas wie ein Handbuch?«

»Klar, großartig. Die Rephaim zittern bestimmt beim Gedanken an Felix Coombs und sein *Handbuch*«, erwiderte Nell trocken.

Er zog eine Schnute. »Ich meine es ernst. Der Fesselmeister könnte dir doch dabei helfen, oder, Paige?«

»Er hat etwas gegen Konkurrenz. Und der Unterschied zwischen einem Pamphlet und einem Groschenroman liegt eben darin, dass Pamphlete für sich in Anspruch nehmen, die Wahrheit zu verkünden. Groschenromane nicht. Wir können den Leuten nicht einfach irgendwas von den Rephaim erzählen«, beharrte ich. »Aber durch einen Groschenroman verwandeln wir sie in einen modernen Mythos.«

»Und was soll das bringen?« Nell rieb sich die Nasenwurzel. »Wenn wir es doch nie beweisen können –«

»Wir wollen ja gar nichts beweisen. Wir wollen das Syndikat einfach nur warnen.«

Auf der anderen Seite des Tisches saß Ivy zusammengesunken über einem Becher mit Saloop, den sie nicht einmal angerührt hatte. Ihr Atem stieg dampfend unter einer runden Sonnenbrille mit Goldgestell auf. Das hervorstechendste Merkmal von ihrem Fahndungsfoto – die leuchtend blauen Haare – war ja bereits abrasiert worden. Ihre knochigen Finger tippten einen nervösen Rhythmus auf den Tisch. An ihren Knöcheln hatten sich rote Schwielen gebildet. Seit wir hier waren, hatte sie kein einziges Wort gesagt und nicht einmal von ihrem Becher aufgeblickt. Ihr Rephaimhüter hatte sie wie Dreck behandelt. Diese Wunden würden nicht so schnell heilen.

»Wir sollten es machen«, entschied Jos. »Paige hat recht. Wer wird uns denn schon zuhören, wenn wir es als Wahrheit verkaufen?«

»Ihr habt alle einen Dachschaden, das ist euch hoffentlich klar?« Als sie unsere Mienen sah, schnalzte Nell mit der Zunge. »Also schön. Ich werde wohl das Schreiben übernehmen müssen, zumindest den Großteil davon.«

»Warum gerade du?«, wollte ich wissen.

»Ich habe einen Akrobatenjob im Fleapit. Im Kartenhäuschen könnten wir schreiben.« Sie trank durstig von ihrer Cola.

»Ich könnte sicher eine ganz anständige Story zusammenschreiben. Jos könnte mir dann beim Feinschliff helfen.«

Mit leuchtenden Augen fragte Jos: »Echt?«

»Na ja, du bist doch der Experte.« Sie unterdrückte ein Gähnen. »Morgen fangen wir an. Also, heute meine ich.«

Ich spürte, wie mein Nacken und meine Schultern sich entspannten. Es wäre mir völlig unmöglich gewesen, tagelang an einem Groschenroman zu schreiben, ohne dass Jaxon etwas bemerkt hätte. »Macht am besten zwei Exemplare, falls eines verloren geht. Und nehmt auf jeden Fall das mit den Anemonensamen mit rein«, wies ich sie an. »Damit kann man sie vernichten.«

»Kriegt man die auf dem Schwarzmarkt?«

»Vielleicht.« Mein Bauchgefühl sagte mir zwar, dass die Chancen schlecht standen, aber die Händler auf dem Schwarzmarkt konnten fast alles besorgen. »Was meint ihr, wie schnell ihr fertig sein könnt?«

»Gib uns eine Woche Zeit. Wo sollen wir es hinschicken, wenn es fertig ist?«

»Hinterlegt es im *Minister's Cat*, das ist eine Spielhölle in Soho. Ich kenne da eine von den Croupiers, Babs. Sie arbeitet jeden Tag von fünf bis um Mitternacht. Und versiegelt es sorgfältig.« Ich lehnte mich zurück. »Und, wie behandelt Agatha euch so?«

Jos verzog das Gesicht. »Ich mag sie nicht. Sie will, dass ich auf dem Markt singe.«

»Das Essen, das sie uns gibt, ist grauenhaft«, fügte Felix hinzu.

»Hört auf«, keifte Ivy. Sie brach ihr Schweigen so plötzlich, dass Jos erschrocken zusammenzuckte. »Was ist nur mit euch los? Sie versteckt uns vor den Lumpenpuppen und zahlt unser Essen aus eigener Tasche. Sie kann sich eben nichts anderes leisten als das, was sie uns gibt. Und es ist um Längen besser als alles, was wir bei den Rephaim fressen mussten. Wenn die uns überhaupt mal was gegeben haben.«

Nach kurzem Schweigen entschuldigte sich Jos leise. Felix' Ohren waren rot angelaufen.

»Agatha ist schon okay. Und eine Pension wäre teurer.« Nell fuhr sich mit einer Hand durch die Haare. Dabei blitzte eine gespaltene Narbe auf, die sich vom linken Augenwinkel bis zum Ohrläppchen zog. Sie war zu blass, um frisch zu sein. »Hey, auf wen setzt du eigentlich bei der Wahlschlacht, Paige?«

»Ja.« Felix beugte sich vor und rieb sich die Hände. »Nimmt der Fesselmeister auch teil?«

»Na klar«, nickte ich.

»Wenn er gewinnt, wirst du also die erste unter den Ganovenbräuten.« Durchdringend sah Nell mich an. »Ich denke, du wärst gar keine schlechte Ganovenbraut für einen Herrn der Unterwelt. Immerhin hast du uns alle aus der Kolonie rausgeholt, stimmt's?«

»Julian und Liss haben auch eine Menge getan. Und der Wächter.«

»Aber du hast alle in den Zug geschafft. Und hast dafür gesorgt, dass wir auch am Schluss noch weitergekämpft haben. Außerdem bist du die einzige von uns Überlebenden, die vielleicht dafür sorgen kann, dass die Versammlung der Widernatürlichen etwas unternimmt.«

»Höchst unwahrscheinlich nach der Sache mit Hector«, meinte Felix. »Was meint ihr, wer hat es getan?«

»Seine Ganovenbraut«, sagte Nell sofort. »Eigentlich dachte ich immer, sie würde ihn vergöttern, aber wenn sie unschuldig ist, warum war sie dann nicht dort?«

»Weil sie genau wusste, dass man sie anklagen würde, ganz egal, wie sehr dieser lüsterne, versoffene Mistkerl es verdient hat.« Wir drehten uns alle zu Ivy um, die diese Feststellung rausgewürgt hatte, als wären die Worte aus Stacheldraht. »Er hat Schlitzschnute ihre Narbe verpasst, wisst ihr? War eines Nachts sturzbetrunken und hat mit seinen Messern gespielt. Sie hat ihn gehasst.«

Hinter den dunklen Gläsern waren ihre Augen unsichtbar, aber sie ballte die Finger krampfhaft zu einer Faust. Nach einem schnellen Blick zu Nell fragte ich: »Woher weißt du das?«

Ihre Antwort war so leise, dass ich sie kaum verstehen konnte. »Habe ich auf der Straße gehört. Als Straßenköter schnappt man eine Menge auf.«

Jetzt wurde Nell misstrauisch. »Also, in meinem Viertel hat niemand geglaubt, dass Schlitzschnute Hector hasst. Wenn überhaupt, haben die Leute gesagt, sie wäre in ihn verknallt.«

»Sie war ganz sicher nicht in ihn verknallt«, presste Ivy hervor.

»Du kennst sie persönlich, stimmt's?«, riet ich. Ivys Blick wanderte zwischen uns hin und her. »Ich bin ihr am Abend vor Hectors Tod begegnet. Sie wollte wissen, wo du dich versteckt hältst.«

Schockiert öffnete Ivy den Mund, dann klappte sie ihn wieder zu. »Sie wollte …« Sie begann am ganzen Körper zu zittern, als sie sich über den Tisch beugte. »Paige, was hast du ihr gesagt?«

»Ich habe ihr gesagt, dass ich keine Ahnung hätte, wo du steckst.«

Die verschiedensten Gefühle spiegelten sich in Ivys Miene wider. Genau wie ich hatte Nell die Fährte aufgenommen. »*Woher* kennst du sie?«, hakte sie nach.

Ivy sackte wieder in sich zusammen und drückte die Hände vor den Mund. »Wir sind im selben Viertel aufgewachsen.«

»Aber die Narbe hat sie erst bekommen, als sie für Hector gearbeitet hat, und ich habe noch nie gehört, dass er sie aufgeschlitzt haben soll.« Aufmerksam beobachtete ich ihre Mimik. »Also wart ihr auch noch Freunde, nachdem sie seine Ganovenbraut wurde, und sie hat dir anvertraut, wie sehr sie ihn hasst. So eine gefährliche Information teilt man doch nicht mit irgendeinem Straßenköter.«

Jetzt wirkte Ivy fast panisch. »Du weißt schon, dass die Leute glauben, du hättest ihn getötet, oder, Paige?«, fragte sie mit schneidender Stimme. »Das hat Agatha mir erzählt. Die Versammlung der Widernatürlichen hat dich zwar laufen lassen, aber du warst in jener Nacht in seinem Haus. Warum interessierst du dich überhaupt so für Schlitzschnute?«

Stumm lehnte ich mich zurück und versuchte, Jos' verwirrte Blicke zu ignorieren. Jetzt hatte sie mich erwischt. Wenn ich beweisen konnte, dass Schlitzschnute die Mörderin war, konnte ich meinen Namen reinwaschen und wäre nicht länger auf Jaxons »Schutz« angewiesen. Aber vor den anderen konnte ich Ivy nicht weiter bedrängen, sonst würden sie sich dieselben Fragen stellen.

»Ich bin müde.« Ivy stand auf und zog die Ärmel über ihre zitternden Finger. »Ich gehe zurück in den Laden.«

Ohne ein weiteres Wort schlich sie mit hängendem Kopf zur Treppe. Gerade wollte ich ihr hinterher, als Nell mich am Arm packte. »Lass sie, Paige«, bat sie mich leise. »Sie ist verwirrt. Agatha hat ihr etwas gegeben, damit sie schlafen kann.«

»Sie ist nicht verwirrt.«

Ich riss mich los, schob die Beine über die Balustrade und landete so auf der eisernen Feuertreppe, die im Zickzack an der Hauswand hinunterführte. Sollten die anderen doch ihre Getränke genießen. Unter mir schoss Ivy gerade mit einem Mordstempo aus der Bar und lief auf den Markt hinaus. Ich sprang und hetzte hinterher, in einen engen Gang mit leeren Ständen.

»Ivy.«

Keine Antwort, nur ihre Schritte beschleunigten sich.

»Ivy!« Jetzt hob ich die Stimme. »Mir ist völlig egal, woher du Schlitzschnute kennst, aber ich muss wissen, wo sie sich versteckt.«

Sie hatte den kahl rasierten Kopf eingezogen und die Hände in die Hosentaschen geschoben. Erst als ich dicht hinter ihr war, fuhr sie herum und riss den Arm nach vorne. Im blauen Licht der Straßenlaternen blitzte eine Klinge auf.

»Lass es einfach gut sein, Paige«, sagte sie mit einer Kälte in der Stimme, die ich nie an ihr bemerkt hatte. »Das geht dich nichts an.«

Ihr Gesicht zuckte, ihre Hände zitterten, aber ihre dunklen Augen waren voller Entschlossenheit. Noch immer schimmerten Blutergüsse auf ihrer Haut. Sie zielte mit dem Messer direkt auf mein Herz, bis ich einen Schritt zurückwich. »Ich werde ihr nichts tun, Ivy«, versicherte ich und hob vorsichtig die Hände. Sofort riss sie die Waffe wieder hoch. »Aber sie könnte in Gefahr sein. Wer auch immer Hector getötet hat, wird –«

»Weißt du was, Paige? Ich habe keine Ahnung, ob sie ihn geliebt oder gehasst hat. Früher habe ich mal geglaubt, ich würde sie kennen«, fauchte sie, »aber offenbar habe ich schon immer den falschen Leuten vertraut.« Mit brüchiger Stimme fügte sie hinzu: »Verschwinde, Fahle Träumerin. Geh zurück zu deinem Denkerfürsten.«

Das Klappmesser schnappte zu. Dann schob sie sich zwischen ein paar aufgehängten Lumpen hindurch und verschwand im Gewühl des Marktes.

*

Vielleicht war ja nichts dran. Vielleicht waren Schlitzschnute und Ivy einfach Freundinnen gewesen und hatten sich auch später noch so nahegestanden, dass sie ihre Geheimnisse miteinander geteilt hatten, mehr nicht. Offenbar hatte sie zumindest eine Ahnung, wo Schlitzschnute war, aber aus welchem Grund hätte sie mir diese Information anvertrauen sollen? Mich kannte sie auch nicht besser als jeden anderen aus der Kolonie. Ich war einfach nur eine Weißjacke vom Übungsfeld, deren Hüter nett zu ihr gewesen war.

In der Nähe der U-Bahn nahm ich mir eine Rikscha, zog die Kapuze tief ins Gesicht und beobachtete die Sterne, die immer wieder hinter den Wolken hervorblitzten. Wenigstens waren wir uns in Bezug auf den Groschenroman einig geworden. Eine noch verschwiegenere Form der Rebellion als Worte auf Papier konnte ich mir kaum vorstellen. Aber Jaxons Pamphlet hatte doch wirklich die gesamte Struktur des Syndikats verändert. Hatte es uns nicht unseren Verhaltenskodex aufgedrückt, unsere Rivalitäten, die Art, wie wir einander sahen? Jaxon war ein Niemand gewesen, ein autodidaktischer Straßenköter, und trotzdem hatte sein Pamphlet mehr bewirkt als jeder Herr der Unterwelt, einfach nur weil es massenhaft gelesen worden war und die Leute entsprechend gehandelt hatten.

Schreiben war weniger riskant als reden. Man konnte nicht angestarrt oder niedergebrüllt werden. Papier war gleichzeitig Stellvertreter und Schild. Dieser Gedanke zauberte mir zum ersten Mal seit Tagen ein echtes Lächeln ins Gesicht, auch wenn es beim Anblick des nächsten Übertragungsschirms schnell wieder verblasste.

Die Rikscha brachte mich zurück nach I-4. Am Piccadilly Circus bog sie so ruckartig rechts ab, dass ich im Sitz herumgeschleudert wurde. Der Fahrer schaute kurz über die Schulter, und automatisch zog ich mir das Halstuch bis zu den Augen hoch.

Mitten auf dem Circus parkte ein Mannschaftswagen, und eine ganze Einheit von Wachleuten war gerade dabei, neun Sehern Handschellen anzulegen. Mein Fahrer schimpfte leise über seinen Job und packte den Lenker fester. Wir waren völlig im Verkehr eingekeilt, alles stand still wegen einer roten Ampel und der Neugier diverser Fahrgäste. In einer Rikscha neben uns stand der Passagier sogar auf, um das Geschehen besser verfolgen zu können.

»… Verbrecher, Aufrührer und niederträchtigste aller Widernatürlichen«, brüllte der Kommandant der Wachen in sein Megafon. Seine Pistole zielte auf das Herz eines Wahrsagers, der mit hängendem Kopf dastand. Neben ihm war ein Medium vor Angst in Tränen ausgebrochen. »Diese neun Verräter haben gestanden, dass sie von Paige Mahoney in ihre Verschwörung hineingezogen wurden. Sollten diese Flüchtigen nicht gefunden werden, wird sich die Plage über die gesamte Zitadelle ausbreiten! Sie planen, jene Gesetze zu zerstören, die Sie BESCHÜTZEN! London soll lieber BRENNEN, als dass sich das Erbe des Blutrünstigen Königs fortsetzt!«

Die Ampel schaltete um, und der Bus vor uns fuhr an. Ruckelnd fädelte die Rikscha sich wieder in den Verkehr ein.

»Tut mir leid«, rief der Fahrer nach hinten und wischte sich den Schweiß von der Stirn. »Hätte ich das gewusst, hätte ich eine andere Route gewählt.«

»Bekommen Sie so etwas oft zu sehen?«, fragte ich.

»Viel zu oft.«

Obwohl er ein Amaurotiker war, klang er betrübt. Ich sagte nichts mehr. Jeder Zug aus Scion wurde von Nashira kontrolliert. Diese neun Seher würden sterben, noch bevor die Woche vorbei war.

Am Fuß der Säule in Seven Dials setzte die Rikscha mich ab. Die leuchtenden Blau- und Goldtöne der Sonnenuhren waren durch Rot, Weiß und Schwarz ersetzt worden, und in jedem Oval prangte nun ein silberner Anker. Chat hatte sie letzte Nacht gestrichen und die wunderschönen Symbole mit Scions Farben übermalt. Es wirkte wie eine Verschönerungsmaßnahme zur Novembertide, trotzdem blutete mein Herz, als ich das Symbol des Feindes auf der Säule sah. Ich wandte mich ab und zog meine Schlüssel aus der Tasche.

In meinem Zimmer entdeckte ich vier kleine Büchlein aus der Grub Street auf meinem Bett. Ich nahm das erste und blätterte darin: *Die Geschichte des Großartigen Syndikats von London – Band I.* Das waren dann wohl die »Hausaufgaben«, von denen Jaxon gesprochen hatte. Ich setzte mich in meinen Sessel und begann zu lesen.

Ursprünglich hatten die Seher von London sich nur in kleinen Gruppen getroffen. Zwar hatte es ein paar größere Banden mit seherisch begabten Mitgliedern gegeben – wie etwa die Vierzig Elefanten –, aber erst in den frühen 1960er-Jahren war der »Spiegelleser« Tom Merritt aufgetaucht und hatte die Führung des Ganzen übernommen. Schon interessant, dass dieser erste Herr der Unterwelt ein Wahrsager gewesen war und damit der untersten von Jaxons Kasten angehört hatte. Zusammen mit seiner Geliebten, der »Blumenlegerin« Madge Blevins, hatte er die Zitadelle in Sektoren aufgeteilt, den Schwarzmarkt gegründet und jedem Seher einen Job verschafft. Die Treuesten unter ihnen erhob er in einflussreichere Positionen, und aus ihnen wurden die ersten Denkerfürsten und -königinnen. 1964 war sein Werk vollbracht. Er ernannte sich selbst zum Herrn der Unterwelt und Madge zu seiner treuen Ganovenbraut.

Seltsam, so ein Bericht, in dem nicht das System der Sieben Kasten verwendet wurde. »Spiegelleser« und »Blumenorakel« waren längst durch *Katoptromant* und *Anthomant* ersetzt worden. Und es gab noch mehr Archaismen in dem Text: *Numina* statt *Numa*, *Geisterschar* statt *Horde*.

Die erste Wahlschlacht wurde zwölf Jahre später abgehalten. Der gute Tom und seine Madge waren beide bei einem unglücklichen Unfall ums Leben gekommen, sodass das Syndikat führerlos wurde. Den anschließenden Kampf um die Krone – die erste Wahlschlacht – gewann die erste Herrin der Unterwelt, die sich selbst als die Goldene Baroness bezeichnete. Sie herrschte vier Jahre, bevor ein »Axt-Beschauer« sie brutal ermordete.

*

Nach dem grausamen Dahinscheiden der Herrin der Unterwelt wurde durch die Versammlung der Widernatürlichen beschlossen, dass ihr Ganovenschützling, der Silberne Baron, die Krone erben sollte, ganz wie es bei den entthronten Monarchen Englands der Fall gewesen war, deren Erbfolge durch die Gründung von Scion ein jähes Ende gefunden hatte. (Denn sind wir nicht, wie eine Denkerkönigin es einmal aus-

drückte, die Monarchen all jener, die unter dem Anker zerrieben wurden?) Von diesem Tage an galten die Ganovenbräute und -schützlinge immer als Erben, außer in den seltenen Fällen, wenn der Herr der Unterwelt und sein Stellvertreter zur gleichen Zeit getötet wurden oder der Erbe seinen Anspruch aufgab oder ignorierte.

*

Das konnte eine Erklärung für das Verschwinden von Schlitzschnute sein. Man konnte mit Sicherheit davon ausgehen, dass Hectors Mörder sie ebenfalls tot sehen wollte. Deshalb war sie lieber abgetaucht, statt sich bei der Versammlung der Widernatürlichen zu melden. Als ich Band III aufschlug, erschienen 2045, knirschte ich mit den Zähnen.

*

In dieser Ära unserer Geschichte trat nun der große Pamphletschreiber, dessen Anonymität zugleich sein Pseudonym wurde, in Erscheinung und strukturierte das Syndikat vollkommen neu. 2031 sorgten die Sieben Kasten der Seher – wie sie in Über die Vorzüge der Widernatürlichkeit *dargestellt wurden – für gewisse Unstimmigkeiten (darunter auch die unvergessene Inhaftierung der Niederen Auguren), bis sie sich als offizielles System aller Seher des Syndikats etabliert hatten. Noch heute blickt die Grub Street stolz auf die Veröffentlichung dieses gewaltigen und bahnbrechenden Dokuments zurück. Heute ist der anonyme Verfasser besser bekannt als der Weiße Fesselmeister, Denkerfürst in Parzelle I, Sektor 4.*

*

»Gewisse Unstimmigkeiten«? So nannten diese Historiker also das sinnlose Morden der Bandenkriege? So bezeichneten sie die tiefen Gräben, die uns noch immer voneinander trennten? Ich wandte mich dem Kapitel über die Gepflogenheiten innerhalb des Syndikats zu.

*

Die Wahlschlacht basiert auf der mittelalterlichen Kunst des mêlée. *Denkerfürsten, Denkerköniginnen, ihre Ganovenbräute und -schützlinge treten im Ring der Rosen gegeneinander an, dem ewigen Symbol für die Plage der Widernatürlichkeit. Jeder Teilnehmer kämpft für sich, jedoch dürfen Ganovenbräute und -schützlinge zu jedem Zeitpunkt mit ihrem Denkerfürsten oder ihrer Denkerkönigin zusammenarbeiten. Der letzte Kandidat, der noch aufrecht stehen kann, wird zum Sieger erklärt und erhält die zeremonielle Krone. Von diesem Moment an herrscht der Sieger über das Syndikat und trägt den Titel Herr oder Herrin der Unterwelt.*

Verbleiben nur zwei Kandidaten im Ring der Rosen, die nicht Denkerfürst und Stellvertreter sind, müssen sie sich bis zum Tode bekämpfen, bevor ein Sieger gekürt werden kann. Nur durch eine spezielle Formel – »Im Namen des Aethers erkläre ich, [Name oder Deckname], meine Niederlage.« – kann ein Teilnehmer diesen letzten Kampf ohne Blutvergießen beenden. Sobald dieser Satz ausgesprochen wurde, wird der Gegner automatisch zum Sieger erklärt. Diese Regel wurde von der Goldenen Baroness, der ersten Herrin der Unterwelt in der Scionzitadelle London, eingeführt (Regierungszeit 1976–1980).

*

Jaxon klopfte mit seinem Stock gegen die Wand. Brav klappte ich das Büchlein zu und legte es auf meinen Nachttisch.

In seinem Arbeitszimmer hing schwerer Blumenduft in der Luft. Auf dem gesamten Schreibtisch lagen Schnittblumen verteilt, außerdem eine Schere und ein orangefarbenes Band. Nadine saß auf dem Sofa und zählte die Einnahmen der Woche. Sie warf mir einen kurzen Blick zu, bevor sie sich wieder auf den Münzhaufen in ihrem Schoß konzentrierte.

»Da bist du ja, Paige.« Jaxon signalisierte mir, dass ich mich setzen sollte. Unseren Streit hatte er bereits wieder vergessen. »Wo warst du heute Morgen?«

»Nur auf einen Kaffee im *Chat's*. Bin früh aufgewacht.«

»Du solltest nicht einfach so herumwandern. Dich zu verlieren wäre eine Tragödie, meine Schöne.« Er schniefte. Seine Augen waren gerötet. »Verdammte Pollen. Ich würde dich gern nach deiner Meinung fragen, Ganovenbraut, also sieh dir mal diese Blumen an.«

Ich setzte mich vor den Schreibtisch. »Wusste gar nicht, dass du unter die Botaniker gegangen bist, Jax.«

»Das hat nichts mit Botanik zu tun, Liebes, sondern mit Tradition. Jeder Teilnehmer der Wahlschlacht wählt drei Blumen aus, die er zusammen mit seiner Anmeldung in die Grub Street schickt. Man greift in Gedenken an die Ganovenbraut des ersten Herrn der Unterwelt noch heute auf die Sprache der Blumen zurück, da sie der Legende nach eine talentierte Anthomantin war.« An jedem Stiel hing ein kleines Schild. »Diese hier habe ich ausgewählt: Forsythie, um ihnen zu zeigen, wie sehr ich mich auf den Kampf freue.« Eine kleine gelbe Blüte. »Kuckuckslichtnelke steht natürlich für Gerissenheit.« Eine zweite Blume landete in meinem Schoß, diese hatte zarte rosafarbene Blütenblätter. »Und zu guter Letzt Blauer Eisenhut.«

»Ist der nicht giftig?«

»Allerdings. Symbolisch betrachtet kann er entweder für Ritterlichkeit stehen oder einfach eine Warnung darstellen. Nadine findet, ich sollte den nicht schicken.«

»Stimmt«, sagte Nadine, ohne ihn anzusehen, »sehe ich auch so.«

»Ach, komm schon. Das wäre doch spaßig.«

»Warum willst du ihn denn schicken?«, erkundigte ich mich. Trotz des tiefen Wahrsagerblaus wirkte die letzte Blume irgendwie unscheinbar.

»Um herauszustechen, Liebes. Die meisten Denkerfürsten

senden ihre Warnung in Form von Begonien, aber mir gefällt der Eisenhut besser.«

»Wenn ich der Empfänger wäre, könnte ich das als Drohung gegen die Organisatoren auffassen«, überlegte ich.

»Vielen Dank«, seufzte Nadine.

»Ihr seid alle beide Langweiler. Kein bisschen Humor habt ihr.« Sorgfältig schlang er das Band um die Blumen und streckte mir das Sträußchen entgegen. »Bring das zum Postfach. Nadine und ich haben etwas zu besprechen.«

Nadine entgleiste kurz das Gesicht und ihre Hand, die entspannt auf der Armlehne geruht hatte, ballte sich zur Faust. Zu gerne wäre ich geblieben und hätte sie belauscht, aber die gute Seite meiner Persönlichkeit verbot es mir.

Draußen fiel dichter Regen. Ich suchte die Straße nach Wachen ab, dann trat ich geduckt aus der Tür und zog mir die Kapuze über den Kopf. Book Mews war eine verlassene Gasse im Norden von Seven Dials, der perfekte Ort für ein Postfach. Sie lag zwar nur ein kleines Stück von unserem Unterschlupf entfernt, aber nachdem Scion die Sicherheitsmaßnahmen verschärft hatte, konnte mich selbst so ein kleiner Spaziergang den Kopf kosten. Als Gile's Passage in Sicht kam, begann ich zu rennen und schwang mich über den Maschendrahtzaun am Ende der Gasse. Sobald ich das Postfach erreichte, schob ich den Umschlag und das Sträußchen hinter einen losen Ziegelstein in der Wand, den ich anschließend sorgfältig wieder einsetzte.

Zwei Traumlandschaften – abgeschottete, rephaitische Traumlandschaften – fielen über mich her.

Innerhalb eines Herzschlages bekam ich keine Luft mehr, meine Kehle war wie zugeschwollen, als würde ich ersticken. Sämtliches Blut zog sich aus meiner Haut ins Körperinnere zurück, um die lebenswichtigen Organe zu versorgen. Zurück blieb eisige Kälte. Selbst meine Traumlandschaft reagierte darauf, indem sie Barrieren errichtete und ihre Abwehr verstärkte.

Scheiße. Anscheinend hatten sie nur darauf gewartet, dass ich ohne Begleitung das Haus verließ. Und jetzt schnitten sie mir den Rückweg ab. Wenn diese beiden Sklaven der Sargas waren, hatte mein letztes Stündlein geschlagen.

Auf keinen Fall ging ich zurück in die Strafkolonie. Das stand für mich außer Frage, kein anderer Gedanke hatte in mir Platz. Da mussten sie mich im Leichensack hinschaffen. Ich fischte zwei Messer aus meinem Ärmel, bevor ich das kalte Metall an meiner Wange spürte.

»Hinlegen«, befahl eine Stimme ohne einen Funken Wärme. »Die können dir nicht helfen.«

»Wenn ihr mich nach Sheol I bringen wollt«, presste ich zwischen den Zähnen hervor, »kannst du mir genauso gut die Kehle aufschlitzen, Rephait.«

»Sheol I dient uns nicht länger als Strafkolonie. Die vom Blut bestimmte Herrscherin würde sicherlich einen anderen Ort finden, an dem sie dich unterbringen könnte, aber zu deinem Glück gehöre ich nicht zu ihren Freunden.«

Das Gesicht über mir war mit einer dieser unerschwinglichen Scionmasken bedeckt, durch die Gesichtszüge so subtil verformt wurden, dass man sie kaum als Maske erkannte. Als die mit einem Handschuh bekleideten Finger sie anhoben, lief mir ein eiskalter Schauer über den Rücken.

In der Strafkolonie hatte man die Rephaim entweder bei Kerzenschein, im Strahl einer Taschenlampe oder im sanften Licht der untergehenden Sonne gesehen. Hell genug, aber halb im Schatten. Bei Tageslicht wirkte Terebell Sheratan fast blutleer. Dunkelbraune Haare fielen ihr bis auf die breiten Schultern, und zwischen den leicht schräg stehenden Augen wölbte sich eine lange, schmale Nase. Ihre vollen Lippen waren abfällig verzogen. Und wie bei jedem Rephait ließ sich unmöglich sagen, wie alt oder jung sie war.

Wer genauer hinsah, bemerkte, dass ihre Haut in einer Mischung aus Silber und Kupfer glänzte und dass in ihren Augen ein loderndes Feuer brannte. *Schön* war nicht ganz die richtige Bezeichnung für sie, genauso wenig für den Mann, der neben ihr stand. Er war so groß wie der Wächter, gertenschlank und haarlos. Sein Teint erinnerte an weißen Satin. In seinen weit auseinanderstehenden Augen schimmerte das dumpfe Grün, das immer dann auftrat, wenn ein Rephait sich längere Zeit nicht genährt hatte. Nun stieg aus seiner Kehle ein tiefes Knurren auf.

»Wie habt ihr mich gefunden?«, wollte ich wissen.

Terebell schob ihre Waffe wieder in den Gürtel. »Es wird dich freuen, zu erfahren, dass es nicht ganz einfach war. Arcturus hat uns mitgeteilt, wo sich euer Unterschlupf befindet.«

Betont langsam steckte ich die Messer weg. »Ich habe eure Traumlandschaften nicht mehr gespürt, seit ihr vor dem Lokal aufgetaucht seid.«

»Wir kennen Mittel und Wege, um uns zu verbergen. Selbst vor einem Traumwandler.«

Meine Hand wanderte zu dem Revolver, den ich in der Innentasche trug. »Mach dich nicht lächerlich«, sagte Terebell nur, als sie es bemerkte. »Du wirst feststellen, dass wir ohne die rote Blume ziemlich immun sind gegen Kugeln.«

Beide Rephaim trugen geknöpfte Handschuhe, die bis zu den Ellbogen reichten. Nun kleideten sie sich nicht mehr wie Könige, sondern wie normale Bürger: lange Wollmäntel, feste Winterstiefel, maßgeschneiderte Hosen. Wo sie so gut sitzende Kleidung gefunden und wie sie es unbemerkt an den Patrouillen vorbeigeschafft hatten, war mir schleierhaft.

»Und wer bist du?«, wandte ich mich an den Mann.

»Ich, Traumwandler, bin Errai Sarin. Während deiner Zeit in der alten Stadt dürftest du meiner Familie kaum begegnet sein«, antwortete er, ohne mich eines Blickes zu würdigen. »Zu deiner Knochenernte hat sich keiner von uns als Hüter gemeldet.«

»Warum nicht?« Ich wedelte mit der Hand vor seinem Gesicht herum. »Ich bin übrigens hier, nicht da hinter der Wand.«

Seine brennenden Augen richteten sich auf mich. »Unsere Pflichten lagen woanders. Zwar hatte ich noch einige Hausgäste von der letzten Ernte, doch die habe ich nur selten gesehen. Ich habe mich zusammen mit zehn meiner Vettern den Ranthen angeschlossen.«

»Das ist der korrekte Name der ›Gezeichneten‹«, erklärte Terebell. »Ich glaube nicht, dass ich mich dir bereits vorgestellt habe, Traumwandler. Ich bin Terebellum, einst Wächterin der Sheratan, gewählte Herrscherin der Ranthen.«

Dann war sie also ihre Anführerin. Irgendwie hatte ich immer gedacht, das wäre der Wächter. »Mir war nicht klar, dass es noch mehr von euch gibt«, sagte ich.

»Es existieren noch weitere Rephaim, die mit den Ranthen sympathisieren, allerdings sicher viermal weniger als blinde Anhänger der Sargas.«

»Alsafi und Pleione«, erinnerte ich mich. »Waren das die einzigen anderen in der Kolonie?«

»Es gab noch einen, doch er … ging verloren, als wir aus der Kolonie flohen.« Das Licht in ihren Augen trübte sich ein. »Alle anderen waren Sklaven der Sargas.«

Errai schaute sich in der Gasse um. »Wir sollten drinnen weiterreden, Herrscherin.«

»Wir sind nicht mehr in Sheol I«, wandte ich ein. »In London gibt es keine schicken Salons und Kammern für euch. Nur Slums und Hochhäuser.«

»Wir verlangen keinen Tribut. Nur Verschwiegenheit«, erklärte Terebell.

»Hier ist es verschwiegen genug. Und bei allem Respekt: Ich würde es vorziehen, mich erst dann mit euch in einen engen Raum zu begeben, wenn ich weiß, was ihr von mir wollt.«

»Ja, mir ist bereits aufgefallen, dass du dich engen Räumen so geschickt entziehst wie eine Spinne. Du kriechst. Schon oft habe ich mich gefragt, warum Arcturus ausgerechnet dich als menschlichen Handlanger gewählt hat.«

»Uns blieb nicht viel anderes übrig, als zu kriechen, nachdem wir monatelang ausgehungert und geschlagen worden waren.«

»Jetzt hast du diese Ausrede nicht, du bist wohlgenährt.« Sie wandte sich ab. »Wir werden dieses Gespräch nicht hier auf der Straße fortführen. Du stehst in meiner Schuld, da ich dich vor den Sargas beschützt habe, und ich vergesse niemals, fällige Schulden einzutreiben.«

Während sie abwartend schwieg, kämpfte ich mit meinem Stolz. Vielleicht hatten die beiden Neuigkeiten vom Wächter, die ich dringender wissen wollte, als ich ihnen gegenüber je zugeben würde. Dringender als ich es mir selbst eingestehen würde.

»Folgt mir«, sagte ich schließlich.

Es war riskant, bis in die Drury Lane zu gehen. Zwar leuchteten die Augen meiner Begleiter nicht mehr so stark, dass es unmenschlich wirkte, aber ihre Größe und ihre Haltung zogen neugierige Blicke auf sich, die mich ziemlich nervös machten. Ich hielt möglichst viel Abstand und zog die Kapuze ins Gesicht. Eine Straßenkünstlerin ließ sogar die Blechdose mit ihren Einnahmen fallen, als sie die beiden sah.

Das verlassene Theater diente den Obdachlosen im Winter als Unterschlupf. Scion hatte unter der Herrschaft von Abel Mayfield – dem Eroberer von Irland – einige dieser Etablissements geschlossen, nachdem er ständig verkündet hatte, Kunst verbreite nur Unfrieden. *Gebt ihnen Farbe*, hatte er während einer seiner Reden gegeifert, *und sie übermalen den Anker. Gebt ihnen eine Bühne, und sie schreien verräterische Parolen. Gebt ihnen einen Stift, und sie schreiben die Gesetze um.*

Ich prüfte den Aether, dann zog ich mich zu einem offenen Fenster hinauf. Die beiden Rephaim sahen mir mit leeren Mienen zu – falls man das überhaupt als Miene bezeichnen konnte. Sobald ich drin war, öffnete ich die eingerostete Tür, um sie reinzulassen.

In der Eingangshalle herrschte völlige Stille. Fast schon Grabesstille. Die Tische und Stühle aus Walnussholz waren zum Teil von Hausbesetzern umgekippt worden, zum Teil waren sie aber auch ordentlich abgedeckt. Im Saal hatte sich tonnenweise Staub im Bühnenvorhang angesammelt, aber architektonisch war noch alles intakt. Auf dem fadenscheinigen Teppich lag ein alter Flyer:

*

Sehen Sie am
Mittwoch, den 15. Mai 2047
DEN MANISCHEN MAYFIELD
in
»JENSEITS DES PFAHLGEBIETS«!
Die neue Komödie über die Geschehnisse in Irland.

*

Plötzlich flackerten schwarze Flecken am Rand meines Gesichtsfeldes. Ich hatte keine Ahnung gehabt, dass die Bürger von Scion sich in ihren Theatern amüsiert hatten, während wir von Dublin bis Dungarvan um unsere Freiheit gekämpft hatten. Zum ersten Mal seit Monaten musste ich an meinen Cousin Finn und seine Verlobte Kay denken. An ihre Leidenschaft, die heller gebrannt hatte als die untergehende Sonne über der Liffey. An ihre Wut über den alles erdrückenden Schatten des Ankers. Für sie hatte es nichts Wichtigeres gegeben, als Scion aus Irland zu verbannen.

Seit zwölf Jahren lag dieser Papierfetzen schon hier. Als ich mich umsah, entdeckte ich überall die Spuren von Scions Vergeltungsschlägen: Brandspuren am Vorhang und am Teppich, rostrote Flecken, herausgebrochene Splitter in der Wandvertäfelung. Nur sehr dumme Menschen hatten sich über den Manischen Mayfield lustig gemacht, egal, ob Amaurotiker oder Seher.

»Das wird ausreichen«, stellte Terebell knapp fest. Die Patina der Geschichte war für sie unsichtbar. »Anscheinend ist ein Großteil dieser Zitadelle dem Verfall anheimgefallen.«

»Du siehst aber auch nicht sonderlich frisch aus, Terebell«, gab ich zurück.

»Wir verfügen nicht über einen luxuriösen Zug, der uns unter dem Niemandsland hindurchgeführt hätte. Du solltest dankbar sein, dass wir keine Emim bis vor deine Haustür geschleppt haben.« Ohne zu blinzeln sah Terebell mir in die Augen, auch so eine verstörende Angewohnheit der Rephaim. »Nashira ist wild entschlossen, dich zu erwischen. In diesem Moment befindet sie sich im Archonitat und drängt den Großinquisitor dazu, die Intensität der Suche weiter zu verstärken.«

»Sie weiß doch, dass ich in I-4 lebe.« Ich setzte mich hin. »Warum hat sie mich noch nicht aufgespürt? So groß ist der Sektor nicht.«

»Wie ich bereits sagte, ist es nicht einfach, dich zu finden. Nashiras Handlanger werden die Panik nicht weiter schüren wollen, indem sie die Präsenz der Wachen auf den Straßen noch einmal erhöhen. Vielleicht denken sie auch, du hättest I-4 zu deinem eigenen Schutz verlassen, was die bei Weitem logischste Vorgehensweise gewesen wäre.«

»Dann hat ihr Deal mit Scion also weiter Bestand.«

»Selbstverständlich. Weaver wird die Herrschaft der Rephaim nicht infrage stellen, solange er die Emim fürchtet.« Sie musterte mich, als erwartete sie, dass gleich etwas Fantastisches aus mir herausplatzen könnte. »Du möchtest Nashira vernichten. Wir möchten das ebenfalls.«

»Warum könnt ihr sie nicht allein ausschalten?«

»Es gibt gerade mal zweihundert Ranthensympathisanten, und nur wenige davon befinden sich auf dieser Seite des Schleiers«, fauchte Errai. »Gegen die vielen Tausend Anhänger, die die Sargas um dich geschart haben, ist das so gut wie nichts.«

»Tausende?« Fassungslos starrte ich sie an. In der Strafkolonie hatte es vielleicht dreißig Rephaim gegeben. »Bitte sagt mir, dass das ein Scherz ist.«

»Scherze sind etwas für Narren.«

»Sie wird auch Menschen für sich einspannen.« Mit leicht angewiderter Miene fuhr Terebell fort: »Ihr seid alle so voller Selbsthass, Sklaven eurer Schuldgefühle ... zweifelsohne wird die Doktrin der Sargas gewisse Menschen ansprechen.«

Schon beim Gedanken an Tausende Rephaim begann ich innerlich zu zittern.

»Allein die Ranthen stellen sich gegen die Übermacht der Sargas«, sagte Errai kalt. »Und wir wollen, dass du für uns den Wächter der Mesarthim ausfindig machst.«

Ruckartig hob ich den Kopf. »Er lebt?«

»Das hoffen wir zumindest.« Terebell wirkte angespannt. »Es ist uns nicht gelungen, Nashira und Gomeisa in der Kolonie zu vernichten. Sie haben sich in der Residenz der Suzerain verbarrikadiert, zusammen mit sämtlichen Rotjacken, die nicht getötet worden waren, und haben den Sturm der Verwüstung ausgesessen. Sobald deutlich wurde, dass wir in dieser Festung nie an sie herankommen würden, hat Arcturus sich auf den Weg nach London gemacht, um dich vor ihrer Vergeltung zu warnen. Er ist eine der Säulen unserer sterbenden Bewegung«, sagte sie. »Er muss gefunden werden.«

»Und wie kommt ihr darauf, dass ich auch nur die leiseste Ahnung haben könnte, wo er ist? Ich habe ihn nicht mehr gesehen seit –«

»– der Zweihundertjahrfeier. Aber du weißt durchaus, wo er sich aufhält.« Sie beugte sich vor, um mir in die Augen zu sehen. »Du kannst von Glück reden, dass die Sargas noch nichts von dem Goldenen Band erfahren haben, das du mit Arcturus teilst. Nur ein Wort zu einem anderen Rephait als uns, Traumwandler, und ich schneide dir die Zunge raus.«

Der Wächter hatte mir gesagt, das Band sei entstanden, nachdem wir einander je drei Mal das Leben gerettet hatten. »Dürfte ich auch erfahren, warum?«

»Anscheinend begreifst du unsere Kultur nicht.« Errai strafte mich mit einem vernichtenden Blick ab. »Jegliche Intimität zwischen Rephaim und Menschen ist verboten.«

»Dieses Band«, präzisierte Terebell, »ist unerwünscht, eine Komplikation. Doch ohne es würden Errai und ich sehr lange brauchen, um ihn aufzuspüren. Vielleicht zu lange. Aber du kannst es, Paige Mahoney. Du weißt, wo er ist.«

»Er hat mir nicht viel erklärt, was das Band angeht«, wandte ich ein.

»Das muss dir niemand erklären. Du bist nicht dämlich, und du weißt zumindest ungefähr, wie der Aether funktioniert.«

Ich schob die Hände in die Taschen. »Wann habt ihr das letzte Mal etwas von ihm gehört?«

»Als er in London eintraf, am fünften September. Wir haben vereinbart, dass er eine Séance abhält, sobald er dich gefunden hat, aber er hat sich nie wieder bei uns gemeldet.«

Mein Mund war wie ausgetrocknet. »Und ihr seid *sicher*, dass Nashira ihn nicht erwischt hat?«

»Wenn es ihr gelungen wäre, den Verräter des Fleisches zu fangen, hätte sie damit sicherlich nicht hinter dem Berg gehalten. Viel eher wurde er das Opfer opportunistischer Menschen.«

»Das sieht ihm aber nicht ähnlich«, überlegte ich.

»Nein, allerdings nicht.« Die Sanftheit in ihrer Stimme brachte mich etwas aus dem Konzept. »Uns magst du nur als Sklavenhalter kennen, aber auch unter den Menschen gibt es Habgier. Und ich werde nicht zulassen, dass er wie Vieh verscherbelt wird, um die Taschen eines herzlosen Händlers zu füllen.« Ruckartig richtete sie sich auf. »Falls du einen Beweis für seine Loyalität brauchst, sich in dem Rucksack nach, den du aus der Kolonie mitgebracht hast.«

»In meinem Rucksack? Warum das denn?«

Terebell antwortete nicht.

Ihrer Forderung nachzugeben wäre der reinste Wahnsinn. Ich wurde gesucht, das Goldene Band hatte bis jetzt nicht einmal gezuckt, und London war viel zu groß, um es alleine zu durchkämmen. Aber es gab so viele Fragen, auf die ich keine Antwort bekommen hatte; so viele Fragen, die ich ihm noch stellen musste. So vieles, was ich ihm sagen musste.

»Also gut«, entschied ich leise.

Errai schwieg, aber ich glaubte Zweifel in seiner Miene zu erkennen, als er zu Terebell hinübersah. Die griff in ihren Mantel und überreichte mir zwei große Seidenbeutel.

»In dem weißen findest du Salz, in dem roten Pollen der Kronenanemone«, erklärte sie. »Setze den Inhalt des roten Beutels sparsam ein.«

»Danke.« Sorgfältig schob ich die Beutel in meine Jacke. »Wie kann ich mit euch in Kontakt treten?«

Terebell hatte bereits die Tür geöffnet, und grelles Sonnenlicht fiel in die Halle. »Wenn du Arcturus findest, wird er uns mithilfe einer Séance benachrichtigen. Bis dahin sorge dafür, dass man dich nicht entdeckt, Traumwandler. Wenn es eines gibt, worin wir Rephaim wirklich gut sind, dann ist es Geduld. Nashira hat eine Menge davon. Und sie wird erst aufhören, dich zu jagen, wenn dein Gesicht von ihrer Wand herabblickt.«

Damit meinte sie die Totenmasken in der Residenz der Sargas. Nie würde ich diese schlafenden Gesichter vergessen, alles Opfer ihrer Herrschaft. Als Terebell ihre Maske wieder überstreifte und sich zum Gehen wandte, berührte Errai sie am Arm.

»Wir müssen uns nähren.«

»Denk nicht mal dran«, protestierte ich.

Sie blickten einander an und verschwanden wortlos. Als ich auf die Straße hinaustrat, waren sie nirgendwo mehr zu sehen.

*

Es würde keine leichte Aufgabe werden, einen einzelnen Mann in der Scionzitadelle London aufzuspüren, selbst wenn es sich bei diesem Mann um einen Rephaiten handelte. Ihr weit verzweigtes Straßengewirr voller herumeilender Menschen breitete sich meilenweit in alle Richtungen aus, und das galt für den Bereich unter der Erde genauso wie für den überirdischen Teil. Falls der Wächter tatsächlich von opportunistischen Schiebern entführt worden war – was, wenn er gut gekleidet und allein unterwegs gewesen war, eine Möglichkeit sein konnte –, dann war es auch durchaus denkbar, dass die bereits überlegten, wie sie sich noch mehr Rephaim schnappen konnten. Sicher hätten sie auf den ersten Blick erkannt, dass er kein Mensch war und eine Menge Geld einbringen würde.

Andererseits war der Wächter nicht gerade ein leichtes Ziel. Er war über zwei Meter groß und entsprechend muskulös; ihn gefangen zu nehmen und irgendwo festzuhalten wäre ein echtes Problem geworden. Seine Entführer hätten gut vorbereitet sein müssen, was wiederum bedeutete, dass sie ihn im Vorfeld beobachtet hätten. Irgendjemand dort draußen wusste über die Rephaim Bescheid.

An diesem Abend saß ich auf dem Dach unseres Hauses in Seven Dials und schaute mir den Sonnenuntergang an. Das war einfach die schönste Zeit des Tages, wenn das Licht zwischen den Gebäuden hindurchschimmerte und die Wolkenkratzer in goldene Schilde verwandelte.

Jaxon und die anderen waren alle im Unterschlupf. Sie hatten die Nacht durchgemacht und seine Bewerbung mit echtem Wein und Rauchkäse gefeiert, aber ich hatte mich einfach nicht dazu überwinden können, mich anzuschließen. Es wäre zu offensichtlich gewesen, dass ich nicht bei der Sache war. Stattdessen hatte ich mein Bewusstsein losgeschickt und innerhalb meiner Reichtweite nach irgendeinem Hinweis auf die Traumlandschaft des Wächters gesucht. Doch er war nirgendwo zu entdecken.

Weit vor mir sah ich einen Übertragungsschirm. Die Liste mit den Flüchtigen wurde dreimal abgespult, bevor wieder der Anker von Scion erschien. Ich zog die Knie bis unters Kinn.

Vielleicht würde ich ihn wiedersehen. Arcturus Mesarthim, das Rätsel, das ich niemals lösen konnte.

Nicks Kopf erschien, dann kam er auf das Dach geklettert. »Paige?«, rief er.

»Hier drüben.«

Als er mich sah, erschien ein Lächeln auf seinem Gesicht. »Partyhäppchen für dich.« Er warf mir eine zusammengerollte Stoffserviette zu und setzte sich. »Du weißt schon, dass er deine Abwesenheit genau registriert, oder?«

Ja, das wusste ich. Und wie ich das wusste. »Du musst mir heute Abend den Rücken freihalten, Nick.« Angespannt drehte ich das Fresspaket in den Händen. »Nur für ein paar Stunden.«

»Jetzt gleich?« Er stieß ein Geräusch aus, das genauso ein Seufzen wie ein Stöhnen sein konnte. »Du wirst gesucht, Paige. Ganz offensichtlich bist du momentan Staatsfeind Nummer eins in dieser Zitadelle. Du darfst nicht ständig nachts auf die Straße gehen.«

Scion hatte mir schon so einiges genommen, aber die Nacht würden sie mir nicht nehmen. »Es muss heute sein«, erwiderte ich nur.

»Dann sag mir wenigstens, wo du hinwillst.«

»Das weiß ich noch nicht genau. Achte einfach auf die Telefonzelle.«

Nick lehnte sich gegen den Schornstein. Mir war schon ganz schlecht vor Anspannung, trotzdem faltete ich die Serviette auseinander und nahm mir ein Stückchen gezuckerten Ingwer.

In der Ferne stimmte Big Ben das Fünf-Uhr-Läuten an. Nun würde die SVD in ihre Unterkünfte zurückkehren und eine zwölfstündige Pause einlegen. Überall in der Zitadelle würden ihre seherisch begabten Gegenstücke ihre Posten einnehmen.

Plötzlich packte mich eiserne Entschlossenheit. Es war schon dunkel genug, um mit der Suche zu beginnen.

»Paige«, begann Nick zögernd, »eigentlich wollte ich es dir schon lange sagen, aber dann ist so viel passiert ... irgendwie gab es nie den richtigen Zeitpunkt.« Er verzog das Gesicht. »Ich habe Zeke meine Gefühle gestanden. Als der Wächter dich mitgenommen hat. Ich war vollkommen fertig, und er war die ganze Zeit bei mir, und ...« Er verschluckte sich. »Na ja, irgendwie ist es mir dann rausgerutscht.«

Seine rechte Hand zitterte. Beruhigend legte ich meine darauf.

»Und?«

Seine Mundwinkel zuckten kurz. »Er meinte, er fühle genauso.«

Zwischen meinen Rippen flatterte es kurz. Nick beobachtete mich aufmerksam. Zwischen seinen Augenbrauen hatte sich eine tiefe Falte gebildet. Dann beugte ich mich vor und drückte ihm einen Kuss auf die kalte Wange.

»Du hast es verdient«, sagte ich leise. »Gerade du, Nick Nygård.«

Sein Lächeln war fast so breit wie meines. Er nahm mich in den Arm und drückte mich fest an sich, dann lachte er so befreit, dass sein ganzer Körper bebte. Dieses Geräusch wärmte mich von innen heraus wie ein glühendes Stück Kohle.

»Ich bin glücklich, *sötnos*«, erklärte er mir. »Zum ersten Mal seit Jahren habe ich das Gefühl, alles könnte gut werden. Einfach alles.« Er stützte das Kinn auf meinen Kopf, bevor er hinzufügte: »Total bescheuert, oder?«

»Absolut. Aber wenn ihr beide so bescheuert seid, ist doch alles bestens.«

Ich spürte seinen schnellen Herzschlag an meinem Ohr, als wäre er jahrelang gerannt, um zu dieser Erkenntnis zu gelangen. »Wir können es Jaxon nicht sagen«, fuhr er dann leise fort. »Kannst du es für dich behalten?«

»Das weißt du doch.« Jaxon hatte uns stets verboten, *Beziehungen* einzugehen – dieses Wort wurde jedes Mal mit entsprechendem Abscheu ausgesprochen –, die länger dauerten als eine Nacht. Allein der Gedanke an ein Pärchen in seiner Gang würde ihn total ausflippen lassen. So unberechenbar, wie er in letzter Zeit war, konnte es gut sein, dass er sie beide auf die Straße setzte.

Vorsichtig kletterten wir durch das Dachfenster und suchten uns einen Weg durch Elizas Atelier, was gar nicht so einfach war, da überall bunte Farbpaletten herumlagen. Auf einer Leinwand war der Umriss eines Pferdes skizziert worden. »Jax hat ihr eine neue Muse besorgt«, erzählte Nick, »den viktorianischen Maler George Frederic Watts.«

»Da ist irgendwas im Busch. Sie hat sich nicht mehr richtig im Griff.«

»Ich habe sie gefragt, was los sei, und sie meinte, eine Freundin von ihr wäre krank gewesen.«

»›Die Sieben Siegel haben keine Freunde. Es gibt nur jene, die uns brechen können, und jene, die es vergeblich versuchen‹«, zitierte ich Jaxon.

»Ganz genau. Ich glaube, sie trifft sich mit jemandem.«

»Könnte sein.« Eliza wurde oft von anderen Sehern angesprochen, und normalerweise gehörten die Gangs an, in denen weniger strenge Vorschriften zum Thema Beziehung galten. »Aber mit wem? Sie hat doch nie Zeit für sich.«

»Auch wieder wahr.«

Wir trennten uns im Flur im Obergeschoss. Während er die Treppe runterging, fiel mir auf, dass sich seine ganze Haltung verändert hatte: Die Schultern waren locker, das Gesicht weniger angespannt. Und seinen Gang konnte man fast schon als beschwingt bezeichnen.

Hatte ich irgendwie den Eindruck erweckt, ich wollte nicht, dass er jemanden hatte? Wahrscheinlich hatte er sich die ganze Zeit schuldig gefühlt und geglaubt, ich wäre verletzt, weil ich ihn tief in meinem Innersten vielleicht immer noch liebte. Ich wusste genau, wie er tickte: Immer wollte er alle glücklich machen. Diesmal brauchte er das nicht. Ja, ich würde immer in ihn vernarrt sein, aber das, was wir hatten, war mehr als ausreichend.

Hinter der Tür hörte ich die fröhlichen Stimmen der anderen, aber jetzt hatte ich noch weniger Lust, mit ihnen zu feiern. Es war eine bittere Pille, dass Nick die Quelle seines Glücks vor Jaxon verheimlichen musste. Danica war bestimmt auch nicht dabei, aber sie kam mit so etwas immer davon. Von mir hingegen wurde erwartet, dass ich an Jaxons Seite war, wann immer er meine Anwesenheit wünschte. Um seine Wunden zu lecken, sein Ego zu streicheln und seine Befehle haarklein auszuführen.

Aber offen gesagt hatte ich gerade Besseres zu tun.

Ich hockte mich neben mein Bett, wo hinter der Kiste mit dem Trödel vom Markt mein Rucksack versteckt war. Meine Habseligkeiten steckten immer noch in der Seitentasche. Ich kramte darin herum, bis ich zwei winzige Fläschchen ertastete, beide nicht größer als mein kleiner Finger. Sie waren mit einem roten Band zusammengeschnürt worden, an dem ein zusammengerollter Zettel hing. Als ich ihn auseinanderzog, entdeckte ich die vertraute Handschrift:

*

Bis zum nächsten Mal, Paige Mahoney.

*

Eines der Fläschchen war bis unter den Rand mit einer schillernden, grünlich-gelben Flüssigkeit gefüllt: Ektoplasma, das Blut der Rephaim.

Als ich das zweite Fläschchen ans Licht hob, begann sein Inhalt sanft zu glühen. Sofort erkannte ich, was es war, und meine

Erleichterung war so groß, dass ich laut auflachte. Ich setzte mich auf den Teppich, schob meinen Ärmel hoch und gab einen kostbaren Tropfen Amaranth auf die Poltergeistnarbe.

Unter meiner eiskalten Haut breitete sich Wärme aus. Die verschlungene Narbe platzte auf wie eine alte Farbschicht, und als ich mit dem Finger darüberstrich, löste sie sich auf. Meine Haut war wieder so rein wie Buttermilch.

Und schon hatte Jaxon keine Möglichkeit mehr, mich vor der Versammlung der Widernatürlichen anzuschwärzen.

Aber der Wächter brauchte dieses Fläschchen. Wo auch immer er gerade war, jetzt zahlte er bestimmt für dieses Opfer.

Bis zum nächsten Mal, Paige Mahoney.

Das nächste Mal war gekommen.

12

VERGEBLICHE MÜHE

London – das wundervolle, unsterbliche London – war nie einfach nur eine Stadt gewesen. Es war und ist ein lebendiges Wesen, ein atmender Leviathan aus Stein, der unzählige Geheimnisse unter seinen Schuppen versteckt. Eifersüchtig hütet er sie, verbirgt sie tief in seinem Inneren. Nur die Wahnsinnigen und die Wahrhaftigen können sie entdecken. Und vielleicht musste ich genau an diese zeitlosen Orte vordringen, um den Wächter zu finden.

Er war auf der Suche nach mir gewesen, also schien es logisch, anzunehmen, dass er in meinem Viertel entführt worden war. Weit weg hatten sie ihn wohl nicht gebracht. Selbst wenn sie ihn bewusstlos geschlagen hatten, wäre er eine zu auffällige Last gewesen, um ihn draußen herumzuschleppen.

Während Jaxon und die anderen sich nebenan die Birne wegsoffen, legte ich mich auf mein Bett und setzte die Sauerstoffmaske auf. Mit geschlossenen Augen wagte ich mich so weit wie möglich aus meinem Körper heraus, ohne ihn ganz zu verlassen. Es lief nicht reibungslos, eher ruckartig, wie wenn man ein dickes, grobes Stück Stoff zerreißt. Ich war eingerostet. Als ich den Aether endlich spürte, vibrierte er förmlich vor lauter Traumlandschaften und Geistern, wie es im Herzen der Zitadelle schon immer gewesen war.

Gegen Ende unserer gemeinsamen Zeit war mein Geist perfekt auf die Gegenwart des Wächters abgestimmt gewesen, er hatte sogar einen Teil seiner Empfindungen aufgefangen. Jetzt spürte ich gar nichts.

Sie hatten ihn zu weit weg gebracht. Frustriert setzte ich mich auf und streifte die Maske ab. Mein Radius war auf gut einen Kilometer begrenzt. Jenseits davon konnte ich nichts wahrnehmen.

Wenn ich die Zitadelle allein durchforsten musste, würde das eine Ewigkeit dauern, außerdem musste ich ständig auf der Hut sein vor den Wachen. Ja, ich war Terebell etwas schuldig, aber die Begleichung dieser Schuld konnte mich das Leben kosten. Und das des Wächters, wenn ich ihn nicht aufspürte. Vielleicht hatten seine Entführer – falls es überhaupt welche gab – ihn ganz aus London fortgeschafft. Ihn über den Kanal geschmuggelt oder einfach umgebracht und an einen der Präparatoren auf dem Schwarzmarkt verscherbelt. Mir waren schon seltsamere Dinge zu Ohren gekommen.

Da mir nichts anderes übrig blieb, streifte ich Halstuch und Mütze über. Während ich auf das Fensterbrett kletterte, blieb mein Blick an dem Ektoplasma hängen.

Die Absichten des Wächters hatten sich mir noch nie eindeutig erschlossen, aber ohne Grund hinterließ er so etwas bestimmt nicht in meinem Rucksack. Kurz entschlossen öffnete ich das Fläschchen und leerte es in einem Zug. Wie Eiswasser glitt die Flüssigkeit über meine Zähne und hinterließ einen metallischen Geschmack in meinem Mund.

Sofort wurde die Welt schärfer. Das Fläschchen glitt mir durch die Finger und landete auf dem Teppich. Das Zeug hatte genau den gegenteiligen Effekt von Alkohol: Es sorgte dafür, dass mein sechster Sinn geradezu hyperaktiv wurde. Die Bewegungen der Geister im Stockwerk über mir spürte ich wie sanfte Berührungen. Die Traumlandschaften und Auren der anderen brannten sich wie Leuchtfeuer durch die Wand und verkündeten brüllend laut ihre Empfindungen. Ich war wie ein Kabel unter Hochspannung. Mir wurde so schwindelig, dass ich mich atemlos an der Wand abstützen musste.

Rein intuitiv versenkte ich mich in meine Traumlandschaft.

In meiner Traumgestalt pflügte ich durch die wuchernden Anemonen und suchte nach irgendeinem Hinweis, nach einer Veränderung. In meinem Bewusstsein herrschte Abenddämmerung. Die kniehohen Blumen leuchteten rot unter dem dunklen Himmel. Und jedes einzelne Blütenblatt war von einem hellgrünen Strahlen umgeben, als wäre mein Bewusstsein plötzlich biolumineszent. Dann riss die Wolkendecke auf, und ein einzelner Lichtstrahl drang vom Aether in meine Zone des Sonnenlichts. Und da war es. In der Mitte meines Geistes entsprang ein goldener Schein, der sich als leuchtender Pfad in den Aether hinauswand, bis weit hinter die Grenzen meines Bewusstseins.

Sein Blut hatte ihn sichtbar werden lassen.

Als ich ruckartig aus meinem Inneren zurückkehrte, zitterten meine Hände. Sie waren schweißnass. Hastig nahm ich meinen Rucksack, riss das Fenster auf und sorgte dafür, dass es nicht zufallen konnte, bevor ich an der Rückseite des Unterschlupfes emporkletterte und über die Dächer davonrannte.

Es war so leicht, als hätte ich einen eingebauten Kompass. Alles passierte ganz instinktiv, als wäre ich diesen Weg schon tausendmal gegangen. Für mich fühlte es sich an, als verfügte ich über die Zweitsicht, als könnte ich das Goldene Band mit dem bloßen Auge erkennen, das wie ein Pfeil auf ihn ausgerichtet war. Über Straßen, zwischen Häusern, über Dächer und unter Zaunlatten hindurch. Ich folgte seinem Ruf, wich den Wachen aus, duckte mich in Gassen und kletterte über Mauern. Als ich an der Grenze von I-4 in eine Rikscha stieg, wusste ich, dass es nicht mehr weit war, vielleicht ein Kilometer. Dann fuhr die Rikscha nach II-4 hinüber, und das Leuchtfeuer im Aether lotste mich in ein vertrautes Viertel:

Der Wächter war in Camden.

*

Auf dem Markt ging es so hektisch zu wie immer. Umso leichter war es, in der Menge unterzutauchen. Trotzdem zog ich den Kopf ein und hatte immer eine Hand an der Pistole in meiner Tasche. Zwar würden die Lumpenpuppen die Anwesenheit einer Ganovenbraut der Konkurrenz tolerieren, wenn sie Wind davon bekamen. Aber sie würden mich sicher nicht unbeaufsichtigt hier herumlaufen lassen. Und ich musste die Sache durchziehen, bevor das Ektoplasma seine Wirkung verlor.

Während ich die Camden High Street hinunterhastete, entdeckte ich Jos. Er trug eine Schirmmütze und hockte wie ein neugieriger Vogel auf dem Sockel einer Statue von Lord Palmerston. Daneben stand eine Flüsterin und begleitete Jos' zarten Gesang mit einer Piccoloflöte. Es hatte sich eine große Menge versammelt, die in andächtigem Schweigen lauschte. Polyglotte sangen am besten in ihrer eigenen Sprache – Glossolalia, der Sprache der Rephaim –, aber bei ihnen klang auch noch die grausigste Straßenballade einfach wundervoll.

*

Eines Wintertags ein Festmahl sich fand,
für fünf Raben der stärksten Festung im Land,
als man zu Grabe die Königin trug.

*

Nicht einer der Raben verließ die Schar,
während die Königin kalt und kälter ward,
und die Witwe in reinstem Weiß verharrt,
am Tage, als London Trauer trug.

*

Eines Sommertags ein Festmahl sich fand,
für fünf Raben der stärksten Festung im Land,
als der König floh seinen Thron.

*

Alle Raben verließen die Schar,
ehe das Blut in Whitechapel erkaltet war.
»Des Rippers Klinge hinterließ an ihm ihr Mal«,
sagten sie, »König kann er nicht mehr sein.«

*

Als das Lied zu Ende war, applaudierten die Leute und warfen den beiden Münzen hin. Jos fing sie in seiner Mütze auf und das Mädchen verbeugte sich, während die Menge sich bereits wieder auflöste. Anschließend sammelten sie das restliche Silbergeld vom Boden und stopften es sich in die Taschen. Das Mädchen lief davon, doch Jos entdeckte mich und winkte.

»Hallo, du«, begrüßte ich ihn, was ihm ein Lächeln entlockte. »Wer war das?«

»Ach, wir machen bloß Straßenkunst zusammen.« Er sprang von dem Sockel. »Was treibst du hier?«

»Ich bin auf der Suche nach jemandem.« Ich schob meine eisigen Hände in die Jackentaschen. »Wo sind die anderen?«

»Ivy ist im Fluchtbunker. Und ich glaube, Felix arbeitet auch gerade. Nell wollte sich eigentlich mit mir treffen, damit wir Abendessen holen – sie wird jetzt für ihre Akrobatik bezahlt«, fügte er hinzu, »aber sie ist nicht aufgetaucht.«

»Warum muss Nell euch denn Abendessen kaufen? Gibt Agatha euch nichts?«

»Von ihr kriegen wir nur Reismilch und Räucherfisch.« Angewidert verzog Jos das Gesicht. »Den Fisch gebe ich immer ihrer Katze. Ivy hat ja recht, es ist besser als das, was wir von den

Rephs gekriegt haben, aber ich bin mir sicher, dass sie sich auch was Besseres leisten könnte. Immerhin verdrückt sie jeden Abend ein dickes Stück Pastete und einen ganzen Gewürzkuchen.«

Der Räucherfisch hier war grauenhaft: widerliche kleine Tiere aus dem Fluss, die nur aus Innereien und Augen bestanden. Und er hatte recht: Wenn man bedachte, wie viel Geld sie ihr einbrachten, musste Agatha in der Lage sein, ihnen etwas Besseres aufzutischen.

Jos ging mit mir über den Markt und grüßte hin und wieder andere Straßenköter, indem er sich an die Mütze tippte. Ich konzentrierte mich wieder auf das Goldene Band, doch es vibrierte jetzt so stark, dass sich nur schwer eine Richtung ausmachen ließ. Der Wächter war ganz in der Nähe, aber mehr wusste ich auch nicht.

»Wo willst du denn suchen?«, fragte Jos mich.

»Keine Ahnung.« Mein Blick wanderte über die umliegenden Gebäude. »Und wie behandelt euch Agatha so, mal abgesehen vom Essen?«

»Zu Ivy ist sie nett, aber mit uns anderen ziemlich streng. Wenn wir nicht mindestens fünfzig Pfund pro Nacht bringen, kriegen wir kein Abendessen. Und die meisten Wahrsager haben jetzt so viel Angst davor, verhaftet zu werden, dass sie ihre Straßenkunst gar nicht mehr anbieten.«

Wenn ich doch bloß mehr Geld hätte, dann könnte ich sie alle da rausholen. »Wie geht das Schreiben voran?«

»Wir sind fast fertig. Nell ist einfach genial«, erzählte er. »Sie könnte fast eine Geistschreiberin sein.«

»Wovon handelt die Geschichte denn?«

»Na ja … im Grunde ist es unsere Geschichte. Von der Knochenernte, und wie die Menschen fliehen und die Rephaim sie verfolgen. Aber ein paar von ihnen helfen uns auch.« Mit großen, dunklen Augen sah er zu mir hoch. »Wir haben Liss zur Hauptfigur gemacht. Sozusagen als Andenken. Ist das okay?«

Plötzlich hatte ich einen Kloß im Hals. Liss, die vergessene Heldin des Slums, die mir durch die ersten Wochen geholfen hatte. Liss, die all das Unrecht mit Würde ertragen hatte. Liss, deren Leben beendet worden war, bevor sie sich befreien konnte.

»Ja«, sagte ich leise, »das ist okay.«

Nach dieser Bestätigung wirkte Jos gleich viel fröhlicher. Während wir weitergingen, fiel mein Blick auf die Obdachlosen ringsum, die mit fadenscheinigen Decken und halb leeren Betteldosen in den Hauseingängen hockten.

Früher war Jaxon einer von ihnen gewesen. Vielleicht war er Nacht für Nacht durch Camden gezogen, hatte sich zwischen den Ständen herumgedrückt und auf einen warmen Bissen oder eine Münze gehofft, um sich etwas zu trinken zu kaufen. Fast sah ich ihn vor mir: einen dünnen, blassen Jungen mit selbst kreiertem Haarschnitt, wütend und verbittert, voller Hass auf sich selbst und das Schicksal, das ihn in diese Lage gebracht hatte. Einen Jungen, der die Leute genauso oft um Bücher und Stifte anbettelte wie um Geld. Einen Jungen, der sich mit den Nägeln die Arme blutig kratzte und seine Flucht aus der Armut vorbereitete.

Aber er hatte sich letzten Endes einen Namen gemacht, nicht so wie die vielen Bettler, die auf der Straße zugrunde gingen. Und falls er jemals Mitleid mit ihnen gehabt hatte, war es längst verschwunden.

Auf dem Stables Market investierte ich ein paar Pfund in einen Becher Saloop, eine heiße Pastete und ein Stück Gewürzkuchen für Jos. Er stopfte sich genüsslich mit dem Essen voll und brachte dabei kaum ein Wort heraus. Ich überlegte mir inzwischen, was Jaxon wohl sagen würde, wenn er wüsste, dass ich mein Gehalt dazu verwendete, Straßensängern auf der Flucht Gewürzkuchen zu kaufen. (»Welch entsetzliche Geldverschwendung, meine Schöne.«) Dann entschied ich, dass es mir egal war.

Wieder tastete ich nach dem Goldenen Band. Es zog mich zu einem wuchtigen Gebäude, das den ganzen Markt zu überschatten schien. Es sah verlassen aus, auch wenn die roten Ziegel noch gut erhalten waren.

»Du meintest doch, du würdest jemanden suchen«, sagte Jos leise. »Ist es einer der anderen Überlebenden?«

»Sozusagen.« Mit dem Kopf deutete ich auf das Gebäude. »Was ist das da?«

»Man nennt es nur das Interchange. Aber seit ich in II-4 bin, durfte da noch nie jemand rein.«

»Warum nicht?«

»Weiß ich nicht genau, aber Agathas Straßenköter glauben, es wäre der Unterschlupf der Lumpenpuppen. Es gibt zwar einen Eingang, aber der ist immer bewacht. Und niemand außer ihnen betritt das Interchange. Du willst da doch nicht etwa einbrechen, oder?« Jos wirkte jetzt besorgt. »Niemand darf rein, auf Befehl des Lumpensammlers.«

»Hast du diesen berühmten Lumpensammler eigentlich schon mal gesehen?«

»Nein. Hier im Viertel sagen die Lumpenpuppen den Leuten, was zu tun ist.«

»Und wie?«

»Sie halten Versammlungen mit den Erziehern und Séancemeistern ab, und die geben die Anweisungen dann weiter. Andersrum schicken die ihre Straßenköter mit Nachrichten zu ihnen. Meine Freundin Rin hat erzählt, sie musste einmal eine Antwort von Agatha an die Anführerin überbringen. Chiffon heißt die, das ist die Abkürzung für La Chiffonière. Und die bekommt ihre Anweisungen direkt vom Lumpensammler.«

»Seine Ganovenbraut«, erklärte ich, als mir wieder einfiel, was ich beim Treffen der Versammlung der Widernatürlichen gehört hatte. Damals hatte der Herr der Straßenhändler behauptet, La Chiffonière würde den Sektor regieren.

»Glaube schon.«

Wie interessant. *La Chiffonière* klang französisch, aber in der Schule war mir dieser Begriff nie untergekommen. »Vielleicht sollte ich mich mal mit dieser Chiffon unterhalten«, meinte ich. »Wie komme ich zu diesem Eingang?«

Jos streckte den Arm aus. »Einfach über den Markt und dann die Stufen hoch. Da hängt auch ein großes Schild. Links ist dann eine Treppe, die führt direkt zum Eingang. Einmal haben die Straßenköter jemanden dazu überredet, da hochzuschleichen. Er wurde nie wiedergesehen.«

»Na toll.« Ich atmete tief durch. »Ich muss jetzt los, Jos. Und du solltest dich auf die Suche nach Nell machen.«

»Ich komme mit dir«, widersprach er. »Ich kann dir helfen. Agatha schickt mich ja doch nur wieder zum Singen raus.«

»Noch hat Scion dich nicht entdeckt«, gab ich zu bedenken. »Willst du, dass dein Gesicht bald überall in London auf den Monitoren erscheint?«

»Du hast es doch auch geschafft, ihnen zu entwischen, oder? Und du brauchst jemanden, der Schmiere steht, während du suchst«, erklärte er mir ernst. »Was, wenn plötzlich der Lumpensammler auftaucht?«

Mein Instinkt riet mir, sein Angebot abzulehnen, doch eigentlich hatte er nicht ganz unrecht. »Dann musst du aber exakt das tun, was ich dir sage. Selbst wenn es gefährlich wird und ich dir befehle, mich zurückzulassen«, sagte ich nachdrücklich. »Wenn ich dir sage, du sollst abhauen, nimmst du die Beine in die Hand und suchst Nell. Versprich mir das, Jos.«

»Versprochen.«

*

Früher hatte über dem Tor wohl mal ein ganzer Name gestanden, aber die Jahre hatten die beiden Worte zerpflückt. Statt CAMDEN INTERCHANGE stand dort nur noch CA N I T CHANGE. In der Mitte prangte ein umgedrehter Scionanker, nicht mal schlecht hingesprüht, und am Ende hatte jemand ein Fragezeichen angehängt. Jos und ich traten durch das Tor.

»Du hast mir immer noch nicht gesagt, wen du eigentlich suchst.« Jos' Schritte waren so leicht, dass sie fast unhörbar waren. »Es ist der Wächter, stimmt's?« Als ich nickte, grinste er breit. »Das wird den anderen aber gar nicht gefallen.«

»Wir brauchen ein paar Rephaim auf unserer Seite. Er hat Liss geholfen«, rief ich ihm ins Gedächtnis, »und uns wird er auch helfen.«

»Ich glaube, er hat einer Menge Leuten geholfen. Wir haben das nur nicht gemerkt.«

Das stimmte. Auf jeden Fall hatte der Wächter mir geholfen, indem er mir anständiges Essen gab und sich geweigert hatte, die Hand gegen mich zu erheben. In seiner Position war er damit ein enormes Risiko eingegangen.

Auf dem Platz vor dem Gebäude herrschte drückende Stille. Ein paar abgemeldete Autos standen herum. Das Interchange selbst war ein verlassener Klotz in der Form eines umgedrehten »T«, der auf den ruhigeren Teil des Marktes hinausging. Sämtliche Fenster waren verrammelt, sogar die Türen hatte man mit Brettern vernagelt. Nirgendwo brannte Licht. Und selbst wenn ich mich irgendwie reinschleichen konnte, gab es drinnen vermutlich irgendwelche Alarmsysteme, um Hausbesetzer fernzuhalten.

»Das ist es also«, stellte ich fest.

»Sieht nicht so aus, als würde hier jemand wohnen.«

»Vielleicht haben sie ja nur das Licht ausgeschaltet.« Ich stupste Jos mit dem Ellbogen an. »Klettere so weit rauf, wie du kannst und halte Ausschau. Wenn jemand kommt, gibst du mir ein Signal.«

»Ich könnte das hier nehmen.« Er hielt ein halbmondförmiges Stück Metall in der Hand. »Vogelpfeife, sehr laut.«

»Gute Idee. Aber sei vorsichtig.«

Er rannte zur nächsten Mauer und zog sich an Fenstersimsen

und vorkragenden Steinen in die Höhe. Ich setzte mich kurz hin und prüfte wieder das Goldene Band.

Ja, er war hier. Jetzt konnte ich den flackernden Schein seiner Traumlandschaft ausmachen.

Ich umrundete das Gebäude, bis ich zu einer Betontreppe kam, die in die Tiefe führte. An ihrem Fuß spürte ich zwei Traumlandschaften, einen Menschen und ein Tier. Ich schlich die ersten Stufen hinunter und spähte in den Schacht. Unten saß eine Frau auf einer Kiste, in der einen Hand eine Zigarette, die andere spielte an einem Kofferradio herum. Neben ihr hatte sich ein riesiger Hund zusammengerollt und schlief. Offenbar genoss er die Wärme des kleinen Feuers, das in einer Tonne brannte. Hinter den beiden befand sich eine schwarze Tür, auf der verschmierte rote Schriftzeichen prangten.

Die Frau war eine Unleserliche. Schlauer Denkerfürst. Ihr Bewusstsein ließ sich von nichts beeinflussen, nicht einmal mein Geist richtete da etwas aus. Natürlich konnte ich Besitz von dem Hund ergreifen und ein bisschen Krawall machen, aber die Tür war mit einem Vorhängeschloss gesichert. Und die Wärterin würde wahrscheinlich Panik kriegen und mit dem Schlüssel abhauen.

Ich zog mich wieder auf den Platz zurück und musterte das Gebäude. Kein anderer Zugang zu sehen. Es sei denn … na ja, wenn es obenrum nicht ging, dann vielleicht untenrum.

Direkt neben meinen Füßen war ein Abflussgitter im Boden eingelassen. Ich hockte mich hin, ließ eine kleine Münze durch das Gitter fallen und hörte, wie sie klimpernd unten aufschlug.

Das war kein Abfluss. Unter dem Interchange, direkt unter meinen Stiefeln, gab es offenbar einen Tunnel. Natürlich wusste ich von dem Netz aus Abwasserkanälen und engen Schächten, die zur Zeit der Monarchen geschaffen worden waren – aber über ein richtiges Tunnelsystem in Camden war mir noch nie etwas zu Ohren gekommen. Ich schob meine Finger zwischen die Gitterstreben und zog, doch nichts rührte sich.

Obwohl ich noch immer nicht sicher wusste, wie man mithilfe des Goldenen Bandes kommunizierte, hatte ich eine Ahnung. Ich erschuf vor meinem inneren Auge ein Bild, ähnlich wie ein Orakel *khrēsmoi* gestaltete. Bis ins kleinste Detail stellte ich mir das Gitter vor: das geschmiedete Metall, die Randsteine aus Granit, die Nähte zwischen Stein und Gitter. Und während ich dieses Bild festhielt, spürte ich ihn wieder. Doch diesmal war es mehr als nur ein kurzes Pieksen meiner Sinne. Seine Traumlandschaft leuchtete hell wie eine Laterne, als wäre er gerade aus tiefem Schlaf erwacht. Das Antwortbild war dunkel an den Rändern, wie der Rahmen bei einem Stummfilm: eine vergitterte Zelle. Eine Kette. Eine Wache mit orangefarbener Aura.

Ich blickte durch die Augen des Wächters. Trotz aller Widerstände hatte ich ihn gefunden.

Jos sprang von einem Sims und rannte zu mir rüber. »Es kommt niemand. Hast du was entdeckt?«

»Könnte sein.« Ich richtete mich auf. Meine Augen schmerzten. »Was ist auf der anderen Seite des Interchange?«

»Der Kanal, glaube ich.«

»Sehen wir mal nach.«

Wir kletterten über ein Geländer und eine kleine Ziegelmauer, hinter der wir auf einem Treidelpfad landeten. Direkt neben dem Interchange wurde das schmutzige Wasser von einer Brücke überspannt. Jos sprang über die Dächer von ein paar Kanalschiffen, bis er das andere Ufer erreichte.

»Schau mal«, rief er. »Schau von hier drüben.«

Also schloss ich mich ihm an. Als ich mich wieder zum anderen Ufer umdrehte, sah ich, was er meinte. Unter der Brücke befand sich ein Hohlraum, der aussah wie der Eingang zu einer Höhle. Das Wasser verschwand wortwörtlich unter dem Gebäude.

»Was ist das?«, fragte ich erstaunt.

»Dead Dog Hole, das alte Kanalbecken.« Er ging in die Hocke

und kniff die Augen zusammen. »Glaubst du, da gibt es einen Zugang?«

»Ja, das glaube ich.« An dem Boot neben uns hatte sich etwas Treibgut gesammelt. »Und ich glaube, ich weiß auch schon, wie man reinkommt.«

Gemeinsam gelang es uns, ein Stück Holz ins Wasser zu schieben. Früher hatte es wahrscheinlich zu einer Kiste gehört, jedenfalls war es gerade so groß, dass ein Mensch darauf sitzen konnte. Um den Wächter rauszuschaffen, musste ich mir dann etwas anderes überlegen. Jos sah sich aufmerksam um, ob auch niemand kam, dann reichte er mir eine Planke, die als Paddel dienen sollte.

»Soll ich wieder aufpassen?« Er hielt sich mit einer Hand an der Bootsreling fest. »Was ist, wenn der Lumpensammler kommt?«

»Ich komme schon klar.« Mit gespreizten Fingern versuchte ich, auf dem improvisierten Floß das Gleichgewicht zu halten. »Halte Ausschau und pfeif, wenn jemand kommt.«

»Okay.«

»Ach, und Jos?« Er sah mich erwartungsvoll an. »Lass dich ja nicht erwischen. Such dir einen sicheren Ausguck. Und beim ersten Anzeichen von Ärger läufst du zurück zu Agatha und tust so, als wäre ich nie hier gewesen. Ist das klar?«

»Glasklar.«

Er sah zu, wie ich mich vom Boot abstieß und in der undurchdringlichen Dunkelheit des Dead Dog Hole verschwand.

Die Stille wurde nur durch herabtropfendes Wasser gestört. Sobald der Pfad und die Straßenbeleuchtung nicht mehr zu sehen waren, knipste ich meine Taschenlampe an. Mit Nieten versehene Säulen stützten die Decke und verschwanden in dem schwarzen Wasser. Die Mauern rechts und links bestanden aus denselben roten Ziegeln wie das Gebäude, waren aber mit einer dicken Algen- und Schmutzschicht bedeckt. Auf diesem Weg war der Wächter bestimmt nicht hergebracht worden.

Ich glitt durch zwei Torbögen, dann entdeckte ich einen Tunnel. Schnell warf ich meinen Rucksack über die Kante und verlagerte mein Gewicht auf die Füße, um hinterherzuspringen. Genau in diesem Moment glitt die Holzplanke unter mir weg. Meine Finger krallten sich in den Stein, aber fast mein ganzer Körper landete im eiskalten Wasser. Der Schock war so groß, dass ich laut keuchte. Mit zitternden Armen zog ich mich zu dem Tunneleingang hinauf. Meine nasse Kleidung klebte wie eine zweite Haut am Körper. Indem ich die Stiefel gegen die Mauer stemmte, schaffte ich es, auch meine Beine aus dem Kanal zu ziehen.

Ich kroch ein Stück weit und landete vor einem verrosteten Gitter. Der Platz zwischen den Stäben reichte gerade aus, um Kopf und Schultern hindurchzuzwängen. Mühsam schälte ich mich aus der triefenden Jacke und band sie mir um die Hüften. Meine Finger wurden schon steif, außerdem stanken meine Sachen nach dem ganzen Schleim und Dreck aus dem Wasser.

Warum sollte der Denkerfürst von II-4 in seinem Unterschlupf einen Rephaiten gefangen halten? Dazu musste er sich mit ihnen auskennen, sonst hätte er ihn niemals fangen können. Kaum hatte ich das rostige Gitter hinter mir gelassen, spürte ich zwei Traumlandschaften. Eine gehörte dem Wächter – den Schein seines Bewusstseins kannte ich –, aber die andere war mir fremd. Menschlich, Seher. Die Wache mit der orangefarbenen Aura. Wer auch immer den Wächter hier unten eingesperrt hatte, wollte ihn nicht allein lassen – und das aus gutem Grund. Ich hatte nie gesehen, wie er tötete, aber wenn er gegen die Emim bestehen konnte, musste seine Kraft gewaltig sein. Vorsichtig tastete ich nach dem Jagdmesser in meinem Stiefel.

Wenn man mich im Unterschlupf eines anderen Denkerfürsten erwischte, hatten seine Untergebenen das Recht, mich vor die Versammlung der Widernatürlichen zu schleifen. Oder mich einfach umzubringen, solange sie Jaxon davon in Kenntnis setzten.

Meine Stiefel waren aus weichem Leder gefertigt, das kaum ein Geräusch erzeugte. Ich ging weiter, bis ich mich tief in einem Tunnel aus der Zeit der Minen, Dampfmaschinen und Güterzüge wiederfand. An den Wänden war Maschendraht gespannt. Kaputte Glühbirnen mit schützenden Gittern hingen an nackten Drähten von der Decke. Ich schlich durch die Dunkelheit und versuchte, den missmutigen Geistern auszuweichen, die vorüberglitten. Nur Irrlichter, nichts Gefährliches. Irgendwo über mir spürte ich Jos' Traumlandschaft. Anscheinend war er auf das Dach des Gebäudes geklettert.

Bald erkannte ich, dass ich mich in einer Art Labyrinth befand. Vielleicht war es nicht absichtlich so gebaut worden, aber wenn man sich nur hin und wieder mit einer Taschenlampe umsehen konnte, verlor man schnell die Orientierung. Ich kam an Gewölbenischen vorbei, die mit den unterschiedlichsten Dingen gefüllt waren: Spirituosenfässer, Matratzen und Laternen, Unrat und Schutt. Jahrzehntelang angehäufter Kram. Eben ein Unterschlupf für Lumpenpuppen. Ursprünglich war das vermutlich nur der Keller unter dem Lagerhaus gewesen, aber nun erstreckte es sich auch über das Gelände des Interchange hinaus.

Und Eisenfesseln. Mir stockte der Atem.

An den Wänden hingen *Eisenfesseln.*

Jos hatte erzählt, der Straßenköter, der sich hierhergetraut hatte, sei nie wiedergesehen worden. Ich drosselte mein Tempo und lauschte angestrengt auf fremde Schritte. Im nächsten Tunnel konnte ich durch runde Gitter in der Decke die Leute über mir auf dem Markt beobachten. Ihre Schatten huschten vorbei. Obwohl ich nicht glaubte, dass sie mich sehen konnten, hielt ich mich dicht an der Wand.

Schließlich holte ich ein Stückchen Kreide aus der Tasche, das ich normalerweise beim Klettern brauchte, und malte einen kleinen Strich an die Wand. In den folgenden Tunneln markierte ich sorgfältig meinen Weg. Plötzlich stieß ich auf einen gigantischen Raum ohne erkennbare Belüftung, ein mindestens fünfzig Meter langes Gewölbe, das gewisse Ähnlichkeit mit der Markthöhle im Garden hatte. Die niedrige Decke zog sich in weiten Bögen über meinen Kopf. Und anscheinend wurde dieser Raum gerade renoviert: In einer Ecke stand ein Scheinwerfer, der kaltes, helles Licht verbreitete, außerdem wurde ein Teil der Wände von bereits halb aufgehängten roten Vorhängen verdeckt, und überall standen Tische und Stühle herum. Nachdem ich den Aether geprüft hatte, rannte ich geduckt durch den offenen Raum, bis ich den Tunnel auf der anderen Seite erreichte.

Unter einem Tisch sprang eine magere, verfilzte Katze hervor und schoss heulend an mir vorbei. Mit rasendem Puls drückte ich mich an die Wand. Das Tier verschwand in der Dunkelheit.

Wenn eine Katze hier runtergekommen war, musste es noch einen anderen Weg nach draußen geben. Ein schwacher Trost. Ich konnte mir lebhaft vorstellen, wie sie den bewusstlosen Wächter durch die Tunnel geschleift hatten. *Fast geschafft.* Ich rief das Bild von dem Riesengewölbe auf, bekam aber keine Antwort.

Irgendwann hörte ich das Rauschen eines Radios, eingestellt auf den einzigen Nachrichtensender von Scion. Ich schaltete meine Taschenlampe aus und spähte um die nächste Ecke. In diesem Tunnel stand eine alte Signallaterne auf dem Boden und beleuchtete die Tür zum Gefängnis des Wächters.

Sein Aufpasser war ein schlanker Mann mit künstlich orangefarbenen Haaren, der lässig an der Wand lehnte und im Takt der Musik mit dem Kopf wippte. Über seinen Hals zogen sich mehrere Tage alte Bartstoppeln, um sich dann mit seinem Brusthaar zu vereinen, und seine Haut war mit einem sichtbaren Schmutzfilm bedeckt. Ein Beschwörer. Wenn ich den konfrontierte, stand mir ein harter Kampf bevor. Beschwörer konnten Geister über weite Entfernungen zu sich rufen, solange sie nur ihre Namen kannten.

Ich drückte mich in eine Nische. Wie ein Pfeil schoss mein Geist durch die Mauer direkt in die Traumlandschaft des Wachmannes. Als seine Schutzmechanismen aktiv wurden, hatte ich ihn längst in die Zone des Zwielichts gestoßen. Ruckartig kehrte ich in meinen Körper zurück, und trotz des Pochens in meinen Schläfen hörte ich, wie der Mann auf den Steinen aufschlug.

Und tatsächlich lag er, als ich den Tunnel betrat, mit dem Gesicht nach unten auf dem Boden. Er war bewusstlos, atmete aber noch. Die Tür hatte kein Schloss, nur eine lose Kette verhinderte, dass sie sich mehr als ein paar Zentimeter weit öffnete. Niemand hatte mit Eindringlingen gerechnet. Ich löste die Kette und betrat die Zelle.

13

DIEB

Arcturus Mesarthim hatte keinerlei Ähnlichkeit mehr mit dem Hüter, der sechs Monate lang seinen Turm mit mir geteilt hatte, das sah ich sogar im schwachen Licht der Öllampe: angekettet an ein dickes Rohr, sein Kopf hing kraftlos zwischen den Schultern. Seine Kleidung war mit Staub und Dreck überzogen, Wasser tropfte aus seinen Haaren. Ich ließ die Taschenlampe fallen und sank neben ihm auf die Knie.

»Wächter.«

Keine Antwort.

Angst drohte, die Wut aus meinem Bauch zu verdrängen. Irgendjemand hatte ihn windelweich geprügelt – nach dem, was ich hier sah, mussten es mehrere gewesen sein. Seine Aura flackerte wie eine schwache Kerzenflamme im Wind.

Mein Atem stieg in einer weißen Wolke auf, und meine Stiefel fanden auf den nasskalten Steinplatten um ihn herum kaum Halt. Mit laufender Nase und zitternden Händen packte ich ihn an den Schultern und schüttelte ihn. Kein Atemzug hob seine Brust.

»Wach auf, Wächter. Komm schon.« Ich klopfte fest gegen seine Wange. *»Arcturus.«*

Als er seinen wahren Namen hörte, hoben sich seine Lider. Ein dumpfes gelbliches Glühen überzog seine Iris.

»Paige Mahoney«, hauchte er so leise, dass ich ihn kaum verstehen konnte. »Es ist nett, dass du zu meiner Rettung eilst.«

Erleichtert fragte ich: »Was haben die dir angetan?« Meine

Zähne klapperten unkontrolliert, sodass ich kaum ein Wort herausbekam. »Hat die Wache den Schlüssel zu deinen Fesseln?«

»Vergiss die Fesseln.« Er hustete rasselnd. »Du musst gehen. Meine Kerkermeister werden bald zurück sein.«

»Wann ich gehe, bestimme immer noch ich.«

Ich verließ die Zelle, rollte den bewusstlosen Wachmann auf den Rücken und durchwühlte seine Taschen. Mit einem schweren Schlüssel öffnete ich die Eisenfesseln und befreite so die Hand des Wächters, die an das Rohr gekettet war. Anschließend legte ich mir seinen Arm um die Schultern und wollte ihn hochziehen, aber er hing an mir wie ein nasser Sack.

»Du musst schon mithelfen, Wächter. Ich kann dich nicht tragen.« Als ich die Lampe näher heranzog, entdeckte ich merkwürdige grün-schwarze Flecken unter seiner Haut. Sie sahen fast aus wie Eisblumen. »Sag mir, wo du verletzt bist.«

Seine mit Handschuhen bedeckten Finger zuckten. Ich ließ den Strahl meiner Taschenlampe tiefer wandern. An seinem linken Handgelenk hingen mehrere Ketten aus Kronenanemonen. Sie waren genau so geflochten, wie ich es früher als Kind immer mit Gänseblümchen gemacht hatte. Über seinen gesamten Arm zog sich bereits totes Gewebe, das sich deutlich von seiner weichen goldenen Haut abhob.

»Die sind wie Fesseln.« Das Glühen in seinen Augen wurde schwächer. Als ich nach den Blumen griff, leuchtete es wieder auf. »Nicht.«

»Wir haben keine Zeit für –«

»Ich habe mich seit Tagen nicht genährt.« Das letzte Wort klang fast wie ein Knurren. »Der Hunger gewinnt immer mehr Macht über mich.«

»Wenn hier im Moment einer Macht über dich hat, dann bin ich das.« Ich umfasste sein Gesicht. »Terebell und Errai haben mich auf die Suche nach dir geschickt.«

Wieder gewann das Glühen ein wenig an Stärke. »Du siehst

anders aus«, stellte er fest. »Mein Geist ist krank … Ich werde mich nicht an dich erinnern, Paige …«

Offenbar war er bereits im Delirium. »Wächter? Was brauchst du? Salz?«

»Das kann warten. Keine Bisse. Zunächst müssen wir das Fieber in meinem Geist bekämpfen.«

»Du brauchst Aura«, bemerkte ich.

»Ja.« Jeder Atemzug klang gepresst. »Sie haben mich wochenlang gefoltert, stets durfte ich nur ein bisschen nehmen … immer knapp außer Reichweite … ich gebe zu, ich verhungere fast. Aber ich werde mich nicht an deiner bedienen.«

Ich lächelte grimmig. »Na, dann ist es ja gut, dass ich eine Alternative anzubieten habe.«

Der Aufpasser hatte heute wirklich Pech. An den Handgelenken zerrte ich ihn in die Zelle hinein. Bei jedem Ruck ächzte er rau. Dann fesselte ich ihn an das Rohr und drückte ihm mein Messer an die Kehle. Der Wächter beobachtete alles in hungrigem Schweigen.

»Hat der hier dich verprügelt?«, fragte ich.

»Bei mehreren Gelegenheiten.«

Der Mann erwachte. Aus beiden Nasenlöchern tropfte Blut auf sein Kinn. »Was zum Teufel hast du mit mir gemacht?« Sein Atem roch nach altem Kaffee. »Mein Schädel …«

»Du arbeitest für den Lumpensammler«, behauptete ich mit einem Lächeln. »Sag mir, wer er ist, sonst werde ich meinen Freund hier bitten, dich gaaaanz langsam von deiner Aura zu befreien. Wärst du gerne amaurotisch, Beschwörer?«

Sobald er begriffen hatte, dass er ein Messer an der Kehle und eine Kette am Handgelenk hatte, begann der Aufpasser sich zu wehren. Sofort drückte ich das Knie auf seine freie Hand. »Besser Totauge als ein Bett bei den Fischen«, zischte er. »Der Lumpensammler schmeißt mich mit Blei an den Füßen in den Fluss, wenn ich was sage.« Er holte tief Luft und brüllte: »Sarah Whitehead, ich beschwöre dich –«

Hastig schlug ich ihm eine Hand vor den Mund.

»Wenn du das noch mal machst, überspringen wir den Teil mit der Aura und ich erschieße dich gleich. Kapiert?«

Er nickte. Sobald ich die Hand zurückzog, zischte er: »Miststück.«

Der Wächter spielte seine Rolle hervorragend. Auf allen vieren kroch er mit der Grazie eines Raubtiers auf den Aufpasser zu. Seine hellgelben Augen sahen im Halbdunkel aus wie die eines Wolfes. Unter seiner Haut spannten sich die Muskeln. Völlig verängstigt zerrte der Mann an seiner Fessel und strampelte mit den Beinen. Sogar mir lief ein Schauer über den Rücken. Bei Tageslicht sehen die Rephaim noch relativ menschlich aus, aber im Dunkeln löste sich diese dünne Fassade schnell auf.

»Pfeif ihn zurück.« Je näher der Wächter ihm kam, desto heftiger zerrte der Mann an der Kette. »Pfeif ihn zurück, du irische Schlampe!«

»Er ist kein Hund, weißt du«, bemerkte ich, »aber ihr habt ihn wie einen behandelt, nicht wahr?« Meine Klinge bohrte sich in seine Haut. »Sag mir, wer der Lumpensammler ist. Verrate mir seinen Namen, dann lasse ich dich vielleicht am Leben.«

»Ich *kenne* seinen Namen nicht!«, rief der Aufpasser. »Keiner von uns kennt seinen Namen! Warum sollte er den auch verraten?«

»Was hatte er mit dem Rephaiten vor? Mit wem arbeitet er zusammen? Wo ist er jetzt?« Ich packte seine Kehle und drückte die Messerspitze von unten gegen sein Kinn. »Du fängst besser an zu reden, Beschwörer. Ich bin vom Typ her nicht gerade geduldig.«

Er spuckte mir ins Gesicht. Sofort wurde die Miene des Wächters eiskalt. »Aus mir kriegst du nichts raus«, wiederholte der Mann. »Rein gar nichts.«

Mit einem heftigen Schubs drängte ich meinen Geist gegen seine Traumlandschaft. Der Blutstrom aus seiner Nase verstärkte sich. »Selbst wenn ich wollte, könnte ich es dir nicht sagen«, keuchte er. »Er kommt nur alle Jubeljahre mal her. Unsere Befehle bekommen wir von seiner Ganovenbraut.« Als der Wächter sich wieder an ihn heranschlich, rang er nach Luft. Und nicht nur das. »Du hast gesagt, du pfeifst ihn zurück!«

»Eigentlich nicht«, erinnerte ich ihn.

Es geschah völlig ohne Gewalt. Ein Blick genügte. Der Wächter starrte dem Mann in die Augen und holte tief Luft. Sein Brustkorb weitete sich und seine Augen flackerten wie Signallampen, bevor sie in leuchtendes Orange getaucht wurden. Kraftlos sank der Aufpasser gegen das eiskalte Rohr. Seine Aura war jetzt kaum dicker als Seidenpapier.

Inzwischen lief ein sichtbarer Schauer über den Körper des Wächters. Das Ektoplasma in seinen Adern leuchtete auf und seine Haut schien für einen Moment durchsichtig zu werden. Ich blieb reglos stehen, froh, dass ein paar Schritte Abstand zwischen uns waren. Als ich schließlich die Blumen von seinem Handgelenk löste, knurrte er leise.

»Meine Kerkermeister sind ausgegangen, um Essen zu holen«, erklärte er mir. »Sie werden nicht mehr lange fort sein.«

»Sehr schön, ich würde sie gerne kennenlernen.«

»Sie sind gefährlich.«

»Genau wie ich. Und du.«

Seine Augen glühten jetzt wieder heller, was die seltsamsten Erinnerungen an meine Gefangenschaft wachrief: verbotene Musik aus dem Grammofon, die im Halbdunkel Geschichten von der Liebe erzählte; ein Schmetterling zwischen meinen gekrümmten Fingern; die Gildehalle, seine Lippen auf meinen, seine Hände an meinen Hüften, auf meinem Bauch. Ich versuchte, mich auf die nächste Blumenkette zu konzentrieren, aber jetzt war ich mir seiner Bewegungen viel zu bewusst. Registrierte jeden Atemzug in seiner Brust, jede Muskelbewegung an seinem Hals.

Über uns fiel fahles Mondlicht durch ein Metallgitter. Als sämtliche Armbänder fort waren, holte ich das Notfalltelefon aus meinem Rucksack und klemmte mir eine neue Karte zwischen die Zähne, während ich die Abdeckung an der Rückseite löste. Der Wächter lehnte den Kopf an die Wand. Ich blieb dicht neben ihm, während ich die Telefonzelle in I-4 anrief. Hoffentlich hatte ich hier Empfang! Ganz so tief waren wir ja nicht unter der Erde.

»I-4«, hörte ich die Stimme eines Kuriers. Die Verbindung war schlecht, aber ich konnte ihn verstehen.

»Das Rote Gesicht«, befahl ich. »Schnell!«

»Einen Moment, bitte.«

Der Moment dauerte ewig. Der Blick des Wächters wanderte wieder zu dem Beschwörer und dem letzten Rest von Aura, der noch an ihm hing. Eine Minute später hörte ich Nick: »Alles okay?«

»Du musst mich abholen«, sagte ich knapp.

»Wo bist du?«

»Camden. In dem alten Lagerhaus am Ende der Oval Road.«

»Bin in zehn Minuten da.«

Die Verbindung brach ab. Ich nahm die Karte aus dem Gerät und schob sie in meine Gesäßtasche, dann griff ich nach der Öllampe und legte mir wieder den schweren Arm des Wächters über die Schultern. Als er aufstand, klammerte er sich an mir fest. Allein bei diesem Gewicht zitterten meine Muskeln schon.

»Wo ist der Ausgang?«, fragte er leise.

»Ich bin durchs Dead Dog Hole gekommen, das Kanalbecken.«

»Mich hat man durch die schwarze Tür reingebracht, aber da ist immer die unlesbare Wache. Obwohl ich annehme, dass wir auch nicht durch das Kanalbecken hinausgehen.«

»Da würden wir nicht durchkommen«, gab ich zu.

»Vielleicht gibt es hier ja einen Zugang zum Lagerhaus, immerhin scheint das hier früher der Keller gewesen zu sein.« Der Griff an meiner Schulter verstärkte sich. »Ich gehe davon aus, dass du noch immer den Schlüssel der Wache hast?«

»Natürlich. Kannst du laufen?«

»Ich muss.«

Wir kamen nur langsam voran: Der Wächter humpelte stark und konnte keines seiner Beine lange belasten. Unfassbar, dass eine kleine rote Blume, nicht schwerer als eine Feder, dem Körper eines Rephaiten so viel Schaden zufügen konnte. Sie waren muskulöse Wesen, groß wie Statuen, mit Körperkraft allein nicht zu bezwingen, und doch passte der Schlüssel zu ihrer Vernichtung problemlos in meine Hand. Ich gab die Lampe an ihn weiter und schlang meinen freien Arm um seine Taille. Als ich ihn berührte, wurde mir erst kalt, dann warm. Ich spürte, wie sein mühsam rausgepresster Atem über meine Haare strich.

Der nächste Tunnel machte eine enge Kurve. Der Schein der Öllampe verschaffte uns nur einen winzigen Lichtkreis. Ich griff zur Taschenlampe, um etwas nachzuhelfen, aber wir standen tatsächlich in einer Sackgasse.

»Wie haben die Lumpenpuppen dich erwischt?«

»Mit Kronenanemone. Sie müssen mich eine Zeit lang beobachtet und meine Verhaltensweise studiert haben. Oder vielleicht wussten sie auch, dass ich nach I-4 wollte«, erklärte er. Wir bogen in einen Gang ein, der genauso aussah wie der letzte. »Sie holten mich am Tag, als ich ruhte. Zunächst haben sie mir die Augen verbunden und die Blumenketten angelegt, dann brachten sie mich in einem großen Fahrzeug hierher.«

Mein Puls beschleunigte sich. Eigentlich durften die Lumpenpuppen gar nichts von den Rephaim wissen, geschweige denn von den Methoden, mit denen man sie gefangen nehmen konnte. Als ich die Kreidemarkierung an der Wand bemerkte, sackte ich frustriert in mich zusammen.

»Wir laufen im Kreis.«

Der Wächter kam bereits wieder zu Kräften, das merkte ich am festen Griff seiner Hand. »Kannst du Dr. Nygård spüren?«

»Ja, er ist ganz in der Nähe.« Ich spannte mich an. »Und da ist noch jemand.«

»Bei ihm?«

»Nein. Sie kommen aus der anderen Richtung.« Eine kleine Gruppe Traumlandschaften löste sich aus dem bienenstockartigen Gewusel des Marktes. »Drei Personen.«

In diesem Moment ertönte über uns ein Pfiff. Ein Vogelruf mitten in der Nacht? Jos. Ich ließ den Wächter los und holte meinen Revolver aus der Tasche. »Verfügen die Wachen hier über Geisterblick?«

»Ja, aber alle nur einseitig.«

Gut. Einseitige Geisterseher – die also nur in einem Auge ein Lobotom hatten – konnten ihre Gabe immer nur kurz einsetzen. Vielleicht konnten wir ihnen in der Dunkelheit entwischen.

Ein Stück weit entfernt fiel scheppernd eine Tür zu. Der Wächter packte meinen Arm, zog mich in eine Nische und presste sich gegen meinen Rücken. »... ihn irgendwann mal füttern«, sagte jemand – eine raue, laute Männerstimme mit einem leichten East-End-Akzent. Die Worte hallten durch die feuchten Tunnel. »Beim letzten Mal hätte er Cloth fast ausgesaugt.«

»Ihr seid ihm zu nahe gekommen.« Eine Frau, genau wie der Mann aus London, aber ich konnte nicht sagen, aus welcher Ecke. »Sie können sich nur auf geringe Distanz nähren.«

»Und Sie sind sicher, dass keiner gequatscht hat?«

Ein scharfes Lachen antwortete ihm. »Zu wem sollte derjenige denn gehen? Der Herr der Unterwelt ist tot, und ohne ihn herrscht in der Versammlung der Widernatürlichen das reinste Chaos. Obwohl das vorher eigentlich auch schon so war.«

Krampfhaft umklammerte ich den Revolver. Neben mir lehnte sich der Wächter erschöpft an die Wand. Seine Augen verloren bereits wieder die orange Farbe.

In der Zelle ertönte ein überraschter Schrei, und zwar so nahe an unserem Versteck, dass ich erschrocken zusammenfuhr. »Was ist hier los, verdammt?«, brüllte der Mann. »Wo ist die Kreatur?« Ketten rasselten. »*Wo ist sie?* Bezahlen wir dich etwa dafür, dass du unser Druckmittel verlierst?«

Mein Mund wurde ganz trocken. »Chiffon«, ächzte der Aufpasser, »so eine … Irenschlampe ist gekommen und hat ihn mitgenommen. Ihre Aura war … rot.«

Dann war die Frau also La Chiffonière, das Sprachrohr des Lumpensammlers in seinem Sektor. Zu gerne hätte ich mir angehört, was sie zu ihrer Verteidigung zu sagen hatte, aber der Wächter war so geschwächt, dass ich ihn nicht allein lassen konnte.

»Und wo ist dieses Irenmädchen jetzt?« Schritte. »Wie hat sie ausgesehen?«

»Schwarze Haare und rotes Tuch vor dem Gesicht. Sie ist weg.«

»Tatsächlich?« Chiffons Stimme klang völlig ausdruckslos. »Dann betrachte dich als entlassen.«

Ein Schuss hallte durch die Katakomben. Eine der Traumlandschaften verschwand aus meinem Bewusstsein. »Seine Nase war blutig, und wir suchen nach einer Irin mit roter Aura. Klingt ganz so, als wäre die Fahle Träumerin hier gewesen«, fasste Chiffon zusammen.

Verflucht.

»Dafür wird der Lumpensammler jemanden über die Klinge springen lassen«, stellte der Mann fest. »Wir haben soeben unser Druckmittel verloren.«

»Wir waren ja nicht für seine Bewachung zuständig. Außerdem glaube ich nicht, dass dieses Wesen sonderlich weit kriechen konnte. Wir können ihn immer noch einfangen.«

»Falls wir ihn finden.« Wieder Schritte. »Wir sollten die Augen offen halten.«

Der Wächter nahm meinen Arm, und wir schoben uns dicht an der Wand entlang. Immer wieder suchte ich mithilfe der Taschenlampe nach vertrauten Punkten. Meine Schritte waren kaum zu hören, allerdings war der Wächter durch seine Verletzungen sehr schwerfällig. Jedes Mal, wenn er den Fuß aufsetzte, verriet er den beiden wie durch ein Leuchtfeuer, wo wir waren. Allerdings trugen unsere Verfolger offenbar jede Menge klimpernden Schmuck, was sich als sehr nützlich erwies. Sobald wir das Metall scheppern hörten, änderten wir die Richtung.

Bald landeten wir in der Riesenhöhle, wo ich die Taschenlampe wegpackte und stattdessen die Hand des Wächters nahm. Widerstandslos glitten seine Finger zwischen meine. Als wir an dem Wagen mit dem Scheinwerfer vorbeikamen, zog ich den Stecker raus und tauchte uns damit wieder in völlige Dunkelheit. Der Wächter ging weiter, seine Augen bildeten knopfgroße Lichtflecken in der Finsternis. Ich ließ mich von ihm führen. Als die beiden Fremden die Höhle betraten, hatten wir bereits eine große Nische erreicht und waren hinter einen Samtvorhang geschlüpft.

»Jetzt hat auch noch jemand das Licht gekillt.«

»Scht. Sogar Traumwandler müssen atmen«, flüsterte Chiffon.

Vorsichtig spähte ich hinter dem Vorhang hervor. Die beiden hatten Taschenlampen und suchten damit hinter den Vorhängen und unter den Tischen.

»Also, wo würde sich ein Riese wohl verstecken?« Chiffon ging direkt an unserem Versteck vorbei, aber ihre Sinne waren offenbar nicht so scharf wie meine. »Im größten Zimmer des Hauses, würde ich sagen.«

Reglos und still stand der Wächter neben mir. Dagegen kam ich mir momentan ohrenbetäubend menschlich vor – jeder Atem ein spürbarer Luftzug.

»Du kannst uns nicht entkommen, Rephait.« Der Mann war ebenfalls ganz in der Nähe. »Alle Ausgänge sind blockiert. Wenn du nicht rauskommst, werde ich deine Freundin gaaanz langsam umbringen. Und bis es so weit ist, kannst du sie sogar in deiner Zelle behalten …«

Schweiß lief mir über den Rücken. Ich legte den Finger an den Abzug meiner Waffe. Jemanden zu erschießen war zwar so ziemlich das Letzte, was eine Mordverdächtige tun sollte, aber vielleicht blieb mir keine andere Wahl. Der Wächter legte mir eine Hand auf den Arm und deutete mit seinen Augen auf einen Gegenstand, den ich bisher für einen Tisch gehalten hatte. Hinter unserem Vorhang stand eine Jukebox.

Die schweren Schritte des zweiten Entführers kamen immer näher. Mit einer blitzschnellen Bewegung schaltete der Wächter das Gerät ein, und eine alte Aufnahme plärrte los. Die jubilierenden, trällernden Worte der französischen Sängerin dröhnten in meinem Schädel, dann setzte offenbar ein ganzes Orchester ein. Das Lied übertönte alles andere. Wir schoben uns nach links, hinter den nächsten Vorhang, dann immer an der Wand entlang. Ich spürte, wie die beiden Traumlandschaften sich in die andere Richtung entfernten.

Unter der gewölbten Decke der Höhle hallten die Stimmen mehrfach wider; unmöglich zu sagen, woher die Musik kam. »Los, finde sie«, fauchte Chiffon.

Am anderen Ende der Höhle gab es noch einen Tunnel, aber wir mussten schnell sein. Möglichst leise trat ich hinter dem Vorhang hervor. Im Licht der Taschenlampen konnte ich gerade noch den Hinterkopf des Mannes erkennen: kurze Haare, darüber eine kahle Stelle. Der Wächter war dicht hinter mir. Wir hatten den Tunnel schon fast erreicht, als plötzlich der Scheinwerfer wieder anging und mich blendete. Zwei maskierte Gestalten wirbelten herum und starrten uns an.

»Da sind sie ja: die rote Irenschlampe und ihr Rephait«, spottete der Mann.

Die grinsenden Münder ihrer bemalten Masken sahen aus wie aufgeschlitzt und waren mit spitzen Plastikzähnen versehen. Hinter ihnen brannte das grelle Licht. Ohne zu zögern schleuderte ich meinen Geist in die Traumlandschaft des Mannes. Sein Schrei verursachte mir eine Gänsehaut. Sobald ich wieder in meinem Körper war, packte ich den Wächter an der Jacke und rannte los, während ich blinzelnd versuchte, meine geblendeten Augen zu beruhigen.

Chiffon schickte uns eine Geisterhorde hinterher. Ich wehrte zwei Wanderer ab und schoss einmal blind über die Schulter, dann zog mich der Wächter nach links in einen Tunnel, der so eng war, dass wir nur hintereinander laufen konnten. Ich traute mich nicht, stehen zu bleiben.

»Ihr kommt hier nicht raus«, rief Chiffon lachend. »Das ist das reinste Labyrinth hier unten!«

Alle Tunnel sahen gleich aus. Die Stimmen der Entführer hallten durch die Dunkelheit und lösten Angstkrämpfe in meinem Bauch aus. Irgendwo bellte ein Hund und suchte nach dem Eindringling. Und dann, ganz am Ende eines langen, engen Tunnels, sah ich Licht. Ich rannte darauf zu, der Wächter humpelte hinterher. Rechts und links stapelten sich Holzkisten bis unter die Decke. Noch bevor ich fragen konnte, handelte der Wächter. Selbst in diesem Zustand war er wesentlich stärker als ich. Er packte eine Kiste ganz unten im Stapel und zog sie heraus. Das Gebilde fiel mit einem Getöse in sich zusammen, das auf so engem Raum richtig in den Ohren wehtat: Glas splitterte, Holz brach, Ketten und Eisenfesseln glitten scheppernd über Stein. Aus der größten Kiste ergoss sich ein Sturzbach aus rotem Wein. Schnell rannte ich einige Stufen hinauf und mit voller Wucht gegen ein Eisengitter. Mit zitternden Fingern suchte ich nach dem richtigen Schlüssel.

Geisterhorden schossen an mir vorbei und verfingen sich am Rand meiner Traumlandschaft. Ich ging in die Hocke und schleuderte eine von ihnen zurück, was dem Mann einige fremde Erinnerungen aufdrückte. Seine Augen röteten sich und der Schock war für sein System so groß, dass er die Orientierung verlor. Dann fiel eine schwere Kiste auf seine Beine. Diesmal hielt sein Schrei nicht lange an.

Der richtige Schlüssel bestand aus angelaufenem Eisen. Sobald das Gitter offen war, führte ich den Wächter hindurch und sperrte hinter uns ab.

Das Gebäude war riesig, heruntergekommen und leer. Ohne

auch nur kurz durchzuatmen, schoss ich auf eines der großen Fenster. Nur die letzte Kugel traf, doch dann löste sich die Scheibe in einen Scherbenregen auf. Der Wächter stemmte mich hoch, und ich schob mich durch den Fensterrahmen hindurch nach draußen. Unten bellte immer noch der Hund, aber jetzt mussten sie nach einem anderen Weg suchen, um an uns ranzukommen.

»Komm.« Ich packte die Ellbogen des Wächters. »Nur noch ein kurzes Stück. Hochklettern.«

Seine Kiefer waren zusammengepresst und die Muskeln in seinem Hals schwollen sichtbar an, aber er schaffte es durch die Lücke. Selbst nachdem er Aura getrunken hatte, war er noch so schwach. Ich schlang wieder den Arm um ihn, und diesmal stützte er sich mit vollem Gewicht auf mich.

Vor dem Gebäude parkte eine alte schwarze Limousine mit getönten Scheiben. Nick ließ kurz die Scheinwerfer aufblitzen. Vor Erleichterung wurde mir ganz anders. Er streckte sich nach hinten und öffnete die Tür.

»Wirst du verfolgt?«

»Ja, mach schnell.«

»Okay. Aber – warte mal, Paige, was machst du da …?« Fassungslos sah er zu, wie ich den erschöpften Wächter in den Wagen schob. »Paige!«

»Fahr einfach los.« Ich ließ mich ebenfalls auf die Rückbank fallen und zog mit einem dumpfen Knall die Autotür zu. »Nick, fahr!«

Eine schlanke Gestalt mit einer abgesägten Schrotflinte kam um das Gebäude herumgelaufen. Nick fragte nicht weiter. Ruckartig packte er den Schaltknüppel und trat aufs Gaspedal. Der Motor war zwanzig Jahre alt und stammte von einem Schrotthaufen im Garden, aber wie durch ein Wunder funktionierte er noch. Mit einem Hüpfer, bei dem ich mir fast auf die Zunge biss, setzte der Wagen dröhnend zurück. Der Maskierte hinter uns schoss, doch die Reichweite des Gewehrs war zu kurz. Nick zerrte am Lenkrad und wir schossen in Richtung Hauptstraße davon.

Unser Verfolger ließ die Waffe sinken. Inzwischen waren noch mehr Menschen mit schrecklichen Masken aus dem Lagerhaus gestürmt, und gemeinsam rannten sie zu einem schwarzen Van.

Ich konnte die Schweißperlen auf Nicks Stirn sehen. Unser Auto war eine alte Rostlaube, die nur in Notfällen zum Einsatz kam; für eine Verfolgungsjagd war sie einfach nicht gemacht. Er trat das Gaspedal durch und brachte uns von dem Lagerhaus und der Oval Road weg, fuhr aber nicht auf direktem Weg nach I-4. Stattdessen machte er bei der nächsten Gelegenheit einen U-Turn.

»Wir tricksen sie aus«, erklärte er. »Fahren über den Markt und durch die Hinterstraßen nach I-4.«

Ich blickte über die Schulter zurück. Gerade glitten die roten Rückleuchten des Vans an uns vorbei, und er bog mit quietschenden Reifen in die Straße ein, in der sie uns vermuteten. »Pass auf, ob noch mehr kommen«, warnte ich Nick. »Vielleicht haben sie mehrere Wagen.«

»Du hättest mir ruhig sagen können, was du vorhast.« Nick hielt das Lenkrad so fest gepackt, dass seine Knöchel weiß hervortraten. »Wer zum Teufel waren diese Leute? Lumpenpuppen?«

»Ja.«

Nick fluchte. Erst als er die Heizung aufdrehte, wurde mir bewusst, dass ich immer noch klatschnass und bis auf die Knochen durchgefroren war. Instinktiv schob ich mich näher an den Wächter heran. Sein schwacher Atem streifte mein Ohr. Während das Auto Kurs auf I-4 nahm, zog ich die gebrauchte Telefonkarte aus meiner Hosentasche und schleuderte sie aus dem Fenster. Nick warf einen kurzen Blick in den Rückspiegel.

»Wo hast du geschlafen, bevor sie dich geschnappt haben?«, erkundigte ich mich beim Wächter.

»In einem Trafohäuschen in der Tower Street.« Seine Stimme klang kratzig. »Wir Monster schlafen nicht in Federbetten. Jetzt nicht mehr.«

Die Tower Street lag in unmittelbarer Nähe unseres Unterschlupfs. Wäre ich bei seiner Ankunft in Seven Dials gewesen, hätte ich seine Anwesenheit vielleicht gespürt, bevor es zu spät war. Sein Kopf sank an die Rückenlehne, und ich spürte, wie sein Bewusstsein schwand. »Nach Dials kann er nicht«, sagte Nick, ohne sich zu mir umzudrehen.

»Ich weiß.«

»Und auch nicht in meine Wohnung.«

»Er kommt in eine Absteige. Eine andere Möglichkeit gibt es nicht.«

*

»Das war knapp, Paige. Viel zu knapp.«

Die Lichter in dem kleinsten Zimmer der Absteige in Soho waren ausgeschaltet und die Vorhänge zugezogen. Wir starrten beide auf das Bett, in dem der Wächter tief schlafend lag. Ich hatte ihm noch geholfen, seinen verdreckten Mantel auszuziehen, aber dann hatte er sich hingelegt und in seine Traumlandschaft zurückgezogen, bevor wir noch irgendetwas tun konnten.

»Er kann nicht ewig hierbleiben.«

»Ein Großteil der Rephs will ihn umbringen, und Scion wird ebenfalls hinter ihm her sein«, gab ich leise zu bedenken. »Wir können ihn nicht einfach rausschmeißen und verrecken lassen.«

»Irgendwann wird er gehen müssen. Keiner von uns kann es sich leisten, seine Miete zu zahlen.«

Seufzend fuhr ich mir durch die feuchten Haare. Wann war ich eigentlich das letzte Mal so richtig sauber gewesen? »Es gibt eine Verbindung zwischen den Rephaim und dem Syndikat, Nick. Sonst hätten sie niemals gewusst, wie sie den Wächter ausschalten können. Ich muss herausfinden, was sie sonst noch wissen. Und ich muss die Flüchtlinge aus diesem Sektor rausschaffen.«

Irritiert runzelte Nick die Stirn. »Du wirst ganz sicher keinen Fuß mehr nach II-4 setzen, Paige. Der gesamte Sektor wird hinter dir her sein.«

»Meinst du, die wenden sich an die Versammlung?«

»Nein, eher nicht. Es gibt keinen Beweis dafür, dass du dort warst, und sie wollen bestimmt nicht überall rumerzählen, dass sie in ihrem Unterschlupf Gefangene einsperren.«

Aufmerksam musterte ich sein Gesicht. »Du gehörst schon länger dem Syndikat an als ich. Was weißt du über diesen Kerl?«

»Den Lumpensammler? Nicht viel. Er war schon Denkerfürst von II-4, als ich dem Syndikat beigetreten bin.«

»Hast du ihn jemals gesehen?«

»Noch nie. Selbst für ein Mitglied der Versammlung der Widernatürlichen gilt er als extrem eigenbrötlerisch. Zwischen ihm und der Äbtissin hat es einmal böses Blut gegeben, aber niemand weiß so genau, warum.« Mit gedämpfter Stimme fuhr er fort: »Du bist da schon viel zu tief reingeraten, Paige. Wenn diese Leute dreist genug waren, um einen Rephaiten zu entführen, sind sie auch dreist genug, um dasselbe mit dir zu machen. Mir ist schon klar, dass du nicht auf mich hören wirst, aber … mach bitte keine Dummheiten.«

Ich schenkte ihm ein erschöpftes Lächeln. »Mache ich doch nie.«

Er schnalzte vielsagend mit der Zunge. Dann rieb er sich mit einer kreisenden, sanften Bewegung einen Punkt an seiner linken Schläfe. Diese Geste kannte ich gut. Nick bekam alle paar Wochen Migräneanfälle, manchmal im Zusammenhang mit Visionen, und musste danach tagelang das Bett hüten. Jaxon verkündete zwar immer, dass man sich wegen »dem bisschen Kopfweh« ja wohl nicht so anstellen müsse, aber Nick ging während dieser Zeit durch die Hölle.

»Was ich nicht begreife, ist Folgendes«, fuhr er mit angespannter Miene fort. »Woher kennt ein Denkerfürst des Syndikats die Rephaim? Ist bei einer früheren Knochenernte schon einmal jemand entkommen?«

Mein Puls stockte kurz. »Zwei Leute, vor zwanzig Jahren.«

Von allen Gefangenen hatten nur zwei das Massaker überlebt, das auf die Rebellion folgte: Der eine war ein Kind, der andere der Verräter, der Nashira von dem Aufstand berichtet hatte. Jeden Menschen und jeden Rephaiten, der daran beteiligt gewesen war, hatte sie entweder gefoltert oder umgebracht, auch ihren eigenen Blutsgefährten.

»Vielleicht weiß der Wächter etwas«, überlegte ich. »Ich brauche etwas Zeit mit ihm.« Als ich Nicks Blick bemerkte, zog ich die Augenbrauen hoch. »Ich war sechs Monate mit ihm zusammengepfercht, Nick. Da wird mich noch ein Tag nicht umbringen.«

»Der wird noch eine ganze Weile schlafen. Komm für ein paar Stunden zurück in den Unterschlupf. Jaxon hat schon den ganzen Tag nach dir gefragt.«

»Ich stinke nach Kanal, das wird ihm auffallen.«

»Ich lenke ihn ab, während du dich umziehst.«

Nach einem kurzen Blick zum Wächter gab ich nach. »Eine Minute noch.«

Nick presste die Lippen zusammen, sagte aber nichts.

Sobald er gegangen war, setzte ich mich auf die Bettkante und strich über das raue Haar des Wächters. Sein Körper war entspannt, das Gesicht ins Kissen gedrückt. Vollkommen reglos lag er da, keinen Laut gab er von sich. Wenn ihn irgendjemand in diesem Zustand hier fand, hatte er nicht die geringste Chance.

Die Tatsache, dass es Syndikatsmitglieder gab, die von den Rephaim wussten, war verstörend. Natürlich hätte ein Überlebender der ersten Knochenernterebellion nach London zurückkehren und sich tief in den Katakomben von Camden verstecken können, wo niemand an ihn herankam. Aber irgendwie hatte ich das dumpfe Gefühl, dass ich gerade mal an der Oberfläche dieser ganzen Machenschaften kratzte.

Wider alle Vernunft streichelte ich die Wange des Wächters. Auf seinem Gesicht waren immer noch diese seltsamen Verfärbungen zu sehen, aber seine Haut war jetzt wärmer. Er rührte sich kurz, und seine Lider flatterten. Mein Puls hämmerte so stark, dass ich ihn bis in die Fingerspitzen spürte. Die Erinnerung an seine erste Verletzung stieg in mir auf, als ich ihn gepflegt hatte, anstatt ihn umzubringen. Irgendetwas an diesem Rephaiten hatte dafür gesorgt, dass ich ihn retten wollte, dort in dieser Stadt zwischen Leben und Tod. Irgendetwas, das stärker gewesen war als mein Instinkt, der ihn einfach nur vernichten wollte.

Bisher hatte ich keinen Gedanken daran verschwendet, was passieren würde, wenn er wieder in mein Leben trat, oder ob es darin überhaupt einen Platz für ihn geben konnte. Arcturus Mesarthim gehörte in die Hallen des Magdalen, zu roten Vorhängen, Gesprächen am Kamin und Musik aus einem anderen Jahrhundert. Vollkommen undenkbar, mit ihm durch London zu laufen.

Was auch immer diese Leute planten, ihn hatten sie jetzt zumindest nicht mehr. Ich holte mir einen Stift und hinterließ eine Nachricht:

*

Komme bald wieder. Nicht die Tür aufmachen.

Oh, und tu mir einen Gefallen: Stirb heute Nacht nicht. Du willst ja sicher nicht gleich zweimal gerettet werden.

– Paige

14

ARCTURUS

Als er am nächsten Tag erwachte, war er nicht länger in einer unterirdischen Zelle an ein Rohr gekettet. Er befand sich nicht länger in der Hand der Lumpenpuppen, halb verhungert und von ihnen nach Gutdünken misshandelt. Stattdessen lag er auf einer weichen Matratze, die ein wenig zu kurz für ihn war, sein Kopf ruhte auf einem schlaffen Kissen und auf dem Nachttisch stand eine Vase mit Plastikgeranien.

»Tja«, sagte ich, »die Situation kommt mir irgendwie bekannt vor.«

Er drehte das Gesicht zur Decke und musterte die fein verzweigten Risse im Putz und die Stockflecken in den Ecken.

»Dieser Ort jedoch nicht«, stellte er fest.

Seine Stimme klang genau so, wie ich sie in Erinnerung hatte: tief, getragen, direkt aus dem Bauch heraus. Diese Stimme hörte man nicht nur, man spürte sie.

»Du bist in einer Absteige in I-4.« Ich riss ein Streichholz an. »Nicht gerade das Magdalen, aber immerhin wärmer als auf der Straße.«

»Allerdings. Es ist mit Sicherheit wärmer als in den modrigen Tunneln von Camden.«

Während ich die Kerze auf dem Tisch anzündete, stemmte sich der Wächter auf die Ellbogen hoch und bewegte prüfend die Schultern. Er hatte nur wenige Stunden geschlafen, doch seine Blutergüsse waren verschwunden. »Wie spät ist es?«, wollte er wissen.

»Vier Uhr nachmittags. Du warst völlig weggetreten.«

»Immerhin bin ich zwischendurch aufgewacht, um deine Nachricht zu lesen. Touché«, setzte er nach. »Darf ich fragen, wo du warst?«

»Seven Dials.«

»Verstehe.« Er schwieg kurz. »Dann stehst du nun also wieder in den Diensten von Jaxon.«

»Mir blieb keine andere Wahl.«

Lange sahen wir uns schweigend an. In den Wochen seit unserer Flucht war so viel passiert. Und wir waren uns noch nie auf neutralem Boden begegnet.

Im Laufe der Zeit hatte ich mich an seine äußere Erscheinung gewöhnt, doch nun zwang ich mich, ihn so zu betrachten, als wäre es das erste Mal. Seine Iris glühte wie eine Flamme hinter getöntem Glas, die Schwärze seiner Pupillen schien jedes Licht aufzusaugen. Klare und gleichzeitig irgendwie sanfte Linien prägten sein Gesicht: der Schwung seiner Lippen, der Bogen des Unterkiefers. Die hellbraunen, ungekämmten Haare fielen bis in den Nacken und tief in die Stirn, was ihn irgendwie menschlicher wirken ließ. Er hatte sich kein bisschen verändert, nur sein Strahlen war ein wenig verblasst.

»Ich nehme an, wir schweben in Gefahr«, riet ich.

»So ist es. Eigentlich wollte ich dich als Erster warnen, aber anscheinend hat der Großinquisitor die Bedrohung mehr als deutlich umrissen.« Sein Blick wanderte über mein Gesicht. »London bekommt dir gut.«

»Regelmäßige Mahlzeiten können wahre Wunder bewirken.« Ich räusperte mich kurz. »Möchtest du etwas trinken? Wein ist gerade knapp, aber wir hätten köstliches Leitungswasser da.«

»Wasser wäre wundervoll. Meine Kerkermeister sind mit ihren Ressourcen nicht so großzügig umgegangen, wie ich es gerne gehabt hätte.«

»Ich habe deine Sachen waschen lassen. Sie liegen im Badezimmer.«

»Vielen Dank.«

Er stand auf, und ich konzentrierte mich darauf, uns Wasser einzuschenken. Wenn man bedachte, wie prüde sich die Rephaim in der Kolonie gegeben hatten – immer hoch geschlossen und mit Handschuhen –, schien ihn seine Nacktheit jetzt erstaunlich kaltzulassen. Nachdem er geduscht und die schlichte schwarze Kleidung eines amaurotischen Händlers angezogen hatte, setzte er sich gegenüber von mir auf das Sofa, sodass der Tisch genau zwischen uns stand. Ganz wie im Magdalen, nur ohne unsere Kolonieuniformen. Sein Hemd war nicht ganz zugeknöpft, sodass ich die kleine Mulde unter seiner Kehle sehen konnte.

»Ich muss gestehen, dass ich äußerst beeindruckt war, als du die Katakomben aufgespürt hast«, sagte er schließlich. »Bis dahin hatte ich es für unwahrscheinlich gehalten, dass mich jemand finden würde.«

»Da war das Goldene Band recht nützlich.« Mit dem Kopf deutete ich auf die Kerze. »Terebell will wissen, wo du steckst. Du kannst die Séance hier abhalten.«

»Zunächst würde ich mich gerne mit dir unterhalten. Wenn die Ranthen erst einmal wissen, dass du mich befreit hast, wird es schwierig für uns werden, zusammen zu sein, ohne dass sie Verdacht schöpfen.«

»›Verdacht schöpfen‹?«, hakte ich nach.

»Du darfst nicht glauben, dass die Maskerade hier endet, Paige. Der eine Tanz wurde lediglich von einem anderen abgelöst. Nicht nur die Sargas fürchten ausgedehnten Kontakt zwischen Rephaim und Menschen.«

»Sie wissen aber doch von dem Goldenen Band.«

»Sie wissen, dass du die Revolte angezettelt hast. Terebell und Errai wissen von dem Goldenen Band. Und sie kennen die Gerüchte der Sargas, laut denen mehr zwischen uns ist.« Er sah mich eindringlich an. »Mehr wissen sie nicht.«

Mein Herz setzte einen Schlag aus.

»Verstehe«, sagte ich dann.

Ich reichte ihm ein Glas. Selbst hier, weit weg von der Strafkolonie, hatte dieser simple Austausch etwas Verbotenes an sich.

»Vielen Dank«, nickte der Wächter und lehnte sich auf dem Sofa zurück. Ich zog die Knie an die Brust.

»Sind die Sargas auf der Suche nach dir?«

»Oh, ich gehe fest davon aus, dass Situla Mesarthim in diesem Moment meine Spur aufnimmt. Immerhin bin ich ein Verräter des Fleisches. Ein Abtrünniger«, erklärte er ungerührt. »Alle Rephaim wurden von meiner Treulosigkeit in Kenntnis gesetzt.«

»Was genau bedeutet es, ein Verräter des Fleisches zu sein?«

»Es bedeutet, dass einem für alle Ewigkeit der Zugang zur Schattenwelt versagt bleibt. Man ist dann kein Rephait mehr. Ein Verräter des Blutes hintergeht die Herrscherfamilie, aber ein Verräter des Fleisches hintergeht alle Rephaim. Diese Strafen werden über mich verhängt, weil ich eines der schlimmsten Verbrechen des Fleisches begangen habe. Ich habe mich mit einem Menschen eingelassen.«

Mit mir nämlich. »Du wusstest also, dass es solche Konsequenzen haben würde?«

»Ja, wusste ich.«

Was für ein Geständnis, doch bei ihm klang es wie ein einfacher Kommentar über das Wetter.

»Nashira setzt den Großinquisitor unter Druck, damit er sämtliche Ressourcen auf die Suche nach den Flüchtlingen konzentriert. Zwei Überlebende aus der Kolonie hat sie bereits in ihren Verhörzimmern.«

»Woher weißt du das?«

»Alsafi ist auf unserer Seite. Er bleibt weiterhin in Nashiras Nähe und versorgt uns mit Informationen. Die Namen der Gefangenen kenne ich nicht, werde aber versuchen, sie herauszufinden.« Ein Schatten huschte über sein Gesicht. »Ist Michael in Sicherheit?«

Michael hatte lange vor mir treu an seiner Seite gestanden. »Wir wurden im Tower voneinander getrennt«, erklärte ich vorsichtig. »Die Spezialwache hat fast alle aus dem Zug getötet.«

Seine Fingerknöchel zeichneten sich plötzlich deutlich unter den Handschuhen ab. »Wie viele sind noch übrig?«

»Zwölf konnten entkommen. Mit mir sind es fünf, die ich seitdem gesehen habe.«

»Fünf.« Ein hohles Lachen stieg aus seiner Kehle auf. »Ich sollte mich besser nicht mehr als Aufwiegler betätigen.«

»Es war nie dein Ziel, die Seher zu retten. Es war meines.« Ich musterte ihn aufmerksam. Die Zeit hatte mich vergessen lassen, wie er mich ansah. Als könnte er direkt in meine Traumlandschaft blicken. »Ich habe noch so viele Fragen.«

»Wir haben Zeit«, versicherte er mir.

»Ich kann höchstens ein paar Stunden bleiben. Um Mitternacht kommt Jax von seinem Meeting zurück. Und wenn ich dann schon wieder nicht da bin, wird er anfangen, mir Fragen zu stellen.«

»Dann habe ich hier gleich die Erste«, unterbrach er mich. »Warum hast du dich von Nashira befreit, nur um dich dann erneut an Jaxon auszuliefern?«

Das ging mir gegen den Strich. »Ich habe mich niemandem ausgeliefert, ich halte ihn lediglich bei Laune.«

»Damals in der Kolonie habe ich gehört, wie du zu ihm sagtest, du hättest genug von seinen Sklavenhalterattitüden. Dieser Mann hat gedroht, dich umzubringen, wenn du nicht weiter für ihn arbeitest. Und nun sag mir, warum ist nicht *er* derjenige, der *dich* bei Laune hält?«

»Weil ich nicht der Denkerfürst von I-4 bin. Weil ich die Fahle Träumerin bin, Jaxon Halls Ganovenbraut. Weil ich ohne Jaxon Hall ein Nichts bin. Und ich brauche diesen Status ungefähr genauso dringend, wie ihr den Schimmer braucht.« Jedes Wort presste ich mühsam heraus. »Ich kann Jaxon nicht verlassen. So ist das nun mal.«

»Ich hätte nicht gedacht, dass gerade du solchen Respekt vor gegebenen Umständen hast.«

»Mein Gesicht flimmert über jeden Bildschirm der Zitadelle, Wächter. Ich brauchte den Schutz.«

»Wenn du aus reiner Notwendigkeit zu ihm zurückgekehrt bist, kann ich also vermuten, dass du Mittel und Wege finden wirst, um dir deine Unabhängigkeit zu erkämpfen?«

»Ich könnte auch die Bank von Scion England ausrauben und mich zur reichsten Frau von London machen, aber ich habe weder Waffen noch Soldaten, die mir dabei helfen würden. Eine Revolution ist nicht ganz so leicht wie schlichter Hochverrat.« Als er weiter schwieg, lehnte ich mich zurück. »Eine Idee hätte ich schon. Der Herr der Unterwelt wurde ermordet. Wenn ich die Wahlschlacht um seine Nachfolge gewinnen könnte, wäre ich Herrin der Unterwelt.«

»Der Herr der Unterwelt hat einen unheilvollen Zeitpunkt für seinen Tod gewählt.« Der Wächter hob sein Glas an die Lippen. »Die Identität seines Mörders ist dir wohl nicht bekannt?«

»Eher nicht. Eventuell hat der Mann, der dich entführen ließ, etwas damit zu tun. Hast du in den Katakomben irgendetwas in dieser Richtung gehört?«

»Nichts Verwertbares, aber wir wissen ja, dass Nashira darauf aus war, das Syndikat aufzulösen. Wie wurde der Herr der Unterwelt getötet?«

»In seinem eigenen Haus enthauptet. Seiner Gang wurden die Kehlen aufgeschlitzt und man hat ihre Gesichter entstellt, so à la Jack the Ripper. Das war nicht einfach nur ein Überfall«, erklärte ich mit Überzeugung, »sonst hätte der Mörder ja die Wertsachen mitgenommen. Hector hatte eine Taschenuhr aus reinem Gold, aber die trug er immer noch am Körper.«

»Also eine Botschaft.« Der Wächter trommelte mit den Fingern auf dem Tisch herum. Diese Marotte von ihm kannte ich schon. »Die Enthauptung ist in der stofflichen Welt die bevorzugte Exekutionsmethode des Hauses Sargas. Sie steht für die

Entfernung der Traumlandschaft. Gut möglich, dass es ein Rephait getan hat. Oder ein Mensch, der den Sargas ergeben ist.«

»Ein Mensch allein hätte nicht acht Leute ausschalten können«, widersprach ich.

»Ein Rephait aber schon«, wandte er ein. Daran hatte ich noch gar nicht gedacht. Für jemanden von der Kraft und Statur des Wächters wäre es lachhaft einfach gewesen, acht betrunkene Seher umzubringen. »Du scheinst ja eine Menge über den Tatort zu wissen«, stellte er dann fest.

»Ich habe die Leichen entdeckt. Jaxon hatte mich hingeschickt, damit ich Hector um den Bart gehe. Er war drauf und dran, einen Teil unseres Handelsnetzwerks lahmzulegen.«

Der Wächter verschränkte nachdenklich die Hände. »Ist dir denn je der Gedanke gekommen, dass Jaxon vielleicht selbst die Finger im Spiel hatte?«

»Er war die ganze Zeit in Seven Dials. Dass er indirekt beteiligt war, will ich gar nicht ausschließen, aber das gilt für so ziemlich jeden.« Erschöpft rieb ich mir die Schläfen. »Glaubt man den Menschen auf der Straße, bin ich die Hauptverdächtige. Und wenn ich je den Respekt dieser Seher erringen will, muss ich meinen Namen reinwaschen.«

»Verstehe.«

Plötzlich leuchteten seine Augen auf eine Art, die mich nervös machte. Vertraute er mir nach alldem überhaupt noch? Seine Arme waren immer noch in einem furchtbaren Zustand, vom Ellbogen abwärts war die Haut dunkel und schimmerte merkwürdig.

»Was brauchst du?« Mit dem Kopf deutete ich auf die Wunden. »Blut und Salz?« Mein Blut würde er zwar nicht noch einmal kriegen, aber Nick konnte sicher eine Konserve bei Scion besorgen.

»Salz sollte ausreichen. Die Infektion ist nur oberflächlich.«

In einer Ecke stand ein Schränkchen mit diversen Utensilien, falls die Mieter sich etwas kochen wollten. Ich schüttete den mageren Inhalt des Salzstreuers in ein Glas und reichte es ihm.

»Vielen Dank.« Der Wächter zog einen Arm auf seinen Schoß.

»Hast du noch Amaranth?«

»Nein. Falls die Ranthen keines mehr haben, muss es in der Schattenwelt geerntet werden. Aber so oder so«, fuhr er fort, »ist Amaranth kein Heilmittel gegen eine Infektion mit Semitrieb. Es heilt nur Krankheiten des Bewusstseins.«

»Vielen Dank für das Fläschchen, ich konnte es wirklich gut gebrauchen.«

»So etwas hatte ich mir gedacht. Du scheinst Verletzungen anzuziehen wie Blumen die Bienen.«

»Liegt wohl an der Verbrecherlaufbahn.« Vollkommen unbewusst berührte ich die Narbe an meiner Wange. »Und durch das Ektoplasma konnte ich das Band sehen.«

»Ja, Ektoplasma stärkt den sechsten Sinn.« Sorgfältig verteilte er das Salz auf seinem Arm. »Und meines hat es dir insbesondere ermöglicht, die Verbindung zwischen uns wahrzunehmen.«

»Oh ja«, seufzte ich. »Die mysteriöse Verbindung zwischen uns.«

Er warf mir einen kurzen Blick zu. Das tote Gewebe an seinem Arm löste sich bereits auf. Fast schon verstörend, wie schnell sie heilten.

»Die Flüchtlinge haben eine Art Einführung über die Rephaim und die Emim geschrieben, mit Anweisungen, wie man sie bekämpft«, berichtete ich. »Ich werde versuchen, das an die Grub Street zu verkaufen.«

»Es wird nicht lange dauern, bis noch mehr Jäger der Rephaim in die Zitadelle kommen, und die werden sich nähren wollen. Da ist es nur klug, dass deine Leute Bescheid wissen.« Er stellte das Glas hin. »Welche Arten der Rephaimschlachtung werden denn in diesem Manuskript erläutert?«

»Benutze die Pollen der Kronenanemone und ziele damit auf die Augen.«

»Der Besitz von Kronenanemonen und ihrer Samen ist in sämtlichen Scionzitadellen illegal. Soweit ich weiß, gab es nur eine Quelle dafür, und zwar in den Gewächshäusern von Sheol I.« Er streute etwas Salz auf sein Handgelenk. »Doch allem Anschein nach werden sie trotz Verbot auch in London gezüchtet.«

»Dann werden wir herausfinden müssen, wo. Ach, übrigens, ich habe dir etwas mitgebracht.« Ich stellte eine Flasche Brandy auf den Nachttisch. »Aus Jaxon Halls Kabinett der Verbotenen Spirituosen.«

»Zu freundlich.« Der Wächter schwieg kurz. »Sobald ich meine Kräfte zurückgewonnen habe, werde ich in das Trafohäuschen zurückkehren.«

»Du wirst nicht mal in seine Nähe kommen«, befahl ich.

»Und wohin soll ich dann gehen?«

Ohne zu zögern, antwortete ich: »Bleib hier.«

Der Wächter sah mich durchdringend an, als wollte er in meinem Gesicht lesen. Manchmal fragte ich mich, ob es den Rephaim wohl schwerfiel, menschliche Mimik zu entschlüsseln. Immerhin war ihre eigene ja eher unterentwickelt.

Ein Klopfen an der Tür katapultierte mich zurück in die Wirklichkeit. Der Blick des Wächters huschte zur Wand, dann zu mir, bevor er aufstand und sich hinter der Badezimmertür versteckte. Niemand konnte garantieren, dass man uns nicht bis hierher verfolgt hatte. Vorsichtig öffnete ich die Tür.

»Nick?«

Auf seiner Stirn funkelten Schweißperlen. Er trug noch immer seine Scionuniform, zitterte am ganzen Körper und war kränklich blass.

»Jag kunde inte stanna«, hauchte er. *»Jag kann inte göra det här …«*

»Was ist los?« Langsam führte ich ihn zum Sofa. »Was ist passiert?«

»SciSORS.« Nick atmete gepresst. »Ich kann nicht mehr für die arbeiten, Paige. Keinen Tag länger kann ich …«

Nach und nach beruhigte er sich etwas. Ich setzte mich auf die Armlehne und drückte sanft seine Schulter.

»Sie haben einen von den Knochenernteflüchtlingen, Ella Parsons. Als man sie rübergebracht hat, musste meine ganze Abteilung zusehen.«

Meine Haut begann zu kribbeln. »Wobei zusehen, Nick? *Wobei?*«

»Wie sie Fluxion 18 getestet haben.«

»Ich dachte, sie arbeiten immer noch an der Formel.« Zumindest war das die letzte Info zu diesem Projekt gewesen, die ich noch von meinem Vater aufgeschnappt hatte.

»Anscheinend haben sie das Tempo angezogen, um die Wachen zur Novembertide damit auszurüsten.« Nick drückte die Finger gegen die Schläfen. »Noch nie habe ich so etwas gesehen. Sie hat Blut gespuckt, hat sich die Haare ausgerissen, ihre Finger zerkaut. Dann haben die beiden Chefentwickler angefangen, ihr Fragen zu stellen. Über dich. Über die Kolonie.«

Ein Haufen Wissenschaftler an einer Rolltrage. Ein Operationssaal mit Zuschauern in weißen Kitteln. Die Wut in mir war kein heißer, flüchtiger Zorn, sie war kalt wie gesprungenes Glas.

»Hat Ella dich erkannt, Nick?«

Er ließ den Kopf hängen. »Bevor sie das Bewusstsein verloren hat, hat sie den Arm in meine Richtung gestreckt. Natürlich haben sie gefragt, ob ich sie kenne. Aber ich habe gesagt, ich hätte sie noch nie im Leben gesehen. Dann haben sie uns in unser Labor zurückgeschickt, aber ich bin früher weg.« Wieder bildete sich Schweiß auf seiner Stirn. »Bestimmt haben sie es rausgekriegt. Wenn ich das nächste Mal einen Fuß über die Schwelle setze, werde ich verhaftet.«

Seine Schultern zitterten unkontrolliert. Ich legte den Arm um ihn. Scion zog die Zügel an.

»Hast du sie gekannt?«, fragte er mit belegter Stimme. »Hast du sie gekannt, Paige?«

»Nicht sehr gut. Sie hat es nur bis zur weißen Tunika geschafft. Aber jetzt müssen wir uns überlegen, wie wir dich da rauskriegen.«

»Aber all die Jahre ... die ganze Arbeit ...«

»Und wem kannst du noch nützen, wenn sie dich aufs Waterboard schnallen? Oder aufknüpfen?« Mir stockte der Atem. »Das ... das ist doch nicht das, was du in deiner Vision gesehen hast, oder? Als die Kuckucksuhr auftauchte?«

»Nein, dann hätte ich vorher gespürt, dass es kommt.« Krampfhaft packte er meine Hand. »Ich muss eine Probe von der Droge beschaffen. Um rauszufinden, was sie da reingetan haben. Dann kann ich ein Gegenmittel entwickeln.« Nick holte tief Luft. »Und das ist noch nicht alles. Bei der Einführung der Sensorschirme werden sie nicht nur die öffentlichen Verkehrsmittel ins Visier nehmen, sondern auch lebensnotwendige Dienstleister: Arztpraxen, Krankenhäuser, Obdachlosenheime, Banken. Die werden alle mit den Scannern ausgestattet.«

Mir drehte sich fast der Magen um, und ich spürte, wie es in mir anfing zu brodeln. Obdachlosenheime waren für Seher schon immer riskant gewesen, aber das reine Ausmaß dieser Attacke war beängstigend. Schon im nächsten Jahr wäre der Großteil aller Seher nicht mehr in der Lage, auch nur die einfachste medizinische Versorgung in Anspruch zu nehmen. Ohne Banken würden die meisten ihr Doppelleben aufgeben müssen. Dann würden die Sektoren förmlich von Straßenkötern überrannt werden. Entsetzt schloss ich die Augen.

»Woher weißt du das?«

»Na, das haben sie uns gesagt.« Er lachte gequält. »Und weißt du, was wir dann alle gemacht haben, Paige? Wir haben applaudiert.«

Hass flammte in mir auf. Sie hatten kein Recht dazu. Sie hatten kein Recht, uns unsere Rechte zu stehlen.

Plötzlich registrierte Nick die fremde Aura und riss den Kopf hoch. Der Wächter stand in der Tür zum Bad. Selbst derart geschwächt und erschöpft war er noch mehr als Respekt einflößend. Nick sprang auf und zog mich mit angespannter Miene an sich.

»Ich glaube, ich habe euch noch nicht miteinander bekannt gemacht«, sagte ich schnell.

Nicks Finger packten mich fester. »Nein, hast du nicht.«

»Also.« Ich räusperte mich. Die beiden waren sich in der Kolonie zwar schon begegnet, aber nur kurz. Und im Auto auf der Flucht war der Wächter kaum bei Bewusstsein gewesen. »Nick, das ist Arcturus Mesarthim, auch der Wächter genannt. Wächter, das ist Nick Nygård.«

»Dr. Nygård.« Der Wächter neigte den Kopf. »Wie bedauerlich, dass wir uns unter diesen Umständen kennenlernen müssen. Ich habe schon viel von Ihnen gehört.«

Nick erwiderte die Geste steif. Obwohl seine Augen gerötet waren, blieb sein Blick eisig. »Nur Gutes, hoffe ich.«

»Über alle Maßen.«

Es folgte peinliches Schweigen. Mein Gefühl sagte mir, dass Nick nicht begeistert wäre, wenn er erführe, wie viel der Wächter schon über ihn wusste – wie viele meiner Erinnerungen er gestohlen hatte. Obwohl ich ihm die letzte freiwillig gezeigt hatte, in der Nicks Seele genauso entblößt worden war wie meine.

»Warte einen Moment«, bat ich ihn schließlich, »ich brauche meine Kontaktlinsen.«

Ohne den Blick vom Wächter zu lösen, nickte er. Ich ging in das winzige Bad, knipste das Licht an und ließ die Tür ein Stückchen offen stehen, damit ich lauschen konnte. Dann griff ich nach dem Behälter mit den Kontaktlinsen, der auf der Ablage über dem Waschbecken stand. Es dauerte eine Weile, bis Nick etwas sagte.

»Ich werde nicht lange drum herumreden, Wächter: Ich weiß, dass Sie Paige letztlich aus der Kolonie rausgelassen haben, aber das heißt noch lange nicht, dass ich Sie mögen oder Ihnen trauen muss. Sie hätten sie schon am Trafalgar Square gehen lassen können. Ich hielt sie schon in meinen Armen, aber Sie haben sie wieder mitgenommen.«

Wenigstens kam er gleich zum Kern der Sache. Unwillkürlich hielt ich inne und wartete auf die Antwort des Wächters. Wie würde er mit diesen Anschuldigungen umgehen?

»Ihre Anwesenheit in der alten Stadt war unabdingbar«, erwiderte er ruhig. »Paige war meine einzige Chance, um einen Aufstand anzuzetteln.«

»Dann haben Sie sie also benutzt?«

»Ja. Die menschlichen Rebellen hätten sich keinem Rephaiten angeschlossen, und das aus gutem Grund. In Paige brennt das Feuer der Rebellion. Das war kaum zu übersehen.«

»Sie hätten sie auch einfach freilassen können. Hätten es für sie tun können. Wenn Ihnen tatsächlich etwas an ihr liegen würde, hätten Sie es getan.«

»Dann wäre ich gezwungen gewesen, einen anderen Menschen als mein Werkzeug einzusetzen. Wäre das für Sie ethisch vertretbarer gewesen?«

Nick lachte höhnisch. »Nein. Aber ich glaube, Sie und Ihre Leute sind nicht gerade Spezialisten im Thema Ethik.«

»Keine Ethik ohne Grauzone, Dr. Nygård. Bei Ihrem Beruf sollten Sie das eigentlich wissen.«

»Was soll das heißen?«

Das lief gar nicht gut, und ich fand es auch nicht so toll, wenn man so über mich sprach. Also ging ich ins Zimmer zurück, bevor der Wächter antworten konnte. Beide verstummten abrupt.

»Willst du noch ein wenig hierbleiben?«, fragte ich Nick.

»Nein, ich muss zurück nach Dials.« Mit einem Seitenblick zum Wächter fragte er: »Wie lange bist du schon weg?«

»Ungefähr eine Stunde.«

»Dann kommst du besser mit.«

Ich tauschte einen Blick mit dem Wächter. »Ich weiß nicht«, zögerte ich.

»Wir denken uns irgendetwas aus, damit du wieder herkommen kannst. Aber wenn du Jaxon jetzt nicht ein bisschen entgegenkommst, verpasst er uns noch eine Sperrstunde.« Nick knöpfte seinen Mantel zu. »Ich warte draußen.«

Frustriert sah ich zu, wie er hinausging.

»Geh ruhig«, sagte der Wächter leise. »In der Strafkolonie habe ich dich oft genug verlassen, und das ohne jede Erklärung. Bediene dich deines Denkerfürsten, Paige, so wie er sich sein Leben lang anderer bedient hat. Nutze ihn zu deinem Vorteil.«

»Ich kann ihn nicht mit seinen eigenen Waffen schlagen. Er ist der Meister der Manipulation«, erklärte ich ihm, während ich aufstand und meine Jacke anzog. »Nick hat recht, was die Sperrstunde angeht. Ich komme wieder, sobald ich kann.«

»Ich freue mich darauf. Und bis dahin werde ich bestimmt eine Möglichkeit finden, mir die Zeit zu vertreiben.«

»Du könntest deine Séance abhalten.«

»Vielleicht. Oder ich gönne mir noch ein paar Stunden Frieden, bevor der Krieg von Neuem beginnt.«

Wäre er kein Rephait gewesen, hätte ich das Funkeln in seinen Augen verschmitzt genannt. Auf jeden Fall entlockte es mir ein Lächeln, bevor ich ihn sich selbst überließ.

15

DAS MINISTER'S CAT

Sobald ich aus der Tür war, wollte ich am liebsten wieder umkehren. Es war nicht richtig, ihn dort allein zu lassen. Aber vor allem wollte ich nicht wieder in den Unterschlupf kriechen, nur damit Jaxon mein Gehalt nicht kürzte. Meine Freiheit – für die ich gekämpft hatte, für die Menschen gestorben waren – schien in Seven Dials genauso eine Farce zu sein wie in Scion. Im Grunde war ich nichts anderes als ein Hund an Jaxon Halls Leine.

Das würde ich keine zwei Jahre mehr durchhalten. Meine schauspielerischen Fähigkeiten waren für diesen *danse macabre* einfach nicht gut genug. Die Wahlschlacht war die einzige Chance, mich von seinen Fesseln zu befreien.

Wir schlichen durch Soho. Die weitverzweigten Gassen hier waren das eigentliche Kernstück von I-4, wo Jaxons ärmere Leute sich ein Leben erkämpften oder bei dem Versuch starben. Ich zog den Kopf ein und hielt nach irgendwelchen fremden Kurieren Ausschau.

»Paige?« Nick sprach extrem leise. »Ich traue ihm nicht.«

»Das habe ich gemerkt.«

»Ich kann diese Nacht auf der Brücke einfach nicht vergessen. Du hast ihn weggeschubst. Du wolltest nach Hause.« Er packte mich am Arm, und ich blieb stehen. »Vielleicht hatte er ja seine Gründe. Vielleicht will er dir wirklich dabei helfen, sein eigenes Volk zu entmachten. Aber er hat dich ein halbes Jahr lang gefangengehalten und wie eine Marionette benutzt.

Hat dich mit einem dieser Monster im Wald gelassen. Hat zugesehen, wie sie dich *gebrandmarkt* ha –«

»Ich weiß. Habe ich nicht vergessen.«

»Ach nein?«

»Nein, Nick.«

»Und doch hasst du ihn nicht.«

Diese grünen Augen konnten einfach all meine Schutzschilde niederreißen. »Ich werde das alles niemals vergessen«, erklärte ich ihm, »aber ich will ihm vertrauen. Wenn er nicht auf deren Seite steht, muss er auf unserer stehen.«

»Und wie soll er sich ernähren? Am Aura-Büfett? Oder von gratiniertem Traumwandler? Soll ich ihm die Speisekarte bringen und ihm einen Straßenkünstler servieren?«

»Sehr witzig.«

»Das ist ganz und gar nicht witzig, Paige. Der eine in der Stadt damals hat mir einen Einblick verschafft, wie man sich als Fast Food fühlt.«

»Er wird sich nicht von uns nähren. Und es gibt keinen einzigen verdammten Grund, warum er Scion verraten sollte, wo wir uns versteckt halten. Ihn würden die genauso schnell umbringen wie mich.«

»Mach, was du willst, *sötnos*, aber ich werde dir nicht dabei helfen, dass ihr Zeit miteinander verbringt. Wenn dir irgendwas passiert, würde ich mir das nie verzeihen.«

Darauf sagte ich nichts. Nick schien mir nicht in die Augen sehen zu können.

Schwere Schuldgefühle quälten ihn. Natürlich war es nicht seine Schuld, was sie mit Ella gemacht hatten, aber ich kannte ihn: In seinen dunkelsten Stunden würde er sich immer fragen, ob er nicht doch irgendetwas hätte tun können, um ihr Leid zu verhindern. Und wenn mir im Beisein des Wächters etwas zustieß, würde er sich dasselbe fragen – ganz egal, ob er mir nun half oder nicht.

Durch diese Überlegungen musste ich das erste Mal seit Tagen an Liss Rymore und Seb Pearce denken, und der Schmerz über ihren Tod flammte erneut auf. Ich hatte irgendwie nie die Gelegenheit gehabt, die Gefallenen dieser Knochenernte zu betrauern. Seher hielten keine Beerdigungszeremonien ab – unsere Kultur sah nicht vor, dass man um leere Hüllen trauerte –, aber vielleicht hätte es geholfen. Vielleicht hätte ich so die Chance gehabt, mich zu entschuldigen und Lebewohl zu sagen.

Ich unterdrückte diese Gefühle, damit man sie mir nicht ansah. Nick konnte neben seinem eigenen Schmerz nicht auch noch meinen gebrauchen.

Als wir an der Säule mit den traurigen, übermalten Sonnenuhren vorbeikamen, stieß ein Medium im langen Mantel einen Pfiff aus. Er stand hinter einer Telefonzelle.

»Fahle Träumerin?«

Ich blieb stehen. Das war einer von Jaxons Kurieren, ich kannte ihn. »Was ist los, Hearts?«

»Eine Nachricht für dich.« Er trat zu uns. »Von jemandem namens 9. Sie meinte, das Projekt wäre beendet und wartet an der vereinbarten Stelle auf dich.«

Nells Nummer. Gemeint war unser Groschenroman. »Das ist alles?«

»Das ist alles.«

Mit kaputten Zähnen grinste er mich an. Demonstrativ stülpte ich meine leeren Taschen um. Nick verzog das Gesicht und fischte ein paar Münzen aus seiner Brieftasche. »Wann hast du die Nachrichten erhalten?«, fragte ich noch.

»Ist gerade mal zehn Minuten her, aber der Kurier, von dem ich sie habe, meinte, er hätte zwei Tage gebraucht, um das Päckchen auszuliefern. Anscheinend kontrollieren die Lumpenpuppen die Taschen sämtlicher Kuriere, die aus II-4 kommen«, berichtete er. »Hat wohl ziemlich lange gedauert, den Umschlag aus dem Sektor zu schmuggeln, ohne dass die was mitkriegen.«

Hearts tippte sich an die Mütze und verstaute die Münzen in seinem Mantel, dann verschwand er in einer Gasse. Nick und ich warteten, bis seine Traumlandschaft sich ein Stück entfernt hatte, bevor wir unser Gespräch wieder aufnahmen.

»Die sind auf der Suche nach dir«, murmelte Nick. »Oder hast du jemals gehört, dass Kuriere durchsucht worden wären?«

»Nein, aber wir haben ja auch gerade einen Reph aus ihrem Sektor geschmuggelt. Vielleicht sind sie jetzt ein wenig paranoid.«

»Ganz genau. Du kannst da nicht wieder hin.«

Sobald die rote Tür des Unterschlupfs hinter uns zugefallen war, zitierte Jaxon uns in sein Arbeitszimmer. Er saß in seinem Sessel und formte mit seinen Fingerspitzen ein Dreieck. Seine Haltung war ebenso steif wie der Brokat seines Lieblingshausmantels. Ich stellte mich neben Nick auf und zog fragend die Augenbrauen hoch.

»Wieder mal spazieren gegangen, Liebes?«, fragte Jaxon knapp.

»Ich habe sie losgeschickt, sie sollte einen Straßenkünstler für mich aufspüren«, sagte Nick sofort. »Er hat uns noch Geld geschuldet.«

»Ich möchte nicht, dass meine Traumwandlerin ohne meine ausdrückliche Genehmigung den Unterschlupf verlässt, Dr. Nygård. In Zukunft wirst du einen von den anderen schicken.« Er unterbrach sich kurz. »Warum trägst du diese grauenhafte Uniform?«

»Ich bin direkt von der Arbeit hergekommen.« Nick räusperte sich kurz, dann fuhr er fort: »Jax, ich glaube, meine Position bei Scion ist gefährdet.«

Jaxon wandte sich ihm ganz zu. »Ich höre.«

Während Nick erklärte, was passiert war, griff Jaxon nach einem Füllfederhalter und ließ ihn zwischen den Fingern kreisen.

»Auch wenn ich deinen Nebenjob bei Scion verabscheue, Dr. Nygård, so sind wir doch auf dein Einkommen angewiesen«, resümierte er schließlich. »Deshalb solltest du nächste Woche besser wieder zur Arbeit gehen und so tun, als ob du von nichts wüsstest. Wenn du jetzt deinen Posten verlässt, macht dich das nur noch verdächtiger.«

So dringend konnten wir das Geld gar nicht brauchen. Selbst nach den Vorkommnissen auf dem Schwarzmarkt lief in I-4 alles wie gehabt. »Er ist in Gefahr, Jax«, wandte ich deshalb ein. »Was ist, wenn sie ihn verhaften?«

»Das werden sie nicht tun, mein Honigbienchen.«

»Allein die Mieten von den Straßenkünstlern bringen dir schon ein Vermögen ein. Da kannst du doch nicht ernsthaft –«

»Mag sein, dass du meine Erbin bist, Paige, aber wenn ich nicht irre, bin ich momentan der Denkerfürst hier.« Er würdigte mich nicht einmal eines Blickes. »Ein kurzes Zucken von irgendeinem Sehermädchen reicht nicht aus, um unser Orakel in irgendetwas reinzuziehen.«

»Dann bist du also tatsächlich bereit, den Hals deines Orakels zu riskieren, nur damit ein paar Pennys mehr reinkommen?«, fragte ich hitzig.

Jaxons Finger schlossen sich um die Armlehnen des Sessels. »Bitte lass mich mit meiner Ganovenbraut allein, Dr. Nygård. Gönn dir eine wohlverdiente Pause.«

Nick zögerte, aber nur kurz. Im Vorbeigehen drückte er sanft meine Schulter.

Aus der Ecke ertönte eine leiernde Aufnahme des Liedes *The Boy I Love is Up in the Gallery*. Auf dem Schreibtisch stand ein leerer Trinkkelch. Ich ließ mich in einen Sessel sinken, überkreuzte die Beine und sah Jaxon – hoffentlich – voll Unschuld und Erwartung an.

»Bis zur Wahlschlacht ist es nicht einmal mehr einen Monat hin«, begann er mit gefährlich sanfter Stimme. »Und ich sehe keinerlei Beweis dafür, dass du auch nur den Versuch einer Vorbereitung unternimmst.«

»Ich habe trainiert.«

»*Was* hast du trainiert, Paige?«

»Meine Gabe. Ich habe … versucht, ohne Maske zu wandeln«, behauptete ich. Nicht wirklich gelogen. »Und ich schaffe es jetzt schon ein paar Minuten.«

»Dass du deine Gabe trainierst, ist ja gut und schön, aber deine körperliche Verfassung ist ebenso entscheidend. Sie haben dich aus gutem Grund hungern lassen, bis du völlig entkräftet warst, Liebes: damit du dich nicht wehren konntest.« Er stellte eine kleine Flasche auf den Tisch, die bis zum Rand mit einer grünlichen Flüssigkeit gefüllt war. »Und was noch schlimmer ist: Du hast die Behandlung mit dem Lorbeerextrakt vernachlässigt, den ich extra für dich besorgt habe.«

Automatisch zog ich den Arm an die Brust. Irgendetwas sagte mir, dass ich ihm besser nicht verraten sollte, dass die Narben durch das Amaranth geheilt worden waren. Dann würde er nur fragen, woher ich das Zeug hatte.

»Es tut nicht mehr weh, seit du das Monster gefesselt hast«, erklärte ich.

»Irrelevant. Bis ich davon überzeugt bin, dass du besser auf dich achtgibst, werde ich deinen Lohn einbehalten«, verkündete Jaxon.

Da verblasste mein Lächeln. »Ich habe alles getan, was du verlangt hast«, protestierte ich, und versuchte, mir nicht anmerken zu lassen, wie verbittert ich war. »Alles: Nachrichten überbracht, Auktionen abgewickelt –«

» – und das alles ohne auch nur einen Funken Aufmerksamkeit!« Er fegte seinen Kelch vom Tisch, zusammen mit seinem Papierkram. »Ich schlage vor, du teilst dir deine Zeit etwas besser ein. Außerdem werde ich Nick bitten, dich auf den Kampf vorzubereiten.«

Der Absinth bildete eine Pfütze auf dem Teppich. Mein Herz raste. Jaxon holte sich ein neues Glas aus dem Schrank.

»Und jetzt ab ins Bett mit dir.« Er schenkte sich die grüne Flüssigkeit ein. »Du brauchst deinen Schlaf, meine Schöne.«

Mit einem knappen Nicken verließ ich den Raum.

Wann hatte er denn das letzte Mal den Unterschlupf verlassen? Wann war er das letzte Mal durch die Straßen gelaufen, über die er so unbedingt herrschen wollte?

Auf dem Treppenabsatz stand Eliza und starrte mit glasigem Blick an die Wand. Ihr Unterkiefer hing schlaff herunter, und ihre Arme waren von den Fingerspitzen bis zu den Ellbogen mit Ölfarbe verklebt. Ihre langen Locken waren fettig und stanken nach altem Schweiß.

»Eliza?«

»Paige?«, nuschelte sie. »Wo warst du denn?«

»Unterwegs.« Ihr fielen fast die Augen zu. Sanft packte ich sie am Ellbogen. »Sag mal, wann hast du denn das letzte Mal geschlafen?«

»Bin nicht sicher. Ist egal. Weißt du, wann Jaxon das nächste Mal Löhne auszahlt?«

Irritiert runzelte ich die Stirn. »Dann hat er dich auch nicht bezahlt?«

»Er sagte, er wolle Fortschritte sehen. Muss mehr Fortschritte machen.«

»Du hast doch Riesenfortschritte gemacht.«

Ohne sie loszulassen, schob ich sie die Treppe hinauf. Sie zitterte am ganzen Körper. »Ich muss weitermachen«, murmelte sie. »Ich muss, Paige. Du verstehst das nicht.«

»Ich will, dass du dir jetzt acht Stunden freinimmst, Eliza. Und in dieser Zeit wirst du etwas essen, unter die Dusche gehen und schlafen. Schaffst du das?«

Sie kicherte unkontrolliert. Ich holte ihr ein Handtuch und einen Bademantel und schob sie damit ins Bad.

Danica war wie immer auf ihrer Seite der Mansarde in die Arbeit vertieft. Ich klopfte bei ihr und trat, da sie nicht antwortete, unaufgefordert ein.

In den Ecken häuften sich die unterschiedlichsten Dinge, die sie auf Schrottplätzen gefunden oder den Schlammwühlern an der Themse abgekauft hatte. Danica saß am Fußende ihrer

Klappcouch und beugte sich gerade über den schweren Eichenholztisch, der ihr als Arbeitsplatz diente.

»Du musst mir einen Gefallen tun, Dani.«

»Bei mir gibt's keine Gefallen«, erwiderte sie. Eine runde Linse vergrößerte eines ihrer Augen bis zur Unkenntlichkeit.

»Es ist nicht anstrengend, keine Sorge.«

»Darum geht's nicht. Und dieser Platz ist nicht für Menschen gedacht«, fügte sie hinzu, als ich mich setzen wollte.

»Woran arbeitest du gerade?« Ich musterte die halb aufgerollten Zettel auf dem Boden, die dicht mit sauberen kyrillischen Schriftzeichen bedeckt waren. »Das Panić-Theorem?«

Ihrer Hypothese fehlte noch der empirische Unterbau. Jaxon wollte sie zu einem Teil seines nächsten großen Pamphlets machen. Die Formel war ganz simpel: Man nehme die Nummer der Seherkaste, multipliziere sie mit zehn, ziehe das Ergebnis von einhundert ab – und schon erhielt man die durchschnittliche Lebenserwartung eines Sehers dieser Kaste. Demnach würde ich mit dreißig sterben. Ein wirklich erhebender Gedanke. Andererseits ließen sich mit erhebenden Gedanken auch nur schwer Pamphlete verkaufen.

»Nö.« Sie griff nach einem Schraubenschlüssel. »Am tragbaren Sensorschirm.«

»Warum lässt Jax dich denn *daran* arbeiten?«

»*Warum* verrät er mir nicht. Er sagt mir nur *was* und *wann*.«

Keine Ahnung, wozu Jaxon so ein Ding brauchen sollte. »Falls dir langweilig wird, könntest du dann vielleicht die tragbare Sauerstoffmaske für mich modifizieren?« Ich holte sie aus der Tasche. »Ich bräuchte eine, die etwas kleiner ist.«

Prüfend drehte sie das Ding in ihren schwieligen Händen. »Kleiner geht nicht. Sie braucht eine ausreichend große Luftkammer.«

»Und wie wäre es mit einer, die ich verborgen tragen kann?«

»Dafür bezahlt Jaxon mich nicht. Er hat mir das hier aufgetragen.«

»Es ist für die Wahlschlacht. Außerdem hast du dir im ganzen letzten Jahr nicht mal ein Paar Socken gekauft«, fügte ich hinzu.

»Das mag für dich vielleicht komisch klingen, aber ich brauche das Geld, um die Schlammwühler zu bezahlen. Bei ihren Preisen könnte man meinen, sie verkaufen Goldstaub.« Sie warf die Sauerstoffmaske auf den Tisch. »Wenn ich Ja sage, gehst du dann weg?«

»Nur, wenn du außerdem dafür sorgst, dass Eliza eine anständige Mahlzeit zu sich nimmt, bevor sie wieder an die Arbeit geht.«

»Deal.«

Mehr würde ich ihr nicht abringen können. Im Vorbeigehen sah ich Eliza, wie sie in ihr Zimmer tappte und auf ihrem Bett zusammenbrach. Als die Musen sich ihr näherten, band ich sie in einer Horde und schubste sie ohne viel Federlesens ans andere Ende der Mansarde.

»Sie muss sich ausruhen. Nervt solange jemand anders.«

Pieter schoss beleidigt davon. Die neueste Muse George verkroch sich schmollend in eine Ecke, während Rachel und Phil traurig über der Tür Stellung bezogen. Eliza war bereits eingeschlafen: Ein Arm hing über die Bettkante, ihr Gesicht war im Kissen vergraben. Ich zog ihr die warme Decke bis über die Schultern.

Jaxon ging es nicht darum, dass ich *meinen Schlaf* bekam. Wäre ihm auch nur im Geringsten daran gelegen gewesen, dass seine Seher ausgeruht waren, würde Eliza hier nicht wie ein Automaton herumlaufen, ohne eine Woche lang die Klamotten zu wechseln.

Mein Denkerfürst stand in der Tür seines Arbeitszimmers und beobachtete mich. Mit einem schiefen Grinsen deutete er auf mein Zimmer. Ich knallte ihm die Tür vor der Nase zu.

Nachdem ich mich auf dem Bett zusammengerollt hatte, trennte ich mit der Spitze meines Messers die Naht an meinem Kopfkissenbezug auf. Das Geld reichte aus, um dem Wächter noch eine Nacht in der Absteige zu ermöglichen. Danach würde er allein klarkommen müssen. Ich rollte mich auf die Seite, legte den Kopf auf den Unterarm und lauschte den Aufnahmen von Wasserrauschen aus meiner Stereoanlage.

Ein oder zwei Stunden später trübte sich Jaxons Traumlandschaft ein. Ich blieb liegen, bis es im Unterschlupf still geworden war, die Straßenlaternen ihr blaues Licht verströmten und selbst Danica der Erschöpfung nachgeben musste. In Soho wartete der Groschenroman auf mich. In der Absteige wartete der Wächter auf mich. Unter dem Kopfkissen schloss sich meine Hand um den Griff des Messers. So allein hatte ich mich schon lange nicht mehr gefühlt.

Um Mitternacht öffnete sich meine Zimmertür. Mit klopfendem Herz setzte ich mich auf, das Messer immer noch fest umklammert.

»Schhh, ich bin's.« Nick ging neben meinem Bett in die Hocke. »Du schläfst mit einem Messer unter dem Kissen?«

»So wie du mit einer Pistole.« Ich legte die Waffe auf dem Nachttisch ab. »Was ist los?«

»Geh.« Er deutete mit dem Kopf auf das Fenster. »Geh in die Absteige und triff dich mit dem Wächter. Ich werde Jaxon eine Nachricht hinterlassen, dass wir zusammen trainieren.«

»Aber du hast doch gesagt ...?«

»Stimmt, aber ich bin es leid, ständig nach Jaxons Pfeife zu tanzen«, flüsterte er. »Auch wenn es mir nicht gefällt, Paige – wir müssen herausfinden, was die Lumpenpuppen im Schilde führen. Außerdem vertraue ich darauf, dass du weißt, was du tust.« Trotzdem wirkte er alles andere als glücklich. »Sei vorsichtig, *sötnos*. Und wenn du nicht vorsichtig sein kannst ...«

»... sei schnell.« Ich drückte ihm einen Kuss auf die Wange. »Ich weiß. Danke.«

*

Bestimmt war es schwer für ihn gewesen, mich gehen zu lassen, aber es fühlte sich gut an, Nick wieder auf meiner Seite zu haben. Auch wenn wir uns darin einig waren, dass es riskant war, den Wächter zu treffen, so war das doch immer noch besser, als gar keine Hilfe von den Rephaim zu bekommen.

Draußen herrschte beißende Kälte. Ich kletterte aus dem Unterschlupf, wickelte mich in meinen Mantel, zog das Halstuch hoch und ging dann die Monmouth Street hinunter. Aus der Ferne sah ich, dass das Fenster von Jaxons Arbeitszimmer dunkel war, seine Traumlandschaft trieb in einer trüben Alkoholwolke. Als ich auf der Shaftesbury Avenue eine Patrouille entdeckte, verlegte ich meine Route auf die Dächer von Soho.

Dieses Viertel war dicht bevölkert, hauptsächlich von Amaurotikern, nur hier und da hetzte ein Seher durch die Menge. Hierher kamen die Leute, um sich das bisschen Vergnügen zu gönnen, das Scion ihnen zugestand: Kasinos, Untergrundtheater und das *3i* – ein Café mit Livemusik, gespielt von den wenigen Flüsterern, die es irgendwie geschafft hatten, amaurotische Jobs zu ergattern. Hier hatte Eliza ihre Jugend verbracht.

Schließlich betrat ich unauffällig eines der beliebtesten Seheretablissements des Viertels: das *Minister's Cat*, eine ganz auf Seher zugeschnittene Spielhölle mit strengen Auflagen für die Kunden (Orakel, Wahrsager und Auguren waren aufgrund ihrer prophetischen Gaben von sämtlichen Wetten ausgeschlossen). Jeden Monat fand eine Lotterie statt, und der Gewinner erhielt von Jaxon einen gewissen Geldbetrag. Außerdem war es der einzige Ort in I-4, wo es Mitgliedern anderer Gangs erlaubt war, sich ohne ausdrückliche Genehmigung längere Zeit aufzuhalten; immerhin brachten sie dem Sektor so eine Menge Geld ein. In den meisten Vierteln gab es eine Handvoll »neutrale« Gebäude, in denen man die üblichen Revierkämpfe und Rivalitäten ignorierte.

Königrufen und Tarocchi waren hier die beliebtesten Spiele. Auch mich juckte es in den Fingern – ich liebte Tarocchi, und ein paar Siege konnten mir ganz gut die Taschen füllen –, aber mein Geld reichte bei Weitem nicht aus, um an einem der Turniere teilzunehmen.

Wie immer drängten sich hier jede Menge Leute aus allen Teilen der Zitadelle. Ich schob mich zwischen schwitzenden Körpern und runden Tischen hindurch, verfolgt von scharfen Blicken und lautem Getuschel. Dieses Etablissment war eine Brutstätte für Klatsch jeglicher Art, der sich schnell im gesamten Syndikat verbreitete. Babs leitete gerade ein Tarocchispiel an einem Tisch in der Ecke, ich musste also warten.

Vielleicht konnte ich ja irgendwo anders Hilfe finden. Hier boten jede Menge Seher ihr Wissen feil.

Wissen ist gefährlich.

Gefährlich, aber nützlich.

Ganz in der Nähe saß eine Wahrsagerin in ihrer Nische: dunkle Haut, Ende zwanzig. Ihre voluminösen Korkenzieherlocken wurden von einem violetten Seidenband aus der Stirn gehalten. Große Augen musterten mich unter schweren Lidern hervor. Das rechte war dunkelbraun, das linke grün mit einem gelben Ring um die Pupille, aber keine Kolobome. Solch ein Augenpaar sah ich erst das zweite Mal in meinem Leben.

»Hast du Zeit für eine Lesung?«

Die Frau rieb sich die Nasenwurzel. »Wenn du das entsprechende Kleingeld hast.«

Ich gab ihr die wenigen Münzen aus meiner Manteltasche. »Mehr habe ich nicht.«

Für noch ein paar Gläser Mecks würde es reichen. »Also schön«, seufzte sie, »besser als nichts.«

In ihrer tiefen Stimme schwang ein kaum hörbarer Akzent mit. Ich setzte mich zu ihr in die Nische und legte die verschränkten Hände vor mir auf den Tisch. Inzwischen zog sie einen Samtvorhang zu, der uns vor den Blicken der Spieler verbarg.

»Du bist eine Astragalomantin«, stellte ich fest. Ihre Fingernägel waren weiß lackiert und mit schwarzen Punkten versehen. Ihre Lider waren ebenfalls weiß geschminkt. Nun holte sie zwei kleine Würfel aus ihrem Ärmel: Knöchelchen mit dunklen Tintenflecken.

»Also, das Ganze funktioniert so«, begann sie und hielt einen der Würfel zwischen Daumen und Zeigefinger hoch. »Nicht alle Stragas arbeiten so wie ich, die meisten machen irgendein kompliziertes Theater und halten die Antworten auf Papier fest. Ich bevorzuge die schlichtere Variante. Du hast fünf Fragen, und ich gebe dir fünf Antworten. Kann sein, dass sie etwas vage ausfallen, aber das ist dann dein Problem. Reich mir deine Hand.«

Als ich gehorchte, packte sie meine Finger – und ließ sie so abrupt wieder los, als hätte sie einen Schlag bekommen.

»Du bist kalt«, bemerkte sie mit einem misstrauischen Blick.

Zuerst begriff ich gar nicht, was sie damit meinte – wenn überhaupt fühlten sich meine Hände eher heiß an –, doch als ich die Hand entspannte, wurde es mir klar. »Tut mir leid.« Ich streckte die Finger und zeigte ihr die Narben in meiner Handfläche. »Poltergeist, ungefähr zehn Jahre her.«

Kopfschüttelnd meinte sie: »Das ist so, als würde man einer Leiche die Hand schütteln. Gib mir die andere.«

Die Narben waren immer schon etwas kühler gewesen als meine restliche Haut, aber noch nie hatte jemand so auf eine Berührung von mir reagiert. Sie griff also nach meiner rechten Hand und hielt die Würfel bereit.

»Also gut.« Sie entspannte sich sichtlich. »Stell deine Fragen.«

Ohne zu zögern, begann ich: »Wer hat den Herrn der Unterwelt getötet?«

»Gefährliche Frage. Formulier sie anders. Der Aether wird nicht einfach einen Namen ausspucken wie ein Süßigkeitenautomat.«

Ich dachte kurz nach. »Hat Schlitzschnute den Herrn der Unterwelt umgebracht?«

Die Würfel rollten über den Tisch. Zweimal die Zwei. Die Wahrsagerin hob die freie Hand an die Schläfe.

»Eine Waage.« Ihre Stimme klang jetzt ähnlich monoton wie die von Liss, als sie mir die Karten gelegt hatte. »Eine der Schalen ist voll Blut, sie sinkt herab. Vier Gestalten stehen um die Waage herum, zwei auf der einen Seite, zwei auf der anderen.«

»Okay. Und das beantwortet jetzt meine Frage?«

»Ich sagte doch, dass es unpräzise sein könnte. Meiner Erfahrung nach steht eine Waage oft für die Wahrheit. Du hast also zwei Leute, die auf der Seite der Wahrheit stehen, und zwei, die es nicht tun«, erklärte sie. »Den Rest musst du schon allein begreifen. Die Antworten des Aethers sind allein für das Verständnis des Fragenden bestimmt.«

Falls der Aether eine Persönlichkeit hatte, dann war er bestimmt ein selbstgerechter Mistkerl.

»Also nächste Frage«, entschied ich. »Hat Schlitzschnute den Herrn der Unterwelt umgebracht?«

»Das hast du doch gerade schon gefragt.«

»Und jetzt frage ich noch einmal.«

»Willst du meine Fähigkeiten auf die Probe stellen, Wandlerin?« Sie schien nicht beleidigt zu sein, eher leicht belustigt.

»Vielleicht«, gab ich zu. »Mir sind hier schon öfter Scharlatane untergekommen. Woher soll ich denn wissen, dass das nicht alles nur Abzocke ist?«

Also wiederholte sich das Ganze. Zweimal die Zwei. Noch einmal stellte ich meine Frage und bekam wieder dieselbe Antwort. Dann trank die Wahrsagerin ein paar Schlucke von ihrem Mecks.

»Bitte, das reicht. Jedes Mal empfange ich dasselbe verdammte Bild. Außerdem hast du nur noch zwei Fragen übrig.«

Es gab so vieles, das ich wissen wollte, vor allem in Bezug auf den Wächter, aber ich musste vorsichtig sein. »Sagen wir mal, ich möchte etwas über gewisse Leute erfahren, will aber nicht sagen, über wen«, begann ich zögernd.

»Solange *du* weißt, von dem die Rede ist, müsste es funktionieren. Du bist die Fragende, ich nur die Verbindung.«

Nervös klopfte ich mit den Fingern auf dem Tisch herum. »Woher weiß … der Unterirdische … von den Puppenspielern?«

Krude formuliert, aber für diese Fremde sollte es wie Unsinn klingen. Ihrer Miene nach zu schließen, hatte sie schon seltsamere Dinge gehört. Die Würfel rollten bis zu meiner Hand. Als sie liegen blieben, zeigten beide eine Eins.

»Eine Hand ohne lebendes Fleisch, die Finger zeigen zum Himmel. Rote Seide schlingt sich wie eine Fessel um das Handgelenk. Die Hand klaubt weiße Federn von der Erde auf. Zwei Finger brechen ab, doch sie macht weiter.«

Die Frau trank kopfschüttelnd noch einen Schluck.

»Soll heißen?« Ich versuchte, nicht zu gereizt zu klingen.

»Keine Ahnung, was diese Hand symbolisieren soll. Die rote Seide steht wahrscheinlich für Blut oder für Tod. Oder keins von beidem«, gab sie zu. Kein Wunder, dass es Wahrsagern so schwerfiel, anständiges Geld zu verdienen. »Weiße Federn … vielleicht von einem Vogel. Könnten für Teile eines Ganzen stehen. Oder es sind eigenständige Symbole.« Auf ihrer Stirn trat eine Ader hervor. »Letzte Frage, ich werde langsam müde.«

Krampfhaft überlegte ich, was mich auf die richtige Spur bringen könnte, doch dann musste ich plötzlich daran denken, wie Liss mir damals die Karten gelegt hatte.

»Wer ist der König der Stäbe?«

Sie lächelte. »Du warst also bei einem Kartenleger?«

Ich antwortete nicht. Wenn ich über Liss sprach, würde auch der Schmerz über ihren Tod zurückkehren. Die Wahrsagerin schleuderte die Würfel mit dem Daumen hoch und fing sie wieder auf. Eine Zwei und eine Fünf.

»Sieben«, verkündete sie und knallte die Würfel auf den Tisch. »Das war's.«

Skeptisch zog ich die Augenbrauen hoch. »Keine Vision?«

»Manchmal reicht die Zahl allein aus. Und vergiss nicht, wie sie aufgeteilt war«, fügte sie hinzu. »Fünf und Zwei bedeutet etwas anderes als, sagen wir, Drei und Vier. Normalerweise hat eine der beiden Zahlen noch einmal eine besondere Bedeutung.« Ihre Hand zuckte unkontrolliert, sodass sie ihren weißen Mecks umkippte und die Würfel auf den Boden fielen. »So, jetzt ist Schluss. Wenn ich anfange, meine Drinks zu verschütten, wird es Zeit, aufzuhören. Ich weiß, das klingt alles etwas dubios, aber es liegt immer auch Wahrheit im Wahn.«

»Ich glaube dir.« Tat ich wirklich. Liss' Gabe hatte auch verwirrend auf mich gewirkt, und doch spürte ich, dass alles eintreffen würde, was sie vorhergesehen hatte. Auch wenn ich selbst noch nicht alles davon verstand.

»Mach dir nicht zu viele Gedanken deswegen. Die Zukunft lässt sich sowieso nicht ändern.«

»Oh, da wär ich mir nicht so sicher.« Damit stand ich auf. »Danke.«

»Falls du noch eine Lesung willst, weißt du ja, wo du mich finden kannst.«

»Danke nein. Aber ich werde dich meinen Bekannten empfehlen.«

Die Wahrsagerin nickte kurz und rieb sich dann die Stirn. Ich schob den Vorhang zurück und verließ die Nische. In meinem Bauch kribbelte es, als hätte ich einen Haufen Schlangen verschluckt.

Babs stand jetzt an der Bar, sommersprossig und fröhlich wie immer, und schenkte Blutmecks aus, der älter zu sein schien als sie. Manche behaupteten, die Monarchie würde durch Babs weiterleben: Sie war die selbst ernannte Königin aller Klatschmäuler. Als sie mich entdeckte, winkte sie mir freundlich zu.

»Fahle Träumerin«, rief sie. »Lange nicht gesehen. Wie geht's?«

»Könnte besser sein, Babs.« Ich ließ mich auf einem Barhocker nieder. »Wie ich hörte, hast du ein Päckchen für mich?«

»Ja, stimmt.« Sie wühlte unter dem Tresen herum. »Liebesgrüße von einem Verehrer?«

Lächelnd schüttelte ich den Kopf. »Du weißt doch, dass der Fesselmeister das nicht erlauben würde.«

»Kalt wie ein toter Fisch, der Mann. Weißt du eigentlich, dass er die Lotterie eingestellt hat?«

»Seit wann?«

»Seit August. Ist nicht gerade gut angekommen, aber andererseits war sie wohl sowieso eine reine Großzügigkeit seinerseits.«

Höchst interessant. »Du hast heute aber gut zu tun.«

»Allerdings. Wir nehmen Wetten auf die Wahlschlacht entgegen. Wie nett vom alten Hector, dass er abgetreten ist. Eine Zeit lang war es nicht leicht, den Laden voll zu bekommen«, erzählte sie. »Die Wachen sind zwar noch gekommen, aber längst nicht so viele wie früher. Scion hat ihnen so die Hölle heißgemacht, dass sie sich nicht mehr getraut haben, sich nach der Sperrstunde rauszuschleichen.«

»Wie das?«

»Prügelstrafen. Sie verlieren die Geduld, was diese Flüchtigen angeht, und meinen, die Nachtwachen würden ihresgleichen decken.« Sie warf mir einen schnellen Seitenblick zu. »Apropos Flüchtige, in den letzten Monaten warst du hier Gesprächsthema Nummer eins. Außerdem wetten einige darauf, dass du Hector umgelegt hast.«

Natürlich. »Und was glaubst du?«

Babs schnaubte empört. »Ich kenne dich seit Jahren, Herzchen. Und ich kann mir nicht vorstellen, wie du jemandem den Kopf abschlägst. Nein, ich denke, es war Schlitzschnute. Ich meine, wenn sie unschuldig ist, warum hat sie dann nicht die Krone für sich beansprucht?«

»Weil sie weiß, dass man sie verdächtigt?«

»Dieser Frau wäre das doch piepegal. Obwohl, solange Hector nicht dabei war, war sie eigentlich ganz in Ordnung. Ist öfter mal mit einer Freundin auf ein Spielchen hier gewesen.« Grinsend überreichte mir Babs einen dicken braunen Umschlag. »Hier, Herzchen. Habe nicht den kleinsten Blick riskiert, so wahr ich ein Sensoriker bin.«

»Vielen Dank.« Trotzdem prüfte ich das Siegel, bevor ich den Umschlag in meinen Mantel schob. »Bin gerade etwas knapp bei Kasse, Babs. Ich bezahle, sobald ich meinen Lohn bekomme.«

»Statt Bargeld würde ich mich auch mit einem Spielchen zufriedengeben. Die Kuriere da drüben könnten eine Abreibung gebrauchen.«

Ich schaute über die Schulter. »Wo denn?«

»Mittlerer Tisch. Die sind fast jeden Abend hier.«

»Und für selchen Sektor spielen sie?«

»I-2. Eigentlich sind sie ganz nett, aber sie gewinnen ein bisschen zu oft, wenn du verstehst, was ich meine. Hey, weißt du noch, wie ihr einmal Spitzzahn abgezogen habt?« Sie lachte fröhlich. »Das war ein toller Abend. Wie er das ganze Geld berappen musste, dass er auf sich selbst gesetzt hatte …«

In dieser Nacht waren wir alle völlig durchgedreht. Jetzt, wo Spitzzahn tot war, hatte dieser Sieg allerdings einen schalen Beigeschmack.

An dem Tisch, den sie meinte, saßen ein paar Untergebene der Äbtissin und spielten Tarocchi. Sie trugen die edlen, dunklen Samt- und Satinstoffe, die man im inneren Kreis der Äbtissin bevorzugte, inklusive Spitzenärmeln und feinstem Silberschmuck. Ich erkannte die Rothaarige aus dem Juditheon wieder. Sie saß ganz am Rand und musterte ihr Blatt über einen filigranen Fächer hinweg.

»Vielleicht beim nächsten Mal …«, setzte ich an, doch dann erstarrte ich. Einer der Spieler hatte leuchtend blaue Haare und trug eine Nadelstreifenweste, die ihn als Lumpenpuppe kennzeichnete. An seinem Handgelenk hing das charakteristische Knochenarmband. Und auf dem rechten Oberarm prangte ein kleines Tattoo: eine elfenbeinfarbene Skeletthand, schwarz umrandet, deren Finger Richtung Schulter zeigten.

Eine Hand ohne lebendes Fleisch, die Finger zeigen zum Himmel. Ich spähte zur Nische hinüber, aber die Wahrsagerin war verschwunden.

»Da sitzt eine Lumpenpuppe«, stellte ich leise fest.

Babs schaute hoch. »Hä? Oh, ja. Die Nachtigallen spielen eigentlich immer mit anderen Sektoren. Lange Zeit herrschte große Rivalität zwischen ihnen und den Leuten von der Listigen Lady.« Sie schenkte mir ein Glas weißen Mecks ein. »Obwohl es mich schon überrascht, dass sie sich zu einem Spiel mit einer Lumpenpuppe herablassen. Er muss ganz schön was hingeblättert haben, um da einsteigen zu können. Der Fesselmeister hat doch nach wie vor nichts dagegen, dass andere Gangs hierherkommen, oder? Wenn es ihm nicht gefällt, kann ich sie jederzeit rausschmeißen.«

»Nein, nein, alles okay.« Mein Herz schlug immer noch etwas zu schnell. »Weißt du eigentlich, warum die Äbtissin ihren Denkerfürsten derart verabscheut?«

»Klingt vielleicht überraschend, aber mir ist diesbezüglich nie irgendetwas zu Ohren gekommen.«

Das überraschte mich tatsächlich. Obwohl ich wie immer mein Tuch vor dem Mund trug, achtete ich darauf, der Lumpenpuppe nicht das Gesicht zuzuwenden. »Was ist das da für ein Symbol auf seinem Arm?«

»Das haben alle Lumpenpuppen. Sieht echt scheiße aus, oder?«

Unwillkürlich musste ich grinsen. »Ich muss jetzt los. Danke für den Drink.«

»Gern geschehen.« Sie beugte sich über die Bar, um mich in den Arm zu nehmen. »Pass auf dich auf, Träumerin. Weht ein rauer Wind auf den Straßen momentan.«

Ich suchte mir eine verlassene Nische am anderen Ende des Saals, wo ich ungestört das Manuskript hervorholen und die Seiten glatt streichen konnte. Zwei Exemplare. Wie gut, dass Nell sie mir so schnell geschickt hatte.

Der Titel lautete *Die Offenbarung der Rephaim*. Der Stil war knapp und präzise, und man konnte sehen, dass es wohl nur im Schein einer Taschenlampe geschrieben worden war, aber Groschenromane mussten keine Meisterwerke sein. Die Geschichte umriss das unheilige Dreigestirn von Scion, Rephaim und Emim. Sie enthielt grausige Details über die Strafkolonie und erklärte den entsetzlichen Tauschhandel, der seit zweihundert Jahren stattfand. Aber vor allem wurde beschrieben, wie man einen Rephaiten vernichten konnte. Die Figuren kamen sogar auf die Idee, eine Klinge in Anemonennektar zu tauchen und die Pollen mithilfe eines Blasrohrs direkt in die Augen zu schießen.

Das Ganze wurde aus der Sicht von 1 geschildert, einer armen Kartenleserin, die man auf der Straße entführt und in einen Albtraum verbannt hatte. Zwar konnte man auf den Zeichnungen ihr Gesicht nicht sehen, aber sie hatte schwarze Locken, genau wie Liss. Ich blätterte zur letzten Seite. Am Ende gelang es Liss, sich aus der Kolonie zu befreien, und sie begann, die Seher von London um sich zu scharen, damit sie sich wehrten. Damit tat sie genau das, was der echten Liss nicht mehr möglich gewesen war.

In dieser Wahrheit, auf diesen Seiten, blieb sie lebendig. Ich schob das Manuskript wieder unter den Mantel und zog den Vorhang zurück.

Die Lumpenpuppe hatte die Spielhölle verlassen. Als ich an den Spielern aus I-2 vorbeikam, blieb ich kurz stehen und klopfte auf ihren Tisch. Überrascht blickten sie hoch. Dann drückte die Rothaarige ihre Asternzigarette aus und erhob sich.

»Fahle Träumerin«, begrüßte sie mich heiser. Eine Hälfte ihres Gesichts verschwand hinter einer fein gewebten Spitzenmaske. »Können wir dir irgendwie helfen?«

Ich verschränkte die Arme vor der Brust. »Der Fesselmeister hat euch bei der Versammlung mitgeteilt, dass Schlitzschnute manchmal hier war. Seid ihr dieser Spur nachgegangen?«

»Oh ja«, antwortete einer der Männer, ohne den Blick von seinen Karten zu wenden. »Leider haben wir nichts Brauchbares herausgefunden. Ein paar Leute haben sie hier gesehen, aber sie ist seitdem nicht wieder aufgetaucht.«

»Aha.« Faule Säcke. »Und spielt ihr aus einem bestimmten Grund mit den Lumpenpuppen?«

»Er hat uns herausgefordert. Und unsere Herrin beleidigt. Da haben wir ihm gesagt, er soll seinen Worten Taten folgen lassen.« Eine der Frauen, eine Augurin, blies mir ihren violetten Rauch ins Gesicht. »Willst du uns vielleicht auch herausfordern, Fahle Träumerin?«

Die Rothaarige warf eine Karte nach ihr. »Benimm dich. Das hier ist nicht unser Revier.« Sie legte mir eine Hand auf den Arm. »Die Äbtissin ist dankbar für dein Verständnis und für das des Fesselmeisters. Wir hoffen sehr, dass die Lage schnell geklärt wird.«

»Tun wir das nicht alle?« Damit wandte ich mich zum Gehen.

Babs stand noch immer hinter der Bar und lachte lauthals über etwas, das der Kollege an ihrer Seite gesagt hatte. Ich ging vorne raus und ließ so die Türglocke klingeln.

Draußen schlug ich ein ungewöhnlich schnelles Tempo an. Morgen war die Miete für das Zimmer des Wächters fällig. Ich musste jetzt noch zu ihm, sonst klopfte bald der Hauswirt bei ihm an.

Mit rasendem Puls hetzte ich durch die verschwiegenen Seitenstraßen von Soho. Ich spürte ein beunruhigendes Prickeln im Nacken. Um diese Zeit war in den Wohngebieten alles so still und verlassen, dass es beinahe unheimlich war. Hier lebten fast nur Seher, die jetzt im Herzen des Viertels spielten und tratschten.

Kurz bevor ich die Absteige erreichte, tauchten urplötzlich zwei Traumlandschaften auf, und ein heftiger Schlag ins Gesicht riss mich von den Füßen.

16

BLUMEN UND FLEISCH

Jemand stülpte mir einen Sack über den Kopf. Meine Arme wurden schmerzhaft weit auseinandergerissen. Ich drückte den Rücken durch und versuchte, die rechte Hand an den Gürtel zu schieben, fischte mit einem wütenden Schrei nach meinem Jagdmesser.

Etwas Hartes traf meinen Hinterkopf, und bunte Farben explodierten vor meinen Augen. Dann presste sich eine Hand auf meine untere Gesichtshälfte und ich wurde die Straße hinuntergeschleift wie ein Müllwagen. Der Asphalt schürfte mir bald die Knie auf.

»Tut mir schrecklich leid, Fahle Träumerin«, verkündete eine raue Stimme, »aber ich fürchte, du weißt zu viel.«

Sie schleppten mich um eine Ecke. Ein metallischer Geschmack breitete sich an meinem Gaumen aus. Nach und nach tropfte Blut in meine Kehle und ließ mich würgen. Vor lauter Angst bekam ich kaum noch Luft. Falls sie mich nicht gleich hier umbringen wollten, brachten sie mich sicher zu einem Auto. Noch einmal versuchte ich zu schreien – irgendeiner von Jaxons Leuten war bestimmt in der Nähe, und wenn sie sich einen Profit erhofften, würden die meisten von ihnen mir auch zu Hilfe kommen –, aber der Sack schloss sich nur fester über meinen Mund. Blaues Laternenlicht fiel durch den Stoff.

»Also, Fahle Träumerin, das wird jetzt ablaufen wie folgt.« Eine schartige Klinge erschien an meinem Hals. »Du sagst uns, wo du die Kreatur hingeschafft hast, und dann überlegen wir uns noch mal, ob wir dir wirklich die Kehle durchschneiden müssen.«

»Welche Kreatur?«, fauchte ich.

»Die du aus den Katakomben gestohlen hast. Die mit den hübschen Leuchtaugen. Sollen wir deiner Erinnerung ein wenig auf die Sprünge helfen?«

Diesmal schlugen sie mich in die Nieren, und ich landete kraftlos an einer Mauer. Doch das schien meinen Geist ruckartig aufzuwecken, und er stürzte sich auf die Traumlandschaft, die mir am nächsten war. Einer der Angreifer schrie auf und sein Messer landete klappernd irgendwo zu meinen Füßen. Blind tastete ich danach und richtete es dann auf die beiden verbleibenden Traumlandschaften. Jeder Muskel meines Körpers war angespannt.

»Ihr werdet ihn nicht finden«, behauptete ich.

»Ach nein?«

Ein Augur und ein Sensoriker. Ich riss mir den Sack vom Kopf. Der Sensoriker war außergewöhnlich groß und schmal, während seine Begleiterin klein und zierlich war. Beide waren ganz in Schwarz gekleidet, trugen diese bemalten Grinsemasken und waren mit großen Fleischermessern bewaffnet.

»Dann ist es also der Lumpensammler, der mich tot sehen will«, stellte ich fest und wich einen Schritt zurück.

»Ganz schön clever, wie du sein Allerheiligstes gefunden hast.« Die Augurin richtete eine Pistole mit Schalldämpfer auf mich. »Manchmal ist es gar nicht gut, so clever zu sein, Fahle Träumerin.«

Ich hechtete los, packte sie um die Taille und riss sie von den Füßen. Irgendwo neben meinem rechten Knie ertönte das leise Ploppen eines Schusses. Sie schlug mit dem freien Arm nach mir, während ich versuchte, ihr linkes Handgelenk auf dem Boden zu halten und die Pistole von meinem Körper wegzudrehen.

Der zweite Angreifer versuchte es mit dem Messer. Ich verpasste ihm einen Tritt in den Magen, der ihn atemlos keuchen ließ. Inzwischen nutzte die Frau die Gelegenheit, um mich auf den Rücken zu wuchten und mit den Knien meine Hände zu fixieren. Ihre Maske verschob sich etwas, als sie mir den Pistolenlauf mitten auf die Stirn drückte.

Hinter meinen Augen bildete sich brennender Druck, und ich spürte, wie ich aus meinem Körper gesogen wurde. Bewusstsein und Fleisch rissen sich voneinander los, als ich sprang. Ich wollte mich dagegen wehren, aber es geschah völlig unbewusst, rein mechanisch. Töten oder getötet werden. Mein Geist zerfetzte ihr Bewusstsein und schleuderte es aus ihrem Körper heraus. Sekundenbruchteile später brach ihr Leichnam auf mir zusammen. Der Mann schrie etwas durch den Mundschlitz seiner Maske, es war wohl ein Name. Er packte mich am Mantel, zerrte mich unter der Frau hervor und presste mich mit dem Rücken gegen eine Mauer. Ich erwischte seine Finger und bog sie so weit zurück, dass die Knochen knirschten und seine Hand fast den Unterarm berührte.

Ein Messer schoss auf meinen Bauch zu. Gerade noch rechtzeitig wich ich dem Stich aus, die Klinge glitt nur mit der Spitze an meinem Körper entlang. Bevor er ein zweites Mal zustechen konnte, rammte ich ihm das Knie in den Schritt. Heißer Atem quoll unter der Maske hervor und glitt an meinem Ohr vorbei. Ich ließ sein malträtiertes Handgelenk los und packte stattdessen die Hand mit dem Messer. Dann biss ich ihn so fest in den Unterarm, dass ich es bis in die Zahnwurzeln spüren konnte. Er brüllte mir Beleidigungen ins Ohr, hielt mich aber unerbittlich fest, während ich seine Haut aufriss und mein Mund sich mit dem Geschmack von Münzen füllte.

Ich kannte mich selbst zu gut, um noch einmal meinen Geist einzusetzen. Rasende Schmerzen hämmerten in meinem Schädel und am Rande meines Gesichtsfeldes flimmerte es. Sobald der Mann seinen Griff etwas lockerte, trat ich ihn in den Oberschenkel und rammte ihm die freie Faust in den Solarplexus. Das Bein gab unter seinem Gewicht nach. Dadurch glitten meine Schultern durch seine Finger, und ich war frei.

Die Waffe des Schlägers wirbelte herum wie ein Karussellpferd. Ich schnappte mir die Pistole der Toten, duckte mich und blieb sprungbereit. Die Klinge zischte an mir vorbei und hätte mich fast an der Wange erwischt. Seine Sicht, die durch die schmalen Sehschlitze der Maske sowieso eingeschränkt war, musste nach meinem Schlag leicht getrübt sein. Sobald er sich abwandte, verpasste ich ihm mit der Waffe einen Schlag hinters Ohr und trat ihn anschließend so hart in die Nieren, dass mein lädiertes Knie schmerzhaft protestierte. Er landete kurz in den Mülltonnen, bevor er den Boden erreichte.

Keuchend ließ ich mich gegen die Ziegelmauer sinken. Grelle Funken tanzten vor meinen Augen. Ich wischte mir die Hände ab, dann ging ich in die Hocke und zog den beiden die Masken von den Gesichtern.

Die Augen der Frau starrten ins Nichts. Beide trugen Knochenarmbänder und Nadelstreifen, genau wie die Lumpenpuppen. Als ich die Taschen der Frau durchsuchte, ertastete ich kühlen, weichen Stoff. Glänzende Seide glitt heraus.

Ein rotes Taschentuch mit einem dunklen Blutfleck.

Hastig griff ich danach. Instinktiv wusste ich, dass das Hectors Blut sein musste. Wahrscheinlich hatten sie vorgehabt, das Taschentuch an meiner Leiche zu hinterlassen, als Beweis dafür, dass ich eben doch der Killer gewesen war.

Der Mann ächzte leise. Abgesehen von einer kleinen Narbe an der Schläfe und ein paar Bartstoppeln am Kinn war sein Gesicht vollkommen nichtssagend. Ich weckte ihn mit einer kräftigen Ohrfeige.

»Wie heißt du?«

»Sag ich nicht.« Er konnte kaum die Lider heben. »Töte mich nicht, Traumwandler.«

»Du bist also bereit, für deinen Boss zu töten, aber nicht, für ihn zu sterben. Das nenne ich mal einen Feigling. Sag ihm, dass er beim nächsten Mal besser mehr als zwei Lakaien schickt.« Fragend hob ich das Seidentuch hoch. »Was hattet ihr damit vor? Es bei mir platzieren?«

»Warte ab bis zur Wahlschlacht.« Ein raues Lachen drang aus seiner Kehle. »Ein König fällt, ein anderer erhebt sich.«

»Du bist ja total gestört.« Angewidert schubste ich ihn zurück auf das Pflaster. »Du hast Glück, dass ich dich nicht schon deshalb töte, weil du in das Territorium des Weißen Fesselmeisters eingedrungen bist.«

»Kannst du ruhig. Wenn du es nicht machst, dann die Lumpenpuppen«, erwiderte er. »Aber du hast keine echte Macht, Ganovenbraut. Du wirst immer nur eine Marionette sein.«

Ich hatte in dieser Nacht schon ein Leben ausgelöscht. Und nur eines zählte: dass der Groschenroman noch immer sicher in meinem Mantel verstaut war. Also zog ich meinen Gürtel aus und fesselte den Schläger damit an das schmiedeeiserne Tor in der Gasse. Mit letzter Kraft katapultierte ich den Mann in seine Zone des Zwielichts und überließ ihn zusammen mit der leeren Hülle der Frau seinen Albträumen.

*

Als ich die Absteige schließlich erreichte, war es schon fast halb eins. Ich schleppte mich die quietschende Treppe hinauf und sperrte die Zimmertür auf.

Eine Kerzenflamme und das Flimmern des Übertragungsschirms waren die einzigen Lichtquellen im Raum. Der Wächter stand an dem dreckigen, mit Regentropfen gesprenkelten Fenster und blickte auf die Zitadelle hinaus. Als er meine geschwollene Lippe und das Blut an meinem Kopf bemerkte, flackerten seine Augen auf.

»Was ist geschehen?«

»Er hat mir einen Schlägertrupp auf den Hals gehetzt.« Ich

legte die Riegel vor und ließ die Sicherheitskette einrasten. »Der Lumpensammler.«

Mein Herz raste immer noch, und seltsame Lichter zogen durch mein Gesichtsfeld. Ich taumelte ins Bad und durchsuchte das mickrige Medizinschränkchen.

Mühsam schälte ich mich aus meiner Hose und verarztete meine aufgeschürften Knie. Was der Wächter nun wohl dachte? Wohl, dass ich kostbare Zeit verschwendete, indem ich mich in irgendwelchen Gassen prügelte, während Scion sein Reich zum Krieg rüstete. Erst als ich nach der Klinke der Badezimmertür griff, wurde mir bewusst, dass meine Hände zitterten.

Der Wächter fragte nicht, wie es mir ging. Die Antwort war auch offensichtlich. Stattdessen zog er die Vorhänge zu und schenkte mir ein Glas Brandy ein. Ich ließ mich neben ihm – aber mit angemessenem Abstand – auf das Sofa fallen und umschloss mit beiden Händen mein Glas.

»Ich gehe davon aus, dass du dich um den Schlägertrupp gekümmert hast«, begann er dann.

»Sie sind auf der Suche nach dir.«

Er nippte kurz an seinem Drink. »Sei versichert, ich werde kein zweites Mal unachtsam sein.«

Seine linke Hand ruhte auf der Armlehne, die rechte lag mit der Innenfläche nach oben auf seinem Oberschenkel. Große, starke Hände mit Narben an den Knöcheln und einer kleinen Mulde unter dem rechten Daumen.

In der Kolonie hatte er mich oft studiert wie ein Rätsel, das er nicht lösen konnte. Jetzt fixierte er den Übertragungsschirm. Gerade lief Scions beliebteste Comedyserie, in der sich alles um geistlose Amaurotiker und ihre wackeren Siege über die Widernatürlichen drehte. Erstaunt zog ich die Augenbraue hoch.

»Du guckst *Sitcoms*?«

»Allerdings. Ich finde Scions Indoktrinationsmethoden faszinierend.« Er schaltete um auf die Nachrichten, wo eine Ausgabe vom früheren Abend wiederholt wurde. »Scion hat angekündigt, eine neue Eliteeinheit innerhalb der Wachen ins Leben zu rufen. Sie wollen sie die Vollstrecker nennen. Ihre Hauptaufgabe wird darin bestehen, außernatürliche Flüchtige aufzuspüren und der Justiz zu übergeben.«

»Außernatürliche?«

»Anscheinend eine neue Bezeichnung für jene, die extreme Formen von Hochverrat begehen. Gut vorstellbar, dass es sich dabei um einen Vorschlag von Nashira handelt. Um euer Leben in London noch unerträglicher zu machen.«

»Wie kreativ sie doch ist.« Ich atmete tief durch. »Und wer sind diese Typen?«

»Rotjacken.«

Fassungslos starrte ich ihn an. »Was?«

»Alsafi hat uns darüber informiert, dass die Rotjacken nun in der Zitadelle eingesetzt werden, da es ja keine Kolonie mehr gibt, die sie beschützen könnten. Zweifelsohne befindet sich auch dein Freund Carl unter ihnen.«

»Er ist nicht mein Freund. Er ist Nashiras Speichellecker.« Allein schon beim Gedanken an Carl Dempsey-Brown wurde ich wütend. Frustriert stellte ich mein Glas ab. »Ich kann dein Zimmer nicht länger bezahlen. Jax behält meinen Lohn ein.«

»Ich erwarte nicht von dir, dass du Kost und Logis für mich bezahlst, Paige.«

Ich schaltete die Nachrichten aus, wodurch es noch dunkler wurde, und trank noch einen Schluck Brandy. Sein Blick brannte sich förmlich durch die Zimmerwand, so als würde das Haus einstürzen, wenn er mich auch nur kurz ansah. Unruhig strich ich mir die Haare hinter die Ohren. Mein Shirt reichte bis knapp über die Knie, und vermutlich hatte er mich auch schon mit weniger Kleidung am Leib gesehen – immerhin hatte er eine Kugel aus meiner Hüfte entfernt, nachdem Nick mich angeschossen hatte.

Der Wächter ergriff zuerst das Wort: »Ich nehme an, dein

Denkerfürst hat dir gestattet, dass du noch eine Nacht hierbleibst?«

»Meinst du, ich erstatte ihm über alles Bericht?«

»Etwa nicht?«

»Nein. Er hat keine Ahnung, wo ich jetzt bin.«

Wir waren beide Flüchtlinge, abgeschnitten von unseren Verbündeten, beide Feinde von Scion. Heute hatten wir mehr gemeinsam als jemals zuvor, und doch war dies nicht der Wächter, den ich nur wenige Stunden zuvor hier zurückgelassen hatte. Während ich weg gewesen war, hatte sich etwas verändert, aber ich hatte ihn bestimmt nicht aus diesem Kerker geholt, damit er jetzt zum Monster wurde. Von denen warteten schon mehr als genug vor meiner Tür.

»Du hast Fragen«, stellte der Wächter fest.

»Wie wäre es, wenn wir mit der Wahrheit anfangen?«

»Eine äußerst umfassende Fragestellung. Welche genau?«

»Die über dich«, präzisierte ich. »Und über die Rephaim.«

»Die Wahrheit hat viele Gesichter, und Geschichte wird von Lügnern geschrieben. Ich könnte dir von den großartigen Städten der Schattenwelt berichten, und von der Art, wie die Rephaim ihr Leben gestalten – aber ich spüre, dass diese Wahrheiten warten müssen.«

Ich rang mir ein Lächeln ab, um die Spannung ein wenig zu mildern. »Tja, zumindest hast du mich damit neugierig gemacht.«

»Vermutlich könnte ich die Schönheit der Schattenwelt gar nicht beschreiben. Worte reichen dafür nicht aus.« In seinen Augen blitzte etwas auf, das mich an den alten Wächter erinnerte. »Hätte ich mein Traumkraut, würde ich es dir zeigen. Aber vorerst werde ich mich damit begnügen, dir die gemeinsame Geschichte von Rephaim und Menschen zu schildern.« Er stellte sein leeres Glas auf dem Tisch ab. »Nur so kannst du die Ranthen verstehen und wirklich begreifen, wofür wir kämpfen.«

Meine Kopfschmerzen brachten mich fast um, aber auf diese Erklärung hatte ich lange gewartet. Also zog ich die Füße auf das Sitzpolster. »Ich höre.«

»Zunächst musst du wissen, dass die mündliche Überlieferung der Schattenwelt im Laufe der Jahrhunderte verzerrt wurde. Ich kann dir nur sagen, was ich gesehen und was ich gehört habe.«

»Verstehe.«

Der Wächter lehnte sich zurück, und zum ersten Mal seit Langem sah er mich direkt an. Er wirkte entspannt, fast menschlich. Ein kleiner, feiger Teil von mir wollte seinem Blick ausweichen, doch stattdessen erwiderte ich ihn stur.

»Die Rephaim sind ein zeitloses Volk«, begann er. »Bereits seit Äonen existieren wir in der Schattenwelt. Ihr wahrer Name lautet She'ol, daher auch die Bezeichnung für die Strafkolonie. Dort lebten wir allein vom Aether, denn in der Schattenwelt gibt es nichts, weder Pflanzen noch Tiere. Nur den Aether, Amaranth und Sarxwesen wie uns.«

»Sarxwesen?«

»Sarx ist unser unsterbliches Fleisch.« Er spreizte die Finger. »Es altert nicht und kann durch die Waffen der Amaurotiker nicht dauerhaft beschädigt werden.«

Während er seine Geschichte erzählte, wurde seine Stimme immer ruhiger und weicher. Ich nippte weiter an meinem Brandy, drehte mich auf die Seite und kuschelte mich in die Polster. Der Wächter warf mir einen kurzen Blick zu, bevor er fortfuhr.

Schon immer hatten die Rephaim in der Schattenwelt gelebt. Anders als Menschen wurden sie nicht geboren, und sie hatten sich (soweit sie wussten) auch nicht aus irgendetwas entwickelt. Stattdessen sind sie *erschienen*, wie der Wächter es nannte, und zwar voll ausgewachsen. Die Schattenwelt selbst schien die Wiege dieses unsterblichen Lebens zu sein, der Schoß, aus dem sie entsprangen. Bei den Rephaim gab es keine Kinder. Von Zeit zu Zeit tauchten neue Rephaim auf, wobei diese Schöpfungswellen sehr sporadisch waren.

In früherer Zeit hatten diese Unsterblichen sich als Vermittler zwischen Leben und Tod gesehen, zwischen den zwei Ebenen von Erde und Aether. Als in der stofflichen Welt die ersten Menschen erschienen, hatten sie per Abstimmung entschieden, diese genau zu beobachten, damit sie nicht das fragile Gleichgewicht zwischen den Welten störten. Ursprünglich hatte diese Überwachung nur darin bestanden, dass sie eine Art Geisterführer entsandten, die Seelengeleiter, um die Geister der verstorbenen Menschen in die Schattenwelt zu eskortieren.

Doch die Zeit verging – wobei die Rephaim laut Aussage des Wächters noch immer Schwierigkeiten hatten, das Konzept *Zeit* überhaupt zu begreifen, da diese Kraft keinerlei Auswirkungen auf die Schattenwelt und ihre Bewohner hatte –, und die Menschen wurden immer zahlreicher und immer streitsüchtiger. Voller Hass bekämpften und töteten sie einander aus den unterschiedlichsten Gründen. Und wenn sie starben, blieben viele von ihnen zurück und weigerten sich, in die nächste Phase des Todes einzutreten. Irgendwann hatte die Schwelle des Aethers eine gefährliche Höhe erreicht.

Zu jener Zeit wurden die Rephaim vom Hause Mothallath angeführt. Der Sternenbestimmte Herrscher Ettanin Mothallath hatte entschieden, dass die Rephaim in die stoffliche Welt gehen und das Ungleichgewicht des Aethers beheben sollten, indem sie die Geister dazu ermutigten, in das Schattenreich einzutreten, wo sie sich in Ruhe und Frieden mit ihrem Tod auseinandersetzen konnten.

»Dazu dient die Schattenwelt also«, begriff ich. »Sie erleichtert den Übergang zum Tod, damit die Geister nicht hier verweilen.«

»Genau. Wir sollten sie auf ihre Reise zum Letzten Licht vorbereiten. Auf ihren wahren, den zweiten Tod. Unsere Absichten waren rein.«

»Na ja, du weißt ja sicher, was man über gute Absichten sagt.«

»Ich habe davon gehört«, nickte er.

Schweigend hörte ich zu, als er seine Geschichte fortsetzte. Hin und wieder brach er mitten im Satz ab. Dann verengten sich seine Augen ein wenig und er presste die Lippen so fest aufeinander, dass die Mundwinkel sich nach unten verzogen. Schließlich wählte er ein Wort und erzählte weiter, allerdings immer noch leicht unzufrieden, als hätte unsere Sprache ihn irgendwie enttäuscht.

Eine stolze und angesehene Gelehrtenfamilie – die Sargas, deren Aufgabe es gewesen war, die Schwelle zu studieren – war allerdings zu dem Schluss gekommen, dass eine Durchschreitung des Schleiers einen unvorstellbaren Akt der Entweihung darstellte. Ihrer Meinung nach sollte jeder Kontakt zwischen Rephaim und Menschen vermieden werden, da ihre unsterblichen Körper auf der Erde zugrunde gehen würden. Aber die Schwelle wurde immer instabiler, und die Mothallath wiesen ihren Rat zurück. Da die Entscheidung bei ihnen lag, wollten sie zunächst einen der ihren als ersten »Beobachter« entsenden.

Diese erste »Beobachterin«, die mutige Azha Mothallath, durchschritt erfolgreich den Schleier und kommunizierte mit so vielen Geistern, wie sie konnte. Bei ihrer sicheren Rückkehr in das Schattenreich hatte sich die Schwelle spürbar gefestigt. Anscheinend hatten die Sargas sich getäuscht. Die Durchschreitung richtete keinerlei Schaden an.

»Da waren sie bestimmt ziemlich stinkig«, sagte ich.

»Über alle Maßen«, bestätigte der Wächter meine Vermutung. »Wann immer nun die Schwelle zu instabil wurde, durchschritten Beobachter den Schleier, gut gerüstet gegen den drohenden Verfall. Wir Mesarthim waren die Beschützer der Mothallath, und natürlich wollten wir sie begleiten. Doch bald fanden wir heraus, dass nur sie den Schleier durchschreiten konnten.«

»Warum das?«

»Das ist noch immer ein Mysterium. Um sich zu schützen, erließen die Mothallath das unumstößliche Gesetz, dass sie sich den Menschen niemals zeigen durften. Sie mussten immer Abstand halten.«

»Aber irgendjemand hielt sich nicht daran«, riet ich.

»Korrekt. Wir wissen nicht genau, was geschehen ist, aber die Sargas teilten uns mit, dass einer der Mothallath den Schleier unerlaubt durchschritten hatte.« Das Licht in seinen Augen trübte sich ein. »Danach geriet alles in Auflösung. Zu diesem Zeitpunkt gelangte die Sehergabe in die Menschenwelt. Zu diesem Zeitpunkt tauchten die Emim auf. Zu diesem Zeitpunkt wurden die Schleier zwischen den Welten so dünn, dass wir alle sie durchschreiten konnten.«

Ich zögerte kurz. »Dann hat es also nicht schon immer Seher gegeben.«

»Nein. Erst nach diesem Ereignis – wir Rephaim nennen es das Schwinden der Schleier – fingen die Menschen an, mit den Geistern zu interagieren. Euch gibt es schon seit sehr langer Zeit, aber nicht ganz so lange wie die Amaurotiker.«

Ich hatte immer gerne geglaubt, dass es uns schon seit Anbeginn der Menschheit gab. Aber tief in meinem Innersten hatte ich wohl geahnt, dass dies nur eine schöne Fantasie war. Die Amaurotiker waren tatsächlich das Original, die Natürlichen. Ich holte tief Luft und stieß dann langsam den Atem aus.

So brach Krieg aus in der Schattenwelt, Rephait kämpfte gegen Rephait und alle kämpften gegen die Emim. Diese Kreaturen waren wie eine Seuche aus den Schatten hervorgekrochen und hinterließen Fäulnis und Verwesung, wo immer sie sich zeigten. Nun konnten die Rephaim nicht länger allein vom Aether leben, den sie einst so selbstverständlich aufgenommen hatten wie Menschen die Atemluft. Tausende hungerten und starben, genau wie die Sargas es vorhergesagt hatten. Schließlich erklärte sich Procyon, Wächter der Sargas, zum *vom Blut be-*

stimmten Herrscher und begann einen Krieg gegen die Mothallath und ihre Anhänger, die seiner Ansicht nach den Tod in das zeitlose Reich geholt hatten. Jene, die den Mothallath weiter die Treue hielten, nannten sich von nun an Ranthen, abgeleitet vom Amaranth – der einzigen Pflanze, die in der Schattenwelt wuchs.

»Ich gehe mal davon aus, dass du auf Seiten der Ranthen standst«, folgerte ich.

»Damals wie heute.«

»Aber?«

»Das Ende kennst du: Die Sargas haben gewonnen, die Mothallath wurden entmachtet und vernichtet, und die Schattenwelt konnte uns nicht länger als Lebensraum dienen.«

Im Gesicht eines Rephaiten hatte Trauer normalerweise keinen Platz, aber manchmal glaubte ich, sie beim Wächter doch erkennen zu können. Kleine Hinweise verrieten sein Bedauern: Das Licht in seinen Augen wurde schwächer; sein Kopf neigte sich auf eine bestimmte Weise.

Aus einem Impuls heraus griff ich nach seiner Hand. Noch bevor ich sie berühren konnte, ballte er sie zur Faust und zog seinen Arm weg.

Für einen kurzen Moment sahen wir uns in die Augen. Ich merkte, wie mein Nacken sich erwärmte. Dann streckte ich mich nach meinem Glas, als hätte ich nie etwas anderes vorgehabt, und lehnte mich an die Armlehne des Sofas, die am weitesten von ihm entfernt war.

»Erzähl weiter«, forderte ich ihn auf.

Der Wächter musterte mich. Ich stützte das Kinn in die Hand und versuchte, die Hitze in meinen Wangen zu ignorieren.

»Um sich zu schützen«, erklärte er endlich, »bekundeten die Ranthen öffentlich ihre Loyalität zu den Sargas. Zu diesem Zeitpunkt konnte Procyon seiner Aufgabe als ihr Anführer nicht länger nachkommen, und zwei andere Mitglieder des Hauses Sargas hatten seinen Platz eingenommen. Nashira – eine von den beiden – verkündete, sie werde einen der Verräter als ihren Blutsgefährten erwählen, um zu zeigen, dass selbst ihre Führer sich der neuen Ordnung beugten. Unglücklicherweise fiel ihre Wahl auf mich.«

Der Wächter erhob sich und stützte beide Hände auf das staubige Fensterbrett. In feinen Rinnsalen lief der Regen über die Scheiben.

Ich hätte nicht versuchen dürfen, ihm Trost zu spenden. Er war ein Rephait, und nun war ganz klar, dass der Vorfall in der Gildehalle ein Fehler gewesen war.

»Nashira war – und ist – die Ehrgeizigste unter den Rephaim.« Wenn er von ihr sprach, flackerte in seinen Augen ein bedrohliches Feuer auf. »Da wir keine Verbindung zum Aether mehr herstellen konnten, bestimmte sie, dass wir herausfinden sollten, ob uns auf der anderen Seite der Schleier ein besseres Leben möglich wäre. Wir warteten, bis die Schwelle so hoch anstieg wie nie zuvor, dann kam im Jahr 1859 eine große Gruppe von uns in diese Welt. Schnell entdeckten wir, dass wir uns von der Verbindung ernähren konnten, die manche Menschen mit dem Aether hatten. So konnten wir überleben.«

Kopfschüttelnd fragte ich: »Und Palmerstons Regierung hat euch einfach so reingelassen?«

»Wir hätten auch im Verborgenen leben können, aber Nashira bestand darauf, dass wir die Spitze der Nahrungskette bilden und nicht als Parasiten dahinvegetieren sollten. Also gaben wir uns Lord Palmerston zu erkennen, indem wir ihm weismachten, die Emim wären Dämonen und wir die rettenden Engel. Und ohne lange zu fragen, überließ er Nashira die Regierungsgewalt.«

Man hatte den Engeln in den Kirchen die Flügel abgeschlagen, um Platz zu machen für die neuen Götter. Nashiras Statue im Haus in Sheol I … Gomesa hatte recht gehabt: Wie leicht hatten wir es ihnen doch gemacht, die Kontrolle an sich zu reißen.

»Königin Victoria durfte nach außen hin ihre Macht behalten, in Wahrheit hatte sie in England aber keinen größeren Einfluss mehr als der nächste Bettler. Der Tod von Prinz Albert beschleunigte ihren Niedergang. Noch am Tag seiner Krönung wurde ihr Sohn Edward VII. des Mordes beschuldigt, außerdem warf man ihm vor, die Widernatürlichkeit in diese Welt gebracht zu haben. So begann die inquisitorische Verfolgung aller Seher, was einzig der Etablierung unserer Macht diente.« Er hob sein Glas an die Lippen. »Der Rest ist Geschichte, wie man so schön sagt. Oder die neue Zeit, je nachdem, wie man es betrachtet.«

Eine Weile lang sagte keiner von uns etwas. Der Wächter leerte sein Glas, stellte es aber nicht ab. Ein seltsamer Gedanke, dass seine Welt schon immer parallel zu unserer existiert haben sollte, unsichtbar und verborgen.

»Also schön«, nahm ich den Faden schließlich wieder auf. »Verrate mir, was die Ranthen genau wollen. Inwiefern unterscheidet ihr euch überhaupt von den Sargas?«

»Zuallererst hegen wir nicht das Verlangen, die stoffliche Welt zu kolonisieren, was jedoch das oberste Ziel der Sargas ist.«

»Aber in der Schattenwelt könnt ihr doch nicht mehr leben.«

»Die Ranthen glauben, dass die Schattenwelt wieder gesunden kann, aber wir wollen auch nicht gänzlich von der Welt der Menschen abgeschnitten sein, wie es früher der Fall war. Falls die Schwelle auf ein stabiles Level gesenkt werden kann, würden wir gerne als eine Art Berater in eurer Welt vertreten sein«, erklärte er. »Um eine völlige Auflösung der Schleier zu verhindern.«

Ruckartig setzte ich mich auf. »Was passiert denn, wenn sie sich auflösen?«

»Das ist noch niemals geschehen«, schränkte der Wächter ein, »aber ich habe das Gefühl, dass es in einer Katastrophe enden würde, und viele andere Rephaim empfinden ebenfalls so. Die Sargas wollen diese Katastrophe herbeiführen. Die Ranthen versuchen, sie aufzuhalten.«

Ich versuchte, irgendetwas aus seiner Miene herauszulesen, eine Emotion oder auch nur einen Hinweis darauf. »Warst du mit Nashira einer Meinung?«, fragte ich unvermittelt. »Als ihr hierhergekommen seid, meine ich. Warst du da auch der Meinung, dass die Menschheit unterworfen werden muss?«

»Ja und nein. Ich hielt euch für verantwortungslos und glaubte, dass ihr mit euren endlosen Kleinkriegen euch und den Aether vernichten würdet. Und ich glaubte, dass ihr von unserer Führung profitieren könntet – auch wenn das wahrscheinlich naiv von mir war.«

Ich konnte mir ein bitteres Lachen nicht verkneifen. »Klar doch. Die hirnlosen Motten, die vom Licht eurer Weisheit angezogen werden.«

»Ich denke nicht so wie Gomeisa Sargas.« Er warf mir einen eisigen Blick zu, aber das war ja nichts Neues. »Oder wie seine Sippschaft. Das Elend und die Erniedrigungen in der Strafkolonie haben mir keine Freude bereitet.«

»Nein, aber du hast ihr Spiel mitgespielt.« Ich wandte mich ab. »Für mich sieht es so aus, als sollten sich einige der Ranthen besser den Sargas anschließen. Es ist jedenfalls schwer zu glauben, dass sie sich um uns arme, wehrlose Menschlein kümmern wollen.«

»Dein Verdacht ist nicht ganz falsch. Die meisten Rephaim verabscheuen das Leben als Zwischenwesen, das sie hier führen müssen, und sie verübeln es den Sargas zutiefst, dass sie durch sie gezwungen sind, zu bleiben.« Er nahm wieder neben mir Platz. »Einem Sarxwesen kann die Erde … unschön erscheinen.«

»Wie meinst du das?«

»Alles hier ist mit dem Tod verknüpft. Selbst eure Brennstoffe bestehen aus verfallenden Substanzen. Menschen benutzen den Tod als Mittel zur Aufrechterhaltung des Lebens. Die meisten Rephaim finden diesen Gedanken befremdlich. Darin sehen sie auch den Grund dafür, dass die Menschen so gewaltbereit und blutrünstig sind. Würde man ihnen die Wahl lassen, würden die meisten Ranthen diese Welt verlassen. Aber die Schattenwelt ist ebenfalls zerstört. Sie verrottet, wie die Emim. Also müssen wir bleiben.«

Wieder lief mir ein kalter Schauer über den Rücken. Ich nahm eine reife Birne aus der Obstschale. »Für dich ist die hier also faulig?«

»Wir sehen den Verfall, bevor er zutage tritt.«

Während ich die Frucht in die Schale zurückwarf, stellte ich fest: »Deshalb tragt ihr immer Handschuhe, damit ihr euch nicht mit der Sterblichkeit ansteckt. Warum wolltest du dann überhaupt mit mir zusammenarbeiten?« *Oder mich küssen*, fügte ich in Gedanken hinzu, brachte es aber nicht über mich, die Worte laut auszusprechen.

»Ich glaube nicht an die Lügen der Sargas«, sagte er schlicht. »Du bist voller Leben, bis zu dem Tag, an dem du stirbst, Paige. Lass nicht zu, dass ihr Wahnsinn sich in deinem Gehirn festsetzt.« Unerschütterlich sah der Wächter mich an. Irgendwo hinter dieser harten Fassade gab es ihn noch. »Im Gegensatz zu den Sargas glauben die Ranthen, dass die Menschen unsere Lebensader unabsichtlich zerstört haben. Trotzdem sehen sie die Menschen nicht als ebenbürtig an. Viele von ihnen halten die menschliche Eitelkeit und Gewaltbereitschaft für den Ursprung ihres Leids.«

»Du hast mir geholfen.«

»Gib dich nicht dem Irrglauben hin, ich sei eine Bastion der Moral und Güte, Paige. Das wäre ein höchst gefährlicher Trugschluss.«

Plötzlich hatte ich die Schnauze voll. »Glaub mir«, fauchte ich, »was dich angeht, mache ich mir keinerlei Illusionen. Du hast in meinen privatesten Erinnerungen rumgewühlt und mir Dinge entlockt, die ich nie irgendjemandem erzählt hatte. Du hast mich sechs Monate lang gefangen gehalten, nur damit ich einen Krieg für dich lostrete. Und jetzt benimmst du dich wie ein eiskalter Mistkerl, und das, nachdem ich deinen Hintern gerade erst aus einer Zelle gerettet habe.«

»Vollkommen korrekt.« Er neigte den Kopf. »Im Bewusstsein dieser Tatsachen – bist du noch immer bereit, unser Bündnis aufrechtzuerhalten?«

Wenigstens versuchte er gar nicht erst, sich rauszureden. »Würdest du mir denn netterweise erklären, *warum* du dich so aufführst?«

»Ich bin ein Rephait.«

Als könnte ich das je vergessen. »Richtig, du bist ein Rephait. Und du bist ein Ranthen, trotzdem redest du über sie, als würdest du nicht zu ihnen gehören. Also, was willst du eigentlich, Arcturus Mesarthim?«

»Ich habe viele Ziele. Viele Wünsche«, sagte er. »Ich möchte eine Übereinkunft zwischen Menschen und Rephaim herbeiführen. Ich möchte die Schattenwelt wiederherstellen. Aber vor allen Dingen möchte ich Nashira Sargas vernichten.«

»Damit lässt du dir aber ganz schön viel Zeit.«

»Ich werde offen zu dir sein, Paige: Wir wissen einfach nicht, *wie* wir die Sargas stürzen können. Sie scheinen ihre Kraft aus einer stärkeren Quelle zu beziehen als wir«, erklärte er. So etwas hatte ich mir bereits gedacht, sonst wären sie die Sargas ja schon vor Jahren losgeworden. »Ursprünglich hatten wir geplant, die beiden vom Blut bestimmten Herrscher auszulöschen und ihre Anhängerschaft zu zerschlagen, aber dazu sind wir noch nicht stark genug. Statt ihre Anführer zu Fall zu bringen, müssen wir also das Gefüge ihrer Macht infiltrieren: Scion.«

»Und was erwartet ihr jetzt von mir?«

Er lehnte sich zurück. »Wir können Scion nicht allein destabilisieren. Wie du vielleicht bemerkt hast, sind wir Rephaim keine sonderlich leidenschaftlichen Wesen. Uns würde es nicht gelingen, Auflehnung in den Herzen deiner Art zu wecken. Einem Menschen hingegen schon. Jemandem, der sowohl das

Syndikat als auch die Rephaim genau kennt. Jemandem mit einer mächtigen Gabe und dem Willen zur Revolution.« Als ich nichts erwiderte, fügte er leise hinzu: »Es fällt mir nicht leicht, dich darum zu bitten.«

»Aber ich bin eure einzige Möglichkeit.«

»Du bist nicht unsere einzige Möglichkeit. Aber selbst wenn ich unter allen Erdenbewohnern wählen könnte, würde ich immer noch dich aussuchen, Paige Mahoney.«

»Als Gefangene hast du mich ja auch ausgesucht«, sagte ich kalt.

»Um dich davor zu bewahren, bei einem so grausamen und brutalen Hüter wie Thuban oder Kraz Sargas zu landen, ja. Ja, das habe ich getan. Und ich weiß, dass dies nicht das Unrecht rechtfertigt, das ich dir zugefügt habe«, fuhr er fort. »Mir ist bewusst, dass ich keine Entschuldigung vorbringen kann, durch die du mir vergeben würdest, dass ich dich nicht gehen ließ, als die Möglichkeit dazu bestand.«

»Vergeben kann ich dir vielleicht. Zumindest falls du mir nie wieder irgendetwas befiehlst«, widersprach ich. »Aber vergessen kann ich es nicht.«

»Als Oneiromant habe ich größten Respekt vor Erinnerungen. Ich könnte niemals erwarten, dass du es vergisst.«

Ich strich mir die Haare hinter die Ohren und verschränkte dann die Arme, auf denen sich eine Gänsehaut gebildet hatte. »Gehen wir mal davon aus, dass ich deine Verbündete werde«, begann ich. »Was würde für mich dabei rausspringen, von eurer abgrundtiefen Verachtung einmal abgesehen?«

»Ich verachte dich nicht, Paige.«

»Könnte man aber meinen. Und der Respekt der Leute ist eine Sache, aber aller Respekt dieser Welt verschafft mir noch kein Geld für Waffen, Numa oder Essen.«

»Wenn du Geld brauchst, ist das nur ein weiteres Argument dafür, dich mit den Ranthen zusammenzutun.«

Überrascht sah ich ihn an. »Wie viel habt ihr denn?«

»Genug«, versicherte er mit glühenden Augen. »Dachtest du etwa, wir wollten mit leeren Taschen gegen die Sargas vorgehen?«

Mein Herz begann zu rasen. »Wo habt ihr es denn die ganze Zeit versteckt?«

»Im Archonitat gibt es einen Mittelsmann, der für die Ranthen arbeitet, er verwaltet das Geld, das auf einem privaten Konto liegt. Es handelt sich um einen Bekannten von Alsafi, der es für das Beste hielt, wenn nur er allein den Namen dieses Vermittlers kennt. Wenn es dir gelingt, Terebell davon zu überzeugen, dass du damit umgehen kannst, und wenn du ihr deine Unterstützung zusicherst, wird sie dich sozusagen sponsern.«

Völlig verblüfft sank ich gegen die Rückenlehne. Das ganze Gerenne wegen dem Geld würde dann der Vergangenheit angehören.

»Falls ich Herrin der Unterwelt werde, könnten wir die Seher von London *vielleicht* wachrütteln. Allerdings müsste ich dazu gegen jeden Denkerfürsten und jede Denkerkönigin mit ein bisschen Ego und einem funktionierenden Gehirn antreten.«

»Sie sind alle so wie Jaxon Hall, vermute ich?«

»Skrupellos und selbstverliebt? Einer wie der andere.«

»Dann musst du siegen. Sie sind dabei, sich bei ihrem eigenen Leichenschmaus zu betrinken, Paige. Unter der richtigen Führung könnte das Syndikat vermutlich eine echte Bedrohung für den Inquisitor und die Sargas sein. Aber mit einem Anführer wie Jaxon Hall sehe ich nur Blut und Völlerei in seiner Zukunft – und am Ende die vollständige Vernichtung.«

Plötzlich musste ich wieder an Liss' letzte Karte denken. Wahrscheinlich würde ich nie erfahren, welches Bild in diesem kleinen Feuer verbrannt war, und ob es mir Sieg oder Niederlage prophezeit hätte.

»Vermutlich sollte ich die Ranthen nicht länger warten lassen.« Der Wächter richtete sich auf. »Hast du noch eine Kerze?«

»In der Schublade.«

Schweigend bereitete er den Tisch für die Séance vor. Nachdem er die Kerze angezündet hatte, kniete er sich davor und murmelte etwas in seiner Muttersprache. Gloss bestand nicht aus erkennbaren Worten, sondern war eher eine lange, fließende Abfolge von Lauten.

Zwei Seelengeleiter schwebten durch die Wand herein. Ich erstarrte. Diese Art von Geistern war noch immer sehr geheimnisvoll, man sah sie nur selten außerhalb von Friedhöfen. Der Wächter stieß einen sanften, kehligen Laut aus, woraufhin die beiden durch die Kerzenflamme glitten und wieder verschwanden. Zurück blieb nur ein feiner Eisfilm an den Fenstern und auf dem Spiegel.

»Terebell will sich im Morgengrauen mit mir treffen.« Der Wächter blies die Kerze aus. »Und ich soll allein kommen.«

»So funktionieren Séancen also bei euch?«

»Genau so. Ursprünglich bestand die Aufgabe der Seelengeleiter darin, Geister in das Schattenreich zu führen, doch nachdem diese Funktion sich nun erübrigt hat, tun sie alles, um uns auf dieser Seite des Schleiers behilflich zu sein. Dabei treten sie allerdings nur selten mit Menschen in Kontakt, wie dir vielleicht aufgefallen ist.«

Jaxon hatte es auf jeden Fall bemerkt. Schon seit Jahren versuchte er, an die Seelengeleiter heranzukommen, um sein nächstes Pamphet zu vervollständigen.

Der Wächter machte keine Anstalten, aufzubrechen. Stattdessen starrten wir uns bestimmt eine Minute lang schweigend an. Ich spürte wieder seinen Herzschlag auf meinen Lippen. Seine nackten, rauen Hände an meinem Körper, als er mich immer dichter an sich zog, bis sein Kuss alles verschlingend und gierig wurde. Während ich ihn nun musterte, fragte sich ein kleiner Teil von mir, ob ich mir das vielleicht nur eingebildet hatte.

Es war dunkel im Raum, und ich hörte nichts außer meinem eigenen, leisen Herzschlag. Der Wächter war stiller als ein Stein.

Eigentlich hatte ich gedacht, er würde vielleicht ins Bett gehen, aber er rührte sich nicht vom Fleck. Schließlich rollte ich mich auf die Seite und drückte den Kopf auf ein Kissen. Ich wollte mir nur ein paar Stunden Schlaf außerhalb von Jaxons Reichweite gönnen.

»Wächter?«

»Hm?«

»Warum ist das Amaranth erblüht?«

»Ich würde es dir sagen, wenn ich es wüsste.«

17

ZOCKER

Ich versteckte das rote Taschentuch in meinem Kissenbezug im Unterschlupf. Mit einem derart belastenden Gegenstand durfte ich mich nicht erwischen lassen, aber eine innere Stimme riet mir, es vorerst zu behalten.

Jetzt, wo die Rephaim in die Zitadelle zurückgekehrt waren, wurde es Zeit, einen weiteren Stein ins Rollen zu bringen. Die Leute mussten wissen, womit sie es zu tun hatten. Deshalb kehrte ich am nächsten Tag zum ersten Mal seit meiner Flucht mit Alfred in die Grub Street zurück.

Wenn man bedachte, dass er als einziges Verlagshaus der Londoner Seher eine durchaus gehobene Stellung einnahm, wirkte der Zirkulum Spiritistum – gegründet 1908 – eigentlich ziemlich schäbig. Der Zirkel hielt sich für den Hort aller Kreativität unter Sehern, für das schlagende Herz jeglicher gewaltfreier Denkdelikte. Er residierte in einem schmalen Haus im Pseudo-Tudorstil mit dunklem Fachwerk, einem krummen Dach und einer schweren grünen Tür, über der schmutzige Erkerfenster hervorkragten. Rechts und links raubten ein Dichtercafé und eine Druckerei ihm den letzten Platz.

Noch einmal überprüfte ich im Aether, ob mir auch wirklich niemand gefolgt war, dann drückte ich den Finger auf die Klingel. Irgendwo tief im Gebäude schrillte es. Nach zwei weiteren Versuchen und einem lauten Klopfen ertönte in dem Lautsprecher rechts von mir eine hohe Frauenstimme:

»Bitte gehen Sie weg. Wir haben genug Gedichtsammlungen, um sämtliche Häuser von London damit zu tapezieren.«

»Hier ist die Fahle Träumerin, Minty.«

»Oh nein, nicht du. Ich habe auch ohne Flüchtige im Haus schon genug Probleme mit Staubläusen. Das ist doch wohl kein Trick, um dem Weißen Fesselmeister noch mehr von meinen Elegien zu verschaffen?«

»Er weiß gar nicht, dass ich hier bin. Ich bin auf der Suche nach Alfred«, erklärte ich, »dem Geisteragenten.«

»Ja, ich kenne ihn. Wir verstecken nicht gerade viele Alfreds bei uns, das kann ich dir versichern. Hast du eine Einladung?«

»Nein.« Ich zerrte an der Türklinke. »Es ist eiskalt hier draußen, Minty. Lass mich doch einfach rein.«

»Warte im Foyer. Putz deine Schuhe ab. Und nichts anfassen.«

Die Tür öffnete sich. Nachdem ich stampfend meine Stiefel auf der Fußmatte gesäubert hatte, betrat ich die Eingangshalle.

Alles sehr heimelig hier drin: Blumentapete, Wandleuchter, ein kleiner Rosenholztisch auf tiefrotem Teppich. Über dem Kamin hing ein Wappenschild, auf dem das Symbol des Zirkels eingraviert war: zwei Füllfederhalter in einem Kreis, die so angeordnet waren, dass sie wie Uhrzeiger aussahen. Dieses Zeichen prangte in der rechten oberen Ecke jedes illegalen Flugblatts und Groschenhefts in der Zitadelle.

»Alfred!«, rief jemand im ersten Stock. »Alfred, komm runter ins Foyer!«

»Ja, ja, Minty, eine Minu –«

»Sofort, Alfred!«

Ich lehnte mich gegen das Tischchen und umklammerte meine Umhängetasche.

»Ah, die Fahle Träumerin ist in die Grub Street zurückgekehrt!« Polternd kam Alfred die Treppe hinunter. Als er mein Gesicht sah, verschwand das breite Lächeln von seinem Gesicht. »Oje. Was ist passiert?«

Die Begegnung mit dem Schlägertypen hatte mir ein leuchtendes Veilchen am rechten Auge eingebracht. »Nur Training für die Wahlschlacht.«

Kopfschüttelnd musterte er den Bluterguss. »Du solltest besser auf dich achten, meine Liebe. Aber welchem Umstand verdanke ich die Ehre?«

»Hättest du vielleicht ein paar Minuten für mich?«

»Aber natürlich.« Er reichte mir den Arm und wir gingen über den mit dekorativen goldenen Läuferstangen befestigten Teppich nach oben. »Also, mit dieser Haarfarbe könntest du glatt als Jaxons Tochter durchgehen. Wie schlau von dir, sie zu färben.«

Uns kam eine Frau mit zerzausten Haaren und dicker Brille entgegen, die ich nicht kannte. Minty Wolfson war das jedenfalls nicht. Allem Anschein nach trug sie ein Nachthemd. »Wer zum Teufel sind Sie denn?«, fragte sie mich so entrüstet, als wäre es schon eine Unverschämtheit von mir, überhaupt zu existieren.

»Dies ist die hoch geschätzte Ganovenbraut des Weißen Fesselmeisters.« Alfred umfasste mit beiden Händen meine Schultern. »Und zurzeit die meistgesuchte Person in ganz London, was sie uns höchst willkommen sein lässt.«

»Nach allem, was ich gehört habe, macht die nur Ärger. Ich hoffe, Ihnen ist bewusst, wo Sie hier sind, junge Dame. Der Zirkulum Spiritistum ist der angesehenste Verlag für seherische Schriften in der gesamten Welt.«

»Und auch der einzige, nicht wahr?«, erwiderte ich.

»Ergo der angesehenste. Unsere Ursprünge reichen zurück bis zu den glorreichen Tagen des Scriblerus-Clubs.«

»Allerdings. Großartige Satiriker, die Scriblerusschreiber. Gaben sich voller Leidenschaft der Jagd auf Langweiler hin.« Alfred schob mich durch eine Tür. »Sei so lieb und mach uns einen Tee, Ethel. Mein armer Gast verdurstet sonst noch.«

Fast hätte ich schwören können, dass die Rüschen an ihrem Hemd vor Empörung zitterten. »Ich bin keine Bedienung, Alfred. Ich habe keine Zeit, um irgendeiner Dubliner Dirne Tee zu servieren. Auf mich wartet Arbeit, Alfred. *Arbeit!* Definition: *Betätigung* oder *Bemühung* mit dem Ziel, etwas herzustellen oder zu erreichen …«

Alfred, der inzwischen stark schwitzte, schloss die Tür, bevor sie weiterreden konnte.

»Für die Einstellung meiner Kollegin kann ich mich nur entschuldigen. Nach diesem Irrsinn wird es mir im Norden sicher äußerst friedlich vorkommen.«

Ich ließ mich gegenüber von ihm in einen Sessel fallen. »Du reist in den Norden?«

»In ein paar Wochen, ja. Ich habe erfahren, dass es in Manchester einen sehr talentierten Geistschreiber geben soll.« Er schob eine Etagere mit Gebäck über den Tisch. »Aber ich bin wirklich froh, dass du nach unserer letzten Begegnung sicher in Seven Dials angekommen bist. Das war ziemlich knapp, nicht wahr? Normalerweise gelingt es mir immer, sie zu bestechen.«

»Ich stehe ganz oben auf der Fahndungsliste von Scion. Da hätte ein Numen uns auf keinen Fall weitergeholfen.« Mit dem Kopf deutete ich auf die Kommode hinter seinem Schreibtisch. Dort stand eine Schwarz-Weiß-Fotografie in einem üppig verzierten Messingrahmen. »Wer ist das?«

Alfred warf einen Blick über die Schulter. »Ah, das ist meine verstorbene Frau Floy. Meine erste Liebe, die leider nur von kurzer Dauer war.« Sanft strich er mit dem Finger über den Rahmen. Die Frau auf dem Bild war ungefähr dreißig und hatte lange, glatte Haare. Sie schaute direkt in die Kamera und ihr Mund war leicht geöffnet, so als hätte sie gerade etwas gesagt, als das Bild aufgenommen wurde. »Sie war eine gute Frau. Ein wenig distanziert vielleicht, aber freundlich und sehr begabt.«

»War sie eine Seherin?«

»Eine Amaurotikerin. Seltsame Verbindung, ich weiß. Unglücklicherweise ist sie sehr jung gestorben. Ich versuche immer noch, sie im Aether aufzuspüren, um zu erfahren, was damals passiert ist, aber sie scheint mich nicht zu hören.«

»Das tut mir leid.«

»Aber, meine Liebe, du kannst doch nun wirklich nichts dafür.« Erst jetzt bemerkte ich den schlichten, aber breiten Goldring an seinem Finger. »Also, wie kann ich dir behilflich sein?«

Ich öffnete die Klappe an meiner Tasche. »Hoffentlich hältst du mich jetzt nicht für anmaßend«, begann ich mit einem verlegenen Lächeln, »aber ich möchte dir einen Vorschlag unterbreiten.«

»Nun, das klingt faszinierend.«

»Du hast mir erzählt, dass du immer auf der Suche nach kontroversen Stoffen wärst. Ein paar Bekannte von mir haben einen Groschenroman geschrieben, und ich habe mich gefragt, ob du vielleicht einmal einen Blick darauf werfen könntest.«

Er grinste breit. »Du hattest mich schon bei ›kontrovers‹ überzeugt, meine Liebe. Sehen wir uns die Sache doch einmal an.«

Ich breitete die Seiten vor ihm auf dem Tisch aus. Mit einem verwunderten Lächeln schob sich Alfred den Zwicker auf die Nase und las den Titel.

*

DIE OFFENBARUNG DER REPHAIM

Ein wahrer und wahrhaftiger Bericht über die grausamen Puppenspieler hinter der Fassade von Scion und wie sie seherisch begabte Menschen ernten.

*

»Du meine Güte.« Er lachte leise. »Das kann man allerdings als kontrovers bezeichnen. Wer sind diese Imaginisten?«

»Sie sind zu dritt, wollen aber anonym bleiben. Deshalb haben sie sich nur Nummern gegeben.« Ich zeigte auf das Ende der Seite. »Gehört alles zur Geschichte.«

»Wie wundervoll metatextuell.«

Ich ließ ihn eine Weile blättern. Hin und wieder murmelte er Dinge wie »ah, ja« oder »gut« oder »sehr eigen«. Mir lief ein Schauer über den Rücken. Wenn Jaxon jemals herausfand, was ich hier machte, würde er mich in hohem Bogen aus Seven Dials hinausbefördern und meinem Schicksal überlassen. Andererseits war er momentan ja sowieso nicht sonderlich zufrieden mit mir.

»Also, Paige, man müsste noch etwas dran tun, aber die Grundidee ist wirklich herrlich gruselig.« Alfred tippte mit dem Zeigefinger auf das Titelblatt. »Es gibt nur sehr wenig Literatur, die sich offen mit der Verderbtheit von Scion auseinandersetzt. Und die Implikation, dass der Geist von Scion so schwach ist, dass er durch äußere Kräfte beeinflusst werden kann, stellt definitiv ihre Autorität infrage.«

»Ganz genau«, nickte ich.

»Jaxon wird ausflippen, wenn er erfährt, dass ich da meine Finger im Spiel hatte, aber ich war schon immer ein Zocker.« Er rieb sich genüsslich die Hände. »Nicht jedes Buch muss mit mir in Verbindung gebracht werden.«

»Einen Haken hat die Sache allerdings«, gab ich zu. »Die Autoren bestehen darauf, dass es nächste Woche bereits erscheint.«

»Nächste Woche? Ach du meine Güte. Warum?«

»Sie haben ihre Gründe.«

»Das glaube ich gern, aber sie müssen ja nicht nur mich überzeugen. Vor allem kommt es auf die Buchhändler der Grub Street an, und die sind pingelig. Die müssen dann eine gewisse Summe aufbringen, um die Penny Post zu bezahlen. Das ist sozusagen unser Buchladen – ein lebendiger, mobiler Buchladen, bestehend aus dreißig Kurieren«, erklärte mir Alfred. »So hat die Grub Street es geschafft, Scion all die Jahre zu entgehen. Es wäre viel zu gefährlich, verbotene Geschichten an einem festen Ort zu verkaufen.«

Es klopfte, und ein zitterndes, dünnes Männchen mit einem Tablett humpelte herein. Seine Aura schrie geradezu »Geistschreiber«.

»Tee, Alfred«, sagte der Mann.

»Vielen Dank, Scrawl.«

Scrawl stellte seine Last ab und schlurfte wieder hinaus. Dabei murmelte er leise vor sich hin. Als er meinen Gesichtsausdruck bemerkte, schüttelte Alfred beruhigend den Kopf. »Keine Sorge. Der arme Kerl hat es irgendwie geschafft, dass Madeleine de Scudéry von ihm Besitz ergriffen hat. Eine äußerst produktive Novellistin, und das ist noch milde ausgedrückt.« Mit einem leisen Schnauben griff er nach seiner Tasse. »Er legt jetzt schon seit einem Monat kaum den Stift aus der Hand.«

»Unser Medium malt manchmal tagelang, ohne auch nur zu schlafen«, nickte ich.

»Oh ja, die Gemarterte Muse. Ein liebes Mädchen. Medien kommen in diesem Geschäft irgendwie immer am schlechtesten weg, nicht wahr? Apropos, ich muss das fragen: Sind deine Freunde Geistschreiber? Also, schreibende Medien?«

»Da bin ich mir nicht sicher.« Ich rührte in meinem Tee herum. »Würde das die Entscheidung des Zirkels denn beeinflussen?«

»Wenn ich ganz ehrlich bin, meine Liebe: Das könnte gut sein. Außer im Fall von Jaxon waren sie immer der Meinung, dass eine Geschichte nur dann lesenswert ist, wenn sie von jemandem verfasst wurde, dessen Verbindung zum Aether im Schreiben liegt. Meiner Meinung nach ist das nichts als elitäre Dünkelhaftigkeit, aber meine Meinung hat hier eben auch nur ein begrenztes Gewicht.«

»Denkst du, sie brauchen einen Beweis?«

»Oh, da drücken sie bestimmt ein Auge zu.« Er drehte seine Pfeife zwischen den Fingern. »Ich hoffe, Minty erkennt das Potenzial der Geschichte, allerdings dürften Schriften dieser Art dafür sorgen, dass Scion uns ordentlich in die Zange nimmt.«

»Der Zirkel hat die *Vorzüge* doch auch geheim gehalten.«

»Eine Zeit lang, ja. Inzwischen weiß Scion aber davon. Es war nur eine Frage der Zeit, bis eine der Wachen es an sie weitergibt.« Wieder starrte er auf die Seiten und strich sich über das schmale Kinn. »Das Material reicht aus für eine Novelle, allerdings lässt die sich wesentlich schwieriger vertreiben. Und einen Groschenroman lesen die Leute sofort. Dürfte ich dieses Exemplar behalten, damit Minty es lesen kann?«

»Selbstverständlich.«

»Vielen Dank. Ich werde dir ihr Urteil in ein paar Stunden übermitteln. Wie soll ich dich kontaktieren?«

»Über die Telefonzelle in I-4.«

»Sehr schön.« Seine glänzenden Augen musterten mich scharf. »Und jetzt mal ganz ehrlich, Paige: Steckt in dem Ding auch nur ein Funken Wahrheit?«

»Nein. Das ist reine Fiktion, Alfred.«

Er sah mich noch einen Moment lang an.

»Also gut. Ich melde mich bei dir.« Ohne aufzustehen, nahm Alfred meine Finger in seine großen, warmen Hände und schüttelte sie. »Ich danke dir, Paige. Hoffentlich sehen wir uns bald wieder.«

»Ich werde den Autoren sagen, dass du dich für sie einsetzen willst.«

»Tu das, meine Liebe. Aber richte ihnen auch noch Folgendes aus: Kein Wort zum Fesselmeister, sonst werden wir alle unser blaues Wunder erleben.« Er schob das Manuskript in eine Schublade. »Ich gebe das an Minty weiter, sobald sie fertig ist mit Schreiben. Bleib schön vorsichtig, ja?«

»Natürlich«, versicherte ich ihm, ohne mit der Wimper zu zucken.

*

Die Sonne hatte die Stadt in ein tiefes herbstliches Gold getaucht. Als Nächstes steuerte ich die Raconteur Street an. Jaxon hatte gehört, dass dort Taschendiebe ohne seine Genehmigung Amaurotiker ausraubten. (»Die bestehlen *unsere* ahnungslosen Opfer, meine Schöne, und das gefällt mir ganz und gar nicht.«) Die anderen hatten alle zu tun und konnten sich deshalb nicht darum kümmern. Und wenn ich meinen nächsten Lohn bekommen wollte, musste ich tun, was man mir sagte. Noch hatte ich die Ranthen nicht als Sponsoren gewonnen.

Alfred hatte sich selbst als Zocker bezeichnet. Vielleicht war ich ja auch einer, obwohl die ganzen Risiken, die ich einging, mir noch keinen Penny eingebracht hatten. Wenn Jaxon herausfand, dass ich mich mit dem Wächter traf – in welchem Zusammenhang auch immer –, kannte sein Zorn vermutlich keine Grenzen mehr.

Die besagten Taschendiebe ließen sich nicht blicken, allerdings konnte ich ein paar von unseren eigenen bei der Arbeit beobachten. Falls sich die Missetäter hier herumtrieben, war das die ideale Gelegenheit, um zuzuschlagen. Überall in der Zentralparzelle stürmten die Amaurotiker jetzt die Kaufhäuser und kauften massenweise Geschenke für die Novembertide. An diesem wichtigsten Fest im Kalender von Scion wurde der offiziellen Gründung der Scionzitadelle London im November 1929 gedacht. Überall in den Straßen hingen rote Glaslampions, und an den Fensterbrettern und Laternenpfosten waren Ketten mit winzigen weißen Lämpchen angebracht, nicht größer als Schneeflocken. An den höchsten Gebäuden hingen ausladende Banner mit den Gesichtern ehemaliger Großinquisitoren, und überall in der Menge standen Studenten, die rote, weiße und schwarze Blumen verteilten.

Würde mein Vater das Fest dieses Jahr allein begehen? Ich stellte ihn mir vor, wie er im Morgengrauen am Küchentisch saß und seine Zeitung las, auf deren Titelseite mein Gesicht prangte. Enttäuscht hatte ich ihn schon in dem Moment, als ich mich weigerte, eine Universität zu besuchen, aber das hier war so viel schlimmer als reine Enttäuschung.

»Ich weiß nicht, wovon Sie sprechen.« Die flehende Stimme einer Frau riss mich aus meinen Gedanken. »Bitte, Herr Kommandant, ich will doch nur nach Hause.«

Am Straßenrand parkte ein wuchtiges schwarzes Panzerfahrzeug. Die Sonne glänzte auf dem Schriftzug SUNLIGHT VIGILANCE DIVISION und dem dazugehörigen Anker. Schnell trat ich hinter eine Laterne und zog mir die Mütze ins Gesicht. Dann versuchte ich herauszufinden, was dort gerade passierte. Die Wachen holten nur äußerst selten ihre Militärfahrzeuge heraus, da der Großteil der Armee auf dem Kontinent stationiert war. Während der Aufstände in Dublin hatte es in jeder Zitadelle Straßenpatrouillen gegeben, aber damals hatte Scion auch das Kriegsrecht verhängt und ScionIDE-Soldaten in die Zentralparzelle geschafft.

Sie hatten eine junge Frau aufgegriffen. Ihre Hände waren vor dem Körper gefesselt, und sie wirkte nervös und leicht ängstlich, wie jemand, der genau weiß, dass er in Schwierigkeiten steckt.

»Sie behaupten, seit 2058 hier zu sein«, sagte der Kommandant der Wache nun. Einer seiner Untergebenen stand mit gezücktem Datenpad neben ihm. »Können Sie das beweisen?«

»Ja, ich habe doch meine Papiere dabei«, stammelte die Frau mit deutlich hörbarem irischen Akzent. Sie hatte ungefähr meine Statur, allerdings war ihr Blond wesentlich dunkler als meine Naturhaarfarbe, und sie trug eine makellose Sanitäteruniform. Selbst von hier aus erkannte ich, dass sie amaurotisch war. Und schwanger. »Ich stamme aus Belfast«, fuhr sie fort, als der Kommandant nicht reagierte. »Ich bin hergekommen, weil ich Arbeit suchte. In Nordirland gibt es keine Arbeit mehr, jetzt nicht mehr, wo –«

Der Wachmann schlug ihr ins Gesicht.

Wie eine Schockwelle setzte sich der Hieb in der Menge fort.

Das war nicht nur eine Ohrfeige gewesen, sondern ein Faustschlag gegen den Kiefer, so fest, dass ihr ganzer Kopf herumgerissen wurde. Die Wachen der SVD griffen nie zu körperlicher Gewalt.

Die Frau verlor auf dem vereisten Boden das Gleichgewicht und fiel hin, schaffte es aber im letzten Moment, sich so zu verdrehen, dass ihr runder Bauch geschützt wurde. Blut floss aus ihrem Mund und tropfte auf ihre Hand. Als sie es sah, stieß sie einen erschreckten Schrei aus. Der Kommandant stiefelte um sie herum. »Niemand interessiert sich für Ihre Lügen, Miss Mahoney.«

Mein Herz setzte einen Moment aus.

»Sie haben Ihre Widernatürlichkeit in unser Land eingeschleppt. Wenn es nach mir ginge«, bellte er, »würdet ihr Scheißiren hier überhaupt keine Arbeit bekommen. Vor allem keine dreckigen, widernatürlichen Bauerntrampel.«

»Ich stamme aus einer Scionzitadelle! *Sehen* Sie denn nicht, dass ich nicht sie bin? Sind Sie blind?«

»Wer ist der Vater?« Er drückte den Lauf seiner Pistole gegen ihren Bauch, was den Umstehenden ein entsetztes Keuchen entlockte. »Felix Coombs? Julian Amesbury?«

Julian.

Instinktiv wanderte mein Blick zum nächsten Übertragungsschirm. In den Reigen der außernatürlichen Flüchtigen war ein neues Gesicht eingefügt worden: dunkle Augen und Haut, kahler Schädel, entschlossener Zug um den Mund. Julian Amesbury, angeklagt wegen Hochverrat, Volksverhetzung und Brandstiftung. Wenn sie ihn nicht erwischt hatten, musste er noch am Leben sein. Ganz sicher.

»Wer?« Schützend schlang die Frau die Arme um den Bauch und schob sich mit den Fersen ein Stück nach hinten. »Bitte, ich weiß nicht, wen Sie meinen …«

Die Zuschauer fingen an, leise zu murmeln. Von meinem Platz aus hörte ich einiges davon: »Das sollten sie nicht mit ihr machen.« »Doch nicht tagsüber.« »Unüberlegt.« Oh ja, diese Leute wollten die Widernatürlichen loswerden, aber bitte nicht, während sie auf Shoppingtour waren. Für sie waren wir nichts als Abfall, der zur Deponie gebracht werden musste.

Die Untergebenen des Kommandanten zerrten die Frau auf die Füße. Ihre Wange war leuchtend rot, und sie hatte Tränen in den Augen. »Ihr seid doch alle wahnsinnig«, presste sie hervor. »Ich bin nicht Paige Mahoney! Könnt ihr das denn nicht *sehen*?«

Weinend und um sich schlagend, wurde sie von einer weiblichen Wache auf die Trage im Wagen geschnallt. »Weitergehen«, brüllte der Kommandant die erschrockenen Zuschauer an, die von einem Angehörigen der SVD nur Höflichkeit gewohnt waren. »Falls Sie irgendwelche irischen Einwanderer kennen, können Sie ihnen ausrichten, dass sie sich zur Befragung bereithalten sollen. Und glauben Sie bloß nicht, Sie könnten sie bei sich verstecken, denn dann wandern Sie gleich mit an den Galgen.«

Er bestieg ein zweites Einsatzfahrzeug. »Das ist nicht richtig«, rief jemand. Der junge Amaurotiker war sichtlich wütend. »Das ist nicht Paige Mahoney. Sie können doch nicht am hellichten Tag unschuldige Frauen ver –«

Einer der Wachleute zog ihm seinen Schlagstock über den Schädel. Der Mann brach zusammen und konnte sich erst im letzten Moment mit den Händen abfangen.

Drückende Stille breitete sich aus. Als keine weiteren Proteste kamen, ging die Wache rückwärts zu ihren Kollegen zurück. Noch während der Mann auf dem Boden sich auf die Ellbogen stützte und zwei Zähne ausspuckte, wich die Menge vor ihm zurück. Seine Nase war blutig. Hilflos musste ich zusehen, wie der Streifenwagen und das Panzerfahrzeug davonfuhren. Es fühlte sich an, als würde die gesamte Welt über mir zusammenbrechen. Mich packte der irrsinnige Drang, ihnen hinterherzulaufen oder meinen Geist in die Traumlandschaft dieser Wachen zu schleudern – aber was würde das bringen?

Mit überwältigender Klarheit erkannte ich, wie machtlos ich war. Bevor irgendjemand merken würde, dass die echte Paige Mahoney direkt neben ihnen stand, rannte ich los und tauchte in den Gassen unter. Schwarze Haare, ein Halstuch und ein Paar Kontaktlinsen würden mich nicht mehr sehr lange schützen.

Ich kannte London von einer Seite, die kaum jemand wahrnahm. Ich wusste, wie man sich in Schatten hüllte. Wie man selbst bei Tageslicht ungesehen durch die Straßen lief. Wie man in die Nacht eintauchte. Ich kannte diese Straßen so gut wie meinen eigenen Handrücken. Und solange ich diesen Vorteil nutzen konnte, würden sie mich auch nicht finden.

Daran musste ich einfach glauben.

Als ich den Unterschlupf erreichte, schaffte ich es erst beim dritten Versuch, den Schlüssel ins Schloss zu stecken. Nadine saß auf der Treppe und putzte ihre Violine. Stirnrunzelnd schaute sie hoch.

»Was ist los?«

»Wachen.« Ich legte die Kette vor.

Nadine stand auf. »Die Vollstrecker?« Mit weit aufgerissenen Augen starrte sie mich an. »Ich habe sie in ScionEye gesehen. Kommen sie etwa hierher?«

»Nein, keine Vollstrecker.« In meiner Kehle hatte sich ein dicker Kloß gebildet, und in meinem Mund breitete sich der bittere Geschmack von Angst aus. »Sind die anderen alle da?«

»Nein, Zeke ist bei Nick. Ich habe ihm noch gesagt, er soll heute nicht rausgehen …«

Hastig rannte sie nach draußen, wohl zur Telefonzelle. Ich hetzte die Treppe hinauf. Mir war übel.

Während der Aufstände in Dublin war jeder, der einen irischen Nachnamen trug oder so aussah, wie Scion Iren definierte, endlosen Personenkontrollen und Befragungen unterzogen worden. Diese arme Frau, deren einziger Fehler darin bestanden hatte, aus dem falschen Land zu stammen und sich zufällig am falschen Ort aufzuhalten, war bis Sonnenaufgang wahrscheinlich tot. Und solange ich mich nicht freiwillig stellte und damit alles aufs Spiel setzte, konnte ich rein gar nichts tun, um sie zu retten.

Schuldgefühle schnürten mir wie eine Würgeschlange die Luft ab. Ich setzte mich auf mein Bett, zog die Knie fest an den Körper und richtete den Blick nach innen. Wenn Nashiras Marionetten mich mit roher Gewalt aus der Deckung locken wollten, würde ihnen das nicht gelingen.

Ein hohles Klopfen dröhnte durch die Wand. Jaxon Hall verlangte meine Anwesenheit. Zwar hatten sich die Schatten unter meinen Augen so vertieft, dass er sofort wissen würde, dass etwas im Busch war, aber irgendwann musste ich mich der Bestie ja stellen.

Mein Denkerfürst lag wie eine Statue auf seiner Chaiselongue: die Augen halb geschlossen, das Gesicht in goldenes Sonnenlicht getaucht. Auf dem Couchtisch waren mehrere leere Weinflaschen aufgereiht, und sämtliche Aschenbecher quollen über. Während ich abwartend in der Tür verharrte, fragte ich mich erneut, wann er wohl das letzte Mal vor die Tür gegangen war.

»Tag«, grüßte ich.

»Das ist es allerdings. Ein recht kalter Tag sogar. Könnte das daran liegen, dass der Winter naht und mit ihm die Wahlschlacht?« Er nahm einen Schluck Absinth direkt aus der Flasche. »Hast du die Sache mit den Taschendieben überprüft?«

»Sie waren nicht da.«

»Und womit hast du die restlichen zwei Stunden verbracht?«

»In den Kontakthöfen Geld eingetrieben«, behauptete ich. »Ich dachte, es wäre besser, das vor der Wahlschlacht zu erledigen.«

»Oh, lass das Denken lieber sein, Liebes, das ist eine zu trostlose Angewohnheit. Aber lege das Geld ruhig auf meinen Schreibtisch.«

Er ließ mich keine Sekunde aus den Augen. Also holte ich

einige meiner kostbaren Scheine aus der Tasche und deponierte sie auf dem Tisch. Jaxon griff danach und zählte sie.

»Du könntest mehr bringen, aber es wird ausreichen, um uns diesen Monat über Wasser zu halten. Hier.« Leicht unbeholfen zog er ein Drittel des Geldes aus dem Bündel, steckte es in einen Umschlag und reichte ihn mir. »Für deine Mühen.« Mit blutunterlaufenen Augen starrte er mich an. »Zum Teufel, was ist mit deinem Gesicht?«

»Schlägertrupp.«

Das ließ ihn schlagartig nüchtern werden. »Wessen Schlägertrupp?« Er stand so abrupt auf, dass er fast ein Glas vom Tisch fegte. »In *meinem* Revier?«

»Lumpenpuppen«, erklärte ich. »Aber ich habe mich schon um sie gekümmert. Wahrscheinlich sind sie noch am Silver Place, falls du jemanden hinschicken willst.«

»Wann ist das passiert?«

»Letzte Nacht.«

»Auf dem Rückweg vom Training.« Als ich nickte, holte er sich ein Feuerzeug vom Tisch. »Darüber werde ich mit der Äbtissin sprechen müssen.« Er schob sich eine Zigarre zwischen die Zähne. Beim vierten Versuch schaffte er es dann, sie anzuzünden. »Hast du eine Ahnung, warum der Lumpensammler hinter dir her sein könnte, Paige?«

»Nicht die leiseste«, log ich. Vorsichtig ließ ich mich auf das Sofa sinken. »Was weißt du über ihn, Jax?«

»So gut wie gar nichts«, erwiderte er nachdenklich. »Nicht einmal, welcher Seherkaste er angehört, obwohl der Name nahelegt, dass er ein Knochenorakel sein könnte. Während all meiner Jahre als Denkerfürst habe ich ihn kein einziges Mal gesehen. Er lebt im wahrsten Sinne des Wortes unter der Erde, meidet jeden menschlichen Kontakt und äußert sich nur durch seine Ganovenschützlinge. Ich vermute, dass er während der Herrschaft von Jed Bickford zum Denkerfürsten wurde.«

»Moment mal«, unterbrach ich ihn. »Ganovenschützlinge?«

»Er hält die Versammlung der Widernatürlichen über wichtige Veränderungen in seinem Sektor auf dem Laufenden. Soweit ich weiß, hatte er bisher drei Ganovenschützlinge. Den Namen des Ersten habe ich nie erfahren, aber der zweite nannte sich die Jakobitin, und momentan ist es La Chiffonière. Sie wurde im Februar diesen Jahres zur Ganovenbraut ernannt.«

Im Februar. Also ungefähr zu der Zeit, als ich entführt worden war. »Warum tauscht er seine Ganovenschützlinge denn so oft aus?«

»Das weiß Gott allein. Vielleicht haben sie irgendetwas getan, das ihn gegen sie aufgebracht hat.« Er zog einen Aschenbecher zu sich heran. »Und nun sage mir, Paige: Hast du etwas von den örtlichen Bauchrednern gehört?«

»Von wem?«

»Von den Rephaim, Liebes.«

»Das interessiert dich?«

»Eigentlich will ich gar nicht wissen, was die Rephaim so treiben, und ich habe noch immer nicht vor, irgendetwas gegen ihre Anwesenheit zu unternehmen. Ich habe dich lediglich gefragt, ob du von ihnen *gehört* hast.«

Nervös befeuchtete ich meine Lippen. »Nein, nichts.«

»Sehr gut, dann gibt es keine Ablenkungen.«

»Kommt drauf an, was du unter ›Ablenkungen‹ verstehst«, erwiderte ich angespannt. »Die Wachen wollen diese Woche alle irischen Einwanderer befragen. Anscheinend glauben sie, das Irenpack hätte sich verschworen, um mich zu schützen.«

»Offenbar ist ihr Oberbefehlshaber ganz scharf darauf, neue Arten der Zeitverschwendung aufzutun. Aber wenden wir uns wichtigeren Dingen zu. Bitte folge mir hinaus in den Hof.«

Natürlich – Massenverhaftungen und Prügelstrafen waren für Jaxon Hall bedeutungslos. Beschäftigte er sich eigentlich jemals mit Scion, oder war das alles für ihn nur eine Art Hintergrundrauschen?

Der Hinterhof unseres Unterschlupfes gehörte für mich zu

den schönsten Plätzen in London: ein Dreieck aus glatten weißen Steinplatten, das absolute Ruhe ausstrahlte. Zwei kleine Bäume hatten ihre runden Erdflecken, und Nadine kümmerte sich um die schmiedeeisernen Blumenkästen, deren bunter Inhalt prächtig wuchs und gedieh. Jaxon ließ sich auf der Bank nieder und versenkte seine ausgedrückte Zigarre in einem jener Kästen.

»Sind dir die Regeln der Wahlschlacht geläufig, Paige?«

»Ich weiß, dass jeder gegen jeden kämpft.«

»Der Kampf basiert auf der recht brutalen mittelalterlichen Tradition des *mêlée*. Innerhalb des sogenannten ›Ring der Rosen‹ finden parallel mehrere kleine Kämpfe statt.« Er schloss die Augen und schien das Sonnenlicht in sich aufzusaugen. »Dabei musst du dich vor allem vor den Gegnern in Acht nehmen, deren Numa auch als Waffe eingesetzt werden können, also Axtomanten, Macharomanten und vor allem Aichmomanten. Ein weiterer wichtiger Punkt ist der sogenannte ›faule Trick‹, was bedeutet, dass man seine Kämpfe mit amaurotischen Mitteln beendet, also den Gegner beispielsweise mit einer gewöhnlichen Klinge absticht. Früher war das streng verboten, heutzutage gilt es als akzeptabel, solange man es mit Stil tut.«

Skeptisch zog ich eine Augenbraue hoch. »Mit *Stil*? Das erwartet das Syndikat also von seinem Herrn der Unterwelt?«

»Würdest du jemandem folgen, der nicht über die geringste Verve verfügt, Liebes? Außerdem wäre die Wahlschlacht ohne ein wenig Blutvergießen furchtbar fade, und zu diesem Zweck sind Amaurotikerwaffen mehr als ausreichend.«

»Wie steht es mit Schusswaffen?«

»Ach ja – keinerlei Schusswaffen erlaubt. Es wird als unfair angesehen, wenn ein wundervoller Kandidat nur einen falschen Schritt zu machen braucht und prompt erschossen wird.« Er tippte mit seinem Stock auf den Boden. »Wir beide haben noch einen weiteren, lebenswichtigen Vorteil: Wir können jederzeit gemeinsam kämpfen. Das ist nur einer Paarung aus Denkerfürst und Ganovenschützling gestattet.«

»Kämpfen denn die meisten Kandidaten in Paaren?«

»Alle außer den Unabhängigen, da die sich stärker beweisen müssen. Um möglichst sicherzugehen, dass wir beide überleben, würde ich vorschlagen, dass –«

»Überleben?« Irritiert runzelte ich die Stirn. »Ich dachte …«

»Sei nicht so naiv. Im Regelwerk heißt es zwar, man solle lediglich auf Betäubung abzielen, aber während jeder Wahlschlacht kommt es zu Todesfällen. Ich würde also vorschlagen, dass wir beide jeweils mehr über die Gabe des anderen erfahren«, fuhr er fort. »So werden wir im Kampf die Schritte des anderen besser vorausahnen und entsprechend reagieren können.«

Einen Moment lang sagte ich nichts. Jaxon hatte ja keine Ahnung, wie stark sich meine Gabe inzwischen weiterentwickelt hatte.

»Also gut.« Ich lehnte mich gegen den Baumstamm. »Meine kennst du ja schon.«

»Du willst doch nicht etwa behaupten, du hättest in der Kolonie nichts dazugelernt.«

»Ich war ein Sklave, Jax, kein Lehrling.«

»Komm schon. Ich kann nicht glauben, dass meine Ganovenbraut nicht wenigstens versucht hat, mehr über ihre Gabe herauszufinden.« Ein gieriges Funkeln trat in seine Augen. »Bist du etwa noch immer nicht in der Lage, von anderen Besitz zu ergreifen?«

Genau diese Kunst wollte ich in der Wahlschlacht auf jeden Fall zur Anwendung bringen. Wenn ich es Jaxon jetzt nicht zeigte, würde er es später also sowieso herausfinden.

Es dauerte eine Weile, bis sich ein möglicher Wirt zeigte. Schließlich flog ein Vogel über uns hinweg. Innerhalb von Sekundenbruchteilen schoss ich los.

Wie leicht es doch war, diesen Körper mit seiner zerbrechlichen, violett eingefärbten Traumlandschaft zu übernehmen. Weniger leicht war es allerdings, plötzlich den Launen des Windes ausgesetzt zu sein, ohne irgendeinen Halt, der mich davor bewahrt hätte, kopfüber auf den Asphalt zu knallen. Tief in meinem Inneren spürte ich ein feines Zittern – das Bewusstsein des Vogels –, aber ich schärfte nur meine Konzentration und unterdrückte seinen Geist. Diesmal würde es nicht so laufen wie mit dem Schmetterling. Diesmal würde ich meine Flügel einsetzen. Also quetschte ich mich in dieses neue Skelett; ein Gefühl, als würde ich Kleidung überstreifen, die mehrere Nummern zu klein war. Dann führte ich die Flügel ruckartig nach unten und hob dadurch meinen leichten Körper an. Heftiger Schwindel packte mich.

Aber der Himmel war friedlich. Still. Ganz anders als die brutale, mörderische Zitadelle. Am Himmel gab es kein Scion. Die Vögel widersetzten sich dem Ruf des Ankers. Trotz der einsetzenden Dämmerung war am Horizont noch ein bunter Streifen zu erkennen: zartes Rot, sanftes Gelb, bleiches Rosa. Andere Vögel flogen um mich herum, drehten sich, tauchten hinauf und hinab, kreisten und kurvten in scheinbar unmöglicher Synchronizität durch die Luft. Wie ein Regenschauer zogen sie auf dem Weg zu ihren Schlafplätzen an mir vorbei. Ein regelmäßiger Impuls verband diese Tiere, als teilten sie sich eine große Traumlandschaft. Als wären sie alle durch ein Netz aus Goldenen Bändern miteinander verknüpft.

Mein Silbernes Band zupfte mahnend an meinem Bewusstsein. Also verließ ich den Schwarm und kehrte in den Innenhof zurück. Unbeholfen flatterte ich auf Jaxons Schulter, öffnete den Schnabel und zwitscherte ihm etwas ins Ohr.

Er lachte immer noch begeistert, als ich in meinen Körper zurückkehrte und keuchend Luft holte. Der kleine Star hockte unsicher auf der Bank, fast so, als wäre er betrunken. Mein Körper war direkt in Jaxons Armen gelandet.

»Wundervoll!«

Ich löste mich schnell aus Jaxons Griff, stand auf und wischte mir den Schweiß von der Stirn. Mein Herz klopfte so heftig, dass ich kaum Luft bekam.

»Du bist wirklich außergewöhnlich, meine Schöne. Ich hatte schon meine Gründe, als ich deine Gabe zwei Kasten über meiner eingestuft habe. Und ich wusste genau, dass du auch eine schlimme Erfahrung noch zu deinem Vorteil nutzen würdest. Dieser Rephait muss dir eine Menge beigebracht haben. Dafür bin ich ihm etwas schuldig. Jetzt kannst du es sogar ohne diese lästige Sauerstoffmaske.«

»Für ungefähr dreißig Sekunden.« Am Rande meines Gesichtsfeldes wurde es bedrohlich schwarz.

»Das sind dreißig Sekunden mehr als früher. Du hast dort *Fortschritte* gemacht, Paige, und das ist mehr, als du bei mir erreicht hast. Könnte ich den Rest der Gang doch nur auch dorthin schicken, damit sie ihre Fähigkeiten verbessern! Oh, dieser Ort scheint mir ein regelrechtes Bootcamp für Seher zu sein. Ein Schleifstein für den Geist. Schickt sie ruhig alle hin, sage ich.« Er führte mich zurück zur Bank und drückte mich darauf nieder. »Die Inbesitznahme birgt nur ein Problem, da dein Körper in dieser Zeit angreifbar ist. Warte also besser bis zum Finale damit, wenn nur noch ein oder zwei Gegner übrig sind.«

Schon jetzt spürte ich die aufflammenden Kopfschmerzen über den Augen. Jaxon ging vor mir in die Hocke. Seine Wangen hatten sich leicht gerötet.

»Sonst noch etwas?«

»Nein.«

»Oh, du musst nicht schüchtern sein, Paige.«

»Das ist wirklich alles.« Ich rang mir ein Lächeln ab. »Du bist dran.«

»Meine Gabe ist nicht annähernd so faszinierend wie deine, meine Schöne, aber ich habe es ja versprochen.«

Jaxon setzte sich neben mich. »Was kannst du mit den Geistern alles machen?«, fragte ich. Schon immer war ich neugierig gewesen, was seine Gabe anging. »Wenn du sagst, du kannst sie kontrollieren, was genau meinst du damit?«

»Meine Gezähmten können sich innerhalb der von mir gesteckten Grenzen frei bewegen. Den meisten von ihnen befehle ich einfach, I-4 nicht zu verlassen und sich anständig zu benehmen. Doch wenn ich sie brauche, kann ich sie im Kampf einsetzen.«

»Genau wie jeden anderen Geist?«

»Nicht ganz. Wenn ein durchschnittlicher Seher eine durchschnittliche Horde Geister einsetzt, kann er sie höchstens ungefähr in die Richtung seines Gegners schleudern und muss dann auf das Beste hoffen. Diese Geister traktieren das Bewusstsein des Feindes zwar mit schrecklichen Bildern, können von dessen Abwehrmechanismen aber leicht vertrieben werden. Meine Gezähmten hingegen haben meine Kraft in sich. Im Gegensatz zu einem normalen Geist, der lediglich Halluzinationen hervorruft, können Gezähmte das Gewebe einer Traumlandschaft manipulieren.«

»Können sie auch töten?«

Ich versuchte, möglichst entspannt zu klingen. Jaxon richtete seinen ausdruckslosen Blick auf den kleinen Vogel. Seine Lippen bewegten sich, dann spürte ich eine Bewegung im Aether, als ein Geist aus dem Haus geschossen kam. Das Vögelchen zuckte zusammen und stieß einen furchtbaren Schrei aus, als der Geist seine winzige Traumlandschaft zerfetzte und sein Silbernes Band durchtrennte.

Im nächsten Moment war der kleine Star tot.

»Meine Gezähmten verfügen über fast so viel Macht wie du, Liebes. Manche können sogar schwächere Geister aus ihrer Traumlandschaft drängen.« Er stupste den kleinen Leichnam an, und der landete auf den weißen Steinfliesen. Beim Anblick dieser leblosen schwarzen Äuglein wurde mir ganz anders. Mord ohne Blutvergießen. »Verstehst du es jetzt?«, fragte Jaxon.

»Trotz all seiner Wunder ist das Leben am Ende doch sehr zerbrechlich.«

Sehr zerbrechlich. Wie eine Motte.

Jaxon beugte sich vor und drückte mir ein Küsschen auf die Wange. »Wir werden gewinnen«, versicherte er mir. »Wir werden triumphieren, Liebes. Und dann wird alles so sein, wie es sein sollte.«

*

In der Zitadelle wimmelte es nur so von Wachen auf wahnhafter Seherjagd, aber ich musste hier raus, bevor ich in unserem Unterschlupf erstickte. Sobald Jaxon sich in seinem Arbeitszimmer eingeschlossen hatte, ging ich in die Monmouth Street und schob mich in die dunkle Passage, die zum *Chateline's* führte. Ohne etwas zu bestellen, nahm ich an meinem Lieblingstisch Platz, weit weg von den Fenstern, und stützte erschöpft den Kopf in die Hände.

Jaxon konnte mich bei der Wahlschlacht umbringen. Natürlich gab es immer miese Tricks – damit hatte ich gerechnet –, aber ich hätte nie gedacht, dass Mord im Ring als akzeptable Praxis galt.

Auf dem Übertragungsschirm in der Ecke erschien der steinerne Torbogen von Lychgate, wie so oft an den Wochentagen in letzter Zeit. Offenbar war NiteKind aus der Mode gekommen. Vielleicht war die amaurotische Elite inzwischen dagegen, dass man den Widernatürlichen der Zitadelle einen schmerzfreien Tod gewährte. Ich zwang mich, hinzusehen, als der Scharfrichter zwei Gefangene auf das Bleidach führte.

Den Verurteilten wurde der Strick um den Hals gelegt. Einer von ihnen flehte hörbar um Gnade; seine Stimme wurde sogar extra verstärkt, damit ganz London von seiner Feigheit erfuhr. Sein Kittel war voller Flecken, das Gesicht zerschlagen und angeschwollen. Als der maskierte Oberste Scharfrichter ihm die

Hände fesselte, zitterten sie unkontrolliert. Der zweite Mann hatte die Arme hinter dem Rücken verschränkt und wartete stumm auf den Sturz.

Bevor sie sterben konnten, schaltete das Gerät um auf eine Comedysendung. Die Gäste jubelten.

Jemand stellte ein silbernes Tablett vor mir ab. Chat verschränkte die Arme vor der Brust, wobei sein Stumpf genau in seiner Armbeuge ruhte.

»Dieser Scharfrichter ist schon ein fieser Typ«, murmelte er. »Cephas Jameson heißt er. Zögert es immer so lange wie möglich raus.«

Ich rieb mir die Schläfen. »Hatte ich etwas bestellt, Chat?«

»Nein, Herzchen, aber du siehst aus, als könntest du es brauchen. Ziemliches Veilchen hast du da.« Mit seinem guten Auge schaute er wieder zum Schirm. »Ich weiß gar nicht, warum sie das überhaupt zeigen. Als wüssten wir nicht sowieso ganz genau, was die mit uns machen.«

»Warum tun wir nichts dagegen?« Die Frustration schnürte mir die Kehle zu. »Das geht schon seit *Jahrhunderten* so, Chat. Warum versuchen wir nicht –?«

Ich fuchtelte in der Luft herum, als könnte ich so eine Lösung packen.

»Stumpfsinn kann tödlich sein. Die meisten Leute glauben, wir könnten ja so überleben, solange wir denen aus dem Weg gehen.« Chat lehnte sich an meinen Tisch. »Weißt du, wie man das British Empire früher einmal genannt hat? ›Das Reich, in dem nie die Sonne untergeht‹. Und genau auf diesem Reich hat man Scion errichtet.« Er spitzte die Lippen, dann fuhr er fort: »Wenn wir gegen die Sonne antreten, wer gewinnt dann wohl?«

Darauf hatte ich keine Antwort.

Chat kehrte an die Bar zurück, ließ sein Tablett aber stehen. Unter der Speiseglocke fand ich eine Schale mit Maronensuppe. Als ich zum Löffel griff, fiel mein Blick auf meine Spiegelung in dem Tablett. Durch die schwarzen Haare wirkte mein Gesicht käsig. Unter meinen Augen hingen dunkle Schatten, die prima zu dem Bluterguss passten.

Plötzlich öffnete sich mit einem Knall die Tür, und ein Kurier stürmte in das Lokal. Er gehörte zu Ognena Marias Leuten und trug das Abzeichen des Zirkulum Spiritistum. Als er mich entdeckte, kam er keuchend zu mir herüber.

»Sind Sie die Fahle Träumerin?«

Ich nickte. »Was ist los?«

»Eine Nachricht für Sie, Miss. Aus der Grub Street.«

Er reichte mir ein Wegwerftelefon. Dann hatte Alfred also schon etwas von Minty gehört. Ich drückte das Gerät ans Ohr und hielt schützend die Hand vor das Mikrofon. »Hallo?«

»Ich bin es, Liebes. Dachte schon, der arme Kurier findet dich gar nicht mehr.«

Jetzt umklammerte ich das Telefon so fest, dass meine Knöchel weiß hervortraten. »Hat es ihnen gefallen?«

»Sie finden es großartig!«, jubelte Alfred. »Ja, sie waren alle sehr beeindruckt, sogar die Buchhändler. Die Autoren müssen lediglich eine kleine Summe für Tinte und den Eilvertrieb beisteuern. Das Ganze geht heute in den Satz, wird morgen gedruckt und findet seinen Weg auf die Straßen, sobald du gezahlt hast.«

»Oh, Alfred, das ist …« Ich lehnte die Stirn an die Wand. Mein Herz raste. »Das ist wundervoll. Vielen Dank!«

»Ich lebe, um zu dienen, Liebes. Was das heikle Thema Geld betrifft: Minty braucht den Zuschuss der Autoren, bevor das Heftchen erscheint. Sag dem Kurier einfach, wo sie die Rechnung deponieren soll. Ich werde ab morgen zwar nicht mehr in London sein, aber wenn du irgendwelche Fragen hast, kannst du mich jederzeit kontaktieren. Der Kurier wird dir meine Nummer geben.«

»Nochmals vielen Dank, Alfred.«

»Viel Glück!«

Er legte zuerst auf. Ich warf dem Kurier das Telefon zu und

sagte: »Richte Minty aus, dass sie die Rechnung hier deponieren soll, im *Chateline's*.«

Im Gegenzug reichte er mir einen Zettel, den ich sofort einsteckte. »Verstanden, Miss.« Damit ging er.

Das heikle Thema Geld – ja, heikel war es allerdings. Selbst wenn ich meine gesamte Zeit damit verbrachte, Jaxons Befehle auszuführen, würde ich nicht einmal ein Viertel dessen verdienen, was ich für diese astronomisch hohe Rechnung brauchte. Was sie sicher sein würde. Mir blieb also nichts anderes übrig, als die Rephaim von mir zu überzeugen und Terebell Sheratan als Sponsor zu gewinnen.

»Chat? Ich glaube, ich brauche einen Drink.«

18

DIE MARIONETTE DES SPONSORS

Dieser Drink sorgte zwar dafür, dass ich gut schlafen konnte, löste aber nicht mein Problem. Bis die Ranthen zurückkehrten, sah ich keine Möglichkeit, den Zirkel zu bezahlen. Wie ich bereits geahnt hatte, wollten sie mehr Geld von mir haben, als ich in einem Jahr bei Jaxon verdiente. Und Mintys Regeln waren eindeutig: kein Geld, kein Vertrieb. Ich versuchte, Felix anzurufen – vielleicht hatten die Flüchtlinge ja genug, um mir auszuhelfen –, aber die Straßenhändlerin ging nicht ans Telefon.

Dann versuchte ich es mit dem Goldenen Band. Nichts. Falls der Wächter nicht bald wiederkam, würde ich ihn aufspüren müssen.

In der Zwischenzeit widmete ich mich ganz meiner Arbeit. Die Wahlschlacht rückte immer näher, und egal, was aus unserer Flugschrift wurde, ich musste mich darauf vorbereiten. Nick und ich trainierten bei uns im Innenhof, sowohl mit Waffen als auch ohne. In meinen Armen und Beinen bildeten sich steinharte Muskeln, Bauch und Hüften gewannen wieder an Form. Schließlich konnte ich klettern und Klimmzüge machen, ohne auch nur ins Schwitzen zu geraten. Nach und nach eignete ich mir alles wieder an: wie man eine gute Ganovenbraut war, ein Kämpfer, ein Überlebenskünstler.

Einige Tage nach Alfreds Anruf klopfte ich an die Tür von Jaxons Arbeitszimmer. Keine Antwort. Also balancierte ich das Tablett auf der Hüfte und klopfte noch einmal.

»Jax?«

Irgendwo dort drin grunzte jemand. Ich ging rein.

Die Vorhänge sperrten jedes Sonnenlicht aus, und die Luft war stickig. Es roch nach Zigarrenstummeln und ungewaschener Haut. Jaxon lag breit ausgestreckt auf dem Rücken und umklammerte eine kleine grüne Flasche mit Korkverschluss.

»Verdammt noch mal, Jaxon!« Mehr fiel mir dazu nicht ein.

»Geh weg.«

»Jax.« Ich stellte das Tablett ab und packte ihn unter den Armen, aber er war schwerer, als er aussah. »Jetzt reiß dich mal zusammen, du fauler Sack.«

Seine Hand schoss auf mich zu und katapultierte mich gegen den Schreibtisch. Ein Tintenfass rollte vom Tisch, hüpfte über den Teppich und traf ihn mitten zwischen den Augen. Seine Reaktion bestand nur aus einem dumpfen Stöhnen.

»Na schön.« Genervt zog ich meine Bluse zurecht. »Dann bleib eben liegen.«

Er versuchte zu fluchen, bekam aber keine gerade Silbe heraus. Da mich nun doch das Mitleid packte, schob ich ihm ein Kissen unter den Kopf und deckte ihn mit dem Sofaüberwurf zu.

»Danke, Nadine.« Er klang nicht ganz so geschliffen wie sonst, lallte aber auch nicht.

»Ich bin Paige.« Gereizt tappte ich mit der Fußspitze auf den Boden. »Hast du mit der Äbtissin über diesen Schlägertrupp gesprochen?«

Selbst betrunken konnte er noch furchtbar ungeduldig klingen: »Sie untersucht den Vorfall.« Er schlang einen Arm um das Kissen. »Gute Nacht, Paignton.«

Zumindest hatte er es ihr erzählt. Wenn die Äbtissin den Lumpensammler so sehr hasste, wie es die Gerüchteküche behauptete, würde sie der Sache nur zu gerne nachgehen. Ich deckte Jaxon noch einmal richtig zu, wandte mich ab und schloss leise die Zimmertür hinter mir. Er hatte ja schon immer gerne getrunken, aber so hatte ich ihn noch nie erlebt. *Paignton …*

Aus dem Obergeschoss ertönte das melancholische Schluchzen von Nadines Geige, doch ansonsten war es still im Haus. Durch die kürzlich von Jaxon verhängte Sperrstunde saßen wir alle im Unterschlupf fest. Die Vordertür war von innen verschlossen, und niemand wusste, wo er den Schlüssel versteckt hatte. Um etwas Luft zu schnappen, ging ich in den Hof hinaus und legte mich auf die Bank unter dem blühenden Baum.

Die Lichtverschmutzung in London war zwar so stark, dass man die Sterne kaum sehen konnte, aber ein paar gelang es doch, sich gegen das künstlich erhellte Blau durchzusetzen. Abgegrenzt von dem Irrsinn der Metropole erinnerte mich der Nachthimmel an den Aether: ein Netzwerk aus mehr oder weniger hell leuchtenden Punkten, winzige Flecken in der endlosen Dunkelheit, die voller Wissen oder Unwissenheit sein mochte. Zu viel, um es alles zu sehen und zu begreifen.

Das Goldene Band zuckte.

Ruckartig setzte ich mich auf. Der Wächter wartete in der Dunkelheit hinter dem Hoftor auf mich.

»Warst ja eine Weile weg«, begann ich vorsichtig.

»Bedauerlicherweise. Ich war bei den Ranthen, wir haben die aktuelle Lage im Archonitat besprochen.« An diesem Abend wäre er fast als Mensch durchgegangen, so trübe leuchteten seine Augen. Er trug einen losen Mantel, Handschuhe und Stiefel. »Terebell lässt dich rufen.«

»Wohin?«

»Sie meinte, du kennst den Ort.«

Also in dem verlassenen Theater. Spontan sträubte ich mich dagegen, ihr zu gehorchen, aber das verbitterte Gefühl verflog schnell, außerdem brauchte ich Terebells Hilfe.

»Warte einen Moment«, bat ich ihn.

»Wir treffen uns an der Säule.« Damit verschwand er.

Lautlos huschte ich die Treppe hinauf. Im Badezimmer versteckte ich meine Haare unter einer Kappe, hellte mit Kreide meine Lippenfarbe auf und setzte braune Kontaktlinsen ein.

Das reichte nicht aus. Solange ich mich nicht unters Messer legte, würde ich mein Gesicht nicht ewig verbergen können.

Noch zwei Wochen bis zur Wahlschlacht. Ich musste es nur schaffen, bis dahin am Leben zu bleiben.

Als ich die Badezimmertür öffnete, stand ich vor Nadine Arnett. Ihre Augen waren verquollen und an ihren nackten Füßen sah ich jede Menge offene Blasen.

»Ist alles okay?«, fragte ich. Wir hatten schon eine Weile nicht mehr miteinander gesprochen. »Du siehst erschöpft aus.«

»Oh, mir geht es fabelhaft. Ich stand ja nur neun Stunden lang auf der Straße. Ich musste ja nur zweimal vor den Wachen fliehen.« Abrupt stellte sie ihren Geigenkasten ab. Über ihre Fingerspitzen zogen sich tiefe, violett verfärbte Striemen. »Wo willst du hin?«

»In die Goodge Street. Muss noch einen Job erledigen.«

»Aha. Weiß Jax davon?«

»Keine Ahnung. Wirst du es ihm verraten?«

»Weißt du, er behält dich nur deshalb als seine Ganovenbraut, weil du ein Traumwandler bist. Das hat er mir gesagt, als du fort warst. Er will deine Aura, Paige. Das ist dein ganzes Kapital. Nicht deine Person.«

»Bei jedem von uns ist die Aura das Kapital. Oder dachtest du etwa, Jaxon geht es um die geistreiche Konversation bei Tisch?«

»Ich bin loyal. Deshalb hat er mich ausgewählt, als du fort warst. Das hatte rein gar nichts mit meiner Aura zu tun«, behauptete sie, und ich sah an ihrer Miene, dass sie wirklich daran glaubte. »Du weißt ja, was er von Sensorikern hält. Und trotzdem hat er mich zu seiner Ganovenbraut gemacht.«

»Ich versuche zu arbeiten, Nadine.« Entschlossen schob ich mich an ihr vorbei. »Ich habe kein Interesse an irgendwelchen Konkurrenzkämpfen.«

»Vielleicht könntest du mehr Arbeit schaffen, wenn du zurücktrittst«, blaffte sie mich an. »Ich weiß nicht, was du im Schilde führst, Mahoney, aber ich weiß, dass du irgendetwas planst.«

Genau in diesem Moment kam Eliza aus der Küche und mit ihr eine Wolke von Pimentduft. Fragend schaute sie zwischen uns hin und her.

»Stimmt etwas nicht?«

»Gar nichts«, versicherte ich und überließ es Nadine, alle weiteren Fragen zu beantworten. Nachdem ich mir Mantel und Halstuch von der Garderobe geholt hatte, stieg ich durch mein Schlafzimmerfenster.

Der Wächter wartete in der Nähe der entweihten Sonnenuhrsäule. Als er mich kommen sah, stand er auf. Allein bei seinem Anblick lief mir schon ein Schauer über den Rücken.

»Wir müssen uns beeilen«, sagte er. »Es sind Wachen in der Nähe.«

»Ist nicht weit.« Ich band mir das Halstuch vors Gesicht und prüfte dreimal, ob der Knoten auch fest genug war. »Wenn wir gemeinsam gehen, erregen wir nur Aufmerksamkeit.«

»Dann bleibe ich hinter dir.«

Ich führte ihn Richtung Osten durch eine Straße, in der Autos und Rikschas an uns vorbeirumpelten. Dabei hielt ich mich dicht an den Hausmauern und Ladenfronten und drückte das Gesicht in den Mantelkragen. Soweit ich sehen konnte, waren hier keine Wachen unterwegs, aber bei jeder Aura zuckte ich innerlich zusammen. Schließlich konnten ja auch Spione der Lumpenpuppen in der Gegend sein. Auf einem Hausdach surrte eine Überwachungskamera, aber der Schirm meiner Kappe verhinderte eine Gesichtserkennung. Indem ich mit dem Kopf darauf zeigte, signalisierte ich dem Wächter, die Straßenseite zu wechseln. Es grenzte an Wahnsinn, hier draußen mit ihm unterwegs zu sein. In der Zitadelle hatten selbst die Mauern Augen.

Erst als wir die Hauptstraßen hinter uns gelassen hatten und nicht mehr von den Laternen erfasst wurden, atmete ich wieder etwas freier. Der Wächter schloss zu mir auf. Seine Schritte waren wesentlich länger als meine.

»Was will Terebell von mir?«

»Einen Handel abschließen.« Er passte sich meinem Tempo an. »Die Zeit ist gekommen, um sie nach dem benötigten Geld zu fragen.«

Wenn sie ablehnte, war's das.

Schweigend gingen wir weiter, bis wir das Theater erreichten. Als ich eine Traumlandschaft spürte, blieb ich stehen.

Mitten auf der Drury Lane stand ein einzelner Wachmann, das maskierte Gesicht von uns abgewandt. Auf den ersten Blick sah er aus wie jede normale Nachtwache, aber er trug eine andere Uniform: rotes Hemd mit gebauschten Ärmeln, durch die das goldene Futter schimmerte; schwarzes Lederwams mit aufgesticktem goldenen Scionanker; Handschuhe bis zum Ellbogen; hohe Stiefel. Eine etwas aufgehübschte Version der Uniform der Rotjacken also.

»Ist das ein Vollstrecker?«, flüsterte ich.

Der Wächter spähte über meinen Kopf hinweg. »Mit Sicherheit.«

Was auch immer dieser Typ war, er stand zwischen uns und unserem Ziel. Mit einem schnellen Blick suchte ich die Gebäude ab, bis ich das richtige Fenster entdeckte. Dann stieß ich einen Pfiff aus, die ersten Töne der Scionhymne.

Sekunden später kletterten drei Strauchdiebe aus dem Fenster des Kontakthofs. Ich nickte in Richtung des Vollstreckers. Sie zogen sich ihre Schals vors Gesicht, dann rannten sie auf ihn zu. Einer klaute ihm den Schlagstock vom Gürtel und warf ihn seinem Freund zu, der mühelos über ein Autodach sprang und davonschoss. Der Vollstrecker beobachtete schweigend, wie sie davonrannten, dann spähte er über seine Schulter. Das rote Visier seines Helms glänzte. Hastig packte ich den Wächter an der Schulter und zog ihn tiefer in den Schatten.

Einen Moment lang war ich mir sicher, dass der Vollstrecker rüberkommen und nachsehen würde. Seine Finger streiften das Funkgerät. Schließlich ging er in die Richtung, die auch die Strauchdiebe eingeschlagen hatten.

So verhielten sich Wachen normalerweise nicht – dieses schweigende Verharren, diese Passivität, als sie seinen Schlagstock geklaut hatten … Der kam bestimmt gleich zurück.

»Los«, flüsterte ich.

Hastig liefen wir um das Theater herum, bis wir die Gebäuderückseite erreichten. Drinnen spürte ich vier rephaitische Traumlandschaften mit der typischen Panzerung. Als wir den Bühneneingang erreichten, packte der Wächter mich am Arm und drehte mich zu sich herum. Er stand genau unter einer Straßenlaterne. Der Schock lähmte mich bis in die Fingerspitzen, und ich spürte, wie mein Nacken sich verkrampfte. Seit der Flucht aus den Katakomben war das die erste Berührung zwischen uns.

»Ich werde dich nicht oft bitten, die Wahrheit zu verschleiern«, sagte er leise, »aber nun tue ich es.«

Sprachlos starrte ich ihn an.

»Es gibt einen Grund für mein verändertes Verhalten. Was in der Gildehalle zwischen uns passiert ist, hat inzwischen unter den Rephaim die Runde gemacht. Nashira hat viel Zeit darauf verwendet, ihren Leuten einzubläuen, dass ich ein Todbringer und Verräter des Fleisches bin.« Er sah mich eindringlich an. »Aber gegenüber den Ranthen musst du es abstreiten, und zwar nachdrücklich und unumstößlich, falls das nötig sein sollte.«

Zum ersten Mal hatte er direkt eingestanden, dass der Vorfall in der Gildehalle nicht nur meiner Fantasie entsprungen war. »Ich dachte, Terebell und Errai wüssten davon«, erwiderte ich leise. »Sie wissen ja auch von dem Band.«

»Das Band ist nicht immer ein Hinweis auf körperliche Intimität.« Unruhig wanderte sein Blick über mein Gesicht. »Ich könnte es verstehen, wenn du dem nicht nachkommen willst. Aber ich bitte dich um deinetwillen darum, nicht um meinetwillen.«

Nach kurzem Zögern nickte ich. Er ließ mich los, sodass ich die Gänsehaut unter meinem Ärmel spürte. Dann wandte ich mich zur Tür.

»Falls sie fragt, was passiert ist«, begann ich noch einmal. »Was soll ich ihr dann sagen?«

»Alles außer der Wahrheit.«

Denn die Wahrheit war für die Rephaim so grauenvoll, dass ihr Verstand sie kaum fassen konnte.

Mit gebührendem Abstand zum Wächter ging ich hinein, schob den staubigen Bühnenvorhang beiseite und stieg in den Zuschauerraum hinunter, dessen ausgebleichte Sessel und Teppiche von einigen Kürbislaternen angestrahlt wurden. Terebell wartete zusammen mit drei weiteren Rephaim im Mittelgang. Der Wächter blieb ebenfalls im Gang stehen.

»Liebe Ranthen-Gefährten«, begann er, »dies ist Paige Mahoney. Ihr verdankt ihr meine heutige Anwesenheit.«

Terebell ignorierte diese Verlautbarung und ging direkt zum Wächter hinüber. Sie drückte ihre Stirn an seine und murmelte ein paar Sätze auf Gloss. Die beiden waren fast gleich groß. Bei ihrem Anblick spürte ich ein unangenehmes Ziehen im Brustkorb.

»Hallo, Terebell«, grüßte ich sie.

Terebell wandte den Kopf, sagte aber noch immer nichts. Ihre Hand lag auf der Schulter des Wächters. Ihr Blick war ähnlich warmherzig wie der von Jaxon, wenn er mit seinen Straßenkünstlern sprach.

»Ich habe Paige hierhergebracht, damit sie ihre Pläne mit euch besprechen kann«, fuhr der Wächter fort. »Sie hat eine Bitte an uns, so wie wir eine Bitte an sie haben.«

Errai und Pleione blieben stumm. Terebell, die sich wieder zwischen sie gestellt hatte, musterte mich flüchtig.

»Traumwandler, dies ist Lucida Sargas.« Sie deutete auf die Fremde. »Eine der wenigen Ranthensympathisanten.«

Instinktiv wollte ich nach dem Beutel in meiner Tasche greifen. »Sargas?«

»Allerdings. Ich habe schon viel von dir gehört, Paige Mahoney.« In Lucidas Gesicht zeigte sich ein wenig mehr Emotion als bei den anderen; sie wirkte fast neugierig. »Vor allem Geschichten von anderen aus dem Hause Sargas.«

Ihre Hautfarbe glich der von Nashira – irgendwo zwischen Silber und Gold, aber mit Tendenz zum Silber –, genau wie das dicke Haar, allerdings trug sie es offen und schulterlang. Bei den weiblichen Rephaim in der Kolonie war so etwas selten gewesen, aber hier folgten alle drei diesem Stil. Die großen Augen mit den schweren Lidern verstärkten noch die Ähnlichkeit zu ihrer Verwandtschaft.

»Was für Geschichten?«, fragte ich vorsichtig.

»Sie nennen dich die große Fleischbeschmutzerin von London. Angeblich ist der Boden unter deinen Füßen verkohlt und faulig.« Ihr Blick glitt zu meinen Stiefeln. »Auf mich wirkt er allerdings völlig unversehrt.«

Na großartig. »Und was sagen sie über dich?« Ich ließ den Beutel wieder los. »Wissen sie, dass du eine Ranthen bist?«

»Oh ja. Ich war dumm genug, mich gegen eine gewaltsame Kolonisierung von Sheol I auszusprechen. Daraufhin hat mein lieber Cousin Gomeisa mich zu einer Verräterin des Fleisches erklärt. Seitdem bin ich auf der Flucht.«

»Eine Ranthen auf der Flucht.« Terebell schob sich an ihr vorbei. »Du erinnerst dich ja sicherlich noch an Pleione Sualocin.«

»Äußerst lebhaft«, erwiderte ich.

Pleione hatte sich als Einzige hingesetzt. Sie war damals der erste Rephait gewesen, dem ich begegnet war. An dem Abend, an dem ich in die Kolonie kam, hatte sie vor meinen Augen einem Seher die Aura ausgesaugt. Die dichten schwarzen Locken reichten ihr jetzt ebenfalls nur noch bis zur Schulter.

»Ah ja, 40.« Eine leise, samtweiche Stimme, die Ärger verhieß. »Wir haben so einiges mit dir zu besprechen.«

»Habe ich schon gehört.« Ich hockte mich auf eine Sessellehne. Der Wächter blieb im Gang stehen. In Gegenwart der anderen veränderte sich seine gesamte Haltung, er wirkte steifer und starrer. »Das mit dem ›Traumwandler‹ könnt ihr übrigens sein lassen. Und das von wegen 40 auch, wenn wir schon mal dabei sind. Ich heiße Paige.«

»Sag mir, *Traumwandler*«, begann Terebell, ohne auf mich einzugehen, »bist du seit unserer letzten Begegnung irgendwelchen Rephaim begegnet?«

Ich knirschte mit den Zähnen. »Nein, aber früher oder später werden sie kommen.«

»Dann achte darauf, dich gut zu verbergen. Unter den Wachleuten befinden sich auch Rotjacken.« Terebell schritt an mir vorbei. »Unsere Pläne haben einen kritischen Punkt erreicht. Nach mehreren gescheiterten Versuchen, das Haus Sargas zu stürzen, haben wir nun erste Schritte eingeleitet, die zu ihrem Untergang führen werden. Doch sie halten die stoffliche Welt fest in ihren Händen, und wenn ihr Imperium sich ausweitet, wird dieser Griff nur noch fester werden. Es wurde entschieden, wo Sheol II errichtet werden soll.«

»Wo?«

»Wir wissen, dass es in Frankreich sein wird, kennen aber den genauen Ort nicht«, gab der Wächter zu. »Alsafi wird ihn uns mitteilen, wenn er es herausgefunden hat.«

»Nashira und Gomeisa bilden das Herz der Sargasdoktrin. Dir ist vielleicht aufgefallen, dass Gomeisa in der Gildehalle gleichzeitig vier von uns abwehren konnte«, fuhr Terebell ohne ein Zeichen von Scham fort. »Diese Kraft ist nicht natürlichen Ursprungs. Anfangs hatten wir geplant, Nashira in aller Stille zu eliminieren, aber nun sieht es so aus, als wäre uns die Gelegenheit dazu genommen worden.« Ihr Blick streifte kurz den Wächter. »Bevor wir direkt gegen sie vorgehen können, ist es wichtig, das Netzwerk zu zerstören, das sie in der Welt der Menschen errichtet haben.«

»Scion«, nickte ich.

»Der eigentliche Zweck der Strafkolonie bestand nie darin, die Emim abzuwehren«, erklärte der Wächter, »sondern in der

Indoktrination der Menschen. Die Rotjacken, die fast alle erfolgreich einer Gehirnwäsche unterzogen wurden, werden als menschliche Agenten der Sargas auftreten, wenn diese sich der Welt zu erkennen geben.«

»Du meinst, die Sargas werden allen verkünden, dass sie hier sind?« Fassungslos blickte ich zwischen ihnen hin und her, stieß aber nur auf ernste Gesichter. »Das ist Wahnsinn. Die Freie Welt würde Scion sofort den Krieg erklären.«

»Vermutlich nicht. Falls es zum Krieg käme, könnte Scion eine enorme Truppenstärke aufbieten. Jede Kriegserklärung der Freien Welt könnte abgeschmettert werden, da deren Allianzen im besten Fall brüchig sind.«

»Jüngsten Berichten zufolge verschließen viele dieser Länder die Augen vor den widerwärtigen Praktiken von Scion, um den Frieden nicht zu gefährden«, sagte Terebell. »Präsidentin Rosevear beispielsweise tendiert zu einer Politik der Nichteinmischung. Außerdem ist es Scion gelungen, einen Großteil seiner Gewaltherrschaft vor den Augen der Freien Welt zu verbergen.«

Während meiner Zeit auf der Scionschule hatte ich immer davon geträumt, dass die Freie Welt irgendwann zur Vernunft kommen würde. Dass die Supermächte, wenn erst einmal unanfechtbare Beweise für die Verbrechen von Scion nach außen drangen, Flagge zeigen würden gegen meinen Feind. Aber so simpel war es eben nie gewesen. Auf den Karten im Klassenzimmer tauchten die freien Staaten nicht auf, aber durch das osmotische System des Schwarzmarktes und durch Gespräche mit Zeke und Nadine hatte ich ein paar Details über die Regierung der amerikanischen Länder aufgeschnappt. Rosevear war eine angesehene Staatschefin, aber sie hatte ihr eigenes Päckchen zu tragen: steigende Meeresspiegel, Giftmüll, Finanzlöcher, eben unzählige Probleme im eigenen Land. Vorerst standen wir allein da.

»Wir müssen in London beginnen«, sagte Terebell – eine

Feststellung, kein Vorschlag. »Wenn es uns gelingt, das Zentrum ihres Nervensystems zu zerstören, werden die anderen Zitadellen vermutlich nach und nach einknicken. Arcturus hat uns mitgeteilt, dass der Herr der Unterwelt ermordet wurde?«

»Stimmt.«

»Offensichtlich war es ein Anschlag der Rephaim«, schaltete sich Errai ein. »Vielleicht Situla Mesarthim. Sie bevorzugt Enthauptungen.«

»Das wäre möglich«, stimmte Pleione ihm zu.

Lucida ließ mich nicht aus den Augen. Nun zog sie fragend eine Augenbraue hoch. »Und was denkst du, Traumwandler?«

Ich verschränkte die Arme vor der Brust und räusperte mich. »Möglich wäre es schon«, gab ich zu, »aber die Indizien deuten auf einen Denkerfürsten hin, den man den Lumpensammler nennt. Das ist derselbe Mann, der auch den Wächter entführt hat.«

»Dann gibt es also keinen eindeutigen Thronerben«, stellte Terebell fest, was ich mit einem Kopfschütteln bestätigte.

»Wir werden einen Wettkampf austragen, um den neuen Anführer zu ermitteln.«

»Und wirst du daran teilnehmen?«

»Ja. Wenn ich die Seher aufklären will, muss ich gewinnen. Ich habe bereits das hier drucken lassen.« Ich holte mein Exemplar von *Die Offenbarung der Rephaim* aus der Tasche und wollte es Errai geben, der allerdings nur auf meine Hand starrte, als wäre sie eine tote Ratte. »Sobald es in Umlauf gebracht wird, weiß jeder in der Zitadelle über euch Bescheid.«

»Was ist das?«

»Ein Groschenroman. Eine Art Gruselgeschichte.«

Terebell riss mir die Seiten aus den Fingern. Während sie das Cover musterte, begannen ihre Augen, noch stärker zu glühen. »Ich habe davon gehört: billige, schäbige Unterhaltung. Wie kannst du es wagen, unsere Sache derartig zu verhöhnen?«

»Mir blieb nicht genug Zeit, um eine epische Ballade daraus

zu machen, Terebell. Und wenn ich versucht hätte, die Leute ohne jeden Beweis darüber aufzuklären –«

Errai zischte mich an; es klang wie Wasser, das auf offenem Feuer verdampft. »Sprich nicht in diesem Ton mit der Herrscherin. Du hattest kein Recht, uns ohne unsere Erlaubnis zu enttarnen. Du hättest zunächst unseren Rat einholen müssen.«

»Mir war nicht klar, dass ich euren Rat überhaupt brauche, Rephait«, antwortete ich kühl.

Er fauchte auf Gloss den Wächter an, dann schoss einer der Geister aus dem Saal. Der Wächter warf mir einen Blick zu und versetzte gleichzeitig unser Band in eine sanfte Schwingung, was ich als leise Warnung interpretierte.

Lucida nahm Terebell das Manuskript aus der Hand. »Ich finde diese Idee gar nicht so dumm«, murmelte sie nachdenklich, während sie darin herumblätterte. »Zwar werden wir uns dadurch nicht mehr so leicht in der Zitadelle bewegen können, aber wenn die Zeit für eine Enthüllung gekommen ist, könnte es uns umständliche Erklärungen ersparen.«

»Die Bürger dieser Zitadelle fürchten sich davor, dass die Widernatürlichkeit sich wie eine Seuche ausbreiten könnte«, erklärte der Wächter ihnen. »Ganz sicher möchten sie nicht, dass ihnen mysteriöse Riesen erscheinen, und wenn es doch passiert, wenden sie sich damit bestimmt nicht an die Behörden.«

Es folgte ein kurzes Schweigen, dann beugte Terebell sich zu mir herunter. Keine Ahnung, ob sie mich damit einschüchtern wollte oder nicht. »Falls du diesen Wettkampf gewinnst«, begann sie, »wird dir das gesamte Londoner Syndikat unterstehen. Wir möchten nun wissen, ob du dann deine Kräfte mit unseren zu vereinen gedenkst.«

»Ich glaube nicht, dass das gut gehen würde«, erwiderte ich. »Ihr etwa?«

»Erkläre deine Zweifel.«

»Allein meine Gegenwart ist für euch doch kaum zu ertragen. Und ganz abgesehen davon, ist das Syndikat ein riesiger

Chaoshaufen. Ich werde Zeit brauchen, um da Ordnung reinzubringen.« Mit festem Blick fügte ich hinzu: »Und Geld.«

Wieder schwiegen alle, und plötzlich wurde es im Saal so kalt, als wäre eine eisige Böe hindurchgefegt.

»Ich verstehe.« Terebell stützte die verhüllten Hände auf eine Sitzlehne. »Geld. Die finstere Besessenheit der menschlichen Rasse.«

Errai rümpfte hochmütig die Nase. »Materielle Güter sind nicht von Dauer, und doch kämpfen sie darum wie die Aasgeier. Widerliche Gier.«

»Fruchtlose Gier«, ergänzte Pleione.

»Okay, stopp mal.« Gereizt hob ich die Hand. »Wenn ich scharf wäre auf einen Vortrag, wäre ich an die Uni gegangen.«

»Da bin ich mir sicher.« Terebell zögerte kurz. »Und was geschieht, wenn wir dir kein *Geld* zur Verfügung stellen, Traumwandler?«

»Dann werde ich dieses Syndikat nicht neu strukturieren können. Nicht einmal als Herrin der Unterwelt. Zuerst werde ich den Denkerfürsten und -königinnen einen finanziellen Anreiz bieten müssen, damit sie überhaupt als meine Kommandanten fungieren«, erklärte ich. »Und wenn der Aufstand dann losgeht, werde ich mehr brauchen, um ihn am Laufen zu halten: Waffenkäufe, Nahrung und medizinische Versorgung für die Seher, wenn Scion zurückschlägt … das alles wird mehr kosten, als ich in meinem ganzen Leben verdienen könnte. Falls ihr euch bereit erklärt, mich zu finanzieren, kann ich euch helfen. Falls nicht, solltet ihr euch jemanden suchen, dessen Taschen besser gefüllt sind als meine. Hier gibt es jede Menge reiche Kriminelle.«

Die Rephaim tauschten Blicke untereinander. Errai wandte sich ab. Sein muskulöser Rücken bebte, als er leise vor sich hin knurrte.

Ich würde ganz sicher nicht zulassen, dass sie in London ihre nächste Strafkolonie einrichteten. Die Seher des Syndikats würden keine Rotjacken werden, mit mir als Oberaufseher. Deshalb musste ich mich jetzt als Gleichgestellte etablieren, und nicht als ihr Lakai.

»Bedenke, dass unsere Ressourcen nicht unerschöpflich sind«, sagte Terebell schließlich und sah mich durchdringend an. »Unser Mittelsmann bei Scion kann jeden Moment entlarvt werden, und dann wird man unser Bankkonto sperren. Wir haben keine ausreichenden Mittel, um einer Herrin der Unterwelt einen opulenten Lebensstil zu finanzieren, und beim ersten Anzeichen von Misswirtschaft werden wir unsere Unterstützung zurückziehen.«

»Verstanden«, nickte ich.

»Dann hast du hiermit unser Wort, dass wir die Umstrukturierung des Londoner Syndikats finanzieren werden, wenn du euren Wettkampf gewinnst. Soweit es uns möglich ist, werden wir außerdem natürliche Ressourcen aus der Schattenwelt bereitstellen, um die Aufständischen zu unterstützen. Dort werden sowohl Amaranth als auch das Blut der Emim gewonnen.«

»Wozu braucht man denn Emimblut?«

»Es gibt viele Verwendungsmöglichkeiten«, erklärte mir der Wächter. »Aber sein größter Nutzen liegt darin, dass es die Aura verbirgt. Schon eine geringe Dosis wirkt sich auf ihr Aussehen aus, sodass nicht mehr erkennbar ist, über welche Gabe ihr Träger verfügt. Natürlich ist die Gewinnung des Blutes äußerst gefährlich, und sein Geschmack ist höchst unangenehm.«

Das Zeug schien unbezahlbar zu sein. Schließlich war es gerade meine Aura, die mich in London fast überall verriet. »Und das funktioniert auch bei anderen Sehern?«, hakte ich nach.

»Jawohl.«

»Und bei Sensorschirmen?«

»Vermutlich. Bislang hatten wir noch keine Möglichkeit, diese Theorie zu überprüfen.«

»Und in Kürze, wenn die Nachricht auch die letzten Bastionen der Schattenwelt erreicht hat, werden wir ebenfalls in der Lage sein, Soldaten ins Feld zu schicken«, fuhr Terebell fort.

Fragend zog ich eine Augenbraue hoch. »Welche Nachricht?«

»Der Amaranth ist erblüht«, sagte Errai mit gereizter Miene – soweit das bei einem Rephaiten überhaupt möglich war. »So rufen die Ranthen zu den Waffen, das wird unsere alten Verbündeten davon überzeugen, an unsere Seite zurückzukehren. Was glaubst du denn, warum wir bisher nie etwas unternommen haben? Wir haben auf das wahre Zeichen gewartet. Auf eine Möglichkeit, Ausgezehrtem wieder Leben einzuhauchen.«

Mir schwirrte der Kopf. Frustriert schob ich die Hände in die Taschen und atmete tief durch.

»Wir können dir keine Bedenkzeit zu unserem Angebot lassen«, schaltete sich Terebell wieder ein. »Antworte mir, Traumwandler: Wirst du deine Kräfte mit meinen vereinen?«

»Das ist nicht so einfach. Falls ich gewinne, werde ich mein Bestes tun, um die Londoner Seher von einem Aufstand gegen Scion zu überzeugen, aber das wird nicht leicht werden. Das sind Diebe und Trickbetrüger ohne jede militärische Ausbildung. Das Geld müsste eigentlich dafür sorgen, dass sie uns helfen, aber garantieren kann ich es nicht.«

»Wenn du uns keine *Garantien* geben kannst, werden wir selbst für eine solche Garantie sorgen müssen.« Sie zeigte auf die beiden Ranthen neben sich. »Um den Wettkampf zu gewinnen, wirst du dich unserem Training unterziehen. Errai, Pleione, ihr werdet die Traumwandlerin unterrichten, damit wir sicher sein können, dass sie den Ansprüchen genügt.«

Errai warf mir einen Blick zu, als hätte sie ihm gerade befohlen, den Fußboden abzulecken. »Das werde ich nicht tun«, sagte er dann.

»Ich schon.« In Pleiones Zusage schwang eine hörbare Portion Bösartigkeit mit.

»Für mich wäre es sinnvoller, mit dem Wächter zu trainieren. Seine Ausbildungsmethoden kenne ich ja bereits«, wandte ich so unbeteiligt wie möglich ein. Der Gedanke, von diesen beiden unterrichtet zu werden, gefiel mir nicht besonders.

Plötzlich wirkte Terebell angespannt. »Arcturus hat bereits andere Verpflichtungen. Er ist nicht mehr dein Hüter.«

»Es würde aber Zeit sparen. Und davon haben wir schließlich nicht viel.«

Wieder verstärkte sich das Feuer in ihren Augen. Fast konnte ich sehen, wie sie darüber nachdachte, die Vor- und Nachteile abwägte, die es mit sich bringen würde, den großen Arcturus Mesarthim mit einem menschlichen Emporkömmling allein zu lassen. Schließlich wandte sie sich an den Wächter und redete auf Gloss auf ihn ein. Dabei wirkte ihr gesamter Körper wie ein straff gespanntes Seil. Der Wächter musterte mich schweigend.

»Paige hat recht«, sagte er dann. »So würden wir kostbare Zeit sparen. Zum Wohle der Ranthen erkläre ich mich dazu bereit.«

Terebells Gesicht war starr. »So sei es.« Sie schob eine Hand unter ihren Mantel und reichte mir einen dicken Umschlag. »Sei dankbar für diese Unterstützung, Traumwandler. Und eines solltest du wissen: Falls du aus diesem Wettkampf nicht als Sieger hervorgehst, werde ich dafür sorgen, dass du den Tag bereust, an dem du geboren wurdest.«

Nach einem knappen Satz auf Gloss zu den drei anderen verließen sie ohne ein weiteres Wort den Saal. Nur der Wächter blieb. Ich verstaute den Umschlag so in meinem Mantel, dass er vor Taschendieben sicher war.

»Sie sind ja so freundlich«, spottete ich dann.

»Hm. Und du hast diplomatisches Talent.«

»Traumwandler?« Terebell war offenbar auf der Bühne stehen geblieben, denn sie schaute hinter dem Vorhang hervor. »Ein Wort noch, bevor du dich ans Werk machst.«

Mein Puls beschleunigte sich ruckartig. Ich schaute zum Wächter, doch der schwieg. Dann ging ich die Stufen hinauf und betrat die Bühne. Sofort packte sie mich am Arm, zerrte mich hinter den Vorhang und presste mich mit schmerzhafter Wucht gegen die Wand. Mein Geist rührte sich alarmiert.

»Die Sargas haben in der Schattenwelt etwas verbreitet. Selbst die Vögel pfeifen es von den Dächern, dass Arcturus Mesarthim sich erniedrigt, indem er sich mit Menschen einlässt.« Brutal hob Terebell mein Kinn an. »Ist das wahr, Mädchen?«

»Keine Ahnung, wovon du da redest.«

Ihr Griff wurde noch fester. »Wenn deine Zunge noch eine Lüge verbreitet, wird sie bis zur Wurzel verfaulen. Das Goldene Band mag dir dabei geholfen haben, ihn aufzuspüren, doch allein seine Existenz deutet auf eine intime Beziehung hin. Ich werde dir nicht gestatten –«

»Rephaim gehen keine Beziehungen mit Menschen ein.« Ich pflückte ihre Finger von meinem Arm. »Selbst wenn ich könnte, würde ich ihn nicht anrühren.«

Komischerweise verfaulte meine Zunge nicht einmal ansatzweise. »Gut«, sagte Terebell leise. »Zwar habe ich mich bereit erklärt, dich zu unterstützen, und ich habe dir in der Kolonie den Hals gerettet, aber vergiss niemals, wo dein Platz ist, Paige Mahoney. Sonst wirst du fallen wie das Korn unter der Sense.«

Damit ließ sie mich los. Mit festen Schritten ging ich zur Tür, ließ mir nicht anmerken, wie aufgewühlt ich war. Ihr Training konnte mir gestohlen bleiben. Sie alle konnten mir gestohlen bleiben.

Draußen fing es gerade an zu regnen. Der Vollstrecker war nicht zurückgekommen. Sein Glück, denn in diesem Moment hätte ich ihn wahrscheinlich umgebracht.

Mit in den Taschen vergrabenen Fäusten ließ ich das alte Theater hinter mir. Immer wieder stieß ich kontrolliert den Atem aus, um meine Wut zu zügeln. Sicher, ich hatte immer gewusst, wie die Rephaim über Menschen dachten, aber mir wäre nie in den Sinn gekommen, dass es dem Wächter wichtig sein könnte, was die anderen von ihm hielten. Ich musste einfach unberührbar werden, so wie sie. Alles wie Wasser an mir abperlen lassen.

»Paige?«

Seine Stimme war direkt hinter mir, trotzdem ging ich weiter. »Wir sollten jetzt besser nicht reden«, erwiderte ich, ohne mich umzudrehen.

»Dürfte ich erfahren, warum?«

»Da fallen mir gleich mehrere Gründe ein.«

»Ich habe eine Menge Zeit, um sie mir anzuhören. Eine Ewigkeit, um genau zu sein.«

»Na schön. Hier wäre einer: Deine sogenannten Verbündeten behandeln mich wie den Dreck unter ihren Stiefeln, und das gefällt mir nicht.«

»Mir war nicht klar, dass du dich so leicht aus dem Konzept bringen lässt.«

»Schauen wir doch mal, ob es dich nicht auch aus dem Konzept bringt, wenn ich dir erzähle, was für grausame, tyrannische Arschlöcher ihr Rephaim sein könnt.«

»Allerdings«, sagte er. »Eine Lektion in Demut könnte ihnen nicht schaden.«

Ich blieb direkt unter einer Straßenlaterne stehen und drehte mich zu ihm um. Der Regen war nun so stark, dass mir die Haare im Gesicht klebten. Und dieses eine Mal, im strömenden Regen an einer Straßenecke in London, sah er genauso menschlich aus wie ich. »Keine Ahnung, was die für ein Problem haben oder was sie über die Sache in der Gildehalle wissen«, begann ich, »aber wenn wir zusammenarbeiten sollen, müssen sie darüber hinwegkommen. Und wenn diese Allianz weiter bestehen soll, wirst du dich entscheiden müssen, inwieweit du bereit bist, dich Terebells Anweisungen zu unterwerfen.«

»Die Entscheidungen über mein Handeln sind allein mir vorbehalten, Paige Mahoney. Dank dir bin ich mein eigener Herr.«

»Du hast mir einmal gesagt, ich hätte ein Recht auf meine Freiheit.« Ich sah ihn durchdringend an. »Vielleicht solltest du auch entsprechend handeln.«

In seinen Augen erwachte ein wahrer Feuersturm. Okay, das hatte auch wirklich wie eine Herausforderung geklungen.

War er ebenfalls ein Zocker? Und war es das Risiko wert, wenn keiner von uns dieses Spiel gewinnen konnte? Ich dachte an das Sponsoring, das Geld und die Unterstützung, die ich so dringend brauchte. Daran, wie Jaxon die Uhr im Auge behielt und darauf wartete, dass ich von meiner Verabredung zurückkam.

»Die gewählte Herrscherin hat uns befohlen, gemeinsam zu trainieren«, sagte der Wächter schließlich. »Aber sie hat nicht näher ausgeführt, *wie* ich dich trainieren soll.«

»Klingt ja ominös.«

»Du wirst mir vertrauen müssen.« Er wandte sich wieder Richtung Theater. »Kannst du das?«

19

CIULEANDRA

Bei unserer Rückkehr war das Theater verlassen, trotzdem suchte ich vorsichtshalber nach Traumlandschaften. Der Wächter schloss die Eingangstüren hinter uns. Dann hockte ich mich auf den Bühnenrand und zog die Knie an.

»Woher wisst ihr eigentlich, dass Lucida kein Doppelagent ist?«

Er schob die Riegel vor. »Warum fragst du?«

»Sie ist doch eine Sargas.«

»Warst du mit deinem Vater immer einer Meinung, Paige? Oder mit deinem Cousin?«

»Nein«, gab ich zu, »aber die Familie Mahoney besteht auch nicht aus Tyrannen mit dem Spezialgebiet Gehirnwäsche.«

Ganz kurz zuckten seine Mundwinkel. »Lucida hat sich schon vor langer Zeit von ihrem Haus losgesagt. Ohne guten Grund hätte sie wohl kaum ein Jahrhundert lang Hunger gelitten.«

»Und die anderen?« Langsam beruhigte sich meine Atmung wieder. »Was ist mit Terebell?«

»Ich vertraue ihnen, auch wenn dieses Bündnis sich nicht einfach gestalten wird. Terebell hat schon immer sehr hart über die menschliche Rasse geurteilt.«

»Hat sie dazu einen bestimmten Grund?«

»Ich habe bereits einige Bücher über die Geschichte der Menschheit studiert, und wenn ich dabei eines gelernt habe, dann, dass Traditionen sich nicht immer begründen lassen. Für die Rephaim gilt das genauso.«

Welch wahres Wort.

Der Wächter setzte sich neben mich, wenn auch nicht so dicht, dass wir uns berührt hätten, und verschränkte die Finger. Schweigend musterten wir die geschnitzten Säulen und die hohe Decke. Anders als Terebell registrierte er die Spuren der Gewalt, die diesem Gebäude angetan worden war. Eine Zeit lang ruhte sein Blick auf den Einschusslöchern neben uns in der Wand und auf dem zerrissenen, verrußten Bühnenvorhang.

»Für die Art, wie ich in der Herberge mit dir umgesprungen bin, muss ich mich entschuldigen«, sagte er schließlich. »Ich wollte dich darauf vorbereiten, wie es mit den Ranthen sein würde. Ihre Toleranz gegenüber Menschen ist recht wechselhaft.«

»Und du dachtest, darauf könntest du mich am besten vorbereiten, indem du dich aufführst wie ein –«

»– Rephait. Die meisten Rephaim sind so, Paige.«

Ich gab ein unverbindliches Grunzen von mir.

In der Kolonie war unsere Beziehung von Angst geprägt gewesen. Meine Angst vor seiner Macht. Seine Angst vor meinem Verrat. Und jetzt, das begriff ich plötzlich, ging es darum, einander zu verstehen.

Aber Angst und Verständnis waren miteinander verwandt: Beides beinhaltete den Verlust des Vertrauten und die schreckliche Gefahr des Wissens. Ob ich ihn bereits verstehen konnte, wusste ich nicht, aber ich wollte es gern. Das allein war schon eine Art Schock für mich.

»Ich will nicht, dass es wieder so wird wie in der Kolonie«, sagte ich leise.

»Das werden wir nicht zulassen.« Kurze Pause. »Frag mich.«

Er sah mich nicht an. »Dieser Plan, Nashira ›in aller Stille zu eliminieren‹ … der bezog sich auf dich, stimmt's?«

Es dauerte einen Moment, bis er mir antwortete. »Ja. Erst als sich mich erwählte, sah ich eine Möglichkeit, sie auszulöschen.«

»Wann wurdet ihr denn verlobt?«

»Kurz bevor wir auf diese Seite des Schleiers wechselten.«

»Zweihundert Jahre«, resümierte ich. »Das ist eine lange Zeit.«

»Nach unseren Maßstäben nicht. Jahrhunderte sind kaum mehr als einzelne Sandkörner im unerschöpflichen Stundenglas unseres Daseins. Glücklicherweise wurden Nashira und ich nie formell aneinander gebunden. Damit wollte sie bis nach der Zweihundertjahrfeier warten, wenn sie sicher sein konnte, dass die Strafkolonie sich fest in unserer Hand befand.«

»Dann habt ihr also nie …?«

»Den Akt vollzogen? Nein.«

»Okay.« Mir war plötzlich ganz heiß. Sein Blick wirkte leicht belustigt. *Hör auf, über Sex zu reden. Hör auf, über Sex zu reden.* »Äh … wie ich sehe, hast du deine Handschuhe abgelegt.«

»Nun, wenn ich schon ein Leben als Aufrührer führe, kann ich es ja auch mit beiden Händen packen.«

»Wie gewagt. Was kommt wohl als Nächstes? Der Mantel?«

Sein Lachen war vollkommen lautlos, nur seine Züge wurden etwas weicher und in seinen Augen blitzte es kurz auf. »Ist es klug, deinen Mentor kurz vor Beginn deines Trainings zu quälen?«

»Wozu mit alten Gewohnheiten brechen?«

»Hm.«

Wir saßen lange so zusammen. Eine gewisse Spannung war noch zwischen uns, sie ließ aber von Minute zu Minute nach.

»Also komm.« Der Wächter erhob sich und ragte dicht über mir auf. »Hast du seit deiner Rückkehr von irgendjemandem Besitz ergriffen?«

»Von einem Vogel. Jaxon hat es gesehen. Und von einer Wache«, ergänzte ich. »Ich habe sie gezwungen, in ihr Funkgerät zu sprechen.«

»Hast du sie dabei verletzt?«

»Sie hat aus sämtlichen Körperöffnungen im Kopfbereich geblutet.«

»Blut bedeutet nicht gleich Schmerz. Fürchte dich nicht vor deiner Gabe, Paige. Dein Geist sehnt sich danach, auf Wanderschaft zu gehen«, erklärte er mir. »Du kannst so viel mehr, als deinen Gegner in die Bewusstlosigkeit zu treiben. Und das weißt du auch.« Als ich nichts sagte, schaute er kurz über die Schulter. »Es ist nur dann unrecht, jemanden in Besitz zu nehmen, wenn du ihm dabei bewusst schadest – natürlich immer vorausgesetzt, der Wirt hat eine solche Schädigung nicht hinreichend verdient. Je mehr du deine Fähigkeiten trainierst, desto mehr sinkt die Wahrscheinlichkeit, dass du jemanden verletzt.«

»Eigentlich will ich nur diese Blitzsprungtechnik noch mal üben. Mir fällt es immer noch ziemlich schwer, zwischen Körper und Geist hin- und herzuschalten.«

»Dann bist du aus der Übung.«

Ich zog meinen Mantel aus. »Bei mir fällt das unter ›Unauffälliges Verhalten‹.«

»Das ist gut. So wird es Nashira schwerfallen, dir auf der Spur zu bleiben.« Er ging an mir vorbei. »Der Traumwandler sieht sich zwei fundamentalen Problemen gegenüber. Erstens: Der Atemreflex setzt aus. Zweitens: Der Körper fällt bewusstlos zu Boden. Der erste Punkt lässt sich mit einer Sauerstoffmaske beheben, aber der zweite ... ist weniger leicht zu umgehen.«

Die eigentliche Schwachstelle meiner Gabe. In der Wahlschlacht konnte sich das als tödlich erweisen. Sobald ich sprang, würde mein Körper angreifbar im Ring der Rosen zurückbleiben. Ein Stich ins Herz, und schon könnte ich nicht mehr in ihn zurückkehren. »Was schlägst du vor?«

»Während unseres Trainings in der Kolonie war dein Wechsel von Fleisch zu Geist noch etwas unbeholfen, um es freundlich auszudrücken. Aber nun bist du kein Anfänger mehr.« Auf einem verstaubten Klavier stand ein altertümlicher Plattenspieler. Der Wächter hob den Deckel an. »Ich erwarte Mühelosigkeit von dir. Ich erwarte, dass du in den Aether springst, als würdest du dort hingehören. Ich erwarte, dass du zwischen den Traumlandschaften hin- und herfliegst.«

Nun schaltete er den Plattenspieler ein. »Wo hast du den denn aufgetan?«, fragte ich und unterdrückte ein Grinsen.

»Hier und da, wie all meine Besitztümer.«

Er war nicht ganz so schön wie sein Grammofon, aber ebenfalls exquisit, in einem Holzkasten eingefasst. Außen war er über und über mit Schnitzereien verziert, das Zeichen für Amaranth bedeckte fast die gesamte Oberfläche. Die zarten Blütenblätter überlappten sich oft sogar. »Und wozu soll der gut sein?«

»Für dich.« Ein tiefes Cello erklang. »Maria Tănase, eine rumänische Schauspielerin und Sängerin des zwanzigsten Jahrhunderts.« Er verbeugte sich vor mir, ohne dabei den Blick von meinem Gesicht zu lösen. »Sehen wir doch mal, ob Traumwandler tanzen können.«

Eine volle, weiche Stimme setzte ein, sie sang in einer mir unbekannten Sprache. Ohne ein Wort gingen wir in Position. Ich neigte mich leicht in seine Richtung, wie damals, als wir auf dem Übungsgelände der Kolonie miteinander getanzt hatten. Ich hatte vor Kälte gezittert in meiner schäbigen Tunika, hatte kaum begriffen, was meine Gabe eigentlich bedeutete, war verängstigt, wütend und einsam gewesen. Irgendwo in meinem Inneren kehrte die Angst automatisch zurück, ein Instinkt, der mir ebenso eingebrannt war wie das Mal an meiner Schulter.

»Was ist das für ein Lied?«

»Es heißt ›Ciuleandra‹.« Er holte aus, und ich duckte mich schnell. »Beim Tanzen duckt man sich nicht, Paige. Dreh dich.« Als er es wieder versuchte, wirbelte ich nach links und entging so dem zweiten Schlag. »Gut. Ich hoffe, in der Zitadelle noch andere Schallplatten zu finden, sonst könnte ich schneller dem Wahnsinn verfallen als angenommen.«

Wieder vollführte ich eine Drehung, diesmal nach rechts. »Wenn du willst, kann ich dir welche vom Garden mitbringen.«

»Das wäre äußerst freundlich von dir.« Er folgte meinen Bewegungen, oder vielleicht folgte ich auch seinen. »Ich möchte, dass du auf den Beinen bleibst, wenn du mich gleich angreifst. Sobald du deinen Körper verlässt, bricht er zusammen – aber ich denke, du kannst das kontrollieren. Meiner Meinung nach müsstest du in der Lage sein, einen kleinen Teil deines Bewusstseins in deiner Traumlandschaft zurückzulassen. Genug, um aufrecht stehen zu bleiben, während du in einen fremden Körper schlüpfst.« Offenbar starrte ich ihn vollkommen ungläubig an, denn er fügte hinzu: »Ich sagte dir doch, dass du Potenzial hast, Paige. Das war keine pure Schmeichelei.«

»Niemals kann ich aufrecht stehen bleiben. Meine Vitalfunktionen setzen komplett aus.«

»In deinem momentanen Zustand schon. Aber das können wir korrigieren.« Er trat einen Schritt zurück und wich damit vom gewohnten Rhythmus ab. »Kämpfen wir ein wenig. Versuche, meine Bewegungen vorauszuahnen.«

»Und wie?«

»Konzentriere dich. Nutze deine Gabe.«

Mir fiel wieder ein, wie Jaxon mir einmal einen alten Trick gezeigt hatte. Damals hatte ich die ersten Versuche unternommen, meinen Geist vom Körper zu lösen. Ich stellte mir sechs große Karaffen vor, eine für jeden Sinn. In jeder von ihnen befand sich ein wenig Wein. Den schüttete ich nun gedanklich aus fünf Karaffen in die sechste, auf der *Aether* stand. Als diese Karaffe bis zum Rand voll war, öffnete ich die Augen.

Die Welt um mich herum war trüb und grau, summte aber fast vor geistiger Aktivität. Rund um den Wächter leuchtete seine Aura.

Sein Körper bewegte sich. Nein, Moment … seine *Aura* bewegte sich nach rechts, und dann erst sein Körper. Gerade noch rechtzeitig sprang ich zur Seite, als sein angedeuteter Schlag an meinem Ohr vorbeizischte. Ruckartig kehrte ich in die Realität zurück, aber er ließ mir keine Verschnaufpause. Diesmal glitt seine Aura nach links, und ich warf mich in die entgegengesetzte Richtung.

»Sehr gut«, lobte er. »Deshalb sind seherisch begabte Individuen, auch die Rephaim, bei körperlichen Auseinandersetzungen oft überlegen. Sie sehen die Bewegung der Aura, bevor die Muskeln des Gegners agieren. Sehen kannst du das vielleicht nicht, aber du spürst es.« Der Gesang setzte wieder ein, diesmal ein wenig schneller. »Wenn du eine Gelegenheit wahrnimmst, attackiere mich mit deinem Geist. Verlasse deinen Körper, als wolltest du Besitz von mir ergreifen.«

Sobald er sich in Bewegung setzte, sprang ich.

Oder zumindest versuchte ich es. Geist und Körper widersetzten sich. Ich bot meine gesamte Kraft auf, kämpfte mich durch die Zonen meiner Traumlandschaft und katapultierte mich in den Aether hinaus.

Besonders weit kam ich nicht. Mein Silbernes Band wurde so hart wie ein Draht und riss mich in meinen Körper zurück.

»Steh auf«, befahl der Wächter.

Ich rappelte mich auf. Schon jetzt war ich fix und fertig. »Warum funktioniert es nicht?«

»Deine Emotionen sind nicht stark genug. Du empfindest mir gegenüber keine echte Furcht mehr, also zwingt dein Überlebensinstinkt dich auch nicht länger, deinen Körper zu verlassen, wenn du mich siehst.«

»Sollte ich mich denn immer noch vor dir fürchten?«

»Vielleicht«, gestand er. »Allerdings würde ich es bevorzugen, wenn du selbst die Kontrolle über deine Gabe erlangst. Du bist Herr über deinen Geist, nicht deine Angst.«

»Also schön.« Schritt, Drehung, Schritt. »Ich nehme mal an, du wusstest schon von deiner ›Erscheinung‹ an alles über deine Gabe.«

»Spekulationen solltest du grundsätzlich meiden.« Er ergriff meine Hand und ließ mich herumwirbeln, sodass meine Haare mit einem leisen Flüstern über sein Hemd glitten. Dann schob er mich sanft von sich weg. »Nun spüre den Aether. Und spring.«

Diesmal flog mein Geist regelrecht aus meinem Körper heraus. Ich überwand den Abstand zwischen uns, prallte wie ein Geschoss von seiner Traumlandschaft ab und kam in dem unschönen Moment zu Bewusstsein, als mein Kopf auf den Boden knallte.

»Etwas zu langsam«, stellte der Wächter fest. Reglos stand er da, die Hände hinter dem Rücken verschränkt.

»Das verstehen Rephaim also unter Humor.« Mit dröhnendem Schädel stand ich auf. »Schadenfreude.«

»Ganz und gar nicht.«

»Hast du eigentlich je innegehalten und dir überlegt, wie nervtötend du sein kannst?«

»Hin und wieder«, gab er mit glühenden Augen zurück.

Ich unternahm einen neuen Versuch und löste mich ruckartig von meinem Körper. Diesmal blieb ich für einen kurzen Moment stehen, bevor ich zusammenbrach und mit den Knien auf dem Teppich landete.

»Arbeite nicht mit Wut, Paige. Stelle dir deinen Geist als einen Bumerang vor: sanfter Wurf, schnelle Rückkehr.« Mit einer Hand zog er mich hoch. »Denke daran, was ich dir beigebracht habe. Versuche, meine Traumlandschaft zu berühren und in deinen Körper zurückzukehren, bevor er fällt. Und während du das tust, tanze.«

»Tanzen *und* fallen?«

»Natürlich. Denk an Liss«, riet er mir. »Ihre ganze Nummer war ein Tanz im freien Fall.«

Es schmerzte, ihren Namen zu hören, aber er hatte recht. Vor meinem inneren Auge sah ich Liss, wie sie an den bunten Seidenbändern hinaufkletterte, sich von ihnen löste und zur Bühne hinabstürzte.

»Dein Körper verankert dich in der Erde. Je stärker dein Geist sich auf ihn konzentriert, desto schwieriger ist es, dich aus ihm zu befreien. Aus diesem Grund fällt dir das Traumwandeln auch so schwer, wenn du verletzt bist.« Er hob mein Kinn an. »Du kannst dich darüber erheben.«

Mein Unterkiefer ruhte auf seinem Finger. Sein Daumen glitt über meine Wange, und für einen Moment – vielleicht war es auch mehr als ein Moment – berührten seine gekrümmten Finger die pulsierende Ader an meinem Hals. Schnell. Warm.

Er trat zurück. Mir gelang es, den Nebel in meinem Hirn lange genug zurückzudrängen, um meinen sechsten Sinn einzuschalten. Ich stellte mir vor, wie ich durch den Aether glitt und diesen beengenden Leib abstreifte.

Wieder trübte die Welt sich ein. Das Gewicht meines Körpers ruhte unsicher auf meinen Fußballen. Die Muskeln in meinem Bauch waren angespannt. Die Wirbelsäule streckte sich, mein Brustkorb hob sich. Ich tanzte um den Wächter herum.

»Und nun folge der Einladung des Liedes«, befahl der Wächter. »Schneller: Eins, zwei, drei!«

Ich ging in die Drehung und schickte meinen Geist los.

Die Reise zu seiner Traumlandschaft war kurz und ungehemmt. Vorher hatte ich versucht, ihm eine Taucherglocke entgegenzuschleudern, jetzt hatte sich das Gewicht auf das eines Pennys reduziert. Ganz kurz konnte ich in seine Traumlandschaft hineinblicken: Wo es früher nur Asche gegeben hatte, leuchtete nun ein Zentrum aus heller Farbe. Ein verlockender Anblick, dieser Motor seines Körpers, der mich geradezu einlud, die Kontrolle zu übernehmen und zu seinem Puppenspieler zu werden. Aber dann sprang ich zurück, landete in meiner eigenen Traumlandschaft, hüllte meinen Geist wieder in Fleisch …

Meine Handflächen landeten auf Beton. Der heftige Aufprall setzte sich bis zu den Schultern fort. Auch meine Beine zitterten, aber ich befand mich immerhin auf allen vieren.

Ich war nicht zusammengebrochen.

Als das Lied abrupt endete, versagten meine Knie mir den

Dienst. Aber nicht vor Schmerz, auch wenn ich leicht benommen war, sondern vor Lachen. Der Wächter zog mich hoch und stützte mich an den Ellbogen.

»Diese Melodie wollte ich hören«, sagte er. »Wann hast du das letzte Mal gelacht?«

»Hast du überhaupt schon einmal gelacht, Wächter?«

»Als Blutsgefährte von Nashira Sargas hat man nicht viel zu lachen.«

Das nächste Lied begann, aber ich hörte es kaum. Wir standen dicht voreinander, meine Ellbogen lagen immer noch in seinen Händen und banden mich an ihn.

»Rephaim sind an den Stellen am verwundbarsten, an denen ihr Körper der stofflichen Welt am nächsten ist«, sagte er. »Ein Stoß in Ferse, Knie oder Hand kann einem Rephaiten größeren Schmerz zufügen als ein Angriff auf Herz oder Kopf.«

»Ich werde es mir merken.«

Das Licht in seinen Augen war weich wie das einer Kerzenflamme. Ich hob die Hand und legte sie an seine Wange. Gleichzeitig glitten seine Finger über meinen nackten Arm, über Schulter und Hals, bis er meinen Hinterkopf umfasste.

Es hätte ganz leicht sein können, den Vorfall aus der Gildehalle zu wiederholen. Keine Nashira hinter dem roten Vorhang, kein Jaxon im Nebenraum. In Momenten wie diesen hätte nichts auf dieser Welt mich dazu bringen können, meine Gabe einzusetzen. Oder wegzulaufen. All meine Sinne konzentrierten sich auf seine Berührung, auf die Distanz zwischen unseren Lippen, auf unsere Auren, die sich miteinander verflochten wie bunte Fäden auf einem Webstuhl. Ich drückte die freie Hand gegen seine Brust und sog alles in mich auf: seine Finger in meinem Haar, seinen warmen Atem.

»Bei euch nennt man eine ehemalige Liebschaft auch ›alte Flamme‹.« Seine grün-goldenen Augen waren eher beängstigend als schön, sein Gesicht so präzise geformt, dass es nicht von dieser Welt sein konnte. »Bei den Rephaim dauert es lange, bis eine Flamme brennt. Aber wenn es geschieht, kann sie nicht mehr verlöschen.«

Keine Kunst, herauszufinden, was er damit meinte.

»Aber ich schon«, stellte ich fest. »Ich werde gehen. Ich werde verlöschen.«

Lange Zeit schwiegen wir beide.

»Ja«, sagte der Wächter schließlich leise. »Du wirst verlöschen.«

Er ließ mich los. Sobald er mich nicht mehr berührte, kehrte die dunkle Nacht zurück. »Sprich nicht in Rätseln.« Meine Brust war wie zugeschnürt. »Ich weiß genau, was du mir damit sagen willst. Und ich habe keine Ahnung, warum das damals in der Gildehalle passiert ist. Was ich mir dabei gedacht habe. Ich hatte Angst, und du warst freundlich zu mir. Wenn du ein Mensch wärst –«

»Aber das bin ich nicht.« Sein Blick schien sich in mich hineinzubrennen. »Dein Respekt vor dem Status quo überrascht mich immer wieder.«

Ich musterte ihn angestrengt, während ich versuchte, herauszufinden, was das heißen sollte.

»Wisse, dass ich ein Rephait bin, der deine Welt immer nur aus der Perspektive des Außenseiters betrachten kann. Wisse, dass der Weg an meiner Seite niemals leicht sein wird«, fuhr er so gelassen wie üblich fort, »und dass du, falls man uns entdeckt, vermutlich nicht nur die Unterstützung der Ranthen verlieren wirst, die du so dringend brauchst, sondern auch dein Leben. Ich will, dass du dir all das bewusst machst, Paige.«

Liebe spielte dabei keine Rolle, das wussten wir beide. Arcturus Mesarthim entstammte der Welt hinter dem Schleier, während ich ein Kind der Straße war. Falls die Ranthen dahinterkamen, dass etwas zwischen uns lief, würde die fragile, gerade erst geschmiedete Allianz zerbrechen. Aber selbst von hier aus spürte ich seine warme, unverrückbare Präsenz, das Pulsieren seines Geistes, die verlockende Dunkelheit seiner Traumlandschaft, wie eine von Rauch verhüllte Flamme … Und plötzlich begriff ich, dass nichts davon meinen Entschluss ändern konnte. Ich wollte ihn noch immer bei mir haben, genau wie in dem Moment, als ich den Zug bestiegen hatte, der mich in die Freiheit brachte.

»Ich habe mich schon einmal gegen ein einfaches Leben entschieden. Und wenn ich dafür bezahlt werde, Befehle auszuführen, bin ich auch nur eine Art Sklave. Terebell sollte mir das Geld geben, weil sie will, dass Scion vernichtet wird. Nicht, um mich unter Kontrolle zu halten.«

Der Wächter sah mich an, blickte in mich hinein. Dann schob er die Hand in den Plattenspielerkasten und zog seine Handschuhe hervor. Sofort verkrampfte ich mich.

»Es gibt immer Gründe«, sagte er.

Als er die Handschuhe übergestreift hatte, griff er noch einmal in den Kasten und holte eine Blume heraus. Eine Kronenanemone mit makellosen roten Blättern; die Pflanze, die seine Haut verbrannte, wenn er mit ihr in Berührung kam. Er hielt sie mir hin.

»Für die Wahlschlacht. Soweit ich weiß, kommt dabei noch immer die viktorianische Blumensprache zur Anwendung.«

Wortlos nahm ich die Blume.

»Paige?« Seine Stimme war kaum mehr als eine leere Hülle ihrer selbst. »Es ist nicht so, dass ich dich nicht will. Aber vielleicht will ich dich zu sehr. Oder zu viel, für zu lange Zeit.«

Bei diesen Worten regte sich etwas in mir.

»Man kann gar nicht zu viel wollen. So bringen sie uns zum Schweigen«, erwiderte ich. »Sie haben gesagt, wir könnten froh sein, in der Strafkolonie gelandet zu sein und nicht im Aether. Froh sein, durch NiteKind zu sterben, und nicht durch den Strick. Froh, am Leben zu sein, auch wenn wir nicht frei sind. Wir sollten aufhören, mehr zu verlangen, als sie uns geben, denn was sie uns geben, sei mehr, als wir verdienen.« Ich griff nach meiner Jacke. »Du bist jetzt kein Gefangener mehr, Arcturus.«

Schweigend sah der Wächter mich an. Ich ließ ihn in dem heruntergekommenen Saal stehen, während die Musik unter der hohen Decke verklang.

*

Als ich am Unterschlupf ankam, war die Tür noch verschlossen. Wahrscheinlich hatten die anderen es aufgegeben, darauf zu warten, dass ich von meinem »Auftrag« zurückkehrte. Das Tor zum Hof war ebenfalls verriegelt und mit einer Kette versperrt. Jaxon machte seinen Standpunkt mehr als deutlich.

Also kletterte ich am Gebäude hoch zu meinem angelehnten Fenster. Drinnen holte ich erst mal die Kontaktlinsen aus meinen brennenden Augen. Auf meinem Nachttisch wartete eine in feiner schwarzer Tinte verfasste Nachricht auf mich:

*

Ich hoffe, Du hast Deinen Spaziergang genossen. Sage mir, Liebes, bist Du ein Traumwandler oder eine Flaneurin, die nachts durch die Straßen der Stadt schlendert? Zu Deinem Glück wurde ich zu einer Versammlung abberufen, aber morgen früh werden wir uns über Deinen Ungehorsam unterhalten. Ich verliere langsam die Geduld.

*

Nadine musste es ihm verraten haben. Entschlossen warf ich den Zettel in den Papierkorb. Jaxon konnte seine Geduld nehmen und in den nächsten Flaschenhals schieben. Ohne mich auszuziehen, legte ich mich aufs Bett und starrte in die Dunkelheit.

Der Wächter hatte recht. Ich war sterblich – er nicht.

Er war ein Rephait – ich nicht.

Ich malte mir aus, was Nick sagen würde, wenn ich ihm

meine Gefühle offenbarte. Oh ja, ich wusste ganz genau, was er sagen würde: dass der mentale Stress der Gefangenschaft dafür gesorgt hatte, dass ich ein bis ins Irrationale gesteigertes Mitgefühl für den Wächter entwickelt hätte. Und dass nur ein Idiot solche Gefühle hegen würde.

Dann stellte ich mir vor, was Jaxon sagen würde. *Herzen sind launische kleine Dinger, eignen sich nur zum Einlegen.* Er würde behaupten, dass ich dadurch geschwächt würde. Dass jegliche Hingabe an eine andere Sache, egal, wie geringfügig, für eine Ganovenbraut ein fataler Fehler wäre.

Aber dem Wächter war es wichtig, ob ich lachte. Ihm war es wichtig, ob ich lebte oder starb. Er hatte mich so gesehen, wie ich wirklich war, nicht so, wie die Welt mich wahrnahm.

Und das bedeutete doch etwas.

Musste es. Oder?

Entschlossenheit packte mich, und plötzlich wurde mein Kopf ganz klar. Barfuß schlich ich mich in Jaxons Arbeitszimmer, wo gerade *Danse Macabre* lief, und holte mir eine dicke Rolle Papier und eine Kerze aus einem der Schränke. Im Halbdunkel ließ ich mich in den Sessel meines Denkerfürsten sinken und schrieb meine Bewerbung für die Teilnahme an der Wahlschlacht.

*

Kurz vor Sonnenaufgang ging ich zum Garden und dort direkt zum größten Blumenstand. Einige Seher warteten bereits darauf, dass der Stand öffnete, um ihre Sträußchen für Last-Minute-Bewerbungen zu kaufen. An jeder Sorte hing ein Schild mit der genauen Bedeutung in der Sprache der Blumen.

Die beliebtesten erkannte man sofort: Gladiolen, die Blumen der Krieger; Zedern für Stärke; Begonien als Warnung vor einem harten Kampf. All die ließ ich links liegen. Nach gründlicher Überlegung wählte ich ein paar Irlandglocken, die für Glück standen, und schließlich ein einzelnes Bittersüß.

Wahrheit, stand auf dem Etikett.

Mit einem schwarzen Band machte ich ein kleines Sträußchen daraus: Glück, Wahrheit und Rephaits Verderben, die Blume, die Riesen zu Fall bringen konnte. Unter den Augen der aufgehenden Sonne ging ich zum Postfach, wo ich die Botschaft mit meiner Bewerbung hinterlegte.

Was auch immer nun geschah – ich würde nicht mehr lange die Fahle Träumerin sein.

TEIL III

ZEIT DER KÖNIGE

Ich möchte dieses Nachwort nutzen, um meiner tief empfundenen Hoffnung Ausdruck zu verleihen, dass meine Forschungen all jenen Sehern Erleuchtung gebracht haben, die zuvor niemals daran gedacht hätten, sich von der breiten, seherisch begabten Masse abzuheben, die in unserer Zitadelle haust. Es waren beschwerliche zehn Jahre, doch durch dieses Pamphlet könnte sich mein Wunsch nach einer hierarchisch strukturierten und organisierteren Gesellschaftsordnung noch erfüllen. Wenn wir diese Inquisition überleben wollen, müssen wir Feuer mit Feuer bekämpfen.

– Über die Vorzüge der Widernatürlichkeit,
Verfasser unbekannt

Zwischenspiel

ODE AN DIE UNTERWELT

Schon lange war die Monarchie demontiert worden, mit Blut und Schwert an der Wurzel ausgerissen. Im Dunkel der Nacht glitten neue Könige und Königinnen im Schatten des Ankers dahin, die Gesichter sorgsam maskiert.

Die einsame Violinistin spielte eine süße Sonate, auf einer Straße im funkelnden Regen. Ihr Bogen trug die Stimmen der Toten in sich.

Ein Junge ohne Worte blickte hinauf zum Mond. Er sang in einer Sprache, die er niemals hätte lernen sollen.

Der schneegleiche Mann sah den Beginn der Veränderung, und in seinem Kopf erschien ein Bild, wie es morgen sein würde.

Die Kuckucksuhr tickt in jenem Zimmer.

In den Eingeweiden der Zitadelle hausten die Kreaturen mit den leuchtenden Augen. Ihr Schicksal war nun gekettet an Paige Mahoney und den Ring der Rosen.

Diese Zeiten enden mit roten Blumen auf einem Grab.

Die Hand ohne Fleisch griff nach der Seide und breitete sie über die Frau mit dem doppelten Lächeln und dem gebrochenen Herzen.

Überall in der Zitadelle funkelten kleine Lichter. Finger glitten über eine makellose Kristallkugel, in deren Tiefen sich Flügelschlag regte. Flügel, dunkle Flügel am Horizont lassen die Sterne erlöschen.

Zur alleinigen Kenntnisnahme durch

DIE FAHLE TRÄUMERIN

HOCH GESCHÄTZTE GANOVENBRAUT IN PARZELLE I, SEKTOR 4.

Der genaue Austragungsort der vierten Wahlschlacht wird Ihrem Denkerfürsten in zwei Tagen durch einen Kurier aus Parzelle II, Sektor 4 persönlich mitgeteilt werden. Um zehn Uhr am Abend des 1. November wird eine Rikscha zum vereinbarten Treffpunkt geschickt werden.

FOLGENDE 25 SEHER WURDEN ZUR TEILNAHME AN DER WAHLSCHLACHT AUSGEWÄHLT:

Parzelle VI: *Der Hase und der Grüne Mann* * *Jenny Greenteeth und der Maienschelm*

Parzelle V: *Die Schäbige Sylphe und Dornenstich*

Parzelle IV: *Die Kompaniechefin und die Feenkönigin* * *Gesichtslos und die Schwanenkriegerin*

Parzelle III: *Der Henker und Jack Hickathrift* * *Der Herr der Laternen und Londons Spezialität*

Parzelle II: *Blutfaust und Halfpenny* * *Die Listige Lady und der Wegelagerer* * *Ark Ruffian und der Wetzstein*

Parzelle I: *Der Weiße Fesselmeister und die Fahle Träumerin*

Unabhängige: *Das Meuternde Medium* * *Das Blutende Herz* * *Schwarze Motte*

Minty Wolfson.

Sekretärin des Zirkulum Spiritistum, Zeremonienmeisterin

Ausgestellt im Namen der Äbtissin,
Denkerkönigin von I-2,
einstweilige Herrin der Unterwelt
der Scionzitadelle London.

20

DRUCKFEHLER

Am Donnerstag, dem dreißigsten Oktober, erreichte *Die Offenbarung der Rephaim* Londons Straßen – das erste Stück Fiktion mit unbekanntem Verfasser, das die Grub Street seit eineinhalb Jahren gedruckt hatte. Es schlug ein wie eine Bombe. Überall in der Zitadelle wurde die makabere Geschichte von den Rephaim und den Emim verkauft, und das Heft ging weg wie warme Gewürzkuchen, sogar noch in den entlegensten Ecken der Unterwelt.

Ich war gerade in I-4 unterwegs, als ich das erste fertige Exemplar zu Gesicht bekam. Da die anderen alle beschäftigt waren, hatte Jaxon Nick und mich auf Besorgungstour geschickt, allerdings mit der strikten Auflage, Seven Dials auf keinen Fall zu verlassen. Die Glocke über der Tür klingelte fröhlich, als ich das *Chateline's* betrat.

»Chat, ich bin wegen deiner Miete für nächsten Monat hier«, erklärte ich dem Wirt und stützte mich mit beiden Armen auf der Bar ab. »Tut mir leid.«

Keine Antwort. Ich musste zweimal hingucken, aber Chats Gesicht verschwand tatsächlich hinter bedruckten Seiten. Als ich den Titel las, lief mir ein kalter Schauer über den Rücken.

»Chat?«, fragte ich wieder.

»Oh …« Verlegen legte er das Heft weg und nahm die Lesebrille ab. »Entschuldige. Was gibt es, Liebes?«

»Die Miete für November.«

»Ah ja.« Zwischen seinen Brauen erschien eine tiefe Falte. »Hast du das hier gelesen?«

Mit einem betont desinteressierten Blick nahm ich das Heft von ihm entgegen. Normalerweise druckte man in der Grub Street nur in Schwarz-Weiß, aber hier hatten sie auch Rot hinzugefügt, wie damals bei den *Vorzügen der Widernatürlichkeit*.

»Nein.« Ich gab es zurück. »Wovon handelt es denn?«

»Von Scion.«

Er wirkte immer noch bestürzt, als er im Hinterzimmer verschwand. Mit einem feinen Lächeln strich ich über das Titelblatt. *Danke, Alfred.* Unter dem fett gedruckten Titel sah man einen Rephait und einen Emim im tödlichen Zweikampf. Der Emim war als hässlicher, halb verwester Leichnam mit überlangen Gliedmaßen und riesigen Augen dargestellt. Dagegen wirkte der androgyne Rephait wie eine kunstvolle Statue, sehnig und attraktiv – aber auch furchteinflößend mit seinem großen Schwert und dem Schild, auf dem der Anker von Scion prangte.

»Hier, Liebes.« Chat tauchte wieder auf und überreichte mir ein Bündel Scheine. »Mit besten Grüßen an den Fesselmeister.«

Ich steckte das Geld ein. »Kommst du zurecht, Chat? Sonst kann ich auch noch ein paar Tage warten.«

»Alles gut, das Geschäft läuft prima.« Er suchte die Stelle, an der er aufgehört hatte zu lesen. »Stell dir mal vor, wenn das alles wirklich so passiert wäre … Ich würde es Scion schon zutrauen, auch wenn der Kram mit den Monstern natürlich Blödsinn ist.«

»In der Freien Welt glauben manche Menschen auch, die Sehergabe wäre reine Fiktion. Wir können nicht wissen, was es dort draußen alles gibt.« Ich zog mein Halstuch wieder über den Mund. »Mach's gut, Chat.«

Er grunzte nur, schon wieder ganz in seine Lektüre versunken.

Ich trat in die milchige Oktobersonne hinaus. Nick wartete auf einer Bank und streckte das Gesicht den lauwarmen Strahlen entgegen. Blinzelnd schaute er zu mir hoch. »Hast du sie?«

Ich nickte. »Gehen wir zurück.«

Seite an Seite verließen wir die Passage. Tags zuvor war eine

Wachmannschaft durch Seven Dials marschiert, hatte in Geschäften und Cafés die Leute befragt und uns so gezwungen, uns durch den Fluchtbunker nach Soho abzusetzen. Zum Glück waren sie nicht in unseren Unterschlupf eingedrungen. »Chat hat einen neuen Groschenroman«, erzählte ich. »Anscheinend wollen die Autoren anonym bleiben. Sind wohl ganz neu im Geschäft.«

»Ach, wirklich? Ich könnte neuen Lesestoff gebrauchen.« Nick lächelte. Wahrscheinlich freute es ihn, mal wieder ein ganz normales Gespräch zu führen. »Wie heißt er denn?«

»Die Offenbarung der Rephaim.«

Fassungslos starrte er mich an. »Das hast du nicht …«

»Ich habe nichts gemacht.«

»Pai-Träumerin! Wenn der Fesselmeister glaubt, du wolltest seinen Pamphleten Konkurrenz machen, wird er völlig durchdrehen. Der weiß doch sofort, dass du dahintersteckst.« Seine Augen waren so rund geworden wie zwei Kronkorken. »Was wolltest du denn damit erreichen?«

»Es verrät den Leuten, womit sie es zu tun bekommen. Ich habe es satt, dass alle im Dunkeln gehalten werden«, erklärte ich kühl. »Nashira verlässt sich darauf, dass alles geheim bleibt, bis sie irgendwann beschließen, sich der Welt zu offenbaren. Ich will das Wort *Rephaim* auf den Straßen hören, dann weiß ich, dass wir sie enttarnt und an ihrem Stuhl gesägt haben. Auch wenn es nur wilder Klatsch ist.«

»Jaxon ist ein lebender Lügendetektor. Er wird es herausfinden.« Mit einem schweren Seufzer holte er den Schlüssel zum Hoftor aus der Tasche. »Wir sollten noch etwas trainieren, bevor wir reingehen.«

Ich folgte ihm in den Innenhof. Dank des Wächters wusste ich nun etwas mehr darüber, wie mein Geist funktionierte, trotzdem musste ich noch an meiner Kraft und Geschwindigkeit arbeiten.

Der Wächter. Sein Name löste ein seltsames, warmes Prickeln

in mir aus. Wilde Tagträume brachten mich nicht weiter, aber ich wollte doch das Gespräch beenden, das wir im Theater begonnen hatten.

Auf dem Hof hinter dem Haus warf Nick seinen Mantel auf die Bank und streckte die Arme. Seine glatten blonden Haare glänzten in der Sonne. »Wie geht es dir mit dem Gedanken an die Wahlschlacht?«

»So gut es einem gehen kann, wenn man weiß, dass man gegen über zwanzig Leute antritt, und das in aller Öffentlichkeit.« Ich dehnte meine Finger. »Mein Handgelenk könnte zum Problem werden, das habe ich mir in der Kolonie gebrochen.«

»Du kannst deine Hände bandagieren.« Er nahm Verteidigungshaltung ein und sah mir grinsend entgegen. »Dann mal los.«

Mit einer frustrierten Grimasse hob ich die Fäuste.

Eine Stunde lang hielt er mich dort draußen fest, ließ mich schlagen, ausweichen, antäuschen, wegducken und rundete das alles noch mit ein paar Klimmzügen an den Ästen unseres blühenden Bäumchens ab. Einmal zauberte er wie aus dem Nichts einen Geist herbei und schleuderte ihn mir mitten ins Gesicht. Ich wurde von den Füßen gerissen, und wir bekamen beide einen heftigen Lachkrampf. Als Nick das Training schließlich beendete, tat mir alles weh, aber ich war zufrieden mit mir: Meine Arme waren endlich nicht mehr so kraftlos wie in der Strafkolonie. Atemlos ließ ich mich auf die Bank fallen.

»Alles klar, *sötnos*?«

Ich dehnte prüfend meine Hand. »Alles gut.«

»Du schlägst dich wacker. Und denk dran: Schnelligkeit, das ist dein großer Vorteil.« Er verschränkte die Arme vor der Brust. Ihm war nicht einmal warm geworden. »Und du musst anständig essen. Bei diesem Kampf musst du wieder voll bei Kräften sein.«

»Okay.« Ich wischte mir den Schweiß von der Oberlippe. »Wo ist Zeke?«

»Unterwegs, denke ich.« Er warf einen kurzen Blick zu den Fenstern hinauf. »Geh besser rein, du musst Jax noch das Geld geben.«

Meine Bluse war völlig durchgeschwitzt. Ich rannte ins Bad hinauf und gönnte mir eine kurze Dusche, bevor ich frische Sachen anzog. Mit nassen Haaren klopfte ich anschließend an Jaxons Tür.

»Was?«, lautete die knappe Antwort.

Ich ging hinein und wedelte mit dem Geldbündel. »Ich habe Chats Miete eingeholt.«

Jaxon lag mit auf der Brust gefalteten Händen auf dem Sofa. Nun setzte er sich auf, beugte sich vor und stützte die Unterarme so auf die Knie, dass sie eine Brücke bildeten. Ausnahmsweise war er einmal nüchtern, aber in seinem Hausmantel und der gestreiften Hose wirkte er irgendwie zusammengeschrumpft und erschöpft. Was ich bei meinem Denkerfürsten immer für unmöglich gehalten hatte. Ich glättete die Scheine – achthundert Pfund, ein ordentlicher Teil von Chats Monatsumsatz – und legte sie in die mit Edelsteinen besetzte Geldschatulle.

»Du kannst die Hälfte behalten«, sagte er.

»Das sind aber achthundert.«

»Ja, Paige.« Er zündete sich einen Zigarillo an und klemmte ihn sich zwischen die Backenzähne.

Normalerweise zog er mit unseren Lohntüten immer eine riesige Show ab, außerdem konnte ich mich nicht daran erinnern, wann ich jemals so viel Geld für meine Arbeit bekommen hätte. Schnell nahm ich die Hälfte der Scheine wieder raus, steckte sie in einen Umschlag und schob ihn in meine Tasche, bevor er es sich anders überlegen konnte. »Danke, Jax.«

»Für dich tue ich doch alles, meine Schöne.« Er hielt seinen Zigarillo gegen das Licht und musterte ihn eingehend. »Du weißt doch, dass ich wirklich *alles* für dich tun würde, oder, mein Liebchen?«

Sofort verkrampfte sich mein Nacken.

»Ja, natürlich«, antwortete ich.

»Natürlich. Und nachdem ich meinen Hals, meinen Sektor und meine lieben Siegel riskiert habe, um dich zu retten, kann ich doch wohl erwarten, dass du meinen Befehlen Folge leistest.« Seine blasse Hand griff nach einem kleinen Heftchen. »Heute Morgen saß ich gerade in Neal's Yard beim Frühstück, als ich unvermutet eine Lieferung erhielt.«

Mit geheucheltem Interesse fragte ich: »Ach?«

»Oh ja. Oje.« Mit angewiderter Miene schlug er den Groschenroman auf. *»Die Offenbarung der Rephaim«*, las er laut. *»Ein wahrer und wahrhaftiger Bericht über die grausamen Puppenspieler hinter der Fassade von Scion und wie sie seherisch begabte Menschen ernten.«* Ein Zucken des Handgelenks, und schon landete das Heft im leeren Kamin. »Ausgehend von der dichterischen Qualität würde ich ja sagen, das ist eines von Didions Machwerken, aber Didion Waite hat ungefähr so viel Fantasie wie ein Sack Kartoffeln. Und auch wenn dieser Schreiberling seine Worte nur äußerst krude zu setzen versteht, so stellt er unsere Vorstellungskraft doch auf eine harte Belastungsprobe.« Innerhalb von Sekunden stand er vor mir und packte mich an den Armen. »Wann hast du das geschrieben?«

Ich wich keinen Millimeter zurück. »Ich habe das nicht geschrieben.«

Seine Nasenflügel blähten sich. »Hältst du mich wirklich für so dämlich, Paige?«

»Es war eine von den Flüchtlingen«, behauptete ich. »Sie hat erwähnt, dass sie ein Pamphlet schreiben wolle. Ich habe ihr gesagt, sie solle es lassen, aber sie hat dann wohl –«

»– *dich* gebeten, es für sie zu schreiben?«

»Jax, ich könnte so etwas nicht einmal schreiben, wenn mein Leben davon abhinge. Du bist hier der Flugblattkünstler.«

Er musterte mich misstrauisch. »Das ist wahr.« Aus seinem Mund quoll Rauch. »Dann hältst du also weiter Kontakt zu diesen Flüchtlingen?«

»Inzwischen habe ich sie aus den Augen verloren. Aber sie haben nicht alle einen reichen Denkerfürsten, Jax«, erklärte ich. »Irgendwie müssen sie ja Geld verdienen.«

»Selbstverständlich.« Sein Ärger schien plötzlich zu verpuffen. »Nun ja, jetzt lässt sich da sowieso nichts mehr machen. Und man wird es ohnehin als Humbug abtun, du wirst schon sehen.«

»Ja, Jax.« Ich räusperte mich schnell. »Darf ich es mir mal ansehen?«

Jaxon warf mir einen vernichtenden Blick zu.

»Demnächst erwische ich dich noch dabei, wie du heimlich Didions Gedichte liest.« Er wedelte mit der Hand. »Und jetzt verschwinde.«

Ich fischte das Heft aus dem Kamin und ging. Natürlich würde er herausfinden, dass ich etwas mit der Sache zu tun hatte. Wahrscheinlich rief er in jeder freien Minute in der Grub Street an (was allem Anschein nach auf jede Minute des Tages zutraf) und verlangte, den Namen des Autors zu erfahren. Nur zu gerne hätte ich Alfred vertraut, aber er war schon seit einer Ewigkeit mit Jaxon befreundet, länger als ich auf der Welt war. Letzten Endes würde mein Geheimnis ans Licht kommen.

Als ich mein Zimmer betrat, fiel mir als Erstes auf, dass einige Gegenstände bewegt worden waren: die Laterna Magica und meine kleine Schatzkiste. Irgendjemand hatte hier herumgeschnüffelt, und mein sechster Sinn verriet mir, dass es kein Einbrecher gewesen war. Sofort überprüfte ich den Kissenbezug, aber die Nähte waren unversehrt. Nur um sicherzugehen, schob ich das rote Seidentaschentuch und den Umschlag mit dem Geld in meinen Stiefel.

Diesmal war Jaxon wirklich zu weit gegangen. Was hatte er denn zu finden gehofft? Ich legte mich mit dem Groschenroman aufs Bett und blätterte vor bis Kapitel zwölf, in dem Lord Palmerston vor eine grausame Entscheidung gestellt wurde.

*

Als Palmerston an jenem Morgen aufstand und sich zum Oktagonsaal begab, erwartete ihn dort wieder dieses Wesen, prachtvoll gewandet, eine wahre Königin in allem außer ihrem Namen. »Oh Strahlende«, sagte er, »ich fürchte, Euer Anliegen kann nicht gewährt werden. Obwohl ich versucht habe, die hohen Herren von der Güte Eures Herzens zu überzeugen, sind sie der Meinung, mein Verstand sei durch Laudanum und Absinth getrübt.«

Und das Wesen lächelte, gleichsam wunderschön wie fremdartig.

»Mein lieber Henry«, sagte es, »du musst den Herren versichern, dass ich nicht gekommen bin, um deinem Volk zu schaden, seid ihr doch blind gegenüber der Welt der Geister. Ich kam nur, um die Seher von London zu befreien.«

*

Ich bekam eine Gänsehaut. So hatte das aber nicht im Original gestanden. Dort hieß es »einkerkern«, nicht »befreien«. Und ganz bestimmt war Nashira auch nicht als *wunderschön* bezeichnet worden. Oder? Natürlich hatte ich die Originale nicht zur Hand, sie waren ja bei Alfred und Terebell, aber warum hätte einer von uns sie *wunderschön* nennen sollen?

Ich las weiter. Falls es bei diesem einen Fehler blieb, war noch alles in Ordnung. Aber nein, ich entdeckte immer mehr davon, wie Schimmel breiteten sie sich im Herzen der Geschichte aus:

*

Der Schatten der Herrin verdunkelte die Straße, und mit zitternden Händen wurde der Prophet ihrer gewahr. Doch ihre Schönheit glitt wie Balsam über seinen verwundeten Geist.

»Komm mit mir, du arme, verlorene Seele«, sagte sie. »Ich bringe dich an einen Ort jenseits aller Verzweiflung.«

Und der Prophet erhob sich und war von Herzen froh.

*

Diesmal krampfte sich meine ganze Brust zusammen. Nein, das war alles falsch. Nie war von Nashiras Schönheit die Rede gewesen oder dass sie irgendjemandes Geist getröstet hätte. Und *von Herzen froh*? Eigentlich musste dort *starr vor Angst* stehen, ich erinnerte mich genau an diese Stelle. Ich griff zu meinem Wegwerftelefon und wählte die Nummer, die Alfred mir gegeben hatte. Mein Herz raste und mein Mund war wie ausgetrocknet. Es klingelte wieder und wieder.

»Komm schon«, zischte ich.

Nach zwei weiteren Tönen knackte es am anderen Ende der Leitung. »Ja, was ist?«

»Ich muss mit Alfred sprechen. Sagen Sie ihm, es ist die Fahle Träumerin.«

»Einen Moment.«

Ungeduldig trommelte ich mit den Fingern auf meinem Nachttisch herum. Endlich hörte ich die vertraute Stimme: »Hallo, Liebes! Wie macht sich unsere *Offenbarung*?«

»Sie ist erheblich umgeschrieben worden«, antwortete ich mit mühsam kontrollierter Stimme. »Wer hat das getan?«

»Die Autoren natürlich. Haben sie dir nichts davon gesagt?«

Mich traf fast der Schlag. »Die Autoren?«, wiederholte ich. »Alfred, hast du ihre Stimmen gehört?«

»Na ja, ich habe irgendeine Stimme gehört. Ein wirklich netter junger Mann namens Felix Coombs. Er meinte, nach einiger Überlegung hätte er festgestellt, dass es in dem Text ja auch eine positive Partei geben müsse, und nicht nur eine negative. Und da die Rephaim von beiden weniger abstoßend sind, wurden sie zu den ›Guten‹ erklärt, wie man so schön sagt.«

»Wann war das?«

»Oh, kurz bevor es in Druck ging.« Er schwieg kurz. »Stimmt etwas nicht, meine Liebe? Gab es Fehler im Satz?«

Ich ließ mich auf das Bett zurücksinken und spürte überdeutlich die langsamen, schweren Schläge meines Herzens.

»Nein«, sagte ich dann. »Alles okay.«

Ich legte auf. Mit brennenden Augen las ich die Geschichte noch einmal, starrte auf die gedruckten Buchstaben.

Terebells Geld war dazu verwendet worden, ein Loblied auf die Sargas zu veröffentlichen.

Diese Rephaim nährten sich nicht von Menschen. Die Anemonen tauchten nirgendwo auf. Stattdessen gab es Kämpfe gegen die verschlagenen Emim, durch die das schwächliche Sehervolk beschützt wurde. Es war eben jener wundervoller Mythos, an den die Führer von Scion seit zweihundert Jahren glaubten: die geheimnisvolle Geschichte der weisen, allmächtigen Rephaim, jenen Göttern auf Erden, die alle Menschen vor den verrottenden Riesen beschützten. Eine dunkle Wolke drohte mich zu verschlingen.

Felix hatte diesen Anruf nicht freiwillig getätigt. Jemand musste Wind gekriegt haben von dem Groschenroman, jemand, der die Rephaim schützen wollte. Der ihnen einen guten Ruf verschaffen wollte.

Der Lumpensammler. So musste es sein. Er wusste von den Rephaim. Wenn er die Flüchtlinge in seiner Gewalt hatte … Wenn er sie an Nashira auslieferte …

Mir brach der kalte Schweiß aus. Ich wischte mir mit dem Ärmel die Oberlippe ab, aber ich konnte einfach nicht aufhören zu zittern. Es war nicht Alfreds Schuld. Er hatte sein Bestes getan – außerdem würde er wohl kaum verstehen, warum mich das so aufregte. Schließlich war es doch nur eine Geschichte. Die ich nicht einmal selbst geschrieben hatte.

Das spielte jetzt alles keine Rolle, der Roman war bereits im Umlauf. Viel dramatischer war, dass die Flüchtlinge aufgespürt worden waren. Ich schnappte mir Mantel und Kappe, zog beides an und drückte das Fenster auf.

»Paige?« Quietschend öffnete sich die Zimmertür, und Eliza kam herein. »Paige, ich muss –«

Als sie mich auf dem Fensterbrett entdeckte, blieb sie abrupt stehen. Mit einer Hand hielt ich mich am Rahmen fest. »Ich muss kurz weg«, erklärte ich ihr, während ich die Beine über die Kante schob. »Würdest du für mich auf das Telefon achten, Eliza? Und sag Nick, dass ich nach den anderen Flüchtlingen schaue.«

Ganz langsam schloss sie die Zimmertür hinter sich. »Wo?«

»Camden Market.«

»Echt?« Sie lächelte gezwungen. »Da würde ich gerne mitkommen. Jax braucht frische Weiße Aster.«

Das ließ mich innehalten. »Warum?«

»Also, nur so unter uns: Ich glaube, er streut sie sich in den Absinth. Ich kapiere einfach nicht, was in letzter Zeit mit ihm los ist. Irgendwann wird er sich mit der Raucherei und dem Alkohol noch umbringen.«

Was auch immer er so dringend vergessen wollte, uns würde er es bestimmt nicht anvertrauen. »Das wird kein Einkaufsbummel. Der ganze Bezirk ist abgeriegelt«, wandte ich ein, zögerte aber dann. »Obwohl ich deine Hilfe gebrauchen könnte. Falls du Zeit hast.«

»Was müssen wir denn machen?«

»Das sage ich dir, wenn wir dort sind.« Ich winkte ungeduldig. »Nimm ein Messer mit. Und eine Pistole.«

*

Ich konnte eine unserer Taxifahrerinnen überreden, uns in einem ruhigen Wohnviertel am nördlichen Ende der Hawley Street abzusetzen, näher kam sie sowieso nicht an den Stables Market heran. »Die Lumpenpuppen halten uns von den Märkten fern«, erklärte sie mir. »Kuriere, Taxis ohne Lizenz, eigentlich sämtliche Unterweltler, die nicht aus ihrem Sektor stammen. Keine Ahnung, was in sie gefahren ist. Schätze mal, es dürfte nicht einfach für euch werden, da reinzukommen.« Sie streckte die Hand aus. »Macht dann acht Pfund und vierzig, bitte.«

»Der Weiße Fesselmeister wird das übernehmen«, behauptete ich und stieg aus. »Wirf die Rechnung einfach ins Postfach von I-4.«

Während sie davonfuhr, kletterte ich bereits auf ein Baugerüst. Eliza folgte mir zwar, schien sich dabei aber nicht sonderlich wohlzufühlen.

»Paige«, fragte sie irritiert, »würdest du mir mal verraten, was zum Teufel wir hier machen?«

»Ich will nach den anderen Flüchtlingen sehen. Irgendetwas stimmt nicht.«

»Und woher willst du das wissen?«

Wollte ich ehrlich antworten, musste ich ihr verraten, dass ich hinter der Sache mit dem Groschenroman steckte. »Ich weiß es einfach.«

»Ach, komm schon.« Sie sprang neben mir auf das nächste Häuserdach. »Nicht einmal Seher kommen mit so einem Mist durch, Paige.«

Ohne zu antworten, rannte ich über das Flachdach. Am Ende der Straße ging ich an der Dachkante in die Hocke und beobachtete kurz, was sich unten abspielte. Die Chalk Farm Road war bereits voller Leben, überall pulsierten Lichter und Musik, und Amaurotiker wie Seher schlenderten über das Pflaster. Falls wir es ungesehen über die Straße und die Mauer dahinter schafften, wären wir schon am Stables Market, nur Minuten von dem Preziosengeschäft entfernt. Die Auren der vorbeilaufenden Seher flackerten auf. Ein Stück entfernt lehnte eine Lumpenpuppe mit blauen Haaren und zwei Pistolen im Gürtel an einer Hauswand, aber sie war zu weit entfernt, um meine Aura zu registrieren. Dicht gefolgt von Eliza kletterte ich an dem Gebäude hinunter und rannte über die Straße. Dabei musste ich mit dem Ellbogen einen Amaurotiker aus dem Weg schubsen. Ein Sprung, und ich hing oben an der Mauer. Eliza gab ihr Bestes, um es mir gleichzutun, aber ihre Beine waren kürzer als meine. Also packte ich sie unter den Achseln und zog sie rüber.

»Bist du jetzt völlig durchgeknallt?«, flüsterte sie wütend, als wir wieder auf dem Boden standen. »Du hast doch gehört, was die Taxifahrerin gesagt hat!«

»Ja, klar.« Schon hatte ich mich wieder in Bewegung gesetzt. »Und ich will endlich wissen, was die Lumpenpuppen vor uns anderen geheim halten.«

»Wen interessiert denn schon, was die in den anderen Sektoren treiben? Du kannst dir nicht die Probleme von ganz London auf die Schultern laden, Paige ...«

»Das vielleicht nicht«, erwiderte ich, »aber wenn Jaxon Herr der Unterwelt sein will, muss er auf jeden Fall mehr schultern können als jetzt.« Ich legte eine Hand an mein Messer. »Ach, übrigens, hat Jaxon dein Zimmer auch durchwühlt, oder nur meins?«

Sie warf mir einen beunruhigten Blick zu. »Mir ist schon aufgefallen, dass ein paar Sachen bewegt wurden. Und du meinst, das war Jaxon?«

»Wer denn sonst?«

Am späten Nachmittag, wenn der Arbeitstag bei Scion endete, war auf dem Markt immer viel los. Die letzten Sonnenstrahlen glitten über die aufgereihten Schmuckstücke. Ich lief durch die geschlossenen Tunnel des Marktes, suchte mir im Schein der Kronleuchter einen Weg zwischen den Ständen hindurch und hielt dabei immer Ausschau nach den Lumpenpuppen. Jeder von diesen Leuten hier konnte für sie arbeiten. Wann immer ich einen Seher entdeckte, tauchte ich ab, bis er verschwunden war, und zerrte dabei Eliza hinter mir her. Als wir unser Ziel erreichten, war ich zwei größeren Puppenansammlungen und unzähligen herumlungernden Sehern ausgewichen, die sicherlich in ihren Diensten standen.

In der Tür von Agathas Geschäft hing ein Schild: WEGEN RENOVIERUNG GESCHLOSSEN. Sämtliche Edelsteine waren aus dem Schaufenster verschwunden. Vor dem Laden standen ein paar bewaffnete Lumpenpuppen. Einer von ihnen – ein Medium mit Bart und drahtigen hellgrünen Haaren – balancierte einen Pappteller mit Essen auf den Knien. Die anderen allerdings kamen ihrer Pflicht als Wachen nach und beobachteten genau, wie die Händler ringsum ihre Stände aufbauten.

»Eliza?« Sie lehnte sich dichter an mich. »Meinst du, du könntest sie ablenken?«

»Du kannst da nicht einfach reingehen«, zischte sie. »Stell dir mal vor, jemand würde sich in eines von unseren Gebäuden schleichen. Jaxon würde –«

»– ihn grün und blau prügeln, ich weiß.« Diese Typen würden mich sogar umbringen. »Lock sie nur für fünf Minuten von dem Laden weg. Wir treffen uns dann in ein bis zwei Stunden im Unterschlupf.«

»Dafür solltest du mich eigentlich bezahlen, Paige. Das ist zwei Wochenlöhne wert. Nein, zwei *Jahreslöhne*.«

Ich sah sie nur wortlos an. Nachdem sie noch ein paarmal leise geflucht hatte, kroch sie unter dem Tisch hervor, unter dem wir uns versteckt hatten. »Gib mir deine Kappe.« Fordernd streckte sie die Hand aus. Also nahm ich das Ding ab und gab es ihr.

Wenn sie das Geschäft von sechs Leuten bewachen ließen, musste es da drin irgendetwas Sehenswertes geben. Vielleicht befanden sich die Flüchtlinge ja noch im Keller, angekettet wie der Wächter in den Katakomben.

Abwartend beobachtete ich den Laden. Eliza war schon länger Mitglied der Sieben Siegel als ich, und sie war von frühester Kindheit an als Diebin unterwegs gewesen. Deshalb beherrschte sie meisterhaft diverse Ablenkungsmanöver und schaffte es spielend, sich unsichtbar zu machen, auch wenn sie nicht mehr viel auf der Straße gemacht hatte, seit sie für Jaxon arbeitete.

Nach einer Minute konnte ich sie wieder spüren, sie näherte sich von rechts. Sie trat aus einem Laden, wo sie offenbar eine getönte Brille geklaut hatte. Ihre Locken waren vollständig unter meiner Kappe verschwunden, sodass sie nun aussah wie jemand, der bloß nicht auffallen will. Sobald die Lumpenpuppen sie bemerkten, wurden sie wachsam. Einer von ihnen stand auf und sprach sie an: »Hey!«

Eliza zog den Kopf ein, beschleunigte ihre Schritte und hielt auf den nächsten Markttunnel zu. Eine Lumpenpuppe mit violetten Haaren griff zur Waffe. »Einer bleibt hier«, entschied die Frau. »Die da gefällt mir nicht.«

Die anderen hatten sich ebenfalls von ihren Sitzgelegenheiten erhoben. Nur der Mann mit dem Essen saß noch. Als er hochschaute, verdrehte er genervt die Augen. »Da drin gibt es doch sowieso nichts, was sich mitzunehmen lohnt.«

»Tja, falls doch, und es fehlt hinterher, kannst du das ja dann Chiffon erklären. Und die ist zurzeit gar nicht gut drauf.«

Eliza rannte los, und sofort nahmen die Lumpenpuppen die Verfolgung auf. Sobald sie weg waren, ging ich ganz offen an der letzten verbliebenen Wache vorbei und zur Rückseite des Gebäudes. Mir war wieder eingefallen, dass der Keller ja Fenster hatte. Nach kurzer Suche fand ich die Luke und trat sie ein, sodass es drinnen Glasscherben regnete. Ziemlich eng, aber ich schaffte es gerade so, mich hindurchzuzwängen.

Der Fluchtbunker war leer. Für einen Außenstehenden war es nicht mehr als der Keller eines ausgeräumten Ladens.

Geduckt blieb ich zwischen den Scherben hocken. Von draußen fiel genug Licht ein, um das Glas funkeln zu lassen. Mein erster Gedanke war, dass sie die Flüchtlinge wohl in die Katakomben von Camden gebracht hatten, andererseits war dieses Versteck ja nicht mehr sicher. Irgendetwas musste hier doch noch sein …

Nachdem sich meine Augen an das Halbdunkel gewöhnt hatten, entdeckte ich getrocknetes Blut auf den Dielen. Eine Schleifspur, die unter einem leeren Bücherregal aus glattem, dunklen Holz verschwand.

Agatha hatte erzählt, ihr Laden sei der Fluchtbunker von II-4. Ein Fluchtbunker bot aber nicht nur ein Versteck, sondern auch eine Möglichkeit, das Viertel zu verlassen. Unserer führte von Seven Dials zum Soho Square. Hectors hatte einen Weg unter dem Zaun geschaffen, der den Slum umgab. Falls sie versucht hatten, die Flüchtlinge ungesehen fortzuschaffen, wäre es unterirdisch eigentlich am logischsten gewesen.

Der Eingang zum Keller wurde im Erdgeschoss durch eine Vitrine vor neugierigen Wachen verborgen, und ich hätte wetten können, dass dieses Bücherregal die zweite Geheimtür bildete. Also schob ich die Finger hinter das Regal und zog mit aller Kraft. Meine Arme fingen an zu brennen und mir brach der Schweiß aus. Mit einem hohlen Klicken schwang es endlich nach vorne. Die Scharniere waren so gut geölt, dass dabei kaum ein Geräusch entstand. Dahinter tat sich ein enger Steintunnel auf, in dem ich nicht einmal aufrecht stehen konnte. Kalte, muffige Luft strömte mir entgegen.

Die Stimme der Vernunft riet mir, abzuwarten, bis ich Verstärkung hätte, aber der Rat dieser Stimme hatte mich noch nie weitergebracht. Stattdessen schaltete ich meine Taschenlampe ein und betrat den Tunnel. Das Bücherregal ließ ich offen stehen.

*

Es war ein ziemlich langer Marsch. Was anfangs so eng und unscheinbar war, dass ich kaum die Ellbogen ausstrecken konnte, verbreiterte sich irgendwann zu einem anständigen Tunnel, in dem die Luft zwar feucht war, sich aber ohne größeres Gekeuche atmen ließ. Allerdings musste ich weiterhin Kopf und Schultern einziehen, sonst hätte ich mich an der niedrigen Betondecke gestoßen.

Schon bald entdeckte ich hinter einem Lüftungsgitter die Katakomben von Camden. Zwar konnte ich in der Dunkelheit nicht viel sehen, aber es reichte immerhin aus, um die Zelle des Wächters wiederzuerkennen.

Langsam wuchs in mir der Verdacht, dass Ivys Vertrauen in ihre alte Erzieherin wohl falsch gewesen war. Agatha hatte das Tor zum Unterschlupf des Lumpensammlers bewacht, aber allem Anschein nach nicht nur das. Der Tunnel führte hier von der Zelle weg. Ich atmete einmal tief durch und ging weiter.

Zehn Minuten später begann meine Taschenlampe zu flackern und ging schließlich ganz aus, sodass ich in undurchdringliche Finsternis getaucht wurde. *Mist.* Ich tippte meine Armbanduhr an, und die Leuchtkörper des Gehäuses begannen blau zu glühen. Fast wünschte ich mir, ich hätte Eliza mitgenommen, und sei es nur, um mit jemandem sprechen zu können. So konnte ich nur hoffen, dass sie den Lumpenpuppen entkommen war, sonst war sie mit Sicherheit die Nächste, die spurlos verschwand. Natürlich nur, wenn dasselbe nicht vorher mit mir geschah. Mir blieb nur ein kleiner Trost – sollte ich mich hier unten verlaufen, konnte der Wächter mich durch unsere Verbindung aufspüren.

Mit ausgestreckten Händen tastete ich mich voran und stieß mir dabei ständig den Kopf an, bis ich einen Tunnel erreichte, der von der typischen gewölbten Decke der Londoner U-Bahn überspannt wurde. Sofort zog ich mich zurück und tastete nach meiner Pistole, aber der Tunnel war leer. Anscheinend war das hier genauso ein geheimer Bahnhof wie der unter dem Tower.

Erstaunlich war nur, dass der Zug auf den Gleisen mir gerade mal bis zur Hüfte ging – eher aneinandergereihte Karren als richtige Wagen. Vorne und hinten war er rot, in der Mitte schwarz und verrostet. POSTBEFÖRDERUNGSDIENST DER REPUBLIK ENGLAND stand in goldenen Buchstaben an den Seiten. Daran konnte ich mich dunkel erinnern, in der Schule hatten wir etwas darüber gelernt. Im frühen zwanzigsten Jahrhundert, bevor es Computer gab, war ein Postzug eingerichtet worden, der die Geheimbotschaften der jungen Republik durch die Zitadelle befördern sollte. Sobald man Post auf elektronischem Weg verschicken konnte, hatte man ihn aufgegeben, aber offenbar war sein Skelett hier dem Tode überlassen worden.

Mein Herz schlug wie eine Faust gegen meine Rippen. Auf keinen Fall wollte ich in diesen Zug klettern und einem unbekannten Ziel entgegenfahren, aber wenn man die Flüchtlinge ebenfalls auf diesem Weg befördert hatte …

An einem Ende des Zuges entdeckte ich einen grellorangen Hebel. Dort klebte noch mehr getrocknetes Blut, und an den Wagen zogen sich rostfarbene Fingerabdrücke entlang. So wie es aussah, waren sie mehrere Tage alt. Also hockte ich mich in einen der winzigen Wagen, fluchte leise und zog mit beiden Händen an dem Hebel. Langsam entwickelte ich eine starke Abneigung gegen alle Züge.

Leise rumpelnd glitt der Zug über die Gleise und durch dunkle Tunnel, in denen ich nichts sehen konnte außer meiner leuchtenden Uhr. Nick würde mich umbringen, wenn ich nach Hause kam.

Mehrere Minuten vergingen. Die Finsternis wurde immer bedrückender. Wieder und wieder sagte ich mir, dass dieser Zug nicht in die Strafkolonie fuhr – dafür war er zu klein und zu langsam –, trotzdem rauschte das Blut in meinen Ohren. Immer wieder starrte ich auf meine Uhr und einzige Lichtquelle und drückte dann das Handgelenk an die Brust.

Nach einer halben Stunde fuhr der Zug in einen beleuchteten Tunnel ein und blieb ruckelnd stehen. Mit brennenden Augen stieg ich aus. Der Bahnsteig hier war genauso nichtssagend und schmal wie der erste. Über meinem Kopf hing eine einzige Lampe. Mit leisen Schritten betrat ich den nächsten Gang, der sofort steil anstieg. Auch hier klebte Blut am Boden. Inzwischen musste ich einige Kilometer von Camden entfernt sein, allerdings hatte die Fahrt nur eine halbe Stunde gedauert. Wenn man bedachte, wie groß London war, konnte es gut sein, dass ich mich immer noch in der Zentralparzelle befand. Ich stieg eine kurze Leiter hinauf und landete wieder in einem Tunnel, der zu niedrig war, um normal gehen zu können. Endlich sah ich Licht vor mir. Warmes, künstliches Licht.

Dort vorne befanden sich mehrere Traumlandschaften, fünfzehn insgesamt. Ivys erkannte ich sofort: trübe, still und gebrochen. Offenbar waren die Flüchtlinge hier, umzingelt von mehreren Wachen. Ich kroch auf allen vieren vorwärts, damit meine Stiefel nicht quietschten. Am Ende des Tunnels stieß ich auf ein Tor aus Holzlamellen, wie man es zum Beispiel in Schranktüren einsetzt. Durch die Spalten erkannte ich die Rückseite eines Stuhls, gekrümmte Finger auf den Armlehnen und kurze grüne Haare.

Agatha.

Sie saß kerzengerade, mit dem Rücken zu mir. Ich blieb reglos hocken.

Der durch ein Feuer erhellte Raum wurde von einem großen Himmelbett beherrscht, auf dem ein schillernder Seidenüberwurf lag, dazu blütenweiße Laken, Kissen mit Monogramm und kirschrote Nackenrollen. Das zarte goldene Muster der schweren Bettvorhänge schimmerte im Licht. Auf dem glänzenden Nachttischchen stand eine Vase mit rosa Astern. Vor dem Kamin lag ein minzgrüner Teppich, auf dem samtbezogene Sessel, ein Couchtisch aus Rosenholz und ein Standspiegel dekorativ arrangiert waren.

Als sich quietschend eine Tür öffnete, fuhr Agathas Kopf ruckartig herum. Ich zog mich tiefer in die Dunkelheit zurück.

»Da sind Sie ja«, krächzte die Alte. »Warte hier schon eine Weile.«

Es dauerte einen Moment, bis jemand antwortete: »Dürfte ich fragen, was du hier zu suchen hast, Agatha?«

Mir drehte sich fast der Magen um. Ich kannte diese leise, rauchige Stimme. Und als ich wieder durch die Schlitze spähte, wurde mir so kalt, als gäbe es keine Wärme mehr auf der Welt.

Es war die Äbtissin.

21

SYMBIOSE

Sie treten mithilfe eines Körpers in Kontakt mit dem Aether: ihres eigenen, dem eines Fragenden oder dem eines nicht freiwilligen Opfers. Da sie immer wieder für sich in Anspruch nehmen, körperliche Abscheulichkeiten für ihre Arbeit zu benötigen, sind sie die Außenseiter in der Gesellschaft der Seher. Man weiß von einer größeren Gemeinschaft Niederer Auguren nahe Jacob's Island, wie das ausgedehnte Armutsviertel in Parzelle II noch immer genannt wird. Ich kann meinen Lesern nur raten, diesen Teil der Zitadelle zu meiden, da er oder sie sonst Opfer ihrer niederen Praktiken werden könnte.

– Über die Vorzüge der Widernatürlichkeit,
Verfasser unbekannt.

*

»Ich bin wegen meiner Bezahlung hier.« Agathas Lippen waren noch immer grellgrün angemalt. »Die Hälfte von dem, was sie Ihnen versprochen haben.«

»Ich bin mir unserer Vereinbarung durchaus bewusst.« Das Licht aus den Schlitzen veränderte sich. »Vermutlich geht es um den Laden. Du verstehst doch wohl, warum wir ihn schließen mussten, oder?«

Offenbar gehörte dieser Raum zu ihrem Kontakthof. »Der Zugang zum Tunnel ist hinter zwei schweren Holztüren versteckt«, krächzte Agatha. »Und ich habe mit diesem Laden gutes Geld verdient.«

»Eine unumgängliche Vorsichtsmaßnahme, meine Liebe. Die Fahle Träumerin hat die unschöne Angewohnheit, sich auch noch in die entlegensten Winkel zu schlängeln.«

Wenn du wüsstest.

Die Äbtissin legte ihre Jacke weg und nahm den mit Haarklammern befestigten Zylinder ab. Nun trug sie nur noch einen hochtaillierten Rock und eine Rüschenbluse. Dick und glänzend fielen ihr die Haare über den Rücken, die sich an den Spitzen fein lockten. Umspielt vom Licht der Flammen nahm sie in dem Sessel gegenüber von Agatha Platz, sodass sie direkt in meinem Blickfeld saß.

»Ist die Jakobitin wieder aufgewacht?«

»Ja.« Die Äbtissin schenkte ihnen zwei Gläser Roséwein ein. »Wir haben die Informationen, die wir benötigen. Es brauchte allerdings ein wenig … Nachdruck.«

Agatha grunzte. »Geschieht ihr ganz recht, was musste sie auch bei mir aussteigen? Aus der Gosse habe ich sie geholt, und sie dankt es mir, indem sie abhaut und für Ihren Herrn arbeitet.«

»Ich diene keinem Herrn, das kann ich dir versichern«, kam die kühle Antwort.

»Dann verraten Sie mir doch mal, *Herrin der Unterwelt*, warum er nie irgendwo auftaucht? Warum verkriecht er sich, während die kleinen Leute für ihn die Drecksarbeit machen?«

»Diese ›kleinen Leute‹, Agatha«, die Äbtissin hob ihr Glas, »sind alle Anführer dieses Syndikats. Deine Anführer. Er und ich haben eine Menge Freunde. Und schon bald werden es noch viel mehr werden.«

Ein trockenes Kichern ertönte. »Wohl eher viele Spielfiguren. Na ja, ich bin keine davon. Mag ja sein, dass ich meine Stimme verliere, aber ich bin nicht dumm. Und wenn Ihr kleines Unternehmen so viel einbringt, dass Sie sich solche Klamotten leisten können, wird es wohl ausreichen, um mich jetzt mit etwas Kohle zu versorgen.«

Sie streckte fordernd die Hand aus. Ohne sie aus den Augen zu lassen, nippte die Äbtissin an ihrem Wein.

Alle Anführer dieses Syndikats. Kleines Unternehmen. Ich prägte mir die Worte gut ein, während das Adrenalin durch meine Adern pumpte. *Drecksarbeit. Jakobitin.* Was auch immer hier vorging, es reichte weiter, als ich bisher gedacht hatte. Aus einem tiefer gelegenen Stockwerk näherte sich eine Traumlandschaft.

»Diese Flüchtigen haben mich eine Stange Geld gekostet: Essen, Kleidung, habe alles ich bezahlt.« Agathas Krächzen wurde immer schlimmer. »Und ich musste zwei von ihnen loswerden. Haben immer im Schlaf geschrien, irgendwas von Monstern zwischen den Bäumen. Ich erkenne eine zerstörte Traumlandschaft, wenn ich sie sehe. Nutzlos. Sie haben ja keine Ahnung, was ich diesen Tagelöhnern zahlen musste, um sie loszuwerden, während die anderen vier geschlafen haben.«

Der Junge und das Mädchen, die beiden anderen Überlebenden. Ich begann vor Wut zu zittern. Also hatte ich sie nur von einer Hölle in die nächste geführt.

»Bald werden deine Missstände behoben werden, meine Liebe. Ah …« Die Äbtissin lächelte breit. »Dreh dich um, Agatha, hier kommt dein Geld.«

»Sehr gut.« Der Stuhl ächzte, als sie ihn zurückschob. »Da bist du ja endlich, Junge. Wurde aber auch –«

Ein Schuss fiel.

Der Knall kam so plötzlich und so dicht neben mir, dass ich mich fast durch einen Schrei verraten hätte. Gerade noch rechtzeitig presste ich mich auf den Boden und schob mir die Faust in den Mund. Durch die Schlitze konnte ich immer noch die beiden Sessel sehen. Agathas Körper landete auf dem Boden, schlaff wie ein leerer Handschuh.

Ein Schatten blockierte mir die Sicht. »Sie hat zu viel geredet«, stellte eine tiefe Männerstimme fest.

»Aber sie hat ihren Zweck erfüllt.« Ein nackter Fuß schob den Leichnam beiseite. »Ist alles bereit?«

»Unten.«

»Gut.« Die Äbtissin massierte sich den Nacken. »Bring meinen Koffer zum Wagen. Ich muss mich … vorbereiten.«

Der Mann ging mit auf dem Rücken verschränkten Händen an meinem Versteck vorbei und stieg über die Leiche hinweg. Der Kapuze nach zu urteilen, war es wohl der Mönch, ihr Ganovenschützling. »Brauchen Sie Lithium?«

»Nein.« Seine Denkerkönigin schloss die Augen und atmete tief durch. »Kein Lithium. Unsere Symbiose ist bereits viel stärker geworden.«

»Ihr Körper wird aber nicht stärker. Beim letzten Mal waren Sie völlig erschöpft«, erwiderte ihr Ganovenschützling ruppig. »Es muss doch möglich sein, jemand anderen mit Ihrer Gabe zu finden. So ein hohes Risiko, und wofür? Für *ihn* etwa?«

»Du weißt sehr genau, wofür. Mein Gesicht kennen sie, seines nicht. Es war mein Fehler.« Ihre Finger schlossen sich fester um den Stiel des Glases. »Beim letzten Mal waren es acht bewaffnete Raufbolde – stark, auch wenn sie betrunken waren. Diesmal ist es nur eine Ganovenbraut. Und bis zum Abend wird Schlitzschnute keine Bedrohung mehr für uns sein.« Sie stand auf und schüttete ihren restlichen Wein über der Leiche aus. »Ich will, dass die Anzahl der Lumpenpuppen vor Agathas Laden verdoppelt wird. Bis wir bezahlt werden, soll er völlig abgeriegelt werden.«

Nach kurzem Zögern antwortete der Mönch: »Wird erledigt.«

Am liebsten hätte ich den Atem angehalten, um mich nicht zu verraten.

»Ich werde etwas Zeit brauchen, um … sein Interesse zu wecken. Klopf dreimal an und warte meine Antwort ab, bevor du hereinkommst.«

Eine weitere Veränderung des Lichts verriet mir, dass die

beiden hinausgingen. Ich verkroch mich in dem Tunnel, bis ihre Traumlandschaften sich ein Stück entfernt hatten, dann schob ich mich flach auf dem Bauch vor und drückte gegen die Tür. Von außen verschlossen. Auch als ich mich mit meinem ganzen Gewicht dagegenwarf, gab das Schloss nicht nach. Frustriert rüttelte ich am Schloss, dann ließ ich mich gegen die Tunnelwand sinken.

Wenn ich die Schranktür aufbrach, würde sie sofort wissen, dass jemand hier gewesen war, und würde die Flüchtlinge irgendwo anders hinschaffen. Momentan waren sie noch irgendwo hier im Gebäude.

Sie war also hinter Schlitzschnute her.

Das alles war einfach zu viel, um es auf Anhieb zu durchschauen. Dass die Interimsherrscherin so etwas tat … aber das ergab doch alles keinen Sinn. Sie war mit Hector befreundet gewesen … Trotzdem, ich musste es entschlüsseln. *Symbiose. Lithium.* Kopfschüttelnd knirschte ich mit den Zähnen. *Denk nach, Paige, denk nach!* Die Äbtissin war ein Physisches Medium. *Symbiose* … Verdammt, warum hatte ich Eliza nicht mitgenommen? Sie würde wissen, was damit gemeint war.

Denk nach. Angestrengt versuchte mein Gehirn, die einzelnen Worte und Hinweise zu sortieren und richtig zusammenzufügen.

Wenn ich schnell war, konnte ich vor der Äbtissin bei Schlitzschnutes Versteck sein. Ivy hatte gesagt, sie wäre mit Schlitzschnute zusammen in derselben Gemeinschaft aufgewachsen – aber wo? Agatha hatte Ivy in Camden in der Gosse aufgelesen. Also war sie entweder ausgesetzt worden oder auf der Flucht gewesen …

Moment. Mein Puls begann zu rasen. Eine Verbindung gab es zwischen den beiden, sie waren beide Niedere Auguren: Schlitzschnute war Hämatomantin, Ivy Chiromantin.

Und wo waren nach Erscheinen der *Vorzüge* alle Niederen Auguren weggesperrt worden? Wo wurden sie hingebracht, wenn wir Syndikatsmitglieder sie mal auf der Straße sahen? Wo wurden ihre Kinder geboren?

Sag mir, wo sich Ivy Jacob versteckt hält.

Ich wischte mir den Schweiß von der Oberlippe und starrte ins Dunkel. Es gab nur einen Ort, an dem sie gemeinsam hätten aufwachsen können; einen Ort, an dem sie sich vor der Außenwelt verkriechen konnte. Einen Ort, der ihr Schutz vor den Leuten bieten konnte, die ihren Denkerfürsten ermordet hatten. Hastig wandte ich mich ab und kroch durch den Tunnel zurück Richtung Camden.

Schlitzschnute war in Jacob's Island.

*

Der Wagen brauchte fünfzehn Minuten, um mich zurück durch die Zitadelle zu bringen – wenn man den Hebel immer wieder hochdrückte, fuhr er etwas schneller –, im Sprint durch die Tunnel bis zum Fluchtbunker brauchte ich noch einmal zehn. Als ich mich durch das Kellerfenster quetschte, sog ich die frische Luft so gierig ein wie Wasser. Ich zitterte am ganzen Körper. Keine Zeit, um stehen zu bleiben oder zu verschnaufen. Ich rannte über den Markt bis zur Hawley Street, wo ich mich vor eines unserer Taxis warf und mit beiden Händen auf die Motorhaube schlug. Rot vor Wut lehnte sich der Fahrer aus dem Seitenfenster.

»Hey!«

»Bermondsey.« In Schweiß gebadet ließ ich mich auf die Rückbank fallen. »Bitte, ich muss nach Bermondsey. Schnell.«

»Willst du dich umbringen, Kindchen?«

Krampfhaft biss ich die Zähne zusammen, um meinen Geist daran zu hindern, ihn anzuspringen. Die Anstrengung war so groß, dass sich ein Blutstropfen aus meiner Nase löste. »Wenn Sie damit ein Problem haben«, keuchte ich, »reden Sie mit dem Weißen Fesselmeister. Er wird Ihnen einen Eilzuschlag zahlen.«

Das ließ ihn aufs Gas treten. Ich rief inzwischen mit der freien Hand bei der Telefonzelle von I-4 an. Es klingelte zweimal, dann hörte ich eine vertraute Stimme.

»I-4.«

»Muse?« Sehr gut, sie war heil zurückgekommen. »Muse, hör zu, ich muss weg, aber –«

»Träumerin, beruhige dich und sag mir verdammt noch mal, was eigentlich los ist. Du warst eine Stunde lang verschwunden. Wo bist du?«

»Auf dem Weg nach II-6.« Ich fuhr mir mit der Hand durch die feuchten Haare. »Können wir uns in Bermondsey treffen?«

Es knackte in der Leitung. »Nicht sofort. Der Fesselmeister hat eine Sperrstunde verhängt, schon vergessen? Pass auf, ich werde es versuchen, aber vielleicht muss es warten, bis er uns irgendwo hinschickt.«

»Okay.« In meiner Kehle bildete sich ein Kloß. »Aber es gibt da etwas, das ich dir erzählen muss.«

Also wieder ganz allein. Ich legte auf und krallte mich an der Tür fest, als der Fahrer schwungvoll um die nächste Ecke bog.

Die Straßen von Jacob's Island, das an einer der Biegungen des Flusses lag, bildeten den schlimmsten Slum von ganz SciLo. Obwohl es gerade mal gut einen Kilometer lang war, hatte man das Viertel als unverbesserliches Überbleibsel aus der Zeit der Monarchie abgeschrieben. Jaxon war als Junge darauf gestoßen und hatte es wohl als das perfekte Gefängnis für die Niederen Auguren auserkoren, die Ausgestoßenen in der Gesellschaft der Seher. Abgesehen von den Chiromanten, deren Studium der Handflächen nicht als widerwärtig angesehen wurde, waren sie nicht sonderlich beliebt. Was wohl daran lag, dass manche von ihnen ihre Gabe angeblich mithilfe von Eingeweiden ausübten.

Nach dem Erscheinen von *Über die Vorzüge der Widernatürlichkeit* waren dreiundvierzig Niedere Auguren umgebracht worden, den Rest hatte man hier eingesperrt. Was sich im Inneren des Slums abspielte, wusste ich nicht so genau, nur, dass seine

Bewohner ihn niemals verlassen durften. Seit der Einkerkerung hatten sie aber bestimmt Kinder bekommen, Kinder, die nie etwas anderes von der Welt gesehen hatten als diese Ecke von Bermondsey. Und alle, die hier geboren wurden, trugen den Familiennamen *Jacob*.

Auf den Übertragungsschirmen war Ivy immer ohne Nachname aufgetaucht. Falls sie hier geboren worden war, war ihre Existenz nie in den Registern von Scion erfasst worden. Aber wie war es ihr und Schlitzschnute nur gelungen, von hier abzuhauen?

Falls ich mich irrte, war es zu spät für sie.

Ich sprang aus dem Taxi, wies den Fahrer an, seine Rechnung in unserem Postfach zu hinterlegen (das ich unbedingt ausleeren musste, bevor Jaxon davon etwas mitbekam) und rannte zum Tor. Die schlammige Straße war leicht abschüssig, und ich geriet ins Rutschen. Unten bewachte ein gelangweiltes, junges Mitglied des Syndikats das Osttor von Jacob's Island. Sein Gewehr hatte er hinter sich an eine Kiste gelehnt. Sechsunddreißig mächtige Geister patrouillierten rund um das Viertel, einer aus jedem Sektor der Zitadelle. Das Tor selbst bestand aus dicken Eisenstäben und war mit einem festen Maschendrahtzaun verbunden. Ganz oben war ein uraltes Schild von Scion angebracht.

*

Parzelle II, Sektor 6
Unterbezirk 10
WARNUNG: SPERRGEBIET DER KATEGORIE D

*

Kategorie D verhängten sie bei kleineren Baustellen und Gebäuden, bei denen ein Aufenthalt als gefährlich angesehen wurde. Wahrscheinlich stammte dieses Schild noch aus der Zeit, bevor sie beschlossen hatten, den Slum nicht zu sanieren. Bevor Jaxons Pamphlet die Niederen Auguren hierher verbannt hatte, ohne das Wissen von Scion. Sobald er mich bemerkte, zog der Wachmann einige Geister an sich.

»Du da, geh weg. Aber flott.«

»Ich muss da rein«, erklärte ich, »jetzt sofort.«

»Hast du was an den Ohren, Mädchen? Zutritt verboten, außer auf Befehl der zeitweiligen Herrin der Unterwelt.«

»Ich bin zwar nicht die zeitweilige Herrin der Unterwelt«, erwiderte ich zähneknirschend, »aber ich bin die Fahle Träumerin, Erbin des Weißen Fesselmeisters, dessen Pamphlet überhaupt erst verantwortlich ist für die Existenz dieses Slums. Du kannst der Listigen Lady und der Äbtissin sagen, was immer du willst.« Ich drängte mich an ihm vorbei. »Aber lass mich da rein.«

Er versetzte mir einen so harten Stoß, dass ich fast im Matsch gelandet wäre. »Ich bin I-4 keine Rechenschaft schuldig. Und glaub bloß nicht, du könntest durch ein Loch im Zaun kriechen. Diese Geister zerfetzen dein Bewusstsein.«

»Aber ein braver Wachmann wie du hat doch bestimmt ein Mittel, um sie abzuwehren.« Ich griff in meinen Stiefel und warf ihm den Umschlag mit meinem Anteil von Chats Miete zu. »Reicht das, damit du mich reinlässt und anschließend den Schnabel hältst?«

Der Wachmann zögerte, aber die Dicke des Umschlags überzeugte ihn wohl. Er zog sich ein Goldkettchen über den Kopf, an dem ein kleiner Stoffbeutel befestigt war. Nachdem er ihn mir zugeworfen hatte, rief er noch: »Will ich aber wiederhaben!«

Während er das verrostete Tor aufsperrte, schloss ich die Finger um mein Messer. Das Säckchen hing direkt über meinem Kragen und duftete leicht nach Salbei.

»Da drin bist du auf dich allein gestellt«, warnte mich der Wachmann. »Ich komme nicht rein, um dich zu holen.«

»Nein«, erwiderte ich trocken, »du bestimmt nicht.«

Mit einem leichten Schubser meines Geistes schlug ich ihn k.o., wobei er direkt in einer Schlammpfütze landete. Danach hatte ich nicht einmal Kopfschmerzen. Ich nahm ihm den Umschlag mit dem Geld wieder ab und schob ihn in die Innentasche meiner Jacke.

Und so betrat ich mutterseelenallein den berüchtigtsten Slum von ganz London. Die Geister teilten sich vor mir wie ein Bühnenvorhang.

Hinter dem Tor befand sich eine schmale Gasse. Mir lief der Schweiß über das Gesicht und meine Wangen brannten.

Mein Verstand listete alles auf, was Jaxon über Niedere Auguren geschrieben hatte: Die Extispizisten benutzten Tiergedärme. Die Knochenorakel verbrannten oder warfen allerlei Knochen. Es gab blutbesessene Hämatomanten; Drimimanten, die mithilfe menschlicher Tränen in die Zukunft blickten; Okulomanten, die versessen waren auf Augen, egal, ob lose oder noch im Kopf. Jaxon hatte Eliza halb zu Tode erschreckt mit seiner Geschichte über den Deflorierer, jenen legendären Anthropomanten, der in diesen stinkenden Gassen hier jungen Frauen auflauerte, um sie dann zu häuten, zu zerstückeln und aus ihren Eingeweiden zu erfahren, wann sein nächstes Opfer das Zeitliche segnen würde.

Nur eine Geschichte, beruhigte ich mich selbst. *Das ist nur eine Geschichte* … Ein Schauermärchen, das man sich auf der Straße erzählte, einfach nur ein moderner Mythos.

Aber erwiesen sich manche Mythen nicht als wahr?

Irgendwo in der Nähe brannte ein kleines Lagerfeuer und verpestete die Luft mit grauem, stinkenden Qualm. Überhaupt drehte sich mir bei den Gerüchen hier fast der Magen um: Schwefeldämpfe, feuchter Moder und ein geplatztes Abflussrohr, dazu der Gestank von verkohltem Fleisch. Im Vergleich dazu war die Hüttensiedlung in Sheol I geradezu nobel gewesen. Rund um die kaputten Haustüren stapelte sich der Müll so hoch, dass er sich sogar auf die Straße ergoss, die mit kleinen Rinnsalen bedeckt war. Während ich weiterwatete, entdeckte ich durchscheinende Fischgerippe und einige tote Kanalratten. Es herrschte absolute Stille, nur auf einem der Dächer krächzte ein Rabe.

Der gesamte Ort war so verworren wie ein lose gewickeltes Wollknäuel. Eine marode Wasserpumpe reihte sich an die nächste, aus allen quoll schlammbraunes Wasser, und nur wenige Schritte weiter wartete ein verstopfter Gully. Als an einem der Häuser die Tür aufging, blieb ich abrupt stehen. Eine Frau kam heraus, bleich und mager wie ein abgenagter Knochen. Schnell duckte ich mich hinter einen Zaun, versuchte aber, mir ihre Aura einzuprägen. Drei Jahre war ich jetzt schon Teil des Syndikats, aber ein solcher Augur war mir noch nie unter die Augen gekommen. Kraftlos griff sie nach dem Hebel einer Pumpe, doch es kam nur etwas schwarzer Schleim aus dem Rohr. Schweigend kniete sich die Frau neben eine tiefe Pfütze und versuchte, mit bloßen Händen so viel von dem dreckigen Zeug wie möglich in ihren Eimer zu schöpfen. Nachdem sie sich die letzte Flüssigkeit von den Fingern geleckt hatte, ging sie humpelnd wieder hinein.

Die engen Straßen wurden von hohen, meist abgedeckten Gebäuden gesäumt. Nichts wies darauf hin, ob es hier einmal Fenster gegeben hatte. Auf dem schmutzigen Wasser in den Straßen trieb weißer Schaum. Angewidert hielt ich mir den Unterarm vor die Nase. Scion hätte dieses Dreckloch schon im letzten Jahrhundert niederbrennen sollen.

In den Häusern registrierte ich Traumlandschaften, aber sie verhielten sich ruhig. Irgendwo hier musste Schlitzschnute sein. Sie war mit Sicherheit angespannt und ängstlich, und damit leicht auszumachen. Als die rote Sonne sich Richtung Horizont sinken ließ, trat ich aus einer Gasse auf eine Straße hinaus, die um einiges breiter war als die Wege, die ich hier bisher gesehen hatte.

Brennender Schmerz breitete sich in meiner Schulter aus.

Halb stöhnend, halb schreiend griff ich automatisch nach der Stelle, von der die Qualen ausgingen. Unter meiner Haut steckte ein gebogenes Stück Metall. Ein Ruck riss mich von den Füßen, und ich landete im Schlamm.

Hastige Schritte ließen das Wasser aufspritzen. Ich wehrte einen der Angreifer mit meinem Geist ab, aber da hatten mich bereits sechs Paar Hände gepackt und zogen mich hoch. Ein schlanker Mann mit lebhaften Gesichtszügen kam aus einem Haus direkt an der Straße auf mich zu. Das andere Ende der Angelschnur hatte er sich fest um die Hand gewickelt. Außerdem richtete er eine Pistole auf mich: ein altmodisches Modell mit einigen Modifikationen.

»Sieht so aus, als hätten wir etwas erwischt. Einen *Eindringling*«, rief er laut und ließ einen wulstigen Finger über seine Pistole gleiten. Seine gebräunten Wangen waren mit Sommersprossen überzogen. »Sag mal, was hast du denn mit ihm da angestellt?«

Er zeigte auf den Mann, der auf den Knien hockte und sich mit beiden Händen den Kopf hielt. Schnell wollte ich nach meinem Revolver greifen, aber der Rädelsführer zerrte so heftig an seiner Angelschnur, dass der Haken aus meiner Schulter gerissen wurde und dabei einen langen Hautfetzen mitnahm. Mir lag ein erbitterter Fluch auf der Zunge, aber ich schluckte ihn runter. Wenn ich mir diese Leute zum Feind machte, konnte die Sache nur schlimm enden. Aus der Wunde quoll Blut und durchtränkte mein Oberteil.

»Wir bringen sie am besten zum Schiff, oder?«, schlug einer der anderen vor. »Die haben Seile.«

Seile?

Der Rädelsführer schien einen Moment nachzudenken, dann nickte er. »Schätze schon. Wenn ihr dann bitte jemand die Waffen abnehmen könnte?«

Sie nahmen mir nach und nach sämtliche sichtbaren Waffen ab, dann wurde ich durch die enge Gasse geschoben.

Nach ungefähr einer Minute schlängelte sich der Anführer schweigend zwischen der Last einer vollen Wäscheleine hindurch, hinter der wir auf eine breitere Straße gelangten. Grob stießen sie mich auf einen Holzzaun zu.

»Was ist das?«

Der nächste Fremde. Er stand vor der Tür eines Hauses, das so aussah, als hätte es in den Zeiten vor Scion als Gaststätte gedient. Besagter Holzzaun zog sich um das ganze Gebäude. Dieser Kerl hatte eine erstaunlich breite Brust und war vollkommen kahl. Sein blasses Gesicht hatte einen milchigen Schimmer, der mich irgendwie an Froschlaich denken ließ. Am Dachgiebel über ihm hing ein Schild, dessen Schönheit im krassen Gegensatz zum Hintergrund stand. In breiten silbernen Buchstaben stand dort: ZUM GESTRANDETEN SCHIFF. Als ich nichts sagte, wischte er sich die Hände an seinem Hemd ab.

»Habt ihr einen Plünderer erwischt, Jungs?«

Sein irischer Akzent war meinem eigenen nicht unähnlich. Er stammte mit Sicherheit aus dem Süden. »Wir haben sie geschnappt, als sie bei der Wasserpumpe rumlungerte.« Der Rädelsführer schleuderte mich zu Boden. »Schau dir mal diese Aura an.«

Inzwischen lief mir das Blut bereits den Rücken runter und durchnässte meine gesamte Bluse. Krampfhaft drückte ich die Finger auf die Wunde. Tief schien sie nicht zu sein, brannte aber höllisch. Der Kahlkopf kam die morschen Stufen hinunter und ging vor mir in die Hocke.

»Siehst nicht so aus, als kämst du von hier, Mädchen.«

Normalerweise musste ich nur den Namen des Weißen Fesselmeisters nennen, um mich aus solchen Situationen rauszumogeln, aber in diesem Fall wäre das wohl einem Todesurteil gleichgekommen. »Tue ich auch nicht«, antwortete ich also. »Ich suche nach jemandem von euch.«

»Für die Denkerkönigin arbeitest du nicht, sonst würdest du hier nicht rumschleichen wie eine Ratte. Weiß der Wachmann, dass du hier bist, oder bist du eingebrochen?«

»Er weiß es.«

»Wir sollten Lösegeld für sie verlangen«, schlug einer aus der Bande vor, was die anderen mit begeistertem Geschrei kommentierten. »Oder vielleicht lässt die Versammlung im Gegenzug einen von uns raus.«

»Wer ist das?«

Eine neue Stimme mischte sich ein: hoch und leise. Aus dem Pub trat eine junge Frau mit Schürze, sie trug einen Eimer mit Schmutzwasser in der Hand. »Geh wieder rein, Róisín«, befahl ihr der Kahlkopf barsch.

Mir lief ein Schauer über den Rücken. Auf der linken Seite wurde das blasse Gesicht der Frau durch eine auffällige Narbe entstellt, die sich vom Kiefer bis zur Schläfe erstreckte. Gegen Ende der Aufstände in Irland hatte ScionIDE – der militärische Arm von Scion – ein noch kaum erforschtes Nervengas eingesetzt, um die großen Rebellengruppen auseinanderzutreiben. Das hatte fatale Folgen gehabt. Seinen richtigen Namen hatte ich nie erfahren, aber die Iren hatten es nur *an lámh ghorm* genannt, die blaue Hand, da es bei den Überlebenden indigofarbene Verbrennungen hinterließ, die wie Finger geformt waren.

Inzwischen waren hinter den Fenstern ringsum immer mehr Gesichter aufgetaucht. Fiebrig glänzende Augen spähten durch die schmutzigen Scheiben. Quietschend öffneten sich Türen und Fensterläden. Füße tappten durch das flache Wasser. In meiner Kehle bildete sich ein dicker Kloß, als sie nach und nach aus ihren Hütten und Laufgängen kamen und sich langsam um mich herum aufbauten. Ehe ich mich versah, stand ich in einem Kreis aus über dreißig Niederen Auguren. Ein dumpfes Pochen dröhnte in meinen Ohren.

Ihre schäbige Kleidung war total verdreckt. Die meisten von ihnen waren barfuß oder hatten sich zum Schutz Sohlen aus Pappe gebastelt. Von den Jüngeren wurde ich angestarrt, als wäre ich irgendein funkelndes, bizarres Wesen, das gerade aus dem

Fluss gesprungen war; die älteren Slumbewohner zeigten sich wachsamer und blieben meist in den Türen ihrer Häuser stehen. Während ich sie musterte, wurde mir klar, dass dies genauso gut die Gaukler in der Hüttensiedlung sein konnten: Vor mir sah ich Liss Rymore hinter dem Vorhang, der ihr als Tür gedient und die wenigen, abgenutzten Dinge geschützt hatte, die sie auf dieser Welt noch ihr Eigen nennen konnte.

Der Ire klopfte dröhnend gegen die Tür des Pubs. Nach ungefähr zehn Sekunden andächtiger Stille wurde sie von einer Frau geöffnet. Sie trat in die feuchte Luft hinaus und wischte sich die Hände an einem Geschirrtuch ab. Ich schätzte sie auf Ende dreißig, die dunklen Augen ließen auf eine spanische Herkunft schließen, genau wie die braune Haut voller Sommersprossen. Ihre dicken schwarzen Haare waren zu einem losen Zopf geflochten.

»Was ist?«, fragte sie den Iren, der sofort mit dem Kopf auf mich deutete.

»Wir haben einen Eindringling.«

»Ach, wirklich?« Sie verschränkte die Arme vor der Brust und musterte mich. »Ziemlich clever, dass du es überhaupt hier reingeschafft hast, Kleine. Wenn es doch nur so leicht wäre, auch wieder rauszukommen.«

Sie kam aus Dublin; einen so starken Akzent hatte ich schon lange nicht mehr gehört. »Sind Sie hier die Anführerin?«, fragte ich möglichst gelassen.

»Wir sind eine Familie, nicht eine von euren Gangs«, erwiderte sie. »Ich bin Wynn Jacob, die Heilerin des Viertels. Und wer bist du?«

»Eine Freundin von Ivy«, erklärte ich in der verzweifelten Hoffnung, dass irgendjemand hier diesen Namen kannte – dass ich mich nicht geirrt hatte. »Ich bin gekommen, weil ich eine von euch finden muss, jemanden, der hier aufgewachsen ist. Im Syndikat kennt man sie unter dem Namen Schlitzschnute.«

»Sie meint meine Chelsea«, rief eine alte Frau aus einem der

Häuser. »Sag ihr, dass sie uns in Ruhe lassen soll! Hat die Listige Lady uns nicht schon genug genommen?«

»Halt die Klappe und geh zurück an die Arbeit.« Wynn wandte sich wieder an mich: »Wir haben Ivy und Chelsea gut gekannt, bevor sie uns verlassen haben. Ivy habe ich selbst von der Wiege an großgezogen. Und wieso sollte sie in Gefahr sein?«

»Was soll das heißen?«, antwortete ich mit einer Gegenfrage. »Was meint sie damit, dass die Listige Lady euch schon genug genommen hätte?«

»Verrate ihr bloß nichts«, fauchte einer der Auguren. »Wer nicht den Namen Jacob trägt, ist keiner von uns!«

»Wartet.« Róisín hatte einen Zeitungsfetzen aufgehoben, der so durchnässt und zerknüllt war, dass ich mir kaum vorstellen konnte, wie sie ihn hatte entziffern können. Nun hielt sie die Seite hoch und starrte mich an. »Du bist die, die von Scion gesucht wird.«

Mein eigenes Gesicht blickte mir entgegen: zerknautscht, aber deutlich erkennbar. Schweigend schauten die Niederen Auguren zwischen dem Foto und mir hin und her und verglichen die Gesichtszüge.

Eine Hand packte meinen Ärmel. Sie gehörte einem Mann mit schwarzen Zähnen und einer glänzenden, hässlichen Nase. »Die Haare sind anders«, stellte er fest, »aber der Blick ist derselbe. Ja, Róisín, ich glaube, du hast recht.«

»Dann können wir sie verkaufen!« Eine Frau zerrte an meinem Kragen. »Scion zahlt bestimmt ein Vermögen für sie. Die ist eine *Außernatürliche*, jawohl!«

Die schwarzhaarige Irin sagte nichts dazu. Mein Geist stemmte sich gegen seine Fesseln, aber diese Leute würden mich umbringen, wenn ich einen von ihnen verletzte. Es kostete mich so viel Kraft, den Sprung zu unterdrücken, dass meine Augen feucht wurden.

»Chelsea hat gesagt, dass sie hinter ihr her wären.« Róisín, die immer noch auf den Stufen vor dem Haus stand, wirkte verängstigt. »Bitte tu ihr nichts. Sie haben doch gesagt, sie würden sie beschützen.«

Aus der Nase des Auguren, der am dichtesten bei mir stand, tropfte Blut. »Ich habe niemandem etwas getan. Und ich habe es auch nicht vor.« Meine Handflächen kribbelten. »Wann bist du mit der blauen Hand in Kontakt gekommen?«

In ihren Augen blitzte etwas auf. Langsam hob sie die Finger ans Gesicht. »Damals war ich zehn«, sagte sie nach einiger Zeit.

»Dublin?«

»Bray.« Bei der Eroberung von Bray hatten die irischen Aufständischen eine ihrer verheerendsten Niederlagen erlitten. Nach einem kurzen Blick zu Wynn musterte sie mich fast schon neugierig. »Warst du auch bei den Aufständen dabei?«

»Éire go brách«, antwortete ich. Wie von selbst wechselte ich zu meiner Muttersprache.

Wynn schwieg noch immer, schaute aber aufmerksam zwischen uns hin und her.

»Lasst sie los, ihr zwei«, befahl sie schließlich, woraufhin sich die beiden Auguren, die mich an den Armen gepackt hatten, zurückzogen. »Vern, du bringst sie zum Savory Dock. Und zwar ein bisschen zügig, bevor der Wachmann sich auf die Suche nach ihr macht.«

Die Frau zu meiner Rechten protestierte zischend: »Du lässt sie zu Chelsea?«

»Nur kurz, und nur im Beisein von Vern«, nickte Wynn. »Sie wäre nicht hier, wenn nicht jemand aus der Versammlung der Widernatürlichen sie geschickt hätte. Ich werde bestimmt nicht den Zorn des Syndikats auf uns lenken, sonst brennen die hier alles nieder, und zwar ohne uns vorher rauszuholen.«

»Ich will meine Waffen zurückhaben«, forderte ich.

»Die bekommst du, wenn du uns wieder verlässt.«

Mit einem finsteren Blick in die Menge nahm der Kahlkopf mich am Arm und führte mich vom *Gestrandeten Schiff* fort. »Los doch, Vern, bring schön den Müll weg!«, rief ein alter Mann von einem Balkon herunter. »Und komm bloß nicht wieder, Syndikatsschlampe!«

Ohne mich anzusehen, marschierte Vern mit riesigen Schritten los. Der Müllgestank verzog sich nach einer Weile, wurde aber durch muffiges Wasser, faule Eier und Phosphordämpfe ersetzt. Aus einer Hütte spähte ein Mann mit geröteten Augen hervor. Seine Kleidung war so verdreckt, dass alles einen einheitlichen Farbton angenommen hatte. An seinen Fingerspitzen klebte Blut. Sobald wir um die nächste Ecke bogen, riss ich mich von Vern los.

»Ich werde nicht gehen, bevor ich mit Schlitzschnute gesprochen habe.«

»Ich bringe dich an den Fluss hinunter, zum Savory Dock. Da ist sie untergekommen. Aber ich werde die ganze Zeit dabeibleiben«, antwortete er knapp. »Du kennst also ihren geheimnisvollen Besucher?«

Ruckartig fuhr ich zu ihm herum. »Was? Wen?«

»Jemand wollte mit ihr sprechen und sich davon überzeugen, dass sie bis zur Wahlschlacht in Sicherheit ist. Wer es war, weiß ich nicht, war ja maskiert«, erklärte er. »Das war der erste offizielle Besucher, seit die Listige Lady sich das letzte Mal dazu herabgelassen hat, nach uns zu sehen, damals, als sie –«

Ich rannte bereits die Straße hinunter.

»Hey!« Vern galoppierte hinter mir her. »Du weißt doch gar nicht, wo du hinmusst!«

»Wie lange ist das her?«, brüllte ich zurück.

»Eine Viertelstunde vielleicht?«

Sie war bereits hier. Die Äbtissin. Ich hetzte durch die Straßen, duckte mich unter Wäscheleinen hindurch und sprang über kaputte, eingesunkene Zäune. An der nächsten Ecke entdeckte ich den Aufdruck SAVORY DOCK auf einer Mauer. Hier endete der Slum an einer olivgrünen Wasserfläche, auf der mehrere vor sich hin faulende Fischerboote schaukelten – das Bild aus Schlitzschnutes Traumlandschaft.

Im flachen Wasser am Ufer wateten mehrere Schlammwühler herum und durchsuchten einige nasse Plastiktüten. Sobald sie mich sahen, stoben sie auseinander wie verschreckte Vögel.

»Hey, ihr!«, schrie ich. »In welchem Haus finde ich Schlitzschnute?«

Eine Frau zeigte auf ein windschiefes, mehrstöckiges Gebäude mit einer blauen Tür. Nur noch vereinzelt klebten die Farbflocken an dem Holz. Ich klopfte nicht an. Die Türangeln waren kurz davor, den Dienst zu quittieren.

Wieder andere Gerüche drängten sich in meine Nase. Hier watete ich durch fast knietiefes Wasser, in dem leere Flaschen und diverser Schutt trieben, den der Fluss immer mit sich führte. Offenbar drang die Flut des Öfteren bis hier vor. Die faulenden Dielen unter meinen Füßen waren weich und schleimig.

»Schlitzschnute?« Hastig rannte ich die wackeligen Stufen hinauf. »Schlitzschnute!«

Stille.

Alles in mir verkrampfte sich. Ich spürte eine Traumlandschaft im Gebäude, aber sie flackerte nur schwach. Ohne anzuhalten, zog ich das Klappmesser aus meinem Stiefel und ließ die Klinge aufspringen. Bei der nächsten Stufe brach mein Fuß durch das Holz und hing über dem leeren Abgrund. Hinter mir fiel der Rest der Treppe in sich zusammen.

Zähneknirschend befreite ich mich aus dem Spalt und ging weiter. Meine von dem Haken aufgerissene Schulter brannte. Von oben tropfte mir Wasser ins Gesicht. Am Ende der Treppe spähte ich vorsichtig den Korridor hinunter, mein Geist schwebte sprungbereit am Rande meines Bewusstseins. Dieses Haus war mehr als baufällig. Ein falscher Schritt, und der Boden brach ein. Unten an der Treppe hörte ich Vern fluchen.

»Ich werde sie finden«, rief ich ihm zu.

»Mach bloß keinen Mist«, warnte er mich. »Es gibt noch einen Weg nach oben, ich komme vorne rauf.«

Damit rannte er wieder auf die Straße hinaus. Vorsichtig ging ich weiter und stützte mich mit beiden Händen an der Wand ab.

Ganz hinten im Flur stieß ich auf eine angelehnte Tür. Als ich dort die Traumlandschaft spürte, schob ich sie ganz auf. Dahinter war es dunkel, die morschen Fensterläden waren geschlossen. Auf einer schäbigen Kommode standen zwei brennende rote Kerzen. Und dort, mitten auf dem Boden, lag Schlitzschnute in einer Blutlache.

Ich ließ mich auf die Knie fallen und zog sie auf meinen Schoß – die rechtmäßige Herrin der Unterwelt. Ihre Kleidung war blutdurchtränkt, aber sie klammerte sich mit letzter Kraft ans Leben. Lider und Wangen waren durch dieselben v-förmigen Schnitte entstellt wie beim Rest ihrer Gang. Und auf Höhe des Oberschenkels umklammerte ihre rechte Hand ein rotes Taschentuch.

»T-Träumerin.« Sie konnte kaum noch sprechen. »Gerade weg. Du kannst … sie noch einholen …«

Instinktiv befahlen mir meine Muskeln, aufzuspringen und loszurennen. Am Rande des Slums registrierte ich eine Traumlandschaft, die sich eilig fortbewegte. Meine Vernunft sagte mir, ich sollte ihr folgen, aber ich wusste ja, wer es war. Und als ich auf dieses entstellte, verängstigte Gesicht hinunterschaute, auf dem sich die Tränen mit Blut vermischten, konnte ich es einfach nicht.

»Nein«, sagte ich leise, »ich weiß, wer es getan hat.«

Schlitzschnutes Haut war so eisig, als würde der Tod sie bereits mit seinem kalten Atem streifen. Ihre Hand versuchte, meine zu greifen, und ich streckte sie ihr hin. Ihr Geist verharrte noch in ihrer Traumlandschaft und sandte Signale von Angst und Verwirrung aus. Auf ihrem Bauch war überall Blut. Noch immer trug sie die Kleidung, in der ich sie an jenem Abend auf dem Markt gesehen hatte. An dem Abend, als Hector gestorben war.

Auf dem Flur dröhnten so schwere Schritte, dass ich mich fragte, ob der Boden das aushalten würde. Vern stolperte in den Raum.

»Chelsea!«

Er bohrte eine Faust in den Türrahmen, sein Gesicht war verzerrt vor Wut. Schlitzschnutes Blick wanderte zu ihm, doch sie ließ meine Hand nicht los. »Sie war's nicht«, sagte sie, woraufhin Vern ruckartig den Mund zuklappte. Er war leichenblass geworden. »Träumerin, sie ... sie haben Hector umgebracht. S-sag Ivy, dass ich nicht ... es tut mir leid, dass sie ... sie geholt haben. Habe ihm vertraut. Sie war ... alles. Sie muss ... muss wiedergutmachen ...«

Eine Träne bahnte sich einen Weg durch das Blut auf ihrer Wange. »Warum haben sie Hector umgebracht?«, fragte ich, so sanft ich konnte. »Was wusste er?«

»Dass der Lumpensammler ... dass *sie* ...« Ihre Finger gruben sich so fest in meine Hand, dass ich dachte, meine Knochen würden brechen. »Zu gierig geworden. Habe es ihm gesagt, habe es ihm gesagt.«

Jetzt weinte sie richtig, und ihre blutverschmierten Finger schmiegten sich in meine. Sie war genau wie ich: gleiche Stellung, gleiches Alter, gleiche bizarre Situation. Wie bei Liss in der Kolonie musste ich ihr beim Sterben zusehen, vollkommen machtlos.

»Habe so viel falsch gemacht«, flüsterte sie.

»Mach dir keine Gedanken.« Vorsichtig strich ich ihr übers Haar. »Der Aether nimmt uns alle an, ganz egal, was wir getan haben.« Ich versuchte, ihren verwirrten Blick auf mich zu lenken. »Sag mir, was sie vorhaben. Sag mir, wie ich sie aufhalten kann, Chelsea.«

Ächzend holte sie Luft. »Auf dem ... auf dem ...« Ein letztes Mal hob sich ihre Brust. »Grauen Markt. Lumpensammler und Äbtissin ... gemeinsam ... verkaufen uns an ...« Ein Schauer lief durch den Aether, und ihr Silbernes Band löste sich auf. »Das Tattoo. Ich hab's ein Mal gesehen. Ihr Arm ...«

Dann lag sie still. Mit einem sanften Knacken brach ihr Silbernes Band entzwei und befreite sie von ihrer sterblichen Hülle. Schlaff und schwer ruhte ihr Körper in meinen Armen.

Vern hockte sich neben uns und prüfte an ihrem Handgelenk den Puls. Ich kniete reglos in ihrem Blut, zu entsetzt über das, was ich in der letzten Stunde erfahren hatte, um noch einen klaren Gedanken zu fassen.

»Du denkst wahrscheinlich, wir hätten es nicht anders verdient. *Sie* hätte es nicht anders verdient.«

»Was?« Meine Stimme war rau.

»Wie hat er es noch gleich genannt? ›Niedere Praktiken‹? ›Primitiv und stümperhaft‹? Oder mein Favorit: ›Hätten bis zum heutigen Tage eigentlich aussterben sollen‹?«, presste Vern zwischen zusammengebissenen Zähnen hervor. In seinen Augen standen Tränen. »Warum nur hasst ihr uns so sehr?«

Mir fiel kein einziger Grund ein, nicht einmal eine Ausrede.

»Glaubst du wirklich, hier hausen Killer? Glaubst du die wilden Geschichten des Fesselmeisters, Mädchen?«, schrie er. »Findest du es etwa richtig, dass er seine verbitterten Mutmaßungen als Forschung verkaufen kann?« Er beugte sich über Schlitzschnutes reglosen Körper und griff nach ihrer schlaffen Hand. »Das wird unser Ende sein. Wenn sie im Syndikat Wind davon bekommen, dass sie hier gestorben ist ...«

»Der Fesselmeister wird es nicht erfahren«, versprach ich.

»Oh, der findet das raus, ganz sicher.«

Die Tür ging auf, und Wynn kam herein. Auch sie kniete sich neben den Leichnam und strich Schlitzschnute die verklebten Haare aus dem Gesicht.

»Ist es denn nie genug?«, murmelte sie.

»Sie stammte von hier.« Mit dem Ärmel wischte ich mir den Schweiß aus dem Gesicht. »Ihr solltet sie hier begraben.«

»Werden wir auch. Selbst wenn wir sie nur auf einer Müllkippe oder im Fluss bestatten können.« Vern zog das Taschentuch aus Schlitzschnutes Fingern und bedeckte ihr blutverschmiertes Gesicht damit. »Und jetzt verschwinde.«

Ich zuckte innerlich zusammen, versuchte mir aber nichts anmerken zu lassen. Vorsichtig ließ ich Schlitzschnutes Körper in Verns Arme gleiten und wandte mich ab. Dabei überließ ich kampflos meinem sechsten Sinn die Kontrolle. Im Aether schien alles leise zu summen.

»Chelsea Neves« – Wynn vollführte die rituelle Geste –, »vergehe im Aether. Alles ist bereinigt, alle Schulden sind beglichen. Du musst nicht mehr unter den Lebenden verweilen.«

Ihr Geist verpuffte im Raum und wurde weit weg bis an den Rand der Dunkelheit geschickt. Vern vergrub das Gesicht in seiner Hand. Ich warf noch einen letzten Blick auf Schlitzschnutes Körper, sah ihn so lange an, bis sich auch das kleinste Detail in meine Erinnerung eingebrannt hatte, dann ging ich hinaus auf den Flur und lehnte mich gegen die Wand. Ich vergrub meine Hand in den Haaren, um das unkontrollierte Zittern in den Griff zu bekommen – und meine Wut.

Ivy war nun die Einzige, die vielleicht wusste, warum das alles passiert war, und sie befand sich immer noch in den Fängen der Äbtissin. Es gab keine Worte, um das wiedergutzumachen; selbst eine Entschuldigung würde nur hohl klingen. Schlitzschnute war brutal und grausam gewesen, aber war ich denn so viel anders? Hatte ich nicht auch meine Fäuste und meine Gabe eingesetzt, um Jaxon zu dienen? Hatte ich ihm nicht immer blind gehorcht? Bestimmt hatte sie in mir dasselbe gesehen wie ich in ihr.

Hinter mir fiel eine Tür zu. Wynn wischte sich die blutigen Hände an einem Tuch ab. Sie schien nicht wütend zu sein, nur müde. »Chelsea war keine schlechte Frau.« Auch wenn ihre Stimme ein wenig rau klang, blieben ihre Augen trocken. »Da sie nicht hier geboren wurde, hat sie nie unseren Namen getragen. Deine Syndikatsfreunde haben sie von der Straße weg entführt. Haben sie ihrer Mutter entrissen, als sie noch ein kleines Kind war.« Wynn unterbrach sich kurz. »Hast du viel von den Aufständen mitbekommen?«

Ich nickte. »Mein Cousin wurde während des Übergriffs getötet.«

»Damals habe ich als Bibliothekarin am Trinity College gearbeitet.« Sie knöpfte ihren Kragen auf. An der Stelle, wo der Hals in den Brustkasten überging, war eine alte Schusswunde zu erkennen, wie ein Fingerabdruck in weichem Lehm. »Wie hieß dein Cousin?«

»Finn McCarthy.«

Mit einem leisen Lachen sagte sie: »Oh, ich erinnere mich gut an Finn McCarthy, was für ein Unruhestifter. Er kam immer nur in meine Bibliothek, um irgendwelche Streiche zu spielen. Ich vermute … sie haben ihn wie die anderen nach Carrickfergus geschickt?«

»Ja.« Wie gerne hätte ich sie nach Finn gefragt, nach ihren Erinnerungen an ihn – Was für Streiche hatte er gespielt, inwiefern hatte er Unruhe gestiftet? –, aber das hier war nicht der passende Ort dafür. »Konntest du Chelseas Mörder sehen?«

»Nur von Weitem, ich habe nicht viel erkannt: langer Mantel, eine Art Zylinder und irgendeine Maske. Als ich den Wachmann gefragt habe, meinte er, die Person sei im Auftrag der Interimsherrscherin hier gewesen und ich solle besser die Klappe halten, wenn ich meine Zunge behalten wolle.«

Ich ballte die Fäuste. »Hat Schlitz … Chelsea mal mit dir gesprochen, seit sie hier war? Hat sie erwähnt, was sie in Devil's Acre gesehen hat?«

»Sie tauchte kurz nach Hectors Beerdigung hier auf, hat aber mit niemandem gesprochen. Stattdessen hat sie sich in diesem Haus verbarrikadiert, und egal, was wir auch probiert haben, sie wollte ums Verrecken nicht rauskommen. Geht es Ivy denn gut?«, wollte sie plötzlich wissen.

»Sie steckt in Schwierigkeiten«, gab ich zu. »Und mir ist klar, dass du keinerlei Grund hättest, mir zu helfen, Wynn.«

»Aber du möchtest, dass ich dir helfe.«

Ich nickte. »Wenn die Äbtissin die Wahlschlacht gewinnt, hat sie uneingeschränkte Macht über das Syndikat. Aber falls jemand anders gewinnt, könnte ein Prozess anberaumt werden, bei dem der Tod von Hector und Chelsea untersucht wird.«

»Falls du wissen willst, ob ich als Zeuge aussagen würde«, unterbrach mich Wynn, »muss ich dich enttäuschen: Die Versammlung der Widernatürlichen würde der Aussage eines Niederen Auguren niemals Bedeutung beimessen. Der Weiße Fesselmeister würde es erst gar nicht zulassen.«

»Falls es einen neuen Herrn der Unterwelt gäbe, vielleicht schon. Oder eine Herrin. Solche Regeln kann man ändern.«

»Tja, falls das wirklich so ist, kann man vielleicht sämtliche Regeln ändern. Vielleicht müssten die Niederen Auguren von Jacob's Island dann auch nicht mehr in diesem winzigen Eckchen von Bermondsey bleiben. Und falls es so weit käme, Fahle Träumerin, würden sie mit Freude denjenigen unterstützen, durch den die Herrschaft des Weißen Fesselmeisters ein Ende gefunden hat.« Sie zog ihren langen Mantel aus und reichte ihn mir. »Zieh den über. Du bist ja voller Blut.«

Meine Hose war von den Knien abwärts mit Schlamm verklebt, von meinen Stiefeln ganz zu schweigen, und meine Hände und meine Brust waren tatsächlich mit Blut beschmiert. »Aber nur, wenn du dafür das hier annimmst.« Ich streifte das Goldkettchen ab, schüttete mir ein bisschen Salbei in die Hand und gab Wynn anschließend das seidene Beutelchen. »Die Wahlschlacht wird am ersten November um Mitternacht stattfinden. Hiermit kommst du an den Geistern vorbei, die an Jacob's Island gebunden sind.«

»Ah, der Salbei des Wachmanns.« Sie zerrieb ein paar Blättchen zwischen den Fingerspitzen. »Allerdings kommen damit nur ein oder zwei Leute durch die Sperre.«

»Ich brauche auch nur ein oder zwei.«

»Dann bedanke ich mich für die Einladung.« Mit einem

schmalen Lächeln gab mir Wynn meinen Revolver und die Messer zurück, dann hakte sie sich bei mir unter und führte mich zur Treppe.

»Hoffentlich sehen wir uns bald wieder, Paige Mahoney«, sagte sie. »Und jetzt fort mit dir. Die Bewohner dieses Slums dulden keine Außenseiter bei ihren Beerdigungen. Und bitte versuch, Ivy zu helfen, wo auch immer sie gerade ist. Das hier wird ihr das Herz brechen.«

22

DER GRAUE MARKT

Das Blut von London war vergiftet. Schlitzschnute war verwirrt und verängstigt gewesen, aber ihre letzten Worte hatte sie sorgsam gewählt.

Noch war ich mir nicht sicher, ob ich mit meinem neuen Wissen über die Äbtissin umgehen konnte. Was sie immer für einen Mist erzählt hatte, von wegen sie sei Hectors Freundin ... und bis zur Wahlschlacht verfügte sie über mehr Macht als jeder andere Seher in London.

Es lag klar auf der Hand, dass sie sowohl Hector als auch seine Ganovenbraut umgebracht hatte, und falls Schlitzschnute recht behielt, zierte eine Tätowierung der Lumpenpuppen ihre Haut – die sie meines Wissens nach noch nie öffentlich gezeigt hatte. Natürlich bestand die Möglichkeit, dass sie früher einmal zu den Lumpenpuppen gehört, irgendwann ihren Denkerfürsten verlassen hatte und dann bis zu ihrer heutigen Position aufgestiegen war. Vielleicht war sie sogar diese erste, namenlose Ganovenbraut gewesen, die Jaxon erwähnt hatte, und aus der Bitterkeit über ihren Ausstieg war irgendwann Rivalität geworden.

Vielleicht aber auch nicht. Denn eines wusste ich mit Sicherheit: In jedem Tattoostudio konnte man die Tinte schnell und preiswert wieder entfernen lassen. Es gab also keinen Grund, warum sie immer noch mit einer Tätowierung herumlaufen sollte, die sie nicht haben wollte.

Eine Hand ohne lebendes Fleisch, die Finger zeigen zum Himmel. Rote Seide schlingt sich wie eine Fessel um das Handgelenk.

War das die Bedeutung hinter der Botschaft? Dass der Lumpensammler die roten Seidentaschentücher bei den Leichen platziert hatte?

Oder dass dieses Verbrechen seinen Untergang bedeutete?

Ich presste die Finger an die Schläfen und versuchte weiter, die Puzzleteile zusammenzusetzen. Der Lumpensammler musste den Tod von Hector und Schlitzschnute gewollt haben, damit eine Wahlschlacht ausgerufen wurde. Irgendwie hatte er die Äbtissin auf seine Seite gebracht und sie so weit von seinen Zielen überzeugt, dass sie bereit war, für ihn zu morden. Schließlich hatte er den Befehl gegeben und sie die Klinge geführt. Ihre öffentlich zur Schau gestellte Feindschaft war dann reine Scharade, eine Fassade, um ihre Allianz zu verbergen.

Diese Logik hatte Bestand, falls der Lumpensammler selbst Herr der Unterwelt werden wollte. Dann wäre es nötig gewesen, den alten Herrscher loszuwerden – und zu verhindern, dass seine Ganovenbraut seinen Platz einnahm –, da es sonst keine Wahlschlacht gegeben hätte. Aber warum würden dann weder der Lumpensammler noch die Äbtissin in den Ring der Rosen steigen? In der Liste der Kandidaten waren ihre Namen nicht aufgetaucht. Warum zogen sie keinen Vorteil aus dem Vakuum, das sie geschaffen hatten?

Und genau da war der Haken an meiner Theorie. Ich musste unbedingt mit Ivy reden. Vielleicht war sie die letzte lebende Zeugin, die etwas über diese Sache wusste und das letzte Teil des Puzzles kannte. Hätte ich es doch nur an jenem Morgen auf der Dachterrasse aus ihr rausgekitzelt, als sie zugegeben hatte, Schlitzschnute von früher zu kennen. Jetzt war sie in irgendeinem Gebäude am Ende eines blockierten Tunnels eingesperrt. Ich würde sie nie da rauskriegen, ohne dass die Äbtissin etwas merkte. Natürlich konnte ich mit den Ranthen das Gebäude stürmen, aber bis wir an den Wachen im Tunnel vorbei waren, hätten die längst die Äbtissin alarmiert und die Flüchtlinge an einen anderen Ort geschafft. Oder sie einfach umgebracht.

Der Regen klatschte auf das Straßenpflaster. Ich wickelte mich in Wynns langen Mantel und wartete benommen darauf, dass eines unserer Taxis auftauchte. Nach ein paar Minuten hielt ein rostiger schwarzer Wagen vor mir und Nick stieg aus. Schützend hielt er sich den Unterarm über die Augen.

»Paige!«

Er öffnete die Wagentür und ich kroch völlig durchnässt auf die Rückbank.

»Wir waren krank vor Sorge, als Eliza erzählt hat, dass du nach Bermondsey willst.«

Nick war hinter mir eingestiegen und schlang mir nun einen Arm um die Schultern. Zitternd lehnte ich mich an ihn. »Wo hast du diesen Mantel her? Wir sind überall rumgefahren und haben nach dir gesucht. Wo hast du gesteckt?«

»Jacob's Island.«

Er sog hörbar die Luft ein. »Warum?«

Ich konnte es nicht aussprechen. Zeke, der vorne saß, warf mir einen besorgten Blick zu, bevor er den Motor anließ. Auf dem Beifahrersitz hockte Eliza. Sie hielt ein in Folie eingeschlagenes Gemälde auf dem Schoß, ihre Haare waren hübsch gelockt und sie trug roten Lippenstift. Nun streckte sie den Arm nach hinten und berührte mich kurz an der Schulter.

»Wir sind auf dem Weg nach Old Spitalsfield«, erklärte sie leise. »Jax will, dass wir da mal unser Glück versuchen. Kannst du dich noch ein bisschen gedulden?«

»Nicht lange.«

»Es wird nicht lange dauern. Mit Ognena Maria kann man leicht Geschäfte machen.«

Zeke schaltete das uralte Radio ein und suchte einen Musiksender, bevor wir irgendwelche Nachrichten hören konnten. Der Zugang zu Jacob's Island verschmolz mit der Zitadelle hinter uns, als wir II-6 verließen und wieder in die Zentralparzelle eintauchten.

Heute Nacht konnte ich nichts mehr für Ivy und die anderen

tun. Um sie dort rauszuholen – wo auch immer sie war –, musste das Timing exakt stimmen. Ich lehnte den Kopf gegen das Seitenfenster und sah zu, wie die Straßenlaternen draußen vorbeiglitten.

Das Auto passierte mehrere Einheiten der Nachtwache. Zeke verriegelte die Türen. Anscheinend verhörten sie Passanten. Einer drückte einem Mann die Pistole an den Kopf, während ein zweiter Mann tränenüberströmt versuchte, den Arm der Wache beiseitezuschieben. Ich versuchte, durch das Heckfenster Genaueres zu erkennen. Gerade als wir um die Ecke bogen, kam der Schlagstock der Wachen zum Einsatz und die beiden Männer sanken mit erhobenen Händen auf die Knie.

Zeke parkte in der Commercial Street und wir gingen gemeinsam zu der überdachten Markthalle hinüber. In Old Spitalsfield war es viel heller als im Garden, da durch das von Stahlträgern gehaltene Glasdach jede Menge Licht einfiel, aber die meisten Händler hier waren auch Amaurotiker. Billige Kleidung, Schuhe und Schmuck füllten die Stände, dazu hin und wieder eine modische Chatelaine für das wohlhabende Publikum. Ognena Marias Stand, an dem in Porzellanhündchen und Riechfläschchen verborgene Numa verkauft wurden, befand sich irgendwo im Zentrum dieses Irrgartens. Wir bahnten uns mit vollem Körpereinsatz einen Weg durch die Horden von Kunden und Händlern und hielten aufmerksam Ausschau nach der Denkerkönigin. Zeke blieb an einem kleinen Stand stehen, der Kinkerlitzchen aus der Freien Welt im Angebot hatte.

»Ich finde euch schon«, sagte er zu Nick, der nur nickte.

Ich blieb bei den beiden anderen. »Hoffentlich gefällt es ihr wenigstens«, murmelte Eliza. In dem grellen Licht wirkte sie völlig ausgelaugt. »Du kennst Ognena Maria, oder, Träumerin?«

»Einigermaßen, ja.«

»Sie wollte unsere Träumerin für ihren Sektor abwerben«, erzählte Nick schmunzelnd. »Da auf ihrem Ausweis ein Wohnort in I-5 angegeben ist, kann man sie rein technisch auch als

Bürgerin von I-5 betrachten. Maria und Jaxon hatten darüber natürlich völlig gegensätzliche Ansichten.«

Die Stände, an denen verbotene Gegenstände verkauft wurden, erkannte man auf den ersten Blick: Ihre Besitzer hatten etwas Zwielichtiges an sich und bevorzugten die dunkleren Ecken des Marktes, von denen aus man schnell die Ausgänge erreichte. Ich ließ mich ein wenig zurückfallen und sah mir die ausgelegten Waren an, ohne sie wirklich wahrzunehmen.

Der Graue Markt.

Mühsam riss ich mich aus meinen Gedanken. Als ich den gesuchten Stand erreichte, waren Eliza, Nick und Ognena Maria bereits mitten im Gespräch: »... ganz besondere Pinselführung«, sagte Maria gerade, »und die Farben sind offenbar mit besonderer Sorgfalt gewählt worden – diese subtilen Nuancen sind einfach wunderschön. Um ein solches Werk hervorzubringen, muss dich eine wirkliche Symbiose mit deinen Geistern verbinden, Gemarterte Muse. Hat das denn keine körperlichen Auswirkungen?«

Schon wieder dieses Wort: *Symbiose.* »Ein wenig, wenn die Muse gereizt ist, aber ich komme ganz gut damit klar«, antwortete Eliza.

»Bewundernswert. Ich denke, ich könnte schon ein Plätzchen dafür –« In diesem Moment entdeckte sie mich. »Ah, Fahle Träumerin. Gerade wollte ich euch ein Plätzchen in Old Spitalsfield anbieten. Was sagst du dazu?«

»Sie werden es nicht bereuen«, erwiderte ich mit einem gezwungenen Lächeln. »Falls Sie nichts gegen eine gesuchte Verbrecherin in Ihrem Revier haben, werde ich auch gerne zusammen mit der Muse den Verkauf übernehmen.«

»Oh, es wäre mir eine Ehre, dich hier zu haben.« Maria schüttelte uns allen die Hände. »Passt auf die Wachen auf, wenn ihr zurückgeht. Manchmal kommen sie auf dem Weg zu ihrem Hauptquartier hier durch.«

»Vielen Dank, Maria.« Nick zog seine Mütze tiefer in die Stirn. »Schönen Abend noch.«

»Ich komme gleich nach«, versprach ich ihm.

Mit einem knappen Nicken hakte er sich bei Eliza unter, und sie gingen zurück Richtung Eingang. Ognena verstaute das Bild unter einem Tisch, wo es nicht gesehen wurde.

»Sagen Sie, Maria«, begann ich, »Sie sollten doch der Sache mit den roten Taschentüchern nachgehen, die bei Hectors Leiche gefunden wurden, stimmt's?«

»Stimmt, und das habe ich auch getan. Sie wurden eindeutig hier gekauft – die Herstellerin bringt an allen ihr Etikett an –, aber sie meinte, sie würde jeden Monat Dutzende davon verkaufen.« Seufzend fügte sie hinzu: »Genaueres werden wir wohl nie erfahren.«

Nach einem verstohlenen Blick über die Schulter zog ich das Taschentuch aus dem Stiefel, das ich dem Schläger abgenommen hatte, und reichte es ihr. »Waren es solche wie das hier?«

Maria drehte das Ding hin und her, bis sie an einer Ecke ein aufgesticktes Kreuz entdeckte. »Allerdings.« Sie senkte die Stimme. »Wo hast du das her, Fahle Träumerin?«

»Von einer Lumpenpuppe, die versucht hat, mich in I-4 umzubringen.«

»*Dich* umzubringen?« Als ich nickte, presste Maria die Lippen zusammen und gab mir das Taschentuch zurück. »Du solltest es verbrennen. Viel weiß ich ja nicht über den Lumpensammler, aber ich will ganz sicher nicht, dass er seine Leute auf dich ansetzt. Hast du das der Versammlung der Widernatürlichen gegenüber erwähnt?«

»Nein.« Ich stopfte die rote Seide zurück in meinen Stiefel. »Ich weiß nicht, … ob ich der Äbtissin trauen kann.«

»Da wären wir schon zu zweit.« Sie stützte sich mit beiden Ellbogen auf den Verkaufstisch und drehte ihren in sich verschlungenen Daumenring. »Du weißt doch sicher noch, dass sie mit mir sprechen wollte, oder? Damals, bei der Auktion? Am nächsten Abend haben wir uns in einem neutralen Haus in I-2 getroffen. Sie wollte mindestens fünf von meinen Sehern haben, aber nicht als Leichte Mädchen. Genaueres hat sie nicht gesagt, nur, dass sie mich fürstlich entlohnen würde, wenn ich ihnen gestatte, einen Zweitjob bei ihr anzunehmen.«

Plötzlich fiel mir das Atmen schwer. »Und, haben Sie zugestimmt?«

»Nein. Zweitjobs waren schon immer illegal. Wenn meine Seher es aus eigenem Antrieb machen, drücke ich schon mal ein Auge zu, aber ich werde es nicht offiziell gestatten.« Maria richtete sich wieder auf. »Ein paar von uns haben noch so etwas wie ein moralisches Empfinden.«

»Sie wollen ja nicht Herrin der Unterwelt werden«, stellte ich fest. »Haben Sie es sich denn nicht wenigstens kurz überlegt?«

»Das würde ich nicht wagen, Liebes. Allerdings war ich überrascht, dass es so viele Kandidaten gibt. Fünfundzwanzig, das ist schon eine Menge.«

»Warum?«

»Ich will ja nicht sagen, dass Hector es verdient hätte, am heimischen Herd umgelegt zu werden«, meinte sie, »aber er hat dieses Syndikat in einem Grade geschwächt, wie es noch kein Herr der Unterwelt vor ihm geschafft hat. Niemand aus der Versammlung will an der Macht sein, wenn Scion den Sensorschirm einführt. Dann wird es in sämtlichen Sektoren nur so wimmeln von Straßenkötern, Bettlern und Wachleuten. Und wer übernimmt schon gerne das Kommando auf einem sinkenden Schiff?«

»Dann brauchen wir wohl jemanden, der den Untergang des Schiffes verhindert.«

Maria lachte. »Und wen? Nenne mir nur einen Denkerfürsten oder eine Denkerkönigin, die das Ruder noch herumreißen könnte.«

»Mir fällt keiner ein.« Meine Haut begann zu kribbeln. »Manchmal wünschte ich, ich könnte selbst teilnehmen, aber wie ich hörte, sind Ganovenschützlinge nicht zugelassen.«

Allein ihr gegenüber so etwas anzudeuten, stellte schon ein

enormes Risiko dar. Zwar hatte ich immer den Eindruck gehabt, sie sei eine anständige Frau, und ihre Begeisterung für Jaxon hielt sich stark in Grenzen, aber das alles war keine Garantie dafür, dass sie eine solche Information nicht an ihn weiterleitete. Trotzdem musste ich wissen, wie sie darauf reagierte. Musste selbst sehen, was ein Mitglied der Versammlung der Widernatürlichen von der Vorstellung hielt, dass eine verräterische Ganovenbraut Herrin der Unterwelt werden könnte.

Ognena Marias Reaktion fiel vollkommen anders aus als erwartet, auch wenn sie mir kurz einen fragenden Blick zuwarf. »Eigentlich gibt es keine eindeutige Regel, die es verbietet«, sagte sie nur, »zumindest nicht dass ich wüsste. Und ich bin nun schon seit über zehn Jahren Denkerkönigin.«

»Aber es würde den Leuten nicht gefallen.«

»Ganz ehrlich, Träumerin? Ich denke nicht, dass es irgendjemanden interessieren würde. Manche Ganovenschützlinge sind wesentlich kompetenter als ihre Herren. Nimm doch nur Jack Hickathrift und die Schwanenkriegerin: Beide brillante Seher, planvoll und einigermaßen ehrlich, und was machen sie? Katzbuckeln vor faulen, korrupten Anführern, die wahrscheinlich nur durch Brutalität und Gaunerei in diese Position gekommen sind. Wenn einer von denen um die Krone kämpfen würde, würde ich ihn von ganzem Herzen anfeuern.«

Erstaunt zog ich die Augenbrauen hoch. »Glauben Sie denn, der Rest der Versammlung denkt ähnlich?«

»Oh nein. Für die meisten von denen wärst du ein Verräter und ein undankbarer Lump. Aber das liegt nur daran, dass sie Angst vor dir haben.« Sie legte ihre Hand auf meine. »Es wäre sehr schön, wenn wir dieses Jahr einen fähigen Herrscher bekämen.«

»Die Hoffnung stirbt zuletzt«, erwiderte ich.

»In dieser Zitadelle wird die Hoffnung langsam knapp.« Plötzlich verschwand das Lächeln aus ihrem Gesicht, und sie wandte sich fingerschnippend an ihre Ganovenbraut: »*Pobŭrzaĭ.*

Ich bezahle dich nicht, weil du so gut aussiehst.« Gereizt verdrehte die Frau die Augen.

Die anderen warteten im Wagen, dessen Scheinwerfer es kaum schafften, den dichten Regenschleier zu durchdringen. Schnell kletterte ich zu Eliza auf die Rückbank. »Wirst du uns jetzt sagen, was passiert ist?«, fragte sie.

»Warte kurz.« Zeke startete den Motor. »Hier sollten wir nicht reden. Maria meinte doch, hier wären überall Wachen. In Primrose Hill müssten wir sicher sein, oder?«

Fragend schauten wir alle zu Nick. Unter seinen Augen lagen tiefe Schatten.

»Eine halbe Stunde, mehr nicht«, verkündete er schließlich. »So spät bin ich nicht mehr gerne unterwegs. Sollte Jaxon von der Sache wissen, Paige?«

»Ich weiß nicht«, zögerte ich. »Immerhin war ich ohne Erlaubnis draußen. Vermutlich will er es gar nicht hören.«

Während das Auto durch die Straßen fuhr, wanderten meine Gedanken an wesentlich dunklere Orte. Und wenn Ognena Maria sich *doch* an Jaxon wandte? Eventuell wäre es besser, bis zur Wahlschlacht woanders unterzukommen, aber wenn ich jetzt mit ihm brach, würde ihn das nur weiter reizen. Und vielleicht durfte ich gar nicht teilnehmen, wenn wir zwei nicht als Paar antraten.

Primrose Hill lag zwischen I-4 und II-4, ein leuchtender Flecken Grün auf einer kleinen Anhöhe. Scion hatte dort im Gedenken an Inquisitor Mayfield einige Eichen und Tausende von Primeln angepflanzt, da offenbar neben der Erhängung, Verbrennung und Enthauptung von Verrätern auch das Gärtnern zu seinen Hobbys gezählt hatte. Jetzt, wo der Oktober sich dem Ende zuneigte, gab es natürlich keine Blumen mehr. Wir ließen das Auto auf der Straße stehen und stapften den Hügel hinauf, fort von den Laternen und möglichen Lauschern. Am höchsten Punkt hielten wir an. Zwischen den bunten Blättern der Bäume blitzte der unendliche schwarze Himmel auf.

Irgendwo dort draußen war der Wächter, der weiterhin auf Abstand blieb. Ich konzentrierte mich auf das Goldene Band, während ich mir gleichzeitig die Sternenkonstellation über mir einprägte. Wenn er wusste, wo er suchen sollte, konnte er mich heute Nacht finden. Bis dahin gab es Neuigkeiten zu berichten.

Unter einem dichten Baum stellten wir uns im Kreis auf. »Schieß los«, bat Nick.

»Die Äbtissin hat Hector und seine Bande umgebracht«, erklärte ich leise. »Und sie hat auch Schlitzschnute getötet.«

Sprachlos starrten sie mich an. Mit gedämpfter Stimme erzählte ich ihnen, was passiert war, nachdem ich mich von Eliza getrennt hatte: Wie ich die Bahnstrecke und das versteckte Gebäude entdeckt und zugesehen hatte, wie Agatha starb, bevor ich anschließend zu Schlitzschnute gerast war, aber nur noch ihre letzten Worte gehört hatte.

»Eine Tätowierung«, wiederholte Eliza nachdenklich. »Meinte sie etwa das Gangsymbol der Lumpenpuppen? Das Mal der Skeletthand?«

»Heißt es so?«

»Ja. Wenn sie der Bande beitreten, bekommen sie es alle verpasst, hierhin.« Sie klopfte auf ihren rechten Oberarm. »Und wenn sie aus der Gang ausscheiden wollen, müssen sie zustimmen, dass der Lumpensammler es ihnen ausbrennt. Sie dürfen es nicht in einem Tattoostudio wegmachen lassen.«

»Wenn sie das Mal noch hat, heißt das dann also, dass sie immer noch für ihn arbeitet?«, fragte Zeke erstaunt. »Für den Typen, den sie angeblich so hasst?«

»Muss es wohl«, nickte ich. »Nachdem er Agatha erschossen hatte, hat der Mönch der Äbtissin Lithium angeboten für das, was sie vorhatte. Aber sie meinte, sie bräuchte es nicht, weil ihre *Symbiose* so stark sei.« Fragend schaute ich zu Eliza. »Was bedeutet dieser Begriff?«

»Symbiose?« Verwirrt runzelte sie die Stirn. »Er beschreibt die Verbindung zwischen dem Medium und dem Geist, von dem es besessen ist. Ist die Symbiose gut, funktioniert auch die Zusammenarbeit reibungslos. Nachdem ich ein paar Jahre mit ihr gearbeitet habe, ist meine Symbiose mit Rachel inzwischen zum Beispiel richtig gut«, führte sie weiter aus, »aber bei neuen Musen brauche ich immer eine Weile, um mich an sie zu gewöhnen. Deshalb wird mir nach den ersten Inbesitznahmen immer übel. Tritt die Symbiose dann ein, kommen wir zu einer Art … Einvernehmen. Ergibt das irgendeinen Sinn?«

Nick wirkte angespannt. »Die Äbtissin ist ein Physisches Medium. Könnte sie einen Geist benutzt haben, um Hector zu töten?«

Nach kurzem Zögern meinte Eliza: »Möglicherweise war sie besessen, während sie es getan hat, dann hätte sie zusätzlich zu ihren eigenen auch die Emotionen des Geistes gespürt. Vielleicht waren ihre Reaktionen dadurch auch schneller. Aber sie musste erst sieben andere Menschen umbringen, um an Hector heranzukommen, und dann hat sie ihm auch noch den Kopf abgetrennt. Durch einen Geist bekommt man keine zusätzliche Körperkraft, und die Äbtissin sieht nicht so aus, als könnte sie es allein mit acht Gegnern aufnehmen.«

»Wartet mal kurz.« Zeke hob die Hand. »Selbst *wenn* die Äbtissin Hector umgebracht hat – warum nimmt sie dann nicht an der Wahlschlacht teil?«

»Das habe ich mich auch schon gefragt«, nickte ich.

Voller Mitgefühl fragte er mich: »Du hast also Schlitzschnute gefunden? Wo denn? Und hat sie noch irgendwas gesagt?«

»Mir wurde plötzlich klar, wo sie sein musste: in Jacob's Island. Allerdings hat es eine Weile gedauert, bis ich am Torwächter vorbei war, und dann haben mich auch noch die Slumbewohner aufgehalten, und …« Ich atmete tief durch. »Ich war einfach nicht schnell genug. Als ich ankam, hatte man sie schon erstochen. Mit ihrem letzten Atemzug hat sie einen *Grauen Markt* erwähnt. Es klang so, als sollte ich ihm ein Ende machen.«

»Was soll das sein?«

»Keine Ahnung«, gab ich zu. »Wenn ein Schwarzmarkt illegal ist, müsste ein Grauer Markt schätzungsweise … unzulässig sein. Aber toleriert.«

»Jaxon weiß es bestimmt«, meinte Eliza.

»Was kann er denn schon dagegen tun? Er kann ja schlecht die Äbtissin *bei* der Äbtissin anzeigen, oder?« Ich seufzte schwer. »Sie ist die einstweilige Herrin der Unterwelt. Wenn er durchblicken lässt, dass er Bescheid weiß, bringt sie ihn eben auch noch um.«

Wir schwiegen eine Weile. Dann wandte sich Nick der Skyline der Zitadelle zu, sodass die vielen Lichter sich in seinen Augen spiegelten. »In der Wahlschlacht wird entschieden, wie es weitergeht. Wir wissen, dass der Lumpensammler bis zu einem gewissen Grad über die Rephaim Bescheid weiß«, fasste er zusammen. »Immerhin hat er den Wächter entführt. Dann können wir also davon ausgehen, dass dieser Graue Markt irgendetwas mit –«

»Wow, wie bitte?«, fiel Zeke ihm ins Wort und starrte ihn völlig perplex an.

»Wie war das? Der *Wächter* ist wieder aufgetaucht? Du meinst Paiges Hüter?« Eliza lachte verbittert. »Wann wolltest du diese Bombe denn platzen lassen?«

»Schhh.« Ich schaute kurz über die Schulter, weil mein sechster Sinn sich meldete. »Er ist schon seit einer Weile wieder da. Ich habe versucht, Jaxon zu warnen, als seine Verbündeten bei uns aufgekreuzt sind, aber er wollte nicht …« Ich unterbrach mich. »Wartet mal, da kommt jemand.«

Erst in diesem Moment registrierte ich die Traumlandschaft, die sich zwischen den Bäumen an uns heranschlich. Kaum hatte ich die Warnung ausgesprochen, trat ein klapperdürrer Mann hinter dem Baum hervor, unter dem wir standen. Er war barfuß und trug nichts als Lumpen am Leib. Hastig wich ich einen Schritt zurück und strich mir die Haare ins Gesicht.

»n'Abend, die Damen, die Herren.« Mit einer Verbeugung

zog er sich die Mütze vom Kopf. »Kleine Spende für 'nen armen Straßenkünstler?«

Nick hatte bereits in den Mantel gegriffen, an die Stelle, wo seine Pistole hing. »Bisschen weit draußen unterwegs, oder?«

»Aber nein, Sir.« Seine weißen Zähne schimmerten im Licht unserer Taschenlampen. »Mir ist kein Weg zu weit.«

»Sie müssten allerdings erst mal Straßenkunst machen«, gab Eliza mit einem nervösen Lachen zu bedenken. Gleichzeitig machte sie einen Schritt nach links, sodass der Mann mich nicht mehr sehen konnte. »Wenn Sie gut sind, kriegen Sie einen Zehner von mir. Was machen Sie denn?«

»Ich bin nur ein bescheidener Rhabdomant, werte Dame. Bei mir gibt's keine Prophezeiungen, keine Versprechungen und keine hübschen Liedchen.« Er holte eine Silbermünze hinter seinem Ohr hervor. »Aber ich kann Sie zu verborgenen Schätzen führen, so wahr ich eine Nase im Gesicht trage. Wenn es um Schätze geht, sind wir Rhabdomanten der beste Kompass, den's gibt. Gehen Sie ein paar Schritte mit mir, dann werde ich es Ihnen zeigen, werte Dame.«

»Tu's nicht«, zischte ich ihr möglichst unauffällig zu.

»Es könnte sein, dass er uns belauscht hat«, wisperte sie zurück. »Ich habe etwas Weiße Aster in meiner Tasche. So können wir auf Nummer sicher gehen.«

An meinen Unterarmen stellten sich die Härchen auf. Nahe genug, um etwas gehört zu haben, war er ja gewesen. Nick wirkte ebenfalls wachsam, aber er protestierte nicht. Der Rhabdomant hakte sich bei Eliza unter und führte uns den Hügel hinunter. Die ganze Zeit über erzählte er Witze und lustige Anekdoten. Nachdem er Nick einen besorgten Blick zugeworfen hatte, heftete Zeke sich den beiden an die Fersen. Ich zog mir das Halstuch übers Gesicht und fragte mich, ob ich nicht besser einfach in entgegengesetzter Richtung abhauen sollte.

Geschickt schob sich der Rhabdomant zwischen den Bäumen hindurch. Ich hielt möglichst großen Abstand. Doch als er auf eine besonders dichte Hecke zusteuerte, schaltete ich meinen englischen Akzent ein und rief ihm zu: »Sie wollen uns doch nicht etwa da reinführen, oder?«

»Es ist nicht weit, Ma'am, versprochen.«

»Er könnte uns umbringen«, zischte ich Nick zu.

»Du hast recht, mir gefällt das auch nicht.« Er legte beide Hände um den Mund. »Muse! Diamant! Wartet mal!«

Aber sie war schon mit dem Straßenkünstler unter den Bäumen verschwunden, und Nicks Worte wurden vom Wind davongetragen.

Nick knipste seine Taschenlampe an, nahm mich am Arm und folgte den beiden. Mein Herz klopfte plötzlich schneller. Unter meinen Stiefeln knirschte das tote Laub. Oder vielleicht ein Schädel ... sofort schoss das Adrenalin in meine Adern. Mit einem Mal glaubte ich wieder eine rosafarbene Tunika zu tragen und nur mit einer dünnen Jacke im Niemandsland zu stehen, ängstlich darauf wartend, dass das Monster zwischen den Bäumen auftauchte. Meine Finger bohrten sich in Nicks Arm.

»Alles okay?«

Ich nickte und versuchte, mich auf meine Atmung zu konzentrieren.

Der Rhabdomant hatte Eliza und Zeke tief zwischen die Bäume geführt. Der Tau hing wie gläserne Tränen an den Blättern, die mit Reif überzogen waren. An den Ästen glänzten durchsichtige Eispanzer, unter deren Gewicht das Holz ächzte. Ein quer über das Unterholz gespanntes Spinnennetz hatte sich in silberne Spitze verwandelt, erstarrt hing sein Schöpfer an einem Faden. Der Strahl von Nicks Taschenlampe erfasste die Fußstapfen der anderen, aber selbst auf ihnen begann sich feiner Reif zu bilden. Mein Atem verließ in dichten weißen Wolken meinen Mund.

»Kannst du irgendwelche Geister spüren?«, murmelte Nick.

»Nein.«

Wir gingen schneller. Zeke hockte neben einer kleinen Wasserpfütze, und auch Eliza war auf die Knie gesunken. Abrupt blieb ich stehen. Knapp über dem Boden hing eine bläulich schimmernde Wolke. Der Straßenkünstler stand hinter den beiden und sagte mit flinken Gesten: »… seit Jahren, wissen Sie, Sir, und ich habe schon immer gesagt, darunter ist ein Schatz versteckt. Also, seien Sie doch so freundlich und nehmen Sie das, damit können Sie das Eis aufbrechen.«

»Das sieht aus wie ein perfekter Kreis.« Zeke ließ den Finger über den Rand der Pfütze gleiten. »Wie kann das nur sein?«

Das sah nicht nur so aus wie ein perfekter Kreis – es war einer.

»Hey, Diamant, alles klar?«, fragte Nick.

»Alles bestens. Hast du das gesehen? Es ist unglaublich …«

Zeke nahm die Münze, die der Rhabdomant ihm hinstreckte, und schlug damit auf das Eis. »Zweimal noch, Sir.« Der Fremde spähte über seine Schulter. »Zweimal noch.«

Mein sechster Sinn schrillte wie ein ganzer Chor von Alarmglocken. So etwas hatte ich schon einmal gesehen, damals war der Wächter dabei gewesen. Der Wald. Die Kälte. Das Fehlen von Geistern. Als Zeke ein zweites Mal mit der Münze auf das Eis schlug, rollte eine Art Welle durch den Aether. Endlich begriff ich, und plötzlich konnte ich nicht mehr atmen.

Er klopfte an eine Tür, die niemals geöffnet werden durfte.

»Geh weg da.« Ich rannte los. »Diamant, hör auf!«

Eliza zuckte erschrocken zusammen. »Das ist doch nur Eis, Träumerin. Entspann dich.«

»Das ist ein Kältepunkt.« Meine Stimme klang plötzlich rau. »Eine Pforte zur Schattenwelt.«

Sofort schob Nick ihr die Arme unter die Achseln und zog sie auf die Füße und fort von der Eisfläche. Zeke wich ebenfalls fluchend zurück, aber gleichzeitig verpasste der Rhabdomant ihm einen heftigen Schlag gegen das Kinn, sodass er erst taumelte und dann hinfiel. Die Münze glitt ihm durch die Finger und rollte auf das Eis zu. Hastig packte ich eines meiner Messer und schleuderte es auf den Kopf des Rhabdomanten, verfehlte ihn aber um wenige Zentimeter. Der schnappte sich die Münze, drückte sie mit einer Hand gegen die Brust und kroch mit der anderen auf das Eis zu.

»Sie kommen«, hauchte er. Seine Augen blickten wirr, und er hatte die Lippen gespitzt. »Um mir meinen Schatz zu bringen.«

»Stopp!« Schon hatte ich den Revolver gezogen. »Hör auf. Du wirst dort keinen Schatz finden.«

»Du bist bereits tot, Frau.« Damit hob er die Münze über den Kopf.

Diesmal ließ der Aufprall das Eis brechen. Der Kältepunkt explodierte. Unzählige Splitter flogen durch die Luft und blendeten mich wie Diamantenstaub. Gleichzeitig hallte ein gellender Schrei durch ganz II-4, und ein Summer kroch aus dem Portal – zu uns nach London.

*

Mit unfassbarer Geschwindigkeit stürzte sich die Kreatur auf uns. Zuerst auf den Rhabdomanten: Ihre Kiefer packten seinen Kopf, die Muskeln spannten sich, und schon hatte sie ihn abgerissen. Zuckend wie nach einem Elektroschock brach sein Körper zusammen. Aus den Überresten sprudelte dunkles Blut hervor und verteilte sich über den Kältepunkt.

Dann starrte sie mich an. Die Kreatur erschuf ihre eigene Finsternis – für mich sah es aus wie eine schwarze atmosphärische Störung –, aber trotzdem gelang es mir zum ersten Mal, einen der verrottenden Riesen klar zu sehen. Er war mit grotesk gewölbten Muskeln bepackt, hatte einen dick angeschwollenen Kopf und glänzende, irgendwie blasig wirkende Haut. Alles an ihm war zu lang, als wäre er auf eine Streckbank geraten: Arme, Beine, Hals. Die Wirbelsäule bohrte sich wie eine Messerklinge durch die Haut. Und die Augen waren konturlose weiße Kugeln, die ein gedämpftes Licht abgaben, wie kleine Monde.

Das Summen unzähliger Fliegen erfüllte die Luft. Mir lief der Schweiß den Nacken runter. Diese Kreatur war viel größer als jene, der ich damals im Wald begegnet war.

Ich hatte ein Säckchen mit Salz in der Hosentasche. Ganz langsam zog ich es hervor, schob mir das Bändchen über zwei Finger und zeigte der Kreatur, was ich in Händen hielt. Natürlich wusste ich nicht, inwieweit sie das begreifen konnte, aber vielleicht spürte sie ja, was sich in dem Beutel befand.

Der Summer reckte mit einem feuchten, klickenden Geräusch den Hals, dann schüttelte er so heftig den Kopf, dass er kaum noch zu erkennen war. Die plumpen Finger gruben sich in den Boden, der sofort gefror, und das Monster kroch auf uns zu.

Hastig versuchte ich, die Auren der drei anderen zu erfassen. Wie gestörte Radarsignale tauchten sie in meinem Geist auf. Durch den Summer verwandelte sich der Aether in eine dichte, klebrige Masse, in der kein Geist sich aufhalten konnte. Er selbst war von Klumpen umgeben, die aussahen wie Ölflecken auf Wasser. Nick versuchte, eine Horde um sich zu scharen, aber die Geister wehrten sich so vehement gegen ihn, dass er sie loslassen musste.

Meine Knie zitterten und für einen Moment wurde mir schwarz vor Augen. Wenn ich jetzt nichts unternahm, würden wir alle in Bewusstseinsstarre verfallen. Ich wartete, bis die Kreatur ein wenig näher gekommen war, dann kippte ich mir etwas Salz auf die Hand und warf es nach ihr. Als die kleinen Kristalle den Summer berührten, entstand eine zischende Rauchwolke und es knallte wie bei einem Feuerwerk.

Er riss das Maul auf, entblößte dabei einen abgrundtief schwarzen Schlund und stieß einen furchtbaren Schrei aus. Nein, nicht einen Schrei, sondern Tausende gequälter Schreie, Schluchzer und Stöhner, die alle aus einem Mund kamen. Das Geräusch verursachte mir brennende Gänsehaut und ließ mir das Blut in den Adern gefrieren.

»Lauft!«

Wir brachen durch die Bäume, rannten den Abhang hinunter zum Fuß des Hügels, wo wir das Auto geparkt hatten. Äste schlugen mir ins Gesicht und zerrten an meinen Haaren. Das Eis unter meinen Stiefeln knirschte. Verzweifelt zog ich an dem Goldenen Band und versuchte, gegen die Dunkelheit anzublinzeln, die sich in mein Gesichtsfeld schob. Der Wächter war vielleicht unsere einzige Überlebenschance. Doch der Boden schien mich festzuhalten, klammerte sich an meine Beine und zog meine Lider nach unten. *So müde.* Weiter, muss weiter. *Bleib einfach stehen.* Weiter, muss weiter. Als wir die nächste Lichtung erreichten, gaben Zekes Knie nach. Er brach zusammen, als hätte er keinen einzigen Knochen mehr im Leib.

Nick fiel als Nächster. Ich kam taumelnd zum Stehen und packte ihn an den Schultern, um ihn wieder hochzuziehen, aber meine Arme waren wie aus Gummi, und so brach ich zitternd neben ihm zusammen. Meine Aura wehrte sich, floh vor der Kreatur und verkürzte so meine Verbindung zum Aether. Plötzlich konnte ich Zeke nicht mehr spüren. Er lag am weitesten entfernt. Ein Wimpernschlag, und er war aus meiner Wahrnehmung gelöscht.

Aufhören, es muss aufhören, aufhören, das ist wie sterben, kann nicht atmen, kann nicht atmen, stopp.

Meine Aura war wie ein lebenswichtiges Organ, das von einer mächtigen Faust zerquetscht wird, bis es nicht mehr arbeiten kann. Ich kämpfte so sehr darum, nicht das Bewusstsein zu verlieren, dass meine Augen tränten. Langsam aber sicher kroch die Bewusstseinsstarre heran. Meine Fingerspitzen wurden grau, meine Nägel grellweiß. Ich konnte atmen, und gleichzeitig erstickte ich. Ich konnte sehen, und gleichzeitig war ich blind.

Kann mich nicht konzentrieren, hör auf, kann nicht denken, hör auf, hör auf!

Eliza lag direkt vor uns, nur wenige Meter von Nick entfernt. Atemlose Flüche ausstoßend, versuchte sie, sich hochzustemmen, aber ihre Handflächen rutschten auf dem Eis weg, und sie schien einfach nicht wieder auf die Beine zu kommen. Ihre Traumlandschaft, ihre Aura – ich spürte nichts davon. Halb blind griff ich wieder nach dem Salzbeutel.

»Kreis«, hauchte ich in Nicks Richtung.

Wieder setzte der Lärm ein, das Geschrei der Verdammten in einer stinkenden Mundhöhle gebündelt. Zähneknirschend schleppte Nick Eliza mit sich, das Adrenalin verlieh ihm neue Kraft.

»Gib mir das Salz!«

Ich drückte es ihm in die Hand. Der Summer galoppierte in unsere Richtung, durch die Dunkelheit leicht verzerrt, doch die weißen Augen, die tiefen Schatten und seine knochenharte Wut traten klar hervor. So schnell. Nicks Hände zitterten.

»Zeke!«, rief er mit rauer Stimme. *»Zeke!«*

Die Kreatur war viel zu nah, dann beugte sie sich über Zekes zitternden Körper. Ich schleuderte meinen Geist über die Lichtung.

Als ich mit der Traumlandschaft des Monsters kollidierte, war es genau wie in Sheol I: Der Aufprall verursachte mir brennende Schmerzen und ließ gleißende Funken in meinem Geist aufleuchten. In den tiefsten Abgründen dieses Bewusstseins saß eine brodelnde Kraft. Mit voller Wucht durchbrach ich seine äußere Abwehr und landete in seiner Hadopelagialzone.

Der Schmerz überrollte mich mit der Gnadenlosigkeit einer Naturkatastrophe.

Mein Geist landete in einer Art Morast. Ich bestand nur noch aus Feuer, war eine riesige Stichflamme und verbrannte von innen heraus. Das war keine Traumlandschaft.

Das war ein Albtraum.

In der Hadopelagialzone dieses Wesens herrschte erdrückende Finsternis, trotzdem konnte ich gerade noch erkennen, worin meine Traumgestalt stand: in totem, verwesendem Fleisch. In einem Spalt des glitschigen Gewebes blubberte dunkles Blut.

Der Schleim legte sich um meine Knöchel und zog mich hinab, hinab, immer tiefer hinab, bis nur noch mein Oberkörper daraus hervorragte. Eine Skeletthand erschien, packte mich am Kragen und drückte meinen Kopf nach vorne. Mit meinem gesamten Gewicht stemmte ich mich dagegen, wollte fliehen, in meinen Körper zurückfliegen, aber es war zu spät. In dicken Schichten schloss sich die tote Masse über meinem Kopf.

*

Keine Luft, keine Gedanken, kein Schmerz, kein Verstand.

Verfall.

Auflösung.

Endloses Nichts, Nichts, *Nichts*.

Im Abgrund blitzte der letzte Anflug eines Gedankens auf: Das ist die Hölle. Die Abwesenheit des Aethers, des Seins überhaupt. Genau das fürchteten wir Seher. Nicht den Tod, sondern die Nicht-Existenz. Die totale Vernichtung von Geist und Selbst. Gesichter glitten an mir vorbei. Hier drin gab es keinen Nick, keinen Wächter, keine Eliza, keinen Jaxon, keine Liss, alles verblasste, und Paige verschwand, *verschwand* …

*

Mein Silbernes Band legte sich um mich wie eine Rüstung und zog meine Traumgestalt aus dem Schleim. Ich tauchte in der schrecklichen Traumlandschaft auf, rang nach Luft, die es nicht gab, und schlug nach den Händen, die mich packen wollten. Stimmen kreischten in Sprachen, die ich nicht verstand. Sie ließen mich einfach nicht los. Ich würde hier drin sterben, in der Traumlandschaft des Summers. Und nicht, indem ich versank und erstickte. Es gelang mir, einen der faulenden Arme zu zerbrechen, und mit einem letzten Ruck katapultierte mich das Band durch den Aether zurück in meinen Körper.

Meine Lider öffneten sich.

Ich holte Luft.

Der Salzkreis war geschlossen. Nick ließ das leere Säckchen los und fiel auf die Seite, als hätte ihn jemand erschossen.

Der Aether vibrierte und bildete eine Art geistigen Schirm um uns herum, ähnlich wie die Zäune, die uns in der Strafkolonie eingepfercht hatten. Die Kreatur wich zurück, als hätte sich das Salz plötzlich in flüssige Lava verwandelt, und verströmte noch mehr von seinen seltsamen Störsignalen. War das etwa eine grauenhaft entstellte Aura? Es stieß noch einen markerschütternden Todesschrei aus, dann schlurfte es davon. Zurück blieb die Finsternis, wie eine dunkle Rauchwolke, die es im Aether verströmte.

Kraftlos lagen wir vier unter den gefrorenen Ästen der Bäume. »Zeke«, würgte Nick schließlich hervor und packte ihn mit einer Hand an der Schulter.

Ich schaffte es gerade mal, den Kopf zu drehen. Eliza lag dicht neben mir. Ihre Augen waren durch den Schock ganz glasig, ihre Lippen fast so dunkel wie meine.

Eine Zeit lang lag ich einfach da. Mein Körper zuckte unkontrolliert. Mein Puls war schwach, und ich hörte alles nur gedämpft. Nachdem lange nichts als Dunkelheit und Stille geherrscht hatten, erklangen raschelnde Schritte im Laub. Knapp außerhalb des Kreises ragte eine Gestalt auf. Dann hörte ich eine leise, weibliche Stimme: »Traumwandler, höre mir zu.«

Es folgte ein Wort, das ich nicht verstand, es klang wie Gloss. Noch etwas anderes verlangte meine Aufmerksamkeit ... das Goldene Band zuckte – so stark hatte ich es noch nie gespürt –, und schließlich öffnete ich wieder die Augen.

»Bist du verletzt?« Die Stimme gehörte Pleione Sualocin. »Sprich mit mir, sonst kann ich dich nicht heilen.«

»Aura«, sagte ich, aber selbst in meinen Ohren klang es extrem leise. Trotzdem schien Pleione mich zu verstehen. Sie nahm ein Fläschchen mit Amaranth und schmierte mir mit dem behandschuhten Finger einen Tropfen davon unter die Nase. Sobald ich den himmlischen Duft in meine Lunge sog, fing meine Aura an, sich zu erholen. Ich rollte mich auf die Seite und begann zu würgen. Die Schmerzen sammelten sich vorne im Schädel und schwappten dann in Wellen durch meinen Körper.

Pleione erhob sich. Sie trug wieder die Kleidung eines normalen Bürgers und hatte die langen schwarzen Locken alle auf eine Seite gekämmt. »Der Emim ist fort, doch er wird zurückkehren. Nashira hat einen hohen Preis auf dein Leben ausgesetzt, Traumwandler.«

Ich konnte einfach nicht aufhören zu zittern. »Wird sie jemals ihr Gesicht zeigen?«

»Sie wird sich nicht die Hände schmutzig machen.« Pleione rieb ihr Schwert mit einem Tuch ab, das einen öligen Film auf der Klinge hinterließ. »Steh auf.«

Obwohl ich immer noch nicht klar sehen konnte, zwang ich mich, aufzustehen. Es war unerträglich für mich, wie sehr diese Sarxkreaturen mich schwächten, wie nutzlos all die Jahre auf der Straße zu sein schienen, wenn ich ihnen gegenübertrat. Das führte mir vor Augen, dass ich nie mehr gewesen war als ein simpler Schläger, und kein wahrer Kämpfer. Am Rande der Lichtung lehnte Eliza gebeugt an einem Baumstamm und hielt sich beide Ohren zu. Ich wollte zu ihr gehen, aber …

»Paige!«

Als ich die Angst in Nicks Stimme hörte, begann mein Herz zu rasen. Ich rannte zu dem Baum, unter dem er hockte. Zeke lag bewusstlos in seinem Schoß.

»Was ist passiert?« Als ich mich neben ihn fallen ließ, löste das eine neue Schmerzwelle aus, diesmal in meinen Augen.

»Ich weiß es nicht. Ich weiß es nicht.« Nicks Hände, die sonst immer ruhig waren, zitterten wild. »Was sollen wir tun? Bitte, Paige, du musst doch wissen, wie wir ihm helfen können …«

»Schhh, hab keine Angst. In der Kolonie gab es Dutzende

von Sehern, die gebissen oder gekratzt worden waren«, versicherte ich ihm, trotzdem hörte er nicht auf zu zittern. »Die Rephaim werden uns helfen. Du weißt ja nicht, wie –«

»Wir müssen etwas *tun*, Paige! Jetzt sofort!«

Seine Stimme brach. Ich drückte sanft seine Schulter. »Pleione«, rief ich dann. »Errai!«

Errai reagierte nicht, aber Pleione kam zu uns herüber. Sie kniete sich hin, legte Zeke, ohne den Handschuh abzustreifen, eine Hand auf die Stirn und die andere an die Wange. »Schnell, Traumwandler«, befahl sie. »Du musst ihn an einen sicheren Ort bringen.«

Nicks Gesicht verzog sich entsetzt. Er umschloss Zekes Gesicht mit den Händen und sprach leise auf ihn ein.

Eliza war kurz davor gewesen, das Bewusstsein zu verlieren, doch als sie hochschaute und Pleione entdeckte, schrie sie auf, als hätte sie den Tod persönlich gesehen. Hastig lief ich zu ihr rüber und hielt ihr den Mund zu.

»Denkst du jetzt immer noch, es wäre ein Fluxflash?«

Sie schüttelte den Kopf.

Plötzlich spürte ich wieder den Wächter. Ich stand auf und zog Eliza mit hoch. Er pflügte durch das Unterholz und sah sich mit lampenhellen Augen um. Mit einem Blick hatte er alles erfasst: den Salzkreis, den verletzten Menschen.

»Da sind keine anderen.« Er kam über die Lichtung auf uns zu. »Was tust du hier, Paige?«

Eliza schluckte schwer. »Wir haben uns unterhalten«, sagte ich. Wie traurig, dass etwas derart Normales so dumm und gedankenlos klingen konnte.

»Verstehe.« Er marschierte an uns vorbei. »Neben dem Kältepunkt liegt eine enthauptete Leiche.«

»Das war ein Rhabdomant.« Der stechende Schmerz in der Seite erschwerte mir das Sprechen. Und dazu auch das Atmen. »Er muss uns vom Markt aus gefolgt sein.«

»Ein Sklave der Sargas«, vermutete Pleione und wandte sich

an den Wächter: »Vielleicht wurde er dafür bezahlt, dafür zu sorgen, dass sie nicht an der Wahlschlacht teilnehmen kann.«

»Das denke ich nicht. Es ist unwahrscheinlich, dass sie tieferen Einblick in die Vorgänge innerhalb des Syndikats gewonnen haben. So oder so wollen sie Paige lebendig fangen.« Er unterbrach sich kurz. »Der Kältepunkt muss versiegelt werden, sonst werden noch mehr von ihnen durchbrechen. Wo befindet sich das nächste sichere Haus, Paige?«

Fragend schaute ich zu Eliza. »Hast du eine Idee?«

»Eine schon.« Mit zitternden Fingern wischte sie sich die Oberlippe ab. »Aber dann muss erst jemand das Auto holen.«

»Geh du, Medium.« Pleione deutete mit dem Kopf auf die angrenzenden Bäume. »Und beeile dich.«

Eliza wurde blass. »Und was ist, wenn da draußen noch mehr von diesen Dingern sind?«

»Dann lauf, und zwar schnell, und versuche, dem Tod nicht allzu bald zu erliegen.«

Jetzt wich auch noch der letzte Hauch Farbe aus Elizas Wangen. Ich drückte ihr meinen Revolver in die Hand, und dazu den letzten Rest Salz. Sie stöhnte, atmete einmal tief durch und verschwand dann zwischen den Bäumen.

Hinter mir behielt der Wächter die Lichtung im Auge. Im Salzkreis ließ Nick Zekes Kopf in seinen Schoß gleiten, strich ihm über die Haare und murmelte leise etwas auf Schwedisch.

Pleione und Errai hielten rechts und links von der Lichtung Wache.

Dann warteten wir.

*

Als Eliza zurückkam, lagen bei Nick die Nerven blank. Nachdem die Rephaim Stellung bezogen hatten, um den Kältepunkt zu bewachen, fuhren wir zurück nach I-4, wo wir das Auto abstellten. Während wir durch eine schmale Gasse mit Kopfsteinpflaster, Gaslaternen und dunklen Schaufenstern rannten, warf ich Eliza einen fragenden Blick zu. Sie atmete schwer und wühlte in ihren Taschen herum.

»Goodwin's Court?«

»Wir gehen zu Leon«, presste sie angestrengt hervor.

»Zu wem?«

»Leon Wax, dem Objektmaler. Du kennst ihn.«

Flüchtig, so wie man innerhalb des Syndikats fast jeden »kannte«. Leon Wax war ein enger Freund von Jaxon und darauf spezialisiert, Papiere für Seher zu fälschen: Reisegenehmigungen, Geburtsurkunden, Belege für eine Scionvergangenheit, eben alles, was es uns erleichterte, unserer Regierung etwas vorzumachen. Er hatte auch die Papiere für Zeke und Nadine geliefert, die sie als legal gemeldete Bürger auswiesen, falls sie je auf der Straße angehalten werden sollten. Wie viele amaurotische Händler mit Verbindungen zum Syndikat lebte er in einem heruntergekommenen Häuschen in dieser winzigen Straße.

Die Fassade seines kleinen Ladens war vollkommen schwarz gestrichen, und in seinem Schaufenster lagen diverse verstaubte Sachen herum: Dochtlöscher, Trickkerzen, Streichhölzer, Kerzenhalter aus Silber und Messing, sogar eine alte Stundenkerze mit Metallstift. Über dem Fenster, das aussah, als wäre es seit Wochen nicht gereinigt worden, stand in silbernen Lettern der Name des Geschäfts, mit dem Leon seine illegalen Aktivitäten tarnte: WAX AND CANDLE.

Eliza holte einen Schlüssel aus der Tasche und sperrte auf. Keine Ahnung, warum sie einen Schlüssel zu Leon Wax' Kerzenladen hatte. Nick trug Zeke die Treppe hinunter in ein kleines Wohnzimmer, wo wir ihn auf dem Sofa ablegten und ihm ein Kissen unter den Kopf schoben. Ich drückte auf den Lichtschalter, aber es tat sich nichts.

»Eliza?«

»Leon hält nichts von elektrischem Licht.« Sie holte eine

Schachtel mit Streichhölzern aus einer Nische. »Tu etwas Kohle in den Kamin.«

Nick zuliebe diskutierte ich nicht weiter, sondern zog nur Wynns schweren Mantel aus und hängte ihn über das Treppengeländer. Als sie das getrocknete Blut und den Dreck auf meinen Kleidern bemerkte, starrte Eliza mich entsetzt an.

»Paige …«

»Das ist nicht meins.« Ich nahm ihr die Streichhölzer aus der Hand. »Es ist von Schlitzschnute.«

Tatenlos auf Hilfe warten zu müssen war die reinste Qual. Nick saß wie festgewachsen neben Zeke und versuchte alle paar Minuten, ihm etwas Wasser einzuflößen. Ich lief hinauf zu den Schlafräumen, um ein paar Decken zu holen, während Eliza sämtliche Kerzen im Haus anzündete.

Der Wächter trat durch die Tür, als ich gerade mit einigen Häkeldecken im Arm auf dem Weg nach unten war. Wortlos führte ich ihn ins Wohnzimmer. Das Kaminfeuer überzog Zekes Haut mit falscher Wärme. Nick hatte sein Handgelenk umfasst und fühlte seinen Puls.

Sobald sie den riesigen Fremden mit den glühenden Augen bemerkte, zog Eliza sich in eine Ecke zurück. Aber der Wächter achtete gar nicht auf sie.

»Wo befindet sich die Bisswunde?«

»Linke Seite«, antwortete ich.

Zekes Shirt war mit dunklem Blut durchtränkt. Angespannt legte Nick die Verletzung frei, die der Wächter daraufhin gründlich untersuchte. Eigentlich war mein Magen ziemlich robust, aber beim Anblick der Wunden, die sich von Zekes Brustkasten bis in den unteren Bauchbereich zogen, wäre mir fast schlecht geworden. Sie sahen tief aus, und die Haut ringsum hatte einen milchig grauen Farbton angenommen. Doch zumindest war das Blut bereits geronnen.

»Er wird wieder genesen«, lautete die Diagnose. »Eine Behandlung ist nicht erforderlich.«

»Was?« Nicks Stimme klang erstickt. »Sieh ihn dir doch an!«

»Solange sein Blutkreislauf intakt ist, wird er sich davon erholen. Trinkt er Alkohol oder nimmt er hin und wieder Drogen?«

»Nein.«

»Dann ist er nicht gefährdet.« Der Wächter sah Nick ungerührt an. »Sein Zustand mag bedenklich erscheinen, Dr. Nygård, aber sein Körper und seine Traumlandschaft werden gegen die Verseuchung ankämpfen. Waschen Sie die Wunden mit Salzwasser aus und verbinden Sie sie. Lassen Sie ihn schlafen. Andere Heilmittel braucht er nicht.«

Leise stöhnend sank Nick in einen Sessel und schlug beide Hände vor das Gesicht. Wir anderen schauten prüfend zu Zeke: Seine Atmung war schwach, die Wangen bleich und seine Fingerspitzen sahen aus, als hätte er sie in Asche getaucht. Aber es hatte nicht den Anschein, als würde sich sein Zustand verschlechtern.

»Das ist nicht fair«, beschwerte sich Nick kraftlos. »Er gehört in ein richtiges Krankenhaus.«

»Ja, und wir wissen alle, welche Diagnose die stellen würden«, gab ich zurück. »Tod durch Stickstoff.«

»Paige!«, mahnte Eliza schockiert.

»Er muss nicht in ein Krankenhaus gebracht werden«, widersprach der Wächter. »Er wird sich aus eigener Kraft erholen. Zudem wüsste man in einem Scionkrankenhaus nichts mit diesen Symptomen anzufangen. Haltet ihn warm und gebt ihm ausreichend Flüssigkeit.«

Lange Zeit war nichts außer dem Knacken des Feuers zu hören. »Sollen wir es Nadine sagen?«, fragte ich schließlich in die Runde.

»Nein, das würde sie völlig fertigmachen.« Eliza stand auf. »Ich werde euch allen etwas Frisches zum Anziehen holen. Ihr könnt heute hier schlafen, Leon kommt sowieso erst morgen zurück.« Sie räusperte sich kurz, dann sah sie den Wächter an. »Möchten Sie … auch hier übernachten?«

»Ich kann nicht lange bleiben.«

»Falls doch, wäre der Dachboden noch frei.«

»Vielen Dank. Ich werde es in Erwägung ziehen.«

Als sie weg war, wirkte der Raum plötzlich klein und eng. Ich warf dem Wächter einen verlegenen Blick zu und trat auf den Korridor hinaus.

Im Vorratsraum schaltete ich den Wasserkocher ein, kramte aus einem verstaubten Regal ein leeres Einmachglas hervor und füllte es mit Wasser und Salz. Meine Knie schienen immer schwächer zu werden. War ich tatsächlich erst heute Morgen bei Chat gewesen und hatte ihn mit der *Offenbarung der Rephaim* erwischt? Mir kam es vor, als wäre das bereits Wochen her.

Während ich die Salzlösung umrührte, versuchte ich, meine Atmung wieder unter Kontrolle zu kriegen. Diesmal würde Zeke es noch schaffen, aber ohne die Strafkolonie würden über kurz oder lang immer mehr Emim die Zitadelle heimsuchen.

Krampfhaft schob ich diesen Gedanken beiseite. Nick brauchte mich jetzt. Ich holte Verbandszeug und ein Nähset aus dem Schrank und ging schnell zurück ins Wohnzimmer, wo Nick einen Hocker neben das kleine Feuer gerückt hatte. Noch immer hielt er Zekes Hand umklammert. Ich setzte mich neben ihn auf den Boden und schlang die Arme um die Knie. Zwar drang die Hitze der Flammen nicht bis in mein Inneres vor, aber sie reichte aus, um meine Finger zu wärmen.

»Habe ich dir je von meiner Schwester erzählt?«, fragte Nick rau.

»Du hast sie mal erwähnt.«

Wirklich nur einmal. Karolina Nygård, eine Seherin, deren Gabe nie die Chance bekam, sich zu entfalten.

»Ich weiß heute noch genau, wie sie aussah«, fuhr er mit monotoner Stimme fort. »Damals, als ich sie im Wald gefunden habe.«

»Hör auf.« Ich legte eine Hand an seine Wange und zwang ihn, mich anzusehen. »Zeke wird nicht sterben, das verspreche ich dir. Der Wächter weiß, wovon er redet.«

Solche Versprechen durfte ich nicht geben. Immerhin hatte ich Seb und Liss auch nicht vor ihrem Schicksal schützen können.

»Scion darf mir nicht noch jemanden nehmen. Das ist alles deren Schuld«, murmelte er. »Kein Rückgrat, haben einfach klein beigegeben, als sie die Rephaim mit allen verfügbaren Mitteln hätten bekämpfen müssen. Vielleicht hatten sie am Anfang Angst. Aber jetzt profitieren sie doch von dem System, das sie etabliert haben. Wenn du Herrin der Unterwelt wirst«, fuhr er fort, »höre ich bei Scion auf. Dann nehme ich mit, was geht, und werde sie damit vernichten.«

»Und wenn nicht?«

»Tue ich es trotzdem. Jaxon braucht nicht noch mehr schmutziges Geld für seine Zigarren.« Selten hatte ich eine solche Kälte in Nicks Miene gesehen. »Ich habe bei ihnen angefangen, weil ich so viel wie möglich über den Feind herausfinden wollte. Jetzt habe ich genug herausgefunden, Paige. Ich habe genug gesehen. Jetzt will ich sie einfach nur noch zu Fall bringen.«

»Genau meine Meinung.« Das Holz im Feuer knackte laut. »Jax fragt sich bestimmt schon, wo wir bleiben.«

»Eliza ist zurück zum Unterschlupf gegangen. Sie wird ihm sagen, dass wir zu Trainingszwecken in I-6 geblieben sind.« Mit einem schmalen Lächeln nahm er das Glas mit der Salzlösung, aber sein Gesicht war nach wie vor bleich. »Schlaf ein bisschen, *sötnos*. Für einen Tag hast du genug erlebt.«

Mit ruhiger Hand packte er das Nähzeug aus. Ich erhob mich und wollte die Zimmertür hinter mir zuziehen, doch etwas ließ mich innehalten. Zekes Lider öffneten sich flatternd, und als er Nick entdeckte, flüsterte er kaum hörbar: »Hi.« Nick beugte sich über ihn und küsste ihn, erst auf die Stirn, dann auf den Mund. Unwillkürlich musste ich lächeln. Und da war es: ein letztes, leises Schnappen, als wäre in meinem Inneren ein Faden durchtrennt worden.

Dann war es fort. Leise schloss ich die Tür hinter mir.

Das Haus hatte drei Etagen inklusive Dachboden; ein schmales Gebäude mit vielen, winzigen Zimmern. Ich ging ins Bad, das ungefähr so lang war wie ich groß und mit gesprungenen Kacheln gefliest. Nachdem ich die Kerze am Waschbecken angezündet hatte, bestätigte mir der Spiegel, dass ich momentan bei den Schlammwühlern kaum aufgefallen wäre. Das getrocknete Blut ließ die Kleidung an meinem Körper kleben, und rund um die Lippen war meine Haut grau und fleckig.

Eisige Kälte hatte sich in meinen Knochen festgesetzt. In diesem Moment hätte ich alles für ein heißes Bad gegeben. Ich streifte die verklebten Klamotten ab und warf sie in eine Ecke. Als ich den Hahn in der antiquierten Dusche aufdrehte, schepperte es in den Rohren, dann kam ein schwacher, stotternder Strahl aus dem Duschkopf. Nachdem ich ein paar Minuten unter dem lauwarmen Rinnsal gestanden und mir den Gestank nach gesalzenem Emim abgewaschen hatte, kehrte ich vor den Spiegel zurück und nahm die Kontaktlinsen raus. Eine meiner Pupillen war so erweitert, dass fast nichts mehr von der Iris zu sehen war. Ich blinzelte mehrmals und schaute dann direkt in die Kerzenflamme, aber mein linkes Auge reagierte einfach nicht.

In dem freien Schlafzimmer auf dieser Etage hatte Eliza ein sauberes Nachthemd auf eines der beiden Betten gelegt. Während ich es zuknöpfte, sog ich den sauberen Blumenduft des Stoffes ein. Obwohl ich fast umfiel vor Müdigkeit, würde ich in diesem Zimmer wohl nicht lange schlafen können. Vielleicht konnte eine Wärmflasche ja die Kälte vertreiben.

Ich kämmte meine nassen Haare aus und ging Richtung Treppe. Dabei versuchte ich angestrengt, die dumpfen Schmerzen in der Rippengegend auszublenden. Gerade als ich hinuntergehen wollte, kam der Wächter die Stufen hinauf. Sobald er mich sah, blieb er abrupt stehen.

»Paige.«

Noch immer hatte ich Gänsehaut auf den Armen. Am liebsten wäre ich einfach nur zu ihm gegangen, aber irgendetwas ließ mich zögern.

»Wächter«, erwiderte ich so leise, dass man mich unten sicher nicht hören konnte.

»Du hast versucht, von dem Emim Besitz zu ergreifen.«

Fragend hob ich eine Augenbraue. »Hast du schon wieder in meinen Erinnerungen gewildert?«

»Diesmal bin ich unschuldig.« Der Wächter musterte das Bild an der Wand. Es gehörte zu Elizas Lieblingsgemälden. Sie hatte es ohne helfende Geister gemalt und fast ein Jahr daran gearbeitet. »Deine Pupillen haben nicht dieselbe Größe. Das ist ein Zeichen dafür, dass dein Silbernes Band stark in Mitleidenschaft gezogen wurde. Wäre es der Kreatur gelungen, dich festzuhalten, hätte sie deinen Geist verzehrt.«

»Hättest du mir das etwas früher erzählt, hätte ich wahrscheinlich nicht versucht, in seiner Traumlandschaft herumzuspazieren.«

»Im Nachhinein bin ich diesbezüglich nun etwas schlauer.« Er stützte beide Hände auf das Treppengeländer. »Ich nehme an, dass ihr auf den Hügel gegangen seid, um euch ungestört unterhalten zu können.«

Obwohl meine Stimme immer noch angegriffen war, überwand ich mich und erzählte ihm die ganze Geschichte. Er stand neben mir auf der Treppe und hörte mir mit ausdrucksloser Miene zu.

»Ein ›Grauer Markt‹«, wiederholte er dann. »Diesen Begriff habe ich noch nie gehört.«

»Da sind wir schon zu zweit.«

»Allem Anschein nach hängt nun viel davon ab, dass du in der Wahlschlacht den Sieg davonträgst.« Seine Augen glühten so stark, dass sie die Schatten zu vertreiben schienen. »Jener Mann, der euch zu dem Kältepunkt gelockt hat, könnte etwas mit dieser Unternehmung zu schaffen haben.«

Was mich zu der Frage brachte, wie viele Leute da wohl

noch mit drinsteckten. Wie viele Leute waren bereit, zu töten und zu sterben, um zu schützen, was die Äbtissin und der Lumpensammler ausgeheckt hatten? »Werden jetzt immer wieder Emim durchbrechen?«

»Oh ja.« Seine Finger schlossen sich fester um das Geländer. »Da die Strafkolonie aufgegeben wurde, werden die Emim nicht länger von der geistigen Aktivität dort angelockt. Wie hoch der Preis für diese Kolonie auch gewesen sein mag, sie hat ihre Funktion als Leuchtfeuer stets erfüllt. Nun werden sie von den unzähligen Geistern Londons angezogen werden. Zwar können die Kältepunkte, die zu ihrem Reich führen, verschlossen werden, aber das ist ein schwieriges Unterfangen.«

»Ihr Reich?«

»Weite Teile der Schattenwelt wurden von den Emim überrannt. Vielleicht ist dir aufgefallen, dass die Geister vor diesem Kältepunkt geflohen sind, statt von ihm angezogen zu werden. Nun, selbst Geister fürchten die von ihnen besetzte Seite.«

Bestimmt hatte Ognena Maria das gemeint, als sie mir Wochen zuvor erzählt hatte, dass Geister aus ihrem Sektor verschwanden.

»Wir dürfen nicht zulassen, dass sie hierherkommen«, sagte ich.

Eine Zeit lang rührte sich keiner von uns beiden. Immer wieder bildeten sich Worte auf meine Zunge und lösten sich dann wieder auf. Sein Blick ruhte auf mir wie früher, wenn wir nicht allein waren, absolut undurchdringlich. Es gab nicht den kleinsten Hinweis darauf, was er empfand – falls er überhaupt etwas empfand –, wenn er mich ansah.

Die Geschehnisse auf der Lichtung hatten, gepaart mit allem anderen, einen leisen Schmerz tief in meinem Inneren ausgelöst. An diesem einen Tag war einfach zu viel auf mich eingestürmt. Mit einer kaum wahrnehmbaren Bewegung trat ich näher an den Wächter heran und legte die Stirn an seinen Arm. Er strahlte eine Wärme ab, als hätte er glühende Kohlen in der

Brust. Er griff um mich herum an das Geländer, sodass ich nun zwischen seinen Armen stand. Wir waren uns so nah, dass er fast meine Hüfte streifte. Er gab ein leises Geräusch von sich, das ein seltsames Flattern in meinem Bauch auslöste.

Als er mein Kinn anhob, berührten sich unsere Nasen. Meine Finger glitten an seinem Kinn entlang hinauf bis zum Ohr. Ich lauschte auf seinen Atem, seinen Herzschlag. Für ihn waren sie einfach nur ein Rhythmus – für mich aber so etwas wie ein Countdown. In meiner Traumlandschaft breitete sich wieder dieses Glühen aus, wie damals in der Gildehalle.

Für das Gefühl, das er in mir auslöste, gab es kein Wort. Nicht einmal ich selbst begriff, was es genau war. Ich wusste nur, dass es tief in mir verwurzelt war, wie ein lange verloren geglaubter Instinkt. Und dass ich bereit war, mich ihm vollständig auszuliefern.

»Ich habe nachgedacht über deine Worte im Theater«, begann er schließlich.

Ich wartete schweigend. Mit einem Finger zeichnete er die Handlinie nach, die sich von meinem Daumen bis hinunter zum Handgelenk zog.

»Du hast recht. So bringen sie uns zum Schweigen. Ich werde mich nicht zum Schweigen bringen lassen, Paige, aber ich werde dich auch nicht anlügen. Unsere Lebenslinien werden sich nur berühren, wenn der Aether es zulässt. Möglicherweise geschieht das nicht oft. Und es kann niemals für immer sein.«

Ohne zu zögern schlang ich meine Finger um seine.

»Ich weiß.«

23

AN DER SCHWELLE

Sobald ich die Dachbodentür hinter uns zugezogen hatte, umschloss der Wächter mein Gesicht mit seinen rauen Händen. Ich hörte nur noch meinen eigenen Atem und meinen eigenen Herzschlag. Blind tastete ich nach dem Schlüssel und drehte ihn herum, sperrte mich im Dunkeln ein, allein mit einem Rephait. Er war ein Wesen von jenseits der Schwelle, jede aufgesetzte Menschlichkeit war verschwunden. Mit beiden Händen strich ich über seine Schultern, seinen Hals hinauf, und endlich, als mein Herz fast zu zerspringen schien, berührten seine Lippen meinen Mund.

In der Dunkelheit war alles nur Gefühl. Finger glitten durch meine Haare und wanderten meine Wirbelsäule hinauf. Ich zog ihn enger an mich, schlang einen Arm um seinen Hals, griff in seine dichten Haare. Er schmeckte nach Rotwein und noch etwas anderem, erdig, voll und ein wenig bitter.

Eine raue Hand ruhte auf meinem nackten Bauch, der sich in schnellen, flachen Atemzügen dehnte und zusammenzog. Bis zu diesem Augenblick war mir nicht bewusst gewesen, wie sehr ich mich danach sehnte, dass er mich festhielt, mich berührte. Für Intimität war kein Platz in unser beider Welten.

Der Wächter hob mich in seine Arme, der Boden unter meinen Füßen verschwand. Wieder legte er die Hand an meine Wange, und in der Stille klangen unsere Atemzüge laut. Er drückte seine Stirn gegen meine, als wollte er mir wortlos versichern, dass alles in Ordnung war. Als wäre das hier nicht nur

Schein. Ich drückte die Lippen gegen sein Kinn, genoss die Wärme seiner Haut und die leisen, fremdartigen Laute, die aus seiner Kehle aufstiegen.

Seine Traumlandschaft ließ eine heiße Flamme über meinem Blumenmeer auflodern. Und doch, noch während ich ihn küsste, noch während ich seinen Namen hauchte, war da diese Stimme in meinem Kopf: *Hör auf, Paige. Hör auf.* Eine intuitive Warnung. Jederzeit konnten die Ranthen hereinstürmen und uns entdecken, so wie Nashira damals. Aber solange diese Nocturne spielte, war es leicht, die Stimme der Vernunft zu ignorieren. Er hatte recht: Das hier würde nicht ewig anhalten. Er würde nie eine Konstante in meinem Leben sein. Aber wie viel Bedeutung konnte ein einziger Augenblick denn haben?

Wir sanken auf etwas Weiches, das sich anfühlte wie ein Sofa mit geknöpfter Lehne. Ich umfing ihn mit meinen Beinen, während er einen Arm um meine Hüfte legte. Sanft strich ich über die Erhebungen, die seinen Rücken bedeckten, jene Narben, die sein Verrat ihm eingebracht hatte. Die er bekommen hatte, weil ein menschlicher Informant ihn an Nashira verkauft hatte.

Abrupt hielt der Wächter inne. Ich sah ihm fest in die Augen, während ich an jeder Verzweigung des harten Gewebes entlangstrich, vom Rücken über die Rippen bis hinunter zum Bauch. Es fühlte sich fast an wie Wachs. Und es war kalt, wie die Narben an meiner Hand.

Das waren die Spuren eines Poltergeistes. Ausdruckslos sah der Wächter zu, wie ich mich ein wenig zurücklehnte und einen besonders dicken Strang an seinem Brustkorb abtastete.

»Wessen Geist war es?«

»Einer ihrer Gefallenen Engel. Der Poltergeist.« Er streichelte sanft mein Kinn. »Sein Name ist natürlich ein streng gehütetes Geheimnis. Vielleicht sogar in der Zeit verloren.«

Gäbe es einen besseren Weg, um ihn unter Kontrolle zu halten, als ihm nur tropfenweise das Amaranth zuzugestehen, das die Schmerzen linderte? Nashira Sargas verfügte über mehr Fantasie, als ich ihr zugetraut hatte.

Wir blieben lange dort auf dem Dachboden, ausgestreckt im weißen Mondlicht. Adrenalin schoss durch meine Adern. Vom Erdgeschoss aus würden die anderen unsere Traumlandschaften nicht registrieren, aber vielleicht, wenn sie nach oben kamen.

»Ich werde trotzdem verlöschen.«

»Das war eine reine Feststellung«, erwiderte er. »Eine egoistische. Sie hat keinerlei Auswirkung auf meine Entscheidungen.«

»Es ist nicht nur das. Bei Licht betrachtet, gibt es noch tausend andere Gründe.«

»Wie wahr.« Er umkreiste einen hellen Fleck, den der Mond auf meinen Bauch zeichnete. »Und wie gut, dass es hier kaum Licht gibt.«

Lächelnd schmiegte ich mich an seine Schulter. Unten spielte jemand Klavier. Kein Flüsterer, denn kein Geist regte sich bei der Melodie. Ich schaute zum Wächter hoch.

»Cécile Chaminade. Eine Elegie.«

»Hast du eine Jukebox in deinem Kopf?«

»Hm.« Mit einem Finger strich er mir eine Locke aus dem Gesicht. »Das wäre doch eine nette Ergänzung zu meiner Traumlandschaft.«

Tief in meinem Inneren vibrierte es leise. Genau dasselbe Gefühl überkam mich, wenn ich auf dem Schwarzmarkt ein seltenes Schmuckstück oder Instrument entdeckte. Die Vorstellung, dass es mir aus den Händen gleiten würde. Dass es zerbrechen würde, bevor ich es bergen konnte. Ich legte eine Hand auf den Bauch des Wächters, um seinen ruhigen Atem zu spüren.

»Wenn du das wirklich willst, obwohl es nicht von Dauer sein kann, müssen wir es vor den Ranthen verbergen«, sagte er leise.

Sonst würden sie mich vernichten. Und ihn, und unser Bündnis, und das alles nur, damit wir einander berühren, küssen und in den Arm nehmen konnten, wenn wir es wollten. Ein reines, alles verschlingendes Gefühl, über das Jaxon sich nur lustig machen würde.

Prüfend sah der Wächter mir ins Gesicht. Eigentlich wollte ich mit einer Lüge antworten – *das spielt keine Rolle* –, aber ich brachte die Worte nicht über die Lippen. Er wusste, dass es sehr wohl eine Rolle spielte, und das war auch keine Frage gewesen. Ich rollte mich herum, bis mein Rücken an seiner Brust ruhte, und schaute zum Dachfenster hinauf.

»Ich war so blind«, begann ich. »Was das Syndikat angeht ...«

»Das ist für mich nur schwer vorstellbar.«

»Natürlich habe ich immer gewusst, dass es durch und durch korrupt ist, aber doch nicht so. Die Äbtissin und der Lumpensammler machen da irgendetwas Schreckliches, und es hat mit euch Rephaim zu tun. Aber ich komme einfach nicht drauf, was es sein könnte, obwohl ich das Gefühl habe, dass ich die Antwort direkt vor der Nase habe.« Sanft strich ich über die Narben an seinen Fingerknöcheln. »Dieser Verräter vom ersten Aufstand. Hast du je sein Gesicht gesehen?«

»Falls ja, werde ich es wohl nie wissen. Man hat mir nie gesagt, welcher Mensch uns hintergangen hat.«

Bestimmt hatte es jahrelang an ihm genagt, nicht zu wissen, wer ihm das eingebrockt hatte. Zumindest hatte er sich kurz verkrampft, als er das zugab.

Ich wechselte das Thema: »Bei der Wahlschlacht werde ich in Jaxons Traumlandschaft eindringen müssen. Und ich war schon eine ganze Weile nicht mehr in einem fremden Bewusstsein.«

Er musterte mich aufmerksam. »Planst du Jaxons Tod?«

Eine Frage, die mir keine Ruhe ließ. »Eigentlich will ich ihn nicht töten«, sagte ich. »Falls ich ihn lange genug kontrollieren und zur Aufgabe zwingen kann, könnte ich auch so gewinnen.«

»Eine ehrenhafte Überlegung«, stellte er fest. »Vermutlich ehrenhafter als alle, die der Weiße Fesselmeister anstellen wird.«

»Er hat Kopf und Kragen riskiert, um mich aus Sheol rauszuholen. Er würde mich nicht umbringen.«

»Nehmen wir einmal an, nur vorsichtshalber, dass er es versuchen wird.«

»Hast du mir nicht selbst gesagt, ich solle Spekulationen meiden?«

»Hin und wieder mache ich eine Ausnahme.« Der Wächter setzte sich auf und lehnte sich in die Polster. »Jetzt wird es leicht für dich sein, in meine Traumlandschaft einzudringen. Wenn du Jaxon gegenüberstehst, wirst du erschöpft und verwundet sein. Dann musst du deine letzten Kraftreserven mobilisieren, damit der Sprung gelingt.«

»Dann lass es mich versuchen. Ohne die Maske.«

Es war viel verlangt, mich noch einmal einzulassen, aber er protestierte mit keinem Wort. Also umfasste ich seinen Nacken und atmete tief ein und aus. Schläfrig, wie ich war, fiel es mir leicht, meinen Körper zu verlassen.

Als ich seine Traumlandschaft erreichte, fand ich mich in seiner Hadopelagialzone wieder, wo drückende Stille herrschte. Irgendwo hoch oben waren rote Samtbahnen befestigt, die sich im Rauch eines großen Feuers verloren. Meine Schritte hallten wie in einer Kathedrale, trotzdem blieb seine Traumlandschaft eine schwimmende Insel im Aether, ohne feste Form. Sie existierte einfach. Vielleicht war das Schattenreich ja genau so, ein trostloses Land ohne Leben. Ich schob mich an den Samtbahnen vorbei und durchquerte die verschiedenen Ringe seines Bewusstseins, bis ich das Herz des Geistes von Arcturus Mesarthim erreichte. Seine Traumgestalt hatte die Hände auf dem Rücken verschränkt – eine leere, verwaschene Hülle.

»Willkommen zurück, Paige.«

Wieder tauchten die Samtbahnen auf. »Du bist eher der minimalistische Typ, oder?«

»Ich habe noch nie viel von mentalem Gerümpel gehalten.«

Und doch hatte sich in diesem Teil seines Bewusstseins etwas verändert. Aus dem Staub war eine Blume gewachsen, deren Blütenblätter in einer warmen, nicht greifbaren Farbe schimmerten. Sie stand unter einer Glasglocke wie ein konserviertes Insekt. »Amaranth.« Ich ging in die Hocke und berührte das Glas. »Was macht die denn hier?«

»Ich maße mir nicht an, zu wissen, wie Traumlandschaften ihre Gestalt wählen.« Der Wächter ging um die Blume herum. »Aber anscheinend bin ich nicht länger eine ›leere Hülle‹, wie du es nennen würdest.«

»Hast du Abwehrmechanismen?«

»Nur jene, die meinem Wesen innewohnen. Jaxons Mauern werden weniger stark sein als meine, aber vielleicht verfügt er über manifestierte Erinnerungen.«

»Schemen«, fiel es mir wieder ein. Ich hatte in einem frühen Entwurf von *Über die Machenschaften der Umherziehenden Toten* etwas über sie gelesen und sie sogar schon selbst gesehen, wenn ich in fremde Traumlandschaften geblickt hatte: stille, spinnenartige Gestalten, die in der Hadopelagialzone herumkrochen. Die meisten Menschen hatten zumindest einen davon. Bei manchen, wie etwa bei Nadine, wimmelte es in der Traumlandschaft nur so von ihnen. »Das sind Erinnerungen?«

»Gewissermaßen. Sie sind Projektionen von Reue oder Sorgen. Wenn dir etwas ›keine Ruhe lässt‹, wie man bei euch sagt, dann ist das auf das Wirken der Schemen zurückzuführen.«

Ich schaute mich um. »Hast du auch welche?«

Er blickte zu den Samtbahnen hinüber. Am Rand seiner Mesopelagialzone hatten sich zwölf Schemen versammelt, nur zurückgehalten durch das Licht, das im Zentrum seiner Traumlandschaft schien. Sie hatten keine erkennbaren Gesichter, aber menschlich wirkende Körper. Dabei waren sie nicht ganz stofflich, aber fester als Luft, und ihre Haut schien sich immer wieder in eine Art Rauch aufzulösen.

»Sie können deiner Traumgestalt nichts anhaben«, erklärte der Wächter, »aber eventuell versuchen sie, dir den Weg zu versperren. Du darfst nicht zögern und dich nicht von ihnen festhalten lassen.«

Aufmerksam musterte ich seine Sammlung. »Weißt du noch, welche Erinnerung welche ist?«

»Ja.« Er studierte sie ebenfalls. »Das weiß ich.«

In der Traumlandschaft wirkten seine Züger härter, als hätten sie jede Weichheit abgelegt.

Bis jetzt hatte ich noch nie die Traumgestalt eines anderen berührt. Wenn man in eine Traumlandschaft eindrang, war das immer auch eine Verletzung der Privatsphäre, und allein der Gedanke, das Bild anzugreifen, das jemand von sich selbst hatte, war mir stets grausam vorgekommen. Hinterließ man dort seine Fingerabdrücke, konnte das unwiderruflichen Schaden anrichten: Ein aufgeblasenes Ego konnte platzen oder noch weiter bestärkt werden, der letzte Hoffnungsschimmer konnte erlöschen. Aber aus meiner Wanderlust war inzwischen Entdeckerfreude geworden, ein Hunger nach Wissen, egal, wie gefährlich es war. Und als der Wächter mich nun mit seinen goldenen Augen ansah, hob ich kurz entschlossen die Hand und legte sie an seine Wange.

Kalt. Leise Vibrationen meiner Traumgestalt. Seine Vorstellung von mir, in direktem Kontakt mit seiner Vorstellung von sich selbst. Ich musste mir bewusst machen, dass dies nicht meine Finger waren, auch wenn sie genauso aussahen wie die, die ich kannte. Das hier waren nur meine Hände, wie der Wächter sie wahrnahm. Ich ließ sie eine ganze Weile an seiner Wange ruhen, dann strich ich über seine Lippen und den Kieferbogen.

»Vorsicht, Traumwandler.« Er legte seine Hand auf meine. »Selbstporträts sind so zerbrechlich wie Spiegelglas.«

Seine tiefe Stimme traf mich bis ins Mark und brach den Bann. Als ich in meinen Körper zurückkehrte, schwang ich schwer atmend die Beine von der Couch. Ohne Maske war es immer noch schwierig, meinen Körper dazu zu bringen, ohne die grundlegendsten Funktionen weiterzuarbeiten. Der

Wächter beobachtete mich ruhig, bis ich mich wieder im Griff hatte.

»Du …« Ich schnappte nach Luft und drückte eine Hand auf die Brust. »Warum siehst du dich selbst so?«

»Ich kann meine Traumgestalt nicht sehen. Doch ich gestehe, ich bin fasziniert.«

»Sie ist wie eine Statue, aber voller kleiner Schnitzer, als hätte sie jemand mit dem Meißel bearbeitet. Also, dich.« Stirnrunzelnd fragte ich wieder: »Und so siehst du dich?«

»In gewisser Weise. Die Jahre als Blutsgefährte von Nashira Sargas haben sicherlich meine geistige Gesundheit untergraben, und das dürfte nicht alles sein.« Er strich mir mit dem Daumen über die Wange. »Während der Wahlschlacht wirst du dich vollständig von deinem Körper lösen müssen. Denke an das, was ich dir beigebracht habe. Lasse immer genug zurück, um die Lebensfunktionen aufrechtzuerhalten.«

Mir entging nicht, dass er mich damit abzulenken versuchte, aber ich war schon genug in seiner Privatsphäre herumgetrampelt. »Ich begreife nur nicht, wie das geht.« Erschöpft lehnte ich den Kopf an seine Schulter. »Ich kann meinen Geist doch nicht zwischen zwei Körpern aufteilen.«

»In dem Theater hast du es bereits getan. Sieh es nicht als Spaltung deiner selbst«, erklärte er mir, »sondern stell dir vor, du würdest einen Schatten zurücklassen.«

Schweigend sahen wir uns an. Es wäre wohl besser gewesen, wenn einer von uns gegangen wäre, aber wir rührten uns nicht. Seine Finger wanderten von meiner Schläfe hinunter zum Hals, dann bis zu der Stelle, wo mein Ausschnitt den Ansatz meiner Brüste zeigte. Durch unser Band spürte ich verworrene Emotionen, die sich nicht entknoten ließen.

»Du siehst müde aus.« Die Worte schienen tief aus seiner Brust zu kommen.

»Es war ein langer Tag.« Ich sah ihm direkt in die Augen. »Wächter, du musst mir etwas versprechen.«

Stumm erwiderte er meinen Blick. Schon einmal hatte ich ihn um einen Gefallen gebeten, damals, als ich damit rechnen musste, dass seine Verlobte mich töten würde.

Falls sie mich umbringt, musst du es den anderen sagen. Du musst sie hinführen.

Ich werde sie nicht führen müssen.

»Falls ich die Wahlschlacht verliere, sorge du dafür, dass der Graue Markt zerschlagen wird. Was auch immer sich dahinter verbirgt.«

Es dauerte ein wenig, bis er mir antwortete: »Ich werde tun, was in meiner Macht steht, Paige. Ich werde immer tun, was in meiner Macht steht.«

Mehr konnte ich nicht verlangen. Seine Hand glitt zu der Brandnarbe an meiner Schulter, den sechs Ziffern, die einmal mein Name gewesen waren.

»Du warst einmal ein Sklave«, sagte er leise. »Werde nun nicht zum Sklaven der Angst, Paige Mahoney. Mache dich zum Herrn über deine Gabe.«

*

Diese Nacht war eine Premiere. Noch nie hatte ich mit jemandem an meiner Seite geschlafen, mit einer fremden Aura, die sich wie eine zweite Haut um meine schlang. Deshalb dauerte es auch ein wenig, bis mein sechster Sinn sich an diese Art der Nähe gewöhnt hatte. Immer wieder schalteten sich meine Schutzmechanismen ein, durch seine Traumlandschaft in Alarmbereitschaft versetzt. So musste es wohl sein, wenn man auf einem Schiff schlief, mit der stetigen, leisen Bewegung des Wassers unter sich. Mehr als einmal wachte ich vollkommen desorientiert auf, mit einem fremden Herzschlag im Ohr und wärmer, als es allein möglich gewesen wäre.

Beim ersten Mal geriet ich in Panik, und als ich seine Augen sah, versetzte mich das schlagartig nach Sheol zurück, sodass ich von der Couch rollte und nach meinem Messer griff. Der Wächter sah mich nur schweigend an und wartete ab, bis mir alles wieder einfiel. Danach schmiegte ich mich zwar wieder mit dem Rücken an seine Brust, doch er versuchte nicht, mich festzuhalten.

Als ich endgültig wach wurde, war es gerade erst kurz nach vier. Der Wächter schlief noch. Er hatte einen Arm locker um meinen Bauch geschlungen. Seiner Haut haftete noch immer der Geruch von erhitztem Metall an.

Wo meine Haut freilag, spürte ich Kälte. Bestimmt fragten sich die anderen bereits, wo ich die ganze Nacht gesteckt hatte.

Diesmal wachte er nicht auf, als ich mich von ihm löste. So menschlich wie jetzt hatte er noch nie ausgesehen. Irgendwie weicher, als hätten die erdrückenden Erinnerungen seine Traumlandschaft verlassen.

Ich sperrte die Tür auf und schlich mich vom Dachboden. Im Flur lehnte ich mich erst mal gegen das Treppengeländer und verschränkte die Arme vor der Brust. Dass ich dem Wächter vertraute, war das eine. Aber indem ich seine Traumgestalt berührt hatte, hatte ich dieser Sache zwischen uns eine ganz neue Dimension verliehen. Eine wesentlich gefährlichere.

Mir war klar, dass ich nicht eine einzige Nacht mit dem Wächter verbringen konnte, selbst wenn Jaxon es erlaubte. Es gab einfach zu viel, was ich noch von ihm lernen wollte.

Und mir war auch bewusst, dass diese Sache nicht von Dauer sein konnte. Was auch immer da zwischen uns war – das Risiko war einfach zu groß. Was machte ich hier überhaupt? Ob es mir nun gefiel oder nicht, ich würde in der kommenden Zeit die Unterstützung der Ranthen brauchen. Und wenn sie auch nur den leisesten Verdacht hegten …

Mit beiden Händen packte ich das Geländer und lauschte auf die Schritte im Erdgeschoss. Bis ich mich Jaxons Herde angeschlossen hatte, war es mir gelungen, nicht auf Scions Radar aufzutauchen. Zehn Jahre lang hatte ich einen Großteil meines

Lebens vor meinem Vater verborgen. Und der Wächter war sowieso ein Meister darin, seine Absichten zu verschleiern. Immerhin hatte er hinter dem Rücken seiner Verlobten zwei Aufstände angezettelt.

Es wäre so schön. Einmal nicht davonlaufen. Denn neben all der Finsternis und Kälte gab es in ihm auch eine Wärme, durch die ich mich lebendig und stark fühlte. Es war so ganz anders als mit Nick; es konnte auch gar nicht so sein wie mit Nick. Mit ihm hatte es sich angefühlt, als würde ich sterben. Schier endlos hatte ich mein Selbst nach der Vorstellung ausgerichtet, dass er vielleicht mit mir zusammen sein wollte. Viel zu lange hatte ich mich von diesem Traum abhängig gemacht. Beim Wächter war es so, als hätte ich zwei schlagende Herzen in der Brust, und nicht nur ein halbes.

Barfuß tappte ich die Treppe hinunter und ging in die Küche. Nick saß am Tisch, las im *Daily Descendant* und bediente sich an dem warmen Brot, das frisch aus einer Garküche kommen musste.

»Morgen.«

»Noch nicht ganz.« Ich setzte mich. »Hast du gestern Abend Klavier gespielt?«

»Ja. Das einzige Stück, das ich je gelernt habe«, erklärte er. »Ich dachte, es könnte Zeke beim Einschlafen helfen. Er war ein Flüsterer, bevor er unlesbar wurde.«

»Wie geht es ihm?«

Nick legte die Zeitung weg und rieb sich mit einer Hand die Augen. »Ich werde ihn noch etwas schlafen lassen, aber in ein paar Stunden müssen wir hier raus. Leon wird bald zurückkommen.«

»Du solltest ihn darum bitten, dass Zeke noch ein wenig bleiben kann.« Ich zog die Zeitung zu mir heran. »Jax wird bloß Fragen stellen.«

»Er wird so oder so Fragen stellen.«

In seinem Blick bemerkte ich eine stechende Klarheit, die

gestern noch nicht da gewesen war. Ohne weiter darauf zu achten, überflog ich die Schlagzeilen. Scion forderte die Bürger zu erhöhter Wachsamkeit bei der Jagd auf Paige Mahoney und ihre Komplizen auf. Sie betonten, dass die Flüchtigen wahrscheinlich ihr Äußeres verändert hatten, um der Ergreifung zu entgehen. Außerdem sollte man auf weitere Kennzeichen wie Akzent, gefärbtes Haar, Masken oder frische Narben von illegalen chirurgischen Eingriffen achten. Zum letzten Punkt gab es sogar Beispielfotos: violette Stiche auf geröteter Haut, meist an Wangen, Haaransatz oder hinter den Ohren.

»Ich muss den anderen sagen, was ich bei der Wahlschlacht vorhabe.« Während ich uns beiden Kaffee einschenkte, fügte ich hinzu: »Und herausfinden, auf wessen Seite sie stehen, falls ich gewinnen sollte.«

»Wirst du ihnen auch vom Wächter erzählen?«

Über dem Waschbecken hing eine Pendeluhr. Abrupt stellte ich meinen Becher ab. »Was?«

»Ich kenne dich jetzt seit zehn Jahren, Paige. Ich merke es, wenn sich etwas ändert.«

»Gar nichts hat sich geändert.« Als ich sein Gesicht sah, drückte ich kurz die Finger an die Schläfen. »Alles hat sich geändert.«

»Es geht mich nichts an, ich weiß.«

Wortlos rührte ich in meinem Kaffee.

»Ich werde dir keine Vorträge halten oder dir irgendwelche Ratschläge aufdrücken«, fuhr er leise fort, »aber bitte denk daran, was er getan hat. Selbst wenn er sich geändert hat, selbst wenn er dir nicht wehtun wollte, als er dich dort festhielt, und selbst wenn er nicht derjenige war, der dich überhaupt erst entführt hat – du darfst nicht vergessen, dass er dich benutzt hat. Versprich mir das, *sötnos*.«

»Ich *will* ja gar nicht vergessen, was er getan hat, Nick. Er hätte mich schon an dem Tag freilassen können, als er mich bei sich aufnahm. Das weiß ich. Das heißt aber nicht, dass ich diese

Gefühle einfach so abstellen kann. Und du denkst bestimmt, dass ich angefangen hätte, mit ihm mitzufühlen.« Ich sah ihn durchdringend an. »Aber das ist nicht der Fall. Für das, was er mir angetan hat, habe ich keinerlei Verständnis – nicht die kleinste Spur –, allerdings kann ich nachvollziehen, warum er es getan hat. Ergibt das Sinn?«

Nach kurzem Zögern sagte Nick: »Ja, das ergibt Sinn. Aber er ist so kalt, Paige. Macht er dich wirklich glücklich?«

»Das weiß ich noch nicht.« Ich nippte an dem Kaffee, und sofort wurde mir wärmer. »Ich weiß nur, dass er mich wirklich sieht.«

Nick seufzte.

»Was?«, fragte ich sanft.

»Ich will nicht, dass du Herrin der Unterwelt wirst. Sieh dir doch nur an, was mit Hector und Schlitzschnute passiert ist.«

»So weit wird es nicht kommen«, versicherte ich ihm, trotzdem fröstelte ich bei dem Gedanken. Selbst wenn Jaxon daran gedacht hatte, den Angriff des Schlägertrupps bei der Äbtissin zu melden, wusste ich inzwischen ja, dass sie das einfach ignoriert hätte. »Hattest du noch irgendwelche Visionen?«

»Ja.« Er massierte sich die Schläfen. »Sie kommen jetzt alle paar Tage. Aber es steckt so viel drin, dass ich es kaum erklären kann …«

»Denk einfach nicht drüber nach.« Ich drückte seine Hand und löste mich dann vorsichtig von ihm. »Ich muss es tun, Nick. Jemand muss es versuchen.«

»Aber doch nicht zwangsläufig *du*. Ich habe kein gutes Gefühl bei der Sache.«

»Wir sind Seher. Von uns wird quasi erwartet, dass wir böse Vorahnungen haben.«

Er warf mir einen finsteren Blick zu. Da öffnete sich die Küchentür, Eliza kam rein und setzte sich zu uns.

»Hi.«

Überrascht runzelte Nick die Stirn. »Ich dachte, du wärst im Unterschlupf?«

»Jaxon hat mich hergeschickt, damit ich euch hole. In einer Stunde sollen wir alle in Seven Dials sein.« Sie schenkte sich einen Kaffee ein. »Wir hätten gestern Abend direkt zurückgehen müssen.«

»Ich denke, keiner von uns hat damit gerechnet, dass auf dem Hügel plötzlich Monster auftauchen«, erwiderte Nick. »Aber warum sind wir eigentlich im Kerzenladen von Leon Wax gelandet?«

»Weil er wie ein Familienmitglied für mich ist.«

Das Wort »Familie« nahm man bei uns nur äußerst selten in den Mund. Jaxon vergaß gerne, dass ein solches Konzept überhaupt existierte, fast so, als wären wir alle aus magischen Fabergé-Eiern geschlüpft. Nick faltete seine Zeitung zusammen. »Ein Familienmitglied?«

»Ich wurde als Baby auf einer Türschwelle ausgesetzt und von einer Gruppe Händlern aufgezogen. Die haben mich verabscheut. Ich musste ganz allein irgendwelche Pakete für sie abholen und von Soho bis nach Cheapside schleppen, vorbei an Wachen und Gangstern. Von dem Moment an, als ich laufen konnte, bin ich jeden Tag kilometerweit für sie marschiert. Mit siebzehn habe ich endlich einen eigenen Job in einem Hinterhoftheater bekommen. Dort bin ich dann Bea Cissé begegnet. Sie war brillant, die beste Darstellerin der ganzen Truppe. Und die erste Seherin in meinem Leben, die mich nicht niedergemacht hat.«

Nick und ich hörten schweigend zu. Elizas Mund wurde schmal.

»Bea ist ein Physisches Medium. Früher hat sie verschiedenste Geister dazu gebracht, für die Vorstellungen Besitz von ihr zu ergreifen: Entfesselungskünstler, Schlangenmenschen, Tänzer. Nach zwanzig Jahren hat das ihre Traumlandschaft ganz schön in Mitleidenschaft gezogen.« Mit zitternder Stimme fuhr sie fort: »Bea und Leon sind außerhalb der Gang meine besten

Freunde. Ich wollte den Job bei Jaxon auch deshalb haben, weil ich ihr so Geld für ihre Medikamente geben kann.«

Nicht zu fassen, dabei hatte es immer so ausgesehen, als sei Eliza Jaxon absolut treu ergeben.

»Womit wird sie denn behandelt?«, fragte Nick leise.

»Mit violetter Aster. Er ist für ein paar Tage mit ihr aufs Land gefahren. Sie wollen versuchen, dort neue Kräuter zu finden.«

»Deswegen bist du immer wieder verschwunden«, erkannte ich. »Auch damals am Markttag.«

»Da ging es ihr besonders schlecht. Ich dachte, wir würden sie verlieren.« Mit dem Ärmel wischte sie sich die geröteten Augen. »Wenn sie hier sind, benutzen sie das Haus als Asyl für Bettler, geben ihnen etwas zu essen und päppeln sie auf. Aber momentan wissen sie nicht, wie lange sie noch weitermachen können.« Sie sackte in sich zusammen. »Tut mir leid. Die letzten Monate waren einfach stressig.«

»Du hättest es uns sagen sollen«, murmelte Nick.

»Das konnte ich nicht. Ihr hättet es vielleicht Jax erzählt.«

»Soll das ein Witz sein?« Er legte ihr den Arm um die Schultern, woraufhin sie ein halb ersticktes Lachen ausstieß. »Als wir die ersten beiden Siegel waren, hast du mir doch auch alles erzählt. Wir sind immer für dich da.«

Eine Zeit lang saßen wir schweigend da und aßen Brot mit Honig. Irgendwann spürte ich über uns eine Bewegung; die Traumlandschaft des Wächters rührte sich, offenbar wachte er auf.

»Eigentlich wollte ich euch das schon gestern sagen«, wandte ich mich an Eliza. »Ich habe beschlossen, in der Wahlschlacht gegen Jaxon anzutreten.«

Verblüfft riss sie die Augen auf. Dann drehte sie sich zu Nick um, als könnte der mich von diesem spontan auftretenden Wahnsinn heilen, aber er seufzte nur.

»Nein.« Als ich nicht lachte, schüttelte sie den Kopf. »Tu das nicht, Paige. Das kannst du nicht machen. Jaxon wird –«

»– mich umbringen.« Ich trank meinen Kaffee aus. »Soll er ruhig versuchen.«

»Jaxon ist doppelt so alt wie du und der zitadellenweit anerkannte Experte für seherische Gaben aller Art. Und wenn du gegen ihn antrittst, ist alles vorbei. Dann war's das mit der Gang.«

Das ließ sich nicht abstreiten. Ob es uns nun gefiel oder nicht, er war der Dreh- und Angelpunkt, der uns alle zusammengebracht hatte. »Und wenn ich nicht gegen ihn antrete, ist alles andere gelaufen«, erwiderte ich. »Du weißt doch, womit wir es zu tun haben. Falls die Äbtissin wirklich hinter alldem steckt, können wir nicht darauf bauen, dass das Syndikat etwas unternehmen wird. Wir müssen die Sache selbst in die Hand nehmen, bevor alles zusammenbricht.«

Eliza schwieg.

»Du darfst es auf keinen Fall Nadine verraten. Die würde sofort zu Jax rennen, das weißt du. Dani würde sich vielleicht auf meine Seite schlagen, aber Zeke können wir es auch nicht sagen. Wir wissen nicht, zu wem er halten würde.« Fragend schaute ich zu Nick, der angespannt die Finger verschränkte. »Oder?«

Es dauerte ein wenig, bis er antwortete. »Nein«, gab er schließlich zu. »Einerseits will er gegen die Rephaim vorgehen, und er weiß, dass ich immer auf deiner Seite sein werde, aber andererseits liebt er seine Schwester. Keine Ahnung, wen er wählen würde.«

Noch immer sagte Eliza kein Wort, aber sie hatte besorgt die Lippen zusammengepresst.

»Paige«, begann sie schließlich. »Hat … hat Jaxon wirklich gesagt, dass er nichts gegen die Rephaim unternehmen will?«

»Ihn interessiert nichts außer dem Syndikat«, nickte ich.

»Jetzt, wo ich sie gesehen habe, begreife ich es.« Mit zwei Fingern drückte sie ihre Nasenwurzel. »Ich weiß jetzt, dass du das Richtige tust. Und dass wir diese Kreaturen loswerden müssen. Aber Jaxon hat mich aufgenommen, als ich nichts und niemanden hatte, und das obwohl ich einer niedrigen Kaste angehöre. Mir ist schon klar, dass er manchmal … schwierig sein kann, aber ich bin seit so langer Zeit bei ihm. Und ich habe dasselbe Problem wie Nadine: Ich brauche das Geld.«

»Geld bekommst du. Ich verspreche dir, Eliza, es wird für dich gesorgt werden«, sagte ich sanft. »Es ist deine Entscheidung. Aber falls ich gewinne, hätte ich dich gerne auf meiner Seite.«

Sie sah mich an. »Wirklich?«

»Wirklich.«

Im selben Moment begann das Goldene Band zu vibrieren. Seine Traumlandschaft befand sich direkt vor der Küchentür. Ich legte die Zeitung weg.

»Einen Moment«, entschuldigte ich mich. Schweigend blickte Nick mir hinterher.

Der Wächter holte gerade seinen Mantel von dem Garderobenständer neben der Tür. Als er mich sah, flackerte das Feuer in seinen Augen auf.

»Guten Morgen, Paige.«

»Hi.« Ich räusperte mich verlegen. »Du kannst gerne zum Frühstück bleiben, allerdings herrscht da drin so dicke Luft, dass man sie schneiden könnte.«

Irgendwie klang das zu munter. Aber wie redete man denn sonst mit jemandem, mit dem man die Nacht verbracht hatte? Auf diesem Gebiet konnte ich nicht gerade auf einen reichen Erfahrungsschatz zurückgreifen.

»Das klingt durchaus verlockend«, erwiderte der Wächter, »aber die Ranthen warten draußen auf mich. Sie werden vor der Wahlschlacht noch einmal mit dir sprechen wollen.« Kurz huschte sein Blick über mein Gesicht. »Und wo wir gerade beim Thema sind: Es wäre gut, wenn du diese Prüfung lebend meisterst, Paige Mahoney. Für unser aller Wohl.«

»Das habe ich fest vor.«

Sein Mund lächelte nicht, aber ich sah es in seinen Augen, sie bekamen einen warmen Schimmer. Vorsichtig legte ich ihm eine Hand auf den Rücken, um den regelmäßigen Rhythmus seines Atems zu spüren. In meiner Brust wurde es warm, und die Hitze breitete sich über meine Arme bis in die Fingerspitzen aus.

Und plötzlich wusste ich: Ich war sein. Nicht im materiellen Sinn, wie ich Jaxon gehörte oder den Rephaim gehört hatte. Das hier war eher ein Gefühl der Zugehörigkeit, wie zwei gleiche Teile, die einfach zusammengehören.

So etwas hatte ich noch nie empfunden, und es jagte mir eine Heidenangst ein.

»Hast du gut geschlafen?«, fragte er.

»Ja, schon. Mal abgesehen von dem Vorfall mit dem Messer.« Ich griff nach Nicks Jacke, die hinter der Tür hing. »Haben die Ranthen irgendetwas mitbekommen?«

»Vielleicht hegen sie einen gewissen Verdacht, mehr aber nicht.«

Unsere Auren hatten sich noch nicht ganz voneinander gelöst, als er die Haustür öffnete und ein eisiger Wind hereinfegte. Ich zog meine Stiefel an und folgte ihm in den kalten Nebel hinaus. Die Ranthen warteten am anderen Ende von Goodwin's Court auf uns. Sie hatten sich unter der einzigen Straßenlaterne versammelt, die es hier gab. Als sie unsere Schritte hörten, drehten sie sich geschlossen um, und Pleione fragte: »Wie geht es dem Menschen?«

»Großartig.« Erstaunt zog ich die Augenbrauen hoch. »Danke der Nachfrage.«

»Nicht dir. Dem Jungen.«

Ein Rephait erkundigte sich nach einem verletzten Menschen. Dass ich das noch erleben durfte! »Zeke geht es gut«, antwortete ich. »Der Wächter hat sich um ihn gekümmert.«

Das bläuliche Licht der elektrischen Laterne ließ die Knochen in Terebell Sheratans Gesicht so deutlich hervortreten, dass sich unter ihren Jochbögen dunkle Schatten bildeten. Verborgen in den Jackentaschen ballte ich die Fäuste.

»Hoffentlich hast du gut geschlafen«, sagte sie zu mir. »Wir haben erfahren, dass Situla Mesarthim, Nashiras Söldnerin, in diesem Teil der Zitadelle gesehen wurde. Sicherlich erinnerst du dich noch an sie.« Und wie ich mich an Situla erinnerte: eine Verwandte des Wächters, deren einzige Gemeinsamkeit mit ihm im Aussehen bestand. »Wir müssen uns in unsere sichere Unterkunft im East End zurückziehen und dort deinen Erfolg bei der Wahlschlacht abwarten.«

»Was das angeht, muss ich euch noch um etwas bitten«, unterbrach ich sie.

»Erkläre dich«, erwiderte Terebell knapp.

»Die letzten vier Überlebenden der Knochenernte wurden von demselben Denkerfürsten geschnappt, der auch den Wächter entführt hatte. Eine von ihnen verfügt über wertvolle Informationen, die ich brauche. Ihr Name ist Ivy Jacob.«

»Thubans Spielzeug.«

Bei dem Wort zuckte ich zusammen. »Er war ihr Hüter, ja«, sagte ich nur. »Ohne sie könnte es Seher geben, die anzweifeln, dass ich in der Lage bin, das Syndikat anzuführen. Die Flüchtlinge werden irgendwo in I-2 in einem Kontakthof festgehalten. Wo genau, weiß ich nicht, aber ich kenne einen Weg in –«

»Du *wagst* es, anzudeuten, dass wir sie für dich *holen* sollen?«, fauchte Errai. »Wir sind nicht deine Sklaven, die du beliebig herumscheuchen kannst.«

»Mir machst du keine Angst, Rephait. Glaubst du, ich wäre in der Kolonie nicht genug verprügelt worden?« Ich zerrte an meinem Oberteil und zeigte ihm die Brandnarbe. »Glaubst du, ich hätte das vergessen?«

»Ich glaube, deine Erinnerung ist nicht mehr klar genug.«

»Halt Frieden, Errai.« Lucida, die rechts von ihm stand, hob die Hand. »Arcturus, ist dies eine vernünftige Vorgehensweise?«

Das Feuer in den Augen des Wächters flackerte heftig. »Meiner Meinung nach schon. Diesem Lumpensammler ist es gelungen, mich ohne größere Schwierigkeiten gefangen zu nehmen und einzusperren. Er ist skrupellos, grausam und hat Kenntnis von den Rephaim. Sein ›Grauer Markt‹ muss zerschlagen werden, sonst wird er uns stets aus den Schatten heraus verhöhnen.«

»Was steckt hinter diesem ›Grauen Markt‹, Traumwandler?« Offenbar verlor Terebell langsam die Geduld.

»Das weiß ich nicht«, antwortete ich ehrlich. »Aber Ivy schon.«

»Dann weißt du also mit Sicherheit, dass diese Ivy in dem Kontakthof festgehalten wird?«

»Gesehen habe ich sie nicht, aber ihre Traumlandschaft gespürt. Ich weiß, dass sie dort ist.«

»Und du erwartest, dass wir unser Leben riskieren«, hakte Pleione nach, »nur aufgrund eines Gefühls?«

»Ja, Pleione, genau wie ich mein Leben riskiert habe, als der Wächter mich gebeten hat, ihm bei seinem Aufstand zu helfen. Und das, obwohl der erste Versuch mehr als in die Hose gegangen war«, erwiderte ich kalt. Sofort bereute ich meine Worte, aber der Wächter reagierte nicht. »Am Abend der Wahlschlacht werden sie alle abgelenkt sein. Ob ich gewinne oder nicht, hängt auch davon ab, ob Ivy aussagt.«

Terebells Züge verhärteten sich. »Die Ranthen mischen sich grundsätzlich nicht in solcherlei Angelegenheiten ein. Laut den Lehren der Mothallath dürfen wir uns niemals gegen die sich natürlich entwickelnden Abläufe der stofflichen Welt stellen«, erklärte sie. »Wurde ihr Tod vom Aether bestimmt, dürfen wir das nicht verhindern.«

»Das ist doch lächerlich«, fuhr ich auf. »Der Tod wird niemals *bestimmt.*«

»Das sagst du.«

»Sie haben hart um ihr Leben gekämpft. Sie haben hart gekämpft, um aus eurer Kolonie rauszukommen. Wenn ich euch eine Armee liefern soll, müsst ihr mir Ivy liefern.«

Eine Weile sagte niemand etwas. Zitternd vor Wut starrte ich die Rephaim an. Terebell warf mir einen kurzen Blick zu, dann verschwand sie mit den anderen in einer Gasse.

»War das jetzt ein Ja?«, fragte ich den Wächter.

»Zumindest war es wohl kein Nein. So oder so werde ich sie noch überzeugen.«

»Wächter?« Ich hielt ihn am Arm fest. »Es tut mir leid, was ich da gesagt habe. Das mit dem ersten Aufstand.«

»Für die Wahrheit muss man sich nicht entschuldigen.« Aus dem lodernden Feuer in seinen Augen wurde eine kleine, stetige Flamme. »Viel Glück.«

Unter diesem Blick fing meine Haut an zu kribbeln. Und wie reglos wir voreinanderstanden … Als ich mich nicht rührte, streifte er kurz mit den Lippen meine Haare.

»Ich bin weder ein Wahrsager noch ein Orakel«, murmelte der Wächter fast unhörbar, »aber ich habe vollstes Vertrauen in dich.«

»Du bist ja auch irre«, hauchte ich dicht an seinem Hals.

»Wahnsinn ist lediglich eine Frage der Perspektive, kleine Träumerin.«

Das Letzte, was ich von ihm sah, war sein Rücken, der langsam vom Nebel verschluckt wurde. Irgendwo in der Zitadelle schlug eine Glocke.

*

Als wir in den Unterschlupf kamen, hatte sich Jaxon in seinem Arbeitszimmer eingeschlossen und spielte so laut *Danse Macabre*, dass man es noch unten im Flur hören konnte. Eliza und ich gingen gemeinsam hinauf und trennten uns dann, um in unsere Zimmer zu schleichen. Dort wartete ich auf das Klopfen an der Wand, aber es kam nichts.

Möglichst leise bereitete ich mich auf die Wahlschlacht vor. Unter der heißen Dusche lösten sich meine Verspannungen. Zurück in meinem Zimmer, legte ich die Kleider bereit, die Eliza für mich genäht hatte. Ich setzte mich aufs Bett und ergriff zu Übungszwecken Besitz von einer Spinne, die ihr Netz vor meinem Fenster gesponnen hatte. Nach zwei Menschen, einem Vogel und einem Reh ließ sich so ein kleines Wesen mühelos kontrollieren. Ihre Traumlandschaft bestand aus einem zarten Labyrinth aus Seide.

Nach fünf Versuchen gelang es mir, die Spinne zu kontrollieren, ohne dabei meinen Körper vollständig zu verlassen. Ein winziger Teil meiner Wahrnehmung blieb in meiner eigenen Traumlandschaft zurück, kaum mehr als ein Schatten. Doch es reichte aus, um meinen Körper einige Sekunden aufrecht zu halten, während ich über das Fensterbrett krabbelte. Dann begann ich zu taumeln und schlug mit dem Kopf gegen die Wand. Laut fluchend setzte ich die Sauerstoffmaske auf und sog zitternd die Luft ein.

Wenn ich das bei der Wahlschlacht nicht hinbekam, hatte ich keine Chance. Dann wäre mein Körper bei jedem Sprung hilflos sämtlichen Angriffen ausgeliefert. Sie würden mich bereits in den ersten paar Minuten umbringen. Zwar hatte ich mir auf dem Primrose Hill keine ernsthaften Verletzungen zugezogen, trotzdem brauchte ich eigentlich noch eine Nacht Schlaf, damit meine Traumlandschaft sich erholen konnte. Frustriert machte ich das Licht aus, rollte mich auf dem Bett zusammen und lauschte auf Jaxons Schallplatte. Eine rauschende Version von *A Bird in a Gilded Cage* drang durch die Wand.

Mir wurde klar, dass ich keine Ahnung hatte, wo ich in zwei Tagen sein würde. Sicherlich nicht hier in meinem kleinen Zimmer in Seven Dials. Vielleicht auf der Straße, als ausgestoßene Verräterin. Oder ich war dann Herrin der Unterwelt und herrschte über das Syndikat.

Oder ich war im Aether.

Hinter meinem Fenster spürte ich eine einsame Traumlandschaft. Ein Blick hinunter in den Hof zeigte mir Jaxon Hall, allein unter dem sich langsam rötenden Himmel. Er trug seinen

Hausmantel, eine Hose und blank geputzte Schuhe, außerdem lag sein Spazierstock neben ihm auf der Bank.

Als sich unsere Blicke trafen, lockte er mich mit einem Finger.

Unten angekommen, setzte ich mich zu ihm. Er musterte die Sterne, die über unserem Haus standen. In den Furchen und Abgründen seiner Iris schien ihr Licht sich zu verfangen, was seine Augen funkeln ließ, als würde er sich heimlich über etwas amüsieren.

»Hallo, Liebchen«, begrüßte er mich.

»Hi.« Mit einem Seitenblick zu ihm fragte ich: »Ich dachte, du wolltest ein Meeting einberufen?«

»Das werde ich auch. Gleich.« Er verschränkte die Hände im Schoß. »Passt dir dein Galafummel?«

»Er ist traumhaft schön.«

»Ja, das ist er. Mein Medium könnte der Hälfte aller Schneider in London Konkurrenz machen.« Noch immer schimmerte das Licht der Sterne in Jaxons Augen. »Wusstest du eigentlich, dass sich heute der Tag jährt, an dem ich dich zu meiner Ganovenbraut gemacht habe?«

Es stimmte: der 31. Oktober. Da hatte ich gar nicht mehr dran gedacht.

»Damals habe ich dich zum allerersten Mal einen Straßenjob machen lassen, nicht wahr? Vorher warst du nur das Serviermädchen und eine simple Recherchehilfe. Was dir wahrscheinlich ziemlich auf den Wecker gegangen ist, stimmt's?«

»Allerdings.« Unwillkürlich musste ich lächeln. »Mir war noch nie jemand untergekommen, der so viel Tee trinkt.«

»Damit wollte ich deine Geduld auf die Probe stellen! Ja, damals waren diese schrecklichen Poltergeister in I-4 unterwegs; Sarah Metyard und ihre Tochter, die mordenden Hutmacherinnen«, erinnerte er sich. »Dr. Nygård und du habt fast den ganzen Vormittag damit verbracht, sie aufzuspüren. Und was habe ich zu dir gesagt, mein Liebchen, als du mit der Beute zurückkamst, damit ich sie an mich binden konnte? Ich bin mit dir zur Säule gegangen, habe dir die Sonnenuhr gezeigt, die auf die Monmouth Street gerichtet ist, und sagte …«

»Siehst du das, meine Schöne? Das alles gehört dir. Durch diese Straße, auf diesem Weg, kannst du dich frei bewegen«, beendete ich den Satz für ihn.

Es war der beste Tag meines Lebens gewesen. Ich hatte mir Jaxons Anerkennung und das Recht verdient, mich als sein Schützling zu bezeichnen. Damals hatte mich das mit einer solchen Freude erfüllt, dass ich mir eine Welt ohne ihn gar nicht mehr hatte vorstellen können.

»Ganz genau. Genau das.« Er unterbrach sich kurz. »Ich war nie eine Spielernatur. Ich habe nie so recht auf das Glück vertraut, Liebes. Mir ist klar, dass wir unsere Differenzen hatten, aber wir sind die Sieben Siegel, durch die mysteriösen Schlichen des Aethers wurden wir über Ozeane und Abgründe hinweg zusammengeführt. Das war kein Glück. Das war Schicksal. Und nun werden wir den Tag der Abrechnung über London bringen.«

Mit dieser Vorstellung im Kopf schloss Jaxon die Augen und lächelte. Ich verrenkte mir fast den Hals, um einen Blick auf die Sterne werfen zu können, und atmete tief die schwere Nachtluft ein: röstende Kastanien, rauchiger Kaffee und erlöschende Kochstellen. Der Geruch von Feuer, Leben und Erneuerung. Der Geruch von Asche, Tod und dem Ende.

»Ja«, nickte ich. *Oder den Tag der Veränderung.*

24

DER RING DER ROSEN

1. November 2059

Die Glocken von London schlugen elf. Im Interchangegebäude in II-4 waren sämtliche Lichter gelöscht worden. Aber unter dem Ziegelbau, im geheimen Labyrinth der Katakomben von Camden, würde bald die vierte Wahlschlacht in der Geschichte des Londoner Syndikats beginnen.

Jaxon und ich kamen mit dem Taxi und stiegen im Innenhof aus. Traditionellerweise kleideten sich die Teilnehmer in den Farben ihrer Aura, wobei der Ganovenschützling den Farbton seines Denkerfürsten annahm, aber Jaxon und ich gingen ganz arrogant in Schwarz-Weiß. (»Liebes, eher würde ich mit Didion Waite einen Walzer aufs Parkett legen, als mich von Kopf bis Fuß in Orange zu kleiden.«)

Auf meinem Kopf war ein Fascinator festgesteckt, ein filigranes Gebilde aus Schwanenfedern und Schleifen. Meine Lippen waren schwarz, die Augen mit einem von Eliza meisterhaft gesetzten Lidstrich umrahmt. Jaxons Haar glänzte vom Öl, und wie ich trug er weiße Kontaktlinsen, die seine Iris komplett bedeckten. Sein Zylinder war mit einem weißen Hutband versehen. Während der Wahlschlacht würden diese Outfits zeigen, dass wir Denkerfürst und Ganovenbraut waren und jederzeit gemeinsam kämpfen durften.

»Also dann.« Jaxon klopfte sich das Revers ab. »Die Stunde hat jetzt wohl geschlagen.«

Der Rest der Sieben Siegel stieg nach uns aus dem Taxi, alle in Schwarz-Weiß. Außerdem warteten zwanzig speziell ausgewählte Seher aus I-4 auf uns, die den Anspruch des Weißen Fesselmeisters auf die Krone unterstützen würden. Sie hielten respektvoll Abstand und unterhielten sich leise.

»Wir stehen hinter dir, Jax«, sagte Nadine.

»Absolut.« Ihrem Bruder stand der Schweiß auf der Stirn, aber er lächelte. »Bis zum Schluss.«

»Ihr seid so lieb, meine Süßen.« Jaxon klatschte in die Hände. »Wir haben bereits genug über den heutigen Abend gesprochen. Auf in die Schlacht! Möge der Aether I-4 gewogen sein.«

Geschlossen ging unsere Gruppe zu der Tür hinunter, hinter der die Katakomben von Camden uns erwarteten. Der Hund war nirgendwo zu sehen, aber die unlesbare Wächterin hockte ganz in Schwarz auf ihrem Stuhl.

»Was für eine Show das geben wird«, flüsterte Jaxon mir ins Ohr. »Man wird in der Zitadelle noch jahrzehntelang davon sprechen, Liebes, merke dir meine Worte.«

Beim Klang seiner Stimme kroch Gänsehaut über meinen Nacken. Die Wächterin musterte uns prüfend. Als sie nickte, traten wir paarweise durch die Tür. Je weiter wir die Wendeltreppe hinuntergingen, desto enger wurde mir um die Brust. Ich versuchte, einen Blick über die Schulter zu werfen, aber der Ausgang war bereits nicht mehr zu sehen. Wenn es einen Ort gab, an den ich ganz sicher nicht zurückkehren wollte, dann war das die Höhle des Lumpensammlers, wo Ketten und Fußeisen an den Wänden hingen. Wo Leute einfach verschluckt wurden und nie wieder auftauchten. Wenn es nach ihm ginge, würde ich hier nicht mehr lebend rauskommen. Krampfhaft holte ich Luft, aber irgendwie erreichte sie nicht meine Lunge. Jaxon tätschelte beruhigend meine Hand.

»Sei nicht nervös, meine Paige. Ich habe mir fest vorgenommen, heute zu gewinnen.«

»Ich weiß.«

Die Tunnel der Katakomben wirkten kaum noch heruntergekommen: Schrott und Müll waren entfernt worden, und statt kaputter Glühbirnen hatte man Milchglaslaternen in den Farben der verschiedenen Auren aufgehängt.

Der zentrale Raum sah noch genauso aus wie bei meinem letzten Besuch. An den Wänden hingen breite, leuchtend rote Stoffbahnen, wodurch die riesige Halle eine gewisse kriegerische Theateratmosphäre bekam. Edward VII. blickte mit erhobenem Zepter aus einem Gemälde auf uns herab. Einige Flüsterer machten Musik: volle, düstere Klanglandschaften, die den Aether ordentlich durcheinanderwirbelten. Am Eingang waren zweihundert Polsterstühle aufgestellt worden, einige davon an runden Tischen, die jeweils ein Schild mit der Nummer eines Sektors trugen.

Hier und da funkelten goldene Schalen, bis zum Rand mit rotem Wein gefüllt. Auf dunkelroten Tischtüchern standen Platten mit luxuriösen Speisen: dicke Fleischpasteten mit sämiger Soße; Sandwiches mit würzigem Käse und Walnüssen; geschmorte Ochsenbrust mit Zwiebeln und allerlei Gewürzen; fluffige Biskuittörtchen mit Sahne und Erdbeerkonfitüre. Offenbar hatte hier jemand den Bediensteten einer Garküche auf seiner Seite. Die Leute suchten sich Plätze, stopften sich mit Plumpudding oder Flammeri voll und nippten an filigranen Brandygläsern.

»Das ist doch grotesk«, sagte Nick, während wir zu unserem Tisch gingen. »Da draußen hungern die Straßenkünstler, und wir verschleudern das Geld bei so einer Party.«

»Danke, Nick«, erwiderte Danica trocken.

»Was?«

»Ich habe Ewigkeiten nach jemandem gesucht, der noch spießiger ist als ich. Da freut es mich wirklich, ihn in dir gefunden zu haben.«

Wir machten halt an der Bar. Während die anderen fast alle Wein bestellten, tauchte ich mein Glas in eine Schüssel mit Blutmecks. Echter Alkohol konnte in dieser Nacht meinen Tod bedeuten. Während ich an dem gewürzten Fruchtsirup nippte, schaute ich mich in der Halle um.

Der Sitzbereich war durch eine breite Kreidelinie von der eigentlichen Arena abgetrennt. Und dort war der Ring der Rosen, uraltes Symbol der Widernatürlichkeit. Für jeden Teilnehmer war eine dunkelrote Rosenblüte ausgelegt worden, in einem Kreis mit fast zehn Metern Durchmesser. Der Boden im Inneren war mit Asche bestreut, die das Blut aufsaugen sollte. Wir würden nicht die ganze Zeit innerhalb des Kreises kämpfen müssen, aber der Ring der Rosen würde uns zu Beginn auf engem Raum zusammenpferchen, was uns die Möglichkeit eines verheerenden Erstschlages bot.

Eliza stellte sich mit dem Glas in der Hand neben mich. »Bist du bereit?«, fragte sie leise.

»Nein.«

»Was wirst du tun, falls …?«

»Darüber machen wir uns Gedanken, wenn es so weit ist.«

Überall standen Seher herum, die führenden Banden und noch mehr. Einige hatten Schutzengel oder Irrlichter im Schlepptau, in einer Ecke entdeckte ich sogar einen still vor sich hin brütenden Seelengeleiter. Jaxon drehte sich zu mir um und flüsterte: »Siehst du diesen Geist dort?« Er zeigte mit seinem Stock in besagte Ecke. »Eine sehr seltene Art, ein Seelengeleiter. Er war seit der ersten Wahlschlacht jedes Mal anwesend.«

»Wo ist er hergekommen?«

»Das weiß niemand. Nach der letzten Runde führt er den Geist des Besiegten ins Letzte Licht. Eine letzte Aufmerksamkeit des Syndikats. Ist das nicht herrlich?«

Ich musterte den Geist und fragte mich, ob er einst den Rephaim gedient hatte. Und warum er sich wohl dazu entschieden hatte, nun dem Syndikat zu dienen.

»Und da ist Didion.« Wie ein Löwe seine Beute musterte Jaxon seinen Erzrivalen. »Bitte entschuldige mich.«

Er küsste mir die Hand und schlenderte davon. Die vielen Leute und Geister rieben wie ein endloses Knirschen an meinem sechsten Sinn. Gleichzeitig empfing ich durch das Goldene Band die Gefühle des Wächters; seine Gelassenheit verriet mir, dass es an seinem Ende offenbar nichts Neues gab. Noch während ich mich mit den anderen am Tisch von I-4 niederließ, tippte Danica mir auf die Schulter und beugte sich zu mir runter.

»Ich habe die Maske fertig.« Sie holte einen kleinen Beutel aus der Tasche und zog einen aufgerollten Schlauch hervor. Das Ding war so fein, dass es kaum zu sehen war. Mit dem Daumen entrollte sie den Schlauch, dann packte sie mein Handgelenk und befestigte eine Art dickes Armband daran. »Da ist der Tank drin, es überwacht aber auch deinen Puls. Schiebe den Schlauch in deinen Ärmel und hänge ihn dir übers Ohr, sodass er direkt neben dem Mund endet. Sobald du deinen Körper verlässt, wird dein Herz aussetzen und das Ding springt an.«

»Danica, du bist ein Genie.«

»Du sagst das so, als wüsste ich das nicht.« Sie setzte sich, lehnte sich zurück und verschränkte die Arme vor der Brust. »Der Tank ist klein, übertreib es also nicht.«

Ich fädelte den Schlauch durch meinen Ärmel und hakte ihn an meinem rechten Ohr ein. Anschließend zog ich den Ärmel über das Armband. Falls jemand den Schlauch bemerkte, würde er ihn wohl für einen ausgefallenen Kopfhörer halten.

Es dauerte, bis alle eingetroffen waren: Denkerfürsten, Denkerköniginnen, Ganovenschützlinge und Gangster der Scionzitadelle London. Unter Sehern hatte man es nicht so mit der Pünktlichkeit.

Eine gefühlte Ewigkeit später waren alle Plätze besetzt, und der illegale Alkohol floss in Strömen. Eine zierliche Geistschreiberin trat in den Ring der Rosen. Ihr heller Kragen hob sich deutlich von ihrer dunklen Haut ab. Die schwarzen Locken waren mithilfe eines Füllfederhalters hochgesteckt worden.

»Guten Abend, verehrte Denkerfürsten und Denkerköniginnen, Ganovenschützlinge und Gangster«, rief sie über den Lärm hinweg. »Ich bin Minty Wolfson, die Zeremonienmeisterin des heutigen Abends.« Mit drei Fingern berührte sie ihre Stirn. »Willkommen in den Katakomben von Camden. Unser besonderer Dank gilt dem Lumpensammler, der uns diese Örtlichkeit für das große Ereignis zur Verfügung gestellt hat.«

Sie zeigte auf eine stumme Gestalt zu ihrer Rechten, die in einen weiten Mantel gehüllt war. Der Denkerfürst von II-4 wurde mit verhaltenem Applaus willkommen geheißen. Sein Gesicht war mit einem vergilbten Stück Stoff bedeckt, in dem sich nur ein schmaler Sehschlitz auftat, und auf seinem Kopf thronte eine flache braune Kappe. Die Äbtissin wandte den Kopf ab, als würde sie schon seinen Anblick zutiefst verabscheuen.

Ich spürte, dass er mich hinter seiner Maske beobachtete. Ohne den Blick abzuwenden, hob ich grüßend mein Glas.

Warte nur, du maskierter Feigling.

Er konzentrierte sich wieder auf Minty. Erst jetzt wurde mir bewusst, was an ihm so beunruhigend war: Ich konnte ihn nicht lesen.

Panik flackerte in mir auf. Mein Blick streifte die Seher in meiner Nähe, und sofort wusste ich, was sie waren: Wahrsager, einer davon ein Kyathomant. Aber der Lumpensammler … Ich spürte seine Traumlandschaft – schwer bewacht –, doch über seine Aura konnte ich lediglich sagen, dass er eine hatte.

Er war kein Rephait. Diese Leere erinnerte mich eher an einen Summer, aber das konnte er auch nicht sein. Abgesehen davon konnte ich nichts über seine Gabe in Erfahrung bringen.

Minty hustete blechern. »Als langjährige Schirmherrin der Grub Street freut es mich besonders, Ihnen mitteilen zu dürfen, dass Sie heute Abend einige kostenlose Druckerzeugnisse erhalten werden, bevor Sie uns verlassen – darunter auch den beliebten neuen Groschenroman *Die Offenbarung der Rephaim*. Falls Sie diese herrlich gruselige Geschichte noch nicht gelesen haben sollten, kann ich Ihnen versichern, dass die Abenteuer der

Rephaim und der Emim Sie mit Sicherheit fesseln werden.« Lauter Jubel. »Zudem durften wir einen ersten Blick auf das lang ersehnte neue Pamphlet des Weißen Fesselmeisters werfen. Es trägt den Titel *Über die Machenschaften der Umherziehenden Toten*. Eine Lektüre, auf die wir alle bereits äußerst gespannt sind.«

Diesmal fiel der Applaus noch stürmischer aus, und einige Seher klopften Jaxon anerkennend auf die Schulter. Er zwinkerte mir zu. Mühsam rang ich mir ein Lächeln ab.

»Und nun übergebe ich das Wort an die Äbtissin, die während dieser krisengeschüttelten Zeit als einstweilige Herrin der Unterwelt fungiert hat.«

Minty zog sich respektvoll aus dem Kreis zurück. Da war sie. Vor den roten Vorhängen gab die Äbtissin in ihrem schwarzen Kreppanzug mit den weißen Aufschlägen und den hohen Stiefeln eine beeindruckende Gestalt ab. Erst in diesem Moment begriff ich, dass sowohl sie als auch Minty Trauer trugen.

»Guten Abend zusammen«, begrüßte uns die Äbtissin. Hinter ihrem Netzschleier ließ sich ein Lächeln erahnen. »Es war mir eine Freude, euch nach dem Tod meines guten Freundes Hector als Herrin der Unterwelt zu Diensten zu sein. Als uns vor drei Tagen die Nachricht vom Dahinscheiden seiner Ganovenbraut Schlitzschnute ereilte, war das erneut ein Grund zu tiefer Trauer. Man fand sie in einer verkommenen Hütte in Jacob's Island. Jemand hatte ihr die Kehle durchtrennt.«

Ein leises Raunen lief durch die Menge.

»Anscheinend wurde sie ein Opfer der Niederen Auguren vom Savory Dock. Ihr Verlust trifft uns tief. Wir betrauern eine fähige, intelligente junge Frau, unter deren Herrschaft viel hätte erreicht werden können. Und geschlossen verurteilen wir die Taten ihrer Mörder.«

Was für eine Schauspielerin. Diese Frau konnte sogar Scarlett Burnish Konkurrenz machen.

»Ich werde nun die Namen derer verlesen, die um eine Teilnahme an der Wahlschlacht ersucht haben. Wer aufgerufen wird, sollte vortreten und seinen Platz im Ring der Rosen einnehmen. Währenddessen bitte ich die Anwesenden um Ruhe.« Sie zog die Schriftrolle auseinander. »Aus Parzelle VI: der Hase aus Sektor VI-2 und sein hoch geschätzter Ganovenschützling, der Grüne Mann.«

Jaxon lachte leise, als die beiden vortraten: Der eine trug eine grässliche Hasenmaske, sogar mit Ohren, und der andere hatte sich von Kopf bis Fuß grün angemalt. »Was ist so komisch?« Elizas Lächeln wirkte angespannt.

»All die Denkerfürsten außerhalb der Zentralparzelle, meine Schöne. Amateure aus der Vorstadt.«

Der Lumpensammler hatte sich aus der Menge zurückgezogen. Ich stand auf. Mit hochgezogenen Augenbrauen sah Jaxon mich an.

»Musst du noch etwas erledigen, Träumerin?«

Nadine musterte mich über den Rand ihres Glases hinweg. »Bleib nicht zu lange weg. Ihr seid gleich dran.«

»Na dann ist es ja gut, dass ich gleich zurück bin.«

Während sie weiter den Aufmarsch der Kämpfer beobachteten, folgte ich dem maskierten Mann in einen Korridor. Der zeremonielle Pomp würde lange genug dauern, um ein Wörtchen mit ihm zu reden.

Man hatte den Zugang zum Labyrinth mit Drahtzäunen abgeriegelt, vor denen jeweils eine Lumpenpuppe Wache hielt. Als ich an dem stinkenden Alkoven vorbeiging, der als Toilette diente, wurde ich am Arm gepackt und gegen die Wand geschleudert.

Sofort verkrampften sich meine Muskeln. Über mir ragte der Lumpensammler auf, seine feine Maske bewegte sich im Luftstrom seines Atems. Der Stoff fiel bis auf seine Brust hinunter, sodass Gesicht und Hals komplett bedeckt waren.

»Geh zurück, Fahle Träumerin.«

Sein Mantel stank nach Schweiß und Blut. Irgendwie klang seine Stimme seltsam, fast schon zu tief, als wäre sie künstlich verändert worden. »Wer bist du?«, fragte ich leise. In meinen Ohren pochte es dumpf. »Wirst du zugeben, dass Hector und Schlitzschnute in deinem Auftrag umgebracht wurden, oder lässt du jemand anders den Kopf dafür hinhalten?«

»Misch dich nicht ein. Sonst schlitze ich dir die Kehle auf wie einer Sau im Schlachthof.«

»Du selbst, oder eine deiner Marionetten?«

»Im Schatten des Ankers sind wir alle bloß Marionetten.«

Er ließ mich los und wandte sich ab. »Ich werde dich aufhalten«, rief ich ihm hinterher, als er in dem dunklen Tunnel verschwand. »Dich und deinen Grauen Markt. Du denkst vielleicht, du hättest gewonnen, Lumpensammler, aber du wirst die Krone bestimmt nicht tragen.« Ich wollte ihm folgen, doch sofort stellten sich mir zwei Lumpenpuppen in den Weg. Eine von ihnen schubste mich sogar.

»Versuch's gar nicht erst.«

»Was versteckt er da drin?«

»Soll ich dir eine verpassen, du irische Schlampe?«

»Wenn es dich nicht stört, dass ich zurückschlage ...«

Die Frau zog einen Revolver und richtete ihn auf meine Stirn. »Zurückschießen kannst du eher nicht, oder?«

Ich ließ ihre Nase bluten, bevor ich davonging.

Als ich an unseren Tisch zurückkehrte, wurde es fast schon Zeit für uns. Jaxon strahlte eine tödliche Ruhe aus: In einer Hand hielt er seine Zigarre, mit der anderen umklammerte er seinen schweren Elfenbeinstock mit dem massiven Silberknauf, der wie ein entstellter, narbiger Kopf geformt war. Danica hatte ihn mit einem Mechanismus versehen, mit dessen Hilfe die im Inneren des Stocks verborgene Klinge unten aus der Spitze hervorschnellen und auch wieder vollständig eingezogen werden konnte, um so einen schnellen, tödlichen Stich zu ermöglichen.

»Aus Parzelle II: die Listige Lady und ihr hoch geschätzter Ganovenschützling, der Wegelagerer, aus Sektor II-6.«

Lauter Jubel setzte ein. Auf die Listige Lady hatten viele ihr Geld gesetzt. Mit einem nachlässigen Winken nahm sie ihren Platz hinter einer der Rosen ein.

»Denk immer daran, Paige«, flüsterte Jaxon, »das hier ist eine Show. Ich weiß, dass du sie innerhalb eines Herzschlages töten könntest, Liebling, aber tu das nicht. Du musst ihnen etwas bieten. Sieh dich als eine Debütantin auf ihrem ersten Ball: Präsentiere ihnen das ganze Spektrum, das die Gabe eines Traumwandlers umfasst.«

Dann rief die Äbtissin uns in den Ring: »Unsere Kämpfer aus Parzelle I: der Weiße Fesselmeister und seine hoch geschätzte Ganovenbraut, die Fahle Träumerin, aus Sektor I-4.«

An den Tischen von Parzelle I setzten donnernder Applaus und lautes Stampfen ein, sogar von einigen anderen Sektoren. Nick legte mir kurz die Hand auf den Rücken. Ich stand auf und folgte Jaxon in den Ring. Die Gelenke in meinen Beinen arbeiteten roboterhaft. Als Jaxon stehen blieb, bezog ich links von ihm Stellung, sodass unsere Rose genau zwischen meinen Stiefeln lag.

»Und zu guter Letzt«, fuhr die Äbtissin fort, »die drei unabhängigen Kandidaten: das Meuternde Medium, das Blutende Herz …« Unter verhaltenem Applaus nahmen die Neuankömmlinge ihre Plätze ein. »… und *last but not least*, die Schwarze Motte.«

Stille breitete sich aus. Fragend drehte die Äbtissin sich zum Publikum. »Schwarze Motte, bitte tritt vor.«

Die Stille hielt an. Eine Rose blieb übrig.

»Oje. Vielleicht ist die Motte davongeflattert.« Die Menge begann leise zu murmeln. Inzwischen tauchte ein Handlanger aus der Grub Street auf und entfernte die letzte Rose. »Nun, da alle vierundzwanzig Kandidaten versammelt sind, erkläre ich die vierte Wahlschlacht in der Geschichte des Londoner Syndikats offiziell für eröffnet.« Sie griff nach einer schweren goldenen Sanduhr und drehte sie um. »Wenn der Sand vollständig durchgelaufen ist, werde ich ›beginnet‹ rufen. Bis zu diesem Befehl bleiben bitte alle auf ihren Plätzen.«

Sämtliche Augen im Saal richteten sich auf die Sanduhr.

Direkt gegenüber von mir stand der Prügelprolet, Nells Denkerfürst. Er trug eine einfache Plastikmaske mit ausgestanzten Löchern für Augen und Mund. Automatisch verfiel ich in die Haltung, die der Wächter mir beigebracht hatte. Ich stellte mir vor, ich hinge an einem Faden, würde in die Höhe gezogen, freigesetzt und streifte das lebende Fleisch ab, das mich einhüllte. Doch heute war mein Körper voller Störfaktoren: dröhnender Herzschlag, Rauschen in den Ohren, jedes bisschen nackte Haut kalt vor Angst.

Für welchen dieser Kämpfer wollten der Lumpensammler und die Äbtissin den Sieg herbeiführen?

Die meisten waren Wahrsager oder Auguren, und damit von einem Numen abhängig. Es würde nicht allzu schwer werden, sie auszuschalten. Aber sechs von ihnen, Jaxon eingeschlossen, stellten eine größere Herausforderung dar.

Noch fünf Sekunden. Ich rief das Bild von den vollen Karaffen auf. Der Aether übernahm, und vor meinen Augen wurde alles flach und farblos.

Drei Sekunden.

Eine Sekunde.

»Beginnet!«, brüllte die Äbtissin.

*

Sobald das letzte Sandkorn gelandet war, stürmte ich auf den Prügelproleten zu. Die Menge jubelte begeistert, als die ersten Kontrahenten aufeinandertrafen. Endlich hatten die Denkerfürsten und Denkerköniginnen ihre Schlupfwinkel verlassen und lieferten sich im Herzen von Scions Reich eine würdige Schlacht. Mein Geist tobte wie ein wütendes Tier in seinem Käfig, aber ich musste ihn unter Kontrolle halten. Eine Herrin der Unterwelt, die ihre Gegner nur durch ein Zucken ihres Geistes tötete, war wenig nobel, bewundernswert oder unterhaltsam.

Der Prügelprolet war über einen Meter achtzig groß, schlank, aber durchtrainiert. Er hatte nichts bei sich außer einer silbernen Kette. Ich zielte auf seine Kehle, doch er fing meine Faust ab und wirbelte mich herum wie bei einem Tanz. Sein schwerer Stiefel traf mich in den Rücken, und ich fiel der Länge nach hin. Schnell rollte ich mich ab, sprang auf und fuhr mit erhobenen Fäusten zu ihm herum. Zwar ruhte nicht die gesamte Aufmerksamkeit des Publikums auf mir, aber die Seher in meiner Nähe brüllten höhnisch.

Kein guter Start. Verglichen mit manch anderem Kandidaten war ich ein Leichtgewicht. Nur zu gerne hätte ich sie alle mit meinem Geist außer Gefecht gesetzt, aber ich musste erst mal Stärke zeigen.

Auf meinem Radar tauchten weitere Traumlandschaften auf. Als ich jemanden hinter mir spürte, sprang ich hastig zur Seite. Der Wetzstein verfehlte so sein Ziel und taumelte an mir vorbei. In seiner Hand glänzte eine riesige Machete, mit der er mir in nur einem Schwung den Kopf hätte abschlagen können. *Ein Macharomant.* Das war also sein Numen, der Gegenstand, der ihn zu einer tödlichen Gefahr machte.

Er neigte den Kopf, und das Licht brach sich auf seiner silbernen Maske. Sobald er wieder sicher stand, zog er zwei kleine Dolche aus seinem Ärmel und schleuderte sie mit einer Hand auf mich. Nacheinander zischten sie an meinem rechten Ohr vorbei und ritzten dabei mein Gesicht. Dann setzte er wieder die Machete ein, schlug und stach damit zu, immer wieder, um mich zu zermürben. Als ich schützend eine Hand ausstreckte, erwischte er alle vier Finger und hinterließ oberflächliche Schnittwunden. Ich versetzte ihm einen leichten Stoß mit meinem Geist, gerade genug, um ihn aus dem Konzept zu bringen, dann stürmte ich los, machte eine Rolle und verpasste ihm einen

Tritt in den Magen, der ihn rückwärts gegen das Meuternde Medium katapultierte.

Noch bevor ich einmal durchatmen konnte, hatte mich schon der Nächste am Wickel. Arme schlangen sich um meinen Bauch und fixierten meine Ellbogen an meinem Körper. Der Geruch nach Nelken und Orange verriet mir, dass es Halfpenny war, der Ganovenschützling von Blutfaust und ein hervorragender Schnüffler. Er rieb sich oft Duftöl auf die Handgelenke, um sich gegen den Gestank der Geister zu schützen. Wieder und wieder rammte ich meine Handkante in seinen Schritt, bis er mich endlich losließ, dann knallte ich ihm meinen Hinterkopf ins Gesicht. Ich drehte mich um und schlug ihn genau zwischen die Augen, wodurch ich ihm die Nase brach. Die Wucht des Aufpralls spürte ich bis in den Ellbogen, aber es reichte aus, um ihn benommen zu machen.

Als Nächstes kam das Blutende Herz, einer der unabhängigen Kandidaten. Sein gesamtes Gesicht war mit Adern zutätowiert. Ich spürte, wie seine Aura sich nach rechts bewegte, und konnte seiner Faust mit einer eleganten Drehung ausweichen, genau wie der Wächter es mir gezeigt hatte. Im nächsten Moment schleuderte er mir eine jämmerliche Geisterhorde entgegen, bestehend aus ein paar Irrlichtern – und so schwach, dass ich mich fragte, warum er sich überhaupt die Mühe machte. Sie schafften es nicht einmal bis in meine Traumlandschaft. Ich schuf mir meine eigene Horde – sechs stärkere Geister, die ich aus den dunklen Winkeln des Saals zusammensuchte – und ließ sie auf ihn los. Geräuschlos und wabbelig wie ein Fisch ohne Gräten fiel er in die Asche. Stellte sich also tot. Er fürchtete sich davor, weiterzukämpfen, und da in diesem Ring einige echte Killer standen, konnte ich ihm das nicht einmal übel nehmen.

Ein dicker Arm drückte gegen meine Brust. Fauchend packte ich den Ellbogen des Prügelproleten, stieß ihn nach oben und versuchte, mich so zu befreien. Gleichzeitig explodierte mein Geist wie ein Feuerwerk in seiner Traumlandschaft. Sobald sein

Arm erschlaffte, rammte ich meinen rechten Ellbogen in seinen Solarplexus, riss gleichzeitig seinen Arm nach vorne und schlug ihm von hinten gegen den gestreckten Ellbogen. Knochen knackten, und er taumelte von dannen.

»Weiter so, Träumerin!«, jubelte Eliza und applaudierte wild.

Kurz spürte ich das Pochen in meinen Fingerknöcheln, aber dann spülte das Adrenalin den Schmerz fort. Bei diesem Wettkampf ging es nicht allein um Muskelschmalz. Mit Tempo und Geschicklichkeit ließ sich reine Kraft aushebeln. Ich wirbelte auf dem Absatz herum, wehrte eine Horde des Wetzsteins ab und schickte sie zurück in seine eigene Traumlandschaft. Die Wucht reichte aus, um ihn von den Füßen zu reißen. Mit einem Sprung stellte sich Blutfaust schützend über ihn und attackierte mich mit einer wesentlich komplexeren Horde, in der verschiedene Geister vereint waren. Geschickt katapultierte ich mich unter seinem ausgestreckten Arm hindurch und packte mit einer Beinschere die Knöchel des Wetzsteins, der gerade aufstehen wollte. Die Kraft meiner Traumlandschaft, mit der ich die Horden abwehrte, reichte aus, um ungefähr zehn Leuten in meiner direkten Umgebung Nasenbluten zu verpassen. Im Vorbeilaufen versetzte Jack Hickathrift dem Wetzstein einen schnellen Schlag in den Nacken, der ihn außer Gefecht setzte, noch bevor er auch nur ein Messer wetzen konnte. Er grinste mich kurz an, bevor er sich Blutfaust zuwandte.

Halfpenny, der direkt vor meinen Füßen lag, wollte sich ebenfalls wieder erheben. Mithilfe meines Geistes schickte ich ihn in seine Aphotische Zone. Sofort kamen die Kopfschmerzen, aber ich hatte sie im Griff. Offenbar hatte man im Publikum das verräterische Flackern meines Geistes im Aether bemerkt, denn einige riefen nun »Fahle Träumerin!«, und Jimmy O'Goblin warf mir sogar eine Rose zu. Mit einer tiefen Verbeugung in seine Richtung hob ich die Blume auf, was den Jubel sofort anschwellen ließ. Ognena Maria und eine Gruppe Strauchdiebe aus I-4 ließen noch mehr Rosen folgen.

Mein ruhmvoller Moment fand ein jähes Ende, als Jenny Greenteeth mich an den Schultern packte. Sie grub ihre Zähne in meine Schulter, bis ich blutete und mir einen erstickten Schrei nicht mehr verkneifen konnte. Gleichzeitig schnappte sich der Hase meine Füße. Beide zerrten an mir. Wollten die mich etwa in der Mitte durchreißen? Jetzt hatte Jenny die Menge auf ihrer Seite. Der berühmten Ganovenbraut von I-4 etwas abbeißen … wer wäre von einer so schockierenden Taktik nicht beeindruckt? Knurrend trat ich nach dem Hasen, erwischte mit der Stiefelspitze tatsächlich sein Kinn und ließ so seinen Kopf zurückfliegen. Unter der Maske blitzte kurz seine ungeschützte Kehle auf. Als er seinen Griff zu meinen Knien verlagerte, stemmte ich die Fersen gegen seine Brust, schob Jenny Greenteeth so nach hinten und brachte sie zu Fall. Ich rollte mich aus ihren Armen und warf vom Boden aus mit der freien Hand meinen Dolch nach dem Hasen. Der fing ihn in der Luft ab und stapfte auf mich zu. Durch den schmalen Schlitz in seiner Maske drangen atemlose Drohungen.

Bevor ich einen klaren Gedanken fassen konnte, schloss sich seine Faust bereits um meinen Kragen. Während seine Waffe auf mein Gesicht zuschoss, blitzte hinter ihm funkelnder Stahl auf. Er glitt nach unten, durchtrennte Muskeln und spaltete Knochen. Dann landete ein halber, bleicher Arm neben mir.

Brüllend vor Schmerzen krümmte sich der Hase zusammen und starrte fassungslos auf seine verkürzte Gliedmaße. Aus dem sauberen Stumpf an seinem Ellbogen spritzte das Blut.

»Fesselmeister, was … was hast du *getan*?«

»Schweig still, garstiger Hase«, spottete Jaxon und stieß ihm durch das Loch in der Maske die Klinge ins Auge.

Mir entkam unwillkürlich ein Laut des Ekels, als der Denkerfürst flach auf dem Bauch landete. Durch den Sehschlitz quoll Blut, das sich unter seinem Kopf zu einer Pfütze sammelte. Sein Geist floh, ohne die Threnodie abzuwarten.

Lachend ließ Jaxon seinen Stock kreisen. An den Tischen von

Parzelle VI buhte und fluchte man, aber der einstimmige Jubel aus der Zentralparzelle übertönte das. Zum ersten Mal in dieser Nacht war ernsthaft Blut geflossen, und zwar direkt über meine Stiefel. Nadine stand mit einigen Leuten zusammen, mit denen sie in Covent Garden Straßenkunst betrieb, und feuerte Jaxon aus voller Kehle an. Nun war er an der Reihe, sich zu verbeugen.

Lange konnte ich mir das Spektakel nicht ansehen. Jenny Grenteeth war wieder da, fletschte die rot beschmierten Zähne und grabschte nach meinen Beinen. Sie war eine Hydromantin, aber hier gab es kein Wasser, das sie gegen mich einsetzen konnte. Also blieb ihr nur der rein körperliche Kampf. Mit zusammengebissenen Zähnen hielt ich sie von mir fern, aber mit jeder Sekunde rückte sie ein paar Zentimeter näher. Die Zuschauer aus Parzelle VI brüllten, sie solle mir die Kehle rausreißen. Die hatten generell etwas gegen Seher aus der Zentralparzelle. Jenny lief die Spucke über die rissigen Lippen und bildete dicken Schaum zwischen ihren Zähnen, während sie mir wilde Flüche an den Kopf warf. Nass vor Schweiß zwang ich sie Stück für Stück weiter zurück, bis der Abstand groß genug war, um einen Fuß gegen ihre Brust zu stemmen.

Noch einmal konnte ich mich nicht von Jaxon retten lassen. Einmal war akzeptabel, ein Beweis der Verbundenheit zwischen Denkerfürst und Ganovenbraut, aber ein zweites Mal würde mir als unverzeihliche Schwäche ausgelegt werden. Also trat ich Jenny Greenteeth so hart gegen den Bauch, dass ihr die Luft wegblieb. Sobald sie flachlag, sprang ich aus meinem Körper.

Diesmal war es schwieriger, schnell genug zu sein. In ihrer Zone des Sonnenlichts lieferten wir uns einen verbissenen Kampf. Bei ihr war sie ein Sumpf mit zähem Nebel, der sich wie Treibsand um meine Knöchel legte. Als ich es endlich geschafft hatte, sie in eine dunklere Zone des noch gesunden Geistes zu stoßen, kehrte ich hastig in meinen Körper zurück – der gerade die Asche auf dem Boden des Rings aufsuchen wollte. Im letzten

Moment streckte ich die Arme aus, und da kam auch der Sauerstoff aus dem Tank. Jenny lag neben mir und zuckte leicht.

Das unbeholfene Ende meines Ausflugs tat der allgemeinen Begeisterung keinen Abbruch. Bis jetzt hatten sie die Traumwandlerin des Weißen Fesselmeisters noch nie in Aktion gesehen. Sein am besten gehütetes Geheimnis, seine stärkste Waffe – sie würde das strahlendste Juwel in der Krone des Herrn der Unterwelt sein. Einige Straßenkünstler stimmten ein Lied an:

*

Fahle Träumerin, ein Wandler, seht, wie sie springt!
Vom Zorn der Traumwandlerin Balladen man singt.
Erst haut sie Halfpenny um, als dann auch Jenny abschmiert,
pass nur auf, Prolet, jetzt hat sie dich im Visier!

*

Die letzte Zeile endete in lautem Jubelgeschrei, das durch den gesamten Saal hallte. Wieder flogen Rosen in meine Richtung. Diesmal bedankte ich mich mit noch größerem Getue. Sie würden niemandem folgen, der bei ihrer Scharade nicht mitspielte. Nick applaudierte ebenfalls, doch sein Lächeln wirkte widerwillig. Hinter ihm fuchtelte Eliza wild in der Luft herum und brüllte gemeinsam mit den anderen aus Parzelle I meinen Namen: »FAHLE TRÄUMERIN!« Als ich mich wieder aufrichtete, musste ich unwillkürlich grinsen. Das Spektakel war irgendwie elektrisierend. Endlich einmal waren diese Seher, die durch das Kastensystem und die Bandenkriege so viele Jahre gespalten gewesen waren, *vereint* – in ihrer Liebe zum Syndikat, in ihrer Begeisterung für die Wunder des Aethers, ja, sogar in ihrer Blutgier.

Während ich kurz verschnaufte, blickte ich mich im Saal um. Es waren immer noch einige Kandidaten im Rennen: Die Kompaniechefin, die jüngste unter den Denkerköniginnen, stand ganz in meiner Nähe. Sie hatte eine ruhelose, instabile Aura, die man nicht übersehen konnte: eine typische Megäre. Das leuchtend rote Barett warf tiefe Schatten über ihre Augen. Gerade kämpfte sie gegen die Schwanenkriegerin, eine Ganovenbraut mit weiß leuchtenden Haaren und einem violetten Umhang über der schwarzen Kleidung.

»Glaub bloß nicht, dass ich dich nicht töten würde, du Göre.«

»Bitte schön«, erwiderte die Kompaniechefin, »versuch's doch.«

Die Schwanenkriegerin hob ihr Schwert. Da holte die Kompaniechefin tief Luft und kreischte.

Ihr Schrei war so überirdisch schrill, dass die Flaschen und Gläser auf den Tischen zersprangen. Voller Wut wollte die Kompaniechefin ihrer Gegnerin das Gesicht zerfetzen. Ihr eigenes Antlitz war knallrot und verzerrt, und immer wieder stieß sie diese markerschütternden Schreie aus. Um sie herum wirbelten diverse Geister durch die Luft, packten ihre Gliedmaßen und verhalfen ihr zu unfassbar schnellen Bewegungen. Die Schwanenkriegerin hatte keine Chance.

Sobald ihre Gegnerin ausgeschaltet war, stürzte die Kompaniechefin sich auf den nächsten Feind, ohne das geringste Anzeichen von Atemlosigkeit. »Komm wieder runter«, rief ihr jemand zu. »Kontrolle, Chefin, *Kontrolle*!« Aber sie machte immer weiter, prügelte, kratzte und heulte infernalisch. Ihre Wangen verfärbten sich schon braunrot. Ihre Augen verdrehten sich so stark, dass man nur noch das Weiße sah. Inzwischen hatte ungefähr die Hälfte der Kandidaten innegehalten und sah zu, wie sie gegen Jack Hickathrift kämpfte – immer noch mit vollem Körpereinsatz –, aber nun begann sie langsam zu taumeln: trunken vom Aether, vollkommen außer Kontrolle. Mit einem einzigen Tritt gegen das Knie brachte sie ihn zu Fall. Automatisch riss er die Arme hoch, um sein Gesicht zu schützen, und schloss krampfhaft die Augen.

Dann, ohne jede Vorwarnung, brach die Kompaniechefin zusammen. Kraftlos landete ihr Kopf auf dem Boden, während ihre Gliedmaßen krampfhaft zuckten. Hastig kroch Jack Hickathrift davon. Ein Strauchdieb eilte an ihre Seite und nahm ihren Kopf in seine schaufelgroßen Hände. Sobald sie nicht mehr zuckte, trug er sie aus dem Ring.

Buhrufe und Jubel hielten sich die Waage. Sicher eine beeindruckende Performance, aber ohne jedes Durchhaltevermögen. Ich hatte noch nie gesehen, dass sich die Sehergabe auf diese Art manifestiert hatte. Offenbar hatte sie ihre eigenen Grenzen überschritten. Das durfte mir nicht passieren. Das würde mir nicht passieren.

Durch die Show der Kompaniechefin war das allgemeine Kampfgetümmel ziemlich zum Erliegen gekommen, zwei Denkerfürsten lieferten sich allerdings noch immer einen Schlagabtausch. Es war ein kurzer Kampf: Die beiden schubsten sich eine Weile gegenseitig mit ihren Geisterhorden hin und her, fluchten und schimpften, dann schlug Londons Spezialität seinen Gegner mit einem Faustschlag k.o. Genervtes Stöhnen und vereinzelte Buhrufe wurden laut. *Langweilig*, sollte das heißen.

»Hinter dir, Liebes«, rief Jaxon in diesem Moment und wirbelte herum, um sich dem Ganovenschützling des Gefallenen zuzuwenden.

Die Listige Lady war am nächsten, und gerade griff sie niemand an. Ich ließ ein Wurfmesser in meine Hand gleiten und packte es an der Klinge. Als sie mich entdeckte, streckte sie grinsend beide Arme aus. Das ließ mich kurz zögern, aber schon im nächsten Moment zielte ich auf ihren Unterarm und ließ die Waffe fliegen. Keine tödliche Verletzung, nur schwer genug, um ihr Schmerzen zuzufügen, damit ich sie dann mit meinem Geist außer Gefecht setzen konnte.

Ein huschender Schatten zeigte an, dass sich jemand zwischen mich und die Listige Lady warf. Mein neuer Gegner war Dornenstich, eine Axtomantin, die sich Rosen in die blonden

Haare geflochten hatte. Das Messer bohrte sich tief in ihre Schulter. Mit einem Schmerzensschrei riss sie die Klinge aus ihrem Fleisch und warf sie ins Publikum. Ein Kurier fing sie auf. Noch bevor mir ganz klar war, was da gerade geschah, holte sie aus und schleuderte mit unvorstellbarer Kraft eine Breitaxt durch den Ring. Ich warf mich nach rechts und ließ mich nach hinten fallen, sodass im Sprung meine Füße kurz über meinem Kopf schwebten, bevor ich die Knie an die Brust zog. Wieder jubelte die Menge. Schon bei der Landung blickte ich in die Maske von Gesichtslos: Sie trug Seidenkleidung in der Farbe des Sonnenuntergangs und ein Porzellangesicht, das keinerlei erkennbare Züge hatte. Keine Gucklöcher, nicht einmal ein Atemschlitz.

Von rechts kam Dornenstich mit ihrer Axt. Und da war auch der Prügelprolet, wieder einmal auf dem Weg zu mir, während von links Blutfaust nahte. Ich ließ mich in Verteidigungshaltung fallen, doch meine Kehle war plötzlich wie zugeschnürt.

Die hatten es alle auf *mich* abgesehen. Schnell zog ich ein weiteres Messer hervor und warf es nach der Listigen Lady. Blutfaust streckte den Arm aus und schlug es beiseite.

Beschützten sie sie etwa?

Jaxon wehrte nachlässig mit dem Stock einen Ganovenschützling ab, was ihn nicht einmal ins Schwitzen brachte, während ich es mit einer Denkerkönigin, zwei Denkerfürsten und einer Ganovenbraut zu tun bekam. Als Jaxon mitbekam, wie sie alle auf mich losgingen, riss er entsetzt die Augen auf. Wenn sie mich erst mal getötet hatten, würden sie mit Sicherheit ihn ins Visier nehmen.

Hastig schaute ich über die Schulter. Der Lumpensammler stand in einer Ecke des Saals und beobachtete das Geschehen.

Er wollte zusehen, wie ich starb, in diesem Mahlstrom aus Blut und Adrenalin, wo man meinen Tod bejubeln würde, statt ihn zu untersuchen oder zu hinterfragen.

Gesichtslos begann leise zu murmeln und rief so die Geister

an ihre Seite. Sie war eine Beschwörerin. Langsam bog sie die Handflächen nach innen, bis sie eine Schale formten. Vollkommen reglos wartete ich darauf, dass sie die Horde losschickte, die sich zwischen ihren Händen bildete. Wie ein lebender Magnet zog sie überall aus der Zitadelle Geister an und schickte sie in die Tasche aus Aether, die sie geschaffen hatte. Der Prügelprolet ließ seine blutverschmierte Kette wie ein Pendel hin und her schwingen. Dornenstich hatte ihre Axt aufgesammelt und hob sie kampfbereit. Blutfaust hob die Fäuste. Er trug Schlagringe an beiden Händen, die mit tödlichen Spitzen versehen waren.

Dann griffen sie gemeinsam an. Gesichtslos schleuderte ihre Horde auf mich. Einer der Geister war ein Ausbrecher, entweder ein Erzengel oder ein Poltergeist, schwer zu sagen. Mein Amulett schickte ihn mit solcher Wucht zu ihr zurück, dass ich ins Stolpern geriet. Als der Geist sie erreichte, wurde Gesichtslos von den Füßen gerissen und landete in einer Wolke aus orangefarbener Seide im Publikum. Zwei ihrer Geister schafften es in meine Traumlandschaft, aber ich katapultierte sie sofort wieder raus. Meine Abwehrmechanismen waren stärker geworden. Dann duckte ich mich unter dem brutalen Schlag von Blutfaust hindurch und ließ gleichzeitig meinen Geist durch seine Traumlandschaft gleiten.

Blinzelnd vertrieb ich die Bilder vor meinen Augen und stürmte auf Dornenstich zu. Ihre mörderische Miene wich dem nackten Entsetzen, als ich unter ihrem Arm hindurchtauchte. Doch ihre Axt war bereits im Schwung, und die Waffe war zu schwer, um sie noch aufzuhalten. Statt meiner traf sie den Prügelproleten. Die Klinge drang mit einem feuchten Schmatzen in seinen Brustkorb. Sobald ich das hörte, entriss ich ihm seine Kette, schlang sie Dornenstich um den Hals und zerrte sie damit zu Boden. Sie ließ die Axt los und griff sich mit panisch geweiteten Augen an den Hals. Inzwischen sank der Prügelprolet auf die Knie und bekam das Heft der Axt zu fassen. Sein

Mund öffnete sich zu einem stummen Schrei, aber seine Kleidung war bereits mit lebenswichtigem Blut durchtränkt. Egal, wie viel er zerrte, diese Klinge würde seinen Körper nicht mehr verlassen. Das Publikum jubelte und brüllte, geiferte richtig, wie die Amaurotiker vor ihren Fernsehern. Die hatten wahrscheinlich so gejubelt, als mein Cousin in Carrickfergus aufgeknüpft worden war.

Seit wann verwandelten wir den Tod in solch ein Spektakel?

»Fauler Trick«, presste Dornenstich hervor.

»Das hier nicht«, raunte ich ihr ins Ohr. Sanft schubste ich sie in die Zone des Zwielichts, und sie brach bewusstlos zusammen.

Der Prügelprolet würde es nicht mehr lange machen. Blutfaust kroch über den Boden und hielt sich den Kopf. Da tänzelte das Meuternde Medium vorbei und bohrte ihm eine Klinge in den Schädel.

Am Rande meines Gesichtsfelds blitzten kleine Funken auf, aber ich vertrieb sie mit einem Kopfschütteln. Fünfzehn Kandidaten waren entweder tot oder kampfunfähig, blieben also noch acht Leute mit Chancen auf den Sieg, Jaxon und mich mit eingerechnet. Jaxon war gerade dabei, Londons Spezialität den Bauch aufzuschlitzen – unter dem begeisterten Geheul der Menge und dem entsetzten Geschrei einer Frau ganz vorne im Publikum. Als er mir winkte, lief ich zu ihm.

»Rücken an Rücken, Liebes.«

Ich drehte mich mit dem Gesicht zum Publikum und streckte mein blutiges Messer vor. »Wie sieht es aus?«

»Nur noch fünf übrig. Die Krone ist uns so gut wie sicher! Vielleicht sollten wir erst mal diesen erbärmlichen Schwachkopf niedermachen.«

Als ich begriff, wen er meinte, zuckte ich kurz zusammen. Humpelnd schleppte sich der Herr der Laternen durch den Ring und zerrte dabei einen kreischenden Ganovenschützling hinter sich her. »Warum läuft er denn so komisch?«, rief ich Jaxon über das laute Waffengeklirr und den Lärm der Menge hinweg zu.

»Er ist ein Physisches Medium, Liebes. Offenbar hat er irgendeinen wütenden Geist in seinen Körper gelassen, der ihn jetzt steuert.« Mit dem Stock zeigte er auf den Denkerfürsten. »Ich werde den Eindringling mit meinen Gezähmten vertreiben. Du schmeißt dann seinen eigenen Geist raus.«

Nachdem er seinem Gegner den Kehlkopf zerquetscht hatte, richtete Laterne seinen trüben Blick auf uns. Sein Kinn hing schlaff herunter, und er keuchte wie ein alter Blasebalg. »Komm zu dir, alter Mistkerl«, brüllte Tom Rhymer ihn an. Irgendwie erinnerte mich das daran, wie Eliza aussah, wenn sie besessen war.

»Wir müssen ihn nicht umbringen«, wandte ich mich an Jaxon.

»Oh doch, sonst würde er uns ewig verfolgen. Jeder Seher, der diesen Ring lebend verlässt, wird uns die Krone streitig machen.«

Ein Spuckefaden hing von Laternes Lippen. Der Geist in seinem Körper war bereit zum Angriff, wartete aber ab. Mit einem abfälligen Grinsen rief Jaxon mit der linken Hand einen seiner Gezähmten zu sich. Er formte die Finger zu einer Kralle, und an seinem Arm traten die Adern dunkelrot hervor. Lautlos gab er dem Geist Befehle, nur seine Lippen bewegten sich. Der Herr der Laternen sank auf die Knie und presste die Hände an die Ohren. Sie kämpften – Jaxon biss krampfhaft die Zähne zusammen, und in seinem Auge platzte ein Äderchen. Dann packte er mich am Handgelenk und schleuderte mich auf sein Opfer zu.

»Jetzt!«

Ich ließ meinen Geist auf ihn los.

Der Eindringling und Jaxons Gezähmter befanden sich bereits am Rand von Laternes Traumlandschaft, beide purzelten heraus, als ich hineinstürmte. In der Welt draußen brach sein Körper jetzt zusammen. So schnell wie möglich hetzte ich durch das Land seines Geistes. Meine Traumgestalt streckte die Hand aus, packte Laternes Bewusstsein und warf es sanft in die Zone des Zwielichts. Dann platzte ich aus ihm heraus und warf mich wieder in meinen eigenen Körper.

Das Publikum war still geworden. Jetzt waren nur Jaxon, die Listige Lady, die Schäbige Sylphe und ich im Ring übrig geblieben. Die Sylphe sah inzwischen genauso aus, wie ihr Name es versprach: Ein Finger hing nur noch an einem Hautfetzen und sie hatte Tränen in den Augen, aber sie dachte offenbar nicht an Flucht.

»Du übernimmst die Sylphe«, murmelte Jaxon.

»Nein«, widersprach ich, »ich übernehme die Lady.«

Zunächst hatte die Listige Lady sich auf ihn konzentriert, aber nun wandte sie ihre Aufmerksamkeit mir zu. Sie trug keine Maske. Jaxon ließ seinen Stock herumwirbeln und glitt auf die Schäbige Sylphe zu. Ich umkreiste inzwischen meine Gegnerin: Jene Frau, die über die Ärmsten der Armen herrschte und sie in einem Teufelskreis aus Elend und Leid verharren ließ. Mit dem Handrücken wischte sie sich die Oberlippe ab.

»Hallo, Fahle Träumerin«, rief sie dann. »Tobt zwischen uns eine Fehde, die mir entgangen ist?«

Immer weiter umkreiste ich sie, genau wie Jaxon es mit seiner Gegnerin tat. Die Ganovenschützlinge der beiden Frauen lagen tot oder bewusstlos in der Asche. Wir beide waren das einzige offizielle Paar, das noch aufrecht stand. Die Menge fing nun an, die Namen ihrer Favoriten zu grölen, oder zumindest derer, auf die sie gewettet hatten. *Weißer Fesselmeister* hörte man am häufigsten.

»Nein«, antwortete ich der Lady. »Aber ich hätte nichts dagegen, eine anzuzetteln.«

Inzwischen hatten wir uns so weit von der Menge entfernt, dass sie uns nicht mehr hören konnte. Wir standen dicht bei dem Wagen mit dem Scheinwerfer. Die Listige Lady streckte ihren langen Entersäbel aus. »Gibt es dafür einen bestimmten Grund«, fragte sie, »oder bist du tatsächlich so wahllos gewalttätig, wie die Leute zu glauben scheinen?«

»Du lässt doch die Hälfte deiner Seher in einem Slum verrotten.«

»Die Niederen Auguren? Die zählen nicht. Und bist du denn so tugendhaft? Scion nennt dich eine Wahnsinnige und eine Mörderin.«

»Hörst du etwa auf das Geschwätz von Scion?«

»Wenn es vernünftig ist.«

Sie schlug mit ihrer Waffe nach mir, und ich wich zurück.

»Weißt du, es ist schon gut, dass Schlitzschnute tot ist. Sie hatte vergessen, wo sie hingehört. Ein Niemand aus Jacob's Island an der Seite des Herrn der Unterwelt ... Ich hätte mich ihrer entledigen sollen, bevor sie es über meinen Zaun schaffte.« Nun holte ich mit dem Messer aus, aber sie entging meinem Angriff mühelos. »Und was diese Jakobitin angeht, wie sie sich nennt, die hält sich nicht lange. Er hat sie weggeschickt, weil sie ihn hintergangen hat – ausgleichende Gerechtigkeit nannte er das –, aber diesmal wird er ihr einfach die Kehle durchschneiden und fertig.«

»Ausgleichende Gerechtigkeit? Was faselst du da?«

»Du musst es doch zumindest *vermutet* haben, Fahle Träumerin. Oder bist du etwa so nobel, dass du gar nicht auf den Gedanken kommst?«

Sie steckte also ebenfalls mit ihnen unter einer Decke. Wer auch immer *die* genau waren. Die Äbtissin beobachtete uns vom Podium aus. Sie lächelte. Ich verpasste der Listigen Lady einen so heftigen Tritt in die Rippen, dass sie sich zusammenkrümmte.

»Dabei hätten wir dich fast gefragt, ob du nicht mitmachen willst, weißt du? Aber dann hast du angefangen, dich einzumischen.« Sie lachte keuchend. »Es ist schon fast eine Schande, dich umzubringen, Kleine, aber ich habe meine Befehle.«

Damit stürzte sie sich auf mich, hob ihre Klinge und wollte sie mir in den Hals rammen. Es geschah so schnell, dass ich nur noch den Kopf herumreißen konnte, um dem Schlag zu entgehen. Das Messer riss mir vom Ohrläppchen bis zum Unterkiefer die Haut auf. Die Wunde erstreckte sich fast bis zum Kinn. Glühende Schmerzen packten mich. Automatisch drückte ich die Hand auf die Wunde, und sofort brannte es auch in meinen Fingerspitzen.

Der Schnitt in meinem Gesicht begann zu pochen. Noch bevor ich mich ganz von dem Schlag erholt hatte, übte ich mit meinem Geist Druck aus. Hinter meinen Schläfen begann es zu pulsieren, aber ich machte weiter, bis ihr Blut aus Augen und Nase rann. Endlich glitt das Messer aus ihrer Hand. Schnell griff ich danach und warf es aus dem Ring. Es landete klappernd auf dem Boden und rutschte unter den nächsten Tisch. Jubelnd hob ein Kurier es auf.

An meinen Fingern klebte frisches Blut. Der Lumpensammler hatte sich auf eine Stuhllehne gestützt; genau wie die Äbtissin wartete er ab. Als die Listige Lady ihm einen kurzen Blick zuwarf, wurde ihr Grinsen noch breiter, und ich sah, dass ihr Eckzahn silbern glänzte. Noch eine reiche Denkerkönigin.

Und da begriff ich.

Der Lumpensammler und die Äbtissin hatten deshalb nicht an der Schlacht teilgenommen, weil sie jemand anders auf den Thron setzen wollten. Eine Galionsfigur, die sie aus dem Verborgenen kontrollieren konnten. Eine Fassade, hinter der sie ihre schmutzigen Geschäfte abwickeln konnten. Wie viele in diesem Ring hatten der Verschwörung angehört und hätten der Listigen Lady zum Sieg verhelfen sollen? Wie viele dieser Toten hatten sie auf dem Gewissen?

Jetzt hing nicht mehr nur viel davon ab, dass ich gewann. Jetzt *musste* ich gewinnen. Und ich musste darauf vertrauen, dass ich es schaffen konnte; dass ich mehr war als einfach nur die Fahle Träumerin, Protegé des Weißen Fesselmeisters, rebellische Sklavin, Traumwandlerin.

Ich musste darauf vertrauen, dass ich dazu in der Lage war, diese Figur vom Spielfeld zu nehmen.

Ohne uns aus den Augen zu lassen, umkreisten wir einander.

Es war zwar grausam von Jaxon gewesen, die Seher in Kasten einzuteilen, aber in einem Punkt hatte er recht gehabt: Die drei untersten Kasten verfügten über ziemlich passive Gaben. Die Listige Lady war ein Augur. Ohne ein Numen konnte sie ihre Gabe im Kampf nicht einsetzen. Zumindest dachte ich, dass es bei Auguren so wäre, bis sie eine Geisterhorde an sich band und sie losließ – allerdings nicht auf mich, sondern auf den Kronleuchter an der Decke.

Und die Horde fing *Feuer*.

Es sah aus, als bestünde sie aus brennbarem Gas: Fünf brennende Geister schossen wie kleine Kometen auf mich zu und zogen dabei bläuliche Flämmchen hinter sich her. Ich war so verblüfft, dass ich fast vergessen hätte, mich zu ducken. Erst im letzten Moment ließ ich mich fallen und rollte mich ab, doch zwei von ihnen streiften meinen Oberarm und verbrannten meinen Ärmel. Es tat so höllisch weh, dass ich laut aufschrie. Über mir löste sich die Horde wie in einem Feuerwerk auf, und kurz tauchte sie alles in Schatten, bevor alle fünf Geister erloschen. Die Fans der Listigen Lady brüllten lauter und lauter.

Mein Arm brannte wie verrückt. Schon jetzt bildeten sich die ersten Blasen. Dann war die Listige Lady also ein Pyromant. Bisher hatte ich immer geglaubt, die Existenz dieser Seher sei rein hypothetisch, aber jetzt wusste ich ohne jeden Zweifel: Ihr Numen war Feuer.

»Fertig?« Sie wischte sich die blutigen Hände an der Hose ab. »Wenn du dich tot stellst, mache ich es vielleicht kurz und schmerzlos.«

»Wie du meinst«, presste ich hervor.

Mein leerer Körper zuckte kurz, dann brach er zusammen. Ich nutzte ihre Schrecksekunde aus, katapultierte mich durch ihre verdreckte Traumlandschaft und stieß ihren Geist in den Aether hinaus. Ihr Silbernes Band riss so mühelos, als hätte ich es mit einer Schere zerschnitten. Ich tötete sie für Vern und Wynn, für Schlitzschnute und für Ivy. Einen Moment lang blieb sie noch aufrecht stehen, auf ihrem Gesicht spiegelte sich leise Überraschung, dann kippte sie nach hinten um und landete in der Asche. Wie ein Kranz legte sich ihr Haar um ihren Kopf.

Fast zeitgleich erwischte Jaxon die Schäbige Sylphe mit einem gezähmten Geist. Ihr Kopf wurde herumgerissen und sie fiel zu Boden.

Und auf einmal hatten Jaxon Hall und ich die vierte Wahlschlacht in der Geschichte von London gewonnen.

Geschlossen erhob sich die Menge, und donnernder Applaus brandete auf. Sogar die Tische bebten. »Weißer Fesselmeister«, grölten sie, »Weißer Fesselmeister! Weißer Fesselmeister!« Dabei stampften sie so heftig mit den Füßen, dass ich kurz befürchtete, das alte Lagerhaus über unseren Köpfen könnte einstürzen. Dann würde Scion das Rebellennest darunter entdecken. Sie skandierten meinen Namen, Jaxons Namen, wieder und wieder riefen sie uns. Rosen wurden geworfen, landeten in der Asche und im Blut unserer Gegner. Jaxon nahm meine Hand und streckte lachend die Arme in die Höhe, wie berauscht durch diesen ersten, süßen Vorgeschmack des Triumphs.

Der Junge, den man einst Straßenköter geschimpft hatte, war nun der König der Zitadelle.

Er breitete die Arme aus, als wollte er den Applaus fest an sich drücken. An seinem Stock, den er wie ein Zepter reckte, glänzte das Blut. Mir gelang nicht einmal ein Lächeln. Schlaff hing mein Handgelenk zwischen seinen Fingern.

Von oben blickte Edward VII., der blutrünstige König, mit starren Augen auf uns herab. Die angedeuteten Lippen unter seinem Bart schienen zu lächeln.

Aber mit einem Anführer wie Jaxon Hall sehe ich nur Blut und Völlerei in seiner Zukunft – und am Ende die vollständige Vernichtung.

Er war der König der Stäbe aus Liss' Prophezeiung.

Er war Herr über London, und er musste aufgehalten werden.

Hinter den Vorhängen stürzten zwei Geistschreiber hervor.

Einer trug ein großes Buch, der andere ein kleines Kissen aus violettem Samt. Und auf diesem Samt ruhte das Symbol für die Macht des Herrn der Unterwelt. Noch mehr Seher lösten sich aus der Menge und fingen an, die Leichen wegzuschaffen.

Vermutlich war es ein treuer Diener gewesen, der beim Zerfall der Monarchie die Krone von Edward VII. aus dem Tower gestohlen hatte. Man hatte sie ihrer Juwelen beraubt und zu einer Art Stirnreif umgearbeitet, in dem vielerlei Numa vertreten waren: Schlüssel, Nadeln, Kristall- und Spiegelscherben, Tierknochen, Würfel, winzige Keramiken mit Bildern des Tarot, alles mit Draht zu einem Kranz geflochten. Das Licht brach sich in den unterschiedlichsten Winkeln darauf. Zu diesem speziellen Anlass hatte man auch die vergänglichen Numa der Auguren hinzugefügt: Blumen, Misteln, sogar kleine Eissplitter. Minty Wolfson hob die Krone von ihrem Kissen und kam auf uns zu.

»Mit großer Freude verkünde ich hiermit, dass der Weiße Fesselmeister der Sieger dieser Wahlschlacht ist – und dass seine Ganovenbraut, die Fahle Träumerin, noch an seiner Seite steht. Wie es die Tradition unseres Syndikats gebietet, werde ich ihn nun zum Herrn der Unterwelt der Scionzitadelle London krönen.« Sie wandte sich an die Menge. »Kann mir jemand einen Grund nennen, warum dieser Mann nicht diesen Titel tragen sollte? Warum dieser Mann nicht für den Rest seines Lebens über das Syndikat herrschen sollte?«

»Ja«, antwortete ich, »das kann ich.«

Jaxon fuhr zu mir herum, gleichzeitig schlossen sich seine Finger krampfhaft um seinen Stock.

Selbst das leiseste Rascheln in der Menge verstummte, dafür blieben viele fragende Mienen zurück.

»Ich bin Schwarze Motte.« Schweren Herzens trat ich ein paar Schritte zurück. »Und ich fordere dich heraus, Weißer Fesselmeister.«

Nicht einmal ein Flüstern durchbrach die drückende Stille.

Minty gab die Krone zurück an einen ihrer Untergebenen. Es

war so still, dass ich hören konnte, wie ihre Finger über den Samt glitten.

Auf der anderen Seite des Rings erhob sich die Äbtissin mit angemessener Grazie, aber ihre Wangen hatten sich sichtlich gerötet. Ihre Lippen öffneten sich leicht, als sie auf uns zuging. Laut hallten ihre Absätze auf den Steinfliesen.

»Was?«, fragte Jaxon kaum hörbar.

Ich wiederholte es nicht. Er hatte mich verstanden. Abrupt packte er mich am Handgelenk und zog mich zu sich heran.

»Wenn ich mich nicht täusche«, zischte er, »hast du mich gerade in aller Öffentlichkeit *herausgefordert.*« Sein Blick schien mich zu durchbohren. »Ich habe dich vor einem Leben in Sklaverei gerettet. Ich habe die Sieben Siegel mobilisiert, um dich aus dieser Kolonie zu befreien. Wäre einer von ihnen dort gesehen worden, hätte das mit einem Schlag das Werk von zwanzig Jahren zunichtemachen können. Aber ich war bereit, dieses Risiko einzugehen. Lass es sein, Paige, jetzt sofort, dann werde ich vergessen, wie undankbar du dich gezeigt hast.«

»Du hast mir das Leben gerettet. Dafür werde ich dir immer dankbar sein, Jaxon.« Unbeugsam erwiderte ich seinen Blick. »Aber das heißt nicht, dass es dir gehört.«

»Oh, aber ich kenne auch noch dein schmutziges kleines Geheimnis.« Seine Finger bohrten sich in meinen Unterarm. »Oder hast du das etwa vergessen, Liebchen?«

Lächelnd fragte ich: »Welches Geheimnis, Jax?«

Jaxon starrte mich an, seine Nasenflügel blähten sich. Ganz kurz gewährte ich ihm einen Blick auf die Haut unter meinem Ärmel, gerade lange genug, damit er sehen konnte, dass das Abschiedsgeschenk des Monsters verschwunden war.

Und ja, es war herrlich, zuzusehen, wie Jaxon Hall eins und eins zusammenzählte. Zu beobachten, wie in ihm die schmerzliche Erkenntnis heranreifte, dass er mir nun keinen Gehorsam mehr abpressen konnte. Dass Worte allein ihn diesmal, trotz all ihrer Macht, nicht mehr schützen konnten. Plötzlich schienen seine Augen zu gläsernen Kugeln zu werden. Einmal in seinem Leben würde er nach Regeln spielen müssen, die ein anderer aufgestellt hatte.

Ganz langsam löste er sich von mir. Ich trat zurück und entzog ihm mein Handgelenk.

»So, so«, sagte er leise. Dann so laut, dass alle ihn hören konnten: »Seht ihr das, meine lieben Freunde? Ich habe diesen Verrat vorausgeahnt. Sie selbst haben es gesehen, Frau Zeremonienmeisterin, als Sie mein Blumenbukett erhielten. Habe ich nicht Blauen Eisenhut in seine Mitte gesetzt? Die Blume des Verrats, eine Warnung? Aber hättet ihr erwartet, dass meine eigene Ganovenbraut sich gegen mich wendet? Wohl kaum. Ich denke, das hat euch alle schockiert.«

Leises Gemurmel setzte ein.

»Ist das zulässig?«, wandte sich die Äbtissin an Minty. Mit einem leisen Lächeln fuhr sie fort: »Sie kann sich doch sicherlich nicht so spät noch einschalten, noch dazu mit einer anderen Identität.«

»Es gibt keine Regel, die es verbieten würde«, erklärte Minty, ohne mich aus den Augen zu lassen. »Zumindest kenne ich keine.«

»Sie ist eine gesuchte *Flüchtige*«, fauchte Jaxon. »Wie soll sie denn als unsere Anführerin fungieren, wenn Scion ihr Gesicht und ihren Namen kennt? Und wollen Sie wirklich zulassen, dass eine hinterhältige Verräterin das Verfahren für sich ausnutzt, Miss Wolfson? Wenn sie dazu imstande ist, ihren eigenen Denkerfürsten herauszufordern, wie wird sie dann erst mit ihren Untertanen umspringen?«

»Feigling«, sagte ich knapp.

Jaxon fuhr zu mir herum. In der Menge wurden ein paar spöttische Stimmen laut, doch abgesehen davon herrschte noch immer absolute Stille. »Sag das noch mal, du kleine Verräterin.« Er hielt sich eine Hand hinters Ohr. »Ich habe dich nicht genau verstanden.«

Genau nach solchen Dramen verzehrte sich das Publikum. Ich spürte es in ihren Traumlandschaften, in ihren Auren, sah es in ihren Gesichtern. So etwas hatte es in der Geschichte des Syndikats noch nicht gegeben; ein tragischer Rachefeldzug im echten Leben, der nur mit einem Toten enden konnte. Denkerfürst und Ganovenbraut im Krieg. Ich stieg durch die Asche und das Blut.

»Ich sagte: Du bist ein Feigling.« Ich ließ das Kerzenlicht auf meiner Messerklinge funkeln. »Beweis mir das Gegenteil, Weißer Fesselmeister, oder ich schicke dich heute noch in den Aether.«

Und da war es – das wilde Tier, das in Jaxon Hall schlummerte. Seine Augen schienen sich mit Eis zu überziehen. Diesen Blick hatte ich schon öfter an ihm gesehen, wenn er einen verzweifelten Bettler mit seinem Stock schlug oder Eliza damit drohte, ihr den Job zu nehmen, der ihr alles im Leben bedeutete. Oder wenn er mir sagte, dass ich ihm gehörte, dass ich sein Besitz war. Seine Spionin. Seine Sklavin. Er verzog die Lippen, dann verbeugte er sich vor mir.

»Mit Vergnügen, meine hoch geschätzte Verräterin.«

25

DANSE MACABRE

Wenn Jaxon Hall etwas erledigen wollte, verschwendete er keine Zeit. Außerdem wurde nun mehr als deutlich, dass er heute noch keinen Absinth gehabt hatte. Ein silberner Blitz, ein ebenholzschwarzer Schatten – seine Klinge schoss so schnell auf mich zu, dass ich ihr fast nicht mehr ausweichen konnte. Aber ich hatte seinen Angriff vorhergesehen und war bereit: Seine Aura hatte sich einen Sekundenbruchteil vor der Bewegung nach rechts verlagert.

Ich konnte leichter in ihm lesen als ein Bibliomant in einem Buch. Zum ersten Mal in meinem Leben konnte ich die Absichten meines Denkerfürsten vorhersagen. Mit zwei schnellen Drehungen entging ich seinem Angriff, dann hielt ich abrupt inne, wie ein Aufziehmännchen in einer Spieluhr.

Erstaunt führte Jaxon einen zweiten Schlag, diesmal mit dem stumpfen Ende des Stocks. Mit einem dröhnenden Scheppern knallte er auf den Boden, aber bald spürte ich den nächsten verräterischen Luftzug. Der Metallknauf erwischte mich vorne an der Schulter und zwang mich einige Schritte zurück. Sofort riss ich wieder die Hände hoch.

Jaxon trieb mich auf das Publikum zu. Ich spürte ihre Auren wie eine heiße Mauer in meinem Rücken. Indem ich ein Rad schlug, gelang es mir, an ihm vorbeizukommen, und als ich die Mitte des Rings erreichte, richtete ich mich auf und wirbelte zu ihm herum. Unter den Vertretern von I-4 wurde vorsichtiger Applaus laut. Ruckartig fuhr Jaxons Kopf zur Menge herum.

Falls er diese Schlacht für sich entschied, würden sie für ihren Verrat büßen müssen.

Er blieb reglos stehen und wandte mir weiterhin den Rücken zu. Eine klare Einladung. Für die meisten Kandidaten wäre das unwiderstehlich gewesen, aber ich kannte ihn zu gut, um den Köder zu schlucken.

»Faule Tricks, Jaxon«, höhnte ich. »Soweit ich weiß, hat noch kein Seher mithilfe eines Stocks den Aether genutzt.«

»Und doch scheinst du ihm lieber aus dem Weg zu gehen, meine Schöne.« Nun zog er die Klinge seines Stocks so scharf über die Fliesen, dass sie Funken schlug. »Wenn ich es nicht besser wüsste, würde ich sagen, das zeugt von Angst. Also, verrate mir doch: Wer hat dir diese hübschen Pirouetten beigebracht?«

»Ein Freund.«

»Oh ja, das glaube ich gerne. Ziemlich großer Kerl, richtig?« Seine Schritte beschleunigten sich, bis sie so schnell waren wie mein Herzschlag. »Changierende Augenfarbe?«

Er holte nicht aus, sondern stach direkt mit der ausfahrbaren Klinge zu. Da sie wesentlich länger war als erwartet, musste ich hastig ein paar Schritte zurückweichen. »Könnte man sagen«, gab ich zu, ohne das spöttische Gelächter der Zuschauer zu beachten. »Siehst du ihn vielleicht irgendwo hinter mir?«

»Über die Gesellschaft, in der du dich herumtreibst, weiß ich mehr, als du ahnst. Mehr, als mir lieb ist, meine kleine Verräterin.«

Für das Publikum klang das alles nach reinem Geplänkel, immerhin erwarteten sie auch in diesem nie dagewesenen Finale eine gute Show, aber hinter der Frotzelei lag eine tiefere Bedeutung. Vom Wächter wusste er natürlich, aber was wusste er sonst noch? Als ich ihn mir jetzt so anschaute – mit der kalten Klarheit des Adrenalinrausches –, sah ich nur eine Maske mit leeren Augen, seelenlos wie bei einer Schaufensterpuppe.

»Natürlich handelt es sich hierbei um ein Duell«, fuhr Jaxon fort, »ähnlich wie die Duelle zur Zeit der Könige, als man seine Ehre mit Blut und Stahl verteidigte. Wessen Ehre verteidigen wir heute, frage ich mich?« Schlag, Drehung. »Dir ist sicherlich klar, dass diese guten Leute hier deine Herrschaft niemals anerkennen würden. Selbst wenn du diesen Kampf gewinnst, wirst du immer nur die Herrin der Unterwelt sein, die ihren eigenen Denkerfürsten ermordet hat. Und, wenn man den Gerüchten glaubt, ihren Vorgänger.« Drehung, Schlag, Funkenregen. »Es gibt wahrscheinlich noch nicht mal einen Begriff für jemanden, der so kaltschnäuzig und undankbar ist, dass er sich gegen den Mann wendet, der ihn jahrelang beschützt hat. Ihn durchgefüttert, ausgebildet und in Seide gehüllt hat.«

»Du kannst mich nennen, wie du willst«, erwiderte ich. »Hier geht es um London – London und seine Bewohner.«

Das brachte mir genug Jubel aus dem Publikum ein, um mein Selbstbewusstsein wieder ein wenig aufzubauen.

»Als ob dich diese Leute kümmern würden.« Nun sprach er so leise, dass die Menge ihn nicht verstehen konnte. »Die haben dich schon abgeschrieben, Paige, und London vergisst niemals einen Verrat. Es wird dich verschlingen, meine Schöne. Hinunterziehen in die Tunnel und Pestgruben, in sein abgrundtief schwarzes Herz, wo die Leichen aller Verräter landen.«

Diesmal schwang er den Stock über den Kopf und ließ ihn nur Zentimeter neben meinem rechten Fuß auf den Boden knallen. Hätte er getroffen, wären meine Zehen komplett zertrümmert worden. Jaxon ließ den Stock in der Hand kreisen und trat einen Schritt zurück.

»Dass wir die gute alte Kunst des *mêlée* beherrschen, haben wir nun wohl hinreichend bewiesen«, verkündete er, »aber vielleicht sollten wir der Welt nun enthüllen, welche Gaben sich unter diesem schlichten Äußeren verbergen. Dabei solltest du den Anfang machen, finde ich. Immerhin bin ich bislang der Einzige, der die gesamte Bandbreite deiner Fähigkeiten kennt. Dann wäre das deine Chance, einmal so richtig zu glänzen.«

Wenn ich jetzt keine steinharte Barriere fand, mit der ich ihn abwehren konnte, würde Jaxon mir den Kopf abreißen. Also schob ich meinen Geist bis an den äußersten Rand meiner Traumlandschaft.

An Jaxons Schläfen schwollen die Adern an. Zwar versuchte er, sich nichts anmerken zu lassen, aber er knirschte sichtlich mit den Zähnen, als der ansteigende Druck auf seine Traumlandschaft einhämmerte. Obwohl meine Augen brannten, presste ich weiter, bis ich spürte, wie in seinem Bewusstsein etwas knackte. Leuchtend rotes Blut schoss aus seiner Nase und lief über seine wachsbleiche Haut. Als er den klebrigen Strom berührte, verfärbte sich die weiße Seide seiner Handschuhe.

»Blut«, stellte er fest. »Blut! Dann ist diese sogenannte Traumwandlerin also nicht stärker als ein Hämatomant?«

Wie aus weiter Ferne drang das allgemeine Gelächter an meine Ohren. Mein Gehör schottete sich ab, als mein sechster Sinn die Kontrolle übernahm. Jaxon ging davon aus, dass ich zusammenbrach, wenn ich meinen Körper verließ, und es konnte durchaus sein, dass er damit recht behielt. Bisher war es mir noch nie gelungen, aufrecht stehen zu bleiben. Vermutlich hätte ich noch öfter mit dem Wächter üben sollen. Aber idiotischerweise hatte ich mich immer wieder von ihm ablenken lassen.

Abrupt kehrte ich in die Realität zurück, da Jaxon mich nun erneut mit seinem Stock angriff und mit grausamer Präzision auf mich losging. Als er mit solcher Wucht zuschlug, dass ich sogar die Luft zischen hörte, streckte ich meine Klinge aus, um ihn abzuwehren. Das Metall lenkte die Kraft um, bevor sie eine Seite meines Brustkorbes zerschmettern konnte.

Meine Füße bewahrten mich vor der nächsten Attacke. In mir erwachte der unwiderstehliche Drang, zu lachen. Manche Schläge wehrte ich mit meiner Waffe ab, anderen wich ich aus. Einmal glaubte ich, Jaxon frustriert knurren zu hören. Die Gaukler, die offenbar Spaß an unserer Hetzjagd hatten, stimmten ein neues Lied an:

*

Ach, lieber Fesselmeister, alles ist hin.
Stock ist hin, Rock ist hin, nur nicht die Träumerin,
ach, lieber Fesselmeister, alles ist hin.

*

»Wie passend«, rief Jaxon ihnen zu. »Manche behaupten ja, dieses Lied handele vom Schwarzen Tod. Und meinen ersten Schlag werde ich mithilfe eines guten Freundes führen, der 1349 an der Beulenpest gestorben ist.«

Bald begriff ich, was er damit meinte. Einer seiner gezähmten Geister löste sich aus einer Ecke und brach in meine Traumlandschaft ein.

Sofort lief vor meinen Augen eine Diashow voll grausigster Bilder ab, darunter geschwärzte Finger und dick angeschwollene Beulen, die bereits unter dem Gewicht einer Hühnerfeder aufplatzten. Meistens ließen sich Geister einer Horde leicht vertreiben, aber dieser hier stand unter Jaxons Kontrolle und brachte deshalb dessen Willensstärke mit. Taumelnd versuchte ich, das Grauen hinter mir zu lassen: Massengräber; rote Kreuze an Türstöcken; vollgefressene Blutegel zwischen meinen Kronenanemonen. Mithilfe seiner Gezähmten konnte Jaxon Einfluss nehmen auf die Gestaltung meiner Traumlandschaft. Gerade noch rechtzeitig gelang es meinen Abwehrmechanismen, den Eindringling loszuwerden, sodass ich mich seitlich wegducken konnte.

Etwas zu langsam. Als ich den Arm hochriss, streifte die Klinge meine linke Seite und hinterließ einen feinen Schnitt, der sich vom Unterarm bis zur Hüfte zog. Gleichzeitig knallte ich mit solcher Wucht auf den Hintern, dass meine gesamte Wirbelsäule zu vibrieren schien. Nur durch eine schnelle Rolle konnte ich dem zweiten Angriff entgehen. Meine Waffe lag einige Schritte entfernt.

Stelle dir deinen Geist als einen Bumerang vor: sanfter Wurf, schnelle Rückkehr.

Ich brauchte nur ein paar Sekunden, um an meine Waffe zu gelangen. Mein Geist fuhr wie eine Peitsche in seine Traumlandschaft. Mit einem wütenden Schrei wich Jaxon zurück. Kaum war ich durchgebrochen, kehrte ich auch schon in meinen Körper zurück. Schweißgebadet kroch ich zu meinem Messer hinüber. Hinter mir holte Jaxon blind mit dem Stock aus. Wieder quoll Blut aus seiner Nase und lief über Lippen und Kinn.

»Verlagerung des Geistes«, rief er und zeigte auf mich. »Wie ihr seht, meine Freunde, kann ein Traumwandler die eigene körperliche Hülle verlassen. Deshalb gehört er der höchsten der sieben Kasten an.« Als ich mich auf ihn stürzte, packte er den Stock mit beiden Händen und blockierte so meinen Schlag. »Aber diese Traumwandlerin vergisst sich dabei. Sie vergisst, dass es ohne Fleisch keine Verankerung mit dieser Welt gibt. Und mit dem eigenen Selbst.«

Ein plötzlicher Schub, ein geschickter Hieb, und schon hatte er mir die Beine weggezogen und ich lag auf dem Rücken. Meine linke Körperhälfte war nass vom Blut, auf meiner weißen Seidenbluse leuchteten rote Flecken. Ich konnte spüren, wie es vom aufgeritzten Schlüsselbein über die Brust zum Bauch hinunterrann.

»Und nun bin wohl wieder ich dran«, stellte Jaxon fest. »Begrüße doch bitte einen weiteren Freund von mir.«

Mir lief der Schweiß den Nacken hinunter. Ich wappnete mich, fuhr sämtliche Schutzschilde hoch und stellte mir vor, meine Traumlandschaft wäre von Mauern umgeben, die so undurchdringlich waren wie die eines Unlesbaren.

Dann schlug der Geist zu.

Die Luft in meiner Kehle begann zu brennen.

Pfähle durchdrangen meine Kleidung und fixierten mich auf der Erde. Um mich herum vertrockneten die Blumen, als wären sie aus Papier. Der Gezähmte war in meiner Hadopelagialzone, wo er eine schattenhafte Gestalt annahm. Wie von weit her hörte ich ihn lachen. Dieses Lachen kannte ich.

Das Monster von London war zurückgekehrt, um mich zu holen.

Aus der Erde meines Bewusstseins brachen neue Blumen hervor, erblühten und schüttelten das Blut von ihren zarten Blättern – künstliche Blumen, die mit Stacheldraht zu kleinen Sträußen gebunden waren. Zwischen den seidigen Blütenblättern lauerten dicke Dornen. In der Realität stemmten sich meine Hände gegen die Bodenfliesen im Ring der Rosen. Das Amulett brannte auf meiner Brust, versuchte, die Bilder dieser Kreatur aus meinem Bewusstsein zu vertreiben, aber Jaxon hielt den Geist mit aller Kraft fest. Gleichzeitig holte er mit seinem Stock aus. Ein Schlag auf meinen Kopf, und alles wäre vorbei.

Nein.

Hier ging es nicht nur um mein Leben. Wenn ich diesen Feind nicht besiegte, würden sich andere erheben und das Syndikat an sich reißen. Alles wäre verloren. Der Tod von Liss und Seb, das Opfer, das Julian gebracht hatte, die Narben des Wächters – das alles wäre umsonst gewesen. Ich rollte mich unter Jaxons Schlag weg und zwang gleichzeitig das Monster, endlich zu verschwinden. Es kostete mich eine solche Willensanstrengung, dass sogar meine Traumgestalt laut schrie. Die Erde unter mir bebte, dann wurden die künstlichen Blumen wie durch eine große Welle umgeworfen, sodass ihre Dornen sich in den Boden bohrten. Das Monster von London kreischte, als es plötzlich zwischen meinen Anemonen stand, die überall in die Höhe schossen. Meine Abwehrmechanismen setzten wieder ein, und der Geist wurde in den Aether hinausgeschleudert.

Als ich wieder etwas sehen konnte, stand Jaxon reglos da und hatte die Hände auf dem Knauf seines Stocks verschränkt. Eine einzelne Haarsträhne hatte sich aus seinem eingeölten Schopf gelöst, und die Anstrengung, einen solchen Geist zu beherrschen, hatte ihn aus der Puste gebracht. Trotzdem umspielte ein leises Lächeln seine Lippen.

»Sehr gut«, lobte er.

Plötzlich hielt er in einer Hand mein Messer, in der anderen seinen Stock. Aus meinem tiefsten Inneren stieg brennende Wut auf. Ich riss einem verschreckten Libanomanten einen Kerzenleuchter aus der Hand und wehrte damit den Stockhieb ab. Anschließend schlug ich Jaxon damit das Messer aus der Hand, das direkt in meiner landete. Sobald sich meine Finger um den Griff schlossen, riss ich die Hand hoch. Über Jaxons Augenbraue erschien eine feine rote Linie. Ein Hauch von Farbe auf der leeren Leinwand.

»Ah, noch mehr Blut.« Inzwischen waren seine Handschuhe eher rot als weiß. »Davon habe ich noch ein paar Liter in den Adern, meine Schöne.«

»Ist das wirklich Blut, oder Absinth?« Ich fing seinen Stock ab. Sofort brannte heftiger Schmerz in meinem Brustkorb auf. »Obwohl es keine Rolle spielt«, fuhr ich leise fort. »Denn ich werde es so oder so vergießen.«

»Bitte verzeih mir, aber das kann ich nicht zulassen«, erwiderte er. Meine Hände waren so glitschig, dass ich das Ebenholz kaum halten konnte. »Denn ich brauche es noch, weißt du? Für das große Finale habe ich nämlich noch einen besonderen Trick auf Lager.«

Ich trat seitlich aus und erwischte sein Knie. Jaxons Griff lockerte sich, und irgendwie gelang es mir, den Stock gegen seinen Hals zu drücken.

Reglos blieben wir stehen. In seinen Augen sah ich blanken Hass.

»Na los«, flüsterte er.

Die Klinge des Stocks drückte genau gegen die Stelle, an der seine Halsschlagader pochte. Meine Hände zitterten. *Tu es, Paige. Tu es einfach.* Aber er hatte mir das Leben gerettet, hatte mich vor dem Wahnsinn bewahrt. *Wenn du es nicht tust, wird er dich nie in Frieden lassen.* Aber er war wie ein Vater für mich gewesen, hatte mich ausgebildet, mich beschützt, mich vor einem Leben ohne meine Gabe gerettet. *Du bist nichts als ein Gegenstand für ihn. Sein Besitz, deshalb hat er dich gerettet. Ihm bist du egal, du warst ihm schon immer egal.* Er hatte mir in Seven Dials eine Heimat geschenkt. *Er wollte dir nicht zuhören, als es so wichtig war.*

Mein Zögern brachte die Entscheidung. Seine rechte Faust landete genau auf der Stelle an meinem Kinn, wo die Listige Lady mich bereits verletzt hatte. Der Schmerz war so groß, dass ich mich fast übergeben musste, als ich taumelnd zurückwich. Dann traf dieselbe Faust meinen Brustkorb. Das Knacken der Knochen hallte durch meinen gesamten Körper, und mit einem Schmerzensschrei fiel ich auf die Knie. Das Publikum tobte: Manche jubelten, andere buhten. Pfeifend ließ Jaxon die volle Länge der Klinge aus seinem Stock gleiten.

Das war's dann also. Er würde mir den Kopf abschlagen, und alles wäre vorbei.

Aber Jaxon richtete die Waffe nicht gegen mich. Stattdessen schob er seinen Ärmel hoch und machte sich an die Arbeit. Die Unterseite seines rechten Arms war mit weißen Narben übersät. Als ich erkannte, welche Buchstaben er nun hinzufügte, setzte mein Herz einen Schlag aus.

*

Paige

*

Starr vor Angst schaute ich zu ihm hoch. In seinen Augen funkelte diese schelmische Freude, die ich früher so an ihm bewundert hatte.

Wenn er den Namen erst vollendet hatte, würde ich meine Gabe nicht mehr einsetzen können, ohne mich dabei selbst in Gefahr zu bringen.

Als Geist im Aether wäre ich schutzlos Jaxons Fesselungskünsten ausgesetzt. Dann konnte er mich festhalten, solange er wollte. Ganz schön clever, Jaxon, immer auf Zack … meine eigene Gabe gegen mich einzusetzen …

Die Klinge glitt durch seine Haut und formte den nächsten Buchstaben. Mit letzter Kraft schaffte ich den Sprung, verließ meinen Körper und drang in seine Traumlandschaft ein – zielte auf sein Herz.

Jaxons Abwehrmechanismen waren enorm. Nicht ganz so unbezwingbar wie die eines Rephaiten oder eines Unlesbaren, aber stärker als alles, was ich sonst bisher gesehen hatte. Sie schleuderten mich sofort zurück, als wäre ich gegen eine Mauer gerannt. Mein Körper zuckte und brach wieder zusammen. Frisches Blut quoll aus der Wunde an meiner Seite, und auf meiner Haut glänzte eine Mischung aus Blut und Schweiß. Lauter Jubel dröhnte durch den Saal.

»Seht euch die kleine Traumwandlerin an! Sie ist *müde*!«

»Leg sie schlafen, Fesselmeister!«

Aber manche brüllten auch für mich. Zwar erkannte ich die Stimmen nicht, aber ich hörte ganz klar ein »Mach schon, Träumerin!«. Meine Beine waren weich wie Stroh. Ich fühlte mich so kraftlos, als könnte ich nicht einmal einen Penny aufheben, geschweige denn, noch einmal meinen Geist losschicken.

»Träumerin! Träumerin!«

»Komm schon! Zeig's ihm!«

Blut bedeutet nicht gleich Schmerz.

»Hoch mit dir, Mädchen«, rief eine der Denkerköniginnen. »Steh auf!«

Ich drückte die Hand gegen den Brustkorb, und sofort waren meine Finger nass. Noch konnte ich überleben. Ich konnte Jaxon Hall überleben.

Meine Fußballen drückten gegen den Boden. Ich griff nach dem hingefallenen Kerzenständer und rannte los, ohne auf das heftige Brennen in meinen Schultern zu achten. Jaxon lachte. Wieder und wieder griff ich ihn an, aber er wehrte all meine Schläge mit Leichtigkeit ab – und zwar mit nur einer Hand, in der er den Stock führte, was die Sache nur noch schlimmer machte. Die andere hatte er hinter dem Rücken versteckt. Warum war er nur so viel stärker als ich, dieser Mann, der nie einen Finger krumm gemacht hatte? *Arbeite nicht mit Wut*, hörte ich den Wächter in meiner Erinnerung sagen. *Tanz im freien Fall.*

Aber die Wut war bereits da, sie quoll aus all den Winkeln hervor, die ich sonst so streng abgeriegelt hatte: Wut auf Jaxon, auf Nashira, auf die Äbtissin und den Lumpensammler und alle anderen, die das Syndikat korrumpiert hatten. Das Syndikat, mit dem ich trotz allem tief verbunden war. Ich schlug wieder zu, zum achten Mal. Sekundenbruchteile später grub sich seine Faust in meinen Magen. Ich krümmte mich zusammen und rang nach Luft, als mein Zwerchfell sich verkrampfte.

»Das tut mir leid, Liebes.« Er wandte sich wieder seinem Arm zu. »Aber du darfst mich nicht unterbrechen. Dies ist ein filigranes Handwerk.«

Sämtliche Bauchmuskeln reagierten auf den Schlag, aber mir blieb nur noch ein kleines Zeitfenster, um ihn aufzuhalten. Mühsam holte ich Luft. Mein Sauerstofftank war offenbar leer.

Der Knauf seines Stocks traf meinen Unterarm. Diesmal schrie ich nicht; dafür hatte ich einfach nicht genug Luft in der Lunge. Geschwächt, aber unerbittlich griff ich nach einem Stuhl und schleuderte ihn auf Jaxon. Der schrie wütend auf, stürzte und ließ dabei den Stock fallen. Als er auf mich zurollte, wollte ich ihn mir schnappen, aber irgendwie gelang es Jaxon, ihn sich zurückzuholen. Die Klinge flog über meinen Kopf hinweg. Inzwischen kämpften und rauften wir wie die Tiere; die schöne Fassade des Duells war längst verschwunden. Diesmal traf mich der Stock am Ellbogen. Der dumpfe Schmerz des Aufpralls setzte sich kribbelnd bis in die Fingerspitzen fort.

Mir lief die Zeit davon. Noch einmal nahm ich alle Kraft zusammen, streifte mein malträtiertes Fleisch ab und schoss durch den Aether auf seine Traumlandschaft zu. Die Füße meiner

Traumgestalt landeten auf gefrorenem Gras: Jaxons Aphotische Zone.

In der Wirklichkeit schloss sich dröhnend das winzige Zeitfenster. Jenseits von Jaxons Traumlandschaft lief ein Beben durch den Aether. Hastig katapultierte ich mich zurück in meinen Körper.

Und konnte nicht atmen.

Sofort hob ich die Hände an den Hals. Ein ängstliches Quietschen stieg in meiner Kehle auf. Das war mir erst zwei- oder dreimal passiert. Nick nannte das *Laryngospasmus*, eine plötzliche Verkrampfung des Kehlkopfes, wenn ich mich außerhalb meines Körpers befand. Normalerweise löste sie sich nach einigen Sekunden von selbst, aber nach dem Sprung brauchte ich sowieso schon dringend Sauerstoff. Mit tränenden Augen schaute ich zu Jaxon hoch.

Zu spät.

Der Name war ausgeschrieben.

Mein Sauerstofftank hatte sich erschöpft und konnte mir nicht mehr helfen. Während ich auf trockenem Land ertrank, blickte Jaxon lächelnd auf mich herab. Aus dem Schnitt über seiner Braue quoll Blut. Er setzte noch einen Schnörkel an das y am Ende meines Nachnamens, wohl einfach nur so, denn es war bereits vollbracht. Während ich noch körperlos gewesen war, hatte er es vollendet. Schon jetzt spürte ich seinen Einfluss an meinem Körper, meine Knie waren steif und ich hielt den Kopf krampfhaft aufrecht. Mir liefen Schweißtropfen in die Augen. Jaxon streckte den Arm aus, damit alle ihn sehen konnten, und die blutigen Buchstaben glänzten im Kerzenschein.

*

Paige Eva Mahoney

*

Ich hörte nichts außer meinen schwachen Atemzügen, pfeifend glitt die Luft durch den schmalen Spalt zwischen meinen Stimmbändern.

»Steh auf, Paige«, befahl Jaxon.

Ich stand auf.

»Komm zu mir.«

Ich ging zu ihm.

Die Denkerfürsten und Denkerköniginnen lachten amüsiert. Das war mal etwas Neues. Noch nie hatte ein Fesselmeister den Geist eines Lebenden eingefangen. Aus der Traumwandlerin war eine Schlafwandlerin geworden, zu Fall gebracht durch ihren eigenen Stolz, vernichtet durch einen Seher, der zwei Kasten unter ihr stand. Jaxon nahm mich am Arm und drehte mich zum Publikum. Schlaff und widerstandslos ließ ich es geschehen – eine Marionette.

»Nun, ich denke, dies gilt als Bewusstlosigkeit, verehrte Zeremonienmeisterin.« Er vergrub die Finger in meinen Haaren. »Oder was meinst du, meine kleine Gezähmte?«

Ich strich mit einem Finger über seinen Arm und ließ den Unterkiefer hängen, als wäre ich trotz allem Stumpfsinn fasziniert.

»Jawohl, Liebes, das ist *dein* Name.«

Dröhnendes Gelächter.

Ich erwiderte nichts. Stattdessen sprang ich und dankte dabei dem Schicksal und sämtlichen Göttern dafür, dass mein Vater meinen Namen nachträglich geändert hatte.

Eitelkeit und voreiliger Triumph hatten seine Abwehrmechanismen geschwächt. Sie schalteten sich ein ganz klein wenig zu spät ein.

In seiner Traumlandschaft stolperte ich durch dichtes Gestrüpp und knorrige Baumwurzeln, immer wieder musste ich Äste beiseiteschieben. An jedem von ihnen hingen blutrote Blätter. Im Vorbeilaufen erspähte ich mit Flechten überzogene Steinplatten. Sie waren in weiten Kreisen um das Zentrum herum angeordnet, bis weit in seine Hadopelagialzone hinein. Darauf waren Nummern eingemeißelt, die ich in meiner Eile aber nicht entziffern konnte. Jaxons Traumlandschaft war ein gigantischer Friedhof. Vielleicht der Nunhead Cemetery, wo er zum ersten Mal seine Gabe angewandt hatte.

Ich hastete weiter, ohne anzuhalten. Er konnte meinen zweiten Vornamen jederzeit korrigieren, falls es ihm nichts ausmachte, seinen Arm zu verunstalten. Das irische Gegenstück zu erraten dürfte nicht allzu schwierig sein. Also hetzte ich weiter auf das Herz seiner Traumlandschaft zu, obwohl ich trotzdem versuchte, die Namen auf den Gräbern zu lesen. Es gab keine.

Aus seiner Hadopelagialzone traten große, durchscheinende Schemen hervor, manifestierte Erinnerungen. Sie griffen nach mir.

»Zurück!«, rief ich.

Meine Stimme hallte durch Jaxons Bewusstsein. Einer der Schemen schlang seine Arme um meine Traumgestalt, und zum ersten Mal in meinem Leben sah ich einer dieser Kreaturen in die Augen. Zwei bodenlose schwarze Abgründe starrten zurück, in denen heißes Feuer flackerte.

In der Traumlandschaft eines anderen wurde von ihm bestimmt, wie meine Traumgestalt aussah – allerdings nur, wenn derjenige sich darauf konzentrierte. Wie damals bei Nashira stellte ich mir vor, ich würde größer werden, so groß, dass der Schemen mich nicht mehr festhalten konnte. Seine Arme lösten sich, und ich war frei. Taumelnd erreichte ich die Zone des Zwielichts, wo weiches grünes Gras wuchs und es leicht nach Lilien duftete. Die Schemen jagten hinter mir her, aber ich war schneller als sie. Ich sprang über einen weiteren Grabstein und rannte immer weiter auf das Licht zu.

Im Zentrum von Jaxons Euphotischer Zone stand eine Statue: ein Engel, der zusammengesunken über einem Sarkophag saß, als wäre er in tiefer Trauer. Als ich mich näherte, hob er mit einer Hand den Deckel des Sarkophags an. Darin lag Jaxons Traumgestalt. Sie schlug die Augen auf und kletterte heraus.

»Da bist du also«, stellte Jaxon fest. »Gefällt dir mein Engel, Honigbienchen?«

Er verschränkte die Hände hinter dem Rücken. Das Gesicht seiner Traumgestalt stimmte nicht ganz mit dem überein, das ich kannte: Es war weicher, älter, fast nichtssagend. Nur die kalten, dunklen Augen musterten mich voller Abneigung. Hier hatten seine Locken die Farbe von Kupfer, und an seinem Scheitel sah man graue Strähnen.

»Du siehst anders aus«, stellte ich fest.

»Du ebenfalls. Aber du wirst nie erfahren, wie *meine* Paige aussieht.« Er schaute nach oben. »Oder vielleicht doch?«

Über meinem Kopf schwebte ein dunkler Schatten, der wie ein X geformt war. Als ich die Arme heben wollte, musste ich feststellen, dass meine Handgelenke gefesselt waren, genau wie meine Füße.

»Armes Püppchen«, sagte er kopfschüttelnd. »Du hast wirklich nichts begriffen, oder?«

»Du aber ebenso wenig.« Eine schnelle Bewegung, und die Fesseln an meinen Händen lösten sich auf. »Wie gut, dass ich dir nie meinen ganzen Namen verraten habe, sonst hätte dieser Trick vielleicht funktioniert.«

Ein Lächeln umspielte seine Lippen. »Wie ich sehe, kannst du innerhalb meiner Traumlandschaft die natürliche Form deiner Traumgestalt verändern. Deine Fähigkeiten beeindrucken mich immer wieder.«

Ich fing an, ihn zu umkreisen. Noch immer hielt er die Hände auf dem Rücken verschränkt, und er ließ mich nicht aus den Augen.

»Was hast du nun vor? Wirst du mich im Ring herumtanzen lassen? Oder lässt du mich winseln und flehen, nur um zu zeigen, wie mächtig du bist? Aber vielleicht willst du meinen Geist ja auch ganz vertreiben, obwohl ich bezweifeln möchte, dass du momentan noch ausreichend Kraft dazu hast.«

»Ich werde dich nicht töten, Jaxon.«

»Es wäre allerdings ein großartiges Ende. Welch eine Show! Zeige ihnen, dass sie recht hatten. Zeige ihnen, dass du eine Zerstörerin bist, Liebes.«

»Ich bin nicht dein Liebes, oder deine Schöne, oder dein Honigbienchen. Aber ich werde dich auch nicht umbringen. Ich werde mir nur deine Krone holen.«

Und ich rannte los.

Er war langsam. Die Schemen konnten nicht in die Zone des Sonnenlichts vordringen, und durch seine Verletzungen konnte er sich nicht mit voller Kraft auf seine Traumgestalt konzentrieren. Mit einem Satz sprang ich in den Sarkophag und schlug den Deckel zu.

Im nächsten Moment blickte ich durch Jaxons mit der Zweitsicht gesegnete Augen. Überall blitzten Farben auf, wie bei einem heftigen Gewitter. Nervensysteme im Aether, die sich nach jeder spirituellen Aktivität streckten. Die Gesichter der Zuschauer waren undeutlich und schienen um mich herumzuwirbeln. Immer wieder verschwamm alles vor meinen – beziehungsweise Jaxons – Augen. Alles fühlte sich so leicht an, als hätte ich ihn nicht ganz unter Kontrolle. Als wäre sein Körper irgendwie zu weit, als würde ich ihn nicht ganz ausfüllen.

Und dann begriff ich, warum das so war. Mein eigener Körper stand immer noch aufrecht. Ein feines rotes Rinnsal tropfte aus meiner Nase und meine Augen blickten starr und leer, aber ich stand. Das Silberne Band verankerte mich in beiden Traumlandschaften.

Ich konnte es also noch schaffen.

Jaxons Körper sank auf die Knie. Ich streckte eine Hand aus und musterte den ehemals weißen Seidenhandschuh. »Im Namen des Aethers …«, begann ich mit seiner Stimme, und diesmal lallte ich nicht einmal mehr.

Warte. Wie ein leiser Hauch drang die Stimme seiner Traumgestalt an mein Ohr. *Hör auf.*

»… erkläre ich, der Weiße Fesselmeister, Denkerfürst von Parzelle I, Sektor 4 …«

Stopp. Nein, nein, raus, RAUS!

»… meine Niederlage …«

HÖR AUF! KEIN WORT MEHR! Jaxons unterdrückter Geist kämpfte gegen mich an, trat und schrie, hämmerte gegen den Deckel des Sarkophags. In der Realität schlug seine Hand auf den Boden. *Verdammt sollst du sein! Ich habe dich durchgefüttert! Ich habe dich eingekleidet! Ich habe dir Obdach gewährt! Ohne mich wärst du längst tot. Du wärst ein Niemand. Hörst du mich, Paige Mahoney? WENN DU NICHT MIR GEHÖRST, GEHÖRST DU IHNEN …*

»… gegenüber meiner Ganovenbraut …«, brachte ich keuchend die Formel zu Ende, »… der Fahlen Träumerin.«

Eisige Finger schlossen sich um mein Bewusstsein. Abrupt kehrte ich in Jaxons Traumlandschaft zurück, wo der steinerne Engel mich gepackt hatte. Jaxons Traumgestalt kniete auf dem Boden und heulte vor Wut. Der alte Stein knirschte hörbar, dann wurde ich in die Dunkelheit geschleudert. Trudelnd flog ich durch den Aether und in meinen Körper, gerade noch rechtzeitig, um mitzubekommen, wie Jaxon die Kontrolle über sich zurückgewann. Abwehrend hob ich die Arme, aber der Stock war schon von zwei anderen Händen gepackt worden. Eliza stand über mir und zwang Jaxon zurück, der allerdings bereits nach meiner Kehle griff.

»Hör auf, Jaxon! Hör auf!«

»Die Wahlschlacht ist beendet.« Minty Wolfson trat in den Ring. »Lass sie los, Weißer Fesselmeister.«

Mit Gewalt wurden seine Finger von meinem Hals gelöst. Meine Knie sackten unter mir weg. Sofort schlang sich ein Arm um meine Taille und fing mich auf – Nick. Keuchend klammerte ich mich an seinen Unterarm.

»Du hast es geschafft«, flüsterte er mir ins Ohr. »Du hast es geschafft, Paige.«

Sie brauchten sechs Leute, um Jaxon im Zaum zu halten.

Seine Nasenflügel waren gebläht, er hatte die Augen vor Wut weit aufgerissen und von seinem Kinn tropfte Blut. An den Tischen von I-4 herrschte Uneinigkeit. Einige buhten, doch sie wurden übertönt von dem lauten Klatschen und Stampfen der anderen, die aus vollem Hals »Schwarze Motte! SCHWARZE MOTTE!« brüllten.

Trotzdem zerrte das leise Gemurmel, das durch den Lärm fast verdeckt wurde, an meinen Nerven. Nick und Danica schlangen sich je einen meiner Arme um den Hals und schleppten mich an das andere Ende des Rings. Die beiden anderen halfen dabei, Jaxon zurückzuhalten. Eliza trat zu uns und drückte ein gepolstertes Pflaster auf die Wunde an meinem Brustkorb.

In meinen Ohren pfiff es schrill. Ich konnte nicht klar denken. Das war doch eigentlich unmöglich, dass ich gerade Jaxon Hall besiegt hatte.

»Ruhe«, rief Minty streng. »Ruhe!«

Sie klatschte ein paarmal in die Hände, aber es dauerte noch eine Weile, bis das Publikum sich beruhigt hatte. Jaxon stand mit Nadine zusammen, die ihm ein Taschentuch für seine blutende Nase reichte, und mit Zeke. Letzterer hielt sich dicht bei seiner Schwester, aber sein Adamsapfel hüpfte nervös auf und ab, wann immer er Nick ansah. Der drückte mir nur schweigend eine blutstillende Salbe in die Hand. Ich verteilte sie großzügig auf meinen Rippen, allerdings war mein Oberkörper bereits vollkommen verschmiert. Wenn das so weiterging, war ich bis Sonnenaufgang als die Blutige Königin bekannt.

Eliza kam zurück, sie hatte Adrenalin besorgt. Kurz fing ich Nadines Blick ein. Sie lächelte nicht, sondern packte nur Jaxons Schulter, um ihn zu stützen.

»Bringt die Krone«, befahl Minty, woraufhin wieder ohrenbetäubender Jubel einsetzte. »Wir haben einen Sieger!«

»Moment.« Die Äbtissin bahnte sich einen Weg durch die blutverklebte Asche. »Was soll das heißen?«

»Der Weiße Fesselmeister hat sich seiner Ganovenbraut ergeben.«

»Denkerfürsten ergeben sich nicht ihren Ganovenschützlingen.«

»Dann war das eben eine Premiere.«

»Es ist doch eindeutig, dass der große Denkerfürst von I-4 sich nicht freiwillig ergeben hat.« Die Äbtissin starrte mich finster an. »Das Mädchen ist eine Betrügerin.«

»Sie ist eine Traumwandlerin. Das Regelwerk der Wahlschlacht gestattet den *unbegrenzten* Einsatz der jeweiligen Seherfähigkeiten. Wenn der Aether die Fahle Träumerin mit einer Fähigkeit gesegnet hat, dann war und ist sie dazu berechtigt, sie auch zu nutzen.«

»Und was ist mit ihrem bodenlosen Verrat? Sie hat die Liebe und Autorität ihres Denkerfürsten mit Füßen getreten!«

»Bezüglich der Loyalität eines Ganovenschützlings gibt es zwar eine *lex non scripta*, aber keinerlei schriftliches Gesetz im Hinblick auf den Hergang des Kampfes. Das wüssten Sie, wenn Sie auch nur ein einziges Werk über dieses Syndikat gelesen hätten. Und wenn wir so viel auf die Moral geben würden, wären Sie wohl kaum Denkerkönigin geworden, Äbtissin.«

»Wie können Sie es wagen? Sie stecken doch mit dieser Verräterin unter einer Decke«, fauchte die Äbtissin. »Sie und Ihre Schreiberlinge.«

»Ich bin die Zeremonienmeisterin. Und meine Entscheidung ist endgültig.«

Das Gesicht hinter dem goldenen Schleier der Äbtissin wurde ausdruckslos. Nun verfügte sie nicht länger über die Macht einer zeitweiligen Herrin der Unterwelt, jene Macht, die sie Hector und Schlitzschnute gestohlen hatte. Langsam ließ sie den Blick durch den Saal wandern, wohl auf der Suche nach ihrem Komplizen, aber der Lumpensammler war nirgendwo zu sehen. Die in feine Spitze gekleidete Hand, die sie sich auf die Brust gelegt hatte, ballte sich zur Faust.

Auf der anderen Seite des Rings brach ein Tumult aus. Knurrend schubste Jaxon einen Handlanger von sich, der seine Wunden versorgt hatte. »Verschwinde«, bellte er. »Nach Meinung der Grub Street mag ich vielleicht nicht der Herr der Unterwelt sein, aber ich *werde* zu meinem Recht kommen. Geh mir aus den Augen.«

Hastig brachte sich der Handlanger vor dem herumwirbelnden Stock in Sicherheit und stammelte ängstlich eine Entschuldigung. Schweigend wartete die Menge auf die traditionelle Ansprache des unterlegenen Denkerfürsten.

»Die Sieben Siegel existieren nicht mehr«, sagte er so leise, dass man ihn kaum verstehen konnte. Aber ich hörte es.

Ich hörte es.

Jaxon Hall war viel zu stolz, um dabei zuzusehen, wie seine ehemalige Ganovenbraut zur Herrin der Unterwelt gekrönt wurde, aber er würde auch nicht gehen, ohne das letzte Wort zu haben. Gemessenen Schrittes näherte er sich dem Publikum, sein Stock klopfte leise auf den Boden.

»Weißt du, meine liebe Paige … alles in allem bin ich ziemlich stolz auf dich. Ich hatte wahrhaftig geglaubt, du würdest dich im Ring der Rosen zurückhalten, und – wie der kleine Schwächling, der du warst, als ich dich in meinen Dienst genommen habe – ohne einen einzigen Toten auf dem Gewissen hier rausspazieren.« Dicht vor mir blieb er stehen. »Aber nein. Du hast dazugelernt, meine Schöne. Und nun bist du genau wie ich.« Ruckartig packte er mein Handgelenk und drückte es so fest, dass ich das Pulsieren des Blutes unter der Haut spüren konnte. Fast lautlos flüsterte er mir zu: »Ich werde neue Verbündete finden. Sei gewarnt: Es ist noch nicht vorbei.«

Ich antwortete nicht. Bei diesen Spielchen machte ich nicht mehr mit. Lächelnd trat Jaxon einen Schritt zurück.

»Nun wird die Königin also für die Freiheit kämpfen, und ihre Untertanen ums Überleben. Aber letzten Endes, liebe Paige, findet man die wahre Freiheit doch nur im Aether.« Mit der Klinge aus seinem Stock berührte er kurz meine blutende Wange. »Also genieße deine Freiheit, während um dich herum alles zu Staub zerfällt. Das Kriegsspektakel ist hiermit eröffnet.«

»Ich kann es kaum erwarten«, erwiderte ich.

Seine Lippen zogen sich noch mehr in die Breite.

Die Menge teilte sich, um ihn durchzulassen. Nicht einmal der Dümmste unter den Ganoven wagte es, ihn zu verspotten: den Weißen Fesselmeister, Denkerfürst von I-4, den Mann, der beinahe Herr der Unterwelt geworden wäre. Jenen Mann, dem ich so viel zu verdanken hatte, der mein Mentor und mein Freund gewesen war. Der durchaus unser Anführer hätte sein können, wenn er nur nicht die Augen verschlossen hätte vor den drohenden Schatten. Niemals hätte ich gedacht, dass es möglich war, so viele Verletzungen zu haben und trotzdem den schlimmsten Schmerz in seinem Herzen zu spüren. Nadine nahm Jaxons Mantel von seinem Stuhl und folgte ihm.

An der Tür nach draußen blieb Jaxon stehen. Es dauerte einen Moment, bis ich begriff, dass er wartete. Wartete, um zu sehen, welches seiner Sieben Siegel mit ihm gehen würde.

Danica blieb mit vor der Brust verschränkten Armen sitzen. Als ich sie fragend ansah, zuckte sie nur mit den Schultern. Sie würde bleiben.

Nick stand mit versteinerter Miene neben mir. In Elizas Augen schwammen Tränen, und sie schluchzte leise, aber sie folgte ihm nicht.

Sie würden bleiben.

Zeke hingegen machte einen Schritt. Dann noch einen. Er schluckte schwer und schloss die Augen. Mit starrer Miene nahm er seine Jacke und zog sie an. Nick griff nach seiner Hand und drückte sie kurz, bevor Zekes Finger ihm entglitten. Nachdem er mir noch einen kurzen, reuevollen Blick zugeworfen hatte, verließ Zeke mit seiner Schwester und Jaxon den Saal. Nadine hakte sich bei ihm unter, als sie um die Ecke bogen.

Einige der treuesten Strauchdiebe und Straßenkünstler von I-4 schlossen sich der Gruppe an.

Nun, da der Adrenalinrausch abklang, kehrten die diversen Schmerzen in meinen Körper zurück. Nicks Anblick brach mir das Herz, aber die Nacht war noch nicht vorüber. Noch lange nicht.

Mit einem sanften Schubser trieb Nick mich in die Mitte des Rings. Minty nahm die Krone von ihrem Samtkissen.

»Bereit?«, fragte sie.

Mein Hals tat so weh, dass ich mir jede Antwort verkneifen musste. Vorsichtig setzte Minty mir die Krone auf den Kopf.

»Im Namen von Thomas Ebon Merritt, der dieses Syndikat gegründet hat, kröne ich dich, Schwarze Motte, zur Herrin der Unterwelt der Scionzitadelle London, Fürst aller Denkerfürsten, Königin aller Denkerköniginnen, und oberste Bürgerin von Parzelle I und Devil's Acre. Lang mögest du herrschen.«

Stille breitete sich aus. Ich richtete mich auf und reckte das Kinn.

»Vielen Dank, Minty.« Meine Stimme klang viel zu weich.

»Wer ist dein Ganovenschützling?«

»Ich habe zwei: das Rote Gesicht«, erklärte ich, »und die Gemarterte Muse.«

Überrascht starrte Eliza mich an. Ich hob meine blutverschmierten Hände, nahm die Krone ab und schleuderte sie in die klumpige Asche.

Verwirrtes Raunen setzte ein. Minty schien etwas sagen zu wollen, überlegte es sich dann aber anders und machte den Mund wieder zu.

»Wie ihr sehen könnt«, ich deutete auf meine blutverschmierte Kleidung, »bin ich nicht wirklich in der Verfassung, um jetzt eine lange Rede zu halten. Aber ich schulde euch eine Erklärung dafür, warum ich mich gegen meinen Denkerfürsten gestellt und damit ein ungeschriebenes Gesetz dieses Syndikats gebrochen habe. Warum ich alles riskiert habe, nur um frei und ungehindert sprechen zu können. Es war nicht wegen einer Krone oder wegen eines Throns. Ich habe es getan, damit man mir zuhört.«

Ich schaute kurz zu Nick, der stumm nickte.

»Dieses Syndikat, das Syndikat von SciLo, muss sich einigen Bedrohungen stellen, die von außen an uns herangetragen werden«, fuhr ich mit erhobener Stimme fort. »Bedrohungen, die schon viel zu lange ignoriert wurden. Wir alle wissen, dass Haymarket Hector sie ignoriert hat. Im Laufe des nächsten Monats will Scion überall in der Zitadelle Sensorschirme installieren. Die Möglichkeit, sich so frei und unentdeckt durch die Straßen zu bewegen wie bisher, wird dann der Vergangenheit angehören. Wenn wir uns nicht wehren«, betonte ich, »werden wir unter dem Anker zerquetscht werden. Schon jetzt hat man uns in die Unterwelt abgedrängt – gehasst, verachtet, am liebsten würde man uns das *Atmen* verbieten. Aber wenn es so weitergeht, wenn Scion den nächsten Schritt macht, dann wird es zum Beginn des neuen Jahrzehnts kein Syndikat mehr geben.«

»Die Sensorschirme sind eine reine Erfindung von Scion, eine Lüge, die das Archonitat in Umlauf gebracht hat. Diese Herrin der Unterwelt ist nicht nur eine Lügnerin und eine Betrügerin«, rief die Äbtissin, »sondern auch die Hauptverdächtige im Mordfall ihres Vorgängers. Einer meiner Bodyguards hat höchstpersönlich gesehen, wie sie Devil's Acre verließ – mit dem Blut von Hector Grinslathe an ihren Händen!«

Nun brach heilloses Chaos aus. Ein Teil des Publikums sprang auf und tat lautstark kund, dass man mich aufknüpfen solle. Andere verlangten Beweise, unwiderlegbare Fakten, der Bodyguard solle selbst vortreten und sprechen.

»Dafür gibt es keine Beweise, Äbtissin«, rief die Perlenkönigin mit zittriger Stimme. »Ohne einen Beleg für seinen Wahrheitsgehalt ist das Wort eines Amaurotikers nichts wert. Und wenn du die ganze Zeit wusstest, dass die Fahle Träumerin Hector umgebracht hat, warum hast du sie dann so lange gedeckt?«

»Ich glaube den Aussagen meiner Angestellten.«

»Ich stelle die Frage noch einmal: Warum hast du sie gedeckt, wenn bei der letzten Zusammenkunft der Versammlung doch hinreichend die Möglichkeit bestand, sie zu verurteilen?«

»Der Weiße Fesselmeister hatte mich davon überzeugt, dass sie wohl nur zur falschen Zeit am falschen Ort war«, fauchte die Äbtissin. Die Fassade der charmanten, sanftmütigen Frau bekam langsam tiefe Risse. »Anscheinend war ja sogar sein Vertrauen in sie verfehlt. Sie ist eine Verräterin und eine Mörderin. Inzwischen ist mir eines klar geworden: Wenn sie dazu imstande ist, sich gegen ihren eigenen Denkerfürsten zu wenden, wenn sie so wenig Respekt vor den althergebrachten Traditionen dieses Syndikats zeigt, dann *muss* sie Hectors Mörder sein. Es ist nur bedauerlich, dass ich das so lange übersehen habe.«

»Sie glauben also den Aussagen Ihrer Angestellten, Äbtissin«, unterbrach ich sie. »Ich hingegen glaube das, was ich mit meinen eigenen Augen sehe. Und ich sehe Tyrannei, die auf einer Lüge basiert: der Lüge, dass Seher widernatürlich und gefährlich sind. Dass wir uns selbst so sehr verabscheuen sollen, dass wir unseren Untergang selbst herbeiwünschen. Wir sollen uns ihnen ausliefern, um von ihnen gefoltert und hingerichtet zu werden, und das bezeichnen sie dann noch als Gnade!« Den letzten Satz brüllte ich heraus, und während ich mich der Menge zuwandte, fuhr ich fort: »Aber Scion selbst ist die allergrößte Lüge der Geschichte. Eine zweihundert Jahre alte Fassade, hinter der sich die wahre Regierung Englands verbirgt. Die eigentlichen Inquisitoren und Seherjäger.«

»Wen meinst du damit, Herrin?«, fragte der Heidnische Philosoph.

»Sie meint uns.«

Sämtliche Köpfe fuhren zum Saaleingang herum, dann wurden vereinzelte Schreie und erschrockenes Keuchen laut. In der Tür stand Arcturus Mesarthim, und hinter ihm warteten seine Verbündeten.

»Rephaim«, sagte Ognena Maria leise.
Neue Kraft erfüllte mich.
»Nein«, korrigierte ich sie. »Ranthen.«

26

WUNDERTÄTER

Acht von ihnen waren gekommen. Manche hatte ich noch nie gesehen, aber sie trugen alle edle schwarze Seide, Samt und Leder, hoheitsvoll und beeindruckend. Terebell war dabei, aber auch andere Typen waren vertreten: Silber und Gold, Messing und Kupfer, und alle hatten diese hellen, grünlich schimmernden Augen. Im Halbdunkel der Höhle schienen sie wahrhaft riesig zu sein. Und extrem Furcht einflößend. Die Menge wich geschlossen vom Ring zurück.

»Das *ist* ein Rephait«, stellte jemand fest.

»Genau wie in dem Groschenroman …«

»Sie sind gekommen, um uns zu retten …«

Zumindest war ihnen klar, was da vor ihnen stand. Der Wächter und Terebell traten vor. Die anderen stellten sich seitlich von ihnen in einem Halbkreis auf.

»Ihr habt durch die Geschehnisse in einem Groschenroman bereits von uns erfahren.« Langsam ließ der Wächter den Blick durch die Reihen wandern. »Doch wir sind keine Fantasiegebilde. Zwei Jahrhunderte lang haben wir die Hand von Scion geführt, haben den Anker in allen Städten ausgeworfen, in denen es uns beliebte, und haben diese Zitadelle in eine Futterstelle verwandelt. Eure Welt gehört schon lange nicht mehr euch, Seher von London.«

»Was soll das, Herrin?«, rief ein Tagelöhner. »Ist das ein Witz?«

»Ganz offensichtlich sind das Kostüme«, behauptete Didion,

dem trotzdem fast die Augen aus dem Kopf fielen. »Und das alles ist ein pompöser Scherz.«

»Du bist selbst ein pompöser Scherz, Didion«, erwiderte Jimmy.

»Das ist kein Scherz«, schaltete ich mich ein.

Die Rephaim kamen geschlossen auf uns zu. Die Seher machten ihnen hastig Platz. Hinter Pleione entdeckte ich Ivy; an ihren Fuß- und Handgelenken zeugten offene Stellen davon, dass sie gefesselt gewesen war. Die anderen drei Flüchtlinge bildeten mit Lucida und Errai den Schluss des Zuges. Unglaubliche Erleichterung packte mich. Sie wirkten mitgenommen, aber sie lebten und konnten aus eigener Kraft laufen. Ich ging dem Wächter entgegen. Mit einem schnellen Blick erfasste er meine Verletzungen.

»Wie du vermutet hattest, wurden sie in dem Kontakthof festgehalten«, erklärte er mir leise. »Ivy hat darauf bestanden, dass wir sie umgehend hierherbringen, damit sie vor der Versammlung der Widernatürlichen aussagen kann.« Als er die Leichen und abgetrennten Körperteile im Ring der Rosen bemerkte, zog er kurz die Augenbrauen hoch. »Oder … zumindest vor dem, was davon noch übrig ist.«

Ich nickte. Der Wächter wandte sich wieder der Menge zu, und sofort bezogen die anderen Ranthen rechts und links von ihm Stellung. Während der langen Stille, die nun folgte, stieg ich auf das Podium.

Aus welchem Grund auch immer der Groschenroman manipuliert worden war – am Ende hatte es sich für mich als Vorteil erwiesen. Natürlich fürchteten sich die Seher vor den Ranthen, aber es mischte sich auch Neugier darunter, sogar ein wenig Staunen, und keine Feindseligkeit.

»Das sind die Rephaim«, begann ich, »beziehungsweise eine Fraktion von ihnen. Ihr Volk stellt die eigentlichen Inquisitoren von Scion dar. Sie haben während der letzten zweihundert Jahre unsere Regierung kontrolliert, haben Weaver und seine Handlanger angewiesen, uns zu unterdrücken und zu vernichten.

Diese kleine Gruppe hier«, ich zeigte auf die acht Ranthen, »will uns dabei helfen, zu überleben. Sie respektieren unsere Gaben und unsere Eigenständigkeit.« Na ja, nicht ganz die Wahrheit. »Aber im Archonitat gibt es andere Rephaim, die sich einen Dreck um Menschen scheren. Sie werden alle Seher versklaven, wenn wir es zulassen.«

»Eine Schande ist das!« Die Äbtissin gab sich alle Mühe, tiefe Enttäuschung zu heucheln. »Hältst du uns wirklich für so dumm?«

»Hortensia!« Ivys Gesicht war vor Wut verzerrt. »Wenn hier jemand eine Schande ist, dann bist du das. Du mit deinen Lügen. Unseren Lügen.«

Die Äbtissin verstummte.

Unter den Blicken sämtlicher namhafter Seher der Scionzitadelle London ging Ivy auf das Podium zu. Barfuß und in völlig verdreckten Lumpen stellte sie sich genau unter den Scheinwerfer und wandte dann den Kopf ab, um nicht geblendet zu werden. Obwohl ihre dunklen Haare langsam nachwuchsen, schimmerte ihr nackter Schädel noch immer durch.

»Wer bist du, Kind?«, fragte die Perlenkönigin.

»Divya Jacob. Ivy.« Sie ließ den Kopf hängen. »Die meisten von euch kennen mein wahres Gesicht nicht, aber früher nannte ich mich die Jakobitin. Bis zum Januar diesen Jahres war ich die Ganovenbraut des Lumpensammlers.«

Einige der Seher aus II-4 waren regelrecht geschockt. Andere sichtlich wütend. Ivy umklammerte mit der linken Hand ihren rechten Arm.

»Mit siebzehn flüchtete ich aus Jacob's Island und arbeitete drei Jahre lang für eine Erzieherin namens Agatha. Der Lumpensammler hatte mich während dieser Zeit ständig im Auge. Als ich zwanzig wurde, ernannte er mich zu seiner Ganovenbraut und lud mich ein, an einer … ›Unternehmung‹ teilzuhaben, wie er es nannte. Er sagte, viele seiner Leute würden leiden – Leute wie ich –, und er wolle ihr Leid lindern.«

Ich hatte mich hingesetzt und schweigend zugehört. Ivy hatte die schmalen Arme vor der Brust verschränkt und stand nun vollkommen reglos da.

»Er hat Seher an Scion verkauft«, fuhr sie fort.

Ein Aufschrei ging durch die Menge. Sofort sprang ich auf.

»Lasst sie ausreden!«, rief ich.

Nachdem wieder etwas Ruhe eingekehrt war, setzte Ivy ihre Erklärung fort. Inzwischen hatte mich eisige Kälte erfasst.

Das konnte nicht sein. Von allem, was ich mir ausgemalt hatte, war diese Lösung zwar am logischsten, aber mein Syndikat konnte doch nicht *so* korrupt sein. Die Versammlung der Widernatürlichen war träge, ja, und auch grausam, aber doch sicher nicht so …

»Er nannte es den Grauen Markt. Angeblich suchte er neue Rekruten für die Lumpenpuppen.« Ivy atmete hektisch und schaute sich fahrig in der Menge um. »Aber diese Leute, die ich zu ihm geschickt habe … die habe ich nie wiedergesehen. Irgendwann bin ich zu Hectors Ganovenbraut gegangen und habe Schlitzschnute alles erzählt. Sie kam mit einigen Leibwächtern und verlangte Zutritt zu den Katakomben, und dann hat sie dort einen Gefangenen gefunden.« Ihre Finger bohrten sich in ihren Unterarm, als müsse sie verhindern, dass sie auseinanderbrach. »Sie sagte, sie müsse Hector davon berichten. Und dass eine derartige Operation nicht ohne sein Wissen stattfinden dürfe.«

Die Perlenkönigin packte ihren Gehstock fester. »Hat er irgendetwas unternommen, um es zu unterbinden? Ist er deshalb umgebracht worden?«

»Nein. Er hat es nicht unterbunden. Er ist mit eingestiegen.«

Diesmal hielt der Tumult eine volle Minute an. Erst dann konnte Ivy fortfahren. Plötzlich begriff ich, was Schlitzschnute mir hatte sagen wollen: *verkaufen uns* … So wie Scion uns an die Rephaim verkauft hatte, hatten unsere eigenen Anführer uns an Scion verkauft.

»Schlitzschnute und ich wussten nicht genau, was vorging. Wie wussten nur, dass immer wieder Seher verschwanden und dass wir damit Geld verdienten. Ich hatte schreckliche Angst vor ihm«, gestand sie, »und ich schaffte es nur, da mitzumachen, weil ich die Seher aussuchte, die wir verkauften.«

»Wie hast du sie ausgesucht?«, wollte ich wissen.

Ängstlich schüttelte Ivy den Kopf. »Was meinst du …?«

»Wie hast du *ausgewählt*, welche Seher verkauft werden sollten, Ivy?«

Eines musste ich ihr lassen, sie zuckte nicht einmal zusammen. »Wenn Schlitzschnute und ich wählen konnten, schickten wir ihnen Mörder und Erzieher, gewalttätige Diebe und Schläger. Eben Leute, die anderen aus Spaß oder gegen Geld wehtaten.«

»Und was ist mit der Äbtissin?« Mit dem Kopf deutete ich auf sie. »Hast du diese Frau jemals mit ihnen zusammen gesehen?«

»Ja, sie kam oft. Ihr Kontakthof dient nur als Tarnung.« Ohne mit der Wimper zu zucken, sah Ivy die Äbtissin an. »Sie lockt sie in ihren Unterschlupf und pumpt sie mit rosa Aster und Wein voll, bevor sie sie dann *verscherbelt* wie –«

»Das ist eine Lüge!«, brüllte die Äbtissin so laut, dass sie sogar die wütenden Schreie aus der Menge übertönte.

»Aber der Lumpensammler war mit mir noch nicht fertig«, schrie Ivy ebenso laut. Vor Wut waren ihre Wangen leicht gerötet. »Eines Abends ließ er mich in die Katakomben kommen und jagte mir eine Spritze voller Flux in den Hals. Als ich aufwachte, befand ich mich im Tower. Er muss wohl herausgefunden haben, dass ich ihn verraten hatte.« Mit einem grimmigen Lächeln fügte sie hinzu: »Ausgleichende Gerechtigkeit.«

Am Rande meines Gesichtsfeldes erschienen schwarze Flecken. Das Mädchen, das in der Kolonie verprügelt, gebrochen und gefoltert worden war, hatte wahrscheinlich selbst dabei geholfen, einen Großteil der Gefangenen genau dort hinzuschicken.

»Dann warst du also in London, als der Herr der Unterwelt starb.« Ognena Maria hatte eine tiefe Falte auf der Stirn. »Hattest du Kenntnis von irgendwelchen Details?«

»Nein. Aber ein paar Tage nach Hectors Tod fand ich Schlitzschnute, und sie sagte mir, die Äbtissin habe es getan. Schlitzschnute hat sie in Devil's Acre gesehen, wie sie Spitzzahns Gesicht mit einem Fleischermesser bearbeitet hat.«

Entsetzte Schreie wurden laut. »Wie soll ich denn bitte ganz allein acht Menschen getötet haben?«, höhnte die Äbtissin. »Äußerst praktisch, dass die einzige Zeugin, durch die die Aussage der Jakobitin belegt werden könnte, bereits tot ist.«

Ruckartig hob Ivy den Kopf. »Was?«

»Jawohl, Jakobitin. Deine niedere Augurenfreundin Schlitzschnute ist *tot*.«

Leise Trauer zeichnete sich in Ivys Gesicht ab, und sie bohrte die Fingerspitzen so tief in ihre Haut, dass sie dunkle Flecken hinterließen.

»Ihr Name war Chelsea Neves«, erklärte sie leise, »und ohne sie kann ich nichts davon beweisen.«

»Ich vielleicht schon.«

Hatte die Anwesenheit der Rephaim das Nervenkostüm des Publikums bereits strapaziert, so würde es sich jetzt wohl gänzlich auflösen. Hastig wichen die Zuschauer bis an die Wände zurück, als Wynn und Vern aus Jacob's Island den Raum betraten. Wynn trug den Beutel mit dem Salbei um den Hals. Mit einem leisen Stöhnen warf Ivy sich in Verns Arme, der sie wortlos an sich drückte.

Wynn marschierte ohne zu zögern bis in die Mitte des Rings. Angewidert musterte sie den Leichnam der Listigen Lady und versetzte ihrem schlaffen Arm einen Tritt.

»Falls die Herrin der Unterwelt die Aussage eines zweiten Niederen Auguren anerkennt, bin ich bereit, sie zu machen«, verkündete sie mit einem respektvollen Nicken in meine Richtung.

»Noch ein Niederer Augur?«, fauchte Didion. »Kein Bewohner von Jacob's Island darf als Zeuge vor der Versammlung auftreten. Lediglich die Handleser dürfen das Wort an uns richten. Das können Sie nicht zulassen, Herrin!«

»Fahre fort, Wynn.« Mit einem knappen Winken ermunterte ich sie zusätzlich. »Sag uns, was du weißt.«

»An dem Morgen, als Chelsea Neves starb, tauchte am Savory Dock, wo sie sich vor dem Syndikat versteckt hielt, ein maskierter Attentäter auf. Die Wache hat mir bestätigt, dass diese Person im Auftrag der zeitweiligen Herrin der Unterwelt gekommen sei.« Als die ersten Proteste laut wurden, erhob sie die Stimme und fügte hinzu: »Anscheinend lautete ihr Auftrag, Chelsea die Kehle aufzuschlitzen und das Gesicht zu verunstalten!«

»Diese Anschuldigungen sind grotesk. Hector war ein lieber Freund, und auch wenn ich keinerlei Kenntnis von diesem angeblichen Verrat hatte, wäre ich niemals dazu imstande gewesen, seine Ganovenbraut umzubringen. Und jetzt entschuldigt mich, ihr guten Leute von London, ich werde in meinen Kontakthof zurückkehren, um in aller Stille zu trauern.« Hoheitsvoll wandte die Äbtissin sich ab und wollte mit zwei ihrer Seher im Schlepptau verschwinden. »Ich habe diese falsche Königin und ihren Wahn lange genug ertragen.«

»Nein, Äbtissin«, erwiderte ich leise, »das haben Sie nicht.« Inzwischen war es so still geworden, dass meine Schritte laut hallten, als ich über das Podium ging. Die Ranthen stellten sich im Halbkreis um mich herum auf. »Gemäß dem ersten Gesetzbuch dieses Syndikats klage ich Sie des Mordes an Hector Grinslathe, Chelsea Neves und ihren sieben Untergebenen an: Spitzzahn, Plattnase, Wulstgesicht, Fingerfertig, der Puritaner, der Falschspieler und der Totengräber.« Ich ging weiter. »Außerdem klage ich Sie wegen Entführung und Menschenhandels an, wegen der Entsendung eines Schlägertrupps in einen fremden Sektor und wegen Hochverrats. Sie werden bis zu Ihrem Prozess vor der Versammlung der Widernatürlichen in Ihrem Kontakthof unter Hausarrest gestellt.«

Überall blickte ich in schockierte Gesichter.

Die Äbtissin lachte. »Und aufgrund welcher Autorität klagst du mich an? Wir sind die Gesetzlosen von London. In welches Gefängnis willst du mich stecken? Oder willst du mich hier und jetzt töten und meinen Leichnam in die Flower and Dean Street werfen? Welche Art von Herrin der Unterwelt wirst du sein?«

»Hoffentlich eine gerechte«, erwiderte ich.

»Gerecht? Wo bleibt denn hier die Gerechtigkeit? Wo sind deine *Beweise*, Möchtegernkönigin?«

»Sie, Äbtissin. Sie selbst sind der Beweis. Du da!« Ich winkte einem Kurier, der sofort Habtachtstellung einnahm. »Würdest du bitte den rechten Arm der Listigen Lady freilegen?«

»Jawohl, Herrin.«

Zitternd kniete er sich neben den Leichnam, knöpfte die rechte Manschette auf und schob den Ärmel hoch. Ich beobachtete, wie die Äbtissin leichenblass wurde und unbewusst die Hand an den Oberarm hob. Sobald die Schulter der Listigen Lady freilag, huschte ein grimmiges Lächeln über mein Gesicht.

Das schlichte, in Schwarz-Weiß gehaltene Tattoo von einer Skeletthand. Der Kurier schluckte schwer. Ognena Maria trat vor und ging in die Hocke, um es sich genauer anzusehen.

»Das ist das Zeichen der Lumpenpuppen«, folgerte sie.

»Genau«, nickte ich. »Und dasselbe Symbol tragen sie, er«, ich zeigte auf die tote Dornenstich und den toten Henker, »und sämtliche anderen Denkerfürsten, Denkerköniginnen und Ganovenschützlinge, die ihr im Ring geholfen haben, denn sie haben alle für den Lumpensammler gearbeitet. Sie alle wussten von seinem … Grauen Markt.« Inzwischen war die Äbtissin so blass geworden, dass sie als Skelett durchgegangen wäre. »Zeigen Sie uns Ihren Arm, Äbtissin.«

Krampfhaft biss sie die Zähne zusammen. Dann trat sie einen Schritt zurück, entfernte sich von der Menge und den Beweisen im Ring der Rosen. Ringsum verfinsterten sich die Mienen, eisige Blicke erfassten sie.

»Nehmt sie fest«, befahl ich.

Und sie gehorchten. Jimmy O'Goblin, Jack Hickathrift und Ognena Maria reagierten sofort, genau wie alle verbliebenen Kuriere, Strauchdiebe und Tagelöhner aus I-4.

Die Äbtissin starrte sie kurz an, dann warf sie einen Blick über die Schulter. In der Menge befand sich keine einzige Lumpenpuppe mehr. Selbst ihre Verbündeten hatten sich in Luft aufgelöst. Der Lumpensammler hatte seine Auftragsmörderin im Stich gelassen.

Es dauerte einen Moment, bis die Äbtissin begriff, dass sie ganz allein war. Und in dieser Sekunde der absoluten Klarheit sah ich die winzigen, sich verschiebenden Details ihrer Mimik wie unter einem Mikroskop: Die Lippen spannten sich über den Zähnen. Feine Haarsträhnen schwebten vor ihrem Gesicht, seltsam zart vor dem Hintergrund der brodelnden Wut.

Dann stieg vor ihren Füßen ein Monster aus dem Boden auf.

Es war ein Poltergeist, den ich nicht kannte und auch nicht kennenlernen wollte. Zumindest war das mein letzter Gedanke, bevor er mich erwischte.

»Dies ist Hectors *wahrer* Mörder!«, schrie die Äbtissin.

Die Explosion im Aether riss mich von den Füßen und schleuderte mich rückwärts über das Podium. Sämtliche Luft wurde aus meiner Lunge gepresst und schien schon zu gefrieren, bevor sie meinen Körper verlassen hatte. Eine weiße Nebelwolke stieg von meinen Lippen auf. Gleichzeitig packte mich eine unsichtbare Hand, hob mich hoch und presste mich gegen den Vorhang an der Wand.

Panik schnürte mir die Kehle zu und lähmte sämtliche Glieder. Auf einmal war ich wieder das kleine Mädchen auf dem Blumenfeld. Der Apport dieses Poltergeistes nahm keine klare Gestalt an, er manifestierte sich einfach als schweres Gewicht auf meinem Körper.

Gleichzeitig zog er eine Runde durch die Höhle, als wolle er sich die versammelte Menge genau ansehen. Als er den Kronleuchter streifte, erloschen sämtliche Kerzen. Die Laternen flackerten. Stühle und Tische bebten. Geister und Schutzengel kauerten sich vor ihm zusammen. Unter mir krümmten sich einige der Ranthen und stießen schrille Klagelaute aus, bei denen ich eine Gänsehaut bekam – darunter auch der Wächter. Seine sonst so reglosen Züge verzerrten sich vor Schmerz, einem Schmerz, den ich nun auch in meiner eigenen Brust spürte. Die Äbtissin stand hoch aufgerichtet da und streckte den Arm in meine Richtung. Allerdings konnte man ihr ansehen, wie viel Kraft es sie kostete, dieses Ding unter Kontrolle zu halten.

Dann wurden bei ihr plötzlich die Fäden durchgeschnitten: Abrupt brach sie zusammen und konnte sich gerade noch mit den Händen abfangen. Über uns verschwand der Poltergeist durch die Decke. Die unsichtbare Hand löste sich auf, ich stürzte ab und landete geduckt auf dem Podium.

Der aufgestellte Scheinwerfer sprang flackernd wieder an. Noch während er sich erholte, stand ich auf. In meinem Ausschnitt waren feine silberne Linien erschienen, die sich wie Adern von dem Amulett aus über die Haut zogen. Der Anhänger leuchtete warm wie ein Bernstein.

Gleichzeitig vibrierte das Goldene Band so stark, dass ich es bis tief in die Knochen spürte. Der Wächter umklammerte seine Schulter und streckte immer wieder krampfhaft die Finger. Ein Blick auf ihn genügte, um zu wissen, dass er starke Schmerzen hatte. Vier der übrigen Ranthen, unter anderem Terebell, waren in einem ähnlichen Zustand.

Ich richtete mich kerzengerade auf.

Fassungslos starrte die Äbtissin mich an, und ich konnte sehen, wie ihre Lippen das Wort »unmöglich« formten. Dann zog sie mit einem wütenden Fauchen eine Pistole aus der Jacke und zielte damit auf mein Herz.

Mein Blickfeld schrumpfte, meine Reaktionen ließen mich

im Stich. Ich schaffte es gerade mal, die Hände bis auf Bauchhöhe anzuheben, da fiel schon ein Schuss. Die Kugel verfehlte mich um Haaresbreite.

Die Äbtissin schoss immer weiter und schob sich dabei rückwärts aus dem Raum, doch die Ranthen schützten mich mit ihren Körpern. Erst nachdem er drei Kugeln direkt nacheinander abgefangen hatte, brach der Wächter vor dem Podium zusammen und presste eine Hand an die Brust. Wie ein in die Enge getriebenes Tier fuhr die Äbtissin herum und erwischte fünfzehn Seher mit ihren Geisterhorden, gleichzeitig schoss sie noch zwei Mal, traf aber nur eine Vorhangstange, die sich daraufhin von der Decke löste. Die roten Stoffbahnen legten sich sanft über die Köpfe der umstehenden Seher.

Der nächste Schuss erwischte Ivy. Ich hörte meinen eigenen Schrei, während sie zu Boden ging. Die Äbtissin begann zu lachen.

Wieder knallte eine Pistole, aber diesmal war es nicht ihre.

Die Kugel drang knapp unterhalb des Brustkorbs ein. Zwei weitere Schüsse erledigten sie endgültig, Tom Rhymer traf ihren Kopf, Ognena Maria ihr Herz. Tot brach die Äbtissin auf dem roten Samt zusammen.

Keuchend sog ich Luft in meine Lunge. Aus dem Loch an der Schläfe der Äbtissin sickerte Blut. Nick hatte die Waffe so fest gepackt, dass seine Knöchel weiß hervortraten.

In meinen Ohren hallte der Lärm der letzten drei Schüsse nach. Nick, der neben mir stand, schien erst jetzt zu realisieren, was geschehen war. Er packte mich am Arm und half mir hoch. »Paige?« Leichenblass umfasste er mein Gesicht. »Paige, dieser Poltergeist ... so etwas wie den habe ich noch nie gespürt ...«

»Keine Ahnung.« Erschöpft schüttelte ich den Kopf. »Bitte ... sorg dafür, dass Ivy, der Wächter und die anderen verarztet werden.«

Er drückte sanft meinen Ellbogen und ging dann zum Wächter hinüber, der sich gerade mühsam in die Höhe stemmte. Die verbliebenen Mitglieder der Versammlung der Widernatürlichen samt ihrer Ganovenschützlinge erwarteten nun von mir, dass ich Ordnung in dieses Chaos brachte, doch mir fehlten die Worte. Jaxon hätte eine Erklärung parat gehabt, aber ich war noch nie eine große Geschichtenerzählerin gewesen. Und diese Geschichte hier war verflucht merkwürdig.

Vor mir stand die Crème de la Crème der Londoner Unterwelt. Hinter diesen Anführern standen Hunderte, wenn nicht sogar Tausende loyale Gefolgsleute.

»Also, Herrin der Unterwelt«, sagte Ognena Maria schließlich. »Wie es aussieht, hast du gewonnen. Und deinen Namen reingewaschen.«

»Was soll mit der da geschehen?« Ein maskierter Händler deutete auf Ivy, die nicht einmal den Kopf heben konnte.

»Es wird keine Bestrafung ohne ordentlichen Prozess geben. Die Vorgänge müssen gründlich untersucht werden, angefangen mit einer Durchsuchung des Kontakthofes der Äbtissin«, bestimmte ich. »Gibt es Freiwillige?«

»Ich bringe meine Leute hin«, versprach Ognena Maria. »Ich weiß, wo es ist.« Sie pfiff ihre Gruppe heran, die anschließend mit ihr die Höhle verließ.

»Herrin?« Ein Strauchdieb zog sich respektvoll die Mütze vom Kopf. »In dem Groschenroman werden ja tolle Sachen über diese Wesen erzählt, aber müssen wir sie nun fürchten oder anbeten?«

»Fürchten«, knurrte Errai.

Lucida neigte den Kopf. »Oder anbeten. Wir werden keine Lobpreisung abweisen.«

»Fürchten«, bestätigte ich und warf ihr einen bösen Blick zu. »Ganz bestimmt nicht anbeten.« Schwarze Flecken flimmerten vor meinen Augen. »Scion will eine natürliche Ordnung. Der Weiße Fesselmeister will die Seher in sieben Kasten einordnen. Und weil unsere Taten laut und klar zu Scion sprechen werden, wo man unseren Worten niemals Gehör schenken würde … werden wir der Orden der Denker sein.«

Nach diesen Worten wurde mir schwarz vor Augen.

Keine Ahnung, was danach passierte.

*

Ich war nicht länger die Fahle Träumerin und Ganovenbraut von I-4. Nicht länger der Vogel in Jaxons goldenem Käfig. Nun war ich die Schwarze Motte, Herrin der Unterwelt, und immer noch die meistgesuchte Verbrecherin in Scion. Tief in meiner Traumlandschaft rollte ich mich sicher zwischen meinen Anemonen zusammen, befleckt mit dem warmen Blut der Wiedergeburt.

Diesmal war der Schaden an meiner Traumlandschaft nicht ganz so schlimm. Ein paar Dellen in meiner mentalen Rüstung. Mein Körper hatte wesentlich stärker gelitten als mein Geist.

Als ich die Schatten verließ, lag ich auf einer Decke und hatte einen zusammengerollten Mantel unter dem Kopf. Die blutverschmierte Kleidung hatte man mir ausgezogen. Rechts von mir flackerte eine Petroleumlampe, ihr Licht zeigte mir, dass ich auf einer Bühne lag. Dank ihrer Wärme zitterte ich nicht mehr, trotzdem schmerzten meine Blutergüsse in der kalten Luft.

Ich musste husten.

Sofort schossen brennende Schmerzen durch meine Rippen und schickten kleine Blitze in meinen Hinterkopf. Dazu kamen die Verletzungen an meinen Fingerknöcheln, meinen Beinen und der Stelle, wo mein Hals in die Schultern überging. Der laute Schrei, der in meiner Kehle aufstieg, kam als schwaches Stöhnen heraus. Nachdem das quälende Pochen abgeklungen war, traute ich mich nicht mehr, mich zu bewegen.

Jaxon würde bestimmt nicht mit solchen Schmerzen aufwachen. Mit einer leichten Migräne vielleicht. Mit ein oder zwei

Blutergüssen. Bestimmt plante er bereits, wie er mir das Syndikat wieder entreißen konnte.

Sollte er es doch versuchen.

Überall in London würden die Nachwirkungen meines Sieges zu spüren sein. Der Lumpensammler würde seine Niederlage nicht einfach so wegstecken, das spürte ich. Er bereitete wohl schon seinen Rachefeldzug vor.

Bestimmt hatten sie gewollt, dass einer von ihnen die Führung über das Syndikat übernahm. Wahrscheinlich die Listige Lady, da sie anscheinend eine Menge gewusst hatte. Außerdem hatten sie eine Handvoll Denkerfürsten und -königinnen mit ins Boot geholt, die mich loswerden und dafür sorgen sollten, dass sie den Sieg davontrug. Dabei war sie nur ein Bauer in seinem großen Plan gewesen. Indem ich sie getötet und selbst am Leben geblieben war, hatte ich ihnen ganz schön Sand ins Getriebe gestreut. Dafür wollte der Lumpensammler bestimmt Vergeltung. Seine Untergebene hatte er einsam dem Tod überlassen.

Nach einer Weile – vielleicht einer Stunde oder auch nur einer Minute – kam eine Silhouette hinter dem Bühnenvorhang hervor. Sofort verkrampfte ich mich und griff nach einem Messer, das nicht da war, aber es war nur der Wächter, der nun in das Licht der Petroleumlampe trat.

»Guten Abend, Herrin«, grüßte er mich mit lodernden Augen.

Ich ließ den Kopf auf den Mantel zurücksinken. »Fühle mich gerade nicht so ganz herrschaftlich.«

Sobald ich den Mund aufmachte, brannte es vom Unterkiefer bis hinauf zu meinem Ohr.

»Ich muss gestehen, dass du zurzeit auch nicht sonderlich majestätisch aussiehst«, gab der Wächter zu. »Nichtsdestotrotz bist du Herrin über den Orden der Denker.« Er setzte sich neben mich und verschränkte die Finger. »Ein interessanter Name.«

»Wie spät ist es?« Vorsichtig berührte ich meine Wange. »Geht es dir gut?«

»Kugeln können den Rephaim keinen bleibenden Schaden zufügen. Die Wahlschlacht ist seit zwei Stunden beendet«, erklärte er mir. »Dr. Nygård wird nicht erfreut sein, dass du schon wach bist.«

»Dann verraten wir es ihm eben nicht.« Mühsam trank ich aus der Feldflasche, die er mir reichte. Das Wasser schmeckte nach Blut. »Bitte sag mir, dass du Amaranth dabeihast.«

»Bedauerlicherweise nicht. Dr. Nygård ist nach Seven Dials gefahren, um deine Habseligkeiten zu holen, bevor, ich zitiere: ›Jaxon sie verscherbeln kann‹. Anschließend wollen sie sich Ognena Maria bei der Durchsuchung des Kontakthofes der Äbtissin anschließen, um mögliche Beweise für die Machenschaften des Lumpensammlers aufzuspüren.«

Nick handelte wie immer vernünftig – und so vorausschauend, wie man es von einem Orakel erwarten sollte. »Sie werden nichts finden«, sagte ich. »Die Äbtissin war lediglich das Gefäß für seinen Poltergeist. Er wird zurückkommen.«

»Und du wirst bereit sein.«

Fragend schaute ich zu ihm hoch. »Das war *der* Poltergeist, stimmt's?«

»Ja.« Seine Finger schlangen sich ein wenig fester umeinander. »Ein alter Feind.«

»Aber wie konnte die Äbtissin ihn dann kontrollieren?«

»Diese Kreatur gehorcht einzig und allein Nashira. Sie muss ihm befohlen haben, den Anweisungen eines anderen zu folgen.«

Abrupt wurde mir klar, was das bedeutete: Der Graue Markt war nicht allein eine Angelegenheit zwischen dem Syndikat und Scion. Vielleicht stellte er sogar eine direkte Verbindung zu den Rephaim dar, wie eine Art Pipeline. Plötzlich war die Welt viel zu groß für mein von bohrenden Schmerzen geplagtes Hirn, und ich schloss die Augen, um sie auszublenden. Darüber konnte ich auch noch nachdenken, wenn ich wieder klar im Kopf war. Wenn ich es jetzt versuchte, platzte mir vielleicht noch der Schädel.

Ich riskierte einen Blick in den antiken Spiegel, dessen vergoldeter Rahmen neben mir an der Wand lehnte. Mein Gesicht war insgesamt kein schöner Anblick – aufgeschürft, voller blauer Flecken und mit einer geschwollenen Lippe –, aber die Wunde an meinem Unterkiefer war definitiv am schlimmsten, übler als alles, was Jaxon hinterlassen hatte. Ein geschwollener roter Riss, der von schwarzen Strichen durchzogen war.

»Es war ein glatter Schnitt«, versicherte mir der Wächter. »Vermutlich bleibt keine Narbe zurück.«

Erstaunlicherweise war mir das egal. Falls aus dieser Sache tatsächlich ein Krieg erwuchs, waren Narben verschiedenster Art absehbar.

Ein Stückchen weiter hatten sich drei schlafende Gestalten fest in ihre Decken gewickelt: Nell, Felix und Jos drückten sich eng aneinander, wie die Bewohner der Hüttensiedlung, die so die Kälte abgehalten hatten. »Man hat ihnen eine Gehirnwäsche verpasst«, erzählte mir der Wächter. »Sie wissen nichts mehr von den Geschehnissen in dem Kontakthof.«

»Dann werden wir also nie erfahren, wie der Lumpensammler sie dazu gebracht hat, den Groschenroman umzuschreiben.« Ich sah mich weiter um. Ivy saß am Rand der Bühne, ließ die dünnen, nackten Arme hängen und starrte zur Decke hinauf. »Wie geht es ihr?«

Der Blick des Wächters ruhte nun ebenfalls auf ihr. »Die Kugel wurde entfernt. Dr. Nygård sagte, der wahre Schmerz säße in ihrem Herzen.«

»Schlitzschnute.« Ich seufzte, was sich sofort schmerzhaft in meinen Rippen bemerkbar machte. »Sie ist durch die Hölle gegangen, das weiß ich, aber ich bin mir nicht sicher, ob ich ihr verzeihen kann, was sie getan hat.«

»Du solltest nicht zu streng zu jemandem sein, der aus Furcht gehandelt hat.«

Das war natürlich richtig. Selbst wenn Ivy zahllose Menschen in die Strafkolonie geschickt hatte, ließ sich das nicht ungeschehen machen, indem man ihr noch mehr Schuldgefühle machte. Wieder nahm ich einen Schluck aus der Flasche. »Wo sind die Ranthen?«

»Sie haben sich in eine sichere Unterkunft nahe des Old Nichol zurückgezogen. Morgen werden sie aufbrechen und die Kunde von unserem Sieg verbreiten.« Er unterbrach sich kurz. »Einige von den Sehern bezeichneten dich verstohlen als … Wundertäter. Anders können sie sich nicht erklären, wie du dich dem Poltergeist widersetzen konntest.«

Jaxon hatte mich auch schon so genannt, aber immer nur scherzhaft. Dieser Begriff wurde nie laut ausgesprochen, und eigentlich benutzten ihn nur die wenigen Seher, die dem sogenannten *Zeitgeist* huldigten, jenem Geschöpf, das angeblich den Aether erschaffen hatte. Gläubige verwendeten den Begriff Wundertäter niemals leichtfertig. Er bezeichnete jemanden, der vom Zeitgeist persönlich berührt worden war und die Geheimnisse des Aethers in nie da gewesener Form zu nutzen verstand.

»Sie wissen nichts hiervon.« Vorsichtig schob ich den Ausschnitt meines Hemdes zur Seite. Das Amulett war wieder abgekühlt, doch darunter waren noch immer diese aderartigen Male zu sehen. »Das ist der Wundertäter.«

»Und wie gut es dir steht.«

»Sie sollen nicht denken, dass ich Wunder wirken könnte, Wächter. In diesem Fall habe ich nichts getan, außer eine Kette zu tragen.«

»Es steht dir frei, sie in diesem Punkt später noch zu korrigieren. Vorerst kann es nicht schaden, sie reden zu lassen. Deine Aufgabe besteht nun darin, gesund zu werden.«

Wir saßen schweigend da, während die Lampe zwischen uns flackerte. Wie weit waren wir doch in nur wenigen Wochen gekommen. »Ich würde dir gerne eine Frage stellen«, begann der Wächter schließlich. »Wenn ich darf.«

Nach einem vorsichtigen Schluck sagte ich: »Solange ich davon keine Kopfschmerzen bekomme.«

»Hm.« Er zögerte. »Als Jaxon dich in seinen Dienst genommen hat, schien er bereit zu sein, jede Summe zu zahlen, die du für deine Arbeit verlangen würdest. Und doch kannst du nicht die wohlhabende Ganovenbraut sein, für die ich dich einst hielt, denn sonst wärest du nicht gezwungen gewesen, die Ranthen um Unterstützung zu bitten. Was hast du mit dem Geld getan, das du durch den Vertrag bekommen hast?«

Ich hatte mich schon gefragt, wann er mir damit kommen würde.

»Es gab kein Geld. Jaxon hat nicht einmal ein Bankkonto«, erklärte ich ihm. »Er bezieht seine gesamten Einkünfte aus unserer Arbeit, und sie landen alle in einem kleinen Schmuckkästchen in seinem Arbeitszimmer, bevor er einen gewissen Prozentsatz davon unter uns aufteilt. Das ist unsere Bezahlung. Was mit dem Rest geschieht, weiß ich nicht.«

»Warum hast du dann weiter für ihn gearbeitet?« Fragend sah er mich an. »Er hat dich belogen.«

Das entlockte mir ein trockenes Lachen. »Weil ich naiv genug war, Jaxon Hall gegenüber Loyalität zu empfinden.«

»Das war keine Naivität, Paige. Jaxon war dir wichtig, deshalb hast du weiter für ihn gearbeitet. Du hast begriffen, dass er für dein Überleben notwendig war.« Seine von einem Handschuh bedeckten Finger schoben sich unter mein Kinn und hoben es an. »Du wirst nicht ewig auf Terebells Geld angewiesen sein. Letzten Endes wird ihre Loyalität stärker sein als ihre Gier. Wenn sie wieder Hoffnung haben.«

»Ist Hoffnung nicht nur eine andere Art von Naivität?«

»Hoffnung ist das Lebenselixier der Revolution. Ohne sie sind wir nur wie Asche, die darauf wartet, vom Wind verweht zu werden.«

Ich wünschte mir, ich könnte das glauben. Ich *musste* es glauben, musste glauben, dass Hoffnung allein ausreichen würde, um uns das alles überstehen zu lassen. Aber nur mit Hoffnung konnte man kein Syndikat beherrschen. Nur durch Hoffnung würde das Archonitat in Westminster nicht fallen, das mühelos zweihundert Jahre überlebt hatte. Und sie würde auch nicht die Kreaturen hinter seiner Fassade vernichten, die unsere Welt schon weitaus länger im Blick hatten.

Der Wächter dimmte das Licht der Lampe. »Du solltest dich ausruhen«, riet er mir. »Du hast noch eine lange Herrschaft vor dir, Schwarze Motte.«

Ivy saß immer noch reglos am Bühnenrand. »Zuerst muss ich mit ihr reden«, entschied ich.

»Ich suche solange Nicks Arzttasche. Er hat noch eine Dosis Schmerzmittel für dich hiergelassen.«

Er half mir beim Aufstehen, und ich signalisierte ihm durch einen Griff an den Arm, dass er noch nicht gehen sollte. Wortlos lehnte ich mich an ihn und drückte meine Stirn an seine. In meiner Traumlandschaft flackerte eine kleine blaue Flamme auf und spendete sanftes Licht. Lange blieben wir so stehen, still und reglos, Rephait und Mensch. Meinetwegen hätte ich noch stundenlang so dastehen und seinen Duft einatmen können.

»Wächter?« Ich sprach so leise, dass er sich vorbeugen musste, um mich zu verstehen. »Ich ... ich weiß nicht, ob ...«

In seinen Augen tanzte warmes Feuer. »Du musst diese Entscheidung nicht heute Nacht fällen.« Nach kurzem Zögern glitten seine Lippen über meine Stirn. »Geh jetzt.«

Dass er mich verstand, nahm mir eine enorme Last von den Schultern. Ich war jetzt ein anderer Mensch als vor der Wahlschlacht, befand mich noch immer in einem Zustand des Wandels, unsicher, wer ich morgen sein würde. Aber eines spürte ich: Wie auch immer ich mich entschied, er würde an meiner Seite sein. Aus einem Impuls heraus drückte ich ihm einen Kuss auf die Wange, woraufhin er mich an sich zog und mich fest in seine Arme schloss.

»Geh«, wiederholte er sanft.

Während er sich auf die Suche nach Nicks Tasche machte,

schleppte ich mich quer über die Bühne zu Ivy hinüber. Meine Schmerzen verstärkten sich wieder, aber die Medikamente sorgten dafür, dass sie auszuhalten waren. Ivy rührte sich nicht, als ich mich zu ihr setzte.

»Es war sehr mutig von dir, die Wahrheit zu sagen.«

Ihre aufgeschürften Finger krallten sich in die Kante der Bühne. Auf ihrem rechten Oberarm kennzeichnete eine wulstige Narbe die Stelle, wo früher ihr Tattoo gewesen war. Das rötliche Gewebe hob sich deutlich von der gesunden Haut ab.

»Mutig?«, wiederholte sie, als wäre ihr dieser Begriff völlig unbekannt. »Ich bin eine Gelbjacke.«

Diesen Code verstand nur, wer den Albtraum überlebt hatte. Ihre Nägel gruben sich in das verbrannte Fleisch.

»Ich habe Thuban angefleht, mich zu töten, weißt du.« Kopfschüttelnd fuhr sie fort: »Als ich von deinen Fluchtplänen erfahren habe, habe ich kurz überlegt, nicht in den Zug zu steigen. Nach allem, was ich getan hatte, hatte ich kein Recht dazu. Und ich war so sicher, dass Chelsea mich verraten hatte.«

»Du hast gedacht, sie hätte dem Lumpensammler gesteckt, dass du ihn gemeldet hattest?«

»Bis ich sie dann gefunden habe, ja. Als du mir erzählt hast, dass sie mich sucht, habe ich den Wachmann von Jacob's Island bestochen. Sie hat mir gesagt, dass sie meine Meldung an Hector weitergeleitet hat und ihr dabei rausgerutscht ist, dass sie von mir kommt. Er hat es dann dem Lumpensammler verraten.« Voller Trauer stellte sie fest: »Sie hat immer versucht, nur das Beste in Hector zu sehen. Hat ihm immer vertraut. Das hat sie am Ende umgebracht. Dabei wollte sie doch nur ein besseres Leben führen als das, was wir als Kinder im Slum hatten. Und ich bin weggegangen, zurück zu Agatha, weil ich dachte, sie wäre dort in Sicherheit …«

Tränen erstickten ihre Stimme. »Du bist in den Zug gestiegen, Ivy«, sagte ich. »Also musst du doch immer noch auf dieses bessere Leben gehofft haben.«

»Ich bin in diesen Zug gestiegen, weil ich zu feige war zum Sterben.« Mit einem zittrigen Lächeln fragte sie: »Irgendwie komisch, oder nicht? Obwohl wir Seher sind, obwohl wir genau wissen, dass es danach noch etwas gibt, haben wir trotzdem noch Angst vor dem Tod.«

Ich schüttelte den Kopf. »Wir wissen nicht, was uns im Letzten Licht erwartet. Nicht einmal Traumwandler wissen das.« Ivy kaute an ihren Fingerknöcheln herum und strich sich weiter über die Narbe. »Wenn die Versammlung der Widernatürlichen sich berappelt hat, bekommst du eine faire Anhörung und einen Prozess vor einem Schwurgericht. Und eines verspreche ich dir: Der Lumpensammler wird für seine Verbrechen vor Gericht gestellt werden.«

Ein Muskel in ihrem Gesicht zuckte. »Mehr kann ich nicht verlangen. Gerechtigkeit.« Endlich schaute sie mich an. »Ich will sein Gesicht sehen, Paige. Bevor es zu Ende geht.«

»Das würde ich selbst gerne sehen.« Mit schmerzenden Gliedern stand ich auf. »Chelsea ist in meinen Armen gestorben. Und weißt du, was ich dir von ihr ausrichten soll?« Hinter mir blieb alles still. »Dass du ihr einfach alles bedeutet hast. Und dass du es wiedergutmachen sollst.« Ich ging zurück zu meinem Lager. »Also mach es wieder gut.«

Noch immer blieb Ivy stumm. Als ich meine Lampe erreichte, legte ich mich hin und legte eine Hand auf meine Krone – das Symbol des Syndikats, die Waffe, mit der ich Scion zu Fall bringen würde.

Der Wächter legte mir eine Spritze in die Hand. Ich stieß die Nadel in meine Hüfte und drückte auf den Kolben.

*

Mithilfe der Medikamente und der beruhigenden Gegenwart des Wächters fiel ich in einen leichten Schlaf, der allerdings nicht lange anhielt. Als das erste Licht des Morgens in den Saal drang, spürte ich eine kühle Hand auf meiner Schulter, die mich sanft rüttelte.

»Tut mir leid, *sötnos*.« Es war Nick, und er sah völlig fertig aus. »Aber das musst du dir ansehen. Jetzt sofort.«

27

EIN GEMEINSAMER FREUND

Danicas Scion-Laptop stand vor mir auf dem Boden: spiegelnder Glasmonitor und filigranes silbernes Tastenfeld. Unsicher stemmte ich mich auf einen Ellbogen hoch. Das Schmerzmittel in meinem Blut machte mich träge.

»Was gibt's denn?«

Niemand antwortete. In dem Versuch, mich zu konzentrieren, rieb ich mir die Schläfe. Nick, Eliza und Danica umringten mich, hinter ihnen standen einige Taschen und Koffer. Anscheinend waren sie gerade aus Seven Dials zurückgekehrt. Der Wächter beugte sich über meine Schulter zum Monitor. Im Halbdunkel leuchteten seine Augen wie Fackeln.

»Es hat vor ungefähr einer halben Stunde angefangen«, erklärte Eliza. »Und seitdem bringen sie eine Dauerschleife in der ganzen Zitadelle.«

Endlich fand mein Blick den Bildschirm.

Es war eine Übertragung ohne Ton und ohne einen Kommentator von ScionEye, auch wenn das Logo des Senders in einer Ecke des Bildes rotierte. Klein gedruckter Text erklärte, dass sich die Kamera in Parzelle I, Sektor 5 befände, also in Lychgate Hill. Der Schauplatz war der Innenhof von Old Paul's, wo traditionellerweise die Hinrichtungen der Widernatürlichen stattfanden. Die Verurteilten waren auf einem Schafott aufgereiht, jeweils eine Armlänge voneinander entfernt. Ihre nackten Füße standen auf leuchtend roten Falltüren. Man hatte ihre Gesichter nicht bedeckt.

In meiner Kehle bildete sich ein drückender Kloß. Die Frau in der Mitte kannte ich: Lotte, eine der Überlebenden der letzten Knochenernte, jetzt im schwarzen Kittel einer verurteilten Widernatürlichen. Auf ihrer Stirn war eine tiefe Schnittwunde zu sehen, und der seitlich gebundene Haarknoten konnte nicht die Blutergüsse an ihrem Hals verdecken. Die an ihren Unterarmen sowieso nicht. Ich drückte einen Finger auf das Glas, um sie näher heranzuzoomen. Charles stand rechts von ihr, blutverschmiert und übel zugerichtet – ausgerechnet Charles, der die anderen Seher zum Zug geführt hatte. Auf der linken Seite entdeckte ich Ella. An ihrem Kittel klebte eingetrocknetes Erbrochenes.

»Paige.« Ich hörte, was der Wächter sagte, konnte meinen Blick aber nicht vom Bildschirm lösen. Seine Stimme kam von einem weit, weit entfernten Ort. »Du darfst diesem Aufruf nicht Folge leisten. Diese Botschaft gilt dir allein. Sie dient dazu, dich aus der Deckung zu locken.«

Wie zur Bestätigung seiner Worte wurde der Bildschirm weiß, nur der Anker drehte sich weiter in seiner Ecke – wie ein boshafter kleiner Kreisel.

*

PAIGE EVA MAHONEY, LIEFERE DICH DEM ARCHONITAT AUS. DU HAST EINE STUNDE.

*

Die Übertragung ging weiter, diesmal mit einem Schwenk über den gesamten Hof. »Und das hat vor einer halben Stunde angefangen?«, fragte ich.

Eliza wechselte einen schnellen Blick mit Nick, bevor sie bejahend nickte. »Wir sind so schnell hergekommen, wie wir konnten.«

In meiner Traumlandschaft baute sich Druck auf, der sich

durch den Aether bis zu den anderen fortsetzte. Aus Elizas Nase lief ein roter Tropfen und Nick rief irgendetwas, das im Lärm der Explosion unterging, die meinen Schädel zu sprengen drohte. Mit einem gequälten Schrei dämmte ich sie ein und zwang die Druckwelle in mein Innerstes zurück, bis mir selbst das Blut aus der Nase strömte und meinen Mund mit dem Geschmack von Metall füllte.

Jemand musste ihnen verraten haben, dass ich nun Herrin der Unterwelt war und damit endlich eine ernst zu nehmende Gefahr für sie darstellte. Deswegen hatten sie sich so still verhalten, deswegen hatte Nashira nicht mit eiserner Faust I-4 zerquetscht, sobald ich lebend aus ihrer Kolonie entkommen war. Sie hatte mich in dem falschen Glauben wiegen wollen, dass es noch Hoffnung gab, dass ich eine Armee aufstellen könnte, bevor sie mich vernichtete.

Wenn ich das Archonitat in Westminster betrat, würde ich da nie wieder rauskommen. Wenn ich es nicht tat, würden die Menschen dort auf dem Bildschirm sterben, und sämtliche Seher von London würden denken, dass ich nichts unternommen hatte, um sie zu retten.

»Paige«, flüsterte Jos, »wir können sie nicht einfach sterben lassen.«

»Sch-sch.« Nell nahm ihn in den Arm. »Niemand wird sterben. Das wird Paige nicht zulassen. Uns hat sie doch auch gerettet, oder etwa nicht?«

»Ihr wollt also, dass Paige sich ausliefert?«, fragte Eliza kopfschüttelnd. »Genau das wollen die doch erreichen.«

»Sie werden ihr nichts tun. Immerhin ist sie eine Traumwandlerin.«

»Und genau aus diesem Grund werden sie ihr etwas antun«, sagte der Wächter.

»Halt du dich da raus, Rephait«, fauchte Nell. »Das sind *Menschen*, und wenn du meinst, ihr Leben wäre weniger wert als deins, dann kannst du mich mal kreuz…«

»Er hat recht«, schaltete sich Nick ruhig in die Diskussion ein. »Wenn wir Paige verlieren, verlieren wir auch jeglichen Einfluss, den wir nun im Syndikat haben. Dann ist der Krieg verloren, bevor er überhaupt angefangen hat.«

Nell stieß einen frustrierten Schrei aus. Jos stiegen Tränen in die Augen und er klammerte sich an sie wie ein kleines Kind.

Ein schrilles Pfeifen erfüllte meinen Kopf. Dann rüttelte mich jemand am Arm. »Paige!« Elizas Stimme klang ungewohnt hart. »Du kannst nicht gehen. Du bist die Herrin der Unterwelt.« Sie verstärkte ihren Griff. »Ich habe Jaxon verlassen, weil ich der Meinung war, du könntest das hinkriegen. Sorg jetzt nicht dafür, dass ich meine Entscheidung bereue.«

»Du musst es versuchen, Paige«, hielt Nell dagegen. »Tu es für die anderen.«

»Nein.« Jos konnte die Tränen kaum noch zurückhalten. »Lotte würde nicht wollen, dass Paige stirbt.«

»Sie will aber sicher auch nicht selbst sterben!« Jos zuckte erschrocken zusammen, als Nell ihn anblaffte. Dann wandte sie sich wieder mir zu. Ihre Augen glänzten feucht und ihre Wangen hatten sich vor Wut leicht gerötet. »Hör mal, ich war in der Kolonie mit Lotte befreundet. Du warst kein Clown. Dein Hüter war gut zu dir. Du darfst uns nicht so behandeln, wie die es getan haben. Wie Vieh.«

Sie erwarteten von ihrer Herrin der Unterwelt, dass sie handelte. Mein Blick wanderte zurück zum Bildschirm. Man hatte den drei Gefangenen den Mund mit Hautkleber verschlossen.

»Ich werde ins Archonitat gehen.«

»Paige, *nein*«, brauste Nick auf, unterstützt von Eliza. »Du weißt genau, dass die dich da nicht mehr lebend rauslassen.«

»Nashira hat deinen Altruismus mit einkalkuliert«, gab der Wächter leise zu bedenken. »Wenn du dich dem Archonitat auslieferst, spielst du ihr damit nur in die Hände.«

»Ich sagte, ich werde hingehen«, wiederholte ich, »aber ich sagte nicht, dass ich mich ausliefern werde.«

Alle schwiegen. Nell und Jos sahen sich verständnislos an, aber die verbliebenen Siegel hatten begriffen.

»Es ist zu weit«, murmelte Nick. »Das übersteigt deinen Radius. Und du hast dich bei der Wahlschlacht sowieso schon verausgabt. Wenn du es jetzt zu weit treibst …«

»Ihr könnt mich mit dem Auto näher ans Archonitat ranbringen. Mein Körper bleibt dann auf der Rückbank.«

Lange sah Nick mich schweigend an. Schließlich schloss er ergeben die Augen. »Ich sehe keine andere Möglichkeit.« Er atmete tief ein. »Danica, Wächter, ihr kommt mit uns. Eliza, du bleibst hier und passt auf die anderen auf.«

»Aber Paige ist verletzt«, wandte Jos ein.

»Es geht ihr gut.« Nell starrte mich durchdringend an. »Sie weiß schon, was sie tut.«

Zähneknirschend stemmte ich mich hoch. Wie eine Faust hämmerte der Schmerz auf meinen Schädel ein, so stark, dass mir fast übel wurde. Wie flüssiges Feuer glitt er durch meinen Brustkorb und nahm den Medikamenten die letzte Kraft.

Wortlos lud Danica sich den Rucksack mit ihrer Ausrüstung auf. Nick hob mich hoch, stützte mit einer Hand meinen Kopf und folgte ihr aus dem Theater. Der Wächter bildete die Nachhut. Im Wagen setzte er sich zu mir auf die Rückbank. Auf dem Platz rechts von mir holte Danica bereits die Sauerstoffmaske hervor und nahm ein paar letzte Einstellungen vor. Nick verriegelte die Türen, bevor er den Motor anließ. Das war ihre Machtprobe, ihr Versprechen, dass Scion mit der gesamten Stärke seines Reiches gegen mich und meine Seher vorgehen würde. Selbst wenn ich jetzt einen Rückzieher machte, würde die Kriegsmaschinerie trotzdem angeworfen werden.

Unsere alte Rostlaube raste mit schepperndem Motor Richtung I-1. Überall waren Wachen unterwegs, aber Nick wich ihnen aus, indem er in Höchstgeschwindigkeit durch die engsten Gassen fuhr. Meine Wunden pochten und die Migräne schlug Trommelwirbel zwischen meinen Augen.

»Ich werde unter der Hungerford Bridge parken, bei den schwimmenden Restaurants«, erklärte Nick. »Du musst schnell machen, Paige.«

Ich musste es einfach versuchen. Für Lotte und Charles, die mir in der Kolonie zur Seite gestanden hatten. Für alle Seher, die während unserer Flucht getötet worden waren. Und für sämtliche Knochenernten der Geschichte.

Heute Nacht wurde offiziell der Krieg erklärt. Ich war nun Herrin der Unterwelt und hatte die Macht des Syndikats im Rücken, wie ich es Nashira damals auf der Bühne versprochen hatte. Und sie hatten das Syndikat von innen heraus vergiftet und es langsam sterben lassen, während sie weiter über die Zitadelle herrschten.

Es musste etwas Besseres geben als das. Etwas, das es wert war, den hohen Preis zu zahlen, den man uns abverlangen würde. Nicht nur die ewigen Stolpersteine, die finsteren Tage. Mit Bettlern in der Gosse, die eine Welt um Gnade anflehten, die sie nicht hören wollte. Zitternd im Schatten des Ankers. Ein Überlebenskampf im Verborgenen – jede Minute, jede Stunde, jeden Tag unseres kurzen Lebens.

Wir lebten bereits in der Hölle. Und wir würden diese Hölle durchschreiten müssen, um sie zu verlassen.

Nick trat unter der Brücke hart auf die Bremse und parkte auf dem Gehweg. Direkt neben uns schimmerten die blauen Laternen eines Vergnügungsboots, auf dem fröhliche Amaurotiker dem Mecksgenuss frönten. Hinter ihnen hing ein Übertragungsschirm, der hier keinerlei Beachtung fand und auf dem die Gefangenen auf dem Schafott meine Ankunft herbeisehnten.

Danica streifte mir die Maske über. »Du hast zehn Minuten, danach ist das Ding leer«, erklärte sie mir. »Ich werde dich dann schütteln, aber das funktioniert vielleicht nicht, wenn du so weit weg bist. Achte auf die Zeit.«

Es waren gerade keine Wachen in der Nähe. Ich musterte den Wächter, der schweigend neben mir saß. Sein Gesicht würde das Letzte sein, das ich sah, das letzte Bild in meinem Kopf, bevor ich mich in die Höhle des Löwen begab. Er neigte ganz leicht den Kopf. Zu sanft, als dass die anderen es hätten sehen können, aber deutlich genug, um mir Kraft zu geben.

Die Maske schaltete sich ein und pumpte Sauerstoff in meinen Körper. Noch einmal atmete ich selbstständig, dann befreite sich mein Geist von seinen Fesseln und glitt in die Nacht hinaus.

In seiner reinsten Form war mein Bewusstsein nicht länger auf die Sicht beschränkter Augen angewiesen, und London erstrahlte als ein ganz eigener Kosmos. Eine riesige Galaxie voll winziger Lichter, jedes in einer einzigartigen Farbe. Millionen einzelner Bewusstseinsströme, verbunden durch eine alles durchziehende Energie, zusammengehalten von einem Netz aus Gedanken, Gefühlen, Wissen und Information. Jeder Geist funkelte wie eine Laterne in der gläsernen Kugel seiner Traumlandschaft. Das war sozusagen die höchste Form der Biolumineszenz, die sämtliche physikalischen Aspekte von Farbe überstieg und in ein Spektrum vordrang, das mit dem bloßen Auge nicht zu erfassen war.

Im Aether konnte es schwierig sein, einzelne Gebäude zu unterscheiden, aber das Archonitat von Westminster erkannte ich sofort. Über dem Ort hing eine Wolke aus Angst und Tod, und in seinem Inneren drängten sich Hunderte von Traumlandschaften. Ich glitt in den ersten Menschen, den ich entdeckte. Als ich die Augen aufschlug, steckte ich im Körper einer anderen.

Sofort spürte ich die Unterschiede: kürzere Beine, dickerer Bauch, Schmerzen im rechten Ellbogen. Aber hinter diesen neuen Augen und dem Visier des Wachhelms war ich ganz ich selbst.

Um mich herum sah ich glatte Wände, glänzende Böden und grelle Lichter. Das Herz der Fremden raste. Und obwohl ich desorientiert war und Angst hatte, war das Gefühl irgendwie berauschend. Als hätte ich fadenscheinige Lumpen abgelegt und stattdessen ein luxuriöses Abendkleid angezogen.

Mühsam setzte ich die Beine der Frau in Bewegung. Ein bisschen war es so, als würde ich eine Marionette tanzen lassen, und ein Blick in einen der vergoldeten Spiegel zeigte mir, dass sie sich auch wie eine bewegte: ruckartig, taumelnd, einfach unelegant. Ein faszinierender Anblick. Einerseits war ich ich selbst, andererseits auch wieder nicht. Die Frau im Spiegel war um die dreißig, und aus ihrem einen Nasenloch tropfte Blut. Meine Rüstung.

Ich war bereit.

*

Vor mir ragte das Archonitat auf, ein Palast aus schwarzem Granit und geschmiedetem Eisen. Die Uhr leuchtete rot.

Die Wache, von der ich Besitz ergriffen hatte, kommandierte offenbar die restliche Einheit. Ruckartig hoben sie die Waffen, als ich mich umdrehte. Dann marschierten sie in exakten Reihen hinter mir her: sechs, zwölf, zwanzig Mann. Irgendwann wusste ich nicht mehr, ob das Dröhnen in meinen Ohren von meinem Herzschlag oder ihren Schritten stammte.

Meine Stiefel berührten den roten Marmor der Eingangshalle. Dicke Säulen stützten die hohe, sternförmige Decke, deren Blattgoldverzierung im Licht eines wunderschönen Kronleuchters schimmerte.

Ich werde die Doktrin der Tyrannen aushebeln.

Das hier war das Herz von Scion. Der Mittelpunkt ihres Kernlandes. In die Wände waren halbrunde Nischen eingelassen, in denen Büsten jedes Führers standen, der seit 1859 über die Republik geherrscht hatte. Aus luftiger Höhe blickten sie auf mich herab, die arroganten Gesichter von Schatten umspielt. Über ihnen prangten acht reliefartige Schmuckflächen mit fantasievoll gemalten Szenen aus der Geschichte Scions.

Eine gefühlte Ewigkeit lang stand ich reglos im Licht, ein Staubkorn zwischen den Sternen – einer über mir, einer unter meinen Füßen.

Ich werde die Fäden der Marionetten durchtrennen.

Über mir schlug die Turmuhr sechs Mal.

Ich ging eine Treppe hinauf und durch einen Korridor, auch hier beobachtet von Marmorbüsten an den Wänden. Die riesigen Gemälde verschmolzen zu dunklen Wellen aus Öl und Gold.

»Halt«, sagte ich.

Die Wachmannschaft blieb auf der Schwelle stehen. Ganz allein durchschritt ich den Torbogen.

Ich werde den Anker aus dem Herzen Londons herausreißen.

Am anderen Ende der langen Galerie befand sich eine Art Podest, und darauf standen vier Gestalten. Ganz links war Scarlett Burnish. Ihr Haar leuchtete im selben Rotton wie der Teppich, und die ebenfalls roten Lippen waren zu einem Lächeln verzogen. Nicht die Farbe von Blut, dazu war es zu hell, zu künstlich. Eher Filmblut.

Rechts außen stand Gomeisa Sargas in einer hochgeschlossenen Robe und mit einer Kette aus verschlungenen Goldfäden, in die Topase eingearbeitet waren. Sie hing ihm bis zwischen die Schulterblätter. In seinem Blick brannte nackte Gier. Mich überkam der wahnhafte Drang, ihm zu einer derart menschlich-boshaften Mimik zu gratulieren.

Neben ihm wartete Frank Weaver, steif und hager wie eine Leiche. Fast war es so, als hätten sie die Spezies getauscht.

Und da war sie: Nashira Sargas, vom Blut bestimmte Herrscherin und Schlächterin. Silbrig glänzende Schönheit. Gefräßiger Schrecken. Sie stand zwischen den Menschen, als wären sie ihr gleichgestellt – als wären diese hirnlosen Puppen ihre Freunde.

»Man hat dich nicht gerufen, Wache«, sagte sie nun. »Ich hoffe für dich, dass du die Flüchtige bringst, sonst werde ich dir die Augen ausstechen lassen.«

Ihre Stimme rief meine dunkelsten Erinnerungen in mir wach.

»Hallo, Nashira«, antwortete ich mit einer Stimme, die nicht die meine war. »Lange nicht gesehen.«

Wie nicht anders erwartet, wirkte sie nicht überrascht. Nicht einmal ein Hauch von Verwunderung war zu sehen.

»Wie klug von dir, im Körper eines anderen zu kommen, 40«, stellte sie fest. »Aber einen entflohenen Geist in der Haut eines Fremden können wir nicht gebrauchen.«

»Wir waren bereit, Milde walten zu lassen«, behauptete Scarlett Burnish. Sie sah genauso aus wie auf den Bildschirmen, als wäre sie aus poliertem Kunststoff gegossen, aber ihr Tonfall war um einiges kühler. »Hättest du dich leibhaftig dem Archonitat ausgeliefert, hätten wir sie mit Freuden alle freigelassen.«

Vollkommen reglos musterte ich den riesigen Scionanker, der hinter ihren vier Stühlen prangte. »Lügst du nicht auch so schon genug, Scarlett?«

Das brachte sie zum Schweigen.

Der Großinquisitor Frank Weaver stand auf dem Podest und sagte gar nichts. Er war tatsächlich kaum mehr als eine Schaufensterpuppe. Nashira kam die Stufen hinab, ihr langes schwarzes Kleid entfaltete dabei eine elegante Schleppe.

»Vielleicht habe ich dich ja doch falsch eingeschätzt.« Ihr behandschuhter Finger glitt über die Wange meines Wirts. »Fehlt dir etwa der Mut, um dein Leben im Austausch gegen ihre zu opfern, Herrin der Unterwelt?«

Sie wusste es also.

»Ihr werdet ihre Leben verschonen«, erwiderte ich, »sonst nehme ich seins.«

Im nächsten Moment hatte ich die Pistole der Wache gezogen und richtete sie auf Frank Weavers Herz. Sein Körper zuckte kurz, aber er gab noch immer keinen Ton von sich, als der rote Punkt auf seiner Brust flimmerte. Scarlett Burnish wollte zu ihm gehen, doch ich schoss auf den Boden zwischen ihnen. Sofort erstarrte sie.

»Um zu verhindern, dass London wieder unter menschliche

Kontrolle fällt, bin ich bereit, mein Leben hinzugeben«, sagte Weaver mit roboterhafter Stimme.

Gomeisa lachte. Es klang wie das Kreischen von Metall. »Anscheinend hast du dich geirrt, Nashira. 40 ist durchaus bereit, das Leben eines anderen Menschen für ihre Zwecke auszulöschen.«

»Das bin ich«, stimmte ich zu. »Für all die Leben, die er in eurem Namen ausgelöscht hat.«

Die Sargas versuchten nicht einmal, ihren Großinquisitor zu schützen. »Selbst wenn du diesen Bauern hier und jetzt aus dem Spiel nimmst, wirst du nicht aufhalten können, was kommt«, behauptete Gomeisa. »Selbst wenn du eure Berge spaltest und eure Städte schleifst, selbst wenn du dein eigenes Leben einsetzt, um uns zu Fall zu bringen. Unser Einfluss ist tief in der Welt der Sterblichen verwurzelt, wie ein Anker bindet er uns an diese Erde.«

»Ich bin ein Traumwandler, Gomeisa. Mich bindet kein Anker an diese Erde.«

Aber ich hatte bereits verloren. Es war ihnen egal, ob ich Frank Weaver erschoss. Dann würden sie sich eben einen neuen, willigen Diener suchen.

Ich hatte kein Druckmittel mehr.

»Falls es dein Gewissen beruhigt …«, Gomeisa starrte ausdruckslos auf den Bildschirm an der Wand, »… wir hätten das sowieso getan, unabhängig davon, ob du gekommen wärst oder nicht. Diese Leben werden genommen für das eine der unseren, das du in der Kolonie ausgelöscht hast, und nicht einmal das ist ausreichend für den Verlust des Blutserben.«

Kraz Sargas, der Rephait, den ich mithilfe einer Kugel und einer kleinen Blume getötet hatte. Scarlett Burnish berührte das Freisprechgerät, das in ihrem Ohr hing.

»Lasst den Anker runter«, befahl sie knapp.

Auf dem Bildschirm ging der oberste Scharfrichter zu dem Hebel, der bereits so viele von meinen Leuten getötet hatte. Als er den dicken Handschuh danach ausstreckte, riss Lotte die hinter dem Rücken gefesselten Arme auseinander – offenbar hatte ihr jemand eine Klinge zugesteckt – und schnitt sich die versiegelten Lippen auf. Blut spritzte aus ihrem Mund, aber in ihren Augen funkelte wilder Triumph.

»DIE SCHWARZE MOTTE HERRSCHT ÜBER LONDON«, schrie sie direkt in die Kamera. »HÖRT IHR MICH, IHR SEHER? DIE SCHWARZE MOTTE HERRSCHT ÜBER –«

Abrupt wurde die Übertragung abgebrochen. In meinem Bewusstsein ging etwas Winziges, aber Lebensnotwendiges zu Bruch. Ich wurde zu einem geladenen Draht, zu einer brennenden Lunte, zu einem explodierenden Stern, der sich zu einer Supernova entwickeln konnte. Mein Geist stemmte sich gegen die Grenzen meiner Traumlandschaft, hieß den Sturm willkommen, der sich in mir zusammenbraute. Wild schillernde Farben flammten vor meinen Augen auf. Sie waren blendend hell, wie kleine Sonnensplitter.

»Dieses Schicksal wird sie alle ereilen.« Nashira beobachtete mich mit einem spöttischen Lächeln. »Doch wenn du jetzt einlenkst, kann es morgen bereits enden.«

Aus der Kehle meines Wirts stieg ein hohles Keuchen auf, das mit Mühe als ein Lachen durchgehen konnte.

Hört ihr mich, ihr Seher?

»Es wird enden, wenn auf dieser Seite der Schleier keine Rephaim mehr übrig sind«, versprach ich ihr. »Wenn ihr zusammen mit eurer Welt verrottet. Die Motten sind aus ihrer Schachtel entkommen, Nashira. Morgen werden wir in den Krieg ziehen.«

Ein Wort, das die meisten Syndikatsmitglieder niemals in den Mund nehmen würden. Nicht einmal der Begriff *Bandenkrieg* hatte derart viel Gewicht wie die einfache Form.

Hört ihr mich?

»Krieg.« Ausdruckslos sah Nashira mich an. »Du hast uns schon einmal mit deinen Dieben und Schlägern gedroht, und doch haben wir nicht einen von ihnen zu Gesicht bekommen.

Nichts als leere Worte.« Lautlos glitt sie an mir vorbei zu den Fenstern, die auf die Westminster Bridge hinausgingen. »Wäre da nicht der stete Strom von Sehern, der uns dank der Versammlung der Widernatürlichen über die Jahre zugeflossen ist, wäre ich sogar geneigt, zu glauben, dass dein sogenanntes Syndikat gar nicht existiert.«

Hört ihr mich?

»Der Graue Markt hätte eigentlich nie existieren dürfen«, fuhr meine Feindin fort, »doch ich muss zugeben, dass er sich als recht nützlich erwiesen hat. Auf diesem Weg haben wir stets weitaus mächtigere Exemplare erhalten als jene, die Scion auf der Straße eingesammelt hat. Der Lumpensammler war lange Jahre unser Verbündeter, ebenso wie die Äbtissin, Haymarket Hector und die Listige Lady.«

»Drei von ihnen sind jetzt tot.« Vor meinen Augen flackerte es. »Sieht ganz so aus, als müsstest du dir neue Freunde suchen.«

»Oh, aber ich habe immer noch einen alten Freund übrig.« Nashiras Lächeln war verschwunden. »Einen sehr alten Verbündeten. Heute Morgen um zwei Uhr ist er zu mir zurückgekehrt, nach einer zwanzig Jahre andauernden Zeit der Entfremdung. Einen Verbündeten, der dich nicht als Herrin der Unterwelt anerkennt, und das trotz eurer … Vergangenheit.« Sie wandte sich wieder zum Fenster. »Rufen Sie ihn herein, Miss Burnish. 40 sollte unserem gemeinsamen Freund persönlich begegnen.«

Scarlett Burnish stöckelte so geziert und flink durch den Raum, als wäre sie im Fernsehstudio, dann öffnete sie die schwere Doppeltür. Aus dem Flur drang ein Geräusch herein: das helle Klappern von Metall auf Marmor.

Als er eintrat, wusste ich es sofort.

Ja, dieses Gesicht kannte ich nur zu gut.

Worte, meine kleine Wandlerin … nun ja, Worte sind alles. Worte verleihen sogar jenen Flügel, auf denen zuvor herumgetrampelt wurde, jenen, die hoffnungslos gebrochen wurden …

Keine Worte. Keine Flügel.

Tanzen und fallen.

Wie eine Marionette. Jahrelang hatte ich getanzt.

Die Tür fiel zu, und ich hob den Kopf. In diesem Moment erkannte ich, welch einen folgenschweren Fehler ich gemacht hatte. Welch eine Närrin ich gewesen war, ihm zu vertrauen, ihn zu schätzen, ihn leben zu lassen.

»Du«, flüsterte ich.

»Jawohl.« Seine Hände waren wieder in Seide gehüllt. »Ich, meine Schöne.«

GLOSSAR

Der von den Sehern in *Die Denkerfürsten* verwendete Slang orientiert sich frei an der Gaunersprache, die in der Londoner Unterwelt des neunzehnten Jahrhunderts verwendet wurde, wobei einiges in Bezug auf Bedeutung und Verwendung dem Roman angepasst wurde. Andere Begriffe wurden der modernen englischen Umgangssprache entnommen oder neu interpretiert. Ausdrücke, die speziell von der »Familie«, also den menschlichen Bewohnern von Sheol I, verwendet werden, sind mit einem Stern gekennzeichnet.

Aether: Reich der Geister, zu dem sich Seher Zugang verschaffen können.

Akrobat*: Menschlicher Einwohner von Sheol I, der in den Prüfungen versagt hat und nun dem Oberaufseher unterstellt ist.

Akutomant: Wahrsager, der mithilfe von spitzen Gegenständen wie Nadeln oder Stöcken die Zukunft vorhersagt.

Alomant: Wahrsager, der mit Salz arbeitet.

Amaranth: Blume; einzige Pflanze, die in der Schattenwelt wächst. Kann mentale Verletzungen heilen.

Amaurose: Zustand des Nicht-Sehens.

Amaurotiker: Nicht-Seher.

Anthomant: Seher, der mit Blumen arbeitet; Blumenorakel.

Astragalomant: Losorakel, spezialisiert auf Würfel.

Ausbrecher: Geist, der aufgrund seines Alters oder Typs auf die stoffliche Welt einwirken kann. Zu den Ausbrechern gehören u. a. Poltergeister und Erzengel.

Bodyguard: Amaurotiker, die von anderen Amaurotikern angeheuert werden, um sie bei nächtlichen Unternehmungen vor Widernatürlichen zu beschützen. Ihr Erkennungszeichen ist eine grüne Laterne.

Chol-Vogel: Geflügeltes Sarxwesen. Gefährte der Rephaim, der in der realen Welt die Form eines Seelengeleiters annimmt.

Clown*: Andere Bezeichnung für Akrobat.

Denkdelikt: Jeder Tatbestand, der unter Einbeziehung oder durch Kommunikation mit der Geisterwelt begangen wird, insbesondere, wenn dadurch ein finanzieller Vorteil entsteht. Laut Scion-Gesetzgebung gelten Denkdelikte als Hochverrat.

Denkerfürst: Anführer im Sehersyndikat, Spezialist in Denkdelikten. Normalerweise verfügt ein Denkerfürst über eine eng verknüpfte Gruppe von fünf bis zehn Anhängern, hat aber die Befehlsgewalt über alle Seher innerhalb eines Sektors in seiner Parzelle. Die Denkerfürsten bilden die Versammlung der Widernatürlichen.

Denkerkönigin: Titel weiblicher Denkerfürsten.

Duckett: Pfandleiher in Sheol I, Name geht zurück auf eine alte englische Bezeichnung für Verkäufer.

Ektoplasma: Das Blut der Rephaim, grünlich gelb in der Farbe. Es glüht leicht und ist von dickflüssiger Konsistenz. Es kann dazu benutzt werden, Kältepunkte zu öffnen.

Emim: Angebliche Feinde der Rephaim, auch »die Gefürchteten« genannt. Nashira Sargas beschreibt sie als bestialische Fleischfresser, die menschliche Beute bevorzugen. Ihre Existenz ist von vielen Geheimnissen umgeben.

Entthront: Bezeichnet den Zustand, wenn der durch Astern hervorgerufene Rausch vollständig abgeklungen ist.

Erzieher(in): Syndikatsmitglieder, die junge Straßenköter aufnehmen und in die Welt des Syndikats einführen.

Extispizist: Seher, der mit Eingeweiden als Numen arbeitet; Eingeweideschauer.

Familie*: Bezeichnung für die menschlichen Einwohner von

Sheol I, mit Ausnahme der Knochensammler und anderer Verräter.

Floxy: Aromatisierter Sauerstoff, der durch ein feines Röhrchen inhaliert wird. Stellt in Scion die Alternative zum Alkohol dar. Floxy wird in diversen Unterhaltungslokalitäten angeboten, darunter auch spezielle Sauerstoffbars.

Flux: Fluxion 14, eine Psychodroge, die bei Sehern starke Schmerzen und Orientierungsverlust hervorruft.

Fragender: Jemand, der im Aether nach Antworten sucht. Er kann bestimmte Fragen stellen oder für eine Lesung einen Teil von sich selbst darbieten (z. B. Blut oder Handfläche). Manche Wahrsager nutzen einen Fragenden, um sich auf bestimmte Bereiche des Aethers zu konzentrieren und so leichter Voraussagen treffen zu können.

Ganovenbraut/Ganovenschützling: Junger Seher, der engen Bezug zu seinem Denkerfürsten oder seiner Denkerkönigin hat. Normalerweise wird davon ausgegangen, dass das Mündel ein Verhältnis mit dem jeweiligen Denkerfürsten hat und als Erbe seines Sektors auserwählt wurde.

Gaukler: Auch Polyglotte genannt. Seher, die mit Musik arbeiten. Sie sprechen und verstehen eine Sprache, die sonst nur Geister beherrschen.

Gelbjacke*: Niedrigster Rang in Sheol I. Er wird an Menschen vergeben, die während ihrer Prüfungen Furcht zeigen. Gilt auch als Synonym für »Feigling«.

Gespenst: Geist, der sich einen festen Aufenthaltsort gewählt hat, meistens der Ort, an dem er oder sie gestorben ist. Vertreibt man ein Gespenst von seiner »Spukstätte«, reagiert es mit Wut.

Gezähmter: Geist, der der Kontrolle eines Fesselmeisters untersteht.

Goldenes Band: Verbindung zwischen zwei Geistern bzw. dem Bewusstsein zweier Lebender. Es ist nur sehr wenig darüber bekannt.

Großinquisitor: »Regierungschef«, also Herrscher von Scion.

Großreferent: Assistent des Großinquisitors, offizielle Stimme von Scion.

Herr der Unterwelt: Vorsitzender der Versammlung der Widernatürlichen und oberster Boss des Sehersyndikats. Er residiert traditionellerweise in Devil's Acre, Parzelle 1, 1. Sektor.

Hirnleerung: Anhaltende Amnesie nach dem Genuss von Weißer Aster. Kann ebenfalls bedeuten, dass man jemandem Weiße Aster verabreicht.

Hirnpest: Slangausdruck für Fantasmagorie, ein kräftezehrendes Fieber, das durch Flux ausgelöst wird.

Höfling: Süchtiger, der von Astern abhängig ist. Die Bezeichnung leitet sich von *St Anne's Court* in Soho ab, wo der illegale Asternhandel zu Beginn des einundzwanzigsten Jahrhunderts seinen Anfang nahm.

Horde: Gruppe von an einen Seher gebundenen Geistern, meistens ist diese Bindung zeitlich begrenzt.

Hüttensiedlung: Slum von Sheol I, in dem die Akrobaten (zwangsweise) leben.

Hydromant: Wahrsager, der mithilfe von Wasser Kontakt zum Aether aufnimmt.

Kältepunkt: Ein kleiner Spalt zwischen Aether und stofflicher Welt, manifestiert sich in Form einer dauerhaft vereisten Fläche. Kann mithilfe von Ektoplasma dazu benutzt werden, einen Durchgang in die Unterwelt zu schaffen. Feste Materie (z. B. Blut oder Fleisch) lässt sich nicht durch einen Kältepunkt transportieren.

Katotropmant: Wahrsager, der mithilfe von Spiegeln Vorhersagen macht.

Kleidomant: Seher, der als Numen Schlüssel verwendet.

Knochenernte: Alle zehn Jahre stattfindende »Ernte« unter den Sehern. Von Scion organisiert, um die Rephaim zufriedenzustellen.

Knochensammler*: Abfällige Bezeichnung für Rotjacken.

Kottabomant: Wahrsager, der mithilfe von Wein arbeitet; Weinorakel.

Leichtes Mädchen: Prostituierte, die sexuelle Dienstleistungen in Kombination mit ihrer Sehergabe anbietet.

Mecks: Alkoholfreier Ersatzstoff für Wein. Es gibt ihn in Weiß, Rosé und »Blut«, also Rot, er hat eine sirupartige Konsistenz.

Novembertide: Offizieller Scionfeiertag, an dem der Gründung der Scionzitadelle London im November 1929 gedacht wird.

Numa: Objekte, mit deren Hilfe Wahrsager Verbindung zum Aether aufnehmen, z. B. Spiegel, Karten, Knochen.

Objektmaler: Dokumentenfälscher, der für Denkerfürsten und ihre Angestellten falsche Reisefreigaben erstellt.

Oneiromant: Seher, der Träume erschafft.

Ossista: Bedienung in einer Sauerstoffbar.

Ranthen, die: Auch bekannt als die *Gezeichneten*. Eine Gruppe von Rephaim, die sich gegen die Herrschaft des Sargas Clans auflehnt und an eine Wiederherstellung der Schattenwelt glaubt.

Rhabdomant: Wahrsager, der mit Stöckchen und Wünschelruten arbeitet.

Rephaim: Biologisch gesehen unsterbliche, humanoide Bewohner der Unterwelt, die sich von der Aura seherisch begabter Menschen ernähren. Ihr Ursprung und ihre Geschichte sind unklar.

Rosajacke*: Zweiter Rang in der Initiation in Sheol I. Rosajacken müssen sich im Kampf gegen Emim behaupten, um zur Rotjacke werden zu können.

Rotjacke*: Höchster Rang für Menschen in Sheol I. Die Aufgabe der Rotjacken besteht darin, die Stadt vor den Emim zu beschützen. Als Gegenleistung für ihre Dienste erhalten sie gewisse Privilegien. Sie werden auch Knochensammler genannt.

Salbenmischer: Spezialist für von Sehern verwendete Drogen und ihre Auswirkungen auf die Traumlandschaft.

Saloop: Heißgetränk aus Orchideenwurzeln, das mit Rosenwasser und Orangenblüten gewürzt wird.

Sarx: Das alterslose Fleisch der Rephaim und anderer Kreaturen der Schattenwelt (auch Sarxwesen genannt.) Es schimmert metallisch.

Schattenwelt: Auch *She'ol* oder Zwischenreich genannt. Die Schattenwelt ist die ursprüngliche Heimat der Rephaim. Sie bildet eine Übergangsebene zwischen der Erde und dem Aether, dient diesem Zweck aber nicht mehr seit dem Schwinden der Schatten. Seitdem ist die Schattenwelt vom Zerfall bedroht.

Schemen: Manifestation der Ängste und Sorgen eines Menschen. Schemen halten sich in der Hadopelagialzone der Traumlandschaft auf.

Schimmer: Andere Bezeichnung für Aura, sozusagen ihre Substanz.

Schnüffler: Seher, der spirituelle Aktivität riechen kann.

Seher: Sammelbegriff für alle seherisch begabten Menschen.

She'ol: Ursprünglicher Name der Schattenwelt.

Shilling: Slangausdruck für eine Goldmünze, entspricht einem Britischen Pfund.

Silbernes Band: Ständige Verbindung zwischen Körper und Geist, die es einem ermöglicht, über Jahre dieselbe physische Gestalt zu behalten. Es ist bei jedem Individuum einzigartig. Für Traumwandler ist es von besonderer Bedeutung, da sie das Band benutzen, wenn sie zeitweise ihren Körper verlassen. Das silberne Band nutzt sich im Laufe der Zeit ab. Ist es einmal zerstört, kann es nicht wiederhergestellt werden.

Straßenköter: a) Obdachloser; b) jemand, der bei einem *Erzieher* lebt und für ihn arbeitet. Wie auch Straßenkünstler und Bettler gelten sie nicht als vollwertige Syndikatsmitglieder, können aber aufsteigen, wenn ihr Erzieher sie aus seinen Diensten entlässt.

Straßenkunst: Wahrsagekunst gegen Geld. Die meisten Straßenkünstler bieten gegen Bezahlung Schicksalsdeutung in verschiedenen Formen an. Das kriminelle Sehersyndikat verbietet Straßenkunst jeglicher Art.

Sublimierung: Prozess, in dem aus gewöhnlichen Objekten Numa werden.

Summer*: Andere Bezeichnung für die Emim.

Syndikat: Kriminelle Vereinigung von Sehern in der Scionzitadelle London, aktiv seit Anfang der 1960er-Jahre. Geleitet wird das Syndikat vom Herrn der Unterwelt und der Versammlung der Widernatürlichen. Seine Mitglieder sind Spezialisten in Denkdelikten zur persönlichen Bereicherung.

Tarotist: Veraltete Bezeichnung für Kartenleger. Wird in der Umgangssprache noch verwendet, ist in der Zitadelle aber kaum noch bekannt.

Threnodie: Festgelegte Wortfolge, mit der Geister gebannt werden, sodass sie nicht im Aether festsitzen.

Tincto: Slangausdruck für Laudanum, ein von Scion verbotenes Betäubungsmittel. Der Begriff leitet sich von dem Namen ab, unter dem es lange verkauft wurde, *Tinktur aus Opium*.

Todbringer: Rephaimschimpfwort.

Totaugen: Abwertender Begriff für Nicht-Sehende.

Traumgestalt: Form, die der Geist innerhalb der Traumlandschaft annimmt.

Träumer: Abkürzung für Traumwandler, häufig von Rephaim verwendet.

Traumlandschaft: Das Innere des Bewusstseins, wo Erinnerungen verwahrt werden. Sie teilt sich in fünf Zonen oder »Ringe« auf, an die die geistige Gesundheit gekoppelt ist, von der hellen Zone des Sonnenlichts bis zum tiefsten, dunkelsten Ring, der Hadopelagialzone. Seher können bewusst in ihre eigene Traumlandschaft eindringen. Amaurotiker erhaschen nur im Schlaf kurze Einblicke.

Unlesbarer: Seher, der keine erkennbare oder eine beschädigte Aura hat.

Wanderer: Geister, die im Aether verharren, weil sie noch nicht gebannt wurden. Sie können noch von Sehern unter ihre Kontrolle gebracht werden.

Weißjacke*: Einstiegsrang aller Menschen in Sheol I. Jede Weißjacke muss eine Darbietung ihres Könnens in ihrer jeweiligen Wahrsagekunst absolvieren. Besteht sie diesen Test, wird sie in den nächsthöheren Rang erhoben. Versagt sie, verbannt man sie in die Hüttensiedlung.

Zeitgeist: Von den meisten Sehern metaphorisch gebraucht, vor allem in dem Ausruf »Beim Zeitgeist!«, einige verehren den Zeitgeist jedoch auch als eine Art Gottheit.

Zischler: Abfällige Bezeichnung für Flüsterer/Polyglotte.

DANKSAGUNG

Dies ist mein Liebeslied für die Stadt London.

Zuallererst möchte ich allen danken, die dieses Buch gelesen haben, was höchstwahrscheinlich bedeutet, dass ihr auch *Die Träumerin* gelesen habt. Danke, dass ihr in diese Welt und zu diesen Charakteren zurückgekehrt seid.

Danke auch an David Godwin und das gesamte Team von David Godwin Associates, das unaufhörlich an mich als Schriftstellerin geglaubt hat und das ich jederzeit anfunken konnte.

An Alexa Hirschberg, die geduldigste und enthusiastischste Lektorin, die ich mir nur wünschen konnte. An Alexandra Pringle, die umwerfende Denkerkönigin vom Bedford Square, weil sie meine Bücher aus vollem Herzen unterstützt und eine stete Quelle der Inspiration für mich ist.

Ich danke Justine Taylor und Lindeth Vasey dafür, dass sie jeden Teufel im Detail entdeckt und ausgemerzt haben.

Allen bei Bloomsbury, vor allem Amanda Shipp, Anna Bowen, Anurima Roy, Brendan Fredericks, Cassie Marsden, Cristina Gilbert, David Foy, Diya Kar Hazra, George Gibson, Ianthe Cox-Willmott, Isabel Blake, Jennifer Kelaher, Jude Drake, Kate Cubitt, Kathleen Farrar, Laura Keefe, Madeleine Feeny, Marie Coolman, Nancy Miller, Oliver Holden-Rea, Rachel Mannheimer, Sara Mercurio und Trâm-Anh Doan. In bessere Hände könnte ich diese Bücher nicht geben.

Dank an Anna Watkins, Caitlin Ingham, Bethia Thomas und

Katie Bond, die sich inzwischen zu neuen Gefilden aufgemacht haben. Es war ein Privileg; mit euch zu arbeiten.

Mein aufrichtiger Dank gilt außerdem Hattie Adam-Smith und Eleanor Weil von Think Jam – für eure unglaubliche Begeisterung für alles, was mit *The Bone Season* zusammenhängt.

Die wundervollen Karten und Illustrationen in diesem Band wurden von Emily Faccini gezeichnet, vielen Dank, dass dieses Buch so schön geworden ist.

Außerdem danke ich dem fantastischen Team der Imaginarium Studios: Will Tennant, Chloe Sizer, Andy Serkis, Jonathan Cavendish und Catherine Slater. Sie alle geben ihr Herzblut für die *Bone Season*-Reihe. An Will und Chloe noch einmal ein ganz besonderes Dankeschön, sie sind so hingebungsvolle und kommunikative Leser!

Vielen Dank an meine Herausgeber, Lektoren und Übersetzer in aller Welt, die dafür gesorgt haben, dass *Die Träumerin* schon so viele Leser gefunden hat. Und ein dickes Dankeschön an Ioana Schiau und Miruna Meirosu von Curtea Veche, die mich in die Musik von Maria Tănase eingeführt haben.

Ich danke Alana Kerr dafür, dass sie Paige im englischen Hörbuch eine so wundervolle Stimme gegeben hat.

Sara Bergmark Elfgren, Ciarán Collins und Maria Naydenova danke ich dafür, dass ich sie über diverse Sprachen ausquetschen durfte, und Melissa Harrison für die Hilfe bei der Episode mit dem Staren.

Meinen Freunden danke ich dafür, dass sie mir meine lange Abwesenheit von der wirklichen Welt verzeihen – allen voran Ilana Fernandes-Lassman, Victoria Morrish, Leiana Leatutufu und Claire Donnelly, die dieses Jahr mein Fels in der Brandung waren. Nie hätte ich gedacht, einmal das Glück zu haben, solche Freunde zu finden.

Und zu guter Letzt möchte ich meiner Familie danken, für all ihre Liebe, ihre Unterstützung und die Stunden des Lachens. Ohne euch hätte ich diese Reise niemals antreten können.

© Mark Pringle

SAMANTHA SHANNON, geboren 1991, wuchs im Londoner Westen auf, wo sie mit fünfzehn das Schreiben begann. Sie hat Literatur am St Anne's College in Oxford studiert und lebt jetzt wieder in London. »Die Denkerfürsten« ist der zweite Band der Serie um die junge Seherin Paige Mahoney. Die Übersetzungsrechte wurden in achtundzwanzig Länder verkauft und eine Verfilmung ist in Arbeit.

Umschlaggestaltung: ZERO Werbeagentur, München
Umschlagabbildung: © Mark Owen / Trevillion Images
und FinePic®, München

DIE SIEBEN KASTEN DER HELLSEHEREI

— Nach *Über die Vorzüge der Widernatürlichkeit* —

⁂ WAHRSAGER ⁂

— violett —

Benötigen rituelle Objekte (Numa), um mit dem Æther Verbindung aufzunehmen.
Meist eingesetzt, um die Zukunft vorherzusagen.

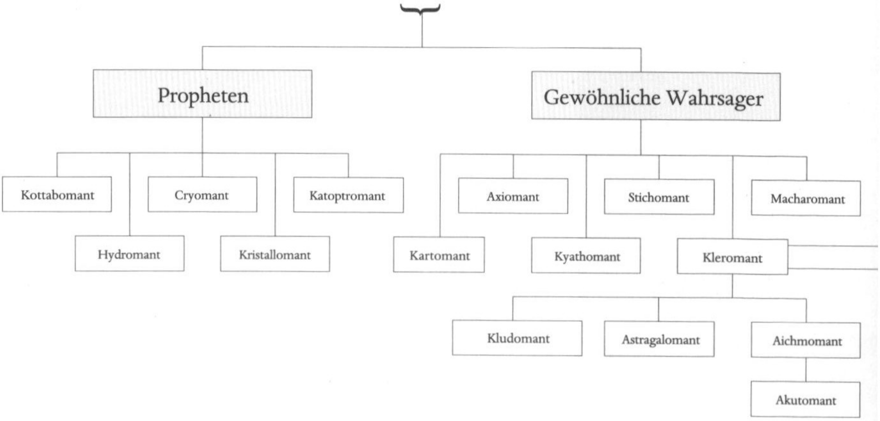

⁂ MEDIEN ⁂

— grün —

Verbindung zum Æther durch Besessenheit. Unterliegen teilweise der Kontrolle von Geistern.

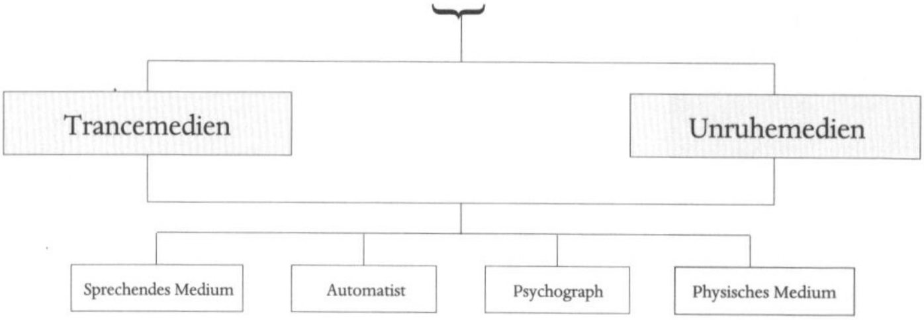

⁂ SENSORIKER ⁂

— gelb —

Sehr vertraut mit der Funktionsweise des Æthers auf sensorischer und sprachlicher Ebene.
Können manchmal den Æther lenken.

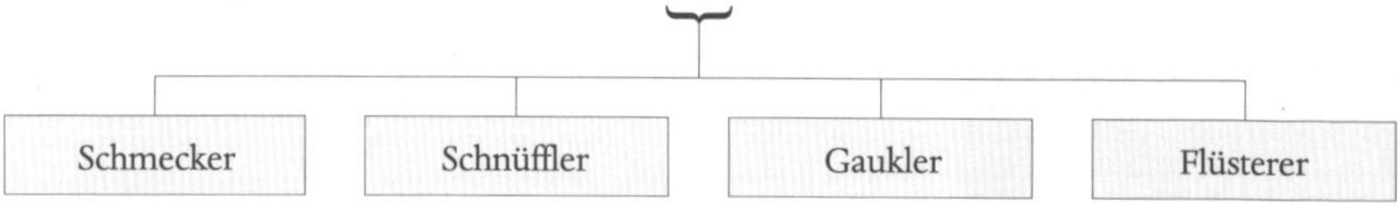